叢書・ウニベルシタス　673

言葉への情熱

ジョージ・スタイナー
伊藤　誓 訳

法政大学出版局

George Steiner
NO PASSION SPENT : Essays 1978–1995

目次

序論

この論集に収められているエッセイや論文は、読むためのさまざまな技術やテクストの地位が、圧力に晒されるようになった時代に書かれたものである。「批評理論」、「ポスト構造主義」、「ディコンストラクション」、「ポスト・モダムニズム」のような運動が、言葉と意味との間の、伝統的に考えられてきた関係を、さまざまなやり方で疑問に付した。これらの運動は、作者が意味しようとするものに関して、その意図の概念を分解したばかりでなく、「権威」(*auctoritas*)や創造的個性のような確定可能な同一性も分解した。とりわけ「ディコンストラクション」は、文学言説における——たとえどれほど判読が困難で、歴史的合意に依存するところが大きくても——検証可能な「最終的意味」を否定する。「意味」は解釈の可能性の束の間の働きでしかなく、それも解読の幻想のまさにその瞬間に、自己破壊へと溶解する。「テクスト」は、無限の、窮極的には恣意的な自己充当〔着服〕のための偶然的な「プレ＝テクスト」〔口実〕である。そして、それらの自己充当のいずれも、真理という特権を望むことはできない。これら散種的戦略は、いくつかの点で虚無主義的である(これらの戦略の起源は、その大部分が、ユダヤ教における文字で書かれた律法的な神の言葉の、至福千年的な押しつけがましさに対する反抗にある)。これらの戦略は、気力を喪失したわれわれの文化のエピローグを語っている。別の意味では、それらの戦略は、意識的にか否かはともかく、文学研究と解釈学に、失われた情熱と知的挑戦を取り戻すことを目論む、しばしば誘惑的で、逆説的に「再構築的な」実践である。

二つ目の大きな圧力は技術的なものである。コンピューター、地球的規模の電子通信、「電脳＝空間」、（来たる）「仮想現実」によってもたらされる意味的素材の生成・伝達・保守の改革は、グーテンベルクにより始められた革命よりも、はるかに過激であり、包括的である。前ソクラテス時代の巻き物以後の、われわれが知っている書物は、将来、幾分特殊な形式と機能をもったものとして生き残るであろうことは、今日かなり明白なことである。印刷装幀された書物は、流通が限られた特殊な、そして贅沢な、学問用の補助道具にますますなるだろう（「家庭電子製本」と「出版〔公表〕」はすでに可能である）。印刷技術の発明のあとの彩飾写本――驚くほど多くあった――と似た物になるだろう。大衆文化、個人の空間と時間の経済要因、プライヴァシーの浸食、テクノロジー的消費文化による沈黙の組織的抑圧、学校教育からの記憶（暗唱）の追立て、これらのことは、読書行為と書物それ自体の衰退を伴う。懐旧的感情や悲嘆は独善的なものになるだろう。この歴史的社会的な規模をもつ発展は、損失と利益、破壊と好機のいずれをももたらす。広大な、口誦的絵画的「反《カウンター》－読み書き文化《リテラシー》」が、「ロゴス」、啓示され確立された言葉の、本質的に西洋的な、ヘブライ的ヘレニズム的中心性と威信に先行し、つねにその周辺にあった。一九一四年以後の西洋世界は、明らかに危機的状況にある。ある時期に局地的に見られた非人間的行為は、周期的本能的にその力を再浮上させている。逆説的だが、瞬間の、無制限《オープン・エンデド》のコミュニケーション、テクストと受容者の間の「交錯《インターフェイス》」という新しい作用は、専制、反啓蒙主義、非人間性に対して、より強い抵抗力をもっていることが判明するかもしれない。

「言葉からの退却」（一九六一年）で私が提起した問題に戻り、この本の冒頭の数章は、古典的な形式で、読書行為を定義し、その行為にひそむ神学的形而上学的諸前提（含意された「真の存在」）を抽出しようとしている。陳腐なものになるのを覚悟の上、この定義の試みは、われわれの文明における三つの原型的基礎的言語行為――ヘブライ語聖書、ホメロス、シェイクスピア――に向けられる。「応用的読解」のさらなる実例が――キルケゴール、カフカに関して、そして、詩の翻訳という最も創造的な読解形式に関して――続く。

私の全著作の中で、「エデンの園の古文書館」が最も痛烈な非難と拒絶を誘発した。その背後にある直観は、実際、近視眼的なものであることが判明するかもしれない。私がそれをここに収めるのは、精神生活の質に関する「古典的」理念と「近代的平等主義的」理念との間の本質的相違を示しているからである。ヨーロッパとアメリカは、決定的に、ますます互いに遠ざかりつつある。このエッセイは「誤訳」の実例として、いくらかの効用をもっているかもしれない。

「書物」の地位、言語における啓示の謎を探究することは、ユダヤ教とその悲劇的な運命に固執することである。このライトモチーフは、ペギー、シモーヌ・ヴェーユ、フッサールをめぐる文章にすでに明らかである。それは終わりのいくつかのエッセイで明白なものとなる。問題は、エルサレムとアテネ、ヘブライ的な「テクスチュアリティ」とヘレニズム的なそれの遺産をめぐるものであることがますます明らかになる。精神《スピリット》の二つの世界の相互作用が、われわれに西洋のアイデンティティと、われわれの道徳的知的状況の豊かさとを与えてくれた。しかし、これらの相互作用は、災いの種子も含んでいた。終わりのいくつかのエッセイには、重複や繰り返しがある。ソクラテスとキリストとの間の、初期のキリスト教とそのユダヤ的起源との間の、類似性や対照性によって、私は、未来に関しても、ある問いを投げかけようとしている。キリスト教世界が、「大虐殺《ショアー》」（'Shoah'）を準備するにあたって果たした初期の役割に対して責任をとらされないかぎりは、そして、ヨーロッパの歴史が真夜中に停止した時の空念仏《キャント》と無力に対して申し開きをしないかぎりは、ヨーロッパの文化は、その内的エネルギーと自尊の念を取り戻すことはできないだろうと私は信じている。ある視点から見ると、このような問いかけは、読み書き文化と関わるものとは別の次元にある。別の視点をとると、両者は切り離せない。密に編みこまれているところの多いこの論集が、そのことを明らかにすることを私は願っている。

これらの文章の多くが『サルマガンディ』に最初に掲載された。この雑誌は「リトル・マガジン」の中では最も周到で、信頼の置けるものであると私には思われる。この本の多くは編集者のロバート・ボイヤーとペギー・ボイヤーのものである。エルダ・サザーンの気迫と洞察は、またも測り知れぬ価値をもっていることが明らかになった。迫り来るCD-ROMと「インターネット」の時代に対して、もし私が、刺激と脅威を少し感じているとするなら、それは息子のデイヴィッドが時代遅れの父親（私は実際に万年筆を使っている）に示した快活な叱責によるものである。

『言葉への情熱』が献呈される人々は、私がこれ以上言うことを望まないだろう。彼らの寛大な心と精神、私が言及している言語作品、美術作品、音楽作品に対する彼らが示す知識に裏付けされた喜びは、私に数々の世界を開いてくれた。彼らはしばしば、希望を回復させてくれる。

G・S

ケンブリッジ／オックスフォード、一九九五年

普通でない読者《アンコモン・リーダー》

シャルダンの「読書する哲学者」は、一七三四年十二月四日に完成した。それは、シャルダンの友人、画家アヴェドの肖像画であると考えられている。机の上に開げられた本を読む男もしくは女という画題と姿態は、よく見受けられるものである。室内装飾の下位ジャンルを形成していると言ってもよいくらいである。シャルダンの構図は、中世の彩飾画に、先行形式をもつ。彩飾画では、聖ヒエロニムスか誰かの、書物を読む姿態それ自体が、それが飾る本文を例解している。このテーマは、十九世紀に入ってかなり経ってからも人気があった（読書するボードレールを描いたクールベの有名な習作、あるいはドーミエが描いたさまざまな読書する人々に注目されたい）。しかし、「読書する人」（*le lecteur* or *la lectrice*）のモチーフは、十七世紀と十八世紀にとりわけ流行したように思われる。そしてそれは、オランダ室内画の偉大な時代と、フランス古典様式における家庭的な画題の扱いとを結ぶひとつの環を形成しており、シャルダンの作品全体がそれを代表するものだったのである。それゆえ、「読書する哲学者」は、それ自体で、その歴史的文脈において、常套的に扱われた（名匠によってではあるが）月並な画題を体現している。しかしながら、われわれの時代と感情の規準《コード》に照らして考えると、この「通常の」提示《ステイトメント》は、ほとんどあらゆる細部において、そして意味の原理において、価値の革命を指し示している。

最初に読書する人の服装を考えていただきたい。正装していることは疑いなく、儀式ばってさえいる。毛皮の付いた外套と帽子は錦織りの服を暗示する。これは、配色の、つや消しが施されているが、金色の光彩によって支持される。読書する人は、くつろいではいるが、「帽子」（'coif'）を被っている。この古めかしい語は、ものものしい儀式に求められるような特徴を実際に伝える（毛皮の付いた帽子《ボンネット》の形と描き方は十中八九レンブラントに由来するものであるということは、主として美術史的な興味を惹く問題である）。重要なのは強調された優雅さ、その場の衣服の入念さである。読書する人は、普段着で、あるいはだらしない格好で本に向かっているのではない。彼はそのために正装しているのである。この行動の手順は、われわれの注意を「礼装《ヴェストメント》」と「投資《インヴェストメント》」を包含する価値と感受性の構築物へと向ける。この行為、つまり読書の前の読者の自己正装《セルフ・インヴェスティチャー》の第一の特質は、「コルテシア」（*cortesia*）――「礼儀」（'courtesy'）ときわめて不完全に訳される語――のそれである。読書は、ここにおいては、偶然的で非計画的な行為ではけっしてない。ひとりの私人と「身分の高い客」との間の、礼儀正しい《コーティアス》、丁重《コートリー》と言ってよい出会いである。「身分の高い客」の現世的《モータル》な家への入来は、ヘルダーリンにより讃歌「祭りの日のように」の中で、コウルリッジにより「老水夫行」のきわめて謎めいた彼の注釈の中で生き生きと描き出されている。読者は心の慇懃さ《コートリネス》（これが「コルテシア」の意味すること）と、礼儀正しさと、細心の歓迎と歓待――おそらくはビロードか別珍の、朽ち葉色の袖と、毛皮の付いた外套と帽子は、その外面的な象徴――によって本を出迎える。

読書する人が帽子を被っているという事実は、ある共鳴音を明瞭に響かせている。民族誌学者は、参加者は帽子を被っていなくてはならない宗教的儀式的行事と、無帽のままの行事との違いにどのような一般的な意味があるかについてまだ教えてくれない。ユダヤの伝統においても、ギリシャ＝ローマの伝統においても、礼拝者、神託を伺う人、聖典や卜筮に近づく入門者は帽子を被る。シャルダンの読書する人もそうである。書物への接近、書物との出会いのもつ神秘的《ヌーミナス》な性格を明らかにしようとしているかのようである。毛皮の付いた帽子は、文字のはかない安定性に霊の炎を求める時のヘブライ神秘主義者もしくはタルムード学者の頭飾りを用心深く――レンブラントの共鳴音が関わってくるのはこの点であるが――ほのめかす。毛皮の付いた外衣《ロープ》と合わせると、読書する人の帽子は、知性の儀式、精神の張りつめた意味の把握――それがプロスペローを促して、魔法の本を開ける前に、彼に礼装させるのだが――という内包的な意味をまさに帯びるのである。

読書する人の右肘の傍にある砂時計に注目されたい。われわれはまたもや常套的モチーフを目にしている。しかしそこには意味が充満しているので、徹底的に注釈を加えるとすると、発明と死をめぐる西洋の意識の歴史をほとんど含むことになるだろう。シャルダンがそう配置しているように、砂時計は時間と書物の関係を知らせている。砂が砂時計の細い部分をすみやかに通り抜ける（ホプキンズ(一)は「ドイッチュラント号の遭難」の現世的騒乱の重要な箇所で、落ちる砂の静かな終局性を呼び起こしている）。しかしながら、本文《テクスト》は持続する。読書する人の命は時間単位で測られる。書物の命は千年単位で測られる。これは、ピンダロスによって初めて公言された意気軒昂な挑発である。「私が褒め讃える都市が滅び、私が歌いかける人々が忘却の淵に消えても、私の言葉は生き抜くだろう(二)」。この着想は、ホラティウスの「永続する記念碑」(*exegi monumentum*) が規範的表現を与え、マラルメの、宇宙の目的は「書物《ル・リーヴル》」、最後の本、時間を超越するテクストであるという誇張された想定で頂点に達する。大理石は崩れ、青銅は腐朽するが、書かれた文字は――一見、最も脆弱な媒体――が生き残る。書かれた文字は、それらを生み出した人々よりも長く生きる――フローベールは、自分は犬のように死の床にあるのに、彼が生み出した「尻軽女」エンマ・ボヴァリーは、紙片に走り書きされた生命のない文字から跳び出し生き続けるという逆説に声高に抗議した。これまでのところ、書物だけが死を回避し、ポール・エリュアール(三)が芸術家の中心をなすとみなした衝動――持続への根強い欲望（*le dure désir de durer*）――をみたしてきた（実際、書物は、自らの最初の存在の影から跳び出して、自らの生命を超えて生きのびることさえある。死語となって久しい言語の、生き生きとした翻訳が存在する）。シャルダンの絵では、漏刻はそれ自体、無限を表わす花托の、あるいは数字の8の図像的暗示によって二重の形態をしているが、読者の「生は短し《ヴィタ・ブレヴィス》」と書物の「芸は《アルス・》長し《ロンガ》」の間で、正確かつ皮肉に、転調する。彼が本を読むにつれて、彼自身の存在は衰微する。彼の読書は、読まれたテクストの存続を引き受ける《アンダーライト》――あとでまた戻るに値する語――遂行的連続性の連鎖の中のひとつの環である。

しかし、たとえ砂時計の形が一対をなしていても、その意味は弁証法的である。ガラスの中を落ちる砂は、書かれた文字の、時間に対する挑戦的な性質と、読書するために残された時間の短さとのいずれをも伝えている。学者の中で一番の本の虫でさえも、世界のテクストの総体の微小な一部分しか読めない。読まれていない本の並ぶ大きな棚、ボルヘスが寓話として描いた真夜中の図書館の叱責と魅惑を経験したことのない者は真の読者、真の「読書する哲学者」ではない。大英図書館やワイドナーの書庫の、読んでくれと言っている何十万、何百万もの書物の声を耳の奥に聞いたことのない者は読者ではない。一冊一冊の本に、忘却に対する賭け、沈黙に対する賭けがある。賭けに勝ったと言えるのは、その本が再び開かれる時である（人間とは対照的に、書物は偶然的な復活を何世紀も待つことができる）。シャルダンの描いた意味での真の読者は、誰もが、怠慢、つまり急いで通り過ぎた本棚、よく見ずにその背に指を慌ただしく(四)走らせただけの本の、責めたてるような重圧感を心の中に抱えている。私はこれまで十二、三度、サルピの書いたトリエント会議をめぐる長大な歴史書（西洋の宗教－政治の議論の展開においてきわめて重要な本の一冊）や、堂々たる装幀のニコライ・ハルトマン(五)の「全集《オペラ・オムニア》」をこそこそと逃げるように通り過ぎた。私は、現在出版されているアミエル(六)の（きわめて興味深い）一万六千頁の日誌を読み通すことはけっしてないだろう。「宇宙である図書館」（ボルヘスのマラルメ的言い回し）には時間はほんのわずかしかない。しかし、開かれていない本は、それでもわれわれに呼びかける、砂時計の落ちる砂のように、音もなく、しかし執拗に。砂時計は西洋の美術とアレゴリーにおいて、死神の伝統的な味方であるということは、シャルダンの構図の二重の意味作用――つまり、書物の未来の生命《アフターライフ》と、その力を借りなければ書物が埋もれたままとなる人間の生命の短さ――を示している。繰り返すと、砂時計と書物との間の意味の相互作用は大きく、われわれの内面生活の歴史の多くを包含するほどなのである。

　次に、書物の前にある三つの金属製の皿に注目されたい。これらのものは、頁の重しやのしとして使われた青銅のメダルあるいはメダリオンであることはほぼ確実である（フォリオ版では、頁は隅でめくれ上がる傾向がある）。これらのメダリオンには肖像や紋章的意匠や座右銘が描かれていると考えても突飛ではない。これは、古代から、現代の記念の貨幣やメダリオンに至るまで、貨幣芸術の当然の機能である。ルネサンスにおいてと同様、十八世紀においても、彫刻家や彫版家は、市民の、あるいは軍人の名声を集約して、文字通り刻むため、そして道徳的神話的な寓意的細工に持続的な表現を与えるために、これらの小さな円形体を利用した。かくしてわれわれは、シャルダンの絵の中に、第二の大きな意味論的法則《コード》の提示を見る。メダリオンもまたテクストなのである。それは大昔の言葉やイメージに起源をもつものかもしれないし、それらを再構成したものかもしれない。青銅の浮彫りや彫版は、時間の、腐食性を帯びた嫉妬心をものともしない。それは書物と同様に、意味が刻印されている。それは、碑文、パピルス紙写本、死海文書と同様に、暗闇の中での長い滞留ののちに光のもとに戻ったのかもしれない。この宝石細工のような組成は、ジェフリー・ヒル(七)の『マーシア讃歌』の十一番で完璧に表現されている。

> ネロのそれのように美しい貨幣。材料がよく重みがある。オッファ王と、彼の貨幣の鋳造者の名が銀の中で反響する。彼らは責任を負いつつも巧妙に鋳造する。彼らは王の顔を変えることができたのだ。
> 意匠の厳密さは、模倣を阻む。失敗すれば四肢切断だ。商売に適した模範的な金属。貧しい人々や、塩釜や牛舎を磨く人々によって価値を与えられる。

しかし、「模範的な金属」は、その重み、文字通りの重力が、皺の寄る脆弱な紙を抑えつけるが、それ自体、オウィディウスの言うように、頁の上の文字に較べれば、はかなく短命な存在だ。*Exegi monumentum* ――「私は青銅よりも永続する記念碑を建てた」と詩人は言う（ホラティウスからの引用句の、プーシキンの比類ない再現を思い出していただきたい）、そしてシャルダンは、書物の前に金属を置くことによって、言葉の長命という古来の驚異と逆説を的確に喚起する。

この長命は、この絵に構成上の中心点と光の焦点を与えている書物そのものによって確証される。この書物は、製本されたフォリオ紙であり、読書する人の服装とは微妙に対照的な外観を呈している。この書物の判型と外形は堂々たるものである（シャルダンの時代には、フォリオ本は所有者のために装幀され、したがって所有者の工夫の跡が残された可能性が高い）。ポケットにしのばせたり、空港のラウンジで読むためのものではない。砂時計の背後にもう一冊フォリオ版がある配置は、この読書する人が、数巻に及ぶ作品を読んでいることを暗示する。堅い内容の作品は、数巻に及ぶことが多い（まだ読み終えていないソレル（八）の、ヨーロッパとフランス革命をめぐる浩瀚な八巻本の外交史が私の脳裡から離れない）。もう一冊のフォリオ本が「読書する人《レクトゥール》」の右肩の背後に浮かび上がる。感受性を構成する価値と習慣は歴然と現われている。それらは、判型の大きさ、私有の図書室、装幀の依頼とその後の保全、正典としての外装に包まれた文字の生命を当然含意する。

メダルと砂時計のすぐ前に、われわれは、読書する人の鵞ペンを目にする。垂直性と、羽の上で戯れる光は、その物体の構図的実質的役割を強調する。鵞ペンは、応答の第一の義務を具体化している。それは読書をひとつの行為として定義する。よく読むことは、テクストに応答すること、テクストに責任をもつことである。「応答性《アンサラビリティ》」は、応答と責任の重大要素を包含する。よく読むことは、読んでいる本と責任ある相互作用に加わることである。それは全面的交換に乗り出すことである（「商売《コマース》に適している」とジェフリー・ヒルは言っている）。頁の上と読書する人の頰の上への光の二重の集中は、シャルダンが認識している最も重要な事実——よく読むことは、読んでいるものによって読まれることである——を再現している。よく読むことは、読んでいるものに対して責任をもつことである。今でもオックスフォードでは使われている吟味と返答の過程を意味する廃語「レスポンション」（'responsion'）が、鵞ペンに内在する活発な読書の複雑な数段階を速記する便法として用いることができるかもしれない。

鵞ペンは欄外の書き込みのために使われる。欄外の書き込みは、テクストに対する読者の応答、書物と彼自身との間の対話の直接的な表示である。それらは、読書過程に伴う内的発話の流れ——賞讃、皮肉、否定、付加——の活動的な転写である。欄外の書き込みは、本来の欄外ばかりでなく、頁の上下、行間にまで溢れ、組織化の範囲と密度において、本文そのものと肩を並べるようになるかもしれない。われわれの大図書館には、何代にも及ぶ真の読者が、印刷されたテクストの平行する行《ぎょう》の横、上下、間《あいだ》に速記や暗号で記した、あるいは走り書きした、あるいは凝った飾り文字で記した欄外注や、欄外注の欄外注から成る対抗図書館がある。欄外注が美学的教養や知的歴史の要《かなめ》であることが多い（ラシーヌの使っていたエウリピデスの本を見よ）。実際、欄外注は、間もなく出版されるコウルリッジのそれがそうであるように、作者であることの重要な行為を具現しているかもしれない。

　欄外に注が記されることが多いかもしれないが、それは異なる種類のものである。欄外の書き込みは、本文との衝動的な、そしてたぶん不平気味の会話あるいは論争をなぞる。番号が付されることの多い注は、もっと形式的で、協働作業的な性格をもつ傾向があるだろう。注は、それが可能であれば、頁の下に記されるだろう。注は本文のあれやこれやを解説するだろう。注は類似の、あるいは関連する典拠を引用するだろう。欄外に書き込む者は、本文と張り合う者のはしりである。注釈者は本文の従僕である。

　この奉仕は、修正と校正に読者が鵞ペンを使うことに、その最も厳格かつ必然的な表現を見出す。印刷の誤りを見落として修正しない者は、たんに無教養であるばかりか、精神と意味の偽誓者である。世俗の文化において恩寵《グレース》の状態を定義する最良の方法は、文字の誤りも内容の誤りも修正して後に続く者に手渡すという状態であるということかもしれない。もし、アビイ・ヴァールブルク(九)が断言するように、神は「細部にいる」のなら、信仰は、印刷ミスを修正することにある。にせのテクストに代えて、正当なテクストを校訂し、題詞、韻律、文体を再構成することは、限りなく過酷な技術である。A・E・ハウスマン(一〇)が一九二二年の「本文批評への思想の活用」と題する論文の中で明言しているように、「この学問と技術は、それを学ぶ者に、たんなる受容的精神以上のものを要求する。実のところ、まったく教えることのできないものだというのが真相である。批評家ハ生マレツキニシテ、作ラレルモノニアラズ（*criticus nascitur, non fit*)」。学識と感受性の結合、独創的《オリジナル》なものへの感情移入とためらう想像力との結合、これが正しい校訂を生むのであるが、ハウスマンが続けて言っているように、きわめてまれなものである。賭け金は高く、どっちに転ぶかわからない。シオボールド（二）は、フォールスタッフが「緑なす野原のことをべらべらしゃべりながら」死んだという校訂を提案した時、不朽の名を得たかもしれない——しかし彼の校訂は正しいのか。トマス・ナッシュの「大気《エア》から輝きが消える」に代えて「髪《ヘア》から輝きが消えた」とした二十世紀の本文編纂者は正しいかもしれないが、地獄落ちは確実だ。

「読書する哲学者」は、彼の鵞ペンによって、読んでいる本を転写するだろう。彼の作る抜き書きは、きわめて短い引用から、たっぷり書かれた筆写まで多様である。グーテンベルク以降の印刷物の増大と普及は、個人の転写の範囲と多様性を実際に増大させる。十六、七世紀の牧師や紳士は、彼の角本《ホーンブック》（子供の学習用にアルファベット、数字、主の祈りなどを書いた紙を板にはりつけて、透明な角質の薄片でおおい、柄のついた枠に入れたもの）、名言採録帳《コモンプレイス・ブック》、個人的な「美文集」（*florilegium*）や日課祈禱書《ブレヴィアリ》に、古今の大家の格言、「名文句」（'taffeta phrases'）、「金言」（*sententiae*）、模範的な弁論や文彩の言い回しを書き留めた。モンテーニュのエッセイは、共鳴や引用の生きた織物である。それは十九世紀の終わり近くまで続いた——ジョン・ヘンリー・ニューマン、エイブラハム・リンカーン、ジョージ・エリオット、カーライルなどの多様な男女の追憶によって証言される事実である。長い政治演説、説教、数頁に及ぶ韻文や散文、百科全書の項目、歴史記述の数章を転写するのは、若い読者や態度の明確な読者の生涯続く習慣だった。このような転写は多様な目的をもっていた。自分自身の文体の改善、論証や説得のためにすぐに使える実例の心への蓄え、正確な記憶の補強（きわめて重要な問題）である。しかし、転写は、とりわけテクストとの全面的関わり、読者と書物との間のダイナミックな相互性に適合する。

多様な反応様式――欄外への書き込み、注釈、本文修正、校訂、転写――の総和が、この全面的な関わりである。これらが一緒になって、書物が読まれ続けるという継続性を産み出すのである。読者の活動的な鵞ペンが、「応答の書」を書き留める（「返答《リプライ》」と「模写《レプリケーション》」との間の語源的なつながりが妥当する）。この反応は、複写《ファクシミリ》――全面的同調――と肯定的展開から、否定と反対陳述（多くの本が他の本に対する抗体《アンティボディ》である）に及ぶ多様な変化を示す。しかし、中心となる真実はこういうことである。すべての完璧な読書行為に潜在しているのは、応答の書を書きたいという衝動である。知的な人とは、きわめて簡単に言うと、本を読む時に、彼もしくは彼女の手に鉛筆を持っている人間のことである。

シャルダンの読書する人、フォリオ本、砂時計、刻印されたメダリオン、用意された鵞ペンを包んでいるのは静寂である。とくに北と東のフランスの、室内絵画、夜景画、静物画の先行画家そして同時代の画家と同様に、彼は、静寂の大家である。彼はそれをわれわれに現前させ、光と肌理《きめ》の質により、それに触知できる重みを与える。彼独特の絵において、静寂は触知できるものである。テーブルクロスとカーテンの厚い素材に、背後の壁の荘重な落ち着きに、読書する人のガウンと帽子の包み込むような毛皮に。真の読書は静寂を必要とする（アウグスティヌスは有名な一節で、彼の師アンブロシウスが、唇を動かさずに読書できた最初の人であったと記録している）。読書は、シャルダンが描いているように、静かで孤独である。読書は震える静寂であり、言葉の生命にみちた孤独である。しかし、読書する人と世間との間にはカーテンが引かれている（蝕まれてはいるが鍵となる語は「現世《マンダニティ》」である）。

この絵には注釈すべき他の要素が数多くあるだろう。科学的探究を含意し、構成への衝迫が明白な蒸留器。学者あるいは哲学者の書斎であることを想起させるための常套であることが明白な棚の上の頭蓋骨。

それはたぶん、死すべき人間と生き残るテクストを分節化するための付加的図像である。鵞ペンと砂時計の砂——書いた文字のインクを乾かすための砂——との間に起こりうる相互作用（この点に関してはまったく確信はない）。しかし、シャルダンの「読書する哲学者」の主たる構成要素を一瞥しただけで、読書行為の古典的視覚像がわかる。中世の聖ヒエロニムスの表象から十九世紀末に至るまで、聖書台《レクターン》に向かうエラスムスからマラルメの神格化された「書物《ル・リーヴル》」に至るまでの西洋芸術によって立証し、詳しくたどることのできる視覚像である。

今日、読書行為はどうなっているのか。今日の読書行為と、一七三四年のシャルダンの絵に内在する手順と価値とはどのように関係するのか。

シャルダンの「哲学者」が着ている服装に含意されている「コルテシア」、読者と書物との間の儀式めいた出会いというモチーフは、今日ではあまりにも時代がかっており、ほとんど再現することはできない。かりに、そのようなものに出会うことがあるとするなら、教会の礼拝における聖書の一節の朗読や、ユダヤ教会堂において頭を覆ってモーセ五書に向かう厳粛な歩み《アクセス》などの儀式化された、古風なものにならざるをえない行事においてだけである。略式がわれわれの合い言葉になっている——とは言っても、自分を自由だと思っている多くの人々は、たんにボタンをはずしてくつろいでいるにすぎないというメンケンの皮肉には、鋭いとげがある。

適切に要約できないほど過激で、影響が広範囲に及ぶ変化は、シャルダンの配置のもとでの、砂時計、フォリオ本、髑髏などの表象のような、時間性《テンポラリティ》の価値の変化である。時間と言葉、人間の不可避の死と生き残る文学という逆説、これら両者の間の関係は、ピンダロスからマラルメに至る西洋の高尚な文化にとってはきわめて重要であり、シャルダンの絵の中心を占めていることは明白だが、それが変化したのである。この変化は、一方では、作者と時間との間の、他方では読者とテクストとの間の古典的な関係の、二つの本質的な要素に影響を与えている。

現代の作家が、不死というけしからぬ希望を抱き続けていること、彼らが、言葉が彼ら自身の個人的な死を超えて持続するばかりでなく、来たる数世紀間にわたって持続することを願って言葉を書き留め続けていることはもっともな話である。この自惚れ《コンシート》——普通の意味においても、技法上の意味〔奇想〕においても——は、オーデンのイェイツ挽歌になおも、彼らしい皮肉を伴ってではあるが、反響している。しかし、そのような希望が残っているとしても、公けに表明されることはないし、ましてや力強く言明されることはない。ピンダロス的‐ホラティウス的‐オウィディウス的な、文学の不死の宣言は、西洋の要欄《シラバス》では数えきれないくらい繰り返されてきたが、今は耳ざわりに聞こえる。「名声」(*fama*)、死に挑み、死への反論として達成される文学的栄光という考えそのものが当惑を与える。「記念碑」(*exegi monumentum*)の比喩とカフカの、書くことは癩病である、つまり、普通の陽光を浴びる良識のある人々からは隠されなくてはならない不透明な、たちの悪い病気であるという何度も繰り返し述べられた発見との間の距離ほどかけ離れたものはない。しかし、カフカの提案は、曖昧で戦略的なものであったかもしれないが、現代の芸術作品の不安定で、おそらくは病的な起源と地位をめぐるわれわれの理解を性格づけている。サルトルが、文学上の人物の中で最も活力にみちた人物でさえ、意味の標示の集合、頁の上の恣意的な文字の集合でしかないと主張する時、彼は、フローベールの抱いている、エンマ・ボヴァリーの自立的な生命、彼の死後ももつ生命に対する傷ついた幻想を、きっぱりと脱神話化しようとしているのである。「記念碑」(*monumentum*)、その概念と内包的意味(「不滅なるもの《ザ・モニュメンタル》」)は皮肉に変わった。この推移は、ベン・ベリットの「わが手、書き手」の中に、悲哀とともに見事に記されている――ローマのセスティウスのピラミッドの傍らのキーツとシェリーの墓の回想も添えられている。

私は書く、死んだあとのように、
墓石の平面に
あなたのように、石切工のインクを使って、
詩華選の編者の日付けと星印を、
挿入句の印を
ピラミッド建造者のガスに、

雀蜂がぐるぐる回るオベリスクを
毒をまく自動車行列に。

「死んだあとのように」の正確さに注目されたい。古典的な詩人が自分の作品のために、そして意気軒昂な推断により自分自身のために地図に描くパルナッソスへの「聖なる道」(*voie sacrée*)ではないのだ。「ピラミッド建造者のガス」は世俗的な解釈――「ピラミッド建造者の駄法螺《ホット・エア》」、彼らの空ろな大言壮語――を許容するし、実際に誘発する。詩人にかしずくのは、神聖な修辞の運び手であるプラトンの蜂ではなく、騒々しく不潔な雀蜂(Vespas, 'wasps')なのである。彼らの酸性の針は、詩人の記念碑を解体する、

彼らの体現する集団テクノロジーの価値が、彼の作品の風趣《オーラ》を分解するように。われわれはもはや、個人の死を否定するものとしてテクストに頼ることはない、旧中国の官吏の策略なら話は別だが。「何もかも当てにならない」とベリットは言う。

　　狂人が
　通りで待ち構える。誰も聞かない。私は
　何をすべきなのでしょう。私は、水の上に書いているのです……

この孤独な詩句は、もちろん、キーツのものである。しかし、それはすぐに、「アドネーイス」におけるシェリーの不死の確信によって否定された。この否定は、キーツが望み、どういうわけか、予期していたものである。今日、このような否定は空ろに響く（「ピラミッドの建造者のガス」）。

　読書する人はこの皮肉な衰微に応じる。彼にとっても、目の前の書物が彼自身の生命より長く生き、砂時計や棚の上の「死せる頭」（*caput mortuum*）に勝つという考えは、直接性を失っている。この喪失は、書かれた言葉の「権威」（*auctoritas*）、規範的で規定的な地位という論題全体を巻き込む。教養《カルチャー》、礼儀正し《シヴィリティ》さという古典的理想と、要綱の伝達、その権威により続く世代が生活上の品行を試し、正当化する神託集的な、あるいは正典的なテクストの研究（マシュー・アーノルドの「試金石」）という古典的理想とを同一視することは、けっして過度の単純化ではない。ギリシャの「ポリス」（*polis*）は自らを、諸原理、ホメロスに由来する英雄的政治的先例の実感される圧力の有機的媒体とみなした。イギリスの文化と歴史の腱は、どの接合部においても、その文化と歴史に偏在する欽定英訳聖書、公式祈禱文、シェイクスピアから切り離すことはできない。集団的経験と個人的経験は、テクストの花環《ガーランド》に秩序を与える鏡を見出した。自己実現は、その語の十全の意味において、「学究的《ブッキッシュ》」なのである（シャルダンの絵において、光は開かれた書物に引き寄せられ、そこから投射される）。

現在の読み書き文化は拡散的で、敬虔さに欠けている。神託的導きを求めて書物に向かうのは、もはや自然な仕草ではない。われわれは「権威」を信じていない――威厳のある書写本や聖典、不変を希求するがゆえに古典的作者の権威の核心をなすものを信じていない。われわれが本を書いたのではない。本とのきわめて強烈かつ、貫かんばかりの出会いといえども、間接的な経験なのである。これは難問である。ロマン主義の遺産は、奮闘を重ねる唯我論、直接性からの自我の発展という遺産である。生気論的自発性というたったひとつの綱領が、「春の森の衝撃」は埃をかぶった図書館の総和よりも価値があるというワーズワスの主張から、一九六八年のフランクフルト大学の過激な学生のスローガン――「もう引用はやめよう」――へと結局は帰着する。いずれの場合も、「生命の生命」の、「文字の生命」に対する論争であり、根源的な個人的体験の、この上なく深く実感される文学的感情にさえも伴う派生性に対する論争である。われわれにとって、「生命の書物」という言い回しは、詭弁的な二律背反もしくは陳腐な表現である。「黙示録」の翻訳の決定的な箇所でその言い回しを使ったルターにとって、そしてたぶんシャルダンの読書する人にとって、「生命の書物」は具体的な真実である。

物体として、書物自体が変化した。大学や古籍商のような環境でなければ、シャルダンの「読者《レクトウール》」がそれを前に思いにふけっている大きな書物を利用したことのある人はもちろん、そういうものに出会ったことのある人でさえもほとんどいないだろう。今日誰が、書物を個人用に装幀してもらうだろうか。フォリオ本の判型と雰囲気の中に、絵に見られるように、個人の図書室、壁一面の、本の並ぶ棚、図書室用踏み段、書見台《レクターン》が含まれており、それは、モンテーニュ、イーヴリン、モンテスキュー、トマス・ジェファーソンの内面生活の機能的な空間なのである。次にはこの空間が、明確な経済的社会的関係を伴う。たとえば、書物の埃を払い、油を塗る使用人と書物を読む主人との間のそれや、学者の清められた隠遁所《プライヴァシー》と家族や外の世界が騒々しい現世的な生活を営むもっと卑俗な領域との間のそれである。われわれの中でそのような図書室を知っている者の数は少ないし、所有している者の数はさらに少ない。古典的な読書行為が行なわれた経済組織全体、特権の構造が遠い過去のものとなった（われわれは、かつて高尚な読書趣味の効果的な枠組みであったものを、拡大された尺度で見るために、ニューヨークのモーガン図書館やイギリスの大きなカントリー・ハウスを訪ねる）。現代のアパート、とくに若者用のそれには、数列の書物、フォリオ本、クォート本、シャルダンの読書する人がそこから本を選んだ何巻もの全集（*opera omnia*）を置くスペース、壁面がない。LPレコード用のキャビネットやレコード棚が、かつては書物用に確保されていた空間を、今日どれほど占領しているかは、実際に印象的である（音楽が読書に取って代わったことは、今日の西洋の感性の変化におけるきわめて複雑な主要要素のひとつである）。その上、本がある場所には、程度の差こそあれ、ペイパーバックが置かれているだろう。この「ペイパーバック革命」がテクノロジーの解放的で創造的な例であったこと、文学の届く範囲を広げ、中には時に難解《エソテリック》なものも含まれている全領域に及ぶ資料を手の届くものに生き返らせたことは今日疑う余地はない。しかし、盾には反面がある。ペイパーバックは物質的にははかないものである。ペイパーバックをためることと蔵書とは違う。ペイパーバックは、その性格からして、文学と思想の総体から、あらかじめ選択し、選集を作る。ひとりの作家の全集を手にすることはなく、あるとしてもごくまれである。現代の風潮によってその作家の二流作品とみなされるものは手に入らない。しかし、読書行為が真正のものとなるのは、ひとりの作家を総体として知る時、つまり、われわれが、彼の「失敗作」に、たとえ不満気味であれ特別の憂慮をもって向かい、われわれ各自に現前する作家像を解釈する時に限られる。ポケットの中で隅が折れ、空港のラウンジで捨てられたり、即席の煉瓦のブックエンドの間でいじけているペイパーバックは製本の驚異であり、それと同時に、シャルダンの描いた場面に明確に表わされている形と精神の大らかさ《ラージェス》の否定である。「またわたしは、玉座にすわっておられる方の右の手に巻物があるのを見た。表にも裏にも字が書いてあり、七つの封印で封じられていた」。ペイパーバックは七つの封印をもつことができるだろうか。

　われわれは下線を入れる（とりわけ学生や早く書くようせきたてられている書評家の場合はそうである）。時には余白に注釈を走り書きする。しかし、エラスムスやコウルリッジの意味での欄外の書込み《マージナリア》をする者がいかに少ないことか。溢れんばかりの活力をもって注解する者のいかに少ないことか。今日、校訂するのは、熟練した碑銘研究家や、書誌学者や、本文批評学者だけだということである。彼らが出会うテクストは、その持続的な活力と、その存在の核心と輝きが読者との協働の参加に依存しているところの生きた現前である。古典の引用のきわめて愚かしいしくじりでさえ、それを訂正できる知識をもつ者がわれわれの間に何人いるか。拍節や韻律のきわめて幼稚な誤りでさえ、それを指摘し、校訂できる知識をもつ者が何人いるか。現代の最も評判の高い版にさえ、そのようなしくじりや誤りはふんだんにあるのである。われわれの中の誰が、自分に最も直接的に語りかけ、最も鋭く自分の「心中を見抜く」本の数頁を、個人的な満足と記憶力への委託のためにと言ってわざわざ転写するだろうか。

　記憶力が、言うまでもなく要《かなめ》である。テクストへの「応答性《アンサラビリティ》」、「権威」（*auctoritas*）への理解と批評という反応、これらが古典的な読書行為とその行為のシャルダンによる描写に生気を与えているが、それは「記憶術」に厳密に依存している。「読書する哲学者」は、古典古代から、おおよそ第一次大戦まで連続する伝統の中にある彼の周囲の教養人と同様に、テクストを暗記する〔一心に覚える《バイ・ハート》〕（厳密に考えるに値する慣用句）ことだろう。教養人は聖書、祈禱書、叙事詩、抒情詩の章節の相当数を暗記するだろう。この点におけるマコーレーの恐るべき素養——学童の頃に彼はラテン語や英語の詩の相当量を暗記していた——は、一般的習慣の高められた実例でしかなかった。聖書から引用し、ホメロス、ウェルギリウス、ホラティウス、オウィディウスからの長い引用文を暗唱し、シェイクスピア、ミルトン、ポープからの引用に即座に答礼《キャップ》できる能力が、さまざま反響、知的感情的認知と相互性から成る共有される組織を生み出した。イギリスの政治、法律、学問《レターズ》の言語はその上に築かれたのである。ラテン語原典、ラ・フォンテーヌ、ラシーヌ、ヴィクトル・ユゴーの集合喇叭《ラッパ》の暗記が、フランスの公けの生活の組織全体に修辞的強調を与えたのである。古典的読者、シャルダンの「読書する人」は、彼が読んでいるテクストを、反響する集合体《マニフォールド》の中に位置づける。反響は反響に応え、類比は厳密で連続的であり、訂正と校訂は、正確に記憶された先例による正当性をになう。読書する人は、彼自身の貯えの中にある典拠と記憶の分節された稠密態からテクストに応える。記憶の女神と発明の女神が同一であるのは古来の恐るべき暗示である。

記憶力の萎縮は二十世紀中期および後期の教育と文化の著しい特徴である。われわれの大多数は、西洋文学の基底にある原本《スクリプト》（キャクストンからロバート・ローウェルに至るまで、英語の詩は、先行する詩の暗黙の反響をその内部にもっている）、われわれの法律や公的制度の基礎でもある重要な聖書や古典の章節を引用することはおろか、識別することさえできないのである。ギリシャ神話、旧約聖書と新約聖書、古典、古代史、ヨーロッパ史への最も基本的な引喩でさえ、深遠難解《ヘルメティック》なものとなってしまった。今日、短い本文が、脚注という大きな支柱の上であぶなっかしい生活を送っている。動物相と植物相、主な星座、典礼の時間と時期、それらを識別する力は、今日、専門的な知識になっているが、C・S・ルイスが示したように、ボッカチオからテニソンに至る西洋の詩、劇、ロマンスを少しでも理解するには、そのような識別力に直接依存するのである。われわれはもはや暗記しない。内面の空間は無言であるか、耳ざわりな些事が詰め込まれているかのいずれかである（比較的に準備のできている学生に対してさえ、「リシダス」のタイトルに反応するように求めたり、牧歌《エクローグ》とは何であるかと尋ねたり、その詩の冒頭の四行に、その意味、意味の意味を与えているホラティウスの引喩やウェルギリウスとスペンサーの反響のひとつでさえ識別するように、求めてはならない。今日の学校教育、とりわけ合衆国のそれは、計画的健忘症である）。

記憶力の強靱さは、静寂、シャルダンの人物画に明白に表われているような静寂があるところでのみ養われる。暗記、忠実な転写、深い読みは、静寂の中で沈黙のうちに行われるべきである。静寂という秩序は、西洋社会の今の時点では、ひとつの贅沢になりつつある。われわれの注意力の持続する時間の短縮、集中力の拡散——電話の呼び出し音に邪魔されることがあるという単純な事実、ストイックな決断のもとに抑制しているなら別だが、何をしていても、われわれの大半は電話に出るだろうという付随的な事実によってそれはもたらされる——を未来の意識の歴史家（*historiens des mentalités*）が測定する必要が生じるだろう。騒音のレヴェル、夜の静寂ばかりでなく、シャルダンと彼の描く読書する人の日常生活をまだ包んでいた自然のどっしりとした静寂の減少の歴史学をわれわれは必要としている。最近の調査が示唆するところによると、合衆国の青少年《アドレサント》のおよそ七十五パーセントが、音（背後あるいは隣室のラジオ、レコード・プレイヤー、テレビ）を背景に読書している。組織化された音をバックに聴かないと堅い本は読めないと告白する若者と青少年がますます増加している。われわれは、競合する同時発生の刺激を脳がどう処理し統合するかについてあまりにもわずかしか知らないので、この電気音の入力エネルギーが、読書に伴う注意力と概念作用の中枢にどう働くか正確には言えない。しかし少なくとも、われわれの存在を書物のそれと接合する正確な理解、記憶、活発な反応のための能力が徹底的に損なわれるというのはありそうなことである。われわれは、シャルダンの「読書する哲学者」とは違い、パートタイムの読者、半読者になる傾向がある。

「古典的な読書行為」と私が呼んだものに手段として役立つ態度と規律の複合体、その回復を今日望むのは空しいことだろう。この行為を維持し、それを取り囲む権力関係（*auctoritas*）、余暇と家内活動の経済関係《エコノミックス》、私的空間と保護された静寂の建築術《アーキテクトニクス》は、西洋の消費社会の平等主義的人民主義的目的には大部分が受け入れがたいものである。このことが、実際上、やっかいな異例の事態へと通じている。次のような社会あるいは社会秩序がある。そこでは、シャルダンの絵画に含意されている感受性の価値と特性の多くがまだ働いており、古典が熱心に注意深く読まれており、文学の優位性と競合するようなマス・メディアはほとんどなく、中等教育と検閲の脅威が、絶えざる暗記と、記憶から記憶へのテクストの伝達を引き起こしている。語源的な意味で書物中心的《ブッキッシュ》であり、正典的テクストの絶えざる参照によって己れの運命を論じ、歴史的記録に対する意識がきわめて強圧的であると同時に脆弱であるので、釈義学的変造をまことに熱心にする社会がある。もちろん私はソヴィエト連邦のことを言っているのである。この実例だけで、偉大な芸術と中央集権、高度の教養《リテラシー》と政治的絶対主義との間の親近性をめぐるプラトンの対話篇と同じくらい古い困った問題を想起するのに十分であろう。

しかし、民主的テクノロジー的西洋においては、判断するかぎりでは、骰子は投げられた。フォリオ本、個人の図書室、古典語への精通、記憶術は、ますます専門的な少数者のものとなるだろう。静寂と孤独の値段はますます高くなるだろう。（音楽の遍在と威信の一部は、他人と一緒に居ながら聴くことができるという事実にまさに由来する。真剣な読書は親友さえ排除する。）「読書する哲学者」によって象徴されている嗜好と技術は、語本来の意味において学究的《アカデミック》である。大学の図書館、古文書館、教授の書斎で見られるものである。

危険は明らかである。多くのギリシャ、ラテンの文学ばかりでなく、『神曲』から『スウィーニー・アゴニスティーズ』（T・S・エリオットの詩の大半がそうであるように、反響の重ね書き《パリンプセスト》である詩）に至るヨーロッパ文学の相当部分が普通には手の届かないものになった。学者による保全と、大学生のとぎれとぎれの訪問を前提にしているため、かつては教養人にはすぐに思い出された作品が、ワシントンのクーリッジ・コレクションのガラスの奥の沈黙のストラディヴァリウスのヴァイオリンのような、ものさびしい部分的な生を今は送っている。かつては肥沃だった土地のうちの広大な領域が、すでに開墾の見込みさえなくなっている。専門家以外の誰がボイアルド[一一]、タッソー、アリオストを読むだろうか。彼らは、それなくしてはルネサンスの概念もロマン主義の概念もあまり意味をなさないイタリア叙事詩の網細工のような系譜を形成しているのである。スペンサーは、ミルトンやキーツやテニソンにとってそうであったように、われわれの感情のレパートリーの中で、今でもなお、中心的な存在であろう。ヴォルテールの悲劇は、文字通り閉じられた本《クローズド・ブック》（まったく理解できない事柄）である。ほぼ一世紀にわたってヨーロッパの、公的言表の趣味と様式を支配したもの、マドリードからサンクト・ペテルブルグまで、ナポリからワイマールまで、引き続き上演されていたものは、シェイクスピアでもなければ、ラシーヌでもなく、ヴォルテールの劇であったことを思い出せるのは学者だけかもしれない。

しかし損失はわれわれだけのものではない。十全なる読書行為の本質は、すでにみたように、力動的な相互性、テクストの生命への応答《レスポンション》〔吟味・返答〕である。テクストは、それがたとえどれほど霊感にみちたものであろうと、読まれなければ、意味ある存在にはなりえない（演奏されないストラディヴァリウスにどんな生命の核心があるのか）。真の読者と書物との関係は創造的である。読者が書物を必要とするように、書物が読者を必要とする――この信頼の同等性がシャルダンの絵の構図に正確に描かれている。すべての真の読書行為、すべての「見事な読書」（*lecture bien faite*）はテクストとの協同作業であるというのは、このまったく具体的な意味においてそうなのである。「見事な読書」は、真の読み書き文化をめぐる比類ない分析（『歴史と異教的精神をめぐる対話』一九一二―一三年）においてシャルル・ペギーが定義した言葉である。

見事な読書は……真なるもの、本物なるもの以下ではなく、それにとりわけ、テクストの現実の完成、作品の現実の完成以下ではない。最高の達成、特別で最高の恩寵のようなものである。……それはかくして文字通りに協同作業であり、親密で内的な協同作業であり……また、高み、至高の特異なるもの、驚くべき責任である。それは驚嘆すべき運命、ほとんど戦慄すべきことである。多くの偉大な書物、偉大な人間の多くの作品、かくも偉大でたくましい人間の多くの作品が、再び成就、完成、……われわれの読書の最高の達成を受け取ることは。われわれにとって、なんと恐ろしい責任であろうか。

ペギーの言うように、「なんと恐ろしい責任であろうか」、そしてまた、なんと大きな特権であることか、最も偉大な文学でさえ、その存続が「見事な読書、立派な読書」に依存しているとは。そしてこの読書行為は、官吏的専門家の管理にのみ任せられないということを知ることは。

しかし、どこにわれわれは真の読者、「読み方を知っている読者」（*des lecteurs qui sachent lire*）を見出せるだろうか。そういう人々をわれわれは養成しなくてはならないと私は思う。

「創造的読書学校」という夢《ヴイジョン》を私は抱いている（「学校」というのはあまりにも仰々しい語である。静かな部屋と机があれば間に合う）。最も単純なところから、それゆえ最も熟練を要する物質的完全性《インテグリテイ》から始めなくてはならないだろう。われわれは、文を解剖し、テクストの文法を分析することを学ばなくてはならない。ローマン・ヤコブソンが教えてくれたように、もし文法の詩学に盲目であるならば、詩の文法、詩の腱や筋肉にあたる部分に近づくことはできない。われわれは、ヴィクトリア朝時代には読み書きのできる学童にもなじみのものであった韻律や韻律分析《スキャンシヨン》の規則を再び学ばなくてはならない。衒学趣味からそうしなくてはならないというのではなく、すべての詩において、そして散文のかなりの部分において、韻律が思考と感情の支配的な音楽であるという圧倒的な事実があるからである。われわれは、記憶力の麻痺した筋肉を生き返らせ、われわれのまったく平凡な自己の中に精密な記憶力の大きな源泉を再発見し、われわれの中にしっかりとした足場をもつテクストの喜びを再発見しなくてはならない。われわれは、神話的聖書的認知、共有される歴史的想起の基本を獲得したい。それがなければ、チョーサー、ミルトン、ゲーテからの一行も適切に読むことはまず不可能だろうし、マンデリシュターム〔二三〕（反響の名匠であることが判明している）のことさらモダニスト的な実例を挙げることもまず不可能だろう。ますます入念なものになりつつある脚注に頼るしかないだろう。

「創造的読書」の教室は一歩一歩前進するだろう。それは現在の読書習慣の難読症に近い状態から始める。そして、たとえば十九世紀末のヨーロッパと合衆国における高い教養のある人々の間に広く見られた程度の教養量を達成することを希望とするだろう。切望する理想は、「完成《アシェヴマン》」、マンデリシュタームのダンテ論やハイデガーのソポクレス論のような完全な読書行為がその模範となる、ペギーの言うところのテクストへの没入の最高の成就であろう。

他の選択肢——一方では世俗的で騒々しく空虚な知性、他方では博物館のガラス戸棚への文学の退却——は心安まるものではない。一方では古典の安っぽくけばけばしい「あらすじ《プロット・アウトライン》」や噛み砕いてつまらなくした改作、他方では読みにくい集注版。読み書き文化は中間地帯を取り返すべく努力しなくてはならない。もし、これに失敗すると、もし「見事な読書」が時代遅れの職人芸《アーティファイス》ということになると、われわれの生活に大きな空虚が入り込み、シャルダンの絵の中の静寂と光をもはやわれわれは体験しなくなるだろう。

世紀の変わり目に、数学の基礎に、哲学的危機があった。フレーゲやラッセルのような論理学者、数理哲学者、形式意味論学者は、数学的推論と証明の公理的構造を探究した。数学の真の性格をめぐる古来の論理学的形而上学的議論――数学は恣意的慣例的なものなのか、世界の経験的秩序の中の現実に対応する「自然な」構造物なのか――が復活し、それに厳密な哲学的技術的表現が与えられた。首尾一貫した数学的体系と運算規則には「外部」の追加が必要であるというゲーデルの有名な証明は、厳密な意味での数学的な領域をはるかに超えた形式上、応用上の意義をもった。数学的推論と証明の論理学的基礎、内的一貫性、心理的もしくは存在論的根拠に関する十九世紀末から二十世紀初めにかけて投げかけられた問いのいくつかは、今でもなお未解決であると言うのが正しい。

類似の危機が言語の概念と理解にも起こっている。問いかけと議論の遠い起源は、またもや、プラトン、アリストテレス、ストア派の思想である。グラマトロジー、意味論、意味の解釈と実際の解釈行為の研究(解釈学)、人間の言葉のありうべき起源のモデル、言語行為と実践の形式的語用論的分析と記述――それらはプラトンの『クラテュロス』と『テアテテス』、アリストテレスの論理学、古典期と古典期以後の修辞学の技術と解剖にその先例をもつ。にもかかわらず、現在の「言語的展開《ラングウエッジ・ターン》」は、言語学、文法の論理学的探究、意味論と記号論の理論ばかりでなく、哲学一般、詩学、文学研究、心理学、政治理論に影響を与えているが、伝統的な感性と前提とは根本的に絶縁しているのである。「意味の危機」の歴史的起源それ自体が錯綜していて魅力的である。ここでは、要約したかたちでしか論及できない。

カント的革命は多くの点で保守的であるが、その中に、言葉と世界との間の関係をめぐる根本的な再点検と批判の萌芽を含んでいた。カントによる根源的知覚の、人間理性内への論理学的心理学的位置づけ、「物自体」、「そこにある《アウト・ゼア》」究極的現実‐実体は、分析的な定義をすることも論証することもできない、ましてや、分節化することもできないという確信が、唯我論と懐疑の土台をすえた。言語の現実からの乖離、指示の知覚からの乖離は、カントの共通感覚の観念論とは異質のものであるが、暗黙の潜在態である。この潜在態は、最初は、言語学や哲学的論理学によってではなく、詩と詩学によって把握されるだろう。現在の、変換生成文法、言語行為、テクスト読解の構造主義的方法と脱構築的方法をめぐる議論、要するに「意味の意味」への現代の焦点化――これはマラルメとランボーの詩学と実験的実践に由来する。現代の、議論のための議題一覧表《アジェンダ》――それは言語の本質の問題を哲学的および応用的「人間学」(*sciences de l'homme*)のど真中に位置づける――が産み出されたのは、一八七〇年代から一八九〇年代中期にかけてのことである。マラルメとランボーのあとに来たわれわれは、真摯な人類学は、その形式的実体的核心に、「ロゴス」の理論もしくは語用論をもっていることをわれわれは知っている。

詩的言語と外的指示とを分離し、薔薇の、それ以外に定義することも再現することもできない感触や匂いを、外的照応と妥当性付与の虚構にではなく、「薔薇」という語に定着させようとする綱領的企図の源は、マラルメなのである。詩的言説は、実のところ、本質的で最大限に有意化された言説であり、それが、内的に一貫性をもち、無限に内包的で革新的な構造もしくは形状を構成している。それは、おおむね不確定で幻想的な知覚経験のそれよりも豊かなものである。その論理と力学は内化されている。語は他の語を指示する。「世界の名付け」――すべての西洋の言語理論の根源的神話かつ隠喩であるアダム的奇想――は、「外在する《アウト・ゼア》」世界の記述的もしくは分析的地図作成ではなく、概念的可能性の逐語的構築、活性化、展開である。（詩的な）言葉は創造である。ランボーの「私は他者である」は、個性の拡散、「エゴ」の歴史的認識論的衰退のその後の歴史と理論の根底にある。フーコーが古典的もしくはユダヤ‐キリスト教的「自己《セルフ》」の終焉を通告する時、また、脱構築の批評家たちが個人の「権威」（*auctoritas*）の概念を拒絶する時、また、ハイデガーが、自律的な意味の、媒体、程度の差こそあれ不透明な道具でしかない人間に先立って存在する本体論的源泉から「言語が語る」ように命じる時、彼らは、彼ら各人に独自の戦術的意図の枠組みの中で、ランボーの破壊的な《アナーキック》宣言、伝統と無邪気なリアリズムに対する忘我的「攪乱」（*dérèglement*）を発展させ、体系化しているのである。

この自己の拡散、散種、言葉と経験論的世界との間の、公的言表と実際に言われていることとの間の素朴な照応の破壊は、精神分析学者たちによって力説されている。人間の言葉、書かれたテクストに対するフロイト的な見解と扱いは（深層の解読、語源や語の連想という隠されたレヴェルへの啓示的な下降というタルムード的、カバラ的技法との類似性が明らかなものによって）言葉の旧来の安定性を根本からずらし、崩す。われわれの話し言葉もしくは書き言葉の共通の意味《コモン・センス》――この慣用句に注目――、われわれの統辞法の目に見える順序や意味《ヴァリュー》が、仮面をつけた表層であることが示される。意識化された語彙的意味の各層の下には、程度の差こそあれ認識され、自覚され、意図された意味のさらなる層が横たわっている。意図性、明言されながらも隠然たる意味作用の諸衝動は、脆い表層から、無意識の底知れない闇の深層構造もしくは前構造に広がる。どのような意味の帰属もけっして最終的なものではなく、どのような連想の系列にも、起こりうる反響のどのような領野にも、終端はない（フロイトに対するウィトゲンシュタインの異議は、まさにこの点をとらえたものである）。意味と、それを表出する、あるいはもっと正確に言うと、それをコード化する心理的エネルギーは永久運動をしている。「われわれは、われわれの言うことを意味しなくてはならないか」と認識論者は問う。「われわれは、われわれの言うことを意味することができるのか」と精神分析学者は問う。ランボー以降、われわれが「私」あるいは「われわれ」と呼んでいる安定した同一性という虚構は何なのか。

世紀の変わり目に中央ヨーロッパに起こり、のちに英米で制度化されて実践される論理実証主義と言語哲学は、意味と無意味との間の、合理的に言われうることと言われえないこととの間の、真理‐関数と隠喩との間の境界画定の実践である。言語の形而上学的不純物、検証されない推論の上すべりな幻想を「言語から清める」努力が、論理学、透明な形式化と理路整然とした懐疑主義の名のもとに行われる。しかし、ウィーン学団、フレーゲ、ウィトゲンシュタインと彼の後継者たちに生き生きと現われている浄化と禁欲的明晰さの回復というカタルシス的‐治療学的イメージ、理想は、「部族の言葉を浄化し」よう、言語を自らにとって透明なものにしよう、というマラルメの有名な緊急命令と明らかに関係がある。

言葉と世界に関する古典的無邪気さに対する言語批判と脱構築という第四の主要領域は、歴史的かつ文化的なものである。ここでもまた、ほとんど例外なく、その起源は中央ヨーロッパとユダヤである。（私が取り組んでいる哲学的、心理学的、文学的、文化‐政治的全運動のユダヤ的性格、あるいはこの運動とヨーロッパのユダヤ主義の悲劇的宿命との間の緊張を孕んだ重なりのもつユダヤ的性格は強調するまでもない。ローマン・ヤコブソン、フロイト、ウィトゲンシュタイン、カール・クラウス、カフカあるいはウアルター・ベンヤミンからレヴィ＝ストロース、ジャック・デリダそしてサール・クリプキ（二）に至るわれわれの探究の登場人物は、より大きな論理学を明らかにしている。）この第四の領野は、言語を不適格な道具、たんに政治的社会的虚偽の道具であるばかりでなく、潜在する野蛮性の道具として批判する。ホフマンスタールの「チャンドス卿の手紙」、フランツ・カフカの寓話、マウトナー（二）の言語への非難（ウィトゲンシュタインの『論考』のきわめて重要な、それゆえ未公認の源泉）は、人間が、その内奥の真理、知覚体験、道徳的かつ超越的直感を言葉で表現することはできないと語る。言語の限界を前にしてのこの絶望感は、シェーンベルクの『モーセとアロン』の最後の叫び「ああ、言葉、言葉、言葉、私にはそれがない！」や、セイレーンの致命的な沈黙をめぐるカフカの汲めども尽きることのない寓話で頂点に達する。言語に対する政治的‐美的攻撃は、カール・クラウス、彼の聞き役カネッティ、あるいはジョージ・オーウェル（青白いが理性的使用に耐えるクラウスの異版）によってなされる。政治的修辞学、ジャーナリズムとマス・メディアの周期的虚言癖、公的社会的に是認された言説様式の矮小化的通り言葉《カント》は、現代の都会に住む男女が言い、聞き、読むほとんどすべてのことを空虚な特殊用語、癌性の饒舌（ハイデガーの用語は「おしゃべり *Gerede*」）にしてしまった。言語は、真理、政治的もしくは人格的誠実さへの能力そのものを喪失した。言語は、予言的直感、正確な記憶への応答という神秘を市場、大衆市場に出した。カフカの散文、パウル・ツェランやマンデリシュタームの詩、ベンヤミンのメシヤ的言語学、アドルノの美学と政治社会学において、言語は、沈黙の鋭い刃の上で、自己懐疑的に働いている。「言葉」が「初めにあった」のであれば、終わりにもありうること、死の強制収容所の語彙と文法があること、熱核爆発が「太陽作戦」と命名されうることを今日のわれわれは知っている。それはまるで、人間の真髄、同一化的属性――「ロゴス」、言語の道具《オルガノン》――が口の中で砕けたかのようである。

これら大規模な哲学的心理的土台の弱体化、西洋の体験した極限的な政治的残虐、これらの結果と相関的事態は遍く存在している。それらはあまりにも多数多様で、正確に示すことはできないほどである。古典的読み書き文化、ヘレニズムの時代から両大戦にかけて、理解され、教えられ、実践された「人文学」(*litterae humaniores*)の大半は浸食される。言葉からの退却は、厳密科学や応用科学ばかりでなく、哲学、論理学、社会科学の特殊な、ますます数式的もしくは象徴的になる形式に激烈に現われている。写真と見出しが情報と伝達の領域に占める割合は、増加する一方である。修辞学、引用、正典的テクスト本体に含意されている価値が過酷な圧迫を受けている。今や音楽の演奏と私的な受容が、談話と文筆の修養がかつて占めていた文化的枢軸へと移行しつつある可能性がかなり高い。政治的宣伝と大衆市場のエスペラント語に見られる言葉に対する組織的な価値の切り下げは、あまりにも強力かつ拡散的であるので、すぐにその輪郭を明示することはできない。決定的な点において、われわれの文化は今日、「言葉以後」の文化である。

私が考察したいのは、危機と論争の、もっと特殊な分野である。

*

真剣な読書という行為とその技術は、精神の二つの主要な運動――解釈(解釈学)と価値評価(批評、美的判断)――をしている。両者はまったく不可分である。解釈することは判断することである。いかなる読解も――どれほど文献学的であれ、どれほどその最も技術的な意味において原文密着的《テクスチュアル》であろうと――価値から自由ではない。それに対応して、いかなる批評的評価も、いかなる審美的注釈も、解釈中心に終始するものではない。「解釈《インタープリテーション》」という語自体が、解明、翻訳、再現《イナクトメント》(戯曲や楽譜の解釈におけるような)の概念を実際に包含しているので、この多様な相互作用性をわれわれに伝えてくれる。

すべての美的命題、すべての価値判断の相対性と恣意性は、人間の意識と人間の言葉に内在している。どのようなことについても何でも言える。シェイクスピアの『リア王』は「真剣な批評に値しない」という主張（トルストイ）、モーツァルトは取るに足りない曲を作っているという決定はまったく反駁できない。それらは形式的（論理学的）根拠によっても、存在論的実体によっても、誤りであると示すことはできない。審美哲学、批評理論、「古典的」もしくは「正典的」な作品のもつ説得力、理解可能性は、程度の差でしかなく、したがって、あれこれの好みの過程を記述する程度問題にすぎなくなる。批評理論、美学は趣味の政治学である。それは、直感的「構え《セット》」、感受性の傾向、知覚の名人芸もしくは意見の盟約の、保守的な、もしくは過激な偏向を、体系化し、著しく適用可能で教授可能なものにしようとするものである。証明も反証もありえない。アリストテレス、ポープ、コウルリッジ、サント＝ブーヴ、T・S・エリオット、クローチェ、彼らの読解のいずれも、判断と反証、実験的展開と確証もしくは反証の科学を構成しない。それらは、個人的反応、（クワインの嘲弄的言い回しを借りれば）「非難の余地のない直感」の変成的な作用と反作用を構成する。偉大な批評家の判断と、教養不足の、もしくは難癖をつけたがる愚か者のそれとの違いは、推論や引用の典拠の幅の広さ、分節化の明澄さと修辞的な力強さ（批評家の文体）、つまり正当な権利により自らもまた創造者である批評家の偶然的付加物にある。しかしそれは、科学的に、もしくは論理的に証明できる違いではない。いかなる美学的命題も「正しい」、あるいは「誤りである」と言うことはできない。唯一の適切な反応は個人的な同意もしくは不同意である。

現実の実践において、われわれはどのように価値判断の無法状態、すべての批評的決定の形式的実際的同等性を取り扱うのか。われわれは頭数《あたまかず》、とりわけわれわれが資格と栄誉を手にした者とみなす人の頭数を数える。何世紀にもわたって、作家、批評家、教授、尊敬すべき人々の大多数がシェイクスピアを天才的詩人にして劇作家とみなしてきたこと、モーツァルトの音楽を情感豊かで、技法的に霊妙であると考えてきたことにわれわれは気づく。それに反し、違う判断をする人々は文字通り風変わりな《エクセントリック》〈中心をはずれた〉ひと握りの少数派であること、彼らの批判はほとんど影響力がないこと、彼らの不同意の背後にわれわれが認める動機は心理学的に胡散臭いものであること（ジェフリー(三)のワーズワス論、ハンスリック(四)のワーグナー論、トルストイのシェイクスピア論）にわれわれは気づく。そのような、まったく妥当確実な観察ののち、われわれは教養に基づく注釈と鑑賞という仕事を進めるのである。

　時おりわれわれは、苛々させられる薄明りの中で見るように、議論全体の部分的な循環性と偶然性を感じる。美的価値には投票はありえないこと、過半数の投票は、どれほど一定した大量票であろうと、孤独者もしくは否定者の拒絶、棄権、反対陳述をけっして反駁することはできないことにわれわれは気づく。われわれは、程度の差こそあれ明瞭に、「教養ある良識」、容認できる論争の境界、主要テクストと美術作品と音楽作品に関して一般的な同意のある教授細目《シラバス》の伝達が、イデオロギー的過程であり、文化と社会の中の権力関係の反映である度合いにわれわれは気づく。教養ある人とは、支配的な遺産によって彼に奨められ手本を示された是認と美的享受の反映像への同意者である。しかしわれわれはそんな心配は念頭から追い払う。われわれは、「制度的合意」、良識の権威のたんなる統計的重みを、当然かつ適切なものとして認める。それ以外にどうやってわれわれは文化的選択肢を並べ、くつろいで楽しみに浸ることができようか。

　一方では美的批評、他方では厳密な意味での解釈もしくは分析との間に、伝統的に一線が画されてきたのは、まさにこの接合部においてである。すべての価値判断は本体論的に不確定であること、衝突する美的見解に見られるように、立証的で論理的に一貫した「決定手続き」は不可能であること、このことは承認されてきた。「趣味嗜好ニツイテハ議論スル能ワズ」（*De gustibus non disputandum*）。テクストの真の、あるいは最も確率の高い意味の確定は、それとは対照的に、教養のある読解や文献学の妥当な目的にして長所とみなされてきた。

言語学的、形式的、歴史的諸要因は、そのような確定や引照付きの分析を妨げるかもしれない。詩あるいは寓話が作られた文脈はわれわれをすり抜けるかもしれない。文体的常套は秘儀的なものになってしまったかもしれない。さまざまな読解、さまざまな注解と「テクスト分析」の間にあって、安定した選択肢を選ぶために必要とされる情報、比較照合の批評的稠密さをわれわれはただ欠いているだけなのかもしれない。しかし、これらは偶然的で経験論的な問題である。古い文献の場合、新しい語彙的、文法的、文脈的材料が現われるかもしれない。理解への禁圧がもっと現代的なものである場合、さらなる伝記的もしくは典拠的資料が現われて、作者の意図や想定されている反響の領野を解明するのに役立つかもしれない。つねに共時的である批評と美的価値評価とは違い（アリストテレスの「オイディプース」はヘルダーリンのそれによって否定されたり、廃棄されることはなく、ヘルダーリンのそれがフロイトのそれによって改善されたり、無効にされることはない）、テクスト解釈の過程は累積的である。われわれの読解はますます知識に裏づけられたものとなり、証拠明示は進み、立証が進む。理念的には――もっとも現実の実践においてではないことはたしかだが――語彙の知識、文法分析、意味論的文脈的素材、歴史的伝記的事実の集成は、ついには文章の意味するところの論証的確定に到達するのに十分なものとなるだろう。この確定は徹底性を主張する必要はない。それは、自らが修正・改訂に従うものであること、時には、新しい知識が手に届くにつれ、言語学的もしくは文体論的洞察が研ぎ澄まされるにつれ、拒否にも従うものであることを知っている。しかし、訓練のもとでの理解の、長い歴史のどの時点においても、よりよい読解、より妥当な言い換え、より合理的な作者の目的の把握に関する決定は、理性に基づく論証的なものであろう。今日あるいは明日、文献学の道の終わりには、最良の読解が存在する。認知され、分析され、他を措いて選ばれる意味もしくは意味の星座が存在する。文献学は、その真の意味において、実際に、厳格な規則順守と信頼（*philein*）の技術を経て、語の不確定から「ロゴス」の安定性へと至る作業《ワーキング・パセージ》の道である。

今日鋭い疑問が投げかけられているのは、この道、つまりテクスト理解への累積的前進の合理的真実性と実践なのである。私が冒頭で素描した「意味の危機」が疑問視したのは、解釈学の可能性それ自体なのである。

この新しい意味論の主張を切り詰めて、根底を明るみに出そう。ポスト構造主義者、脱構築の批評家は、元のテクストと注釈との間に、詩とその解明あるいは批評との間に実質的には何の違いもないことを（正当に）われわれに気づかせてくれる。すべての陳述と言表は、それが一次的であろうと、二次的であろうと、三次的であろうと（われわれの現在のビザンチン的文化にはおなじみの注釈の注釈、先行の解釈の解釈、批評の批評）、それらは包括的な相互テクスト性の一部なのである。それらは「エクリチュール」（*écriture*）として等価なのである。きわめて挑発的な言葉の遊び《プレイ・オン・ワーズ》〔地口〕により（すべての言説と文章は言葉の遊びではないのか）、元のテクストと、それが引き起こす、あるいはきっかけとなるどのテクストも、前‐テクスト（*pre-text*）以上でもなければ、以下でもない。偶然的な年代配列によって時間的に先行するのである。それは程度の差こそあれ偶然的で、程度の差こそあれ乱数的なきっかけとなって、自己注釈、自己批評、自己異本、自己模倣《パスティーシュ》、自己引用が生まれる。それは正典的独自性という特権をもたない――その理由はたんに、言語はつねにその使用者に先行し、その使用の仕方に、使用者には責任がなく統制力もわずかしか及ばない規則、慣例という不透明なものを課すからである。いかに明瞭な言語によって話された、もしくは書かれた文にせよ、概念の厳密な意味において独自のものではない。それは、たんに、規則に支配された文法の中の、形式的には無限の変換可能性のひとつでしかない。詩あるいは戯曲あるいは小説は、厳密に考えれば作者不詳《アノニマス》である。基底にある文法的語彙的構造と利用可能性の位相空間にそれは属している。詩を読むためにわれわれは詩人の名前を知る必要はない。その上、名前そのものが、無邪気で目立つ同一性付与であり、哲学的論理学的意味では、論証できる同一性はない。フロイト、フーコー、ラカン以降、「エゴ」、「私《モワ》」は、ランボーにおけるような「他者」(*un autre*)であるばかりでなく、一種のマゼラン星雲である。いわば、潜在意識、無意識、あるいは前意識という、より不確定な中心領域もしくはブラックホールの周囲にある相互に作用し変化するエネルギー、不完全な自己内観、不安定に変動し瞬間的に圧縮される意識からなる星雲である。われわれが作者の志向性を把握できるという考え方、テクストの中の作者の目的あるいは作者自身のテクスト理解について作者がわれわれに語ってくれることに注意を向けなくてはならないという考え方は、まったく無邪気である。作者が瞬時取り囲み形式化した意味論的潜在態、その相互作用によって隠された、あるいは投影された意味のうち何を作者は知っているか。なぜわれわれは、彼自身の自己妄想、心理的衝動の抑圧を信じなくてはならないのか。それらはきっと、そもそも彼に、「テクスト性」を産み出すように強制したものなのだ。こういう格言があった、「話し手を信じるな、話を信じよ」。脱構築批評は問う、どうしていずれかを信じるのか。確信は適切な解釈学的施律ではない。

すべての解釈において、すべての理解の提示において、言語はたんに言語について用いられ、無限の自己増殖的連鎖(鏡の回廊)を形成するという平凡ながら重要な真実に訴えながら、脱構築的読者は、読書行為を次のように定義する。意味の帰属、他にありうる読解を差し置いてひとつの可能な読解を選択すること、あれではなくこの解説と言い換えを採用すること、これらのことは、純粋に記号論的な指標を、自分自身の束の間の快楽、政治、心理的欲求あるいは自己欺瞞が彼に命じるままに構築したり脱構築する主観的精査装置《スキャナー》が行う戯れにみち、不安定で、論証不能の自由選択《オプション》もしくは虚構《フィクション》でしかない。多数の互いに異なる解釈の間や「提示的構成概念」の間に見られるような合理的な、もしくは反証可能な決定の手続きはない。せいぜいわれわれは、最も精妙なもの、より驚きにみちたもの、より力強く原作もしくは「前‐テクスト」を分解し再創造したものという印象を与えるものを（少なくとも一時的に）選ぶだろう。デリダのルソー論は、たとえばランソンのような古い逐字的解釈主義者《リテラリスト》にして歴史主義者のそれに(五)較べて、より豊かな喜びをもたらす。イェールの記号論者の構築物が読めるのに、なぜ苦労して、ルーリアのカバラの文献学的歴史的評釈を読まなくてはならないのか。ゲームの外部にあるいかなる「権威」も、これらの選択肢の間にあって立法的機能を果たすことはできない。「ソレユエニワレワレハ喜バン」(*Gaudeamus igitur*)。

脱構築的記号論に対していかなる的確な論理的もしくは認識論的反証をも私は認めえないということを同時に言わせてもらいたい。安定した主体の戯れにみちた廃棄が論理的循環性を含んでいることは明らかである。なぜなら、それは、自らの溶解を見届ける、あるいはそれを意図するエゴだからである。そして、意図のたんなる否定には意図〔志向〕《インテンショナリティ》性の無限の後退がある。しかし、これらの、原理の形式的詭弁もしくは訴えは、脱構築的言語ゲーム、もしくは、競合し、時には対照をなす意味の帰属に見られるような妥当な決定手続きはないという根本的な主張を真に無力化することはない。

良識（しかし「良識《コモン・センス》」とは何か、と脱構築批評家は挑発する）と自由主義的な動きが、程度の差こそあれ、悩みのない迂回的運動である。ポスト構造主義、バルトの享楽（*jouissance*）、あるいはラカンやデリダの果てしない地口と勝手気ままな語源探索のカーニヴァルとサトゥルナリアは、他の多くの読みの修辞学と同様に、通用するだろう。レオパルディ(六)がわれわれに再確認させてくれるように、「ファッションとは死の母である」。ヴァージニア・ウルフの肯定的な表題である「普通の読者」、真摯な学者、編集者、批評家は、これまでそうだったように、作品を相手に、多義的であることが多く、時には両義的であるにしても、真の意味とみなされるものを説明し続けるだろうし、たとえつねに暫定的であり、自己疑問的であろうと、知識に裏づけられ、理性的に論証できる好みや価値判断を発表するだろう。千年にわたって、知識のある受容者の決定的大多数が、『イリアス』や『リア王』、『フィガロの結婚』が何をめぐる作品であるか(意味の意味)について多様であるが大体一貫した見解に達したばかりでなく、ホメロス、シェイクスピア、モーツァルトが、古典的頂点から些末・虚偽に及ぶ認知のヒエラルキーにおいて至高の位置を占める芸術家であるという判断において意見の一致を見てきた。この広い調和は幾時代にもわたり、異議や解釈学的および批評的論争の否定しがたい残滓を伴い、不確定と変化する「配置《プレイスメント》」(F・R・リーヴィスの言葉)の周縁部を伴い、「制度的合意」を構成し、準拠と範例の、合意の要綱を形成する。この全般的合意は、文化に想起のエネルギーを与え、新しい文学、新しい芸術、新しい音楽を試すための「試金石」(マシュー・アーノルド)を提供する。

かくもたくましく創造力に富んだ実用主義は魅力的である。それは「仕事を進める」ことを可能にし、実のところ権威づけるのである。それは、テクストの意味の決定はすべて蓋然的であること、すべての批評的評価は窮極的には不確定であることを澄んだ目の片隅で認めるように命じる。しかしそれは、歴史的合意と実践的な説得の累積された——ということは統計的な——重みから自信にみちた保証を引き出すためなのである。脱構築批評の咆哮と皮肉は闇夜にこだまするが、「良識」のキャラヴァン隊はそこを通り過ぎる。

自由主義的合意に基づく実践がほとんどの読者を満足させることを私は知っている。これがわれわれの読み書き文化と共同の理解追求の全般的保証者であることを私は知っている。にもかかわらず、現在の「意味の危機」、現在のテクストと前テクストの等価値視、「権威」(*auctoritas*)の廃棄は、きわめて過激であるので、実践的、統計的、あるいは専門的(大学の保護主義に見られるような)反応以外の反応を強く呼び起こすように思われる。もし反‐運動に探究する価値があるなら、それは、無政府主義的で、時に「テロリスト」的でさえあるグラマトロジー論者や鏡の名匠たちの一部にも負けぬくらい、過激なものになるだろう。ニヒリズムの呼びかけは返答を要求する。

最初の運動は、脱構築の自閉症的反響室から離れる運動であり、遊戯の途中で自らの規則を覆し、変更する——これが事の核心、「才気」(*ingenium*)——ゲームの理論と実践から離れる運動である。それは、美的なもの、倫理的なもの、宗教的なものの、キルケゴール的三幅対に負っていることがすぐにわかる運動である。しかし、文学と芸術の解釈と価値評価に関して、ある種の倫理的公準もしくは範疇に訴えるのは、キルケゴールよりも古くから存在する。道徳的想像力は分析的かつ批評的想像力と関連するという信念は、遅くともアリストテレスの詩学と同じくらい古くから存在する。アリストテレスの詩学自体が、プラトンによる美学と道徳の分離に対する反論の試みである。倫理的なものに向かう運動は、アクウィナスとダンテの解釈学とカントの無私の美学を結びつける(カント自身は最近の脱構築批評には欠かせない代表的標的であるが)。思うに、今日われわれがその中にいる(きわめて刺激的な)無政府状態の大半をもたらしたのは、十九世紀の実証主義と二十世紀の世俗的心理学の名においてなされたこの高遠かつ厳格な根拠の廃棄なのである。

　もしわれわれがたんに実用主義的なものを超越したいなら、もしわれわれがそれと同じくらい根源的な根拠のもとで、自閉的テクスト性、あるいはもっと正確に言うと、「反テクスト性」の挑戦に出会いたいのなら、意味行為、意味理解、道徳的直感の十全な力と関係をもたなくてはならない。生命の圧縮されている力は、上品とか礼儀正しいという意味ではなく、内的かつ倫理的な意味で、気転《タクト》、心の思いやり、良い趣味の力である。そのような焦点と力は論理的に形式化することはできない。それは実存の様式である。それらを保証《アンダーライティング》するものは超越的なものであると主張しなくてはならないだろう。そして、このことはそれをまったく脆弱なものにする。しかしまた、それは「本質に属している」、つまり、本質的なものなのである。

　私は倫理的推論は後に続くものを必然的に伴い、後に続くものを論理的、経験論的にではなく、道徳的に自明なものとするとみなす。

　詩は注釈の前にある。本源的テクストが最初にあるのは、たんに時間的にそうであるのではない。それは前‐テクストではない。続く釈義的あるいは変成的処理の契機ではない。その優先性は本質的なそれであり、本体論的欲求と自己充足性のそれである。最も偉大な批評あるいは注釈といえども――それが作家あるいは画家あるいは作曲家の自らの作品に対するそれであれ――「偶有的」（*accidental*）である（アリストテレスの重要な区別）。それは依存的であり、二義的であり、偶然的なものである。詩は自らの存在理由《レゾン・デトル》を体現し、一回の実践により具現する。二義的テクストは存在の命令を含んでいない。本質と偶有性の間のアリストテレス的およびトマス・アクウィナス的差異化がそれを明らかにしてくれる。詩は存在する。注釈は意味作用する。意味は存在の属性である。いずれの現象も、事の性質からして「テクスト的」である。しかし、それぞれのテクスト性を等価視し、混同することは、「ポイエーシス」(*poiesis*)、創造行為、自律的存在の現出と、解釈あるいは改作の派生的、二義的比価《レーショ》を混同することである。(どれほど才能があり洞察力があるヴァイオリン奏者といえども、ベートーヴェンのソナタを「解釈」していること、つまり作曲しているのではないことをわれわれは知っている。この違いの認識をどうしても保つために、われわれは、演奏されていない作品、読まれていないテクスト、見られていない絵画の実存的地位は、哲学的にも心理学的にも問題を孕んでいることをわれわれ自身に思い起こさせる。)

これらの直感的かつ倫理的公準から、現代の注釈と批評のインフレーション、第一次テクストと第二次テクストに脱構築批評が与える重みと力の同等性が見かけだけのものであるということが導かれる。それらは、芸術と思想の歴史におけるアレキサンドリアもしくはビザンティン時代を特徴づけている価値と関心の自然の秩序の転倒を表わしている。新しい意味論の先導的学者が提示した言明――「ルソーを読むよりデリダのルソー論を読むほうが楽しい」――は、教師の職分の転倒であるばかりでなく、道徳的想像力の明晰かつ圧縮された表現という意味での良識の転倒である。そのような価値と受容の実践の転倒は、たとえどれほど遊戯性にみちていようと、それ自体無駄で混乱させるものであるばかりでなく、創造の力、文学と芸術における真の創意を潜在的に腐食させている。現代の意味の危機は、芸術と文学における無気力と深刻な自己疑惑の呪縛と符合しているように見える。猫が王であるところでは、虎は怒らない。

しかし、倫理的推論は、解放的であると私は信じているが、それは終局性とは関わらない。それは虚無的前提とは直接的に向かい合わない。どの言説、どのテクストも個人方言的《イディオレクティック》である、つまり、その使用方法と解読の規則が反復不可能である「一回」性の暗号文である。そう形式的に概念化し、議論することができる。もしサール・クリプキが正しいのなら、これは、ウィトゲンシュタインの規則と言語についての考えの強力な例ということになるだろう。「言葉によって何かを意味するなどということはありえない。われわれの行うどの新しい適用も、暗闇の中の跳躍である。現在のいかなる基準も、われわれがそうすることを選ぶかもしれないどんなこととも一致するように解釈されうるだろう。それゆえ、一致も衝突もありえない」。

価値の付与と価値の経験のすべては、論証できないばかりでなく、また統計的嘲弄に動かされやすいばかりでなく（自由投票なら、人類はアイスキュロスよりもビンゴを選ぶだろう）、空虚であり、概念の論理的実証的使用において無意味である。そう考え論じることは同程度に可能である。

われわれはそのような可能性に対するデカルトの公理的解決を知っている。彼は、神がわれわれの世界知覚と世界理解を体系的に混乱させたり、変造することはないだろうという必要条件、神は現実の諸規則を恣意的に変更することはないだろう（これらの規則は自然を支配し、合理的演繹と適用に従うから）という必要条件を前提とする。意味と価値の存在に関して何かそのような基本的前提がなければ、責任ある反応はありえないし、発話行為あるいは、われわれがテクストと呼ぶところの、発話行為の整序と選択のいずれに対しても応答する責任はありえない。十全なる意味の公準へ向かう何らかの公理的跳躍がなければ、たとえどれほど暫定的《プロヴィジョナル》なものであれ（暫定的の中の「ヴィジョン」の役割に注目）、理解可能性あるいは価値判断に向かう努力はありえない。「ロゴス」の「根源的《ラディカル》な」もの——語源と概念の上での根——を論理が抹殺する場合には、論理は実際、空虚な遊戯である。

われわれはかのように（*as if*）読まなくてはならない。

われわれは目の前にあるテクストが意味をもっているかのように読まなくてはならない。もしテクストが真摯なものであるならば、もしテクストが、テクストの生命力にわれわれを応答させるならば、テクストの意味は単一の意味ではないだろう。それは、歴史的文化的変化による変形的再解釈的圧力から切り離されたひとつの意味もしくは意味の「フィグーラ（*figura*）」（構造、複合体）ということにならないだろう。それは、蓄積と合意の、決定的もしくは自動的過程によって到達するひとつの意味ではないだろう。テクストもしくは音楽もしくは絵画の真の（諸）解釈は、短時間にそうなるか、長時間かけてそうなるかはともかく、数人の、実はひとりの証人かつ応答者の管理に置かれるかもしれない。とりわけ、それに向かって努力の末に到達する意味は、釈義、注釈、翻訳、言い換え、心理学的分析的もしくは社会学的解読は、けっして全体として汲み尽くし、定義できるものとはならないだろう。弱い詩だけが余すところなく解釈もしくは理解ができるのである。瑣末な、もしくは御都合主義的なテクストの中にのみ、部分の総計としての意味の総計がある。

われわれは、テクストの時間的実践的設定《セッティング》が実際に重要であるかのように読まなくてはならない。歴史的環境、文化的形式的状況、生物学的階層、われわれが作者の意図に関して解釈もしくは推測できること、これらのものが、脆弱ではあるが補助手段を構成する。それらは、それらの中にある主観的偶然性ゆえに厳正にアイロニーの対象とされ、検証されるべきだということをわれわれは知っている。にもかかわらず、それらは重要なのである。それらは自覚と享受の階層を豊かにする。それらは解釈の無政府状態の満足度と許容度に対する拘束を産み出す。

この「かのように」、この公理的条件性は、われわれのデカルト - カント的賭けであり、われわれの意味《センス》への跳躍である。それがなければ、読み書き文化は一過的な「ナルシシズム」となる。しかしこの賭けはそれ自体明瞭な基盤を必要としている。終局性の危険について、私が考える言葉を読むという行為の根底に最初にも最後にもある超越性の諸前提について手短に説明しよう。

　われわれが真の意味で読書する場合、つまり体験が意味の体験となる場合、テクスト（音楽作品、芸術作品）が有意味な存在の真の現前を具体化する（この概念は聖礼典に基づく）。真の存在は、図像においてそうであるように、そして聖餐のパンとワインの、再現される隠喩においてそうであるように、窮極的には、他のいかなる形式的分節化にも、分析的脱構築や言い換えにも還元できない。われわれが象徴もしくは透明な媒介《エージェンシー》と呼ぶものは、意味の不連続な要素と規則を圧する過剰な意味作用の中で、概念と形式が同語反復を構成し、点と点、エネルギーとエネルギーの一致を見せる特異体のことである。

　このような考えは神秘的な考えではない。このような考えは常識の極みに属するものである。これらの考えはまったく実践的、経験論的、反復的である。われわれの中に韻律が住むようになり、時には自発的にわれわれをとらえるたびごとに、そして詩、散文の一節がわれわれの思考と感情をとらえ、われわれの回想と未来の意識の腱に入り込むたびごとに、そして絵画がわれわれの以前の知覚がとらえた風景を変質させるたびごとに（ヴァン・ゴッホ以降ポプラは燃え、クレー以降、陸橋は歩く）、これらの考えは実践され、経験され、反復される。音楽、美術、文学によって「住まわれる」こと、主人としてそのような居住に対して夜に訪れる客——たぶん未知の、予期せぬ——に対してそうするように応答させられ、責任をとらされることは、真の存在の平凡な神秘を体験することである。この体験の支配的特質を記録し、そのための表現手段をもたざるをえないと感じる者はわれわれの中に多くはいない。小さい黄色い点——フェルメールの『デルフトの眺め』の川辺の戸という真の存在——の中に世界の意味と言葉の感覚を結晶化した時のプルーストはそう感じたのであり、ベートーヴェンの作品百十一番のわれわれへの到来、「われわれに対する威圧感」を言葉と隠喩によって再現した時のトーマス・マンがそう感じたのであった。大した事ではない。われわれがテクスト、ソナタ、絵画を生きるたびごとに、そのような体験自体が、われわれが完全になじんでいる（*at home*）——啓発的な慣用句——体験である。

その上、われわれはほとんど忘れてしまったけれど、真の存在のこの体験、真の存在による保証《アンダーライティング》が、解釈学と批評、西洋が受け継いできた解釈と価値判断の歴史、方法、実践の源泉である。

読書の訓練、緻密な注釈と解釈という理念そのもの、われわれの知っているテクスト批評、それらは聖書の研究に起源をもつ。あるいはもっと正確に言うと、古いヘレニズム文化の文法、校訂、修辞が聖書の研究に統合されて発展したものに起源をもつ。われわれの文法、われわれの分析《エクスプリケーション》、われわれのテクスト批評、文字から魂に至ろうとする努力、それらは西洋のユダヤ‐キリスト教的神学と聖書‐教父的釈義のテクスト性を直接的に継承するものである。われわれが、スピノザの、仮面を被った懐疑主義以来、そして合理的啓蒙主義の批評以来、そして十九世紀の実証主義以来してきたことは、神学の銀行もしくは宝物庫から、生きた通貨、生きた投資、信用契約を借りることだった。そこからわれわれは、われわれの象徴の理論、われわれの図像的なものの使用、われわれの詩的創造と風趣の慣用語を借り受けてきた。われわれの時代の読みの名匠（ウァルター・ベンヤミンやマルティン・ハイデガーのような人々）に実践の自由《ライセンス》を与えているのは、神学の貯蔵庫から借りた用語と言及である。われわれは超越的権威の貯蔵庫を借り、不当利用し、小さな変更を加えてきた。なんらかのお返しの寄託をしたものはきわめて少数である。言説と推論の鍵となる点において、われわれの世俗的で不可知論的な文明における解釈学と美学は、程度の差こそあれ自覚的な、そして程度の差こそあれきまりの悪い窃盗行為である（まさにこのきまりの悪さが、ベンヤミンのカフカ論、あるいはハイデガーのトラークル論やソポクレス論を、共鳴音にみち、強烈な光にみちたものにしている)。

これらの莫大な負債を認め、実際に返還することは何を意味するのだろうか。

プラトンにとって吟遊詩人《ラプソード》とは神が乗りうつった人のことである。霊感《インスピレーション》とは文字通りのことなのである。ダイモンが芸術家の中に入り込み、彼の生まれながらの身体の境界を支配し、乗り越える。尊大な無名性のための再保証を求めて、彼の詩の法外さへの大いなる突進のための再保証を求めて、ジェラルド・マンリー・ホプキンズは、少数の選ばれた人々の知覚力も時間の教育上の権威をも考慮に入れなかった。彼は、彼の言語と韻律法が他の男女によってかりにも理解されるかどうかを知らなかった。しかし、そのような理解は本質的なものではなかった。受容と正当性の立証は、「唯一の真の批評家」であるキリストの役目であるとホプキンズは言った。『クリオ』で述べられているように、ペギーの、完全なる読書行為、「見事な読み」(*lecture bien faite*)の分析と記述は、今でもなお、最も洞察力に富み、最も貴重なものである。ここには、作家と読者の共生、テクストの意味の協働的有機的生成、言説を読者と「回想者」の生命付与的応答に結びつける欲求と希望の力学の古典的主張がある。ペギーにおいては、議論の先制と論理は明らかに宗教的である。詩的芸術的創造の神秘と活力にみちた受容の神秘はけっして完全に世俗的であるのではない。創造という原初的行為の瀆聖性、神の面前での非嫡出性、これらに対する恐れの意識が、カフカの作品の魂のすべての動きと構成に宿っている。真の芸術家なら怯えて唇を閉ざすであろう霊感の息吹きが、カフカの『狩人グラッカス』の最後の一文の「死の下界」から吹く逆説的な生気を帯びた風である。これらの風も世俗的合理的起源をもたない。

概して西洋の美術、音楽そして文学は、ホメロスやピンダロスの時代から、エリオットの『四つの四重奏曲』やパステルナークの『ドクトル・ジバゴ』やパウル・ツェランの詩の時代に至るまで、現前の、もしくは不在の神に直接語りかけてきた。その呼びかけは、闘争的で論争的であることが多かった。偉大な芸術家はヤコブを守護者《パトロン》とし、原初的創造の恐ろしい先例と力と格闘してきた。詩、交響曲、システィナ礼拝堂の天井画は、対抗‐創造の行為である。「私は神である」とマティスは、ヴァンスの礼拝堂を描き終えた時に言った。「神、もう一方の匠」とピカソはライヴァル意識をむき出しにして言った。実際、モダニズムは、もはや神を、長い夜（すべての真の詩人のそれでもある「十字架の聖ヨハネ」の長い夜）の競争者、先行者、対抗者として経験することのない音楽、文学、美術であると定義するのが最も的確かもしれない。無調の、もしくは任意の音楽、非具象主義の絵画、シュールレアリスム的、自動的もしくは具体的書法のある種の様式には、いわば決定的な行動を避け《シャドウ・ボクシング》ようとする態度があるのかもしれない。敵は今や形式それ自体である。シャドウ・ボクシングは技巧面では、眩ゆく、造形的なものになりうる。しかし、現代美術の多くがそうであるように、それは依然として唯我論的である。至上の挑戦者は消えてしまった。そして観客の多くも。

「彼」をわれわれの不可知論的かつ実証主義的状況へ呼び戻すことができるとは思わない。その保証が神学的なものである解釈学や批評理論、超越的なるものの真の存在あるいは新しい孤独な人間からの超越的なるものの「本質的不在」を含意し暗示する詩や美術の実践、それらが全般的合意を得られるとは思わない。私が明らかにしたいと思っていたことは、意味や美的価値をめぐる現代のモデルの多くに見られる精神的かつ実存的二重性《デュプリシテイ》である。意識的に、あるいは無意識的に、当惑しつつ、あるいは平然と、これらのモデルは、神学の、あるいは少なくとも超越論的形而上学の、捨てられ、償われることのない慣用語、想像的形象、保証に依拠し、徹底的な隠喩化をしている。脱構築批評の明敏な瑣末主義、遊戯的虚無主義は、正直さという長所を実際にもっている。それらは、「無からは何も生じない」ことをわれわれに教示してくれる。

　私個人は、意味と価値をめぐる世俗的な、統計的基盤をもつ理論が、時の経過の中で、脱構築批評の挑戦や自らの自由主義的折衷主義への断片化にどのようにして反抗しおおせるかわからない。言葉の芸術であれ、音楽であれ、物質的形態をとる芸術であれ、真摯な芸術の実践と生産の中の超越的なものや真の存在に賭けないような、意味もしくは水準の決定の可能性を、私は厳密に思い描くことはできない。

　このような確信は、論証はおろか、明確に表現することさえきわめて困難な論理的前提に通じている。しかし、ありうべき混乱、そして現代の公認の感情からなる風土の中での、神秘の公言に必ず伴う当惑のほうが、現代の解釈学や批評に見られるつかみ所のないはぐらかしや概念的欠損よりは私には好ましく思われる。これらのものは、私には、共通体験に反するものであり、創造者の生命をはるかに超えて生き延びる文学的ペルソナ（「尻軽女」エマ・ボヴァリーを非難するフローベールの臨終の叫び）のような明らかな現象を見届けることができず、メロディーの創造に対し、またマンテーニャやターナーやセザンヌのような絵によってもたらされるわれわれの空間、光、己れ自らの存在の諸局面と諸容量の経験の明らかな変質に対し、洞察ができないものであるという印象をわれわれに与える。

　神の不在しかわれわれには与えられていないのかもしれない。その不在が完全に感じられ、生きられる時、それはひとつの力であり、恐ろしい神秘（*mysterium tremendum*）である（それがなければ、ラシーヌ、ドストエフスキー、カフカの作品などは、本当に無意味であり、脱構築批評の餌食である）。そのような委託権限《タームズ・オブ・レファレンス》を推定すること、そのような委託権限を公言する際に払う用意ができていなくてはならない犠牲を幾分か把握するということは、未知に剝き出しのまま晒されるということである。すべての解釈と価値評価の永遠の、けっして完全に実現されることのない理想を求めて努力する権利を手にするつもりなら、人は危険を冒さなくてはならないと私は信じる。それは、いつの日にか、オルペウスは振り返らないだろうということであり、詩の真実は、怠慢と死の暗闇の中からでさえ、完全で神聖な、生命付与力をもつ理解の光へと回帰するだろうということである。

ヘブライ聖書〔旧約聖書〕への序文

あなたの手の中にあるのは一冊の書物《ア・ブック》ではない。それは真の書物《ザ・ブック》なのである。それが言うまでもなく「聖書」の意味することである。テクストの概念を劃定しているのがこの書物であるのは西洋人に限らない。他のすべての書物が、内容や方法がどれほど異なっていようと、この書物の中の書物と、たとえ間接的であれ、関係しているのである。他のすべての書物は、テクストから読者への明瞭な呼びかけ、語彙的、文法的、意味論的手段への信頼という事実と関係している。聖書がそれらの書物の起源であり、書物を、それ以来超えられることのない水準と豊かさで展開させているのである。他のすべての書物――歴史書であれ、想像的な物語であれ、法典であれ、道徳論であれ、抒情詩であれ、演劇的な対話篇であれ、神学的哲学的省察であれ――は、中心の火から遠くへ絶え間なく頻繁に吹き上げられる火花に似ている。西洋的状況においてのみならず、この「聖書《グッド・ブック》」が受け入れられた地球の他の地域においても、聖書はわれわれの歴史的社会的主体性《アイデンティティ》を主として形成している。それは意識に、想起と引用のための――隠れている場合が多いが――手段を与える。現代に至るまで、これらの手段は、われわれの精神の中に深く刻まれてきたので――教育を受けていない精神や教育を受ける以前の精神にはたぶんとりわけ――聖書への言及は、自己言及、内的存在への旅のパスポートとして機能した。聖書は（今日でも多くの人々にとっては）、普遍的かつ特異な、一般に共有されながらもきわめて私的な、活動する存在である。他のいかなる書物も聖書には似ていない。他のすべての書物にあの遠い根源のつぶやき（今日、宇宙物理学が「（創造の）背景の騒音」について語るところの）が内在している。

最近の計算では、旧約聖書と新約聖書は、全訳もしくは大部の選訳というかたちで、二〇一〇の異なる言語に翻訳された。翻訳と再翻訳の過程は二千年以上続いている。聖書の本文は、パピルスの巻物からコンパクト・ディスクに至る、堂々たる四つ折版からピンの頭ほどの詩篇や祈禱のミニチュア版に至る、考えられるかぎりのありとあらゆる媒体や表記法によって伝達されてきた。印刷と活字デザインの年代史は、グーテンベルク以降は、聖書の諸版を軸に展開する。しかし聖書はまた、点字や聾者の手話によっても近づきうるものである。たとえどれほど大きな図書館であれ、口語や文語の印刷された聖書や福音書のすべてを収蔵しているところはない。ほとんど自明のことだが、聖書《ホーリー・ブック》——しかしこの形容語は何を意味するのか——は、この地球の表面で最も広範囲にわたり印刷され普及している言語行為である。

その密度と重力がわれわれの文明においてはほとんど測りきれない聖書、その文献集成は、一瞬一瞬の翻訳それ自体が解釈の運動であるところの注釈と解釈の銀河系の中心を占めている。この派生的な問題が、旧約聖書と新約聖書の、文字通りすべての語、文、韻文、章、篇に影響をもつ。ユダヤ教のある伝統においては、この派生的問題は個々のすべての文字に影響をもつ。男たちは、そしてもっと近年になると女たちも、聖書からの抜粋の一片に、「創世記」の冒頭の数章に、「レビ記」の儀式の記述に、いわゆるダビデの「詩篇」に、無辺際の大きさをもつ「イザヤ書」や「ヨブ記」に、「ロマ書」の九—十三章に、「黙示録」の謎に、一生を捧げて研究に没頭してきた。パウロの言葉のあれこれをめぐって、「イザヤ書」の四九—五三章の慣用的表現のあれこれをめぐって、何世紀にもわたって論争が吹き荒れた。論争の結果が、宗教改革の場合のように、西洋の政治と社会の歴史を変えるのである。大虐殺と都市の荒廃が、洗礼の秘蹟の言葉遣いをめぐって、あるいは福音書や「使徒言行録」における教会の私有財産所有に対する警告をめぐる論争から生じたのであった。ヘブライ語の本文におけるたったひとつの母音標示の、ありうる省略や移動でさえも、「民数記」一四―一五や「ヨブ記」においては、神学の組織を変えうるのである。

いかなる聖書釈義者も学者も、いかなる文献学者や哲学的神学者の集団も、関連する派生的文献を自信をもって把握することはできない。最近の推計では、三百以上の雑誌、紀要、聖書研究の「記録《アクタ》」が、およそ四十の言語で定期的に刊行されている。「本作りには終わりはない」。「トーラ」(モーセの五書)に関する何巻にも及ぶ大冊の注釈、語彙解説、欄外注が、ユダヤ教の有機的遺産を構成する。注釈の注釈の注釈が、きっと紀元前二、三世紀にまでさかのぼり、以来途切れずに生きている糸の束に織り込まれている。キリスト教は、聖書の本文とのこの多様な対話を直接的に継承するものである。パウロ書簡の中の多くは、イエスの言行のうち伝えられてきたものに対する、いわば解釈学的、説明的注釈である。紀元十一、二世紀までには、説明の技術、余白と行間を緻密に読む読解の技術が、ふくれあがった。どこの大図書館も聖書のすべての版を持っていないのと同様に、誰も「タルムード」(二)の発端から現在に至る聖書に関する書物および聖書に関する書物に関する書物の完全なリストを持っていると自慢することはできない。今日の学者は、書誌ばかりでなく、書誌の書誌《ビブリオグラフィー》(聖書はまさにこの語の中で鳴り響いている)を調べなくてはならない。

人文学的研究・学問のほとんどすべての分野がそれぞれの役割を果たしている。文献学、比較言語学、文法と修辞学の研究が、聖書を中心に進展した。歴史と歴史記述をめぐる西洋の概念は、聖書の物語記述における年代と事実に関する編成作業から生じ、それに反抗した。中世、ルネサンス、十七世紀の政治理論は、旧約聖書に詳しく記述されている歴代の統治形式である神権政治の諸原理に基盤を求めたり、あるいはそれらからの解放を求めた。数世紀の間、法学は、法のモーセ的パウロ的基準とローマ法的「自然法」的モデルの基準との間の可能な調和という問題と取り組んだ。現在は、とりわけ女性の表象（あるいはその抹消）に関する聖書の背景をめぐる経済学的社会学的調査が急に続々と現われている。聖書の人物や挿話に関する精神分析学的な研究方法による書物や論文も続々と現われている。聖書民族誌学や人類学は独自の複雑な分野になっている。その上、出現の範囲は人文学系ばかりではない。聖書の中や周辺の植物相と動物相、聖書の物語記述やイメージ群における農業と気象状態の経常的機能と劇的機能を論じる浩瀚な書物と雑誌がある（「ヨブ記」における動物学、あるいはイエスの司牧活動《ミニストリー》におけるイチジクの木をめぐるやっかいな奉読章句《ペリコーペ》を考えてみていただきたい）。

十九世紀以降、ますます加速度的に、聖書考古学は、理解、解釈、翻訳のほとんどすべての局面に影響をもつようになった。旧約聖書は星々のように広範囲にわたるものであるが、政府の陸地測量部のように大地を踏まえた局地的なものでもある。それを手にとれば、あなたを、いわば腕尺《キユービット》の単位で、ギルボアの野へ、シロの泉へ、アジャロンの不動の太陽の下の丘へ導くだろう。干からびた土地——一見空虚なネゲブであれ、ガリラヤのにぎやかな丘であれ——に鍬を入れると、聖書の過去があなたに押し寄せる。エリコの考古学は六千年以上の昔へとわれわれを連れ去る。神が怒りをぶちまけた「平原の都市」は、今日、「その土地の住所と名前」が与えられている。セナケリブの軍隊がそれによりユダヤを征服した包囲攻撃の傾斜路は剝き出しのままに残っている。クムランの死海写本の発見やエブラの書字板の図書館の発見は、聖書の言語、年代、イメージ群の再考という劇的結果を見た。

知識の重みは計り知れぬものである（そしてますます重みを加えている）。われわれが使える分析と解釈の手段――放射性炭素年代決定《カーボン・デイティング》、X線、赤外線写真――は非常にすぐれている。ひとつの子音連続音《コンソナンタル・クラスター》あるいは分裂韻の時代の小さな本文の断片の整序と修復は妙技の域に達した。古代中東の諸言語と諸文字の体系の文献学的意味論的理解はつねに進歩している。とりわけ、宗教とその歴史的社会的基盤に関する現代の理論は、心理的要素と物質的要素との間の前例のない相互作用、つまり経済学と社会制度の、自然地理学と薬剤史の、政治学と詩学の共同研究を可能にする。エラスムスとルターの時代の聖書学者や本文編集者は――中世の時代の彼らは言うまでもないが――われわれの持つ手段を当惑と嫉妬の眼で眺めることだろう。

しかし明白な事実が残る。われわれが聖書について、そして聖書を書いた人々の意図について知っていることは断片的だということである。われわれが少しでも自信をもって答えられる問いは、答えられない問いと較べると、ほとんど瑣末的と言えるものである。根本的な事柄がわかっていないということが、年代、語の意味、地理、歴史的事実性と神話との間の、記録と寓話との間の、逐語的なものと寓意的なものとの間の基本的な関係のような重要な領域を特徴づけている。実際にエジプト脱出があったのか。いつイスラエルに一神教が普及したのか――もし普及したのであるとするならば。アブラハムやモーセの人物像《ペルソナ》に少しでも歴史的証拠を与えることはできるのか。「イザヤ書」では何層の作者が仕事をしているのか。どのような意味、どのような目的、どのような形成の背景を、「ヨブ記」や「伝道の書」に、あるいは神エホバのモーセに対する身体的攻撃に、あるいはイスラエルの統治者が国勢調査を実施するという違反（われわれには金銭がらみに見えるが）を犯した時にイエラエルを襲った集団虐殺の懲罰に帰することができるのだろうか。きわめて簡単に言えばこういうことである。本質的に異なるさまざまな声、言語使用域《レジスター》と起源においてまったく異なるさまざまの本文、「律法」（*Torah*）、「預言」（*Nebi'im*）、「諸書」

(*Kethubim*) から成るこの集成は何なのか。この「テナク」(*Tenakh*) ——これらの部門の冒頭の文字から作られたヘブライ語名——は何なのか。この書物から神の声を聞き、自分のものにしていると、どの時代にも、どの土地にもいるそう公言する人々に、どの程度の連累、信仰、恐怖心を帰することができるのか。

以下の初歩的な序文には、本文の意味や周囲の状況に関して、疑問符を必要としないような断定、認定はほとんどない。これは、人間 (?) の産み出したものの中で、最も知られていると同時に最も知られていないものである。これはたぶん、最も奇妙なものである。広大な光であるが、「はっきりとは見えない」〔「コリント前書」一三:一二〕。

一

ヘブライ聖書のエブリマン版英語訳の言葉はどのようにしてわれわれのもとに届いたのか。

聖書のどの本文であれ、その最古の痕跡に先立って一千年の口誦的題材の伝承が存在するに違いないと標準的な知恵と良識は主張する。ある種の話、神話、寓話、民間伝承、記憶に刻まれている地方史が、文字に書かれたそれらのもの——たとえどれほど古くても——よりも前に存在しているに違いない。ホメロスの叙事詩の場合、われわれは、程度の差こそあれプロと言える吟遊詩人や吟唱家(プラトンが『イオン』の中で皮肉の対象にしているような人々)による定型的な暗唱詩文を扱っているように思われる。われわれは、「ホメロス歌人」(*Homeridae*) のギルドについて少し知っている。彼らが口誦・吟唱するトロヤ物語とギリシャの英雄たちの帰還の話は、紀元前七世紀の終わりか紀元前六世紀中頃に多少の統一性をもつ全体に纏められ、編集を経て、書き留められた。「聖書以前のもの」に対するわれわれの感覚はもっとぼんやりしている。

古代の地中海世界が、俗謡と宮廷の吟遊詩人の世界であったこと、王朝――とくにシュメールとエジプトの王朝――の歴史の記録の世界であったことはまったく確かなことである。しばしば錯雑としていて曖昧な話を語ることは、われわれが「ユダヤ人」('Jews') と呼ぶ民族の特徴であるように思われる。人間が物語を、とくに神自身に向かって語るようにと、神は人間を造ったと示唆に富むハシディズムの伝統は主張する。吟唱詩人の人物像――動揺しているサウルに吟唱するダビデ――は旧約聖書にも知られている。しかし、これらのことは漠然とした一般論である。数千年の、疑う余地のない口誦性がわれわれに語りかけるが、わずかにわれわれの耳には届かない。言語の諸要素あるいは実際の物語を、三千年前にまでさかのぼって跡づけようとする学者と本文注釈家の決然たる努力は、想像力を刺激する。「創世記」の中のいくつかの挿話は、紀元前二二五〇年から二〇〇〇年にかけての青銅時代初期の諸特徴を反映することができたと考古学者は推測している。すでに言及したことだが、「創世記」十四の五つの町は、死海の海岸の五つの遺跡とみなされてきた。しかしそのような提案はすべて仮説である。現在の学問の状況では、われわれに残されている聖書の言語の最古の断片は、「士師記」五の、いわゆる「デボラの歌」であろう。

主よ、あなたがセイルを出で立ち
エドムの野から進み行かれるとき
地は震え
天もまた滴らせた。

雲が水を滴らせた。
山々は、主の御前に溶け去った〔ヘブライ語では「流れた」〕、
シナイ山でさえも、イスラエルの神の御前に溶け去った。〔終わりの二行は英訳に従った。――訳者注〕

この歓喜の歌、それが表現されている語彙と統辞法は、紀元前十一世紀あるいは場合によっては十二世紀にさかのぼるものかもしれない。

岩盤が、聖書の物語の間に挟まれている（われわれには）わずらわしい系譜――アブラハムの系譜、ノアの系譜、シェムの子孫の系譜――の中で再び表面に現われる。きわめて古い材料が、命名の挿話、人間と土地の名付けを説明する物語――「創世記」三二の、ペニエルでのヤコブの改名は最も代表的かつ紛れもない一例――にたぶん付着している。系譜と命名は本質をなしている。それらは、万華鏡的多様性をもつ旧約聖書の源泉と表象化の技術を編み込んで、ひとつの意味作用をもつ連続体に仕上げている。ヘブライ聖書の「トーラ」と史書を定義するひとつの方法は、それらを、自己同定の激烈な努力として、そしてイスラエルがそれによって時間の闇夜から宿命づけられた正統性を主張する言説と意志的想起の行為として考察することだろう。そのような努力と行為により、イスラエルは、放浪の匿名的過去を、約束の土地の地‐名に根づかせようと懸命な試みをしているのである。名は描写することができる。デボラは蜜蜂または雀蜂であり、ハルダはイタチである。マタニアがゼデキアと改名される時のように、名は親族関係を付与することができる。「エル」という音節が含まれるように複合されると、それらの名は、イスラエルの印形である全能の神との「家族‐関係」を言明する。さらにもっと深層においては、系譜と命名は、エデンにおけるアダムの名づけという原初的行為を反復している。系譜と命名は、人間が創造したわけでも

なく、将来もけっして完全には自分のものにできない世界の、騒乱と謎の中で、言語を根づかせようとする本能的で、かつ存在論的でもある衝動を実現させる。

しかし、われわれのテクストにおける命名の本当に古風な章節と命名的衝動の痕跡がどのようなものであれ、これらのテクスト自体が実証可能な歴史の中に入るのは、やっと紀元前七世紀末もしくは六世紀になってからである。ヘブライ語で書かれた巻物という概念が現実に証拠を提示できるのはやっとこの頃になってからなのである。パピルスや羊皮紙の断片は、紀元前二、三世紀のものが、われわれのもとに伝わっている。「死海文書」にはもっと古い断片が含まれているのかもしれない。しかし、われわれが今日知る旧約聖書の実際の作成は紀元前八五〇年以前にさかのぼるものではないこと、「ザカリア書」の一部や「ダニエル書」のように後に含められたものは、早くても紀元前一六八年―一五〇年頃に書かれたものであることについて、学者の間で全般的に意見が一致している。ユダヤ人の筆記者と学者が、ヘブライ聖書の子音の本文（古代の本文は、ヘブライ語がそういうものであるのだが、母音の標示が無かった）を編集し、伝えたのは、程度の差こそあれ感じられていたキリスト教の活動の圧力のもとにあった紀元後の九世紀間のことであった。「マソラ」、つまり今日のユダヤ人が知っているような母音記号、アクセントのつけ方、欄外注の「伝統」は、中世の集団的校訂の産物である。それは「マソラ」の本文を確立した（九世紀末から一一〇〇年頃にかけて、三十一の写本が残っている）。今日の標準的な『ヘブライ聖書』（*Biblia Hebraica*）は、一〇〇九年に年代決定のできるいわゆるサンクトペテルブルグ写本に大体基づいている。一九七七年の『シュトゥットガルト・ヘブライ聖書』は、クムランで発見された正典版との異同を注記している。

ヘレニズム文化の世界に遍くユダヤ人共同体が四散するとともに、ギリシャ語への翻訳が急務となった。

伝説では、プトレマイオス二世の命令で、イスラエルの七十二人の長老が、アレキサンドリアで聖書を七十二日間でギリシャ語に翻訳した。「七十人訳聖書《セプトゥアギント》」――名が伝説を反映している――は、エジプトにいるギリシャ語を話すユダヤ人の共同体のために紀元前三世紀に作られた。これが、ほとんどすべての初期キリスト教の重訳や神学的注釈がそれに基づいた旧約聖書である。新約聖書が旧約聖書を引用する時、ほとんどつねに七十人訳聖書の言葉遣いを借りている。バチカン本、シナイ本、アレキサンドリア本のような、七十人訳聖書の見事な写本は、ユダヤ教とキリスト教との間の文字通りの架け橋を、いわばわれわれに実感させてくれる。

オリゲネス（一八五年頃―二五四年頃）は聖書の六欄《コラム》の版（*Hexapla*）を作ったが、それには七十人訳聖書の基のヘブライ語と、このヘブライ語をギリシャ文字に書き換えたものが含まれている。三世紀の、いわゆる古ラテン語版は断片のみが残っている。三九三年頃、ヒエロニムスは、もとのヘブライ語に直接――神学的にも心理学的にも大胆不敵な行動――取り組んだ。彼は少々野蛮な天分をもった翻訳家であり、彼の理解力によって「捉えられた」語を、帝政期のローマ人にもなるほどと思われるものにした。ヒエロニムスの「ウルガタ聖書」（*Vulgata*）が、キリスト教の伝統と「教会」（*ecclesia*）において七十人訳聖書に取って代わった。われわれは、ヒエロニムスの最初のウルガタ聖書の修正された写本しかもっていない。ローマ・カトリック教とその典礼にとってきわめて重要な現行の版は、主として八世期初期のアミアティヌス写本（Codex Amiatinus）に書き留められた完全な聖書にさかのぼるものである。グーテンベルクが一四五六年に印刷するのはヒエロニムスの版であり、エラスムスが、(二)彼の編集になる一五一六年のギリシャ語新約聖書の中で訂正するのもヒエロニムスの解釈である。ヒメネスが、ヘブライ語、ギリシャ語、ラテン語が対照的に見事に印刷された一五二二年の大きな多国語訳聖書に転載したのはウルガタ聖書である。

ルターが同じ一五二二年に出したドイツ語訳新約聖書は、ヒエロニムスに同調しているところもあると同時に異を唱えているところもある。ヒエロニムスのヘブライ語読解とそれに暗黙のうちに含まれている翻訳理論によって、われわれは、ある意味では近代の戸口に立つ。

英語と聖書との間の熱愛関係は七世紀末にさかのぼる。ビードによると、「牛飼い」のカドモンは、アングロ‐サクソン語の頭韻詩で聖書の物語を、かたちを変えて語った。「彼は世界の創造、人類の起源、創世記のすべての物語を歌った。彼はイスラエルのエジプト脱出、約束の地への入場を歌った。……」。ビード尊師（七三五年、死）自身が「第四福音書」をアングロ‐サクソン語に訳したと考えられている。伝説では、アルフレッド大王は、モーセの十戒の部分と「出エジプト記」二一―三の章節を翻訳した。九五〇年頃にノーサンブリア方言で書かれた華麗な「リンディスファーン福音書」は、七世紀のラテン語写本の行間に書き込まれた注である。十世紀の「ウェセックス福音書」の中に、現存する最古の古英語訳を見出す。大修道院長エルフリックの散文訳は一〇二〇年頃のものである。

英語と聖書との間の萌芽的な相互作用を産み出したのは、改革への闘争、神の言葉を「その素朴さに従って」近づきうるものにしようという決意であった。最初の完全な英訳聖書は一三八二年に現われた。これは、ジョン・ウィクリフと、彼の協力者たち、とりわけヘレフォードのニコラスとジョン・パーヴェイに帰せられている。ウィクリフと彼の同僚は、ほとんど逐語的にウルガタ聖書に従っている。今日ウィクリフの初期の版として知られているものでは、「詩篇」二三の初めはこうなっている。「主は羊飼い、わたしには何も欠けることがない。／主はわたしを青草の原［leswe］に休ませ／充足の水［waters of fulfilling］のほとりに伴い／魂を生き返らせてくださる」。このような章節は、十四世紀初期のリチャード・ロールの「詩篇」に負っていると学者たちは指摘している。しかし「充足の水」は今や増水しつつあった。

ウィクリフの聖書が一四一五年に非難され、燃やされる前に、それはすでに浸透していた（一〇七部の写本がわれわれに伝わっている）。ウィクリフの第二あるいは後期の版は、ヒエロニムスのラテン語に忠実たらんと大いに努力しているが、慣用句的表現、英語の土着的強靭さへ向かうきわめて重要な動きを示している。

ウィリアム・ティンダルの天分において、この動きは比類ない展開を見せる。正統的聖職者と教会法《キャノン・ロー》の支持者に対する彼の答弁は今でも有名である。「もし神が私の生命を助けて下さるなら、私は何年も経たぬうちに、鋤で耕す少年を、聖書について、あなたたちよりも物知りにしてやろう！」この卓越した版の成立史は複雑である。なぜなら、それは迫害、逃亡、穏密行動、そして最後には殉教という歴史だからである（ティンダルは、一五三六年十月六日、扼殺され、火刑に処された）。旧約聖書についてはもとのヘブライ語聖書、七十人訳聖書、ウルガタ聖書、ルターに基づき、新約聖書についてはもとのギリシャ語に基づくこのティンダルの翻訳は、一五二六年から一五三五年にかけて現われた。ケルンで印刷された一五二六年版の新約聖書――一五三四年、一五三五年に改訂版が出た――は、イギリスへ秘密に持ち込まれた。司教による抑圧と焚書がきわめて効果的だったため、およそ一万八千冊印刷された中で、わずか二冊しか今日残っていない。ティンダルがヘブライ聖書に取り組んだのは、アントワープにおいてだった。「モーセの五書」は一五三〇年に、「ヨナ書」は翌年に出版された。そういうわけで、ティンダル版旧約聖書は未完成のままに終わった。

ティンダルは、「ギリシャ語は、ラテン語よりも英語に適合する。ギリシャ語の特性はラテン語よりも英語に千倍も適合する」と信じていたので、神の栄光と調和する表現形式《イディオム》を作り出した。われわれが今日知る英語の産みの親は、シェイクスピアがそうである以上にウィリアム・ティンダルなのである。彼の聖書の翻訳の力と勢いは、語の二つの意味で諺〔評判〕《プロヴァービアル》になった。彼の翻訳は「モーセの五書」と新約聖書を英語の語根と織り合わせたものなので、本文と表現形式が不可分のものになっている。欽定英訳聖書への圧倒的な影響を通して、今日話され、書かれている英語全体を性格づけているのは、ティンダルの律動、響き、豊かさと簡潔さ（彼はいずれをも自由にこなした）なのである。ルターの翻訳を除けば、いかなる翻訳行為も、これほど完全な言語を産み出したものはない。

枝の何本かが折り取られ、野生のオリーブの木であるあなたが枝の間につぎ木され、オリーブの木の根と太い幹を分け合うことができたとしても、枝に対して自分を自慢してはならない。というのも、たとえ自分を自慢しても、あなたが根を産んだのではなく、根があなたを産んだのだということを忘れてはならない。あなたはその時に言うだろう。不信仰ゆえに枝は折り取られたが、あなたは不動の信念をもっている、と。高慢になってはならない。神が自然の枝を救わなかったのを見て、神はひょっとしたらあなたを救わないのではないかと恐れなさい。(三)

あるいは次のようなところ。

若者は言った。「驚くことはない。あなたがたは十字架につけられたナザレのイエスを捜しているが、あの方は復活なさって、ここにはおられない。御覧なさい。お納めした場所である。さあ、行って、弟子たちとペトロに告げなさい。『あの方は、あなたがたより先にガリラヤへ行かれる。かねて言われたとおり、そこでお目にかかれる』と。」婦人たちは墓を出て逃げ去った。震え上がり、正気を失

っていた。そして、だれにも何も言わなかった。恐ろしかったからである。(四)
「光あれ、こうして光があった」(「創世記」一：三)、「求めなさい。そうすれば、与えられる。探しなさい。そうすれば、見つかる。門をたたきなさい。そうすれば、開かれる」(「マタイによる福音書」七：七)、「地の塩」(「マタイによる福音書」五：一三)、「権威('The powers that be')」(「ローマの信徒への手紙」一三：一)、「金銭、恥ずべき利益('filthy lucre')」(「テモテへの手紙一」三：三、「テトスへの手紙」一：七、一一)。すべてがティンダルによるものである。欽定英訳聖書の「ルカによる福音書」二、「コロサイの信徒への手紙」、「ヨハネの黙示録」二一は、ほとんど語に至るまでティンダルである。彼の名は忘れられている。しかし、英語には彼の名が古くから刻印されている。

ヘンリー八世に献呈された最初の完全な英訳聖書は、マイルズ・カヴァデイルによって編纂され、出版されたものである(依然としてヨーロッパ大陸においてであるが)。旧約聖書についてはティンダルから部分的に利用され、新約聖書は、まったくティンダルの改訂版である。カヴァデイルの二年後の一五三七年には、ティンダルの仲間だったジョン・ロジャーズによって編纂された最初の公認の英訳聖書が現われた。「モーセの五書」と新約聖書はティンダルのものである。その上ロジャーズは、「ヨシュア記」から「歴代誌下」の終わりまで、ティンダルの未刊行の草稿を広く利用した。一五三九年、このいわゆる「マタイ聖書」の改訂版がイギリスで印刷された。同年パリで、カヴァデイルは、その紙型から「大聖書」として今日知られているものを出版した。そのテクストは、「マタイ聖書」の修正であり、したがってティンダルに基づくものである。メアリー女王の短い統治の間、王国内におけるすべての英訳聖書の印刷と出版が止められた。またもや、ヨーロッパ大陸の印刷機しか使えなかった。ウィリアム・ホイティンガムの

「ジュネーヴ聖書」は八つ折版の小さなサイズで、そのためイギリスには容易に持ち込まれたのだが、それが出版されたのは一五五七年―一五六〇年だった。初めて節番号が付けられた。「ジュネーヴ聖書」はおよそ百五十の版を数えた。この聖書は、シェイクスピア、クロムウェル、バニヤン、ニュー・イングランドのピューリタンが手にした聖書だった。敬虔さと学識が互いに協力し合っている。「すべての翻訳は良い目的と教化のために役立つかもしれないのに、ある翻訳はある方法で読まれ、別の翻訳は別の方法で読まれるのを見て、実直な人が気落ちすることのないように、また悪意をもつ者が機会をとらえてはたんなるあら探しをすることのないように、われわれは、欄外に、聖霊の御心にかない、われわれの言語にも適切と思われる言葉や読みの多様性を注記した」。ローマ・カトリック教の反撃は、一五八二年から一六一〇年にかけて出版された「ランズ‐ドゥエ（Rheims-Douai）聖書」だった。アウグスティヌスの解釈に強く影響されたこの翻訳は、異教的な翻訳家によって英訳聖書にこっそり持ち込まれた「乱れを暴く」ことを目的としていた。容認しがたいプロテスタント的注釈を除去した「大聖書」の修正版が、すべての大聖堂に置かれた。一六〇六年以前に、二十の版が刊行された。しかし、「ジュネーヴ聖書」は、普通の読者の聖書であり続けた。「ジェイムズ国王版」をお膳立てしたのは、まさにこれら二つの聖書の競合関係だった。

われわれの言語における最も有名で最も形成的な記念碑的業績の起源と成立に関するかなり多くの局面を、学問はすでに明らかにした。その贅を尽くした壮大さについては、ほとんど全員の合意が見られる。しかし、驚くべきことに、翻訳の実際の過程、解釈上の選択肢、とりわけ最終テクストにおける合意に至る駆け引きに関して多くが不明のままである。

聖書の新しい翻訳の提案は、一六〇四年一月、ハンプトン宮殿における神学者と聖職者の会議でなされた。五十四人の学者と聖職者が六つの委員会――三つは旧約聖書、二つは新約聖書、ひとつは外典――に分けられた。彼らは一六〇六年に作業を始め、ウェストミンスター寺院、オックスフォード、ケンブリッジにだいたい定期的に集合した。「大聖書」の修正版である「司教の聖書」に、原文への忠実さが許すかぎり、彼らは従った。しかし、翻訳者たちはさらに、ティンダル、カヴァデイル、「大聖書」、ジュネーブ版を参照することも認められた。

「進行中の作品」が少し残っている。ボドレアン図書館には、新しい翻訳者たちの注のある一六〇二年版の「司教の聖書」が一部ある。ウェストミンスターの委員会のひとつは、さらなる学問的修正を要請する予定の草稿を準備した。翻訳者のひとり、ジョン・ボイスは、魅力的ではあるが解釈困難な注を残した。その注は、特定の学者‐聖職者の意見と、パウロの手紙と「ヨハネの黙示録」の最終的改訂に際してそれらの意見が引き起こした議論を垣間見させてくれる。ギリシャ語テクストの緻密な分析が逐語的翻訳の基底にある。次にはこれが、もっと英語的で口語的な翻訳の傍に置かれる。類義語が挙げられ、翻訳の代替案が比較される。神の言葉の真実を確立しようとする衝動が支配的である。神のみが作者《オーサー》であり、「編者('enditer')」は聖霊である。まさにこの確信が、ジェイムズ一世の時代の翻訳者が、七十人訳聖書を含む先行の版を批判的に検証することを可能にし、彼らをそうするように駆りたてている。死すべき人間のフラフラした手によって作られたこれらの版は改善を必要とする。「なぜなら、神の王国は言葉もしくは音節となったからである。もしわれわれが自由ならば、それらに縛られる必要はないからである。同じくらい手ごろで、適当なものが使えるのに、なぜひとつだけを使わなくてはならないのか」。

しかし、この綱領的序文と残っている文書があるにもかかわらず、一六一一年に現われた欽定英訳聖書でなされた選択へと至る本文批評と議論についてわれわれはほとんど知らない。主としてわれわれに推測できることは、感性の「共和国」、音調の一貫性を保証するヘブライ語、ギリシャ語、ラテン語原典に関する共通前提、この壮大な企図の調和のとれた相互作用だけである。名人的編集者の存在、協力者間や委員会間にあったにちがいない言語使用域《レジスター》の相違を減じるために最終版に「基調を示す《キー・ノーティング》」抜きん出た学殖と、統合する文体力をもった精神の存在をイメージとして描きたい衝動に駆られる。フランシス・ベイコンを調停者、統合者として指摘する人たちがいる。しかし、これまでのところ、これを証明する証拠は何もない。

　十七世紀に変わる頃、英語は最盛期にあった。政治的外交的文書であれ、神学書であれ、歴史書であれ、文学のどの分野であれ、どこで英語に出会っても、英語は獲得する力——ヨーロッパ諸言語や発見された新しい世界から取り入れられた新語——、語彙的文法的構成の多様性、以後比肩されるもののない意味の音楽を展開する。この英語はスペンサー、シェイクスピア、ベイコン、ダン、若きミルトンが用いた道具である。それには、オルガン演奏のような女王の修辞、シドニーの欲望の直接性、ベン・ジョンソンの「壮麗な軽さ」、初期形而上詩人の簡潔さが含まれる。それは、それ以前にも、それ以後にもなかったほど、命令し、誘惑し、魔法で迷わし、思考を表出する。英語の二つの組織的要素であるアングロ‐サクソン的なものとラテン的なものが、対照的に置かれたり、融合されたりしている。崇高さと口語的なもの、時には隠語的なものが、分節的推力という共通の目的に向かって働く。チャップマンのホメロス、ゴールディングのオウィディウス、フローリオのモンテーニュ、ノースのプルタルコス、アーカートのラブレーは、変身的翻訳という極限的魔力、ギリシャ語、ラテン語、イタリア語、フランス語の原典を、国家的な宝物収集品に収められる多くの可能性を秘めた存在に変える英語への「摂取《インジェスチョン》」（ベン・ジョンソンの用語）という極限的魔力を証言している。英語における二つの最も主要な構築物——シェイクスピアと欽定英訳聖書――を産み出すのにこれ以上適した感情と全般的言説の好機、風潮はありえなかった。

崇高さは並ぶものがなかった。「闇が深淵の面にあり」(「創世記」一：二)、「お前は海の湧き出るところまで行き着き／深淵の底を行き巡ったことがあるか」(「ヨブ記」三八：一六)、「城門よ、頭を上げよ／とこしえの門よ、身を起こせ。／栄光に輝く王が来られる」(「詩篇」二四：七)、「恐怖の知らせを逃れた者は、穴に落ち込み／穴から這い上がった者は、罠に捕らえられる。／天の水門は開かれ、地の基は震え動く」(「イザヤ書」二四：一八)、「生き物の頭上には、恐れを呼び起こす、水晶のように輝く大空のようなものがあった。それは生き物の頭上に高く広がっていた」(「エゼキエル書」一：二二)、「死体のある所には、はげ鷹が集まるものだ」(「マタイによる福音書」二四：二八)、「天はわたしの王座、／地はわたしの足台。／お前たちは、わたしにどんな家を建ててくれると言うのか。／わたしの憩う場所はどこにあるのか」(「使徒言行録」七：四九)、「わたしは確信しています。死も、命も、天使も、支配するものも、現在のものも、未来のものも、力あるものも、高い所にいるものも、低い所にいるものも、他のどんな被造物も、わたしたちの主キリスト・イエスによって示された神の愛から、わたしたちを引き離すことはできないのです」(「ローマの信徒への手紙」八：三八―九)、「そこで、その天使は、地に鎌を投げ入れて地上のぶどうを取り入れ、これを神の怒りの大きな搾り桶に投げ入れた。搾り桶は、都の外で踏まれた。すると、血が搾り桶から流れ出て、馬のくつわに届くほどになり、千六百スタディオンにわたって広がった」(「ヨハネの黙示録」一四：一九―二〇)。

測定への正確な筆致――馬のくつわ、千六百スタディオン――に注目されたい。もしこの「ジェイムズ国王の聖書」が、その荘厳さ、威厳があり壮大な喚起力によって威圧すると言えるなら、それはまた、それに劣らず、微小な事項の描写、直接的な小規模のものの描写においても霊感の働きがある。「見よ、主は二番草の生え始めるころ、いなごを造られた」(「アモス書」七：一)、「いなごは重荷を負い」(「コヘレトの言葉」一二：五)、「しばらく眠り、しばらくまどろみ／しばらく手をこまぬいて、また横になる」(「箴言」六：一〇)。あるいはまた、世界文学の中で最も忘れられない、「サムエル記上」一五：三二「アガグは、喜《デリケットリー》んで彼のもとに出て来た」の形容語句。旧約聖書にはこれほど繊細なエロスを感じさせる詩はほかにない。「床にはミルラの香りをまきました／アロエやシナモンも。さあ、愛し合って楽しみ／朝まで愛を交わして満ち足りましょう」(「箴言」七：一七―一八)。有名なのは「雅歌」の「花嫁よ、あなたの唇は蜜を滴らせ／舌には蜂蜜と乳がひそむ。／あなたの衣はレバノンの香り。／わたしの妹、花嫁は、閉ざされた園。／閉ざされた園、封じられた泉」(四：一一―一二)、「秘められたところは丸い杯／かぐわしい酒に満ちている。／腹はゆりに囲まれた小麦の山。／乳房は二匹の子鹿、双子のかもしか」(七：二―三)。「アモス書」六：四の不思議なほど暗示的な細部に注目されたい。神は、「牛舎から子牛を取って宴を開」く無思慮な金持ちに激しい怒りをぶつけると脅す。あるいは、「寄留者、孤児、寡婦のもの」とするために、刈り入れの時に畑に忘れても取りに戻ってはならない一束の穀物(「申命記」二四：一九)。「モーセの五書」の「律法」的な部分の至るところに、そしてまた預言の燃えさかる深淵においても、神は細部に住む。

これらのテクストの物語叙述の非凡な才能、物語の技法(ホメロスとともにわれわれの文学を産み出すことになる)を列挙するのは愚挙に近い。将来を恐れて、サウルは、占い師、魔術師、「口寄せ」を殺させた。しかし今度は、暗澹たる恐怖が彼をとらえる。サウルは変装し、二人の兵だけを連れて、夜にエン・ドルの魔女のもとに現われる。彼女は、自分の命をねらう罠を恐れる。「なぜ、わたしの命を罠にかけ、わたしを殺そうとするのですか」。訪問者が彼女にサムエルの亡霊を呼び起こすように命じると、彼女は叫ぶ、「なぜわたしを欺いたのですか。あなたはサウルさまではありませんか」。サムエルは避けられない運命を予言する。サウルは地面に倒れ伏す、「彼はこの日、何も食べていなかったため、力が尽きたのである」（説得力のある核心をもつ超自然的なものの中の、直截なリアリズムと自然主義の名人芸的な筆致の一例）。不吉な客に憐れみをかけるのは、今はエン・ドルの謎めいた女のほうである。彼女は子牛を屠り、種なしパンを焼き、彼と家臣に食べるように言う。そして「彼らは食べて、その夜のうちに立ち去った」。この物語全体は、「サムエル記上」二八のわずか十八節を占めるにすぎない。しかし心理的陰影の精妙さと豊かさ——女の恐怖心、彼女による王の認知、サムエルの返答の情け容赦のない辛辣さ、サウルの身体的および心理的疲労困憊——は、『マクベス』の類似の挿話と互角である。聖書的簡潔さは、シェイクスピアの奔放さにいどみ、それを凌駕していると言えるのかもしれない。最後の一節——死の夜明けに急ぐ男たちの夜の闇への出発——の巧みな手際、語りの妙技を前に注釈は沈黙を守る。

エリザベス＝ジェイムズ一世の時代は、あらゆる種類の予知、予言、占いに対する伝統的な信頼に忠実だった。占星術と降神術の実践が、日常生活にも、国事にも多く見られた。それと同時に、数学と自然科学という「新学問」が、「すべてを疑念の中に」入れた。感受性は、いわばノストラダムスとガリレオの間を浮遊していた。ヘブライ聖書の預言諸書の欽定英訳聖書による再現に比類ない直接性を与えているのは、この不安な反対感情の併存かもしれない。「エレミヤ書」一九—二一においては、脅威は非人間的な高さに達する。

わたしはこの都を恐怖の的とし、嘲られるものとする。通りかかる者は皆、恐怖を抱き、その打撃を見て嘲る。彼らの敵と命を奪おうとする者が彼らを悩ますとき、その悩みと苦しみの中で、わたしは彼らに自分の息子や娘の肉を食らい、また互いに肉を食らうに至らせる。……呪われよ、父に良い知らせをもたらし／あなたに男の子が生まれたと言って／大いに喜ばせた人は。／その人は、憐れみを受けることなく／主に滅ぼされる町のように／朝には助けを求める叫びを聞き／昼には鬨の声を聞くであろう。／その日は、わたしを母の胎内で殺さず／母をわたしの墓とせず／はらんだその胎をそのままにしておかなかったから。／なぜ、わたしは母の胎から出て苦労と嘆きに遭い／生涯を恥の中に終わらねばならないのか。

アウシュヴィッツとルワンダの現実がここにある。

しかし、ありとあらゆる呪いと絶滅の呪詛が預言者たちを特徴づけているとしても、また、彼らの予知がわれわれを塵の中へたたき落とすとしても、約束の輝きもまた、それに劣らず確かなものである。それはアモスの冷酷さと対照的である。

見よ、その日が来れば、と主は言われる。
耕す者は、刈り入れる者に続き
ぶどうを踏む者は、種蒔く者に続く。
山々はぶどうの汁を滴らせ
すべての丘は溶けて流れる。
わたしは、わが民イスラエルの繁栄を回復する。
彼らは荒された町を建て直して住み

ぶどう畑を作って、ぶどう酒を飲み
園を造って、実りを食べる。
わたしは彼らをその土地に植え付ける。
わたしが与えた地から
再び彼らが引き抜かれることは決してないと
あなたの神なる主は言われる。

（「アモス書」九：一三―一五）

このメッセージは、たんにメシア待望的シオニズムのひとつではない。西洋の想像力は、預言者たちから、希望があるという希望、獅子は子羊とともに横たわり、剣が鋤の刃に打ち伸ばされるという希望を吸収した。「ジェイムズ王」の聖書は、この希望が反響している。

一六一一年版の聖書の受容は静かだった。この分野では他の版、とりわけ「ジュネーヴ」版が存続していた。徐々に徐々に、そして版が重ねられるにつれ――一六一四年版にはすでにおよそ四百の修正が含まれている――欽定英訳聖書はその権威を確立した。英語を話す植民者と宣教師によって世界の隅々へ運ばれ、ますます廉価になるおびただしい数の判型が入手可能になるにつれ、欽定英訳聖書は、一七六九年に包括的な修正がなされる頃には、テクストの中のテクストとなった。家庭と教会で読まれ、暗記され、私的生活と公的生活の考えられるかぎりのあらゆる文脈で引用され、（「詩篇」が聖歌として）歌われ、バフィン島やカラハリの言語に重訳された。

おびただしい数の別の翻訳が続いて出た。とりわけモファットの一九一三年の『新約聖書』（*New*

Testament)、一九三八年のグッドスピードの『完全聖書——アメリカ版』(Complete Bible : an American Translation)、一九五八年—一九七二年のフィリップスの影響力のある『現代英語新約聖書』(Modern English New Testament)、一九七〇年の諸宗派間共通の集合的な『新英訳聖書』(New English Bible)、一年後の『新アメリカ標準聖書』(New American Standard Bible)がある。ローマ・カトリック教は、一九五五年にロナルド・ノックスのウルガタ聖書からの翻訳、三十年後に『新エルサレム聖書』(New Jerusalem Bible)を送り出した。しかし、これらの努力のいずれも、欽定英訳聖書が英語の中で、そして地球語的英米語が話されているおびただしい数の周辺社会の中で占める中心的位置からそれを移動させることはなかったと言うのが正しい。事実、文化史家は、イギリスの現代の自信喪失と、「ジェイムズ国王訳」とこれに直接結びつく「祈禱書」の一般の意識からの相対的衰退との間に密接な相関関係を認める傾向がある。この版の、あなたの目の前にある言葉は、英語が最も英語らしかった時に「イングランドが用いた」まさにその言語であり、英語が最も英語らしい時に用いられるまさにその言語である。

二

それでは、この燦然たるジェイムズ一世時代の言葉がわれわれに伝えようとしているのは、言葉の、そしてテクストのどのような面なのか。

ヘブライ語は、北西セム語族のカナン語派に属している。もともとは子音のみを表わす二十二文字から成り、右から左へ書かれた。これらの子音に点を付けて母音を示す方法は、ずっとあとになって現われた。紀元五世紀から十世紀にかけてきわめて徐々に進化した。それゆえ、現在の母音を付ける方法は、聖書時代が終わったおよそ千年前の発音方法を表わす。聖書以外には、多くの碑文に、古典古代のヘブライ語が残っているが、いずれも紀元前十世紀以降のものである。すべてのヘブライ語文書の子音的基盤――三つの子音からなる語根から多数の単語が生じる――が、きわめて重要である。この基盤は、他の文字化された言葉にたぶん匹敵するものはないくらいに、多義性と読解の豊かさを可能にするし、実際に不可避のものにする。同一の子音群が、異なる母音符の付与により、まったく異なる意味に解釈されうる。母音表示の省略は、同一の子音単位内における推定される意味と含意される地口と言葉遊びの内在的多様性を産み出す。聖書の言葉は、いわば同心円的意味作用と反響のオーラの中で脈動する。

ヘブライ語は動詞の「時制」を二つだけもつ（「時制」はそれ自体、誤解をまねく名称である）。行為は完了している（「完全」）か、完了していない（「不完全」）かの、いずれかである。単純、受動、再帰、強意、使役の様態は、動詞の異なる形態によって表現される。またもや、この統語上の特殊性は、大きな解釈学的帰結を伴う。旧約聖書の物語叙述における「時間‐世界」、時間性の表示法は、英語や他の近代ヨーロッパ言語の過去‐現在‐未来の範型に難なく置き換えられるものではない。この単純な事実が、ヘブライ語の預言や回想の内的力動性を、ほとんど近づきがたいものにする。預言は、たとえばギリシャの神託やキリスト教的‐ヘレニズム的予言のように、明らかな意味で未来に関わるものではない。預言者を経由して発せられた神の言葉の適時性《タイムリネス》は無時間的である。預言されたことは、神の断言の中で「完全な」ものとされるので、ある意味ではすでに成就されているのである。別の意味では、それは永遠に現在している。神の怒り、あるいは祝福とともに燃え上がるのは「今」である。三番目の、翻訳不可能な意味では、預言はまた、「不完全なもの」、つまり、まだ成就されていないので取り消しうる《リヴォーカブル》ものと関係する（ヨナは、いわば神の最初の決意と宣言という永遠の絶対の中に収容された「不完全」というグラマトロジー的逆説に刃向かう)。

古代ヘブライ語と、その隣接言語であるフェニキア語やウガリト語との間には（後者との間には確実に）言語学的類似性が確かにある。聖書のテクストには、ウガリト語、カナン語、アラム語の要素が判別できる。人間の男女によって話されるどんな言語も特異性をもっている。にもかかわらず、聖書のヘブライ語をアダムの言語、つまり、人間の言語の最初のもの、神の語法の意味論という比類ない特徴をもったものとみなす伝統的概念は、神話的神人同形論的仮装をまとっているが、もっともな「独自性」の直感を反映していると言うのは正しい。旧約聖書のヘブライ語は、われわれが直接的に知っている他の動詞‐文法‐意味の構造のどれとも似ていない。その核心にある法則は、数多くの点において、「自分だけの法則」《ロー・アントゥー・イッツセルフ》である。最も縁遠く、最も難解な詩や哲学も含め、他のどのような言語集成の翻訳よりも、聖書のヘブライ語の翻訳は、明らかにより大きな、そしてより破壊的な誤解をまねきやすい。ティンダルやルターのような、天才的な聴覚をもつ言葉の名匠の手によるものでさえ、そうなのである。

このことはほとんど無作為に示すことができる。私はヘブライ語学者ではない。私が挙げる例はありふれたものである。

Davar は、「格言」、「聖訓」、「啓示」という発話行為のほかに、「物」、「事実」、「物体」、「出来事」を意味しうる。この語は、「創世記」一一：一に初めて現われる（*logos* または *verbum* と訳されることが多いが、まったく誤解をまねきやすい内包的意味を伴う）。この最初の出現は、「ミドラシュ」(五)の注釈者に、「創世記」の最初の十章が何か前言説的文脈の中で蒸発すると思わせた。アダムとイヴの「独白」のように、発話は実現されずに消える。*Vayyomer qayin el hevel ahiv*（「カインは弟アベルに言った」）しかし、彼が何を言ったかはわれわれに告げられない。ノアは神と全然対話をしない。*Davar* は、その十全な発話

的意味において、バベルの塔をめぐって進化し、バベルの塔で挫折する。これ以後人類は、多数の「閉じられた」、相互に理解不可能な言語――*devarim*――の中でぺちゃくちゃしゃべる。もっと一般的に言うと、言葉と行為の統合――宣言は本質的に立法化《エナクトメント》である――が、「第四福音書」でヘレニズム的神秘的様相を帯びる以前の旧約聖書の神学の多くの部分の根底にある。

次に *toldot* という語を取り上げよう。それは、旧約聖書の歴史の概念と表象に付帯する特定の意味的価値の一群を示す。語源的に言うと、*toldot* は「生成」、「出産」、「出撃」を指す。この適切な内包的意味を捉えた最初の非ユダヤ教徒は、中世ドイツの偉大な神秘主義者マイスター・エックハルト(六)だった。彼は、イスラエルの歴史の「*exodus* への出撃」、「運命的な活動への出産」について語っている。その *toldot* によって、アブラハムは「神の前」へ進む（「創世記」一七：一）、あたかもイスラエルが、何か神秘的な予感により、神に先行し、人間の年代記に神の入られる道を切り開いているかのように。

Bereshit――「創世記」の冒頭の語、すべての始まりを始める語――の中の子音 *beth* は、母音符が付けられると、「家」をも意味する。創造は人間のために家を造る。翻訳はバベルの塔の挿話をどう扱えばよいのか。*Migdal* は元来は「塔」ではない。それは、「頭が天に届く」「大きな」あるいは「並はずれた」物体である。本来推論されるものはたぶん大きな偶像である。さらに、この物語の至るところに見られる鋭い瀆神的言動は、塔の建設に使われている「作る」という動詞と、「神の創造」という語との間の類義性をめぐってなされる。地口は核心をなし、翻訳不可能である。ヘブライ語の語根 *balal* は「混ぜる」、「混乱させる」、「散乱させる」を意味する。しかし、それはまた、「バベルの塔」のもうひとつの反響音、つまり、破壊（！）を意味する *nebelah* として読むこともできるのである。「バベル」を訳した偉大な翻訳者たちの中で、ルターだけが、*safah* は「言語」あるいは「言葉」であるばかりでなく、実際の舌でも

あることに気づいている（*einerlei Zunge und Sprache*）。

しばらく「モーセの五書」の「出エジプト記」三二―四の最も緊迫した挿話を考えよう。それは「民数記」一四―一五でもっと簡潔に扱われている。神とモーセの対話は、本当に不気味なほど、哀切感が漂い、策略にみちている。神は、罪深く反抗的な彼の民を滅ぼすと誓う。モーセは、神に向かって長く執拗に懇願するので、神はうんざりしているように思われる。「人が友人に語るように、向かい合って」語るモーセは、ソフィスト的な才気をきらめかせ、弁護的指し手《ムーヴ》に訴える。神は、約束がなされたあとに、どうやってアブラハムの種を絶滅させることができるのか。神は、彼の創造、彼がイスラエルを選んだことを過ちと見なすであろう異教徒たちを、どうやって慰めることができるか。神が素早く答えるように、神は言明した決意を取り消すことはできない。モーセは何度も懇願する（*wajechal*）。しかし、この動詞そのものが、「解放する」を意味するものとして読むことができるのである。モーセが神を、懲罰の誓いから解放する！――*Wajechal.* 次に神は *hechaitani bidevarim* と言う。またもや、濃密な内包的意味と可能な表示的意味が翻訳をあざわらう。「言葉によって、あなたは私を生かし（？）、『生き返らせた』（？）」。他方、欽定訳は、「出エジプト記」三二：一四でそれを完全に、ということは破廉恥に直した。「主は御自身の民にくだす、と告げられた災いを後悔された《リペンテド》〔新共同訳では「思い直された」〕」。改悛する神！　それは、対話、説得の道が開かれていること、「掟」をめぐるカフカの寓話の場合のように、そうだとは感じられない場合でも、対話、説得の道が開かれていることを意味する。

「ジェイムズ国王版」では、ヨブの、自分の生まれた日を呪う嘆きの言葉は二十二語に及ぶ。ヘブライ語テクストでは八語で足りる。英語は、「消えうせよ」と「わたしは生まれた」を表すヘブライ語の語根をめぐる重要な言葉遊びや、慈悲深い「人間の番人《ウオッチャー》」としての神が無関心なのぞき屋もしくは「人間観察者」に変わる「詩篇」八の残酷なパロディを見落としている。ラビの注釈者たちは、耐えがたい物語を鎮めるために、彼らの言葉遊びをこっそり忍びこませた。彼らは *lo achayel*（「私には希望はない」）に耐えられなかった。*Lamed aleph* と綴られる *lo* が、*lamed vav*（「私は彼を信じる」）と綴られる *lo* に訂正される。ヨブの反抗的な訴えは *sahed* に依存している。この語は、「証人」、「擁護者」、「保証人」、「代弁者」の定義となりうる。それは、はるか昔のユダヤ人の法律上の慣例にまでさかのぼる。ヨブが彼の *goel* を呼び求める時、血讐における「擁護者」をわれわれのために描き出す。神は *goel Ysrael*（「イスラエルの／のための復讐者」）として知られるようになる。これは、キリスト教化された派手なネオン・サイン「わたしは、救い主が生きておられるのを知っている」と何と遠く隔たっていることか。*Shadday* とは、キリスト教内の主だった旧約聖書の思想家——パスカル、キルケゴール、カール・バルト——にそう認識されたように、「そこにいない神」、*deus absconditus* なのである。ヘブライ語においては、口論、私権喪失の結果はまたもや「言語的」なものである。それは、*Saddiq*（「正しい人」、「正しく証言する人」）と *rasa*（「咎めるべき人」、「違反者」、「罪ある側」）（つまり神）の価値の全域に分節化される。評決を確定するのは聖霊たちの沈黙である。

他の釈義の伝統には見られないことであるが、暗唱、解説、注釈により、そして「タルムード」と「ミドラシュ」によるユダヤ人の聖書認識は、文や単一の語に重くのしかかる。それだけではない。それは音節、子音の語根、個々の文字を発掘する。「カバラ」によると、暗い表面に白い炎の文字が記されたとされるヘブライ語のアルファベットは、その中に、時間の終わりに至る人間の運命のほかに、神の名の、最も内奥に隠された名をその中に含んでいるとみなされている。神に口授された言葉の、たったひとつの子音の誤った転写が、宇宙に裂け目を作り、そこからあらゆる罪悪、苦悩、不正が現われたという恐ろしい寓話がある。「トーラ」の巻物に少しでも誤りがあると、それは破り捨てられなくてはならない。「言葉」と「霊」を区別し、後者を賞揚し、それに現実のテクストからのある種の超然性を与えたのは新プラトニズム的キリスト教である。聖書の中のユダヤ教は、そのような分断を知らない。言葉は霊である。文字は意味である（どの *aleph* も、その中に神の息吹を少しもっている）。「箴言」一八：二一が言明するように「死も生も舌の力に支配される」。

しかし誤解は全世界的なものである。「旧約聖書」という概念は純粋にキリスト教的なものである。それはユダヤ人のためにあるのではない。ヘブライ聖書では、「トーラ」もしくは「モーセの五書」に神聖さが付随している。他の正典は程度の差こそあれ、偶然的に進化したものであり、やっと紀元一〇〇年以降に、キリスト教の聖書の諸書の順序とは違う順序で生まれたものである（ユダヤの正典を決めるヤムニアの会議(七)への言及は、きっと神話的なものなのだろう）。*Biblia Hebraica* は現在ある姿のままなのである。新約聖書は、それに密接に依存して存在している。しかし、こういうことは、けっしてユダヤ人の関心事にはならない。

イエスの到来と告知《ケリュグマ》の予示をヘブライ聖書から作り出そうとしているのはパウロ的かつヨハネ的キリスト教である。ヘブライ聖書の重要なモチーフとテーマの構造は、福音書と「使徒行伝」の告知と予告として解釈される。アダムとイヴの破滅の木は十字架の木として再び現われる。イスラエルがヨルダン河を越える時、この動きは、キリストの洗礼を予示する。鯨の腹の中へのヨナの滞留は、墓の中へのイエスの滞留の「予告編《トレイラー》」である。「イザヤ書」の中の「苦しむ下僕」は、キリストの恥辱と殉教を霊感により直観したものである。キリスト教の教義と聖書解釈学は、旧約聖書の予示的権威の中へ、新約聖書を、ひとつひとつの細部に至るまで繋ぎとめようと骨折った。この連鎖は、キリスト教が、神の意志、ベツレヘムとダビデの家から出た彼の子の使命の、神の目的と明確な宣告を伴う成就として現われる場合には、絶対的な重要性をもった。(『コーラン』は、アブラハムとモーセを引き合いに出す場合は、はるかに厳格細心である。)

二世紀の霊感を受けた異端者マルキオン(八)は、ヘブライ語資料の、キリスト教の信仰への利用すべてに逆説的な虚偽を見た。「モーセの五書」と預言書の復讐心に燃え、しばしば容赦のないエホバが、どうして、キリスト教における無限の愛と憐れみを抱く神と同一視できようか、と彼は問うた。三位一体、人‐神キリストという根本の謎を、どうやってユダヤの一神論と調停できようか。マルキオンの申し立ては、キリスト教徒によるヘブライ聖書の完全なる拒絶を求めた。ナザレのイエスとともに、歴史と人間の魂の状況が新しく始まった。古い宗規は、今や悪魔的特性をもつものとして見なすことができた。ローマ教会はマルキオン的異端を抑圧した。しかし、その鋭い問いかけは有効である。もし、キリスト教が、ユダヤ教的批准と主張しているものからの束縛を脱し、ユダヤ人が、キリスト教の運命的に定められたメッセージを受けとめられなかったという忌まわしい事実からの束縛を脱していれば、西洋の歴史はどんなに変わっていたか。それについては、われわれは臆測することしかできない。この主張と、曖昧な「結合しやすい類縁性」から、「大虐殺《ホロコースト》」の果てしない苦悩と「反ゴルゴタ」が生じた。

しかしながら、当面の問題は翻訳である。言語学的学識と誠実さが十分にある場合でさえも、欽定英訳聖書の翻訳者と校訂者は、意識的にか無意識的にか、予示という前提に従っている。彼らは旧約聖書を、新約聖書の構成要素と考える。彼らはヘブライ語とギリシャ語を、「未来の意味」に向けて屈折させる。その結果はまったく誤解を招くものになりうる。当のヘブライ語は、たんに「若い女性」を意味するにすぎないのに、「処女」がメシアとなる子を懐胎するというのが最も有名な例である。こういうわけで、欽定英訳聖書の一般読者は（いやそれを言うならどんなキリスト教の「旧新約聖書」の読者も）、原テクストの本質を把握すること、『ヘブライ聖書』をその圧倒的な自立性と異様さの中に見ること、その中に神の子――ユダヤ教には理解できない概念――における／による救済の約束の序曲ではなく、「異教的でもギリシャ的でもない」メシア待望的終末論の、しばしば不明瞭な約束を聴くこと、そういうことがほとんど不可能になった。この不適当な名称で呼ばれる旧約聖書の中のきわめて多くのものが、ユダヤの荒野がローマのバロック様式の広場やカンタベリーの尖塔と異なっているのと同じくらい、キリスト教の文化や翻訳における旧約聖書の利用の仕方と異なっている。しばらくの間、その荒野の、目も眩む沈黙の光に照らして読んでみよう。

三

われわれの西洋の認識のアルファベット、時間の文法によると、「創世記」は始まりの始まりである。われわれは、それと、他の中東の創造神話――そのうちのいくつかは「創世記」よりも古いものである――との類似性について知っている。しかし「創世記」は、西洋の、宗教的、形而上学的、道徳的、文学-芸術的現われを、きわめて広範囲にわたって決定づけたヘブライ聖書の冒頭の書である。この事実は、ある意味で、逆説的である。これ以上に混成的なものはないし、重要な点においてこれ以上に謎めいたテクストはない。近代の学問――どのようにしてモーセは、自分自身の死についての記事を書くことができたのか、に関するスピノザの問いに実際にはさかのぼる――は、「創世記」とそれに続く四書を、四層もしくは五層の作者へと解体した。この中には、「エホバ」（'Jehovah'）を使い、神人同形論的一神論に傾き、語源や土地の名前に頼ることの多い校訂者「J」が含まれる。「E」は神を「エロヒム」（'Elohim'）と呼び、イスラエル民族の祖について書く場合には、「イスラエル」と書くよりも「ヤコブ」を好んで用いているように思われる。学者たちは、「J」も「E」もともに、「モーセの五書」の数人の「作者」の中では最も古い作者と考えている。いわゆる「申命記作者」（'Deuteronomist'）もしくは「D」は、一般的に紀元前七二二年頃から六二一年の間に位置づけられている。彼は、神の神人同形論的表象を排除するために古い資料を改訂している。彼は、古代のテクストから多神論的な痕跡と、他の神の存在を認める拝一神論的な痕跡（つまり、競合する神々や、イスラエルの神にどれかひとつの特質においてのみ劣る神々への言及）を一掃しようとした。「D」は徹底して除去したように見えるが、それでも、とりわけ「詩篇」のいくつかに、混成的な神々の痕跡が明瞭に残っている。「学僧校訂者《プリーストリー・リダクター》」もしくは「P」は、紀元前五八六年から五三六年にかけての、「バビロンの幽囚」後の歴史的律法主義的改訂の重要な時期にたぶん活動した。「D」はエルサレムの神殿、そしてそれに付随する清めの儀式が、ユダヤ教において絶対的中心性を占めることを強調した。いわば再び神聖化されなくてはならない都市にあって、「P」は厳密な立憲主義者であり、先例追求者である。彼は再生した共同体と、それが受け継いだ不明瞭なところの残る儀式的慣例の歴史を集め、一貫した正当性を与えようとしている。ユダヤ教では稀なことであるが、「P」はちょっとした神学者である。神の創造行為の超越的顕現という特性と神学的特質を表わすための特殊な用語を見付けたのは彼であると信じられている。われわれが今日知っている「創世記」の冒頭の数層は、彼の手細工かもしれない。もっと最近になると、何人かの聖書評釈者は、五番目の、「H」という作者を加えた。

十九世紀のドイツの「高等批評」によって詳説されたこの複雑な層位学の結果は明白である。同一の物語の素材が、二、三度繰り返して現われる。明らかな矛盾がある。たとえば「出エジプト記」二四は、モーセのみ神に近づくことを許されるだろうと述べていると同時に、民族の指導者はすべて神の御前に招かれると述べている。「創世記」一二：四は、最初の話には繰り返し出てきた定式的表現のまったく出てこない創造過程に関する別の話を始める。ヨセフの話にあるメルキゼデクの出現は、言語と文体の突然の変化の前兆である。ユダの罪の、あきらかに場違いな詳しい記述は、ヨセフの物語《サガ》の連続性を断ち切る。「創世記」五は、異なる層が不完全に接合されている数多くある章のひとつである。ある種の「徴候的」接合部にわれわれは、のちの注釈や「挿入的」説明の試みであることがかなり確実である言葉遣いを判別することができる（たとえば「創世記」二三：二の「ヘブロンも同様に死んだ（'the Same is Hebron'）」）。しかし、「モーセの五書」、とりわけ「創世記」を限りなく謎めいたものにしているのは、これらの反復、矛盾、中断、重ね合わせではない。提起された神学的倫理的諸問題、爾来これを超えるものがないほど根本的に、そして密度の高い想像力で提起された神学的倫理的諸問題である。これらの「原《ウル》-物語」が、紀元前三千年代の末（？）からダビデとソロモンの連合王国における最初の改訂に至るまで生き残り、伝えられたのは、まさにこの不可解な問いかけの圧力のおかげであると推測される。これらの物語の呼び出しと挑発は、人間の精神と良心に対する支配力をけっして放棄しなかった。

本文批評をどれだけ多く重ねても、あるいはどれだけ精巧さを加えても、なぜ神はカインよりもアベルを贔屓にしたかという問題や、カインの、神への地上の作物——アベルの「羊の初子」よりも供物としては穏やかで、破壊的でないことは確か——の献納に対する神の「敬意《リスペクト》」（欽定訳の厄介な翻訳）の欠如という問題に満足に答えることはできない。無動機の贔屓、神の愛の不公平に存在しうるどのような深淵が、その中に未来の歴史の暗黒のすべてが形象化されている殺人と兄弟殺しの最初の行為を産み出すのか。翻訳者、寓話作者、宗教的道徳的評釈者は「バベルの塔」について思いをめぐらしてきた。よくあることだが、聖書の話の簡潔さに対し、それに反比例して副次的意見は溢れんばかりの多さである。「塔」の教えに具現されている侵犯行為の本質は正確に言って何か。どのような点で、一か国語使用はエホバを立腹させたり脅かしたりするのか（正反対ではないのかというのが常識の示唆するところである）。人間の歴史的知的体験がその創造的富をそれに負っている多言語状態は、なぜ懲罰とみなされなくてはならないのか。人類に対する神の意図の、どのような曖昧さ、もしくは謎が、エサウの不面目な運命、ヤコブの、オデュッセウス的とも言える狡猾さと悪事の成功の底にあるのか。「創世記」二二に関して言えば、人間的尺度での道徳的理解――恐ろしく洞察力に溢れたマイモニデスのそれであれ、カントのそれであれ、キルケゴールのそれであれ――は、イサクの犠牲の物語である『アクダ』(*Aquedah*) をどう処理するのか。邪悪非道の鬼神でなければ、父親にひとり息子を犠牲に供するように要求することはできない（とカントは言う）。真の全能の神のみが父親にひとり息子を犠牲に供するように要求することができる（とキルケゴールは答える）。アブラハムは、モリア山への三日間の旅の間、彼に加えられた名状しがたい苦しみに対し、どうして神を「許す」ことができたのか。イサクは犠牲の中止のあと、どのようにして父親に我慢することができたのか。「大虐殺《ホロコースト》」以後、ユダヤ思想は、これまでにないほど、「創世記」のこの一章のまわりを、まるで耐えがたい燃える空虚のまわりを経巡るように、経巡ってきた。

エジプト脱出はイスラエルに力を与える。隷属の民族の、約束された自由と国民的統合の地へ向かう曲がりくねった「長い行進」は、西洋の歴史と政治的教義に彼らの原型を提供してきた。砂漠を通り、これから支配することになる「乳と蜜」の国へと入るエジプト脱出の旅は、マルクス主義のプロレタリアート解放の綱領にとってひとつの範型であったように、「新世界」に向かう「ピリグリム・ファーザーズ」にとってひとつの範型であった。それは、中世の至福千年の到来を信じる人々の時代からシオニズムの時代までの、ユートピア的政治学の夢と言語の核心であるように、黒人奴隷の夢と言語の核心である。われわれの歴史が希望を知っている時、われわれの歴史は、カナーンへの熱情的移動の途次にある。その上モーセは、ユダヤ教の頂点を体現している（フロイトが幾分嫉妬を込めて記しているように）。彼の天才的な怒りの洞察《ヴィジョン》、神との直接的な対話、耐えなくてはならない自民族の反抗、彼の約束の地への参入を禁じる一時的な違犯、これらは、今日に至るまで、ユダヤ人の歴史的心理的道徳的状態のすべてを結晶化している。ユダヤ教が、自らを責める鏡と、圧倒的な終局性を帯びた遠い光を見出すのは、モーセの生涯においてである。神が、この民族、この民族だけを、その特別な、恐ろしい注視のために選んだという目も眩む逆説が、誇り高き苦悩という弁証法を示すのは、モーセにおいてである。

歴史的証拠は、たとえあるとしても、依然としてきわめて微妙なものである。のちに「イスラエルの子孫」（'Israelites'）として現われることになる人々の民族的起源については、何も確実なことは知られていない。彼らがネゲブ、トランスヨルダン、あるいはユダヤの中央の小高い山々に現われたのは、紀元前十三世紀の終わりから十二世紀の初めにかけてのことであったように思われる。彼らのエジプトからの移住に深く関わっていたエジプトの王は、ラムセス二世であったかもしれないし、そうでなかったかもしれない。「モーセの書」に物語られている彼らのたどった道は、全体として信用しがたい。シナイ山の可能な位置づけをめぐっては、学者の間で際立った意見の相違がある。一部の学者は「出エジプト記」にいかなる歴史的地位も認めようとしない。これもまた、信用できない。この物語の中心にある回想の核が、尽きせぬエネルギーを、いわば「放射」している。触れると脈動する。いかなる物語の語り手も、その後の改訂者も、そのすべてを考え出したとは考えられない心理的に複雑で、どもりがちながらも雄弁な、人間を超えた人間と言えるモーセという人物も、触れると脈動する。どの程度であれ、信用できる想像力の域に達するには、ミケランジェロのような人物を必要とした。

「出エジプト記」、「レビ記」、「民数記」、「申命記」を読む現代の読者を当惑させるのは、その素材の異種性である。大鍋の中で、神話、伝説、民話、歴史的想起によって遠くにほの見える鬼火、大量の本当の儀式的律法的規定がグツグツと煮えたっている。「トーラ」には、どのような聖典にも見られるきわめて原始的で神人同形論的挿話がいくつか含まれている。たとえば、「出エジプト記」四：二四―六の神がモーセを殺そうとした話（小心な学問は、割礼の起源のぼんやりとした輪郭を示唆している）、あるいは「出エジプト記」三三：二一―三の、欽定訳の翻訳者たちが神の「後ろ《バック・パーツ》」と訳しているものをモーセが見るのを許すという古風な響きがあり不可解な話。世界文学における決定的で、限りなく重要な物語のいくつか――紅海渡渉、「金の子牛」の崇拝、バラムの託宣と使命の否定――が、陰鬱なほど「歩行的な《ペデストリアン》」章（石と砂の間を行く果てしない行進）と交互に現われる。もっと錯乱させられるのは、とりわけ「民数記」二五の、暴動民に対する報復と大虐殺のような古めかしい蛮行と、まったく比類のない抽象性と切迫性をもつ倫理的宣言と主題提示の並置である。（「山上の垂訓」は、本体部分においては、「十戒」と「モーセの律法」のメッセージの一組の引用であろう。）非ユダヤ人読者にとっては、そして非ユダヤ人や、選択的にのみ律法を守る現代のユダヤ人にとっては、「レビ記」、「申命記」の衣服、食事、礼拝式の慣例の長たらしい詳細は、ほとんど判読しがたいものである。幕屋の構造と装飾に関するおびただしい数の設計図も同様である（ラスキンは何キュビットで、どのようなテレビンノキであるかを諳んじていたようであるが！）。しかし、ユダヤ人とユダヤ教の奇跡的な生き残りを確実なものにしたのは、まさに、操行、性、土地保有、祈禱に関するこれらの長たらしく、恐ろしく厳密な規則なのである。神学的信仰がよろめいたり、慣例的な不明瞭さを保ったままでいる場合でさえも、このような儀式、食事、家族の慣習の遵守は、嘲弄、強いられた遍歴、大虐殺のさなかにおいてさえも、迫害される世代から世代へと、同一性と生存の契約を守り、伝えた。気違いじみてはいるが、生命に威厳を添える熱情をもって、律法学者たちは、ガス室や燃えさかる穴の間際まで、「出エジプト記」二九の「肝臓の尾状葉」をめぐる贖罪の献《ささ》げ物の指示事項の多様な――逐字的、寓意的、位相学的――意味について議論しているのが聞かれた。

しかしながら、声の混成的組成と亀裂にもかかわらず、「モーセの五書」は、均一的広がりを備えている。「出エジプト記」三：一四の「わたしはあるという者だ」（I AM THAT I AM.）がそれである。「燃える柴」から聞こえるまったく翻訳不可能な（「わたしはそうであるところの者だ」'I AM WHAT I AM' か、たぶんたんに「わたしはある／わたしはある」'I AM/I AM'）同語反復である。イスラエルとイスラムの一神教が根を下ろし、正当性をもつのは、これらの言葉においてである。マイスター・エックハルトが記したように、この言明の、感覚を麻痺させる異様さ、翻訳不可能性、そして言うまでもなく、十分な理解の不可能性は、「言語の幽囚と言語そのものの中への幽囚」を示している。神の自己確認とそこから生まれる命令が、エジプトからの逃走と曲折した旅を強制する。言語もまた「推移」の状態にある。メシアの到来まで、言葉と意味は、エデンの園においてそうであったようには、一体化することはないだろう。

「ヨシュア記」と「士師記」は、今日判読できない一連の歴史的出来事を切り詰めて描いている。今日あるかたちでは、「モーセの五書」のこれらのエピローグは、エホバ信仰の勝利と神に認可された約束の地に対するイスラエルの権利を証明するのに熱心な改訂者によってたぶんまとめられたものであろう。あえて言うが、「ヨシュア記」は、正典の中では最も魅力に乏しいテクストである。それは、疑いもなく楽しみながら、民族の傲慢さと残酷さを記録している。それは呪いと祝勝に溢れんばかりである。（アカンへの投石、アイ奪取、ギブオン人や他の征服した民族の奴隷化）。「士師記」には、旧約聖書の最も印象的な物語が二つ含まれている。エフタの娘の物語——彼女は固有名という特権さえもっていない！——は、人身御供が、イサク救出のずっとあとも、散発的に続いていたかもしれないということを示している。山の上での若い女の嘆きの図像は、その魅力を失ったことはない。それ自体が見事に圧縮された小説と言えるサムソンとデリラの物語も同様である。もしこれらの物語がなかったら、西洋の詩、絵画、音楽は、なんと薄っぺらなものになったことか。精妙なる微細画とも言うべき「ルツ記」が入れられる根拠は何であるとわれわれは論じることができようか。ダビデの系譜を提供するためだろうか。異質な民族の構成員との結婚の神聖さを例証するためだろうか。この哀切な物語は、男の親類の未亡人にまだ子供がいない場合、彼女を嫁にもらうべしという神命を例証するためなのだろうか。

「サムエル記上下」、「列王記上下」、「歴代誌上下」、それに続く「エズラ記」と「ネヘミヤ記」は、実証不可能な場合が多いが、ある程度適切な意味で「歴史的」である。それらは、アダムから紀元前四三二年のネヘミアのエルサレム再訪までのユダ民族の歴史を語ることを目的としている。もっと古い資料あるいは別の資料が繰り返されている（「歴代誌」の多くは「サムエル記」と「列王記」の異版である。）もしこれらの歴史的文書の全体にわたって何かライトモチーフがあるとすれば、それは警告である。編纂者と校訂者は、イスラエルの偶像崇拝と異国の神々への回帰とそのあとのエホバの懲罰との間に不可避的な対応関係を例証し強化するために、資料を何度も繰り返して編成している。関連するテーマは、エルサレムの神殿の至高性と、ユダヤ人の信仰の中での王室と儀式の中心地としてのエルサレムの確立である。

サムエルとサウルの物語、彼らの運命の悲劇的織り合わせ、サウル自身の人物像、これらは劇的心理の傑作に数えられる。ダビデの「伝記」、ゴリアテとヨナタンへの嘆き（これを超える詩はない）からアブサロム殺害と王自身の死までのそれは、古代の他のどのような「伝記‐研究《ライフ・スタディ》」とも似ていないし、それ以後も似たものはないかもしれない。こんなことは言い古されたことである。ニュー・フォレストにおけるウィリアム・ルーファスの死の謎以前に、「サムエル記下」一八のアブサロムの死ほど荘重な王侯の死があるだろうか。張りつめた翻訳の好例、「『それなら、お前に期待はしない』とヨアブは言った。アブサロムは樫の木にひっかかったまま、まだ生きていた。ヨアブは棒を三本手に取り、アブサロムの心臓に突き刺した」。「サムエル記下」二の中のダビデとバト・シェバのそれほど鮮かな、なまめかしい恍惚状態、不正、報復の記録があるだろうか。いかなる小説家の技法も「サムエル記下」一一の冒頭の穏やかな宿命を超えるものを描いていない。「ある日の夕暮れに、ダビデは午睡から起きて、王宮の屋上を散歩していた。彼は屋上から、一人の女が水を浴びているのを目に留めた。女は大層美しかった」。力を帯びた暗示は、簡潔であると同時に生き生きとしている。われわれは昼間の暑さと王の午睡を感覚的に感じる。夕暮れ時のエルサレムの家々の屋根と中庭には不思議な冷気が漂っている。バト・シェバの入浴は儀式的な清めのそれである。彼女は今、子を宿す用意ができている。どの暗示にも意図がある。

「列王記上」のアハブの物語もそうである。またもやわれわれは、文学的天分が顕著に現われた劇的な遠近法的描写の過程と心理的暗示に引き入れられる。アハブとイゼベルがいなかったらマクベスとマクベス夫人を想像することは不可能である。「妻のイゼベルは王に言った。『今イスラエルを支配しているのはあなたです。起きて食事をし、元気を出してください。わたしがイズレエルの人ナボトのぶどう畑を手に入れてあげましょう。』」〔「列王記上」二一：七〕しかし、血は血を求める。アハブは、「夕方になって息絶えた。傷口から血が戦車の床に流れ出ていた」〔「列王記上」二二：三五〕（ヘブライ語は、きわめて表現力豊かに、戦車の「胸」について語っている。）犬たちはイゼベルの血を貪るようになめるだろう。ソロモン、エリヤ、センナケリブ、これらの主人公たちは実物大以上に大きくぼんやりと浮き上がる。しかし、それに劣らず記憶に残るのは、重要ではない、時には一見その場限りの役回りと思われる人物たちである。エン・ドルの年老いた魔女、アムノンと哀れなタマル、あるいはエリヤを嘲弄する子供たち。

ヘブライ聖書の中で最も遅い時代の文書のひとつ「エステル記」は、紀元三九七年のカルタゴ会議で正典にやっと入った。それはもともとは、プリムの年祭を説明するために書かれたものかもしれない。典拠が何であれ、「エステル記」は、幸福な結末をもつ、ユダヤの経典ではかなり珍しいおとぎ話のひとつである。しかし、「ヨブ記」の結末ほど幸福な結末がありうるだろうか。神はヨブの殺害された子供たちを、七人の新しい息子と三人の新しい娘と取り替えているのではないか。ヨブの「最期」は祝福され、「始め」よりもはるかに繁栄してはいないか。

人間の想像力、自らの状態を問う人間の自問する力、道徳的知的言説と隠喩の人間的使用、これらが最高度にまで高められているひとつの文書あるいは「言語行為」を選ぶように求められたら（馬鹿げた要求だろうか）、「ヨブ記」を人は挙げるだろう。世界文学にこれと真に肩を並べうる作品はない。それは、われわれの理解力の（根源的混成的意味での）「共和国《コモンウェルス》（共通の富）」に高く聳えていると同時に、言語の上に高く聳えている。しかし、「ヨブ記」の大きさは、この作品の起源、年代、文献学的要素に関するわれわれの知識と反比例している。今日学者たちは、その制作年代を、紀元前七世紀と二世紀の間のどこかに位置づけている。「エゼキエル書」の中にある最も古いヨブへの言及は、「ヨブ記」にではなく、試練と償いをめぐるきわめて古い民話であることがほぼ確かな話の中に出てくるヨブという英雄的人物を指しているのかもしれない。ヨブの故郷は、聖書に描かれているように北アラビアかエドムであるように思われる。ヨブがイスラエル人かどうかはけっして明らかなことではない（彼はエホバという名を知らない）。「ヨブ記」の実際の表現形式《イディオム》は、ヘブライ語的特徴というより数多くの北セム語的特徴によって性格づけられる。

枠となる前置きと結語が、それら慰めのための補償とともに、苦難と終末論的残忍さの「太古」の物語への、のちの時代の付加物であるか否かに関して、評釈者の間で意見の一致はない。「ヨブ記」二一―三一の会話の現在の順序は論争中である。エリフへの言及は、冒頭にも終わりにもない。彼はもとの、あるいは最初の版に現われたのだろうか。このような面倒な学問的問題は、いったんわれわれが、限られた能力を最大限に発揮して、書物の高潮に乗れば、そしていったんわれわれが、内心恐れつつも気迫をもって、これらさまざまな声を打ち出す熟達した力に裸の身を晒せば、少しも重要ではないように思われる。

ヨブと彼の自称「慰問者」との間の対話には三つの周期がある。これらの対話は、今世紀の死の強制収容所においてそうであったように、苦悩、不合理な辱しめ、理解を絶した孤独のさまざまな度合から生じる。すでに第三章では、ある意味ではヨブが主導権をとり、彼が、彼の苦悩の意味となる。「その日には、夕べの星も光を失い／待ち望んでも光は射さず／曙のまばたきを見ることもないように。／その日が、わたしをみごもるべき腹の戸を閉ざさず／この目から労苦を隠してくれなかったから。／なぜ、わたしは母の胎にいるうちに／死んでしまわなかったのか」〔「ヨブ記」三：九―一一〕。われわれの経験する人生は、ヨブがそれに投げた呪いから十分にはけっして回復していないのかもしれない。しかし、その呪いには、消すことのできない声が残っている。そしてその声は、自らの無垢を言明する声であり、存在性という剝き出しの事実に何らかの謎めいた罪意識が存在し、人間は否‐もしくは非‐人間的秩序においては、正当な場所をもたないというほとんど考えるにたえない脅迫を言明する声でもある。

ヨブの真理に強いられて、全能者は答えを与えるべく雷鳴を轟かせるものである。周知のことだが、神はこの種のことは何もしない。明けの明星の歌、雪の宝、一角獣の奉仕、釣針にかかったレビアタンは、ヨブの身に覚えのない苦しみ、彼の無実の頭に注がれる動機のない悪意とどのような関係があるのか。何の関係もないのである。道徳的な挑発に対し、神は、神の創造的な壮大さを示す修辞的な意匠により美的に答える。「ヨブ記」の作者は皮肉を言っているのだろうか。実存に関する単純な事実――何もないであろうのになぜ世界はあるのか――は善悪の彼岸にあること、存在の底知れぬ驚異は不正をどういうわけか些細なもの、一過的なものにするということを示唆しているのか。これはあまりにもニーチェ的な教えであるように思われる。読むたびに、このテクストの激烈な深淵、解答不可能性は、一種の荒れ狂う光へと開かれる。これらの制約は、ヘブライ語原典は、他の言語への翻訳すべてを超越していることを教えてくれる。しかし、たとえそうであれ、ジェイムズ一世時代の「ヨブ記」の翻訳者たちは、力量の限りを尽くしている。彼らはわれわれに、無限によって脅かされることはいかに気力を失わせるかをまぎれもなく伝えている。

これほど形而上学的次元にはないが、「詩篇」は「ヨブ記」で詳しく記述されている神との対話を継続する。ギリシャ語の*psalmoi*は、器楽音楽と音楽に添えられた言葉を意味する。しかし、これら一五一篇の「詩」の伴奏音楽は、たとえあるとしても、われわれは何も知らない。「詩篇」がダビデ王によるものとされていることにいくらかの歴史的真実があるかどうか、われわれにはわからない（いくつかの例においては事実かもしれないが）。われわれが知っている「詩篇」は、「第二神殿」（紀元前五二一年頃）のための、さまざまな作者によるさまざまな日付けをもつ讃美歌集からの編纂物であったように思われる。紀元前一四五〇年頃にさかのぼる太陽神アモン－レ（Amon-Re）に捧げる類似したエジプトの讃歌がある。われわれの「詩篇」の抒情詩のいくつかは、紀元前二世紀の終わりに近い頃に加えられたのかもしれない。題材の多様性は相当なものである。「詩篇」四五は英雄的な愛の歌であり、六八は行列聖歌であり、一〇四は自然詩である。大ざっぱに言えば、現代の学問による分類は次の通りである。神をたたえる讃歌、苦しみや危険からの解放後の感謝の祈り、嘆き、あるいは「詩篇」八八のように「ヨブ記」を思わせる絶望の詩篇、たぶんある種の儀式と祝祭日に付随する典礼の詩篇、はっきりとはしないが、もっと抽象的な問題を扱っている「知恵もの」（たとえば「詩篇」三四、四九、七三）。評釈者たちは、神学的人類学的テーマの比類ない適合性について語っている。旧約聖書の他の書には、これほど鋭く聞こえる国家的かつきわめて個人的な声はない。歓呼と告白、陰惨な自己反省と歓喜、神に対する畏怖と親しみが、時には同一の詩篇の中でも、交互に現われ、対位法的に進行する。「詩篇」以外にはこれほど完成された平行法、散文と韻文の混肴、多彩な韻律の使用はない。しかし、今なおきわめて重要なのは、人間の魂と言葉と神との交流である。この情熱的な「会話」がユダヤ教を劃定しており、この「会話」から宗教改革、とりわけ英米のプロテスタントの教義は活力の源泉を得ている。「わたしは主に歌う」。この声と精神の運動が、ユダヤ教とキリスト教において、名状しがたい信仰の運動になっている。そして再び言うと、ジェイムズ一世の時代の学者‐翻訳者は、「人間の書いた物の中では最も崇高なもの」（グラッドストーン）とまったくの自国産のもの（「主の慈しみに生きる人は栄光に輝き、喜び勇み／伏していても喜びの声をあげる」〔「詩篇」一四九：五〕）との特異な融合を達成した。

「箴言」はもうひとつの「コラージュ」である。教訓的、格言的、「判決的《センテンシャル》」箴言からできているので、これはバビロン捕囚後のユダヤ教のための一種の慣用句集を表わしているのかもしれない。エジプトとメソポタミアの類似物をわれわれは知っている。倫理的な断言に、宗教的省察と知恵の全般的賞揚が挟まれている。たぶん紀元前五世紀に——それ以後でないとすれば——集められたものであるが、「箴言」にはもっと古い資料、一部はたぶん君主制以前の資料が含まれている。最近の学問は、これらの格言のいくつかの「明白な」口承的起源と出処をあげている。一見異種混淆的であるが、この本は一貫した衝撃力をもつようになった。その明示された理想と含意された理想は、宗教的ヒューマニズム、唯一神を知ろうとする男女の道徳的知的全一性という理想である。人間は過誤と驕慢により道を迷うが、神の導きはけっして遠く離れているのではない。「王の顔の輝きは命を与える。／彼の行為は春の雨をもたらす雲」（「箴言」一六：一五）（この脳裡から離れない言い回しには「ヨブ記」の反響があるのかもしれない）。預言書で燃え上がることになる富への批判は、すでに激烈なかたちで現われている。金は、知恵と公正な分配に較べれば塵である。「金持ちが貧乏人を支配する。／借りる者は貸す者の奴隷となる」（「箴言」二二：七）。「貧乏人は哀願し／金持ちは横柄に答える」（「箴言」一八：二三）。きわめて魅力的なのは、言葉の両義的潜在力の強調である。私はすでに命題「死も生も舌の力に支配される」（「箴言」一八：二一）をあげた。この洞察は「箴言」全体にわたって切迫した力をもっている。言語は、結びつけることも破壊することもでき、呪うことも祝福することもでき、真理を語ることも嘘をつくこともできる。「愚か者にその無知にふさわしい答え」（「箴言」二六：四）をすることは愚か者になることだ。心に悪意を抱いて（「唇は燃えていても」）話す者は、土器を「混じりもののある銀」で覆うようなものだ（「箴言」二六：二三）。古代世界では、たぶんアイスキュロスだけが、言表が相反する効果をもつという性質に対して同じくらい明晰に気づいていた。

世俗的な言い方をすると、「コヘレトの言葉」は、トランプの中のジョーカーである。繰り返して言うと、この小冊子に感じられる存在の圧力は、日付けと成立に関するわれわれの知識とは何の関係もない。紀元前三世紀が妥当に思われる。一部の評釈者は、四つの異なる手を識別している。比類ない感受性の口調と「痕跡《フィンガープリント》」にもっと鋭敏な他の評釈者は、単独の産み手を選択した（たぶんのちに、正統的な改訂者により修正されたが）。「コヘレトの言葉」のヘブライ語正典への受け入れは、今でもなお、本文そのものと同じくらい問題を孕んでいる。ギリシャ哲学思想、懐疑派哲学、キニク派哲学との接触を想定するのが妥当に思われる旧約聖書の中では唯一の事例である。外面に表われた弁証法は十分に明らかである。世俗的な生活、野心、財産、望ましさの基準、これらすべての「空しさ」が、内面的で厳格な、自足した私的生活の道徳的健全さ、「敬虔さ」（*pietas*）と対置される。しかし、この賢明な「謙遜」（*humilitas*）というメッセージは、死に対する鋭敏な不安、窮極的な正義の実在に対する脱構築的懐疑により浸食されている。アイロニーまじりの深慮という限界内の私的実存、幾分冷笑的な境界内への希望の抑制、それが唯一の合理的方法なのである。神《エロヒム》は、たぶん全能で慈悲深いのだろう。しかし、神は依然として、人間の理解の範囲を超えている。ユダヤ教の核心にある対話は、丁重にではあるがもの悲しく中断されている。「コヘレトの言葉」は、イメージと心理的陰影の精確さにおいて、文体的には、繰り返して言うと、「ヨブ記」の頂点から遠く離れてはいない。第三章——「〔何事にも時があり／天の下の出来事にはすべて定められた時がある。〕生まれる時、死ぬ時」（三：二）——の前方照応《アナフォリック》の構成、「太陽の下、新しいものは何ひとつない」のテーマと変奏、低くなる「歌の節」（一二：四）、欲望が萎える時に「重荷となる」いなご（一二：五。新共同訳と大分異なるので欽定訳を直訳する）のイメージ——これらは、西洋の文学と道徳的論議の、感情と表現の軸に含まれている（ヘミングウェイとオーデンは、この謎めいた悲しみの源泉を子細に研究した者として際立っている）。

いわゆる「ソロモンの雅歌」または「雅歌」は、これに対する歓喜の非難である。古代の口誦的要素からまとめられ、たぶんエジプトの愛と性愛の抒情詩の影響を受けた「雅歌」は、紀元前四五〇年—四〇〇年にさかのぼることができるだろう。紀元七〇年の「第二神殿」の破壊ののちに正典に編入されたこの愛と欲望のカンタータは、祭日に読みあげられる五つの聖なる巻物（*Megilloth*）のひとつとなった（ゲーテはこれを、世界文学の同種のものの中では最もすぐれたものとみなした)。その華麗な美しさは、「過越祭」の最後の日を優美に飾る。「恋しい人よ/急いでください、かもしかや子鹿のように/香り草の山々へ」。性的感情で満ちあふれている。差し出がましい寓意的解釈はおおむね愚かしい。しかし、賢人の中の賢人とも言うべきアキヴァ尊師《ラビ》は、「全世界は『雅歌』が与えられた日に値しない」と明言した。

予知、予言、占い、神託は、人間と社会に固有のものである。それらは未来時制の使用の中に住む。約束あるいは脅しは、予言の形象であり、未来の想定もしくは直感からなされる推測である。希望と恐怖、期待と脅迫は、本質的に予言的である。先見《プレヴィジョン》の道具は、茶の葉から占星術、土占い《ジオマンシー》や手相見から天気予報や、われわれの社会的経済的企画の今や根底をなす統計的プログラム作成と設計にまで及ぶ。時間が止まり、耐えがたい現在が永続するのはダンテの『地獄篇』の中だけの話である。しかし、予言は普遍的に見られるが、ヘブライ聖書の預言書(*Nebi'im*)は比類ない現象を構成している。

ヘブライ語動詞の時制に特有の「非時間性」、現在の中の未来のグラマトロジー的地位については私はすでに言及した。未来の成就に関する言及がどのようなものであれ、エホバの言明は、表出の瞬間にすでに実現されており、永遠の昔からそうなのである。それゆえ、最も重要なのは、神託的なもの、千里眼的傾向のものではない(例外は「ヨナ書」のような「地方的」なものにおけるそれ)。重要なのは、神の永遠の意志と目的、神の人類に対する投資の、人間の口を通じての反復である。旧約聖書における預言書は、神とユダヤ人との間の、そして永遠と、人間が自分自身の人生と歴史において体験する時間との間の対話を、圧倒的な倫理的要請と親密度の極限へと圧縮する。「サムエル記」から「マラキ書」まで、古代イスラエルは、全能の神、幻視者的道徳家、夜番、そのメッセージがユダヤ教を完全に超越している社会正義の追求者の息吹によって直接的に鼓吹され、促された人間精神を生む。これらの極度に地方的な普遍主義者は、カサンドラでありかつソクラテスである。不可避的に彼らは、罪深い王権や、聖職者階級の硬化した律法主義と偽善と衝突する――残虐な死に終わることもある。預言者たちは、中心にいる局外者であり、政治、法廷、まったくうわべだけの宗教的熱情で長年腐敗している社会秩序の中の、理にかなった哀れみ、大衆の統合、神に対する個人の責任の真実を要求する怒り狂うアブである。これらの預言書は、多様で、歴史的に混み入ってはいるが、そのソクラテス的契機、身を清らかに保つことを定めたある種の仏教的戒律とともに、われわれに、道徳的可能性を試すための試金石を提供してくれた。当時は忌み嫌われることが多かったイスラエルの預言者たちは、人間の良心の長い眠りを苛立たせ続けている（ヒトラーの言ったように、これは「ユダヤ人の発明品にほかならない」）。ユダヤ教にとっての二つの主要な異端――キリスト教とユートピア的社会主義あるいは共産主義――は預言者たちに由来する。ローマ・カトリック教は、官僚的で、政治に関与する教会（*ecclesia*）になるにつれ、王と聖職者の一団と結びつく。中世の至福千年の到来を信じる無政府主義者や自由な精神の人々から、クロムウェルとマルクスまで、「抗議する人々《プロテスタンツ》」は、預言者たちとそのメシア的命令の側に立つ。

　イザヤは、エルサレムに地盤をもつ紀元前八世紀の人物であるように思われる。今日、ほとんどの学者は、第四四章から第六六章までを、本来の核に加えられた作者不明の補遺とみなしている。この「第二イザヤ書」は、西洋が、あるいは実際には地球が体験した最も力強く、心を打つ声であると指摘されることが多い。バビロン幽囚中もしくはその後間もなくの、最高の思想家‐詩人である彼は、希望を打ち砕かれた民族に希望を回復することを目論んでいる。「福音書」とパウロ的キリスト教の創始者の作者たちが彼らの信仰の基礎とするのは、第二イザヤの中の「悲しみの人」、「悩める僕」――ユダヤ人の宿命に深く根差した人物形象――である。バニヤンとマーティン・ルーサー・キングが進むのは、「第二イザヤ書」の

「新エルサレム」に向かってである。われわれの擦り切れた希望を正当化すると同時に嘲弄し続けるのは、普遍的平和、ライオンと子羊の共存という約束であり、「他国人の子に汝の壁を作らせよう」といういかにも謎めいた希望である。人間の協和と普遍性の朝の光の中で色褪せるのは「他国人」という概念それ自体だからである。人類が未来時制という不合理な論理、「明日」への訴えにより耐え忍ぶかぎり、「イザヤ書」からの章節はその護符となるだろう。

平和への希求、人間の愚かしさと獣性への怒りと嘆きが「エレミヤ書」にみちている。写字生により筆記されたエレミヤの預言、この作品に含まれている歴史的物語記述は、紀元前七世紀か六世紀のものとされている。エレミヤ自身が、ベニヤミンの部族地域のアナトット出身の実在の人物であると考えられている。彼の言明は、偶像を崇拝するイスラエルに対する、聖書に記録されたものの中では最も激越な言明である。ユウェナリスもスウィフトも、それに較べると慰め手に見える。僕のエレミヤを通じて、主は呪いと殲滅を宣告する。飢餓が人食いにとって代わられる。母親が子を食らうようになる。血が荒廃した土地の上を潮のように流れる。神《エロヒム》は懲罰の手を控え、彼により選ばれた民に慈悲と寛大さを示そうとするたびごとに、イスラエルはよろめき、神を忌み、バアルを崇拝し、不正を行う。それゆえゼデキヤは、彼を殺害しようとする敵の手に渡される。それゆえ神は「ユダの町々を荒廃させる。／そこに住む者はいなくなる」(九：一〇)。そしてエルサレムは、すさまじい包囲攻撃ののち、陥落する。異端者(ソクラテス)や裏切者(トロツキー)と見なされて、エレミヤは殺される。いかなる社会も、彼の洞察の糾問と怒りには耐えられないだろう。エピローグ、つまりいわゆる「エレミヤの嘆き」には、「大虐殺《ホロコースト》」以降は読むのが不可能に近い数行がある。「われらの嗣業は異邦人に、われらの家は異国人に渡される。……われらの肌は、恐ろしい飢餓ゆえに、窯のように黒い」(ヘブライ語では「飢餓」は「恐怖」あるいは「嵐」とも読めるので、「大虐殺《ショアー》」（'Shoah'）という語にもぴったりと対応する）。

「大預言者」の中では、エゼキエルがバビロン幽囚のユダヤ人であることはきわめて明らかである。彼は紀元前五九三年に預言の使命を受ける。のちに伝承では、彼は、彼がその偶像崇拝と「モーセの律法」に対する不従順を告発した者たちによって殺害された。この書の文学的芸術性はきわめて高いが、いくつかの点で特異である。ある評釈者たちは、「エゼキエル書」の華麗な、ほとんど「バロック」的と言える宇宙論と黙示録的イメージ群に、東洋の影響があると論じている。「エゼキエル書」の神は、人間の働きかけには超然としていると同時に、イスラエルの窮極的救済に深く関わっている。聞いてはもらえるが聞き入れてはもらえないという、ついて離れない徒労感が預言者の雄弁を染めあげている。彼は最後には、超現実的な幻想を孤独に説く。この輝ける孤立は、エホバの間近な存在によって平衡が保たれる。彼は「人の子」――「エゼキエル書」の中の不透明な鍵用語――に、神の啓示と訓戒の記された巻物を食べるように命じる。神の言葉は預言者の「腹」に入り、それを満たす。口の中で巻物は蜜のように甘くなる。ベン・ジョンソンが霊感溢れる詩や散文作品の「摂取《インジェスチョン》」を奨励した時、彼はこの一節を知っていたのだ。キリスト教にとっては、「エゼキエル書」の、死者の復活、集められた骨が新たな生命を得て帰宅するという幻想は、多くの可能性を秘めたものであることが判明した。ここから、欽定英訳聖書の翻訳者たちの、自分たちの解釈を、可能な場合にはいつでも、新約聖書の表現方法や預言成就《フルフィルメント》に織り込もうという決然たる努力が生まれた。

　十二人の「小預言者たち」には、彼らが簡潔である点を除けば、少しも二流的《マイナー》なところはない。語調と方法の分布幅には恐るべきものがある。これらのテクストの生成は、紀元前八世紀の中頃からバビロンの幽囚以降にかけてである。さまざまな声――オバダイアの勘定では二十一の韻文――の簡潔さは、聖書のどの書にも劣らぬ説得力をもった証人の切迫感、鋭さ、飾りのない輝きを生み出している。

学者たちが紀元前八世紀のものとしている「ホセア書」においては、自伝と預言的アレゴリーとの間の相互作用に比類ないものがある。ホセアの妻の不実は、イスラエル民族の、彼らの神に対する不実を体現するようになる。別の男を追い求める背信行為が異神を追い求める背信行為となる。ホセアが二重の構造と物語を、開かれたかたちで終わらせる手際には至高の芸術性が見られる。預言者は彼の、道をはずれた妻を買い戻す。神も不義の民族を許すかもしれない。しかし、たぶん死を通過してのちの話であろう。ホセアの表現形式の極度の言語的難解さ、稠密に毛が逆立っているような彼の文体、これは彼が苦しんだ心理的緊張を示しているのかもしれない。この鉤《かぎ》裂きになった書にはドストエフスキー的な言い回しが見られる。「お前の不義は甚だしく、敵意が激しいので／預言者は愚か者とされ、霊の人は狂う」。

ヨエルは、バビロンの幽囚以後かなり経った頃の作者であるようだが、はるかに古い預言の様式と語調に多く依拠している。時々「ヨエル書」は「アモス書」のパスティーシュのように読める。この短い文書の意図された目的に関しては、注釈者の意見の相違が続いている。ヨエルはイスラエルの破滅を予言しているのか、それとも最後の救済を予言しているのか。イナゴの災害は歴史的事実なのか、それともアレゴリーなのか。このような不確かなところが何を指すにせよ、「その光を失う」星や、「シオンから咆哮」する王は忘れがたい。

「アモス書」は預言書の中で最も古いが、個人に属する最初の書である。紀元前七五〇年頃に制作された（もっと古い時代に設定する者もいるが）「アモス書」は、旧約聖書における高峰のひとつである。巨大な個性が浮かび上がる。叙事的、抒情的、教訓的衝動が相互作用して、並はずれた激しさを生み出す。「アモス書」では、腐敗した町の上を荒廃が行進する。中世と宗教改革の時代の農民一揆の時のように。

ロシア革命の無政府主義的蜂起の時や、クメール・ルージュ〔カンボジアのポル・ポト派の共産主義勢力〕による恐ろしい「粛清」の時のように。飢えた者や辱しめられた者たちの窮乏の悲惨《ミゼール》が、絹の靴を履いた者、「牛舎から子牛を取って宴を開」〔六：四〕く者、家をもたぬ者の目の前で「切り出された石」から住居を造る者に、相手を麻痺させるほどの激烈さで刃向かう。社会主義的ユートピアの総体が、忘れられない問いかけに凝縮される。「打ち合わせもしないのに／二人の者が共に行くだろうか」〔三：三〕。シオニズムがその契約的語調を採り、イスラエル国家が正当性を挙げることができるのは（すでに引用した）「アモス書」の末尾の章からである。「わたしは、わが民イスラエルの繁栄を回復する。／彼らは荒された町を建て直して住み／ぶどう畑を作って、ぶどう酒を飲み／園を造って、実りを食べる。／わたしは彼らをその土地に植え付ける。／わたしが与えた地から／再び彼らが引き抜かれることは決してないと／あなたの神なる主は言われる」〔九：一四―一五〕。三千年の時の距たりがありながらもこのように正確な預言、このように地理的にも正確な預言は、われわれに恐ろしさを感じさせるだろう。

「ヨナ書」からは喜び以外の何を引き出すことができるだろうか。ヒューマーに包まれた喜び――ヘブライ聖書には過剰なそれはないが――、心理的に精妙な喜び、「寓話」的簡潔さの豊かさに包まれた喜び（「ヨナ書」の中世初期の解釈に関するある論考は、二冊の浩瀚な書である）。われわれは預言そのものを相手にしているのではなく、ひとりの預言者の伝説を相手にしているのである。この伝説の中に、「ミドラシュ」的要素がある。つまり、「出エジプト記」、「民数記」、「エゼキエル書」の先行する聖書テクストへの注釈という要素がある。提起される問題はきわめて深刻である。慈悲が正義に勝つのか。神は、以前になされた、したがって永遠の決断を、ある意味で悔いることがありうるのか。神の報復と許しの文書は、イスラエルの外、ニネベにも及ぶのか。しかし、これらの神学的‐法律的‐倫理的難問は、物語と対話の名匠によって、恐れつつも陽気な皮肉をこめて、からかうかのように直接的に提起されている。彼は誰だったのか。いつ彼はこの珠玉のテクストを作ったのか。ヨナという人物が、「列王記下」で、ヤロブアム二世の治世における預言者として言及されている〔一四：二五〕。一部の分析者は、アラムとフェニキアとの言語的交渉を指摘している。これは必ずしも、「ヨナ書」をバビロン幽囚以後に位置づけるものではない。これは紀元前三世紀まで下るものなのだろうか。われわれにはわからない。しかしそれは重要なことなのだろうか。名人芸的シナリオ――ヨナの、エホバとの三重の対峙、その後の、水夫とニネベ人の「合唱」的挿話による中断――、魚の腹からの嘆願の詩篇、ヨナの預言が否定された時の、彼の、神に対する不機嫌な怒り、そして末尾の枯れたとうごまの木の寓話は、以後の神学者、道徳家、作家の注意を釘づけにした。その壮大さにおいて、メルヴィルの『白鯨』は、「ヨナ書」の短い四つの章の深い海の驚異と変化をめぐる唯一の思索である。

次に来るのが「ミカ書」である。ユダヤの山のふもとの丘から出てきた預言者的終末論者であり、たぶんイザヤの同時代人である。アモスと同様に、ミカはエルサレムの傲慢な虚飾を知っている。末尾のシオン回復がバビロン幽囚以後の付加物であることはほぼ確実である。「ナホム書」（この名は、相当皮肉だが、「慰め」を意味する）は冷酷な縮約版である。紀元前六一二年のニネベの陥落を集中的に叙した容赦ない三つの章からなる。全能の神は人間の政治と歴史を絶対的に支配している。偶像崇拝者は神の前に無力である。「お前を守る部隊は、移住するいなごのように／お前の将軍たちは、群がるいなごのように／寒い日には城壁の間に身をひそめ／日が昇ると飛び去り／どこへ行くのかだれも知らない」。「ハバクク書」のハバククは神を詰問する者である。彼は彼の疑問を、紀元前六〇九年から五九八年にかけてのバビロン侵攻の時期に書き留める。なぜ主はこのような恐ろしいことを許すのか。いつ人類に平和が与えられるのか。

エホバの返答はあまりにも予測可能なものである。ユダが侵犯したので、懲らしめられなくてはならない。公平だ、と預言者は応じる。しかしネブカドネザルの略奪する軍勢は、その犠牲者より罪深くないのか。預言の明白な図像である物見の塔に立って、ハバククは神によって義とされるのを待つ。主は、苦しめられる彼の僕に、時が来れば成就が訪れること、契約が嘘ではないことを保証する。「ハバクク書」は、聖書の中で最も燦然と輝く讃美の歌で頂点に達する。「あなたは、あなたの馬に、海を／大水の逆巻くところを通って行かせられた」〔三：一五〕（そこではヘブライ語の「ぬかるみ」のほうがより雄弁に「出エジプト記」の紅海の奇蹟を語る）。「小預言者」の九人目のゼファニヤもまた、神と対話する。紀元前五八七年から五八六年にかけてのエルサレムの最後の破滅が、否応なしに予示される。しかし、この破局そのものが、イスラエルにとって新しい出発、宗教的道徳的再生をもたらすことができる。

　ハガイのメッセージ（その預言は紀元前五二〇年に年代が定められる）の幻視の核心にあり、バビロン幽囚の闇夜の中の幻視者――公的聖職者の敵――であるザカリヤ、そしてマラキの幻視の核心にあるのは、この再生である。マラキは「わが使者」を意味する。そしてこれら四つの章は、先行するすべてのものの予表論的摘要のようなものである。「大いなる恐るべき主の日」〔三：二三〕が近づいている。エリヤは戻ってくるだろう。彼は父の心を子に、子の心を父に向けさせる。ヘブライ聖書は、これまでもつねにユダヤ教の要であったもの――家族――をしっかりとつかむ。

　正典では、「ダニエル書」は十二人の預言者の前に置かれている。実は、それは旧約聖書の中で最も新しい文書なのである。紀元前一六四年頃に年代を定めることができる。それはギリシャ化された教養あるユダヤ人、たぶんハシッド（八）に対し、その高度な文学的構成的芸術を向ける。しかし、それはまた、クムランで、つまり死海の過激派もしくはゼロテ派の陣営でも読まれていた。ダニエルは、一千年前の彼の先行者ヨセフのように、王たちの夢を解釈することができた。彼は、火という文字が、ベルシャツァルにとって何の前兆か知っていた。ダニエルの未来の書は今や閉じられ、封印されなくてはならない。それが広げられる時、メシアの時が訪れるだろう。「待つ者は幸いなるかな」。聖書の中の聖書はまだこれから読まれなくてはならない。

四

聖書のテーマを図解、解釈、論及する芸術作品が取り除かれた博物館の壁面は何と寒々としたものになることか。もしわれわれが、聖書テクストの設定、劇化、モチーフを切除したら、グレゴリオ聖歌からバッハに至る、そしてヘンデルからストラヴィンスキーやブリテンに至る西洋音楽に、どれほどの沈黙が広がることか。西洋文学についても同じことが言える。もしわれわれが聖書の持続的存在を見落したなら、われわれの詩、劇、小説はわけのわからないものになるだろう。また、聖書の持続的存在を記述する明確な方法もない。それは、厖大な量の聖書の言換えから、きわめて簡単に触れるだけの、または暗々裡の引喩にまでわたる。それは、テクスト相互関連性のすべての様式、行内そして行間の組み込みのすべての様式を包含する。中世の秘蹟劇に見られる聖書テクストの翻訳もしくは翻案から、フォークナーの『アブサロム、アブサロム!』における聖書的なものを故意にぼやかした表現に至る恒常的含意を、どのようにしてその輪郭を示すことができようか。どうしてひとつの注釈で、『白鯨』における「アハブ書」と「ヨナ書」の利用、ダンテの『神曲』における聖書の人物や使徒書簡の再利用、トーマス・マンの「ヨセフ」四部作における族長たちの世界をめぐる堂々たる分量に及ぶ再話を説明できようか。ロトの妻のようなきわめて副次的な人物が、中英語の詩にすでに現れているとするなら、彼女はなおもブレイク、ジョイス、そしてD・H・ロレンスの詩「彼女は振り返る」の真中にも現れ続けている。モーセとサムソンにまつわる事柄は、フランス・ロマン主義（ヴィクトル・ユゴー、ヴィニー）において大きく浮かび上がる。『ソドムとゴモラ』なくしては、われわれの知るプルーストは存在しないだろう。「証《あかし》の石板」なくしてはカフカは存在しないだろう。『エステール』と『アタリ』なくしてはラシーヌは存在しないだろう。聖書の反響音、隠れた引用やパロディの戯れ、これらはゲーテの『ファウスト』にとっては欠かせぬ要素となっている。それはちょうど、ヘンリー・ジェイムズの『黄金の盃』（「コヘレトの言葉」から採られたタイトル）におけるエデンの園とアダムとイヴの堕落の不気味な反映や、ベケットの『ゴドーを待ちながら』におけるこの原初的な陰謀の荒涼として冷笑的な突然変異種にとって欠かせぬ要素になっているのと同様である。数えあげるのも無意味である。

聖書的なものが中心を占めていることは、英語文学において最も顕著である。ティンダルから欽定英訳聖書まで、聖書の翻訳と英語自体の成熟化との間の共生関係については私はすでに指摘した。口語的なものと崇高なもの、諺的なものと洗練されたもの、それらの数えきれない点において、英語または英米語を話すことは「聖書を話すこと」である。浩瀚な『事典――英文学における聖書の伝統』（デイヴィッド・ライル・ジェフリー、一九九二年）でさえ、網羅的であることを期待できない。たとえばメトセラの項目が、スペンサー、サー・トマス・ブラウン、スウィフト、バーンズ、ブラウニング、テニソン、『ユリシーズ』、ジョージ・バーナード・ショーの『メトセラへ帰れ』にまで及ばなくてはならない時、網羅的であることは期待できない（ソローのようなアメリカの項目については言うまでもない）！

この気前のよい贈り物を「通り抜ける」ためのある有益な方法が可能である。イギリスまたはアメリカの歴史におけるある時代と、その時代が好む対応する聖書のテーマとの間の相関関係に注目すると、見通しがよくなる。アダムとサムソンは、イギリスの宗教改革と新旧両世界のピューリタニズムを魅惑した。ミルトンは、サミュエル・バトラーやスペンサーがその中に含まれる星座、そして北アメリカと「新しいエデン」、カトリック教とペリシテ人を同一視する無数の例がその中に含まれる星座の中の際立った典型でしかない。カインがその不吉な魔力を文学的想像力に投げかけるのをやめたことは一度もなかった。彼はベーオウルフにもアーサー王物語群にも存在している。しかし彼は、イギリス・ロマン主義とともに本領を発揮する。コウルリッジの『カインの放浪』(『老水夫行』は多くの点でその異版)はバイロンの『カイン――謎』の霊感源である。ブレイクは『アベルの亡霊』の中で、これら二つの版に当意即妙に答えている。カインのロマン派的構えの震える反響音は、メルヴィルによるイシュメイルの構想と、コンラッドによる根絶できない罪意識の研究である『ロード・ジム』の中に力強く聞こえる。ダビデ王の物語にふんだんに見られるあまりにも人間的な美徳と弱点は、十九世紀と二十世紀のおびただしい数の小説家たち――中でもディケンズ、ハーディ、ロレンス、フォークナー、ジョゼフ・ヘラー――を引きつけてきた。今やフェミニズムの批評と作品は、エフタの娘、ユデト、デボラなどの人物を、文学と批評において前面に出している。「大虐殺《ホロコースト》」が英語だけで「ヨブ文学」のすべてを生み出したわけではない。サミュエル・ベケットのマーフィーと幾多の貧民や浮浪者は、今日、「ヨブの道を」('on the jobpath') を歩んでいる。

英文学におけるこの聖書の偏在性には、挑戦的な傑出した例外がある。副次的研究は、シェイクスピアにおける聖書的題材への相当数の引喩を教えてくれる。大部分はぼかされていたり、間接的なものであるが、聖書からの引用は同定されている。しかしながら、何らかの広がりをもった重要な出会い、関わりはない(それとは対照的なのは、ホメロスやプルタルコスとの出会い、関わりである。)それはまるで、シエイクスピアは、旧約聖書と新約聖書という物語の宝庫を故意に避けているばかりでなく、ウィクリフとティンダルから彼自身の間近の同時代人までの英語を形成してきたこの大いなる源泉の精華までをも避けているかのようなのである。何か周到かつ本能的な卓越した自立性が、シェイクスピア自身の力を曇らせてしまうかもしれない唯一のテクスト、唯一の活動する言説との過度に密接な接触を彼に禁じたのだと推測したい。

しかし自国語かつ世界規模の伝達媒体としての英語の文学においては、アングロ・サクソン人とチョーサーとともに始まり、ダン、ミルトン、ブレイク、メルヴィル、T・S・エリオットその他の人々に生気を与えてきた聖書的なものとの深い関係は現在も続いている。しかし、聖書は文学だろうか。

聖書を読むための序文がどれほど初歩的なものであろうと、このやっかいな問題は避けて通れない。二つの正反対の答えがこれまで表明されている。

ユダヤ正統思想やイスラムにおける、そしてバプテスト教会やスコットランド自由教会やペンテコステ派運動のようなキリスト教共同体における原理主義者にとっては、聖書とは、まさに聖なる書なのである。聖書は古代の証言の集成であり、そのすべての語が、あるいは当該の原理主義の度合に応じてほとんどすべての語が、主なる神によって霊感を与えられ、そして／あるいは口授されたものである。実証的自然科学、政治的寛容、歴史的批評、倫理の変化の名のもとに、これら「神により書かれた文書」の真理をいささかでも毀損することは、馬鹿げたことであり、冒瀆行為である。それは、神の全知全能に、（堕落した）人間の瑣末な知性を対峙させることである。それは、人間とその造り主との間に、決定的な断絶を引き起こすことである。聖書のメッセージや、われわれの世界の起源とわれわれの窮極的な運命に関する聖書の説明を、覆したり、限定したり、修正したりすることは、朦朧たる瑣末主義、愚かな驕り、抑制のない自由という状態へよろめいて入り込むことなのである。梃子を使って煉瓦をひとつはずすと、壮大な建築物も瓦解する。「創世記」における創造、「モーセの五書」における節倹と食餌の規定、エリアの昇天に関して、たったひとつでも決定事項を枉《ま》げたり破棄したりすると、神が人間に近接する至聖所を、修復不可能なほどに崩壊させることになる。「燃える柴」から聞こえる声よりも自分の声を大きくはり上げようとするダーウィンやフロイトとは何者か。

聖書理解における原理主義のさまざまな戦術は、今日、「開明的」意見が主張する以上に、はるかに広範囲に及んでいる。それらの戦術は、イスラムや合衆国南西部を行進中である。それらの戦術は、増大する自信にみちたユダヤ正統派が日々実践しているところである。

正反対の答えも、同じくらい過激である。旧約聖書と新約聖書は、神話、寓話、伝承、法典、道徳的論文、性愛文学《エロチカ》、典礼と儀式の文書、政治的意図をもった歴史的年代記、予表論的物語、それらが長い年月にわたり、まったく異なる社会的倫理的背景のもとで、おびただしい数の手により、程度の差こそあれ偶然的に縫い合わされた集塊である。このモンタージュには、不合理、自己矛盾、古代的残忍性、反復、高低さまざまな霊的弁論的天分にみちており、神によって書かれたとか、神によって調和が与えられているという考え自体をまったく滑稽なものに見せる体のものである。男と女——その一部は類まれな道徳的洞察力と文学的伎倆をもっていることは疑いえないが——が、まったく自然な方法で、したがって多数の文化と時代の主だった思想家、詩人、歴史家、立法者の方法に十分比較できるほど共通点のある方法によって、これら多様な文書を産み出したのである。われわれは、その日付けと起源がいまだ未解決の資料を目の前にしているのかもしれない。しかしこの資料は、語の厳密な意味において世俗的である。われわれの世界、想像力、著作に完全に属している。

中間的態度も概念的にはありうるだろう。マルティン・ハイデガーは、その、前ソクラテス派の読解にあたって、言語の進化、発話行為内の思考と知覚の進化において、われわれが合理主義、つまりプラトンとアリストテレス以来知っている一時点にさらに先立つ一時点を想定した。前ソクラテス派の曙光のようなテクストは、言葉と世界との間の、個別の存在物と存在自体との間の、それ以来奪還不可能な直接的調和を語っている。まさに最初の詩人‐思想家たちが、生の核心に対して誠実に、無心に身を任せて「世界を語った」。ほんのひと握りの至高の詩人たちが彼らのあと、こだまを返している。これはすばらしく魅力的な考えである。生物学的にも歴史学的にも、それを立証するものは一切ない。考えるヒト（*homo sapiens sapies*）は、進化論的媒介変数《パラメーター》に基づけば、地上にほんのわずかの期間しか存在していない。人間の言葉を産み出し、またそれによって産み出された精神的心理的組織が、少しでも根本的な仕方で変化したという証拠は何もない。もしわれわれが、文献学的解釈学的保留条件がどんなものであれ、アナクシマンドロスやパルメニデスやヘラクレイトスを理解し、彼らと議論することができるとするならば、その単純な理由は、われわれが彼らの言表手段を把握しているからである。われわれが、モーセの書や幻視の極限にある預言者たちの書の言表手段を把握しているのと同じである。

書物の中の書物としての聖書の良識と実証的意味表示《デジクネーション》は、例外的特性と衝撃力をもっているにせよ、論争の余地はないように見える。ニューマン枢機卿の言うように、このような問題に関する神秘主義的態度は、霧の中に始まり、分裂で終わる。

ではあるが。

ここでは私自身のために話す。

私は何度も、シェイクスピアが、家で、あるいは親友に、『ハムレット』あるいは『オセロ』の仕事が、場合によってその日、うまくいった、とか、いかなかったとか言っている姿を、たとえぼんやりとであれ想像しようとした。『十二夜』のフェステについて、あるいは『コリオレイナス』の（今でも並ぶもののない）圧縮された統語法について、ちょっと満足の意を表わし、それからキャベツの値段を尋ねる彼の姿を思い描くことができた。死の年のシューベルトの作品を自然主義的に把握しようとしたり、のちのわれわれの宇宙理解ばかりでなく（核兵器という所産により）人間的事象をすっかり変えることになる四編の短い論文をアインシュタインが八カ月かけて書いている姿を「常識」的に理解しようとする段になると、無力である自分自身に気づく。しかし、それでも……。

私にできないことがある。「ヨブ記」の中のつむじ風から聞こえる神の言葉、「コヘレトの言葉」の多く、いくつかの詩篇、「第二イザヤ書」の相当部分、それらの作者（たち）と向かい合う時、たとえどれほど素朴なものであれ、どのような思考 - イメージにも到達できないのであり、たとえどれほど巧妙なものであれ、文学的技巧や修辞的伝達という印象をもてないのである。男または女が、これらの、そして他の聖書テクストを「作り上げ」、書き留めてから昼食や夕食をとっている図は、私を言わば盲目にし、均衡を失わせる。今日のわれわれが満足のいく類似物や自然主義的説明をどこにもまったくもっていない「超現実主義」、言葉に対する霊感と支配力という審級を模索している自分自身に私は気づく。今日のわれわれには用いることのできない「聴覚」、凝縮された内的聴力と沈黙——隠喩、イメージ群、私が「真の存在」とか意味の「具現」と呼んできたものに対する、それ以後われわれには得られない直接性を、意識に付与するほど強烈なもの——にはさまざまな度合がありえたのだろうか。エリヤは神をじかに見た最後の人であったというユダヤ人の信仰、預言者の直接の子孫が死んだあとは宗教的哲学的知覚に突然変異があるとするイスラムの仮定は、意味論的見地からも示唆的である。

「これは何者か。／知識もないのに、言葉を重ねて／神の経綸を暗くするとは」〔「ヨブ記」三八：二〕。私にそのような問いを投げかけ、「夜明けの星はこぞって歌」〔三八：七〕った時に私はどこにいたかと問い、「雨に父親があるだろうか」〔三八：二八〕と私に問う男もしくは女のやり方を、私は十分に合理的には説明できない。

たぶん、そうであって当然なのであろう。すべての書物の中で、人間に最も多く問いかけるのはヘブライ聖書なのだから。

英訳ホメロス

『イリアス』と『オデュッセイア』、とりわけ『イリアス』の第一巻は、最も多く英語に訳されたテクストである。この場合の「英語」には、中世の末以来イギリスで話され書かれている多様な英語ばかりでなく、地球的規模で広がっている英語も含まれる。もしわれわれが、いわゆる『ホメロス讃歌』も「ホメロス」の中に含めるとすると、とりわけ十八、九世紀には、英語圏の詩人、学者、牧師、教師、古典的学識のある紳士がホメロスを翻訳したり、ホメロスに関する出版物を出したりしなかった年はまず一年としてない。「ホメロス」に関する大英図書館の目録は、完全と言うには程遠い。ましてや、私自身の収集——学生時代にさかのぼる情熱とはいえ——は言うまでもない。

『トロヤ攻略』のロマンスと（一万三千行以上に及ぶ）『ロード・トロヤ本』に始まる模倣、翻案、続篇、翻訳の歴史に、けっして終わりはない。われわれは次に、作者未詳の『トロヤ陥落の歴史物語』の頭韻詩と、ジョン・バーバーによるものとされているスコットランド版から、リッドゲイトの名高い『トロヤ物語《ブック》』とキャクストンの『トロヤ史話集』へと移る。これら後者二つのテクストにより、「ホメロスもの」は、イギリスの散文と韻文の物語の技術の基礎を形成し成長を促したばかりでなく、印刷術自体の起源を形成し普及を促した。印刷術は「トロヤ本」を経由してイギリスに到来したのである。

第二次大戦が終わってから十余りの英語と米英語の『イリアス』と『オデュッセイア』の完訳が出版されている。ひとつ出るや否や、また別の訳が広告される。E・V・リューのそれのような、広く読まれている翻訳が再版され、改訂されている。英語圏の「ホメロス」は、このように、聖書の英訳を数の上で決定的に凌駕している。私が間違っていなければ、トロヤ戦争やオデュッセウス帰還や『ホメロス讃歌』を中世、テューダー朝、エリザベス朝、ジェイムズ一世時代、アン女王時代、ロマン主義時代、ヴィクトリア朝、二十世紀の英語、そして北アメリカやカリブ海諸島の英語に訳す「翻訳行為」は、その頻度において、他の西洋の言語と文学への転移行為のどれをも凌駕している。

われわれが韻文と散文のロマンス、戯曲（たとえばシェイクスピアの『トロイラスとクレシダ』）、（テニソンのそれのような）抒情詩による模倣と再現、ヘレナ強奪、アキレスの怒り、ヘクトールの死、トロヤ陥落、キルケの魔法、ペネロペイヤの織物、オデュッセウスの復讐に由来する作品を考慮に入れると、キャクストンからジョイスやデレック・ウォルコット(一)、チョーサーからロバート・グレイヴズ(二)に至るホメロスの現在性、創造的反響音の総計は、ほとんど他との比較を絶するものである。そしてこれは、中世の彩飾画からカロに至るイギリスの美術、ウォルトンの『トロイラスとクレシダ』までの音楽、『オデュッセウス』のラジオ劇のためのブリテンの音楽やティペットの『プリアム王』、それらにおける「ホメロス人物伝」は省いた上での話である。

しかし、注意を引くのは数量の厖大さばかりではない。ホメロスの翻訳者や彼に応答する者たちの、質が高く多様な長い系譜が注意を引くのである。われわれをリッドゲイトやキャクストンから『ユリシーズ』や『オメロス』へと連れ去るのはその転調の複雑さ、込められた洞察である。チャップマンのホメロスが一方的に魔力をかけたのはキーツに対してばかりではない。もしドライデンが『イリアス』の第一巻の先まで頑張って訳したなら、彼の計画した『イリアス』はどのようなものになったことか。『楽園の回復』——ミルトンにはホメロスが満ち溢れている——以降のどの英語の叙事詩が、ポープの『イリアド』の権威と物語的広がりに伍することができるか私は知らない。クーパーの『オディッシー』、「その存在自体を素朴さに負うような崇高さ」の扱いには、フランドルの室内画のような説得力のある「家庭性」がある。シェリーの『ホメロス讃歌』は、詩的技巧とギリシャ抒情詩の深い知識をともに示している。エズラ・パウンド——『カント』のあの不思議な第一詩章！——、オーデンの「アキレスの盾」、グレイヴズ、ロバート・ローウェル、ロバート・フィッツジェラルド、クリストファー・ローグ(三)による白熱を帯びた読解における『イリアス』と『オデュッセイア』の本歌取り《トランスレイション》や模倣を、現代英米詩の理解から除外することができようか。T・S・エリオットの『四つの四重奏曲』におけるロンドンの屋根の上の火事の見物人に破滅と一時的救済の歌を歌うサイレーンは、空襲警報のサイレンである。しかしそれらはまた、オデュッセウスを誘惑する者であり、ダンテの神話利用により再現され、いわば増幅された命取りの音楽でもある。

　ホメロスを英語や、英語の分派であるアイルランド英語、米語、スコットランド英語、西インド諸島の英語に反映させたのは詩人、劇作家、小説家ばかりではない。トマス・ホッブズやI・A・リチャーズのような哲学者や意味の探究者もそうである。ウィリアム・モリスやサミュエル・バトラーのような社会思想家もそうである。キャクストンやオギルビーを伝承するリューのような秀れた出版業者もそうである。首相たちもそうであったことにわれわれは気づく（ダービー伯の『イリアド』は一八六四年に現われたし、グラッドストーンは何度もホメロスを訳そうとした）。聖職者と校長はその数無数である。T・E・ロレンスは彼の『オディッシー』に崇高かつ慎み深い序文を添えている。彼は戦い、生き残った人である。学者のライヴァルや彼を誹謗する人とは違い、彼は戦闘で部下を失い、非常な危難を潜り抜けた。このことが、ホメロスを表現することと無関係とは言えない資格であると彼は考える。グレイヴズもまた、このような主張をすることができた。その上、程なくして、女性がさらに目録に加えられる日も来るだろう（この詩華集では二人で代表させている）。ナウシカが『オデュッセイア』の作者と目されたことがなかったか。シモーヌ・ヴェーユが、『イリアス』について、最も挑発的な注釈のひとつ（私には勘違いなものに思われる）を書かなかったか。

　この赤裸々な事実が問いかけを誘う、なぜ、と。他の西洋文学の中でもとりわけなぜ、英語のそれが、ホメロスの翻訳、ホメロスの異版、改作、パスティーシュ、もじりの永遠の偏在という事態を産み出すのか（ルネサンス期から、十八世紀の二巻本の戯作的でエロチックな『イリアド』と『オディッシー』と、ロレンス・ダレルのカリプソ的抒情詩に及ぶ）。最近の流布版の多さは衝撃的である。リューの『オディッシー』は、ペンギン文庫の出版史において、『チャタレイ夫人の恋人』が出るまでは（今はそれを抜いていると思うが）、最大の単独「ヒット」を記録した。程なくして、リッチモンド・ラティモアの『イリアド』が模範的な翻訳として迎えられた。次にフィッツジェラルドの霊感溢れる『オディッシー』が現われた。ラティモアは、自分自身の『オディッシー』で突き返しをしなくてはならないと感じた。フィッツジェラルドは、渋々彼の『イリアド』を加えた。ロバート・フェイグルズはフィッツジェラルドの業績を喝采して迎えたが、数年後に自分自身のホメロス訳を提出した。グレイヴズ、リース、マンデルボーそしてその他の多くの人々は言うまでもない。今日もペースが衰えることなく次々現われている。この集成（一九九四年）における中断の時点は当然恣意的なものである。この集成は、世に出る頃には時代遅れになっているだろう。何が誘因となって二十世紀の商業出版社や大学出版局が、すでにかくも豊富に手に入れられるものに、これらの高価で浩瀚な付加物を依頼し、編集し、出版するのか。

マロリーやミルトンやテニソンやT・H・ホワイトが各自さまざまに考えたように、「土着の」国家的神話は、アーサー王ものであったはずである。イギリス人にとって、主要なキリスト教の伝説や類型は、ヨーロッパ大陸の場合のように、手近になかったのだろうか。ヴァレリーやブルガーコフやトーマス・マンのファウストに対抗できるどのようなファウストがマーロウ以降、イギリス文学にあるだろうか。バイロンのドン・ジュアン以外にどのようなドン・ジュアンがあるか。英語の感受性が、定めか、あるいは選択によってか、その類似性ゆえにすでに自分のものである素材を、まるで土着の天才へ取り込もうとするかのように、絶えずそこへと向かい、そしてそこから引き返すのは、アキレスとオデュッセウスであり、「イリウムの屋根のない塔」であり、イタケーの海岸であり、「深遠なる表情のホメロス」である。ジョイスがダブリンを再現する時に書くのは『ユリシーズ』という作品である。ウォルコットが、エロス、男の競争、精神世界、海の、きわめてアフリカ的カリブ的な歌を歌うのは『オメロス』の中においてである。

再び私は問う、何ゆえにか。

ブリトン人をアエネーアースのローマ人の末裔、つまりホメロスの描いたトロヤのために闘い、そこから移住した人々と同一視するもっともらしい語源説は、中世のものであり、たぶんそれよりもさらに古いものであろう。それは、テューダー朝の歴史編纂、図像、イギリス貴族の支配の象徴的認識の中に生きている。このことが、ギリシャ人のホメロスや彼の残酷な勇士たちよりも、ウェルギリウスと『アエネーアース』を護符のように言及されるものにしたのであろうと論理的に考えられる。そしてイギリスの文学、音楽、美術にはウェルギリウス的特徴が色濃く存在している（ドライデンやパーセルやターナーを考えていただきたい）。しかしそれは、中心を占めるホメロス的なものの傍では色褪せる。最初に思いつくことはこういうことかもしれない。『イリアス』全篇に、男らしさ、過激なまでに力強い価値と相互認識の秩序の、理想化された、しかし決然たる洞察が輝いている。あまりにも織り交ぜられて多様なために、容易には分類できない仕方で、この洞察は、イギリスの意識と社会史のある種の根源的要素を結び合わせ、保証し、イメージ化している。戦争と男同士の親密さを描くホメロスの物語は、競合的スポーツの大きな強調とともに、男子校、男子寮、軍隊とクラブ（ヨーロッパの社会にとってはそうではないが、イギリスの社会にとっては枢要な形態）にとってきわめて身近なものに思われる。この抒情的剛毅は、イプレスやダーダネルス海峡といったホメロス的背景で、イギリスの中尉と詩人が公言したホメロスの英雄たちや死を前にした恋人たちとの自己同一視に劣らず、アキレスとともに最前線の戦闘で叫びたいと言ったキーツの願望において痛烈に現われている。

この話題は人目を惹くが、それと同時に把えどころのないものである。イギリスの感情の現象学においてしばしばそうであるように、同性愛は、いわば有機体的であり、有機化的働きをする。ホメロスの文脈においては、この要因は、犠牲的勇気、友情と義務への献身によって、ヴィクトリア朝のプラトン的同性愛以上に聖別化されている。パブリック・スクールの生徒（最近までの）、西方砂漠にいる若い士官は、どこまで意識化されていたかには差があるが、ギリシャ軍の野営地のまさに境界の上でのヘクトールの怒号を回想した時、あるいはパトロクロスへのアキレスの嘆きにふれた時に、戦慄を覚えなかっただろうか。その戦慄の中で、運動家の威信、男らしい美しさ、野心的な勇敢さ、程度の差こそあれ発散される同性愛が、このような表現が許されるならば、イギリス特有の「精神的思春期」を活性化しなかったか。イギリスの地上における勝利の中で最も過酷で最も重要な勝利であるウォータールーの戦いが、イートンの運動場で勝ち取られたという意見ほど、『イリアス』の趣旨に即したものがあるだろうか。イギリスの戦争記念碑のホメロス風の裸体の死者を思い出していただきたい。

その上、ホメロスの『イリアス』は、分断され、ときに表裏二重の焦点を、きわめて微妙に維持している。ヘクトールの運命とプリアムの町の荒廃が、アキレスとアカエア軍の勝利と同じくらい緊迫した重厚さをもっている。この冷静な情熱、公正に保たれた均衡は、イギリス人の感受性の生来の琴線に触れたように思われる。『イリアス』は、人間の勇気と苦悩の両者を同時に体験できる唯一の至高の物語でありえた。ヘクトールは、依然として「立派な敗者」の典型、イギリス人の自尊心の枢要な形態であり続けている。ヘクトールとプリアムは、すべての必死の撤退《ダンケルク》の守護者である。この叙事詩は、内的レヴェルにおいては、イギリス的なしきたりを自らに、そして世界全体に対して劃定した「フェア・プレイ」という今や哀切な響きをもつ掟に訴える。「彼にとってヘクバとは何か」とハムレットは思いめぐらす。デンマークの問題であって、イギリスの問題ではないが。

『オデュッセイア』が及ぼす永続的な魔力は、もっと明白な源泉をもつことができた。ホメロスの物語は、海の物語であり、「黒い船」で海へ出る者すべての物語である。この物語は、海の香り、嵐と凪の調和的組織化《オーケストレーション》、海と岸辺、波と海岸との間の対話の、陰影に富んだ分節化において依然として比類のないものである。ホメロスの海は、マシュー・アーノルドがドーヴァーの海岸で耳にしたワイン色の黒い海である。コウルリッジの老水夫、ポーのゴードン・ピム、コンラッドの舵をとる水夫は、遍歴するオデュッセウスの末裔である。メルヴィルの船上の、あるいは筏にしがみつく者たちも同様である。歴史上の重大な時機のたびごとに嵐の海によって水浸しになるが、それによって守られもする島国の文明は、ホメロスの『オデュッセイア』の中に、祈禱書――「私がこの嵐に耐えられ、港にたどり着きますように」――ばかりでなく、分かち合う冒険と地球的規模の約束の書を見出すだろう。オデュッセウスの

「素晴《ボー・ボヤージュ》らしい旅」からの帰還をめぐるデュ・ベレー(四)の有名なソネットは、不思議な作品であるが、ロワールの田園の静かな川の流れに照らし出されている。海はそのソネットには出てこない。チャップマンの英雄詩体の中で海はうねり、轟く。海の怒号は、ロバート・フィッツジェラルドの北大西洋の「ホメロスたち」や『オメロス』の西インド諸島の水夫たちの中で鳴り響く。

しかし、これらの、英語とその文学に対するホメロスの途切れぬ影響力に関する推測は、たぶん不適切であろう。共感的想像・再想像は根底にあるものだからだ。アキレスの兜の放つ光、「猫のようなペネロペイア」(T・E・ロレンスの措辞)の眼の光は「三千年を超えて……どぎつく光る《スクリーム》」。この目も眩む措辞は、『パトロクレイア』の、クリストファー・ローグによる変形版から採ったものである。それは、ギリシャ語以後のどの言語でもなく、英語の中で「どぎつく光る」。われわれの文学の始まりから現代まで、そして明日まで。根底にある原因がなんであれ、絶えず響く濃密な反響音は、豊かな含意を暗示する。

植物の遺伝学からひとつのイメージを借りよう。続々と現れるホメロスの翻訳は、比類ない放射性トレーサー〔ある元素の行動を追跡するために少量加えられる放射性同位体〕を提供する。その無熱光の進行によって、その言語、語彙、統語法、意味論的資源の発展を、根から茎へ、茎から多数の枝や葉へとたどることができる。この連鎖――チャップマンやジョイスの場合のような、きわめて装飾的で実験的なものから、I・A・リチャーズによるアキレスの怒りの叙述のような「基礎英語」の企図に至る連鎖――の中に、英語の語彙と文法の順守のすべての範例が見える。一連のホメロスの翻訳は、韻律の手段の在庫目録である。頭韻詩、ライム・ロイヤル、スペンサー風詩連、英雄二行連句、弱強五歩格、無韻詩、自由詩という具合である。それは、あらゆる種類の数量的音節構成的手段の試みを例示する。複雑な問題である英語散文のリズム、句読法の発達もまた、一連のホメロスの翻訳の中で展開する。スコットランド低地地方とランカシャーからトリニダードとボストンにわたる方言、地域的特有語という問題も同様である。

有機的組織を走る放射性トレーサーの場合と同様に、構造的な明瞭さ、力動的な読みやすさのこの活力は、翻訳それ自体の本質から生まれる。言語が顕著に自覚的なものに変えられるのは、翻訳の過程の中でのことであり、その過程を通じてのことであるからだ。翻訳は、言語に、形式的通時的内省を強制し、歴史的、口語的、隠喩的諸道具の投資と拡大へと向かわせる。同時に、翻訳は言語を、自らの限界という圧力のもとに置く。翻訳は、当該言語が未発達のままに残した、あるいはまったく廃棄した知覚と指示の諸様式を誘出する。翻訳行為は、目標言語のための、いわば貸借対照表を作成する。そのような翻訳行為が、アングロ‐ノルマン語から二十世紀の、地球的規模の多様性を示す英語に至る連続性を産み出す時、言語の歴史と形態は拡大される。その結果、この集合体は、英語の簡明な年代記であるという意識が生まれる。

その年代記は脱線的に始まる。イリウムとユリシーズが中英語に入るのは、中世がトロヤの出来事の目撃者とみなしたダレスとディクテュスを経由してのことであり、ベノワ・ドゥ・サン＝モールの『トロヤ物語』(三万行に及ぶ)を経由してのことである。チョーサーはボッカチオを通じてしか『イリアス』を知らない。テューダー朝のイギリスで断続的に入手可能であったのは、ホメロスの題材のラテン語版であったし、とりわけウェルギリウスによって複雑に屈折させられたホメロス観であった。ジョージ・チャップマンが一五九八年から一六一六年にかけて原典と「詩壇の巨匠」に取り組んだ時、彼がどの程度ギリシャ語を知っていたか、われわれには依然として確証がない。しかし、重要なのは次の点である。この時代は、英語が最高度の「興奮」状態にあった時代だった。つまり、ウィクリフ訳、ティンダル訳、欽定訳における超越的な原典‐テクストとの英語の遭遇によって、英語はこれまでにも、それ以降もなかったほど、豊かで、活力にみち、音楽的なものに変えられた時代だった。今や、『イリアス』と『オデュッセイア』において、この同じ言語が、内在性、ホメロスの世界における直喩の具象的な騒乱と光に出会う。英語は、物語叙述の敏速さ、内的連関性の力強さ、きびきびとした劇的効果《インパクト》（ヘレナは老人たちの傍を通り過ぎ、彼らを沈黙させる）――聖書のそれと比肩するものではあるが、根本的に異なるもの――を達成しようと苦闘している。その上、まさにこの時代には、英語は、ホメロス的模範《イグゼンプラ》と相似的に、独自の議会的実践に加わる多様な修辞的、雄弁的、政治的言説を実践するよう要請されていた。

チャップマンの『ホメロス全作品』、とりわけ『イリアス』の十四音節詩句《フォーティーンナー》〔一行が十四音節からなる弱強七歩格の詩〕においては、英語は浪費的であり、無駄な動きに酔っており、時に珠玉の如き様子を見せるが、自らのきらめく力に自信がない。この英語はまた、感覚的、肉体的推力にみちたエリザベス女王とジェイムズ一世の時代の演劇の英語である。時々この英語は、英語の力《ヴァーチュー》である手細工的な実践的性格においてすでに厳密である。他の時には、抒情的悲哀を帯びる。ホメロスは、チャップマンが逐語訳したり誤訳している時に、英語という言語に自らを知らしめ、生命の溢れんばかりの豊かさに語彙的文法的網を投げかけるよう要請する。

　彼の輝く盾から発する火は、
彼の不吉な光と、天上で鍛えられた灼熱の炎を放つ。
彼の飾り毛のある兜は、巻き毛の頭の上で、高く厳めしく、第二の勝利の場所を占め、
星の如くに、光を投げかける、
そのあたりで、ウルカヌスが彼の前立《まえだつ》のためにと鍛えて作った

輝く密生した毛髪が揺らいだ……
するとアウトメドンは美しい鞭を手にとって、馬を御するために立ち上がる。
アキレスは後ろの、戦闘のための最後の席についた。
彼は、あたかも天から落ちた太陽のように、武具に照り映えていた、
凄まじい声で馬に向かって言った、「クサントスとバリオス、
ハルピュアの子よ、乗り手を無事に連れ帰れ、
パトロクロスの亡骸をその場に置き去りにしたような真似はするな。……」(五)

『イリアス』第十九歌の結尾《コーダ》からのこの一節に「不吉な《オミナス》」色調を与えるためのラテン語法の使用について多く語らなくてはならない。形容詩に注目されたい。二十世紀後半の翻訳の中で最も見事なものにも再びそれを耳にするだろう。チャップマンの天文学は劇場的論理をもっている。盾の天上的輝き、「拍車状の」光を放つ星、落ちた太陽——どれもがアキレスの運命の形象《フィグーラ》である。副詞の恐るべき配置に注目されたい。ペレオスの息子が愛する馬に「凄まじく」「指令《チャージ》する」。この「指令」は「呼びかけ」、「指示」を意味するが、「闘いにおける突撃《チャージ》」を避けがたく喚起する。戦車の突進を喚起すると同時に、倒れたパトロクロスの運び出し（「搬出《ディスチャージ》」）という陰鬱なイメージを喚起する。

次には、彼の高い頭を兜が優美に飾った。その後ろでは羽飾りが風になびいて浮かんでいた。

赤い星のように、彼の燃える髪から
病い、悪疫、争いを振り落とす。
彼の頭からは金色の栄誉が流れ、
きらめく羽飾りを震わせ、栄光をふんだんに注ぐ……

クサントスとバリオスよ！　ポダルゲの血を引く者よ、
（天上の種族を空しく自慢するなら話は別だが）
急げ、お前が運ぶものに心せよ、
主人にもっと仕えることを学べ。
倒れる軍隊の中を、私の殺傷の剣を運べ、
パトロクロスを置き去りにしたように、主人を置き去りにすることはならぬ。（六）

もちろん、これはアレグザンダー・ポープである。チャップマンやオギルビーの語法を無視していることと、実は軽蔑していることを宣言している語法である。しかしこの語法も、シェイクスピアとミルトンの先例の圏外に、そしてドライデンの詩と翻訳に見られる天才的な行動の叙述に競合して、言語的領土を地図上に描こうとする時、圧力を受ける。火星を意味する「赤い星」は、学識と権威を端的に示す引喩である。「栄誉」と「栄光」は、ほとんど技術的な意味で紋章学的である。マシュー・アーノルドがホメロスの翻訳の必要条件の筆頭に挙げる速度感は、簡潔なクライマックス、「パトロクロスを置き去りにしたように、主人を置き去りにすることはならぬ」に向かって高まる。

しかし、最も思考を刺激するのは、すぐあとの数行に対するたっぷりした脚注である。「しゃべる馬というとてつもない作り事」（スウィフトの亡霊）をどうやって言い訳できるのか、とポープは問う。ポープは「寓話、伝承、そして歴史」——後者はリヴィウスという人物を借りて——を呼び出す。彼はフェントン氏によるこの一節の鋭い翻訳を挙げている（リチャード・フェントンの著作にそのようなテクストは見出されないということが面白いところである）。それからポープの奥の手、バラムの雄弁な驢馬が現われる。この聖書的正当化により、脚注は普遍性に向かって開く。ホメロスは「驚異の時代」に生きていた。その時代の良い趣味と感受性は不思議なものを許容した。音調と衒学において、この注釈はナボコフ的である。しかし問題は重大である。ポープのホメロスの張りつめたエネルギーは、叙事詩的寓話の古めかしい内容とデカルト＝ニュートン的合理性の新しい基準との間の、そして、神話的意味論とその観念が啓蒙主義的論理のそれである言語との間の、絶えざる衝突に由来する。

アン女王時代の韻文はこの矛盾を実際には解決しないだろう。しかしその明晰さ、簡潔さ、軽快な流れによって、英雄二行連句は、近代散文の成熟を準備する（この相互作用はすでにドライデンにおいて明らかである）。ホメロスの翻訳に関して言えば、この展開は、十九世紀の初めから終わりまで、失われた詩的修辞と欽定英訳聖書の朗々たる響きへの、いわば郷愁の影がつきまとっている。

また頭へは、どっしりとした四つ角兜を、取り上げてかぶるとすれば、馬の尾の飾りを立てたその兜は、さながら星のようにきらめきわたり、その周囲に、ヘーパイストスが（兜の）鉢をぐるりとめぐって、いっぱいに垂れ下がらせた黄金《きん》の小総《おぶさ》が、なびいて揺れた、……アキレウスが……自分の父の馬どもに、ものすさまじい音声をあげて励ますよう、「クサントスにバリオスと、ボダグレーの、遠くまで名のとどろいた仔馬たちよ、いいかな、前よりもっと、よく気をつけて、無事に乗り手をダナオイ勢の陣中へと連れ帰ってくれ、十分に戦闘をすませたならばな。けして、パトロクロスを、討ち死したまま、その場所へ置いてきたようにではなく（七）」

チャップマンの遠い昔の発見物である「凄まじく《テリブリー》」を借りている一八九一年のラング、リーフ、マイヤーズの翻訳は、「虎の巻」を求める学生にとっての何世代にもわたる救命具であり、ヴィクトリア朝時代と二十世紀初頭の広範囲に及ぶ一般読者にとっての「ホメロス」であった。最近の数十年では、詩人翻訳家が、とくにホメロスの口誦的定型的構成の学問的発見の衝撃のもとで、韻文形式の利点を主張している。これらの現代の翻訳には、散文拒否――E・V・リューの出版史上の勝利は、暗黙の、あるいは公然の、「拒絶の対象」――と、ギリシャ語原文の異様さと疎遠さに忠実たらんとする試みが見られる。

ついでごつい兜を取り上げて
頭に被れば、馬毛の飾りをつけた兜は
星の如く輝き、へパイストスが兜の頂きのまわりに
ぎっしりと垂らした黄金製の総《ふさ》が、ゆらゆらと動く。
武具をつけて輝く勇将アキレウスは、鎧が身にぴったりと合っているか、
踵に体重をのせて回った。……
「糟毛の美馬と軍馬よ、速足の名高き馬たちよ、
われらが心ゆくまで戦った後、乗り手を無事に

ダナオイ勢の許へ連れ帰れるよう、
今度は前とは別の算段をしてくれよ、
パトロクロスの亡骸をその場に置き去りにしたような真似はするなよ」

日常的な散文の談話様式が、くつろいだ韻文に聞き取れる（ヘパイストスをめぐる凝縮された一文にはとりわけよくそれが聞き取れる）。これらの「そして《アンド》」に叙述の律動は依存しているのであるが、欽定英訳聖書ばかりでなくヘミングウェイを思わせる。ロバート・フェイグルズは、このエピソードの他の箇所でも、アキレスがその英雄としての手足が、新しい武具の中で「自由に動く《ラン・フリー》」かどうか――「自由に動く」が翻訳家としての彼の方法を明確にするのに役立つ場合には――試させている。「武具《ギア》」はアメリカ的な趣がある。「糟毛の美馬と軍馬《ローン・ビューティ・アンド・チャージャー》」はなおさらそうである。アメリカン・フットボールで着られるごてごてした飾りやケンタッキーの種馬飼育場がすぐ身近にあるのだ。それでもなお、「踵に体重をのせて回った」やフェイグルズが、戦闘のためのアウトメドンによる馬の準備を描写する時に用いる動詞「腹帯を締める《シンチ》」の背後にあるものは、ホメロスへの忠実さばかりではなく、第十九歌の騒がしいフィナーレにおけるローグの活力でもある。

これら後続の翻訳がわれわれにたどらせてくれる放射性トレーサーは、さまざまな英語とそれらの間の相互関係の歴史を照射するばかりではない。ホメロスのさまざまな翻訳者と読者との間に見られる相互作用の「活動状態」を伝えてくれる。それぞれの翻訳者が、先行の、そして同時代の翻訳者からなる大きな一群と、程度の差こそあれ、公然と競合している。敬意をこめてであろうとそうでなかろうと、論争的であろうとそうでなかろうと、模倣的であろうとそうでなかろうと、それぞれの翻訳者は、ホメロスと、英語や米語の「ホメロス」のいずれにも「挑戦《テイク・オン》」している。借りを感じながらそうしているのかもしれない。たとえばT・E・ロレンスはパーマーを利用している。敬意を表わしつつそうしているのかもしれない。フェイグルズはフィッツジェラルドを尊敬している。関係は修正的で論争的であることが多い。クーパーは、ポープの正当な根拠のない装飾性と彼が重苦しい考古学とみなすものに、異論ありと公言している。最近のアメリカの詩人翻訳家は、ラティモアの教訓主義的態度、彼の韻文の、重苦しい学究臭さとみなされるものへの批判を明言している。E・V・リューは、散文は、どれほど流麗であろうと、どれほど生き生きとしていようと、『イリアス』と『オデュッセイア』の神髄を裏切っていると信ずるすべての翻訳者の反発を買っている。

　相互作用はつねに三角形をなす。これら二つの叙事詩が頂点を形成するのなら、基底をなす内部空間は、他の翻訳――時には他の言語への翻訳（ポープはフランス語の先行の翻訳に注目している）――からなる空間である。これらの空間は、われわれがホメロスとホメロス的世界に対してもつイメージばかりでなく、翻訳が委任され、出版され、読まれる文化と趣味の精神的風土を反映し、次にはそれを産み出す。かくして、ステュアート朝のチャールズ一世と二世の時代のホメロス――たとえば盲人の詩人をめぐるオギルビーの詳しい伝記を参照されたい！――は、チャップマンのホメロスではないし、またドライデンとポープのホメロスでもない。ヴィクトリア朝とエドワード朝の翻訳は、戦争、男の連帯、植民地主義、征服された海に関して、当時のイギリスの感情を記録している。一群の翻訳が、トロヤとミケーネにおけるシュリーマンのめざましい発掘によって「動かされた」。一時期、口誦の叙事詩の定型的常套表現に関するミルマン・パリの革命的な論証が、翻訳の実際を支配した。今日、ある種の反動と、ホメロスの革新的な力と実作上の自由の強調が始まった。しかし、現行の「ホメロス」のすべては、ホメロス的、前ミケーネ的背景の社会‐経済的構造に関するモーゼス・フィンレーの再評価ののちに現われたものである。

アン女王時代の、政治的、社会的、心理的体験の表象が、それゆえ、ポープのホメロスにとって重要であるのは、ヴェトナム戦争の雰囲気がロバート・ローウェルの『イリアス』からの抜粋にとって重要であるのと、あるいは、二十世紀後半の民族的、大衆的多元主義がウォルコットの『オメロス』にとって重要であるのと同様である。明らかに古い時代に対する十八世紀特有の敬意と諷刺精神から解釈されたポープのネストールと、ウォルコットにおけるジン浸りの旦那《サヒブ》とおしゃべりな国籍離脱者を比較されたい。ホメロスのネストールは両者の背後に退いているが、彼の仮面は変幻自在である。

このような視座の変化は、これら二つの叙事詩の、英米の生活における相対的位置の興味深い振子運動を決定する。ポープと彼の先行者にとっては、『イリアス』が至高の位置を占める。それは、西洋の詩的想像力の比類ない源泉にして崇高さの永続的な原型であるばかりではない。それはまた、政治的手腕、説得術と戦争の技術の永続的な指南書でもある。『オデュッセイア』は、霊感にみちた分肢、のちの時代の改訂版であると感じられる。それは、地中海の民間伝承に色づけられ、初期の評釈者と翻訳者でさえも「女性的」と言ってよい性質をそこに直感したペーソスが点在している。ウェルギリウスを通して見ると、『オデュッセイア』は、新古典主義的評価においては、『アエネーイス』――それ自体至高のテクストであるが、『イリアス』の原初的高邁さはもっていない――を産み出したものとして重要な地位を占めることが多い。文学様式がより内省的になり、知覚が心理的動機づけやプライヴァシーの劇を強調するようになるにつれ、中心となるのは『オデュッセイア』のほうである。ここには小説の萌芽がある。テニソンを夢中にしたのは、ダンテを通して読まれたオデュッセウスの運命的な不安定性である。ラファエル前派や世紀末のイメージをみたしているのはキルケであり、カリュプソであり、サイレーンであり、辛抱強いペネロペイアである。『ユリシーズ』以後、ボルヘスが宣言したように、時間が逆転された。今や、ジョイスのあとにホメロスが来る。しかし、第二次世界大戦の体験は逆流を産む。堂々たる都市が炎に燃え、戦闘機のパイロットや特別奇襲隊員の勇猛な英雄的行為は、ヘクトールやトロヤを直接的に実感させる。占領者の残忍な手により苦しめられる民間人は、ヘクバやアンドロマケを、あまりにも身近な象徴に変える。英米の詩人 - 劇作家は、ヨーロッパ大陸のハウプトマンとサルトルと同様に、「トロヤの女」へ戻る。今日、これら二つの叙事詩は、評価の上では活発な均衡状態にあると私は思う。とは言っても、二十世紀の終わりの気分は、『オデュッセイア』の精妙な多様さと問いかけのほうに身近なものを感じるかもしれない。

『イリアス』は、天才的な編集校訂、膨大な量の口承的資料の組み合わせ、選定、編集の見事な造形的行為の産物であると私は信じている。このような校訂は、新しい筆記技術と、広範囲にわたる記入に対して分量的に十分なパピルスや皮紙を供給する新しい技術と対応するだろう。私は、天才的な編集者（あるいは、欽定英訳聖書の事例に幾分似たところのある編集者たちのひとり）が『オデュッセイア』の作者であったと私は思う。たぶんもっと古い時代のことであり、幾分アイロニックな距離が置かれている。モチーフは、『イリアス』におけるアキレスのテティスに対する不平の中に漠然とほのめかされているが、『オデュッセイア』の冥界で、アキレスが、英雄としての短い人生よりも、卑屈な隷従生活を選ぶと断言することは、古いほうの叙事詩の世界像全体を徹底的に疑問視させる。二つのテクストの間の、編集あるいは校訂と著作との間の、何かそのような関係のみが、『オデュッセイア』の第八歌の中の真の驚異の瞬間を産み出しえたように思われる。そこでは正体を隠したオデュッセウスが、吟遊詩人のデモドコスが、トロヤの物語と、その中でオデュッセウスが果たした役割を吟唱するのを聴いているのである。『イリアス』と『オデュッセイア』に現われる数人の吟遊詩人の技巧と社会的役割は、西洋文学、そしてたぶん音楽の起源へとわれわれを連れ戻す。このデモドコスのエピソードにおけるモンタージュ効果と内的射映は（ドン・ジョヴァンニが彼の最後の晩餐で『フィガロ』の一節を聴く場面のように！）、「モダン」であり、それどころか「ポスト・モダン」でさえある。ウォルコットの構想力の混成的アークは、発端から現代性にまたがる。

暑い通りは砂浜に通じていた、
小さい店やクラブや薬局を通りすぎて、
その薬局の鋭角の影の中で、彼のカーキ色の犬がつながれていた、
盲人は、平底船が出たあと、枠箱の上にすわり
盲人の謎めいた言葉をつぶやいていた、
ふしくれだった両手を杖の上に置き、犬のように耳を研ぎ澄ませて。
時々彼は歌を歌った、そして紙片が風に飛んだ、
彼女のロザリオの玉がこすれた時に。年老いた聖オメール。
彼は世界を船で回ったと公言した。「七つの海の男《ムシュー・セブン・シーズ》」

彼らは彼をそう名づけた、体をくねらせる
メカジキを描いた肝油のラベルにちなんで。彼女にはギリシャ語同然だった、
あるいは古いアフリカのたわごとだった。

そのあとで、ホメロスの歌の歌い手は、ボルヘスの反‐年代記的精神で、呼びかける。

アンナ・リヴィア！
われらの時代のオメロスの詩神《テナー》よ、
土地の輝ける名匠にして真の歌い手よ！

彼女は

円形砲塔から、片目のユリシーズを
銅の色に輝く浜辺へ連れてきた、航跡を鍵のように光らせながら郵便船が
岬にぶつからんばかりの勢いでそこを通り過ぎるのを見ながら……

「航跡《ウェイク》」はジョイスをふたたび祝福し、「鍵《キー》」はジョイス‐ホメロス‐オメロス的「歌い手《テナー》」と叙事詩的サガの歌われる構造を提示する。

デモドコスの出会いにおける同一性の位置ずらし、仮像的な「脱構築」的戦術に注目されたい。第八歌

の吟遊詩人自身が盲目である。（早い時期にホメロスが盲人とされたことは、「ホメリダエ」（*Homeridae*）、つまり、二つの叙事詩の歌い手‐吟唱者の専門家ギルドにより、ますます洗練される聴衆から叙事詩の産み手の文盲を隠すためになされた処置であると私は思う。）デモドコスは、変装により「見分けられない《インヴィジブル》」オデュッセウスを見ることができない。彼はパイエケスの宮廷に着くとすぐに、自分自身を「ウーティス」（*outis*）、つまり「誰でもない者《ノー・ワン》」に変える。吟遊詩人は、名を取るという名づけ行為によってキュクロプスの手による死からかつて彼は逃れたのであった。吟遊詩人は、トロヤの前の陣営でのオデュッセウスとアキレスの激烈な口論を歌う。今日ある『イリアス』はそのような出来事は語っていない。それは、トロヤ物語群の他の叙事詩のひとつに属しているのかもしれない。あるいは、もっと微妙な話であるが、宴の場での、アガメムノンの陰謀をめぐらす心には喜びをもたらすこの痛烈な応酬は、デモドコスの創作かもしれない。と言うことは、『オデュッセイア』の作者の創作かもしれないということである。その場合には、この叙事詩のオデュッセウスは、彼自身が虚構、「非‐在」へと変わるのを、つまり実在が無時間的白熱光へと消えていくのを聴き、目撃しているということである。仮面、元来の意味でのペルソナが影に変えられる。

吟遊詩人はこう歌ったが、ユリシーズは紫色のマントを頭から被り、顔を隠した。パイエケス人に自分の泣いているところを悟らせるのを恥じたからであった。吟遊詩人が歌うのをやめた時、彼は目から涙を拭い、顔を露わにし、杯を取り、神々にお神酒《みき》を捧げた。しかしパイエケス人がデモドコスに、彼の歌は楽しいからさらに歌い続けるように求めた時、ユリシーズは再びマントを頭に被り、さめざめと泣いた。

（サミュエル・バトラー）

T・E・ロレンスは尾鰭を付けた。彼の吟遊詩人は「高名」である。オデュッセウスは「彼の美しい顔を隠すために、両の力強い手で紫色のマントを頭の上に引き寄せた。パイエケス人の面前で涙が深くくぼんだ目から溢れ出てくるのを彼は恥じた」。デモドコスは「神に献酒する」。彼の詩は耳傾ける「首長たち」には「認められざる喜び」である。

ロバート・グレイヴズは、自己自身において《イン・プロプリア・ペルソナ》、戦士であり、物語の歌い手だった。

オデュッセウスは
力強い手で大きなマントを額の上に
引きおろし、それで顔を覆い隠した、
パイエケス人に、目に溢れる
秘かな涙を隠すために。歌がやんだ時、
なんと巧みにそれを拭い去り、
マントを元に戻し、ワインをひとしずくこぼしたことか。
しかし、吟遊詩人が、歌を愛するパイエケス人の首長たちを喜ばせるために
やがてすぐにもう一度、弦をかき鳴らした時、
オデュッセウスはマントの中で再び泣いた。
彼の涙はマント中で、人に気づかれぬことなく流れた。
ただ、傍らに居たアルキノースだけがそれを認め、
男の吐息に、低いうめき声を聞きとった。

ここには、グレイヴズが故意に、「ハープ奏者の歌」というタイトルをつけたオシアンとロマン派の「シェイクスピア崇拝」に発するヴィネットがある。旋律はウェーバーやベルリオーズのそれである。最近の人類学的民族誌学的なホメロスに関する記述に見られるような、バルカン半島や、アナトリア（昔の小アジア）や、北アフリカの弦楽器をかき鳴らす街角の歌い手の旋律ではない。失われているものは――ロバート・フィッツジェラルドの場合でさえも――オデュッセウスの脱個性化の忘れがたい複雑さ、英雄が吟遊詩人の芸の対象になる時の彼の生き残りと潜在的不死性と、同じ英雄の、現実の生活からの付随的消滅との間の「超モダン」な（このような形容辞が何らかの意味をもつとするなら）緊張である。この緊張は、『オデュッセイア』が『イリアス』を振り返り、選択しつつ組み込もうとするので、『オデュッセイア』全体に振動する。この緊張は、オデュッセウスの冥界への下降、「まだ燃えている」大きな亡霊たちとの彼の対話――フィッジェラルドは激怒するアイアスの亡霊の忘れがたいイメージを残しているが――にそれらの批評上の曖昧さを与える。私はすでに、英雄的理想に対するアキレスの痛烈な否認には言及した。「私の前の死神を軽んじるな、輝けるオデュッセウスよ。私は地上で奴僕であったほうがよい、生き延びるためにつましく倹約しなくてはならないどこかの貧しい男の奴僕であったほうが！　盛りを過ぎて死んだこれら死者たちの間にあって王の中の王であるよりは、生きているほうがよいだろう」（T・E・ロレンス）。デレック・ウォルコットは、この問題をさらに追求し、詩人自身の資格と使命をその中に入れている。

そこ、彼女の黒檀色の頭の中には、
歴史家の悔恨や文学の悔恨が存在する真の必要は

何もなかった。なぜにヘレナを
太陽が彼女を見たように見ないのか、ホメロスの影のない彼女を、
海風のように新鮮で、ひとり砂浜でプラスチックのサンダルを
ぶらぶらさせている彼女を。なぜ煙のようにはかないものを戸口に変えるのか。

ここでは「煙」が犠牲と亡霊を意味し、あの「戸口」は、黄泉の国と、ウォルコットが『オデュッセイア』の中のネキアを、一見何の苦労もなくそれへと変身させる西アフリカとブーズー教の形象のいずれにも通じている。

ウォルコットのからかい気味の問いかけはこういうことである。なぜにヘレナ、ヘクトール、オデュッセウス、アガメムノン、プリアム王を、「ホメロスの亡霊のいない」反響と認知のわれわれの視野の中で見ないのか、と。実はわれわれにはそうできないのである。翻訳、翻案、模倣の持続的歴史の中には、いかなる断絶も見られない。『イリアス』と『オデュッセイア』は、英語系諸言語の脈の中に、アングロ・サクソンの自己定義のテクストとコンテクストの中に、絶えず活動している。もう一度私は問う、何ゆえにか、と。さらなる推測を提示させてもらいたい。

シェイクスピアの、英語に対する権威（*auctoritas*）、われわれの文学的事実の私的公的な知覚と感覚の能力の範囲に及ぼす権威は、われわれを奮い立たせると同時に威圧的でもある。英語系諸言語の歴史の中のさまざまな時代に、エドマンド・ゴスを引用すると、シェイクスピアは、彼のあとに来る者すべてを「窒息死させる」、あるいは彼らを単なる反響音に変える脅威となる。それとは対照的に、ホメロス的なも

のに対する言語的文化的距離は、霊験あらたかな力となると同時に解放的でもある。われわれはホメロスに、いくつかの点において、到達できない曙光にして規範として立ち返る。しかし、われわれは、創造的に応答できるほど十分に彼からは遠く離れていて自由である。われわれは、創造的源泉——それは依然として、その風変わりさと朦朧たる地平がわれわれの自由を誘う源泉であるが——に照らして、われわれ自身の、物語叙述、詩的情感、人間と自然の世界の提示を考査する。われわれのテーマの豊かな流れの中で二度目のことだが、ホメロス的試金石とシェイクスピア的優勢性との間に区別のための線が引かれる。ポープのシェイクスピア編集との関連で、ポープの「ホメロス」を再考する必要がある。われわれは、『ユリシーズ』全体と、その本の初めのほうの『ハムレット』の「誇張的検討」('exagminations')との間にあるような類似と対照のゆらぎとひらめきに、これまで以上にじっくりと耳を傾けなくてはならない。

その上、問題は「ホメロスの亡霊《シャドウ》」の問題ではない。クリストファー・ローグがわれわれに教えてくれるように、昼‐光の問題である。ローグは、チャップマンにさかのぼる語彙——「不吉な」輝きがアキレスの心に溢れる——、以前の翻訳者が得たことのない大胆さに向かう語彙によってそうするのである。

戦車の駕籠椅子が沈む。鞭が
馬の耳の間で炸裂する。
夢の中でのように、あるいはケープ・ケネディでのように、
馬たちはまるで王侯のように、ゆっくりとその胸をもちあげるかのようだ、
しかし二重の羽飾りをつけた馬の背後では砂は巻き上がり、
蹴り上げによっても、そして車輪によっても、

この世界にほとんど触れることがないので、ほとんど窪みができず、
そして風は馬の背後でぴしゃりと遮断される。

アキレスの兜は「溶接された外皮」である。

昼間ではあるが、兜は光に抗って叫ぶ。
眼を痛められる、光はあまりに激しいので、
三千年の時を距てても見えるほど。

見えるばかりでなく聞こえると言いたい。オデュッセウスが復讐のために大きな弓を引く時の燕の鳴き声のようなびいんと鳴る音が聞こえる。あるいは、トロヤの狭間胸壁にいる老人たちの、通りすぎるヘレナの美しさに打たれての突然の沈黙。あるいは、ダンテとミルトンからダンへ、ダンからリルケとカフカに至る西洋文学を貫いて聞こえてくるサイレーンの謎めいた歌。今後はそれぞれの翻訳者が、「三千年の時を越え」る激しい光によって、あの最初の凌駕されえぬ昼によって「眼を痛められ」、血が止められる。それはそれとして、ホメロスは盲目ではなかったか。

この詩文選は、六世紀半にわたる資料のつつましい選集である。もしこの中に、チャップマン、ドライデン、ポープ、シェリー、ローグの「ホメロス」のような歴然たる翻訳の頂点が含まれているなら、英語国民《アングロサクソン》の政治的、社会的、文学的感性の過去と現在の体験を伝える主として歴史的もしくは経験的価値

を含むものをも多く提供しているはずである。内容は、語対応、行対応の直線的技術（そこにウァルター・ベンヤミンはすべての「アダム的」翻訳の秘密の理想を見た）から、オーデンの「アキレスの盾」やヒューゴ・マニングの、オデュッセウスの「オナガザメ」への暗示にまで及ぶものである。私は、ホメロスのもじり《トラヴェスティ》や戯作《バーレスク》の例、抒情詩、散文、演劇のジャンルにおけるホメロス的内容をもつ例も含めた。この刈り入れた収穫物の適切な終わりとして、若いアメリカの詩人によってこの選集のためにとくに訳された『オデュッセイア』からの数節が収められている。

きわめて多くのものが抜けている。ポープの周囲に蝟集している過剰な数の部分訳。マシュー・アーノルドの有名な挑戦と批判以後のホメロスの翻訳の真の「矜持」。『イリアス』と『オデュッセイア』からの冒険や英雄たちに基づいた映画台本の実例を収められなかったのは心残りである。最近の漫画本の翻案を収める余地もなかった。フラックスマンのホメロスへの挿絵は、ポープの翻訳やテニソンにおけるホメロスの再現とほとんど同じくらい、英米の読解に影響を与えた。「若者たちのためのホメロス」という長い伝統にももっとスペースを割くこともできたはずだった。チャールズ・ラムの『オデュッセイア』の再話は魅力的な実例である。ダーダネルス海峡（古代名はヘレスポント）に向かう途次、古典の教育を受けた役人によって訳され、模倣されたホメロスの私家版の断片を私は（まだ）たどっていない。

このペンギン版が印刷に回される時、英語およびその周辺の言語による新しい「ホメロス」が現われつつある、あるいは現われると予告されている。オデュッセウスの黄泉の国への下降と同様に、ホメロス的な明るい亡霊たちが、それぞれが特有の言葉、身なり、語るべき物語をもって押しかけてくる。ギリシャの抒情詩と悲劇をすでに手がけた女性翻訳者たちは今、仕事に取りかかっているかもしれない。ロバート・グレイヴズの格言――「ひとつの物語、ひとつの物語だけがある」――が耳について離れない。

この選集が、収集の時に味わった喜びの幾分かを読者に伝えることを祈る。

シェイクスピアに抗して読む

哲学と文学との間の、とりわけ存在論《オントロジー》と詩学との間の友愛的論争は終息したのかもしれない。この論争は、プラトンによる詩人の理想国家からの排除とともに始まった。プラトン自身の文学的演劇的天分のせいで、この議論と精神的運動はよりいっそう相互殺戮的なものになった。アリストテレスによる悲劇作品の治療目的への利用、個人と市民の衛生のための政治学への詩学の組み入れが、その次に行われた。マルティン・ハイデガーによる「考える《デンケン》」と「創作する《ディッヒテン》」との根本的一体性の主張、つまり知的知覚と詩的創造機能の根本的一体性の主張により、そして、本当の思想家と真の詩人は必ず存在をめぐる同一の行為と立証に従事しているというハイデガーの主張によって、親密かつ好戦的な一千年にわたる論争は、一巡して、形式的には終息したのかもしれない。

哲学的言説実践と詩的言説実践との間の類似性は共通の起源と媒体の類似性である。両者いずれも、現象的なものに暗示される無秩序から理解可能な形態を取り出そうとする秩序誘出行為である。いずれも言語に対して緻密な注視による意志的圧力をかける。哲学者と詩人は、言語の職人である。彼らは、彼らの用いる実際の道具の使用に関する理解において、そしてその道具が分節化される素材ともちうる関係に対するつねに同時的で、潜在的に葛藤的な理解において厳密である。哲学と文学は、言葉と世界との間の交流をめぐる思弁的構築物である。彼ら名匠的建築家は同一人物もしくは近い隣人であることが多かった。ソクラテス以前のギリシャでは、宇宙論的形而上学的議論と英雄物語あるいは教訓的物語の提示は、緻密に編み込まれていた。われわれの最初の存在論であるパルメニデス（一）のそれは一篇の詩である。西洋の伝統の中にある数多くの哲学者は、著名な詩人か、あるいは散文の名匠だった。彼らは論理的に矛盾のない――存在論的、倫理的、政治的――議論という甲冑に、熟慮された文体のもつ説明力を与えた。プラトン、ニーチェには、まぎれもない意味の音楽がある。ヘーゲルの『精神現象学』の内部にある物語と劇化は、十九世紀の叙事詩的小説のそれとぴったりと相似的である。それと相関的に、哲学的な関心、形式化、問いかけのまったくない純文学はほとんどない。アリストテレスの、歴史的事実の証拠のもつ特異性よりも、虚構のもつ具体的普遍性に対する好みは、さらに遠くへと波及する。哲学的規範、抽象的な形而上学的道徳的可能性の審理に、実感される生の密度、実践的実存的重み（文字通りに「創作《ディヒトゥング》」）が与えられてきたのは、文学、詩、戯曲、小説においてである。それゆえ、たとえば、デモクリトスの原子主義とルクレティウスのそれとの間の、トマス・アクウィナスの神学の論理学と認識論と『神曲』のそれとの間の、ベルクソンの時間性をめぐる主張とプルーストの変形的再現との間に、反映と感受性の教育という関係には還元されえない相互作用が生じるのである。それゆえ、ハイデガーの存在をめぐる言説と思考と、その言説と思考を文字通り裏づけるソポクレスとヘルダーリンの作品との間に、窮極的な交流、きわめて強烈でいて微妙に歪曲的な鏡映関係と思われるものが生まれるのである。

　哲学的様式と詩的様式との間の注目せずにはいられない類似性、意味に向かう、つまり所与の世界に住まいを見つけようとする人間の意識の試み――われわれが「神話」と呼ぶ試み――に向かう原初的衝動にある両者の双生的起源は、プラトンの『国家』が依然としてその典型である葛藤を誘発してきた。分析的体系的知的作用の「真理‐価値」の中での虚構的なものの地位、道徳の「誠実性《ヴェラシティ》‐価値」の中での虚構的なものの地位は、認識論と倫理学に対して稔り多い刺激剤だった。文学的創作物の無責任さ、あるいはもっと正確に言うと、内部化された自律性は混乱させるものであり、ある種の場合には、哲学にとって不快なものである。ポイエーシスを、体系的な認識批判、(アリストテレス、カントにおけるような)合理的行動の体系的様式へと回復することは、過剰な抗議、手馴づけたいという不自然な切望を露にすることが多い。文学は貪欲で無政府主義的な野獣である。文学が全体性に対して解き放たれると、時に乏しく、時に厳粛さと技術的昇華の霊気《オーラ》によって囲い込まれている飼葉を食べ尽くす恐れがある。その飼葉は形而上学、認識論、倫理学、政治理論、時には形式論理学が(『不思議の国のアリス』、シュルレアリスムの運動がその証言となるが)自分自身のためにとっておきたい飼葉なのである。その結果は、程度の差こそあれ、理論的否定の実践——プラトンの詩人‐虚言者の追放、ルソーの劇場非難——になりうる。その結果は、哲学的な足場、とりわけ倫理的超越的範疇における立場が、美的なもののかなり上に置かれる(キルケゴールにおけるように)模範的ヒエラルキーの論証となりうる。その結果はまた、その洞察力、形式的実体的理解力《リーチ》が哲学的な事例と文学的な事例のいずれをも根源的に問うほど大きな稔り多い誤解、誤読または反対陳述になりうる。

この講義で、予備的試論的に私が扱いたいのは、この秩序の誤読解また逆読解である。

「シェイクスピアに終わりなし」とゲーテは畏敬をこめて、そしてこう推測するのも許されるだろうが、ある種のライヴァル的苛立ちをこめて言った。副次的資料に関するかぎり、この品評《タッグ》はあまりにも適切すぎるほどである。瑣末なものは山をなすほど瑣末なものを産む。際限なく現われる学問も、人間としてのシェイクスピアに関するわれわれの知識、ごく僅かの記録に残っている現実の人物の影の如き輪郭に、ほとんど何も付け加えてくれなかった。すでにある洞察に対する真の批評的付加物はきわめてまれである。まれなひとりにはコウルリッジ、もうひとりにはG・ウィルソン・ナイトがいるが、仰々しい我田引水的ゴシップの集積である。最良の学問や批評といえども、シェイクスピアが「シェイクスピア」となる前のウィリアム・シェイクスピアの実在性を、われわれの知識に基づく創造力に回復するためには何もなしえない。われわれがまったく知覚しえないことは、よく成功を収めるがいつもそうであるわけではない役者‐劇作家としてのシェイクスピア、社会的物質的関心があり、当然の野心をもつ田舎郷士としてのシェイクスピア、疑いもなく重んじられた作品群を残したが、年下の仲間であるボーモントとフレッチャーの芸術のほうが広く好まれた詩人‐劇作家としてのシェイクスピアの日常的事実である。歴史的探究、心理的再構築をいくら押し進めても、彼が同時代人や文学‐演劇仲間の眼にそれを通して映った専門家の標準《ノーマリティ》の決定的文脈をわれわれにもたらしてはくれないだろう（「ベーコン説派」やその同類が、シェイクスピアの当時の実在性の現実の痕跡がきわめて乏しいことを異様な、困惑させられる事実として記録するために提案したナンセンスに、われわれは共感する必要はない。われわれはたまたま、文人を含めた他のエリザベス朝人についてははるかに多くのことを知っているだけである。そこには謎が存在する可能性はありうる）。

ベン・ジョンソンは壮大な見方を最初に示した人であったように思われる。

汝は墓のない記念碑であり、
今もなお生きている、汝の本が生きているかぎりは、——

そして「第一フォリオ版」の作者を「ひとつの時代ではなく、すべての時代の」作者とみなしている。たとえそうであれ、彼はまた、この同じシェイクスピアが「一千行を抹消する」ことを願ったことでも悪名高く、彼を、たんに滑稽なことを多く考え出した人と考え、ベン・ジョンソンらしい平衡感覚から、シェイクスピアは「美徳とともに悪徳を回復した」と結んだ。ミルトンとシェイクスピアとの間の内的関係については、まだ多くのことが探究されていない。明らかなのは、『闘技士サムソン』の短い序文における、アイスキュロス、ソポクレス、エウリピデスの古代の悲劇作者の作品は「まだそれに匹敵するものは誰によっても書かれていない」というミルトンの主張に見られる熟慮の上の酷評である。『リア王』の六十年後に現われたこの評決の迫力と含みは過小評価してはならない。根本的な異論を含むものである。

ジョンソン博士は今でもなお最も偉大なシェイクスピア編集者‐批評家である。彼の学識に基づく健全さと鋭敏な大胆さは、道徳的偏向による限界よりも重要である。サミュエル・ジョンソンにとって、シェイクスピアはイギリスの作家の中で第一人者《プリムス・インテル・パレス》だった。しかし彼は、誤りを免れない、ムラのある、そして恐らくは自分の天分の向けるべき方向について困惑している自然の人だった（ジョンソンの、悲劇よりは喜劇のほうがシェイクスピアの性に合っていたという判定は有名である）。劇作品の内部にも、ジョンソンは彼の好まぬ修正すべき点を多く見出した。真作品《カノン》は、その中に明白な欠陥をもっていた。彼はそのように見て編集した。シェイクスピアの審美眼《テイスト》は、猥褻さや言葉遊びの点においてのみならず、修辞、劇中の挿話、詩的哲学的大団円の扱い――『リア王』の第五幕に示したジョンソンの苛立ちと不快感――においてもよろめきがちだった。シェイクスピアの劇における提示部はぎこちないことが多かった。繰り返しは無駄だった。誇張表現は放縦だった。ポープの（不当に無視されている）シェイクスピアの編集と注釈は、見事な反応を示す相似的な平衡感覚と落ち着きを示している。ホメロスの翻訳者（ポープのホメロスは、『楽園の喪失』以後、唯一の英語の大叙事詩である）はシェイクスピアの対照的な高邁さを考査することができた。シェイクスピアの多くの部分がポープには霊感にみちたものに思われ、多くの部分が不出来な小細工、なくてもよいものに思われた。そこで、最良の数節をとくに注目するために選び出すということが行われた。

超越への跳躍が、十八世紀の末から十九世紀の初めにかけて起こる。シェイクスピアと彼の作品の名声が、通常の価値評価の領域から出て、現代物理学で言うところの「特異点《シンギュラリティ》」、それ自体がひとつの法則であり現象であるものとなるのは一七八〇年代の中ばから一八三〇年代にかけてである。この魅力的な物語の多くが今でもなお不明瞭である。一群の副次的人物が重要な役割を果たしたように思われる。その中に、一八二六年から一八二九年にかけてグラスゴー大学の名誉総長《ロード・レクター》を勤めたトマス・キャンベルがいた。「シェイクスピア崇拝」（‘bardolatry’）という言葉を創り、その概念をひとり歩きさせたかもしれないのは彼である。モーリス・モーガンの一七七七年の「サー・ジョン・フォルスタッフの劇的性格についての試論」は、初めのうちはほとんど水面下にあったが、のちに広範囲に及ぶ影響を及ぼしたかもしれない。イギリスとヨーロッパ大陸における新古典主義、前ロマン主義、ロマン主義の批評は、その自己定義の中で、シェイクスピアに二重の力を直観したかもしれない。彼の芸術の反古典主義は、ロマン派の実験を権威づけることができた。しかし、シェイクスピアの芸術は無比のものなので、そのような権威づけは、近代の感受性を圧迫し、押し潰すことはなかった。シェイクスピアを引合いに出し、崇拝することは、「イミタティオ」の卑屈さを招かずに、精神の「ミメーシス」、情熱的な擁護による「ミメーシス」から測り知れない恩恵を受けることだった（キーツの書簡の中でそれらが生きられ、比類のない覚え書きが残されているのをわれわれは見る）。

動機、変化の複雑な、深層のエネルギーが何であれ、「シェイクスピアの革命」の影響はそれ自体が劇的だった（思い切って芝居がかっ《ヒストリオニック》ていたと言おうか）。わずか一世代の期間内に、ウィリアム・シェイクスピアが、すべての作家の中で最も才能があるばかりでなく、その創造力が、ある明瞭な意味において、自然や神の創造力と肩を並べうるという発見は、ひとつのきまり文句《クリシェ》となった。キーツやコウルリッジにとって、『ハムレット』や『テンペスト』の作者は、文字通り超人的な主体であり、人間精神の守護的存在だった。ヴィクトール・ユゴーは、シェイクスピアの中に宇宙的な力、「ヨブ記」や預言書の中に働いているものと十分に同等のものであり、劇芸術の力によってより大きなものとなった、すべてを包み込む霊的力《インスピレーション》を認めた。見たところ冷静で、またもや神のそれを思わせる公平な全体的理解力をもってコーデリアとイアーゴ、フォールスタッフとエアリエルのいずれをも創造できた男は、ハズリット、シュレーゲル、プーシキン、マンゾーニ（二）に、批評的識別の通常の内在的規則は適用できない人という印象を与えた。編集上の策略や個人的な好みは、シェイクスピアの偉業と意味のあれこれの局所的側面に文句をつけたり、注文をつけたりするかもしれない。しかし全体としてみると、彼の詩と劇は、われわれが文学についてのみならず、世俗的知恵について抱くかもしれないどのような判断をも凌駕する（シェイクスピアの戯曲から採られた「人生の格言」、人間行動の指針の、おびただしい数の十九世紀の文選を参照されたい）。実際、高い圧力に晒されたのは、まさに世俗的なものに対する制限だった。チャールズ・ラムはためらわずに、シェイクスピアからの一節を、福音書からの一節の傍らに置いている。過激なシェイクスピア批判は、今や瀆聖の趣きを帯び始めた。

その結果、シェイクスピアに対する真剣かつ持続的な異議申し立ては、一八三〇年以降はきわめてまれになった。

最もよく知られているのはトルストイのそれである（ジョージ・オーウェルは「トルストイ、リア、道化」というエッセイで、それを解説し、分析しようとした）。トルストイ自身が、生きた形式の至上の創造者であり、相当な力量をもった劇作家であったが、彼はシェイクスピアの劇の多くは、その情緒において未熟であり、根本の世界観において道徳意識が欠如し、修辞は大袈裟で、しばしば成人の理性には耐えがたいと考えた。とりわけ『リア王』は、「真剣な批評に値しない」残酷で子供っぽいごたまぜ《ファラーゴ》だった（あのドーヴァーの断崖からの身投げ！）。トルストイの禁欲主義的な清教徒的リアリズム、ほとんど本能的なまでの「作りごと《メイク・ビリーヴ》」への嫌悪、シェイクスピアによるリアの創造――トルストイ自身の運命と波乱に富んだ終焉を執拗に「予言する」創造――に対する内奥の意識下の憤激に関しては多くのことが言うに値するだろう。にもかかわらず、心理学的動機とイデオロギー的近視眼の存在を推測したあとにも、トルストイの批判には、緻密な注視に値する点がある。

シェイクスピアのまったき重圧と先例が、英語の韻文から、そして英語による本格的な劇を復活させる試みから、生命を押し潰しているという世紀の変わり目におけるエドマンド・ゴスの抗議を今日思い出す者がいるだろうか。この抗議と密接に関係しているのは、アメリカの言語をシェイクスピアの支配力から解き放とうという試み、とりわけ、シェイクスピアの弱強格が暗黙のメトロノームとならないようなアメリカの韻文のリズムを見出し実験してみようというウォルト・ホイットマンとエズラ・パウンドの両者の試みである（パウンドの『詩章』の栄光と悲惨のいずれにも重要な意味をもつ試みだった）。シェイクスピアの素人っぽい作劇法に対するジョージ・バーナード・ショーの小うるさい攻撃、事は「どうなされるべきだった」かを証明するためのショーによる『シンベリン』の有無を言わせぬ書き直しは、しのび笑いを誘い、関係者をみな、少し困惑させる。はるかに徹底しているが、警戒的な戦術から仮面を被り狡猾なのは、T・S・エリオットの、『ハムレット』に対してばかりではなく、シェイクスピア全体に対する異議である。彼が、シェイクスピアに欠けている窮極的な統御された想像力、責任ある演出、哲学と詩の融合を見出したのはダンテの中にである。いかにもエリオットらしく、彼は、深く根差した差別意識と思われるものを追求し明るみに出して非難に晒されることを選ばなかった。彼の作品と思想においてはるかに強く感じとれるのは、シェイクスピアの存在よりもウェルギリウスとダンテの存在である（ここでたどられなくてはならない連環は、初期エリオットと新古典主義と、そのヨーロッパ的かつアメリカ的な気質における秩序の政治学との間の連環である）。

ほとんど明らかにされていないことは、ボーイトとヴェルディの『オセロ』改作に躍動している鋭いシェイクスピア批判である。キュプロスから筋を展開させるという決断、マニ教的信条をイアーゴに帰したこと、ヴェルディの音楽の効果としてデズデモーナを強くし、「成熟」させたこと、以上はシェイクスピアとのきわめて魅力的で啓発的な討論を形成している。モーツァルト的傑作であるヴェルディの『フォールスタッフ』は『ウィンザーの陽気な女房たち』よりもはるかに偉大な作品であることは、当然、論証を必要としない。

しかし、トルストイとエリオットの、シェイクスピアとの「いさかい」（*differend*. このフランス語はきわめて的確である）は、倫理的哲学的要素をもっているが、いずれも、厳密な意味での重要な哲学的証言の表明ではない。この事実が、シェイクスピアおよび、彼が西洋、実際には世界の文化に占める位置に対する一組の、短くはあるが絶対的重要性をもつ留保と異議の死後出版物を、よりいっそう興味を引くものにしている。これらの留保と異議は、一九三九年から一九五一年にかけてルートヴィヒ・ウィトゲンシュタインによって書き留められた雑多な意見、箴言、評言に見出される。ピーター・ウィンチによって、時に不満足な出来ではあるが、翻訳されているので、それらは、『文化と価値』（ブラックウェル、一九八〇年）というタイトルの一冊本によって英語読者にも身近なものになっている。仰々しく、まったく非ウィトゲンシュタイン的な英語タイトルは、「雑録」という意味しかない *Vermischte Bemerkungen* とは無関係である。

これらの覚え書きのいくつかを考察する時に心に留めるべき点はこういうことであると私は思う。ウィトゲンシュタインは妥協と容赦を知らない正直な人であった。彼は、真理を認め、それを生きる時、裸のままで真理にくつろぐことができた。彼が一九五〇年に言っているように、彼が「シェイクスピアにはどう手をつけてよいかわからない」――'nie etwas mit ihm anfangen' のほうが鮮烈だが――のなら、そうでないふりをすることはまったく無駄なことだった。この、何もできないということに直面し、可能なかぎり、解明しなくてはならなかった。ウィトゲンシュタインの美学、意味の探究、倫理、とりわけ、感情と存在の個人的様式という文脈の中で根拠づけられ（*begrindet*）なくてはならなかった。ほとんど誰もがシェイクスピアをほめちぎるという事実――シェイクスピアの劇と劇的な詩的霊感に対する情熱的で仰々しい崇拝熱が見られた故郷ウィーンでも、亡命先のイギリスでもウィトゲンシュタインが同様に体験したこと――は大したことではなかった。真理は多数意見ということではないし、ほぼ全員一致ということでさえもない。その逆である。ウィトゲンシュタインは一九四六年にはこう書いている。

たとえば私が、数世紀にわたって著名な人々が表明したシェイクスピアへの讃美の念を耳にする時、彼を称讃するのは慣例ではなかったかという疑念をどうしても取り除くことができない……

このような諂いの多くが「千人の文学の教授によって、わけのわからぬまま、間違った理由によってなされてきた」とウィトゲンシュタインは付け加えている。ここから導かれる悲しい推論は、これほど資格に欠け、知的に堕落した裁定者はまずいないということである。次に、鍵となる標識《マーカー》であることがあとで判明するかもしれない発言が来る。「私を本当に納得させるにはミルトンの権威を必要とする。彼が清廉であったことは当然のことと私は見なしている」。ウィトゲンシュタインはこの時（一九四六年）、F・R・リーヴィスの言うことを聞いていたのか。リーヴィスは第一次世界大戦中、塹壕の中の常時携帯物として、シェイクスピアよりもミルトンを選んだが、この選択と状況は、ウィトゲンシュタイン自身の気質と体験に生き生きとした共鳴を誘い出したのだろうか。（知りたいものだ。）明らかなのは、シェイクスピア崇拝全体を、そしておそらくはシェイクスピアの創作物のある側面を取り囲んでいる虚偽性の暗示である。

ウィトゲンシュタインの不安、自分の嫌悪感に対する困惑した正直さは、混乱した出発点をもっていた。ウィトゲンシュタインがシェイクスピアの「客観性」を特徴づけようとしたのは、一九三九年から四〇年にかけてのことである。

シェイクスピアは人間の情念の踊りを展示していると言えるかもしれない。それゆえ、彼は客観的にならなくてはならなかった。さもなければ、人間の情念の踊りを展示するというより、それについて語ることになるだろう。しかし彼は、踊りとしてそれを展示する。自然そのままにではなく。

ウィトゲンシュタインは、この着想を、彼の友人で文通相手のポール・エンゲルマンのものとしている。

この点は注目に値する。ウィトゲンシュタインをキルケゴールに導き、ウィトゲンシュタインのきわめて内密な宗教的告白の聞き手になるのはまさに彼だからである。意見それ自体は平凡である。「自然主義」は最高の芸術の基準とはまずなりえない。隠れているかもしれないのは、シェイクスピアの方法における遊び戯れるある種の露出癖《イクシビショニズム》、遊び戯れる放縦さの暗示である――それ以上のものではない。

一九四六年の一群の項目は、核による破壊という暗いテーマに集中している。「われわれのおぞましい、石鹸水のような［*seifenwässrigen*］科学」の終焉も伴うので、ウィトゲンシュタインにとっては幾分両義的展望である。この感想は、『哲学的探究』の第二章第四節で解説されている命題――「人間とは人間の魂の最良の絵である」――に直接通じている。「絵」と忠実な描写のモチーフに注目されたい。シェイクスピアの直喩は、

> 通常の意味において、お粗末だ。だから、それでもなおすぐれたものだとするなら――そうなのか、そうでないのか、私にはわからない――それらは、自分の思うままにふるまっているのである。たぶん、たとえば、それらの響きがそれらにもっともらしさと真実性を与えているのである。

「響き《リング》」は、*Klang* を部分的に訳したにすぎない。共鳴、調性、声区が含意されている。こういうことかもしれない、とウィトゲンシュタインは続ける。「あなたが自然を、たとえば景色を、あるがままに受け入れるように」、人は「ゆとりと威厳をもつ」シェイクスピアをただ受け入れなくてはならない。月並みな、（感嘆的）反応であることはたしかだ。シェイクスピアは、自然そのものがそうであるように、直接的に存在する「所与《ギヴン》」である。

しかしウィトゲンシュタインはさらに深く探究する。もし自然になぞらえるのが妥当であるならば、「それは、彼の作品全体の、つまり彼の全作品の文体《スタイル》が本質的なものであり、彼の正当性を与えるものであるということを意味するだろう」。あえて問うが、なぜ、「正当性」(*das Rechtfertigende*) が必要なのだろうか。しかしながら、これは、鍵となる指標ではないと私は思う。それは「文体」の正当性を与える中心性である。この注釈は、ここにほとんど中立状態で置かれると、否定的な趣意をすぐにもつだろう。「彼［シェイクスピア］を私が理解できないことは、私が彼をたやすく読めないことによって説明できるだろう。すばらしい風景［*eine herrliche Landschaft*］を知覚するような具合には」。この一節は幾分不明瞭である。われわれは、自然の風景に対するウィトゲンシュタインの感応性を知っている。もしシェイクスピアの芸術が、自然の「存在性《プレゼントネス》」に似ているのなら、もし、周囲の直接性が、その文体と一貫性を構成するのなら、それならば、われわれのシェイクスピア芸術の読み方は、自然発生的な反射作用、自発的な「軽快さ」(*Leichtigkeit*) の読み方でなくてはならない。しかしこれは、ウィトゲンシュタインの体験ではない。(彼の英語は、シェイクスピアにおける読者に要求するところの多い語彙的文法的要素に関してどの程度の自信があったのか。ウィトゲンシュタインは、彼の受けた教育の中央ヨーロッパ的教養にとってきわめて重要であり、ウィーンのブルク劇場で最高の演出が見られたシュレーゲル‐ティーク版のシェイクスピアに、意識的にせよ、無意識にせよ、頼っているのか。)

三年後の一九四九年には、終始、ウィトゲンシュタインは夢の認識論的心理学的地位について思索している。フロイトの夢判断とそれから生まれた心理学的実践に対する彼の発作的な(あいにく私には反駁できない)批判を思い出す。今や二つのテーマ、つまりシェイクスピアと夢が融合する。

夢はすべて間違っており、馬鹿げており、合成されたものであるが、同時に完全に正しい。このような奇妙な方法で組み立てられるので、夢は印象を残す。なぜかは私にはわからない。そして、もしシェイクスピアが、言われているように偉大であるならば、彼についてこう言うことは可能である。すべて間違っている、物事はそのようなものではない――しかしそれと同時に、自らの法によればまったく正しい。

このようにも言えるだろう。もしシェイクスピアが偉大であるならば、彼の偉大さは彼の戯曲の全集成に［*in der Masse seiner Dramen.* Masse には下線が施されている］おいてのみ示され、その全集成が自らの言語と世界を創造する。換言すれば、彼はまったく非現実的なのである。（夢のように。）

きわめて低いレヴェルにおいて、ウィトゲンシュタインの発見は肯定的なものとして読むことができる。シェイクスピアの作品における内的一貫性の驚異、シェイクスピア世界の自律性と内面化された詩的論理は、称讃としては平凡である。個々の戯曲に偉大さを認めないのは変わっているとしても（ウィトゲンシュタインは『ソネット集』を読んだことがあったのだろうか）、シェイクスピアの高邁さは、全体としての真作品《キャノン》から総体的にのみ浮かび上がるということは、公正かつ平凡な意見である。「リアリズム」の概念が欠かせぬ試金石であるということはまずない。逆である。われわれに比類ないものという印象を与えるのは、最も深い夢と同じくらい有無を言わさぬ創造的形成力をもつ詩的洞察の総体を創造できるシェイクスピアの力である。しかし言うまでもないが、ウィトゲンシュタインが探究しているのは、直感と論証のこの局面ではない。この一節の複雑さと含意は、言語の本性と機能、真理と論理、意味に関する約束事と指示作用に対するウィトゲンシュタインの絶えざる関わりの総体のほとんどすべてを引き寄せる。ここに含意されている対決は、『論考』と『哲学的探究』における言葉と世界の関係の分析と、『アセンズのタイモン』に表わされている命題「世界とは言葉でしかない」――ウィトゲンシュタインはその誘惑をきわめて直接的に体験し、考査したというまさにその理由により、私は、彼にとっては受け入れがたいものであるとみなす命題――との間の対決にほかならない。

イェイツにとっては「夢の中に責任が始まる」。ウィトゲンシュタインは保留なしにこの主張を認めることはないだろうと思われる。夢の世界の非現実主義、独自の言語による無秩序な分節化と創造は、ウィトゲンシュタインを困惑させ、「私的言語」という困った論題がそうであるのとまったく同様に、彼の探究的批判の標的である。暫定的承認――「しかしそれと同時に、独自の法則によるとまったく正しい」――のすぐ下には、根本的差異と拒絶が明瞭になりつつある。一九五〇年の項目において表明され考査されているのはこれらのことである。

もう一度ウィトゲンシュタインは、彼の困惑を表明する。「私にはシェイクスピアを驚異の念で見つめることしかできないだろう。私には彼が少しもわからないし、どう扱ってよいかわからないだろう」。シェイクスピアの讃美者に対する不信の念は今や「深い」（ウィトゲンシュタインは下線を施している）。シェイクスピアは「孤立している」、彼は「特異」である。「少なくとも西の文化においては」。しかし不幸なのはまさに彼の比類ない地位である。なぜなら、「彼を誤って位置づけることによってしか彼を位置づけることはできない」ということを意味するからである。そのような誤解は根本的に誤った評価を誘発してきた。

シェイクスピアが人間の典型を上手に描き、その点において生に忠実であったようだというわけではない。彼は生に忠実ではない。しかし彼はきわめてしなやかな手をしており、彼の描く輪郭、彼の筆さばきはきわめて特異なものなので、彼の描く登場人物のひとりひとりが意味をもち、眺める［*sehenswert*］に値するように見える。

ウィトゲンシュタインの異議の苛立ちは明らかである。シェイクスピアの孤立性（三）、それをたしかにウィトゲンシュタインは、いかにもドイツ人らしく、ドイツ・ロマン派からグンドルフに及ぶシェイクスピア神格化を思わせるやり方で誇張したが、真の「位置づけ」（リーヴィスの語）を不可能にしている。ウィトゲンシュタインはシェイクスピアの作品を、価値評価の言説と議論の一般的範疇から外れたものとみなしている——この最後の点、つまり困惑を知らぬ論議、真摯な挑戦という点において、彼が正しい可能性は大いにある。シェイクスピアによる「人間の典型」の創造と分節化（これ自体奇妙に暴露的な説明だが）には、意味の個性化があり、外観上の意味作用を産む、実はそれを押しつける器用さがあり、「可視性」、そして語根的意味の「光景《スペクタクル》」が強調された壮観《スペクタキュラー》な意味がある。この「壮観さ《スペクタキュラリティ》」は彼の人物と著作全体に及ぶ。「人々は彼を、あたかも壮観な自然現象を見るかのように、驚異の念をもって見つめる」。そのような風景的意味は「生に忠実」ではない。それは「真の自然」（'*Naturwahr*'）ではない。シェイクスピアの「生への忠実さの否定」、彼の登場人物の圧倒的な説得力をもつ生命力と心理的肉体的存在性に対するこのような否定は、真剣に取り上げるのはもちろん、位置づけるのもきわめて困難である。

ウィトゲンシュタインが熟知していたトルストイの論駁がすぐ手近にある。舞台上のグロースターのドーヴァーの断崖からの跳び込みはトルストイを憤激させた。物理的に本当らしさに欠けるという理由によるばかりでなく——これは、実際に西洋の芸術と文学における「ミメーシス」の理論と実践全体に関連して考察するに値する点だが――それは、役者と観客に（二十世紀のミニマリズムや疎外の劇場以前には確かに）滑稽な姿勢をとらせるからでもある。その種の挿話の存在に役者が気づいたこと（シェイクスピアには数多くある）と、観客が不信の停止を強いられることとが相俟って、不自然な状況、役者と観客の両者を侮辱する子供じみた嘘を形成する。シェイクスピアの絵画的な芝居じみた手段のまさにその無頓着さが、トルストイとウィトゲンシュタインの両者に、信用詐欺《コンフィデンス・トリック》をほのめかす。トルストイの分析によると、産み出される錯覚は、結局は粗雑で幼稚である。ウィトゲンシュタインの告発はもっと洞察にすぐれている。シェイクスピアの壮観さを生み出す技術的操作の卓越性と特異性は、たんに現象的な意味を産み出す。そして、たんなる現象性は生に忠実ではない。「誰かがあれを讃美し、至高の芸術と呼ぶのは理解できるが、私は好きではない」（'ich mag es nicht' は不快の強さを口語的に伝える）。

「生への忠実さ」は単純化された基準である必要はない。それがシェイクスピアには欠けているということは、トルストイやウィトゲンシュタイン以外の人々にも記録されているし、まったく異なる美的あるいは倫理的視点からなされてきたことは、若きジェルジ・ルカーチの『小説の理論』の中の次のような、はっと思わせる意見によって確証される事実である。「ダンテの『天国篇』は、シェイクスピアの圧倒的な豊かさ［*die strotzende Fülle*］以上に、生に類似しており［*dem Leben wesensverwandter*］、生の本質に似ている」。

　しかしながら、これが要点ではない。われわれは問う。ウィトゲンシュタインの批判は論じるに値するだろうか。答えは、値する、であると私は思う。なぜなら、その批判は、最も挑戦的で広範囲に及ぶ秩序の差異化によって保証されるからである。

　シェイクスピアは「詩人というよりはたぶん言語の創造者だった［'*vielleicht eher ein Sprachschöpfer als ein Dichter*'」」のか。*Sprachschöpfer* は訳出可能である。古めかしいが（私が間違っていなければ）ジョイス的な語「造語屋」（'wordsmith'）が適切な語幹と含意を表現する。しかし「詩人」は *Dichter* の訳にはなっていない。ウィトゲンシュタインの申し立てのすべての難問は、この裂け目、実際には底知れぬ深淵に近いものにある。

Dichter という語の意味論的領野を分析し、定義しようという試みは、この講義の射程外にある。そのような試みは、厳密に考えると、シラーとカントから現代へと展開するドイツの哲学的美学の歴史、芸術と教育の諸理論の歴史、そしてドイツ社会史における文学、とりわけ詩の地位の批評的再検討とほとんど内容は変わらないものになるだろう。私に望める最良の方法は、ウィトゲンシュタインの身近な同時代人の幾人かの作品や思想における類似の使い方を参照することによって、彼のその語の使用が中枢を占めるさし迫った事情を示唆することである。

ヘルマン・ブロッホの哲学的小説『ウェルギリウスの死』は「ディッヒター」の概念の定義と制定をめぐるものである。形式の技巧も想像力の独自性もその真の意味を表わすのに十分ではない。才能のある作家、天才的な作家でさえも、かなり多くいる。真の「ディッヒター」はきわめてまれである。ウェルギリウスは、自らの『アエネーイス』が破棄されることを望んだ。さし迫った死の仮借ない光の中で、彼は、自分自身の中の偉大な作家、言葉と韻律の名匠がその「ディッヒター」にとって代わってしまったと感じたからである。「ディッヒター」とは「倫理的に知る者、対象を知る（object-know）者」だからである（英語では承認しがたい合成語であるが、含意された意味の観念を表わすためには避けられないものである）。「ディッヒター」の知《ノーイング》は「物知り《ノーイングネス》」、（きわめて多くの人々がシェイクスピアの中に見出したような）百科全書的な百万の心とは正反対のものである。「ディッヒター」においては、知、認識と認知は、プラトンの愛の英知の認識論のそれと似ていなくもない意味で、道徳的行為である。「ディッヒター」の知、彼の「生の批評」（マシュー・アーノルドの試金石となる語句）は、倫理的知覚によって組織化される、つまり、有機的なものに変えられる。この知と生の批評の伝達それ自体は、美的行為というよりは、道徳的行為である。真の「創作」（*Dichtung*）は証言する。それは、アダムの、エデンの園の生命あるものの命名が、真理、つまりこれら生命あるものの実体的存在と意味にぴったりと対応していたという具体的な意味で「対象を知る」のである。「ディッヒター」はアダムのように、存在するものを名づけ、彼による名づけが、真の存在を定義し、具現する。

カネッティ[四]にとっては、「ディッヒター」は、おそらく他のどのような人間よりも、「生に対する責任」をになっている。「死に抵抗すること」は、彼の絶えざる顕著な使命である。この死に対する抵抗は、芸術的栄誉、時間の中での形式的存続の問題ではない。それは道徳的行為であり、とくに抜きんでて、道徳的な行為であり、それのみが芸術と文学を正当化する。この行為に働く力学は、生命を与える同情のそれである。「ディッヒター」は、「そこにいたい人を無へと追い返すことはない」（トルストイは、彼の溢れんばかりの小説や物語の中の最も卑しく、最も出番の少ない登場人物にさえ名前を与えた）。無に気づいている「ディッヒター」は、「他の人々をそこから救い出すための方法を学ぶために耐えるだろう」。カネッティの規準の範例であるカフカのように、「ディッヒター」は彼の冒険の無法、虚構の創作、つまり神あるいは未知なる存在に対する反対‐創造の実践に内在する冒瀆に近い性格を知っている。「私がよい『ディッヒター』であったなら、このたびの戦争を食い止めたり、大虐殺をやめさせたりすることは可能だっただろう」は、カネッティによれば、愚かしい陳述ではないし、誤てる誇大妄想狂的言辞でもなく、力、真理表明の義務、「人類を死へ引き渡す」ことに対する「ディッヒター」の拒絶を根底から思い起こさせるものである。

解釈学の哲学と言語の探求における数多くの決定的な点においてウィトゲンシュタインと秘密を共有するマルティン・ハイデガーにおいては、「ディッヒター」という語は枢要な語である。「ディッヒター」——ソポクレス、とりわけヘルダーリン、リルケ、パウル・ツェラン——は「存在を語る」。その開放性、存在の圧力への無防備さを通じて、神秘、つまり、われわれの世界の非有機的存在と有機的存在における原初的現出の隠れた脈動が知覚可能なものになる。「ディッヒター」によって、すべての思想の根にある問い——「なぜ無がなくてはならないのか、なぜ無はあってはならないのか」——が最も執拗に問われる。それに対応して、われわれが体験できること、われわれがこの問いに対する答えに関連して経験できることとは、至高の芸術と文学、労働者の破れた靴を描いたヴァン・ゴッホの絵、ヘルダーリンの頌詩にある。ハイデガーにとって、他の誰よりも「ディッヒター」は、「存在の牧羊者」である。つまり、人間が、彼がそうであるところのもの（彼が人間となるならば、なりうるであろうところのもの）に最も近づくのは、「ディッヒター」の保護のもとである。

これら数種類の使い方の全範囲——「ディッヒター」の使命に対する賞讃、真の「ディッヒター」の倫理的、救済的機能、そして予言的教訓的明示性の重要な示唆——が、ウィトゲンシュタインがシェイクスピアに対して唱える異議におけるその語への明らかな訴えを強め、活気づけている。

シェイクスピアは比類ない「言葉の創造者」（*Sprachschöpfer*）、気前のよい造語屋であり、その言語の境界は、『論考』に特有の表現を使うと、世界の境界である。シェイクスピアが言語によって刈り入れていないような、また彼が、比類なく語彙的にも文法的にも豊かな包囲網を投げかけていないような領域、人間の仕事と日々を構成するものはほとんどない。ほとんど三万語にのぼる語彙の配置者《ディスポーザー》であるシェイクスピアは（ラシーヌの世界はその数の十分の一から作られている）、確かな記録の残っている誰よりも、世界を言葉の中にくつろがせた。しかしながら、このことは彼を、「ディッヒター」、真理‐言明者、はっきりと道徳的な行為者《エージェント》、危険に晒され困惑する人類の目に見える教師にして守護者にはしない。真の「ディッヒター」は、とウィトゲンシュタインは力説する、「自分自身について『私は鳥が歌うように歌う』とは実は言えない――しかし、たぶんシェイクスピアなら自分自身についてそう言えたことだろう」（ウィトゲンシュタインがこうほのめかす時、ミルトンの「野の小鳥の囀る森の調べ」が彼の脳裡にあることはかなり明らかだ）。「シェイクスピアが *Dichterlos* のことを熟考することができただろうとは私は考えない」――またもや、英語と英語国民の感性の全領域への移し換えに抵抗する語であるが、詩人の「天職《コーリング》」、「運命づけられた使命《デスティンド・オーディナンス》」に近い意味をもつ。

　数えきれぬほど多くの学者や批評家が、シェイクスピアの作品から、作者の宗教もしくは宗教の拒絶の何らかの証言、神への信仰もしくは信仰の拒絶の証言を抽き出そうとしてきた。その問題に関してはわずかばかりの証言さえない。シェイクスピアはわれわれの疑問に屈しない。そのうえ、印象的なことだが、彼の戯曲における明白な神学的問題や言説からの回避はほとんど全体にわたるものである。『ファウスト博士』、つまりマーロウの、神の赦しの力と権限には、人間の自由と責任と符合する限界があるのか否かに関する自らを苦しめ、他をも苦しめる問いかけほどシェイクスピアの精神からかけ離れたものはない。クローディアスが祈っている時の国王の魂の状態をめぐるハムレットのつかの間の思索、コーデリアによって反復される聖書からの引用「わたしは父の仕事に精出します」、これらは、彼の作品群《キャノン》の――語の本来の意味における――全般的内在性と世俗性の中でまれなものである。ダンテ、ゲーテ、トルストイ、とりわけ「ディッヒター」との対照は目も眩むばかりである。どこにシェイクスピア的な哲学もしくはそれとわかる倫理があるのか。コーデリアとイアーゴ、リチャード三世とハーマイオニ、彼らのいずれもが、同じ生の不気味な策略にみちている。彼らの「壮観な」存在に生気を与えている形成的想像力は善悪を超えている。それは陽光や風の、感情に左右されない中立性を保っている。男あるいは女は、トルストイの手本や教えによって生活を律することができるのと同じように、シェイクスピアのそれによって生活を律することができるだろうか。「言葉の創造物」は、たとえわれわれにはほとんど分析できないほどの高度の美、音楽性、暗示的隠喩的独創性があろうと、本当にそれだけで十分なものなのだろうか。最後に、シェイクスピアの登場人物は、真空、つまり真理と道徳的実体の不在のまわりを回る言葉のエネルギーのマゼラン雲以上のものなのか。「私は好きではない」とウィトゲンシュタインは言っている。彼はジョンソン博士よりはるかに近視眼的であり、はっきりと述べられた道徳性あるいは教訓主義とシェイクスピアの、世界の語り方の中にあるはるかに微妙な道徳的洞察と教えの実演との間の重要な区別を見落としているという、宝石鑑定家のように無邪気な素早い返答は、自明的かつ確定的な常識的認識の次元にある。しかし、それが唯一適切な次元だろうか。

　彼の私的な、雑多な覚え書きのひとつの中で、ウィトゲンシュタインは（オットー・ヴァイニンガー[五]の著作に刺激されて）さらに一段と洞察を深めている。シェイクスピアに対抗する存在が議論に入っている。私をきわめて不安な気持ちにさせる踏み込みであることを私は認める。

「ベートーヴェンの偉大な心」――誰も「シェイクスピアの偉大な心」とは言えないだろう。

　シェイクスピアに抱くわれわれの驚異の念は、「ひとりの偉大な人間」というよりは「むしろひとつの現象」に触れさせられるという感じを与える、とウィトゲンシュタインは結ぶ。ベートーヴェンと「ディッヒター」、あるいはもっと正確に言うと、一方には「ディッヒター」としてのベートーヴェン、他方には「新しい自然な言語形式［*Naturformen der Sprache*］を創造するしなやかな手」。一方には、「偉大な心、偉大な人間」、他方には謎めいた現象。

　私が考えるウィトゲンシュタインの生涯と思索に果たす音楽の、豊かな可能性をもつ、しばしば決定的な役割について、きわめて多くのことがこれから記録にとどめられ、理解されなくてはならない。抽象と孤独の他の名匠たちにとってそうであったように、ルートヴィッヒ・ウィトゲンシュタインにとって、音楽が、最良の文学よりも、信頼できる、親しい友になった可能性は大いにある。ブラームスの第三四重奏曲のゆったりとした楽章は彼を自殺の淵から二度引き戻した、とウィトゲンシュタインはノーマン・マルコムに打ち明けた。これらのノートの始めから終わりまで、シェイクスピアに抗う対照的読解が、マーラーの壮麗な、しかしウィトゲンシュタインにとっては窮極的には間違っている、たんに技巧的な芸とブリュックナーの生命を与える超越的な真理をめぐる考察と平行している。彼以前にはニーチェがそうであったように、ウィトゲンシュタインが「形而上学的作品」（*opus metaphysicum*）を本質において認識し、理解するようになったのは、文学ではなく音楽によるものだったかもしれない。ウィトゲンシュタインの音楽との深い関わりが、われわれにもっと明らかになるにつれ、あまりにも有名で、誤読されることがあまりにも多い『論考』――かりにあるとすれば「徹底的に構想された」（*durchkomponiert*）テクスト――の結尾《コーダ》は、より直接的な意味をもつようになるだろう。言語の外には、超越的、美的、倫理的、そしてたぶん形而上学的意識《アウェアネス》の厳然たる領域がある。また言語の外には音楽がある。これらの領域へ近づくための音楽のもつ表現的、推定的手段は、まさに、言語的言説には拒絶されているものである。

しかし、ベートーヴェンを引合いに出すのは、もっと明確な理由がある。苦悩する芸術家、自分自身のそれよりももっと騒擾的で激烈な霊感的禁圧的諸力と格闘する創造的巨人というロマン派およびロマン派以後の神話（ウィトゲンシュタインが初めて知ったようにドイツおよび中央ヨーロッパの文化に埋め込まれている神話）の中で果たすベートーヴェンの範例的役割を伝えるからである。ウィトゲンシュタインのシェイクスピアに関する最後の覚え書きのほとんどすぐあとに次の警告――「宗教的領域にとどまりたかったら、格闘しなくてはならない」――が来る。「荘厳ミサ」と後期の四重奏曲とピアノ・ソナタ（たとえばトーマス・マンの『ファウスト博士』における作品百十一番の役割）は、まさにこの格闘の圧倒的な、しかしまったく人間的な具現だった。ベートーヴェンの音楽は心の音楽である。それは心と魂を活気づける。それを聴いていると、われわれは実際に、疑惑、病気、競争相手の「造物主《クリエイター》」の存在あるいは不在とのヤコブ的格闘によって苦しめられている自分と同じ人間と密接に触れる。われわれは、シェイクスピアのこの上なく無私な存在においては、そのような疑惑、病気、格闘をまったく知らない。「私はそれは好きではない」。

シェイクスピアに「異議」を唱えるウィトゲンシュタインのメモや思索は、体系的で累加的な文書を形成しない。それらは混成的要素と想定を当然伴う。われわれは成人向き文学に見られるリアリズムに対する論拠なしの、きわだってトルストイ的な偏向、シェイクスピアの演劇と詩の内的一貫性、夢の論理、虚構的自己充足性に対する困惑した抵抗を見出す。時々、ウィトゲンシュタインの違和感《マレーズ》は、秩序づけられ、閉じられた形式の構想《ヴィジョン》に向かうヨーロッパ的な（あるいは少なくともフランス的な）性向を反映している。「私にシェイクスピアが理解できない理由は、私はすべての非対称に対称を見出したいことにある」。これは、シェイクスピアの作劇法の本質的に結末に終わりのない、悲喜劇的天分を拘束する美学である。

もっと深いレヴェルには、言葉による至高の達成と、「虚構」（*Dichtung*）の「真理‐機能」、道徳的範例、哲学的応答性と名づけてよいかもしれないものとの間の区別を強く打ち出そうとするウィトゲンシュタインの断片的で略記的試みがある。キルケゴールとトルストイを経由して、この区別は、プラトンとアクウィナスにすでに見られる威圧的な憤激をシェイクスピアに集中する（すでに見たように、この憤激は、T・S・エリオットにおける慎重ではあるが、それでもなおはっきりと差別の見られるシェイクスピアに対するダンテ贔屓の根底にある。）「ディッヒター」は比類ない職人にして想像家であるばかりでなく、高度で明瞭な、生の宗教的道徳的哲学的洞察と批判の力をもつ、自分と同じ人間への伝達者、報告者でもある。ウィトゲンシュタインが、さし迫った悲劇的で道徳的な欲求の名において、そして最後には音楽の名においてシェイクスピアに問うているのは、たんに、言語で十分か、ということなのである。

一般性と細部とのどの接合部においても、ウィトゲンシュタインの批判と否定はそのあらを捜すことはできる。演劇言説、詩に実現される真理の諸原理に関する誤読は露骨である。シェイクスピアの描く男女に見られる現実の生そのものの大半よりも生き生きとしている自然の活力、迫真性を否定することは、真摯な精神と感性の持ち主のほとんどすべてには、きわめて恣意的で根拠に欠けるように見えるので、当惑、時にはあざけりを買うことだろう。ミルトン、ベートーヴェン、トルストイに寄せられている信頼感は、われわれはこれらの偉大な教師たちの個人的な生活や苦悩を多く知っているが、ストラットフォードのウィリアム・シェイクスピアについてはほとんど何も知らないという偶然的事実を隠している可能性が高い。偉大な論理学者にして認識論者も文学のでたらめ《ブラインド》な読者ということもありうる。

これはすべて事実である。ウィトゲンシュタインの意見を、歴史的な骨董品、幾分ソクラテスの結婚に似た錯誤というレッテルを貼りたい誘惑は強い。たぶんその誘惑には抵抗すべきではないだろう。ウィトゲンシュタインの見解のためにシェイクスピアが怪しげな地位につくであろう西洋の教養《リテラシー》の概念は、魅力がないのはもちろん、ほとんどまともなものとは思われない。われわれの文明の今日残っているものが何と痩せ細ってしまうことか（禁欲的なピューリタニズム、文学を前にしての自制的教訓主義が、晩年のトルストイと、多くの点で彼の弟子であったウィトゲンシュタインに内在している）。これもまた、すべて真実であり、明白である。

ではあるが。

われわれの文化では、タブーと規制的な崇敬がシェイクスピアの作品を包囲している。まず問われることのない疑問がある。彼の戯曲の多くに見られる冗長さと反復性について、主要テクストにさえ入り込んでいる卑俗性と無駄な動きについての疑問である（われわれのなんと多くが、道化との不愉快なやりとりのある『オセロ』の上演を見たことか）。彼の喜劇には、真の意味で滑稽というより、いやな味わいのものや言葉の上の機知でしかないものがいかに多いか。アリストパネス、モリエール、チェーホフに見出されるような思想の笑いは、いつもふんだんにあるわけではない。『以尺報尺』や『終わりよければすべてよし』のような戯曲においては、霊感にみちた演出のみが保持できる永続的な詩的劇的実質の割合はどれくらいだろうか。英語および近代英詩の発達に、たぶん禁圧的に働いたシェイクスピアの制御力という興味をかきたてるディレンマが真剣に提示されたのはつい最近のことである。

嵐、行進する森、幽霊の出現、追いかける熊、これらは最も集中的で、最も内的なシェイクスピア的瞬間さえをも取り囲み、無秩序で濫費されるありあまる生命でみたしているが、それらよりも、(六)古典的な劇的様式の簡素さ《エコノミー》、絶対性――ラシーヌのティトとベレニスの『さようなら、奥様』、クローデルの『真昼に分かつ』のイゼとメザの最後の対話の深い静寂——に深く関わり、それによって納得する感性と悟性の伝統はつねにあるだろう。

しかし、これらのことは美的関心である。プラトン的、ウィトゲンシュタイン的推論はもっと深いところにある。

神の存在あるいは不在（ドストエフスキーやカフカの場合のように、多くの場合、不在とは存在のより過激な可能性である）のもたらす、芸術や文学に実感され、実際に明言される圧力から生じるところの、文学と芸術、そしてわれわれの文学と芸術の体験と反応に固有の大きさと重力はあるのか。人間の問いかけにおいて最も重く最も恒常的なもの、そして言語の反対側にある、あるいはあるかもしれないものの神学的形而上学的実演は、ある種のテクストに、絶対に欠くことのできない脆さと高邁さとを与える。そのような苦しく執拗な問いかけが、『オレステス』、ソポクレスの『オイディプース』、『アンティゴネー』、『コロノスのオイディプース』でわれわれに取り付くようになる。エウリピデスの『バッカス信女』では、ほとんど耐えがたいほどにわれわれに重くのしかかる。『煉獄篇』第十六歌の清めの煙からもれるマルコ・ロンバルドの声、イワン・カラマーゾフの神の訴追、カフカの寓話にわれわれはそれを聞く。不安になるほど恐ろしく、きわめて現実的な意味で、シェイクスピアは実際にすべてを知り、すべてを話す。ほかに何かを知り、言っているのだろうか。そのような知識、そのような表現は、音楽が神秘との間にもつ特異な交流に保留されているのか。

プラトンが詩人を追放した時、彼は間違っていた。ウィトゲンシュタインはシェイクスピアを誤読している。たしかにそうに違いない。

ではあるが。

絶対的悲劇
（アレクシス・フィロネンコのために）

絶対的悲劇はきわめてまれである。それは人生は宿命であるという仮定に厳格に基づく劇文学（もしくは芸術、もしくは音楽）である。生まれないのが最も良い、それがかなわないのなら若くして死ぬのが最も良いということを公理として宣言する。人間の条件に関する絶対的に悲劇的な規範は、このような男女を、被造界への望まれぬ闖入者あるいは、不当な、不可解な、言われのない苦しみと敗北を甘受する定めの存在とみなす。アダム的なそれであろうと、プロメテウス的なそれであろうと、原罪は悲劇的な範疇ではない。原罪は、動機づけと終局の救済の両者の可能性にみちている。絶対的悲劇においては、人間がいること、存在していることが人間の罪なのである。人間の剝き出しの存在と本体が違犯なのである。それゆえ、絶対的悲劇は否定的な存在論《オントロジー》である。二十世紀はこの抽象的な逆説に現実的な実現をもたらした。「大虐殺《ホロコースト》」の間、「ジプシー」あるいは「ユダヤ人」はまさに、存在するという罪を犯した。定義により、誕生という事実に付与された罪を。かくして生まれ来ぬ者までが廃絶へと追いつめられなくてはならなかった。この世に生まれることとは、拷問と死の中に生まれることであった。

体系的な哲学的洞察《ヴィジョン》としての、あるいはこの洞察により産み出された文学としての絶対的「悲劇」は、きわめてまれである。それは、ほとんど耐えがたいものだからである。パスカルはわれわれに目覚めているように命じる。なぜなら「キリストは時の終わりまで苦悶の中におられる」からである。しかし人間は眠らないと発狂する。結論が厳格である場合、悲劇的な絶対は自殺を誘発する。悲劇的な絶対は、哲学的なそれであれ、美的なそれであれ、言説の原理もしくは療法を容認しない。実際的な改善を志向しない。知覚が切迫したニヒリズムを伴うなら、なぜ戯曲を書くのか(なぜ絵を描くのか、交響曲を作曲するのか)。無のみが、存在するという過ち、過失を免ぜられる(『リア王』のテクストでは「無」が執拗に現われる。ベケットの寓話では取り消しがかなめとなっている)。形式的に考えると、われわれは絶対的に悲劇的な意識と感性の規範の、いかなる証言、いかなる声明も保持すべきでない。実存論的存在論的無用性の確信に取り憑かれた男もしくは女は、沈黙と死を求める。死の宣告は、それが自由意志で選びとられる場合には、書きとめられる必要はない。

絶対的悲劇、存在に住処をもたない人間という公準が明瞭に述べられる場合、遂行的芸術——劇、小説、形而上学的もしくは心理学的表明——は、断片的なものになるだろう。ここで「断片的」は独特の意味をもっている。実際の演劇、カフカ的物語、ニヒリズム的もしくは自滅的論文は、形式的には完全なものであるかもしれない。にもかかわらず、それは断片なのである。それはどの程度であれ、長いものになりえない。それが具現する洞察は本当に耐えがたいものだからであり、深淵での瞑想と黙従は、それが誠実なものであって、哀切感や自己讃美的隠喩を誇示するものでない場合、われわれに必ず深淵の縁《へり》を跨がせるからである。もしその洞察が統合的なものである場合、理性と形式の、不条理なものや加虐的なものの終局性との対面(またもや、「死と太陽」という彼のイメージの中のパスカル)は、わずかの間しか続かないものだからである。人間の想像と提示は、無条件の運命を、ごく切り詰められた期間しか耐えられない。

人間の想像と提示は、極端な圧縮によってのみ、その期間を演劇化、虚構化、もしくは体系的に論証化することができる。零地点、つまり一切の黒を集約する地点は、まさにそういうものである。赦免されることのない申し立てがなされるのは、劇の五幕の間であり（ごくまれだが）、散文の寓話、抒情詩、（スウィフトやアルトーのような）切り詰められた提言という境界の中においてである。現在、絶対的孤独を唱える人は警句家である（シオラン）〔一〕。断片的なもの――その完全性は明らかに切断、行末止めのそれである――のみが光に対して免疫をもちうる。

　われわれのもとにある証拠――ギリシャ悲劇の大部分はわれわれのところへ伝わっていないが――に基づくと、絶対的悲劇の一覧は短いものになる。その中にはソポクレスの『オイディプース王』、『アンティゴネー』や、『メデア』、『ヘクバ』、『トロヤの女』、とりわけ『バッコスの信女』のようなエウリピデスの戯曲の多く、マーロウの『ファウスト』の主要プロット、シェイクスピアの『アセンズのタイモン』、ラシーヌの『ベレニス』（その寡黙さと外面化された思慮深さの点で絶対的に悲劇的である）、ラシーヌの『フェードル』、シェリーの『チエンチ一族』、アルトーによるその改作、ビュヒーナー〔二〕の『ヴォイツェック』、ベケットの「道化者《ギニョル》」とモノローグの「ブラック・ホール」が含まれる。

　絶対的に悲劇的なものという公準が徹底的に考え抜かれ、絶え間なく「上演」〔三〕されるのは、これらの劇や、ひと握りの小説と言論と描写――ゴヤの晩年の絵画、アルバン・ベルクの『ヴォツェック』――においてのみである。これらの僅かなテクストにおいてのみわれわれは、人生を不法な懲罰、人間に仕掛けられた何かおぞましい悪ふざけとみなす考え、あるいはドストエフスキーにもニーチェにも用いられている象徴的寓意を引用すれば、子供や動物に対する時間をかけた虐待に最もよく示されるような現実状況が十分に表現されているのを見出す。（私は『悲劇の死』では定義を引き伸ばさなかった、あるいは、絶対的なものという類別がいかに限定されたものであるかを知らなかった。）

風景という形式においては、自然の脈動は悲喜劇のそれである。人間存在という問題は、模倣され、様式化され、多元的に選択される。苦痛と破滅のあるところには、快楽と希望もある。人間の存続のきわめて重要な真理、根本的な自明の事実《コモンプレイス》とみなされているのは、何かこのような振り子運動、同時性である。アガメムノンが虐殺される、あるいはハムレットが毒を飲まされるまさにその瞬間に、結婚式、赤ん坊の誕生、平和で陽気な会食が、宮殿の外のどこかの家で、あるいは時には、王の浴室や決闘の場から多少離れた宮殿の一室で行われている。通常の人間体験はこれが事実であることを肯定し、演劇芸術はこの知識に基づいて上演される。

筋と上演形式においてまったく悲劇的と言えるギリシャ悲劇は、「絶対的」であるように思われる。しかしこれは目の錯覚である。卓絶したひとつの例外を別にして、完全な三部劇をわれわれは知らない。知っているのは個別的な部分である。『オレステイア』は、ダンテがその語に与えた厳密かつ包括的な意味においてコメディアである。それは救いの許しと個人的政治的希望に向かい、そしてそれに終わる。われわれは、アイスキュロスの三部劇が例外なのか標準なのかを知らない。われわれが知っているのは、ギリシャ三部劇は、相互に関連したものであれ、別個のものであれ、いくつかの悲劇的神話を舞台で演じ、そのあとにサテュロス劇が演じられたということである。われわれにわかるかぎりで言うと、この笑劇的エピローグは、先行する悲劇の素材を、愚弄し、皮肉に見、戯画化し、高慢の鼻をへし折った。われわれは、達成される相殺効果については何も知らない。しかし、サテュロス劇が悲劇的な見方を根底から弱体化することはなかった、とか、覆すことはなかった、とか、笑いの権利を力強く悲劇とは反対方向へ押し進めることはなかった、とかいうことはありそうもない。(オリヴィエが、オイディプースを演じて、号泣し、血にまみれて劇の終わりを迎えたあと、わずか数秒で、あるいはそう思われるほど短時間ののち、シェリダンの笑劇の舞台に、パフ氏として踊り出るようなめくるめく早変わりを思い浮かべられる者なら誰でも、アテネの四部劇《テトラロジー》の主眼であったかもしれない悲劇的破局のあとの歓喜と戯れの脈動のいくばくかが直感的にわかるだろう。)

シェイクスピアの例は典型的である。われわれが「喜劇」を、ダンテ的もしくはバルザック的意味と用法で拡大すると、ジョンソン博士の、シェイクスピアの生来の性向は、悲劇よりはむしろ喜劇に向いていたという発見は、重要な洞察を与えてくれる。いかなる形成的想像力においても、人生の混成的主調、希望と絶望、冬と春、人間の真夜中と正午の絶えざる相互の絡み合いに対するこれほど強力な感知力はない。シェイクスピアの劇には、少しでも一元論的なもの、ただひとつの性質と帰結をもつものはほとんどない。現実の中の絶えざる「ダブル・プロット」をめぐるシェイクスピア自身のイメージのひとつを使うと、断末魔の叫びにさえ笑いがある。それゆえ、四大悲劇にさえ、その底には、プロットと精神の悲喜劇的運動がある。その運動のもつ生命を付与する力強さは、極限的な苦悶と不正を排除しない。

マクベスの死後、スコットランドは再生し、正当な王朝が栄光へと押し進められるだろう。キュプロスは、キャシオによって、オセロにはけっしてできなかったであろうほどに、悠然と、効率的に統治されるであろうことがわれわれに明らかにされる。フォーティンブラスは、ハムレットよりも、陰鬱で、俗悪な君主となり、損失はいろいろとあるだろうが、デンマークの箍《たが》のはずれた時間は元に戻され、社会的便宜は提供されるだろう。『リア王』は、そのような概括的な読みに対する明らかな挑戦である。コーデリアの処刑が生命と理性の書物を閉じるように思われる。しかし、この戯曲の終結部の、ためらいがちの告別の調べは謎めいている。邪悪なるものは激しく破壊される。国土は再び結合される。リア自身の最期ばかりでなく、それが誘い出す合唱的呼び出しと総括には、礼拝式の装飾音と「心安らかに《イン・パケム》」にきわめて近いものがある。このような恐ろしいことは二度と訪れないだろう、と。

限りなく不可解で風変わりな集魂である『アセンズのタイモン』のみが、私には「まっ黒《ブラック・オン・ブラック》」であるように思われる。この奇妙に霊感にみち、不格好なテクストにおいては、宇宙《コスモス》が毒々しい呪詛の対象にされる。いかなる善行も罰せられずには済まない。いかなる好ましい衝動も、嘲笑と叱責を誘発するだけである。人間の子孫の生成と誕生は、苦痛と背信を挑発する愚かしいことでしかない。決定的なことであるが、海に浸食されるように巧妙に作られた墓碑銘の中で、タイモンは「言語が終わる」ように命じる。私の知るかぎり、これは、ウィリアム・シェイクスピアが、言語がわれわれ人類の、そしてわれわれが世界の中で占める場所の軸であり劃定のための道具であることを知りながら——彼の言語支配力は比類ない——言語を抹殺しようとするただ一度の場面である。ここに、そしてただ一度だけ、われわれは絶対的悲劇のニヒリズム、零度と閉止を見出す。

ラシーヌにまぎれもなくそれは聞こえる。彼が古代の神話を長々と書くのは、たんに新古典主義的常套によってばかりではない。ラシーヌは、彼のヤンセン派の教師や敵と同様に、キリスト来臨前に、その罪により絶望と破滅に引き渡された者を、取り消しようもなく特別に地獄に落とされた者とみなした。それゆえ、フェードルが黄泉の国への下降を予見する時の彼女の生々しい絶望が生まれる。ラシーヌの悲劇的弁神論においては、地獄に落とされた者は恩寵による赦免を知らないだろう。アタリは「古き法」の呪いのもとで死ぬ。彼女の血まみれの亡霊は永遠に泣き続けるであろう。ラシーヌは、悲劇的荒廃と悲哀の全体性を、たった一度の外形的仕草によって、あるいは一瞬にして、「鏡を見るようにおぼろに」結晶化させることができる。これらの、無音の、時に端正な黙示録的瞬間に、ラシーヌの高雅な人物が呼び出す宇宙は、本当に停止する。そこには何もない。あるのは破滅的な哀しみである。癒しの囁きも、明日の息吹もない。宇宙が（そしてこれは『タイモン』以外、シェイクスピアにおいては考えられないことだが）、悲劇的なものの凍てる全体性と化した。私は『ベレニス』を、まさにその表面上の平静さゆえに、まさにその、すべての「出口と警報」からの、行進する森あるいは「荒れ狂うハリケーン」からの回避ゆえに、近代西洋文学の絶対的悲劇の試金石とみなす。ひとりの男とひとりの女が別れを告げる。永遠の別れを。それが終わると、すべての光が瞬時、一点に集められ、消される。完璧な黒さをもつ真珠の中でのように。

シェリーの『チェンチ一族』の中では加虐的な冷笑が勝ち誇っているように、正義や同情のための救助を示唆するものは何もない。ビューヒナーのヴォイツェックには（シェイクスピアにおいてはいつも躍動している）分節化の威厳と慰めさえもない。彼は空虚な死に向かってもぐもぐ呟きながら進む。しかし私は繰り返し言う。このような、実存主義的な、一元論的もしくは単一的な主張や読解はきわめてまれである、と。生命というものは、日常的な定言的な意味のそれであろうと、生物学的な、あるいは社会的な、あるいは心理的な意味であろうと、「そのようなものではない」とわれわれは感じる。そして、たぶん他の表現様式よりは、劇場において、類似性、信憑性、現実原則の基底にある重力が、持続している。演劇の源であるホメロスの叙事詩においてはそうである。ニオベは自分の十人の子が殺害されるのを見た。彼女の悲しみは石に涙を流させる。しかし、悲しみが引くと、彼女は食事をとる。ホメロスはこのことにこだわる。これは、シェイクスピアにとってもかなめとなる白日の真実の介入である。有機的なものは、その本質そのものにおいて悲喜劇的である。絶対的に悲劇的なものとは、それゆえ、人間の感受性にとって耐えがたいものであるばかりではない。生命にとって偽りのものでもある。

悲劇的なものに対するこのような批判は、経験主義的観察と自由主義的感情をともに必要とする。今日、きわめて暗鬱な自明の理由により、このような批判は問う必要がある。

今世紀は、獣性のカーニヴァルを目撃した。今世紀は、死の強制収容所と「殺害原野《キリング・フィールズ》」〔ポル・ポト派に殺された二百万人以上のカンボジア人が埋められている農村地域〕の世紀であり、さまざまな信条をもつ政治体制と社会が組織的な拷問に訴える世紀である。われわれの時代は、大飢餓、国外追放、人質捕縛の時代である。水爆戦争、細菌戦の可能性、地球の荒廃化は、人間の自死と生態的終末が起こるかもしれない可能性は、もはや奇想天外の気味の悪い空想ではないということを意味する。一九八九年の秋から冬にかけて、中央ヨーロッパと東ヨーロッパの一部に、思いもかけない、ほとんど奇蹟に近い陽光が射した。空気がすがすがしいものに変わった。しかし、夜明けの前に、そして他の人類の多くの者には、「希望はあふれんばかりにあるが、われわれには何もない」というカフカの荒涼たる発見が、穏当な報告であることが判明するかもしれない。

もし、このような認識について熟考できるものなら、そして、しなくてはならないものならば、そして(ハイデガー的な、能動的な意味で)「考慮」しなくてはならないものならば、それには、悲劇の再生の将来性、可能性が付随するのではないだろうか。さまざまな偶然的事件と感情の面での風潮は、そのような再生に異を唱える。現代の暴力と荒廃の規模の大きさが、美的形式に抵抗するのである。ミレトス略奪や王家の没落を全体的に見ることはたぶん可能だろうが、現代の暴力と荒廃を全体的に見ることはできない。マス・メディア、そして直接的なものという偽りの確実性によってあらかじめ梱包され消毒された定型的衝撃によってわれわれは麻痺させられている。それと同時に、このような映像的直接性は、本格的な演劇の本質をなす演出と不安定な論証、それを実現するための忍耐強い手段を、退屈なもの、あるいは一見古風なものにする。ゲーテの『ファウスト』のプロローグは、予言的に、新聞雑誌的なもの（「日常的なもの」）のもつ律動《ケイダンス》と瞬間的な極大化と単純化に適合された感受性と神経系統と認知組織が、悲劇的もしくは哲学的な劇場のもつ象徴的、暫定的リズムに反応できるか否かを問うている。

端正さ、つまり精神と心の美的センスのレヴェルにおいて、われわれが最近の歴史において演じ、体験したような非人間的なものの規模そのもの、現代の集団的加虐性と抑圧の匿名的機械的機能性、それらがわれわれに沈黙を強いると論じることはできるし、実際にそう論じられてきた。大事な点は、芸術、雄弁、統御された形態は、それらが慈悲心からのいきどおりや啓蒙の希望に発するものである場合でさえも、必ずや飾り立てるということをすることにある。芸術は、野蛮行為を美しく飾り立てるという危険を冒すべきなのか。ベケットの寓話の、黒い口から漏れ始める叫びは、その明白な不適切さが（ピカソの『ゲルニカ』の芝居がかった叫びとは対照的に）陳腐化しない唯一の反応かもしれない。

これらの規準は、悲劇的なものに反対する妥当な、そして心理的にももっともな規準である。それらは、現代の悲劇的な作品は映画において（たとえばブニュエルやベルイマンの最良の作品において）最も説得力をもっているという事実を明らかにしてくれる。そして次にはこのことは、現存在の状況の悲劇的読解は、それが支配的なメディアの表層的構成《エコノミー》と映像的「即時性」を採用し、より深い目的に仕えさせる場合に最も効果的であることが判明するであろうことを示唆する。二十世紀の演劇が、われわれの状況に応えるために、悲劇的内容や声に向かう場合、故意に回帰的なものになっている。ハウプトマン、T・S・エリオット、オニール、サルトルは、『オレステイア』を経由して、現代の紛糾と残忍さに対する彼らの感覚を分節化しようとした。「リヴィング・シアター」とサルトルは、『トロヤの女』を経由して、アルジェリアとヴェトナムでの戦争に対する彼らの考えを表現した。さまざまに現代化された『バッコスの信女』は、麻薬文化と「フラワー・チャイルド」〔ヒッピー族〕を象徴的に考察し、何らかの意味づけをしようとしている世代の役に立ってきた。オイディプース、エレクトラ、プロメテウスは、ジイドとコクトーからロバート・ローウェルに至る現代の舞台を闊歩してきた。アンティゴネーは、生き埋めと、敵と犠牲者に対する埋葬の拒絶というおぞましい行為を体験した時代には急増する。しかしこれらの復活、つまりしばしば（とりわけ現代のオペラでは）強い興味をそそる独創的で豊かな古代の存在の活性化は、ひとつの公式化、つまり、われわれの環境から自然に生まれる生粋の悲劇人の具体化を構成しないし、構成しえない。二十世紀のオディプースやオレステスやエレクトラに、亡霊が与えるような衝撃の多くを付与してきたのは、実のところ、人類学であり、フロイトの精神分析学である。最近の悲劇の劇場のほとんどは、イェイツ的な意味において、すさまじいばかりの仰々しい芝居であり、多少魅惑的な大芝居（*séance*）である。血が大量に流れるところには亡霊が蝟集する。しかし亡霊は亡霊なのである。それゆえ、われわれが「それを刷新する」ことができないその理由は、現代性の最奥に潜んでいると人は直観的に知るのである。

西洋の——とりわけ西洋の——文学ジャンルの中で、悲劇は宗教から最も切り離せないものである。われわれが悲劇の起源について知っているほんのわずかの事実は、聖なる領域と儀式について語っている。ギリシャの悲劇、新古典主義の悲劇、そしてほとんど二十世紀の悲劇全体を保証している実際の神話的内容は、運命の超自然的な力、超越的なものの訪れ、両義的もしくは破壊的な、「人間以外の」介入者との、死を賭けた遭遇である。神学的形而上学的なものに関してシェイクスピア劇が不可知論的であることは否定できない。すでに見たように、それは悲喜劇的形式と関係がある。しかし、ここでもまた、人間の運命は、経験的なものや合理的なものを超えた拘束や介入を受けているという前提は不可避のものである。亡霊のいない『ハムレット』、魔女のいない『マクベス』はありえない。『リア王』の世界には、人間には異質な力や作用力が蝟集している。

悲劇と宗教的範疇との織り合わせは、平凡かつ原初的な根拠をもっている。それらが厳粛にイメージ化され、それらに対し真剣な探究が向けられ、押し進められる時、人間の苦悩の源泉、悪の本質、不可解な不運や道徳的に不快な成功をめぐる推論は、宗教的な趣を帯びるだろう。そして、正当な住まいをその中に持っているようには思われないのに自然界の被造物の中に男女がいることが「黙認《オン・サファランス》されている」という概念を理解可能なものにしようとするいかなる試みもそうなるだろう（ソポクレスの『アンティゴネー』における人間の極悪さをめぐるコーラスの思案、『バッコスの信女』の終わりにおいてずたずたに切り裂かれる人間の希望、海辺のタイモン、無言の石の叫びを判読しようとし、囁く葦の中で溺れるヴォイツェックを参照されたい）。本質的に、悲劇とは、弁神論的な問いかけと試験の実践である。悲劇は人間外的《ノンヒューマン》なものと非人間的《インヒューマン》なものと直面し、根源的な懐疑と抗議に力を貸す。人間外的と非人間的という二つの名称は、不吉にも類似する二つの意味をもつ。それらの名称は、人間よりも力強く、永続的で、古いものを意味し、倫理、同情、自己検証、慈悲深さによる赦しと忘却などの美徳を明確には共有しないものを意味する。エウリピデスのアルテミスは、愛するヒポリュトスの断末魔の苦しみに向かい合わされ、人間の苦しみが神の、無情な輝きを汚すのではないかと顔をそむける。（キリストの苦悶の間の、父なる神の時間への下降もしくは時間からの不在をわれわれはどう理解すべきなのか。）

「神々は気晴らしのために人間を殺す」のか否かと問うことは、定義により、神々の存在、そしてその存在の中でわれわれに可能な場所の存在をもっともらしいものにすることであり、強制的に疑わしいものにすることでもある。それに対応する、神学的形而上学的推論は喜劇に有効か否かという問いは、最もむずかしく、最も探究されていない問いであると私には思われる。しかし、『十二夜』や、チェーホフの戯曲や、そしてとりわけモーツァルトの『女はみんなこうしたもの』などの作品は、執拗にその問いを提起する。

このように、われわれの今日の歴史的社会的位置の光（そして闇）の中における悲劇の地位と可能性の考察は、現代の西洋の状況における宗教の占める場所に関していくつかの提案を必ず伴わざるをえない。見落とされることが多いが、ニーチェにおいては、悲劇の誕生をめぐる初期の論文は、「神の死」の劇的アレゴリーと緊密に結びついている。アテネの悲劇のコロスがその中で演じた円陣《サークル》と、「永遠回帰」のそれとは同じ起源をもつ。古代の悲劇の主題と神話をめぐる二十世紀の劇作家による変奏とは異なるものとしての現代の、もしくは未来の悲劇を探究する時、われわれは、神の死と宗教の衰退の多様な告知の、意識とわれわれの文化への内面化について問うているのである。

この問題をめぐる話は、だいたいそれだけのことである。現在の宗教的原理主義の復活への証拠としての重みをもつ言及（合衆国南西部の無数の気違いじみた根本主義者《ファンダメンタリスト》はイランのシーア派にまったく劣らぬくらい宗教に取り憑かれている）と議論、それらはまた、現代の科学と技術家政治論《テクノクラシー》の多くの無思慮な傲慢さ、あるいはわれわれの心理学と社会学の俗悪な自惚れを示していて重要ではあるが、中心的な話題とはならない。明らかな疑問は、依然として、神は存在するか否かをめぐるものである。そして神の存在が、われわれの存在感と感覚の存在そのものに対してどう適合するかが、今日重要な問題である。ブッシュ政権は依然として興奮しているのだろうか、それともそれは、たんに心理学者と歴史家の好奇心の対象にすぎず、隠喩と回顧的哀調という目的で復活させられたものだろうか。もし後者が本当に真相であるならば、もし神をめぐる疑問が問題となる可能性さえもが、たとえば創造的な想像家の間で今や消滅してしまい、探究者と航海者は、われわれの劇を形成する共通言語を「通過した」のならば、この形式の刷新や変身的進化を思い描くのは困難である。

その詩的手段、作劇法、主題選択が、ギリシャの悲劇作家とシェイクスピアと正当に肩を並べうる二人の現代の劇作家について考察しよう。ブレヒトもクローデルもメロドラマ作家である。それはつまり、二人の世界観、『肝っ玉おっ母』や『繻子の靴』に見られる人間の苦悩、不正、過失、時に絶望の劇化は、われわれに四つの悲劇的行為を提示する。五つ目の行為は、償い、もしくは救済のそれである。ブレヒトの実践においては、代償の仕組みは二重である。恐怖と憐憫は、政治的理解によって、つまり、登場人物たちは、その強欲さや利己主義や政治的盲目性によって、自らを被害者にしたという、「疎外された」観客の中に引き起こされた認識によって浄化される。第二に、彼の戯曲は、全般的修正の約束を提示する。歴史的唯物論には資本主義の夜に、あなたの前を火の柱のように進ませよ、そうすれば、教訓的な舞台で演じられる悲劇的な出来事は、不必要な悲しみの博物館に退却するだろう、というわけである。クローデルの救済への関わりは荒けずりの神学のようなところがある。彼の圧倒的な力をもつ戯曲は、中世およびバロック的な意味で、「聖礼典のような秘蹟劇」である。苦悩、衰弱、愛の挫折は、変容への長いプロローグである。それ自体がラシーヌの『ベレニス』をめぐる瞑想である『真昼に分かつ』の霊感にみちた決疑論は、自殺にさえ超越への切符を与えている。メロドラマとはメシア待望論的なもののジャンルである。最終幕の前に降りてくる「機械仕掛けの神」はメシアもしくは人民委員《コミサール》であるということもある。彼は「舞台のそで《ウィング》」で待ち構えている。いかにも天使らしい場所である。

これら二つの中心的な実例は、われわれはわれわれの定義をもっと洗練させなくてはならないということを示唆する。超越の宗教的内容と公準が何であれ、キリスト教の救済の約束も、世界改善論的《メリオリスト》でユートピア的な社会主義のそれも――それ自体がユダヤ人のメシア待望の終末論を世俗化したもの――悲劇を産み出さないだろう。彼らの標題《ルーブリック》は、ソ連の革命的劇作家ヴィシネフスキー(四)の劇のタイトル――『楽天的な悲劇』――によって明らかにされたものである。神学的に考えると、そして宗教的な署名のある歴史主義という枠組みの中で考えると、私が「絶対的悲劇」と呼んできたものは、「人間の堕罪」を前提とするにとどまらない。それは、人間の状況を、原初の根本的恥辱――あの最初の不幸の暗がり、思い出せない真夜中は、まさに、止むことのない衝撃の一部となっている――の直接的結果として描くだけではない。絶対的悲劇は、メシアの来臨によっても、キリスト論的再臨によっても、償いはありえないという直観を暗黙のもの、もしくは明示的なものとする。「幸福なる罪過《フェリックス・クルパ》」などない。あるのは、罪過の永遠性と自分自身を赦すことも、自分が蒙った苦痛を赦すことも拒む人間（これがマーロウの『フォースタス』における二重の拒絶）の呪われた、しかし突出した威厳である。ひとつひとつの絶対的悲劇（そのようなものはほとんどないことをわれわれは知っているが）は、生来の邪悪さ、男女の中に取り消しようもなく彫り込まれた盲目性と自己破産に向かわせる強制力の灼熱の神秘と憤激を再演する。クローデルの世界劇場の頂上に位する歓喜のケリュグマ的叫び――「囚われの魂に解放を」――はけっして聞こえない、あるいは、たとえ聞こえたとしても、嘲笑としてしか聞こえない。

私は、そのような人間的事例の読解を異端的であると考える。それは、その腹立ちが永遠の復讐を産む容赦ない神か、この徹底的に荒らされ、汚された惑星の男女に関するかぎり、否定的原理が支配するマニ教的弁証法を仮定する。いずれの見方もユダヤ‐キリスト教的目的論には容認しがたいものであり、ここが重要な点だが、世俗的な合理主義的世界改善論にも容認しがたいものである。それは希望の「聖霊」に違反する罪である。その断定的な言葉は、『リア王』で叫ばれるのが聞かれる「何もない《ナッシング》」であり、「けっして《ネヴァ》」である。そして、もっと控えめではあるが、それでもやはり非妥協的な言語使用域《レジスター》に、つまり、ラシーヌの『ベレニス』の宇宙の行末止めになっている「アデュー」('Adieu')(その慣例的な、重みのない語の神学的ひねりに注目)にもそれは聞きとれる。

　しかし、最も過激な異端といえども、正統的な対抗的存在を必要とする。悲劇的絶対は退却するくたくたの跛《びっこ》の神に話しかけたり、そういう神を隠喩化することができる。このような範疇は、エウリピデスとベケットにおいて探究されているものである。それらはカフカの寓話の核心にある暗い奇想である。悲劇は、ラシーヌにおいて明らかにそうであるように、「隠れた」神の前で演じることができる。今日の問題はこういうことである。対抗的存在は意味があり、有効であるか。悲劇にとって原理となる神話的なるものの、常套的方法となまの素材は、神の論題、神の問題が神の不在――それが何を意味するにせよ――をめぐるものであるか、あるいは問題にもならない、非理性の先祖返り、亡霊である場合にも、生き返らせることができるのだろうか、ということである。

　ニーチェやダーウィンやフロイトによる神の埋葬後、神の不在という話題(「トポス」、比喩)は、ひびのはいった被造物からの神の回避というカバラ的奇想とともに、窮極的な抽象性をもつ話題である。「抽象」はまさに文字通りのこと、つまり撤退、空無化を意味する。しかしこの空虚という役に立つ隠喩は、奇妙な重みをもっている。アウシュヴィッツの現象に、人間の想像力と理解力が届く位置を与えることは、試みとしてほとんど耐えがたいことである。詩人のパウル・ツェランだけが、ガス窯の時の神という「不在者《ノー・ワンネス》」に妥当な表現を与えた。空虚に関わり、その形象的空白が、かつて正当性を付与した存在の最近の離反を強く示唆する現代芸術——ここでもまた「抽象」は雄弁な形容辞であるが——がある。私はすでに、退位という繰り返されるモチーフ、ベケットの（あるいはジャリやピンターの）黒い人形《ギニョル》に、退位が残した幽霊の、あるいは茶番の、足跡という繰り返されるモチーフを引証した。

しかし、暗室における残光のようなこれらの形態は、悲劇の本質的な動き、肯定的な意味での修辞を作るのに役立つとは思わない。無関心、つまり人間の思考力と魂の、程度の差こそあれ系統的で一般化された不注意——前進的「抽象」（'ab-straction'）から流れる「乱心」（'dis-traction'）——は、たとえ「不在の」神であれ、それを長い間提示することはないだろう。それは、そのような不在に、悲劇的芸術が必ずや持たなくてはならない特有の厳粛さを与えることはないであろう。神学と形而上学——ユダヤ教起源のものであれ、キリスト教起源のものであれ——は、われわれの最近の歴史を形成している非人間的なものときわめておぞましいものという不快な事実と挑発に直面しながら成熟したものとなることを目指さなくてはならないのなら、絶望の仮説に自由に近づけるようにならなくてはならない。もしこの仮説が異端であるなら、今や中心に位置する異端なのである。しかし、宗教それ自体が自らに、絶望の仮説に近づく道を与えるなら、絶対的悲劇の論争的挑戦的意志は、張り合いのある標的を失う。

予言することは愚かしいことである（芸術の本体論的自由はつねに思いもよらぬことが起こる自由である）。しかし、直観的に考えられることは、もし具象的な悲劇的形式が生まれるとするならば、それは、神学そのものの内部の何らかの厳しい恥辱、何らかのあからさまな敗北の黙従から生まれるだろう。キルケゴール、カール・バルトの一九一九年の『ロマ書』注解にまさにこのような傾向の精神の動きがある。現在広まっている無感動、無関心は打ち破られるかもしれない。カフカは、凍てついた精神に到達するために氷の斧に訴えた。しかし、たとえこういうことが起こるとしても、それと相関する虚構作品は、絶対的悲劇や高級なメロドラマにならないだろうと感じられる。エピローグの、後書きと時間にふさわしい夜のドタバタ喜劇に近いものとなるだろう。

比較文学とは何か

言語、芸術、音楽の有意味な形式を受容する行為は、すべて比較対照によるものである。認識《コグニション》とは、先在する真理の想起という高次のプラトン的意味であれ、心理学的な意味であれ、再-認《レ・コグニション》なのである。われわれは、われわれの前の対象――テクスト、絵画、ソナタ――を、先行の、関連する体験という理解可能な情報提供的文脈を与えることによって理解し、「位置づけ」ようとする。われわれは直観的に、類似、先例、特徴を、われわれにとって目新しい作品を再認可能な文脈に関連づける同族《ファミリー》（それゆえ「なじみのある《ファミリアー》」）に所属するものとみなす。われわれに、いくつかの点で先例がないという印象を与える詩的な、あるいは表象的な、あるいは音楽的な構造の根本的革新の場合、反応の過程は、新しいものの、既知のものへの合体に向かう複雑な運動になる。極度の独創性といえども、われわれがそれと問いかけの対話をすると、その起源を語り始める。理解可能なものの知覚とそれへの応答には絶対的純真さ、アダム的無防備さ《ネイキッドネス》はない。解釈と美的判断は、たとえどれほどその表出が自然発生的であれ、また、たとえどれほど暫定的であれ、あるいは時に見当違いのものであれ、歴史的、社会的、技術的前提と誓約《レコグニザンス》の共鳴箱から生じる。（この際、この語の法律的意味は適切である。窮極的な解読と情報に基づく価値評価をめぐるある種の契約は、われわれの感受性と芸術テクストもしくは芸術作品の出会いを保証する。）メッセージと虚構の神であるヘルメスにたぶんちなんで「解釈学的《ハーマニューティック》」と名づけられたこの力動的な過程においては、比較対照が含意されている。この小説あるいはこの交響楽が、どのようにして、われわれが以前読んだもの、あるいは聴いたものと関わり、実践的形式に関するわれわれの期待と関わるのだろうか。「新しくする《メイキング・ニュー》」(エズラ・パウンドの指令)という概念は、論理的にも実質的にも比較対照的である。何と較べて新しいか、ということである。最高度に革命的なものにさえ、まったく「特異なもの」というのはない。われわれはやがて、シェーンベルクにブラームスの一部を聴き、ロスコにマネの明るい影を認めることになるだろう。好みのあからさまな主張でさえまさにそういうもの、つまり何かとの比較対照である。類似性と相異性、相似と対照を活動させる内省作用は、人間心理と理解可能なものが生まれる可能性の基本であろう。フランス語はこのことを聞き取り可能にしてくれる。つまり「理性」(*raison*)において「比較」(*comparaison*)は手段なのである。

言語を考えると、それ以外ではありえない。口頭による伝達と文字による伝達、いずれの場合にも、語のひとつひとつが、その語の全歴史の潜在力を負荷された状態でわれわれのもとに達する。この語あるいはこの句の先行する全使用例が含意されている、あるいは物理学者の言葉を借りれば、その中に、「爆縮して《インプローシヴ》」いる。われわれは、特定の言語の発明については厳密には何も知らない。新語や術語の場合は別であり、それが最初に現われた時期をわれわれは、ある程度、記録に留めることができる。われわれの意識を分節化し、われわれと世界との関係、われわれ相互の関係を組織化する語を最初に考え出し、使ったのは誰か。われわれの知覚の展開を記号化し、海を「葡萄酒の暗黒色《ワイン・ダーク》」にし、星の数を砂粒の数と一致させる直喩や隠喩を創始したのは誰だったのか。発話の起源へのわれわれの回帰、還流は、ほとんどつねに、部分的なものである。われわれは、言語の最初の光を、年代決定すること、地理的に位置づけることはできない。ましてや、何か個々の知覚および言表行為についてそうすることはできない。最も秩序破壊的で革新的な作家にとってさえ、言語的建築資材、そして文法的建築資材はその大部分が、すでに存在しているのであり、歴史的文学的慣用的な反響音にみちている。

古典的な芸術家はこのような遺産を楽しむ。彼は、多くの家具があり、鏡が、いわばこれまでの借家人の存在によってまばゆく輝く家へ移り住む。反古典的な作家は、正真正銘の言語の牢獄の中にいる自分自身を見出す。極端な場合、脱出のための過激な試みがあることをわれわれは知っている。ダダ運動、シュルレアリスム、ロシア未来詩は、きわめて向こう見ずに、新しい言語、無意味な言説、あるいはロシアの場合は「星の言語」（一）の捏造の実験をしている。これらの考案品には、彼らが切り捨てようとする音節や語の亡霊のような力が出没するばかりでない。意味不明なのである。たとえ詩人が新しい言語や統辞法を理解できたとしても、彼は、それを理解してもらうためには、まず自分自身に、次に他人にそれを教えなくてはならないだろう。その「多弁な」運動の中で、牢獄が築かれ始めるだろう。ジョイスが、『フィネガンズ・ウェイク』の本に、彼が、彼の言語遊戯、雅俗混淆文、沓冠体のコラージュをそこから作った約四十の言語を列挙する時、これらの言語の歴史と文学的公共的使用例が、彼の考案品の中の最も「奇異な《ウトレ》」ものにも圧力をかけることを知りつつそうするのである。大作家でも、すでに存在する言語の家の壁に、せいぜい落書きする程度なのである。今度はこの落書きが、壁を広げ、さらにそれらの反響音を複雑なものにする。

言語学的に言うと、われわれは語を判別的に《ダイアクリティカリー》、つまり語を他の語から差異化しているものによって、語を把握し、使用するようになる。詩学においては、コウルリッジが『文学評伝』で論じているように、理解と喜びはいずれも、予想されていたことと新しいものの衝撃——最も精妙な場合はそれ自体が認識、既視《デジャ・ヴュ》の衝撃――の間の緊張を孕んだアンバランスに由来するものである。詩人の言語は、われわれの知らなかったことをしみじみと感じさせる。「バベルの図書館」（ボルヘス）、とりわけ辞書が、過去、現在、未来の文学の総体を包含しているというのは、まさにこの心理的認識論的意味においてなのである。意味論的過程は差異化の過程である。読むことは比較することである。

最初から、文学研究と解釈の技術は比較対照的だった。アテネとアレキサンドリアの教育者、本文注釈者、文学批評家、理論家は、ホメロスのようなひとりの作家の著作内部のさまざまな局面を比較対照している。彼らは、アイスキュロス、ソポクレス、エウリピデスなどさまざまな悲劇作者による同一の神話的テーマのさまざまな扱いの類似と対照の力動性を観察する。ラテン文学が発展するにつれ、ホメロスとウェルギリウスとの間の、ローマの牧歌詩とそのギリシャ‐ヘレニズムの霊感源との間の、ヘロドトスとローマの歴史家との間の、言語的批評的比較対照が、教科課程と修辞学教育の常套となる。プルタルコスによるギリシャとローマの政治家、立法者、軍人の「対比」は、作家や修辞家の研究にも用いられている比較対照の方法の典型である。やがて何世紀にもわたって、キケロとデモステネス、ウェルギリウスとテオクリトス、セネカとエウリピデスの比較対照に、学僧や学童は苦労することになった。そして苦悶の死と輝かしい復活という筋書が、オシリスやアドーニスの神話にかなりはっきりと認められるということが、初期のキリスト教の敵対者の論争的な批評眼からは逃れることはない。

比較対照という方法による美的判断、解釈学的説明――ジョンソン博士によって眺められたドライデンとポープ、ボワローによって読まれたコルネイユとラシーヌ、スタンダールの論争の中のシェイクスピアとラシーヌ――は、文学の研究と討議の定数である。言語内的、および言語間的対峙の技法は、十七、八世紀の「古代派」と「近代派」との論争で磨きをかけられ、十八世紀末から十九世紀にかけての、ロマン派とさまざまな様式の新古典主義との間の衝突の中でのこの口論の再現によっても磨きをかけられた。『抒情歌謡集』の序文でグレイのテクストを解体しようとするワーズワスは、実践的な比較対照主義者である。『クロムウェル』の綱領的序文の中でラシーヌに対抗してアイスキュロス、「ヨブ記」、シェイクスピアを引き合いに出すヴィクトル・ユゴーは、比較対照主義者である。

「世界文学」(*Weltliteratur*)はゲーテの造語である。われわれが最初にそれを見出すのは、一八二七年一月十五日の日記の記述においてである。しかしそれは、ゲーテが全生涯にわたり示唆し実践したことを明確に述べている。ゲーテは、ゲール語、アラビア語、中国語、ヘブライ語、フィンランド語を含む十八の言語を翻訳している(たしかに、その翻訳は重訳である場合が多いが)。これらの翻訳は、一七五七年のリプシウスのラテン語の断片の翻訳から一八三〇年のカーライルのシラー伝の抜粋の翻訳までの七十三年間にわたるものである。ヨーロッパの意識は、翻訳の発生の瞬間をゲーテに負っている。チェリーニの自伝、ヴォルテールの『マホメット』、ディドロの『ラモーの甥』の翻訳がそうである。ゲーテ自身の詩の中の、ペルシャ語のそれを脚色した『西東詩集』、ヘブライ語の「雅歌」の改作、マンゾーニの『五月の歌五篇』のイタリア語からの翻訳と「改作」は、卓越した仕事を代表するものである。『詩集』の序文に述べられている翻訳家のための理論的綱領は、翻訳技術の長い歴史において最も要求するところが厳しく、そして大きな影響力をもったもののひとつである。

しかし、翻訳の研究と実践は「世界文学」の概念の一部でしかない。この語の背後には「世界詩」(*Weltpoesie*)がある。これは、ヘルダーとフンボルトによって提唱された言語と文学をめぐる諸概念に根差す表現である。言葉を考案し、語と統辞法を韻律と音楽性の形式的パターンに組織化する能力と衝迫は普遍的なものである。ポイエーシス、つまり、世界に物語的仮装を与え、体験という生の素材を集約化し劇化し、悲しみと驚異を美的喜びに移し変える秩序化の「才能」(*ingenium*)は、遍在的なものである。人間は、古代ギリシャ人が言ったような、「言語動物」であるばかりでなく、程度の差こそあれ形式的な想像力と様式化された意志伝達能力が内在する存在である。ゲーテの考えでは、口誦のものであれ、文字に書かれたものであれ、すべての文学的言表の様式は、人間の、自らの歴史、自らの市民としての状況、そして注目すべきことに、自らの言語の理解に対して重要な関連性をもっている。「外国の諸言語を知らない者は、自らの言語について何も知らない」とゲーテは裁定している。

「世界文学」に必然的に随伴するのは、哲学的で政治的なものである。ゲーテが、原初的統一性の探究に取り憑かれていたことをわれわれは知っている。彼は粘り強く原植物(*Urpflanze*)、つまり、そこから他のすべての種が進化する植物の怪物《キメラ》を追求した。『ファウスト』第二部は、いくつかの点において、その後の「原型」、つまり、発生期の意識の窮極的根底における原初的で創始的な形態をめぐる諸概念の霊感源である(ユングはゲーテにとっぷりとつかっている)。ゲーテは、彼が熟読していた錬金術師と同様に、すべての物質の相関関係、隠れた調和を信じていた。自然の声は偉大な和音と諧音に最もよく聞こえた。「世界文学」と「世界詩」は、すべての言語の根底にあってそれらを生成し、形式上はきわめてかけ離れたものどうしの間にさえ、隠れた構造的進化論的類似性を生ぜしめる普遍的なものに関する漠然とはしているもののひとつの推測を内包している。ゲーテの全世界主義《エキュメニズム》は、道徳的政治的立場を含意している。一八二〇年代の終わりまでには、老いつつある少々孤立した——世界的名声によって孤立させられた——オリュンポスの神は、ナポレオン以後のヨーロッパ、とくにドイツで進行していた国家主義、愛国的好戦主義の新しい力を生々しく感知した。新しいドイツ文献学と歴史記述のチュートン民族的多弁と尚古的熱情を知っており、それを恐れた。かくして、晩年の造語である「世界文学」は、普遍化的教養、啓蒙期の特徴である自由精神の国際的友愛に含まれる理想と感性のあり方を明らかにしようとしている。他の言語、他の文学伝統の研究、それらの内在的価値と、それらを人間的条件の総体に織り合わせているものをともに理解することは、人間的条件を「豊かにする」。知的精神的意味において、それは「自由な交易」と一体である。精神の生命においては、政治のそれと同様に、孤立主義と国家主義的尊大さは、残忍な破壊に通じる道である。

ゲーテが与え、比較文学のための明確な基盤を据えたのは、これらの信念であり、詩的批評的認識である。それは依然として責任の理想である。

専門的学問的分野としての比較文学の歴史は複雑であり、多少不透明である。それは、個人的社会的状況に伴う出来事と、認識論的歴史的性格のより大きな流れから成り立っている。これら生成的要素の間の相互作用はきわめて多様であり、ある点では、短い要約や確信のもてる要約の試みを撥ねつけるほど不透明である。二次的言説の学問研究の分野もしくは方法（校訂、注釈、批評的分類）は、それが自らに対してのみ明晰な書物を産み出し、大学教授の地位、雑誌、時間割を確立する時、近代の学究的学問的大組織の歴然たる実体となる。最初は試行的で、ほとんど気づかれない歩みとともに、比較文学は、世紀の変わり目頃にこれらの基準に従い始める。その直接的な背景は、普仏戦争の終わりから第一次大戦の勃発（ヨーロッパの内乱だったことをわれわれは忘れるべきではない）にかけての、とりわけアルザスとラインラントにおけるフランスとドイツの緊張関係である。私がすでにふれたほとんどすべての心理的、地理的、論題的局面は、自覚的な近代比較文学のまさに最初の書物のひとつが、一九〇四年のフェルナン・バルダンスペルジェの『フランスのゲーテ』だったという事実に結晶化されている。E・R・クルツィウスやレオ・シュピッツァーの著作のような比較文学の古典が生まれたのは、ドイツ人のフランス文学研究、分派的な国家主義以前のヨーロッパに本源的な「ラテン性」を再定義しようとする努力からだったことは偶然ではない。それに劣らず重要なのは、関連する悲劇的要素である。

ユダヤ人の学者もしくはユダヤ人の出自をもつ学者が、学問的批評的研究としての比較文学の発展において、しばしば他を圧する役割を果たしたことはまぎれもない事実である。この学問の初期の歴史と、「ドレフュス事件」に端を発する危機的事実と雰囲気を結びつけたい衝動に駆られる。「境界人」(*frontalier.* 物理的にも心理的にも、境界の近く、あるいは境界を跨いで住む人々を表わす気味の悪いスイスの言葉)たることを強いられるために諸言語に通じる異例の才能に恵まれた二十世紀のユダヤ人は、彼が愛読してはいるものの、そのどれにも自国民として、あるいは「国民的遺産」として少しもくつろぎを感じられない世俗文学に対して、比較対照的な見方をとることに当然惹かれたように思われる。海外放浪を余儀なくされ――近代比較文学の傑作であるアウエルバッハの『ミメーシス』は、一夜にして生計の手段である第一言語と書斎を奪われた亡命者によってトルコで書かれた――、幸運にも北アメリカに渡ったユダヤ人たち(私自身の旧師たち)は、伝統的な文学部、とりわけ英文学科が、自分たちには閉ざされているのを見出したものであった。かくして、アメリカの大学世界においてのちに比較文学課程もしくは学科となったもののうちのその多くが、周辺化、つまり不公平な社会的民族的排除から生じた。(合衆国の原子物理学の場合にも興味深い類似点がある。)それゆえ比較文学は、ある種の亡命、内的離散《ディアスポラ》の技術と悲しみをともに抱えている。この客員教授の講座を設立したワイデンフェルト卿の寛大さと、その最初の担当者として私を招待して下さったという栄誉を、とりわけ喜ばしく立派なものにしているのは、この重要な事実であるということを言う必要はまずないだろう。

いかにもアメリカ的な筋書きによって、比較文学の研究は急速に専門化され、組織化された。教授職、雑誌、専門的な蔵書、博士論文がふえた。活躍期《フロールート》はすでに過ぎたのかもしれない。亡命した大家たちの自然死とともに、多言語使用という必要条件、ギリシャ-ラテン文化とヘブライ文化の背景的知識、可能であればいつでもテクストを原文で読むという明白な必要性が退行した。多すぎるほど多い大学で、今日、比較文学は、たとえ教えられているとしても、ほとんどすべて翻訳によってなのである。脅かされている近代語の諸学科と、西洋文明についての「中核コース」と、汎-民族性、「地球規模《グローバル》の」研究という新しい需要との融合がすぐ間近に迫っている。ますます多くの教科課程において、「比較文学」は、「ともかく早く読んでしまう必要のある名著を、できれば廉価本で、英米語で読むこと」を意味するようになった。あるいは、あまりにも長い間優位を占め、あまりにも長い間埃をかぶっていた古典を、アフリカ系アメリカ人、メキシコ系アメリカ人、南アメリカ人の伝統の傍らに、あるいはしばしば騒々しい影のもとに置いて較べるというもっともな決意を意味するようになった（才知眩い比較対照主義者モーリス・バウラ（二）をすでに誘惑した位置ずらし）。

もっと伝統的な比較文学の教授と研究は、現在、かつての共産圏で盛んである。ロシアと東ヨーロッパの中枢的組織は、最も生産的で有力なものに数えられる。ここでもまた、諸言語の習得、たとえ内面的なものであれ、亡命という苦い体験、歴史的言語的同一性をめぐるしばしば頭を悩ませる問いかけといった自然に生じる必要性が、比較対照方法から適切な方法を作る。しかし予言は無益である。あえて言えることはこういうことである。オックスフォードにおけるこの客員教授の席の創設、比較文学——ヨーロッパ系に限らない——における十分に学問的な学科課程がその後できるだろうという期待は、この学問において、少々不安定ではあるが潜在的には多産的な時代と一致する。

しかしこれは学問だろうか。私がすでにふれたすべての知識に裏づけられた教養の当然の一部である比較対照の実践、対比的対照的読解と受容の実践からそれは自らを区別することができるだろうか。専門的な有資格者という意味での比較対照主義者は、ある朝目が覚めて、自分が、ちょうどモリエールのジュルダン氏のように、同僚たちと同様に「散文的なことを話している」ことに気づく（べき）男もしくは女なのだろうか。

この執拗な問いに対して私が与えたい短い答えは、試行的なものにならざるをえない。個人的なものになることも避けがたい。この混淆的で変幻自在な分野全体を代表して語ることも期待できない。ゲーテが、フランクフルト起源のイディッシュ語で「誰もが自分自身の小さな書から予言する」と言う時、彼が私の導き手となることを祈る！

人文学《ヒューマニティーズ》（誇らしく悲しい語だ）においては、体系的定義への熱望は、実質的につねに、不毛な同語反復に終わる。「理論」はその厳密な、意味と反証の基準を科学にもつ。人文学では事情が違う。人文学では、「理論的」であるという主張は、今日われわれは困っているわけだが、傲慢な特殊用語を産み出す。文学的美的経験と判断に関連して言えば、「理論」とは、忍耐力を失った主観的直感もしくは記述的物語叙述にすぎない。パスカルがわれわれに思い起こさせてくれる。精緻さの領域とは幾何学の領域ではない、と。

私は比較文学を、せいぜい、口誦と文字の言語行為におけるある種の要素を特権化するような、それらの言語行為を読解し聴くための厳密な熟練を要する技術、方法としか考えない。それらの要素は、文学研究のどのような方法においても、無視されているわけではないが、比較文学においては特権化されているのである。

どのような読解も、言語の歴史と信条と深く関わっている。比較文学は、形式的抽象的言語学の学問的寄与に無関心ではないが、自然言語の豊かな多様性に浸り、それを楽しむ。比較文学は、バベル以後の時代に聴き、そして読む。比較文学は、人間の言語の多様性、つまりその小さな惑星でさまざまな時代に話されたおよそ二千の言語は、災厄であるどころか、その存在世界を多様に知覚し、分節化し、「書き直す」自由を男にも女にも可能にする条件であるという直感、仮定を提示する。どの言語もすべて、存在する現実、「所与」(*les données immédiates*)の事実性を、独特の方法で解釈する。言語の家のどの窓もすべて、異なる風景と時間、知覚され分類される経験のスペクトラムの異なる分割部分に開かれている。いかなる言語も、時間あるいは空間を他の言語とまったく同じように分割しているわけではない(同じように分割していると言う者がいるなら、ヘブライ語の動詞時制を考えてもらいたい)。いかなる言語も、他の言語と同じタブーをもっているわけではない(それゆえ言語によっては、性愛をめぐる深遠なドン・ファン主義がある)。いかなる言語も、他の言語とまったく同じように夢を見るわけではない。たとえどれほど遠いかなたの言語であれ、たとえどれほど歴史的物質的成功や普及とは無縁の言語であれ、ひとつの言語の消滅は、独自の世界観の死であり、現存在と未来の死である。真に死滅した言語はかけがえのないものである。それは、われわれの人間性が進化するものであるなら、開いておかなくてはならないとキルケゴールが命じたもの——「可能性の傷跡」——を閉ざす。そのような閉鎖は、二十世紀末のマスメディアと大衆市場の技術家政治《テクノクラシー》にとっては勝利であるかもしれない。ファースト・フードのチェーン店とニュース・ステーションの支配(*imperium*)を容易にするかもしれない。発揮する機会が減りつつある人間精神にとっては破滅的である。

比較文学は、バベルの手に負えない多様性を喜びつつ、二重原理を特権化する。比較文学は、言語の中の歴史的な、そして現在の「世界意味」(フッサールの *Weltsinn*)の本質、自律的な核心を解明することを目的にし、そして、言語と言語との間に見られるような相互の理解と誤解の条件、作戦、限界を、できるかぎり明らかにすることを目的とする。手短に言うと、比較文学は、翻訳の可能性《イヴェンチュアリティ》と挫折に中心を置く理解の技術である。この過程は同一の言語内で始まること、個人、世代、社会的性差、社会階級、職業、イデオロギー、過去と現在は、自らの言語の内部の伝達的言説を理解しようとする時には「翻訳する」ことを、私はほかの場所で示そうとした。このきわめて複雑で、本体論的に謎めいた過程——たとえいつも不完全であれ、互いを理解し、意味を把握するのは、どのようにして起こるのか——は、相互言語的に、つまり言語の境界を越えて、はっきりと見えるようになり、きわめて重要なものとなる。

翻訳のすべての局面——その歴史、その語彙的文法的手段、原文と訳文を一行おきに書いた逐語的翻訳から最も自由な模倣あるいは変形的翻案に至るさまざまな方法——は比較対照主義者にとっては絶対的な重要性をもっている。さまざまな言語の間の、異なる歴史的時代あるいは文学形式をもつテクストの間の交流、新しい翻訳と先行の翻訳との間の複雑な相互作用、「文字」と「霊」との間に見られるような、古くからあるがつねに生々しい理想の争いは、比較文学そのものである。たとえば、『イリアス』と『オデュッセイア』の百以上ある英訳のいくつかを研究することは、キャクストンからウォルコットに至る英語（「諸言語」と言うべきだろう）の発展を体験することである。それは、イギリス人の感性と古代世界の表象との間の、連続的な、たえず変化する関係に対する洞察を得ることである。それは、チャップマンとドライデンをホメロスの読者として読んでいるポープを観察することであり、ウェルギリウスの明るいガラスを通してであるかのようにホメロスを読んでいるポープ自身を観察することである。パウンドの『キャセイ』あるいはクリストファー・ローグの『イリアス』をめぐる進行中の作品を考察することは、関連する言語を知らずになされた至上の翻訳、われわれがその作用を知ってさえいれば、われわれを言語そのものの神秘の核心へ連れて行ってくれるかもしれない何か浸透性のある洞察力によってなされた至上の翻訳という暴虐なる奇蹟に正面から向かい合うことである。それは、なおその上に、最も精妙な翻訳にさえある失敗や不十分さを間近で聴くことであり、そのことは、他のどのような手段によるよりも、翻訳できないもののもつ賦活的剰余、どの言語にもあるいわば「土地の守り神」(*genius loci*) の解明を助ける。いくら苦労しても、*bread* では *pain* を完全にはけっして訳せない。*Heimat* は英語やフランス語やイタリア語では何と言うのか。

比較文学において翻訳の問題が筆頭を占めることとは、私が第二の焦点とみなすものと直接的に関わる。それは、文学作品が時間と場所を越えて普及し、受容されるということである。「影響」という古めかしい話題は必ずや漠然としたものになる。作家は、読んでいない本について、耳にすることはあるし、「空気」や周囲の関心の雰囲気から「吸収する」ことはある。しかし、出版の歴史（ヘラクレイトスによって記されたか口述された巻物にまでさかのぼるかもしれない）、本や定期刊行誌の販売と輸送、ある特定の時代と場所における図書館設備の存在もしくは不在の入念な調査研究はきわめて啓示的である。誰が何をいつ読んだか、読めたか。ドイツ観念論者のどのような抜粋、書評、引用、翻訳がコウルリッジの手元に実際あったのか。ドストエフスキーは、ディケンズやバルザックを実際にはどの程度知っていたのか。フランス語によるバイロンの翻訳‐模倣がコーカサス地方にたどり着くのにどれくらいかかったのか――これは、ナボコフが編集した『エヴゲーニイ・オネーギン』の威厳はあるがこうるさい版で、彼をたえず悩ました問いだった。シェイクスピアは『トロイラスとクレシダ』を書いた時、チャップマンのホメロスの初めの数巻を少しでも知っていたのだろうか。

その逆の問いも、私には同じくらい重要な問いであるように思われる。なぜある作家、作品、文学運動は「通用する《パス》」（フランス語の慣用表現）のに、他のものは頑なに土着的であり続けるのか。シェイクスピアの言葉と統辞法は測りがたいほど複雑であるのに、漫画本のレヴェルにおいてさえ、世界の言語にも通用する。演劇の力強さの点では完全に肩を並べ、その比類ない簡素さによって時にはより成熟していると私が信じるラシーヌはそうではない。トマス・オトウェイ（三）の一六七六年の『タイタスとベレニス』は、ラシーヌという聳え立つ事実と「置き変わりうる」英語によるほとんど唯一の霊感にみちた試みである。サー・ウォルター・スコットは、マドリードからオデッサまで、ロマン派的歴史主義の源泉にある。イギリスの小説家の中で最も偉大なジョージ・エリオットは依然として、本質的に国内的な存在である。これに劣らず啓示的なのは、過大評価、つまり、ある作家を翻訳あるいは模倣によって、彼の真の、本国での地位以上に持ち上げる例である。ポーは、ボードレール、マラルメからヴァレリーに至る詩人に連なる重要な詩人‐思想家なのである。チャールズ・モーガン（四）はフランス学士院会員となった。ディコンストラクションは、ネブラスカの大学キャンパスでは、根本主義者的信仰になっている。

たやすくできる説明はない。内在的言語的難解さは少しも原因でないように思われる。アーカート（五）のラブレーの翻訳、ジョイスの『ユリシーズ』のドイツ語訳、イタリア語訳、フランス語訳を見てもらいたい。ピエール・レリスによるジェラルド・マンリー・ホプキンズの燦然たるフランス語訳を考えてもらいたい（六）。偶発事が伝記的なものであることが時にある。ロイ・キャンベルが死なずに、カモンイスの『ウス・ルジーアダス』を翻訳するという繰り返し浮かんだ企図をやり遂げていたなら、ヨーロッパ文学の傑作のひとつが、価値の認知の英米の規範の一部におそらくなりえただろう。われわれは、もっともな理由をまったく知らないということが多すぎるくらいにある。しかし、翻訳できないもの、翻訳されていないもの、「受容されていないもの」（*le non-recevoir*）の現象学が、比較研究における最も精妙な挑戦的問題である。

平凡だが避けられない脚注がこれら二つの特権的関心に付随する。比較文学の学者も教師も、ひとりとして十分な言語を知らない。ローマン・ヤコブソンは十七の言語を知っているという評判があったが、「すべてロシア内」であった。ルネ・エチアンブル（七）は、「ヨーロッパ中心主義者」といえども、中国語とアラビア語の知識をもたなくてはならないと主張した。われわれの大多数にとっては、このような必要条件は非難がましい夢もしくはジョゼフ・ニーダム（八）を思い出させるものである！　比較対照主義者の仕事の多くは、たとえヘブライ聖書の翻訳であれ、翻訳に頼るであろうというまさにその理由から、比較対照主義者は、私が指摘した翻訳と普及という問題に、どの段階においても、強烈に反応しなくてはならない。

テーマ研究が、比較文学の第三の「重心」を形成する。分析、とりわけロシア・フォルマリストと構造主義的人類学者のそれは、モチーフの驚くべき簡素さ《エコノミー》、神話、民話、世界中の文学の物語の語り方にあまねく見られる反復的規則的技法を確証した。三本の道、三つの小箱、三人の息子、三人の娘、三人の花嫁候補に見られるような三幅対の誘惑と選択の物語は、オイディプースをリア王に、リアをカラマーゾフ家に、この根本構造をもつ無数の異版をシンデレラ物語に結びつける。ロバート・グレイヴズが断定したように、「ひとつの物語、たったひとつの物語」、つまり「探究」の物語だけがあると言われてきた。ミッキー・スピレーン（九）の『おれが陪審員』の復讐の処刑のエピソードのもつ否定しがたい迫力は、フレイザーが『金枝篇』でその地球的規模の分枝化を目録化しようとした祭司‐王の儀式的殺戮に由来するのかもしれない。西洋では、二十世紀の芸術、音楽、映画、文学は、古典的神話――オイディプース、エレクトラ、メディア、オデュッセウス、ナルキッソス、ヘラクレス、トロヤのヘレナ――にたえず回帰した。私の「アンティゴネー」の研究は一九八四年に出た。すでに時代遅れである。それ以来、この「悲しい歌」（チョーサーのつけた通り名）を扱った劇、物語、抒情詩が十篇以上出た。劇、詩、小説、映画、音楽におけるファウストのモチーフの最近の文献目録は数巻に及ぶが、完全なものではない。

われわれはここで深く、おそらくは逆巻く波の如き難問にふれている。なぜにこのような創案の摂理《エコノミー》が生まれるのか。原初的なギリシャ神話は、いくつかの点で、インド‐ヨーロッパ語族の文法と符合するという冒険的な推測を私はかつて提示したことがある。正体が不安定もしくは疑わしい物語は、第一人称単数および第二人称単数の、ためらいがちに次第に決定に至る過程を反響させるだろう。ヘレナは無垢のままエジプトに滞在し、彼女と寸分違わぬ影のみがトロヤに住み、トロヤの運命を定めたという伝説は、「もしも《イフ》」節と反‐事実の節として知られる真に幻想的な文法的手段の発達の痕跡を保持しているのかもしれない。理由がどうであれ、わずかひとつの基本的物語テーマが古典の在庫に加えられたというのが真相である（ゲーテ自身は、ファウストがプロメテウスに由来する事実に言及した）。ドン・ファンのテーマがあるが、これは、性と破滅に関するキリスト教的読解以前には考えられなかったテーマである。加えて、音楽に本質的な主題と変奏という機構が、言語と表現にも刻印されているということは、明らかにありうることである。同一の物語を違う方法で語るための「定式的な」方法は――「西洋」のそれを観察すると――準発生的な力の衝動である。現代の「ポスト‐モダニズム」が、「大きな物語を語る時代は今や終わった」と宣言する時、そのような物語の発明は終わりを迎えてからすでに久しいということを思い出すべきである。それに、「ストレンジネス」〔ある種のクォーク（原子核を作っている陽子や中性子など一群の素粒子の構成要素となっている粒子）はマイナス一、その反クォークはプラス一、それ以外のすべてのクォークは〇と指定された量子数〕の物理学の場合と同様、文学の時間は可逆的である。『オデュッセウス』は今や『ユリシーズ』のあとに現われる（ボルヘス参照）、そして、ギリシャとヘレニズムの叙事詩の冒険者たちは『スタートレック』のあとに付いていく。

繰り返させてもらう。自然諸言語への持続的関与、テクストの受容と影響の探究、テーマの類似と変奏の自覚は、文学研究の一部である。比較文学においては、これらの関心とその創造的相互作用がとくに強調される。この強調という光に照らして、明らかに個人的な基盤に基づいてだが、この分野のさらなる探究と発展のある領域を指摘しておきたい。

ヨーロッパの知識、ヨーロッパの議論と認識の特性は、古典古代とヘレニズムの、西洋への伝達から生まれた。この伝達は、地中海ヨーロッパにおけるイスラム哲学と科学の役割をめぐって行われた。それは、とりわけスペインのある地域とラングドックにおけるイスラム教、ユダヤ教、キリスト教の共存、ヘブライ語、アラビア語、ラテン語、その末裔にあたる方言の共存という比類ない瞬間を伝える（ヨーロッパはその後、この精神の休戦を知ることはふたたびなかった）。ヨーロッパのラテン性へのイスラム的素材の浸透を読解もしくは判定することのできる学者、思想史家、文学史家、批評家の欠如は、言語道断と言ってよいほどである。この欠如が、われわれの感性と思考の地図に深刻な割け目と歪みを残したと言うのが、私のアマチュアの立場での信念である。古代ギリシャの医学、自然科学、哲学的断片よりはるかに多くのものが渡ったというのが私の推測である。西洋側の説明では誇張されることのきわめて多いイスラムの偶像破壊主義にもかかわらず、ギリシャ文学の断片、たぶんそれ以上のものが、おそらく引用に埋められたかたちで中世の耳に届いた（それ以外に、チョーサーの、アンティゴネーと「彼女の悲しい歌」もしくは *threnos*〔悲歌〕との連想を説明する方法が私には見つからない）。ここに、かくも多くの仕事が、われわれの目の前に横たわっている。

このことは、近代ラテン語の全領域にもまたあてはまることである。次々と語彙上、文法上の姿を変えながら、ラテン語は、ヨーロッパの法律、政治学、哲学、科学、文学の中心的位置を、ローマ帝国の崩壊から十九世紀の後半まで占め続けた。哲学的科学的提議の用語、アクウィナスからライプニッツまでの、ロウジャー・ベーコンからコペルニクス、ケプラー、ニュートンまでの討論と批判がラテン語だったことはきわめて明らかなことである。学問的論文はラテン語で書かれ、ラテン語で「支持」された。しかし文学も事情は同じだった。ラテン語の遍在ぶりは、ポルトガルからポーランドまでの、ラテン語で書かれた戯曲、抒情詩、諷刺詩、叙事詩に及ぶ。ラテン語はミルトンにとって、英国圏外へ出るための表現媒体である。ボードレールは、テニソンやホプキンズと同様に、ラテン語詩を書くことができたし、実際に書いた。しかし、影響、醸し出す風趣《オーラ》はそれよりはるかに広く渡る。ヨーロッパ文学の修辞、ヨーロッパ文学が具現し、分節化する崇高、諷刺、笑いの鍵概念に首尾一貫した解釈をするには、ラテン語的「含意」、俗語を用いる作家とラテン語の型との間の、途切れることなく、ほとんど潜在意識下で行われることの多い密接化もしくは距離化の交渉を正しく意識することなしにはまず不可能である。このことは、スウィフトやドライデンにとってそうであるように、ダンテにとって決定的である。ヴァレリーにとってそうであるのと同じくらい、コルネイユにとってきわめて重要である。残念なことに、近代ラテン語は、きわめて難解であることがある。それを適切に処理できる者がわれわれの間には比較的に少ないというあからさまな事実が、ヨーロッパ比較文学の枢軸の近くに、空洞を作った。ここにもまた、必要かつ魅力的な仕事が目の前に横たわっている。

詩、戯曲、小説は、それが霊感源となった挿絵や他の美術作品、それが基になった舞台、音楽、映画、ラジオ番組、テレビ番組から完全に切り離すことはできない。ローマン・ヤコブソンは、他のメディアを横断するこのようなテクストの運動を「転換《トランスミューテーション》」と呼んだ。これは、比較文学における理解と価値評価の訓練にはきわめて重要であるように思われる。私はほかの場所で、ゲーテやアイヒェンドルフの同じ抒情詩の、シューベルト、シューマン、ヒューゴ・ウルフによる異なる音楽的設定《セッティング》が解釈学的かつ批評的「位置づけ」の抵抗しがたい過程を構成しているということを示そうとした（「位置づけ」というF・R・リーヴィスの語は、「設定」にはっきりと反響している）。ヴェルディの『オテロ』と『ファルスタッフ』は、ロマン派後期のヨーロッパにおけるシェイクスピア理解と密接な、いわば代弁者《エクスポネンシャル》〔指数〕的関係をもっている。『ハムレット』の生命はまた、この戯曲が産み出した非常に異なるオペラ、映画、絵画、時にバレーの生命でもある。ヨーロッパ大陸の何世代にもわたる読者にとって、コウルリッジの「老水夫行」とは、いつまでも脳裡を離れないドレの挿絵だった。今日、精確な複写技術、電子的符号化と伝達、そして近い将来の、「仮想現実」の視覚‐聴覚技術は、ほとんど予想不可能なかたちで、言語の受容と文学の言語の受容に影響を与えるだろう。比較研究は必ずや、変容の形成的意味から、変異《ミューテーション》のそれへと進むだろう。しかしこれは、ギリシャの花瓶絵師がオルペウスやアキレスを想像に描いた時、ドーミエがドン・キホーテを描いた時、リストがペトラルカを純粋に器楽で「翻訳」した時にすでに起こったことではなかったか。

　これから数週間、私は、古代ギリシャからジョイス、カフカ、マグリットまで、「サイレーンの歌」について講義することになる。私がこのテーマ的導入という方法を選んだひとつの理由は、まさに音楽と美術が発生期に役割を果たしたからである。アビイ・ヴァールブルク、パノフスキー、コートールド研究所の伝統によって実践される図像学、アドルノ流の音楽の歴史と哲学は、比較文学の基本的な部分である。

　最後に私は、個人的な情熱であると本人が認める表題《ルーブリック》に注意を向けたい。形式的数学的論理学以外のすべての哲学、すべての形而上学は言語の行為である。どのような哲学的議論も世界像も、それが述べられる言語、文体、修辞、提示と例証の手段からは切り離しえない。このことは、プラトン、聖アウグステイヌス、パスカル、ニーチェなどの言語と詩的才略の名手を理解し、解釈しようとする時に自明となるが、その時ばかりではない。すべての哲学的‐形而上学的‐神学的テクストにもあてはまることなのである。ホッブズやルソーのような人の政治的教養は、彼らの言説の「文体論」、テクネー、速度と劇的表現と一体である。スピノザの生得のスペイン語、習得したオランダ語とヘブライ語は、大理石のように無時間的なラテン語、エウクレイデスのギリシャ語を暗示するラテン語を彼が選択し、構築したことにどのような圧力をかけたのか。ウィトゲンシュタインの『論理哲学論考』の風変わりな声をリヒテンベルク（一〇）に顕著に見られるドイツ語の箴言の歴史から切り離すことができるだろうか。もう一度繰り返すが、翻訳の問題は、中枢を占める。詩においてそうであるのとまさに同様に、哲学においても、形而上学においても、用語と言い回しには、潜在的意味作用、自らへの問いかけと読者への問いかけが凝縮されているので、最も「逐字的」で率直な翻訳の試みであっても、複雑な注釈の過程が生じる。古代ギリシャ語の「存在」と動詞「存在する」という語の不適当な、もしくは誤った翻訳が、西洋の知的、そしてひょっとしたら政治的歴史を決定したというハイデガーの主張には、誇張以上のものがある。

ここには、比較対照論者のすべての才略が、言語、伝播、受容、テーマ的「循環《リコルソ》」に関して働き出す領域がある。最も抽象的な思考といえども、いったんそれが言語化されると（前言語的思考はありうるのか）、独特の語法《イディオム》を提示する。それは「局所的な住まいと名前」をもつのである。私が思うには、哲学と詩学の「間テクスト性」を観察し、解明し、思考に住まう音楽を聴こうとする努力ほど、解釈学にとって魅力的であると同時に役立つものはない。

ヨーロッパの現在という時からはとうてい慰めは得られない。一九四五年に広まった理想、実践的な夢は、遺恨を抱いた官僚主義へしぼんでいった。ほとんど理解しがたいことであるが、一九一四年から四五年にかけての大虐殺、荒廃ののち、狂った国家主義、部族的憎悪、宗教的民族的不寛容がふたたび燃え上がった。バルカン諸国において、北アイルランドにおいて、バスク地方において、そして市内過密地区において。ヨーロッパの融和という概念は、通商的、財政的、商業的基盤に立つものは除いて――このような基盤においてすらほとんど一致はないが――、現実的な期待から後退しているように思われる。今日、さまざまな点で、イギリス海峡は以前よりも広がっている。ルネサンス、十八世紀初頭、ロマン主義の時代には、イギリスは今日よりもヨーロッパ大陸に近かった。地球的規模の言語、科学、通商、金融の唯一の実用的な「エスペラント」としての英語の地位は、逆説的にも、ヨーロッパ大陸のラテン以後とゲルマンの遺産からイギリスをさらに孤立させた。

個人的な訴えや貢献、とりわけ、まだ一部防護されているがゆえに胡散臭さを漂わせている大学の境界内からのそれが、大きな影響を及ぼしうると考えるのは、独善的な大言壮語だろう。思い上がった金銭とマス・メディアが知識人の声を嘲弄する。知識人という名称自体が、相当な皮肉と哀れみをもってしか使われない。他人に説教をするわれわれは何者か。政治的誘惑や脅迫に直面した多くの聖職者の虚栄や裏切りほど悲しい光景があろうか。

にもかかわらず、このような教授職を設立された寛大さ、この比較文学の課程と、ヨーロッパ研究の他の分野との間に企図された協力関係は、断固たる決意の前兆である。イギリスとヨーロッパとの間の有機的な関係、西ヨーロッパと東ヨーロッパとの間の――われわれの未来を今や完全に決定する――関係の歴史、ヨーロッパ共同体がその上に築かれうるかもしれない精神的基盤の研究は、オックスフォードで行われることになるだろう。

この計画には、慎ましいけれども本物の希望がある。すべての教師がかかるべき慢性的な病気があるとするなら、それは実は、希望なのである。

扉を連打する――ペギー

「彼の亡霊の大きな姿がまだ燃えている」とホメロスは、冥界にあっても恨みがましいアイアスについて書いている。シャルル・ペギーは痩身であるが、長い行軍や武器に対しては恐ろしいほど鍛え上げられている。アイアスと同様、彼も、自らの存在を相接《あい》する決闘と化した。妥協に対する、玉虫色の政治的言説と財政操作に対する、公的および私的関係の安易さに対する、「世界に対する」(*contra mundum*) 決闘に。狂っていて自己破壊的に見えるほどだった(ペギーが関係を断ち、現世の恥辱の辺土へと引き渡さなかったような同盟者、支持者、信奉者は、ついにはほとんどいなかった)。もうひとりの攪乱者であるソクラテスと同様に、アイアスとペギーは、骨の髄まで歩兵 (*fantassins*) であり続けた。足元の過酷な地面と背中の武器の重みを正しく感じとっていた。両者はいずれも老獪な憤激の士であった。慇懃無礼、不正と彼らがみなしたものを嗅ぎとると、身を焼かんばかりの怒りが彼らを捕えた(アキレスの甲冑がオデュッセウスをなだめるために与えられるという不正、ドレフュスに対する政治的動機に基づく特赦、ペギーの天分と、彼の『カイエ』とその唯一の産みの親である彼の無私の美徳を認めて賞讃するのを何度も拒絶するソルボンヌ、フランス・アカデミー、大衆一般、ヴァティカン)。狂ったアイアスは家畜を殺した。ペギーも、それに劣らず激怒し、測り知れぬ憤激と文体的蹂躙を、フェルナン・ローデという似非神学者の中の雑魚《ざこ》に加えた。彼の愛憎の対象であったソルボンヌの柱廊玄関から数ヤードのところにある昔と変わらぬ小さな本屋に入り、狭い本棚から塵を吹き払うと、ペギーの存在が今でもなおすぐに感じられる。

ペギーの散文のプレイヤード版の最終巻になるこの第三巻は、一九〇九年六月から一九一四年の八月にかけての著作を収めている。実質的には『十五冊のカイエ』の第十一集から第十五集の著作、つまり（主として）作家、製作者、校正者、配布者としてのシャルル・ペギーである。――それに彼が死ぬ時にすでに印刷の準備がされていた多くの著作が収められている。何千行にも及ぶ『エバ』と「四行詩」を含む『詩的作品』はすでに出た（一九五七年）。生産量にかけては、文学史にこの男と並ぶ者はほとんどいない。彼の有名なスチールのペン先から、しばしば昼も夜も溢れ出た何千頁にも及ぶ韻文と散文。この豊かさの「物質性」、身体的重力が鍵である。ペギーは自分自身を旅人、言葉と絶えず闘う歩兵とみなした。印刷の体裁、装丁、紙の選択などのどのような細かな点にも彼は無関心ではいられなかった。一冊一冊の『カイエ』、叙事詩あるいは叙事詩的‐演劇的詩のそれぞれの多量《リーム》の書き物が、激しい身体的格闘、道具に対する職人的愛情、消費者には見えない細部にわたる技術的巧妙さから生まれた。

「肉体の」（*charnel*）というのが、ペギーにとっての護符的な語である。その言語との出会い、原稿と植字の仕上りを通しての意味の運動と音楽の実現との出会いにおいて、彼ほど「肉体的」な大作家はいない。軍靴、ライフル、リュックサックは、使えるようにきれいにしておくためには、手を使って手入れをしなくてはならないが、正確な言い方をするために要求される同様の手作業の手入れに、彼をほど取り憑かれていた者はいない。植字の誤り、視覚的領域と意味論的領域における定義〔輪郭〕のゆるみ《ルースネス》は、ペギーにとって、言語と感情、それゆえ統治体《ボディ・ポリティック》の神経中枢における狂気の兆候だった（この点において、自らの書き物にその大部分があてられていた雑誌の、怒れる孤独者にして編集者であった二人――ウィーンのクラウスとケンブリッジのリーヴィス――との類似点がある）。

（二）

ペギーの初期の著作――プレイアード版の選集は一八九七年に始まった――からは朝の活力と過剰なまでの無垢が風となって吹いてくるが、後年、失望と個人的な悲しみがそれをむしばんだ。最初の「ジャンヌ・ダルク」（彼女はペギーの死の間際まで、彼に選ばれた聖人であり続けた）は、とりわけジャンネットとオーヴィエットとの間の、そして裁判の時のジャンヌとメートル・ジャンとの間の場面の描写において、発見されるのを今も待っている傑作である（抒情的哲学的修辞の弩級の挑発と混淆性においてペギーと奇妙なほどに似ているクラウスの「第三のワルプルギスの夜」の「劇」もそうである）。「社会主義の町について」と「マルセル」を読まずにペギーに正しい焦点をあてることは期待できない。一八九七年から八年にかけてのこれらの作品において、オルレアン、今日のノルマリアンの文盲の椅子修理屋の孫が、彼の切迫した理想、近代社会に対する要求を打ち出した。すでに彼は、言葉の反響という戦術を思いついていた。彼の生涯の著作を、模範的であると同時に癪にさわるものにしている通常文法に対する「潮のような」圧力の――聖書以上に聖書的な――反復戦術である。プルーストは、『カイエ』を読んで援助しようとすると、不本意ながら憤慨へと変わってしまう情熱的な「讃辞」について書いている。

しかしそれは、様式の独創性以上に迫力をもつにいたる原因である。「調和の町」は、そこで働く人々のものである。芸術、科学、哲学がその正当性を得なくてはならないのは、生産と正義の両者の手段の創造的所有からである。芸術家、思想家は、とりわけ労働者である。もっとも、規律のある自由に異常なまでに恵まれ、責任感が異常なまでに強い労働者ではあるけれど。真摯な芸術は、人間的な欲求につねに応じる。哲学は「科学の芸術」である。「正当化する《ジャスティファイ》」とは、社会的正義に仕えることであり、印刷工が、この上なく自律的な詩でさえも、その余白を「そろえる」時のように、テクストに調和のとれたかたちを与えることである。

　これら初期のテクストと『カイエ』の構想は「ドレフュス事件」の坩堝から生まれた。ペギーの目立つ特質となった激しい脈動、反作用力と過剰反作用力の戦略は、最初の『ドレフュサール』の状況を直接的に反響させている。最悪であったのは街頭での闘い、外国嫌いの群衆、おせっかいな揉み消しであったのではなかった。真相がかくも明白になった今、自分たちは煉瓦の壁、つまり、盲目さあるいは悪意の虚偽に飛びかかっているのだというドレフュスの弁護者たちの想像力に欠けた肉体的感情が最悪であった。ペギーは円熟し、彼の特異な文体――「文体」が、著作と日常生活の間の縫い目のない結合を意味するならば――に到達した。それは、最初のひと握りのドレフュス擁護の知識人とともに国家という純然たる巨塊と戦っている時だった。同じ問いかけが何度も繰り返し、公けの場で提起され、同じスローガンが宣言されなくてはならなかった。ゾラの、声が雷のようにとどろき渡る介入、国際的不安の深まる圧力のあとでも、リヴァイアサンを前にした絶望感を克服しなくてはならなかった。綱引、もろい地面に固定された足、採石夫の手のような皮のむけた手が、ペギーの第二の習性となった。資本主義、平和主義、ヴァティカンの反啓蒙主義、大学‐ジャーナリズムの政治的影響力の行使者《パワーブローカー》、そして最後に、これが最も重要視されたが、虚偽の教育改革によるフランス語の破壊と金《ブルス》と政治屋の咆哮、これらのどれに対しても、ペギーの方法は、愚鈍と道徳的裏切りの扉を拳で、無骨に、執拗に、絶え間なく叩いて不快な音をたてるという「ドレフュス派」の方法であり続けた。ペギーの文、行進する長い段落の「音楽」――この語はたぶん場違いだろうが――は、ほとんど変わることなく、破城槌《バタリング・ラム》のそれである。

　最初の大きな要塞が陥落した時、ペギーは真の勝利を見なかった。ドレフュス大尉による特赦、その後の恩赦の受け入れは、ペギーを激昂させた。完全に無実であるのに、特赦が、ましてや恩赦がありえようか。それよりひどいのは、ペギーの愛する友人、師、後援者であるジョレス（二）に体現されているフランス社会主義の、この虚偽を支持しようという決定だった。ひと握りの倫理的純正主義者、正義の論理学者——その中には、その著書『聖職者の裏切り』がこの陰鬱な紛糾の中から生まれたもうひとりの「同時代の歩兵」ジュリヤン・バンダ（三）がいた——とともに、ペギーは非妥協的であり続けた。ドレフュス戦争において彼に最も忠実だった庇護者や朋友、『カイエ』の実際的潜在的資金提供者、ペギーの英雄的な熱弁に惹かれた社会主義者やキリスト教的社会主義者は、少しずつ滲出していった。すでにエコール・ノルマルで、風変わりで強情な学友に未来のリーダーを感じとっていた数多くの人々もそうだった。ペギーの孤立が始まり、絶えることのない怒りが彼の精神に巣食ったのはこの時だった。それに対応して、彼が彼の弁説の様式——西洋の散文において彼と肩を並べる者はほとんどいないおぞましく、単調で、演説口調で、それでいて力、辛辣な痛烈さ、逆説的な親しみを産む弁説の様式——に固執するようになったのは、ドレフュスの名誉回復によってもペギーにはほんの一部しか解決されなかった「事件」の長く伸びる影の中でのことだった。

　この最終巻に収められた五年という短い年月は、ペギーの頂点を証言している。彼の詩の中で最も卓越している「シャルトルのノートル・ダム寺院のボースの奉献」が出たのは、一九一三年一月だった。同年の十二月、ペギーは、最小限の分別も無視して、第十五集の四冊目の『カイエ』で、長たらしい四行連句の『エヴァ』を発表した。長たらしいが、死んだ日を考えれば、構想の粘り強さ、再生への企投にみなぎっており、群小詩の上に聳えている。その挑発はしばしば畏怖すべきものがある。

　　　電流でも高周波でもない

われわれに動脈の血を迸《ほとばし》らせるのは。
おしゃべりでもなければ大言壮語でもない
言外の場所にわれわれを捜しに来るのは。

ここには最も冗長な詩人がいる（エヴァが戸口の上り段に音をたてて立った時、集まっていた残り少ない賛同者たちが、高周波で気を狂わされ話をした！）、ここには浪費と大言壮語を攻撃する最も大言壮語する時事評論家がいる。にもかかわらず、「言外の場所」（'tacites terres'）は壮麗で精密だ。そのラテン性においてペギーは、ミルトンとコルネイユ以降、近代人の中では最もラテン的である。ペギーが百姓の、あるいは兵士の深靴を履いて何度も横切り、やがてその中に横たわることになった含みのある用心深い土地を喚起する点においてそうである。あるいは次の詩の「にわか」（*soudains*）という形容辞に注目されたい。

侮蔑の大家ではないだろう
腐植土の苗床にわれわれを捜しに行くのは。
にわか教授ではないだろう
最後のお告げの鐘の時にわれわれを呼ぶのは。

「にわか教授」（'Professeurs soudains'）、生意気な判断はぶっきらぼうであり、博学とメディアに息切れし、新しい芸術と思考に要求される細心さと冷静な寡黙さには鈍感で、「腐植土の苗床」（'couches d' humus.）（再び暖かく暗いラテン性）の表面に掻き跡さえ残すこともできない、その下で種子は芽ぐみ、死体はお仕えしているというのに。ハーディならこの連を即座に理解したことだろう。

「侮蔑の大家」、これ以上ぴったりする付け札はないだろう。文学的ゴシップのにわか批評家と仲介者、己れの無力感と嫉妬心から内心恐れている仕事についてラジオや高級紙でぺちゃくちゃしゃべる欽定講座担当教授。専門の小さな土地を監視し、広い地平線を見ようとする人々に毒液を口から出す官僚的な専門家。ペギーはこのような人々に辛辣に、「十二月の人」というレッテルを貼った。一九〇九年から十四年にかけて、彼らの冷淡なささやき、身をさす侮蔑が、彼を蹂躙し、ほとんど破滅の淵へ追いやった。この間の事情は初期の習作に完全に記録されているが、この話は今でも、読む者に気味の悪い思いをさせる。一九一〇年十月、アルフレッド・ドレフュスという男が『カイエ』の購読予約を取り消した。バレスの、あらゆる面での支持と世辞たっぷりの約束にもかかわらず、ペギーは、最後になって、アカデミー・フランセーズの「文学大賞」を与えられなかった。それは、ひどく必要としていたお金ばかりでなく、何らかの特権を彼に与えたであろうのに（ペギーは、格下の賞が彼に回されたことに、軽蔑の気配を感じた）。一九一一年の疲労と病気。ロマン・ロラン、ベルクソンなど、ペギーが擁護し、出版した作家や哲学者は、著名になり、公的栄誉を得た。ペギーは「貧困の中で」闘い続けた。「私は貧しい、貧乏だ」と、彼は一九一二年の春にジョゼフ・ロットに書いている。

馬鹿馬鹿しいほどの収益にもかかわらず書き、印刷し、郵送した『カイエ』は、各号ごとに、さらに彼が見捨てられる状況をもたらした。やがてペギーは、貧しくて購読できない人に無料で配布することは彼にとってきわめて大事なことだったのだが、印刷部数を、予約購読者《アボネ》の正確な数にまで限定しなくてはならなかった。彼は、先見の明のある収集家に、原稿を、売れるものはすべて売った。すでにある種の名声のオーラが彼を包んでいた。プルースト、クローデル、ベルクソンは、彼の天分を聞いて知っていた。ジイドは、いかにも彼らしく、鑑識力はあったが、献納に関しては猫のようにずるかった。新聞はこの男とそのドン・キホーテ的企図を語った。「ソルボンヌの先生」と学士院会員は、品数のない婦人服店を、時折良心の呵責を感じながら足早に通り過ぎた。「親愛なるペギーに何かしなくてはならない」(『スクルーティニー』と主宰者リーヴィスの疎外化現象との類似性は、悲しいかな歴然としている)。しかし何も、あるいはほとんど何もなされなかった。そのことが、まさにこれらの年月に産み出された作品の量と高邁さを、よりいっそう魅惑的なものにしている。

モンテーニュ以降の、どのような友情の話も、一九一〇年七月に出版された『われわれの青春時代』を超えていない。「ドレフュス事件」の歴史家は、蜒々と続く文献目録という点でそれが古典的なものであることを長い間知っている。しかし、それは、ドレフュスの最初の同志のひとりであり、自分の危い立場に突然気づいて呆然自失したユダヤ人であるアンリ・ベルナール・ラザールとの熱情的な、のちにひびの入った親交をめぐるペギーの回想であり、そのことがこの作品を忘れがたいものにしている。二人の男の関係は、彼らの共通の大義の「神秘的雰囲気」、国家的同胞愛と安全という道徳的命令——そのようなものだと認識されていた——を超越するほどの絶対的正義の理想への深い関与によって燃え上がった。ペギーとベルナール・ラザールが離れたのは、この「神秘的雰囲気」の「政治」への、つまり議会人と新聞御都合主義と策略への「堕落」が原因だった(あとで見るように、モンタ―ニュ・サン＝ジュヌヴィエール、ソルボンヌの人々、イスラエルとの関係は、ピエール・アベラール以降、複雑である)。今、振り返ってみると、ペギーはベルナール・ラザールの中に、多すぎるくらい多くいるユダヤ教の預言者たちのように、沈黙させられ、無視された証人を認めた。「彼は死ぬ前に死んでいた」。その上、二人の戦術の違いがどうであったにせよ、彼とペギーは、実際にはけっして別れなかった。「事件」の核心にある「秘められた意味《ミスティック》」、正義の契約は、関係の契約となった。ペギーの散文の偉大なる音楽は高まる。

彼は友情の核心にある忠実さに神秘的な愛着をもっていた。彼は友情の核心にあるそのような忠実さを神秘的なまでに示した。かくして、生まれた、彼とわれわれとの間に、死ぬことがなく、終わることのない友情が、完全に交わし合い、完全に相互の関係にあり、完全に完成された友情が、すべての他者の失望、すべての不実の覚醒に養われた友情が。

死ぬことも終わることもない友情。

見事なのは、運動の直中における言葉の精確さである。「追放《デグレダシオン》」がつねに背後にある。なぜなら、それはドレフュス大尉の追放だからだ。「神秘的な行使」、なぜなら「行使」は、ラテン語の語源では、軍隊用語〈教練〉であり、まさに、「事件」とペギー自身の「奮闘《ソルジャリング・オン》」を含意している。三重の「完全さ」、それは言うまでもなく、「完全である」（*perfectum est*）には、最後の苦悩と窮極的祝福という含意が十分にある。

「ヴィクトル゠マリ」、「ユゴー伯」が驚異の年である一九一〇年に出た。今世紀の文学批評の六つの顕著な功績に数えられるだろうという印象を与える。この場合、「文学批評」はまったく不適切な表題である。ペギーが、「見事な読み手」が何であるか、何であるべきかを定義し、実践したのは、この根源的な思索を通してである。「よく読む」とは、出会いのすべてのレヴェル——精神的、知的、音韻的、時には「肉体的」レヴェル（テクストは、音楽と同様に、神経と筋肉に働きかける）——におけるテクスト内の、感知される直接性に深く関わることである。問題は、真の史的言語学、「ロゴスへの愛」に関わる問題である。史的言語学、「ロゴスへの愛」は、理解のすべての道具――語彙的、韻律的、文法的、意味論的道具――を要求するが、その起動力は、真摯な文学あるいは芸術ならどれでも、読者に対して要求するさまざまな要求を読者が理解する時(理解には恐れを伴う)の、読者のためらい、読者に寄せられる信頼である。「汝の生活を改めよ」、とリルケの古風なアポロのトルソは、その存在を十全に体験しようとする者に向かって言う。ペギーは、このような注釈家はたぶんほかにいないだろうが、自分の読解を語りながら、自分自身とわれわれの中に、変化という破壊的な神秘を産み出す。対比的(プルタルコス的)な、コルネイユとラシーヌの読解は、『ポリュークト』に対する故意に誇張的な見方と、ラシーヌのヤンセン派的「残酷さ」――ペギーは『ベレニス』の中でその語に光をあてている――、ラシーヌの「つねに知的な貪欲さ」に対する公正さに欠ける評価(最近のポスト構造主義と脱構築批評のおしゃべりな本すべてと喜んで交換したい洞察)とともに、解釈学の古典である。しかし、同じ論文の中で、ペギーは自らをも超越している。

ヴィクトル・ユゴーの「眠れるブーズ」に対するペギーの釈義(この聖書的響きは全面的に支持される)は、それを引き起こしたもののもつ光輝に、力と意味において、互角である。それは、『抒情詩集』のワーズワスを論じるコウルリッジを思い起こさせる緻密な読み、言い換えを拒絶する内的協和の詩学をもっている。ペギーの解釈学的「奇想」は悪名高い。ユゴー、フランスの貴族、フランス学士院会員(警告の一撃)は、『ジェリマデト』を考え出し、韻を見つけ出さずには済まないのである。この助奏《オブリガート》、誇示せんばかりに表現主義的かもしれない助奏から、フランス文学、実はどの文学においてもひと握りの至高の抒情詩のひとつが生まれた。この名手の才能から、末尾の「至高の充足」('plénitude souveraine')と「水平の静けさ」('calme horizontal') が生まれる（これに匹敵するものがあるだろうか)。

星の畑の金の鎌。

それでは問題の『ジェリマデト』に戻ろう。

ジェリマデトのように、ヘブライ語で「いつ人はそのことを考えるのか」と置かれる（私はユディトについては語らない)。たんに彼がエリコと同じ出発点をもっているだけではない。彼はユディトと同じ大文字のJをイニシャルにもっている。大文字のJのようにユダヤ人的なものはない。そしてそれは、ユダヤ語のすべての美しい名前と見事に韻を踏む。（ヨサベト)、ヤペテ、(Jの立場、私には理性があった……

本当に、彼の言うことは正しかったし、今もなお、彼ひとりが正しい。

ペギーの成熟した思想へ読者を案内しなくてはならないとすると、一九一二年から一三年にかけて書かれ、死後やっと出版された『クリオ、歴史と異教徒の魂の対話』によることになるだろう。それは、極限的に個人的な心労のもとで書かれ、近づくヨーロッパの破局の静かな脅威が影を落としている八百頁以上に及ぶ原稿だった。いかにも彼らしいが、歴史の女神であるクリオと世俗性（官能的な魂）を体現する読者との対話は、多くの全般的な関心——歴史性と真理、良心と世俗性、人文学研究の、科学的方法と地位に対する虚言癖的要求、芸術における進歩の幻想——をめぐって螺旋状に動く。強烈な個人的網状組織を形成しつつ、これらの論題の根底にあってそれらを関係づけているのは、プルーストのそれと同じくらい探求的な想起、記憶の創造的知性をめぐる省察である（二つの「探求」はきわめて同時代的である）。ペギーが、ホメロスとソポクレスに関して、読者のもつ後見人としての生命付与力について語っている頁ほど霊感にみちている頁はない。ハイデガーよりかなり前に、ペギーは、ある種のギリシャのテクストの護符的優越性、並ぶもののない再生のエネルギーにふれている。

しかしこの再生は、テクストの問いかけに対する現代の読者の応答性、「応答する責任」の中に生まれる。この場合、重要なのは、問いかけが弁証法的であるということである。われわれがテクストに問い、テクストがわれわれに問う。ペギーは、われわれの、朝刊との出会いと同じくらい新鮮で、硬化する恐れのない直接性、歌の名手と思想家との出会いを主張した。古典の実存的内在性の重圧感、『イリアス』または『アンティゴネー』における現実性の重圧感が、世俗的または学問的干渉なしに読者に関係をもつように、読者の魂がいつまでも「異教的」であることを祈願するというわけである。「あたかも、それが、最後の新しさであるかのように」。生きられる想起は、決して記録資料的なものではない（それゆえペギーは「科学的 - 社会学的」歴史の新しい学派を軽蔑するのである）。真の歴史家は、緻密な想像力の詩人である。彼は、ヘシオドスの詩のたった一行が、突然の光の中で、ひとつの風景、つまり、それ以外の方法では再現不可能な複雑な時間性の構造を包んでいるかもしれないことを知っている。繰り返して言うが、ユゴーをめぐる光輝溢れる頁がある。ユゴーの中で、歴史と詩、物質と精神が「無限に」織り合わされている。

この本の末尾には死後に公表された断片的な二つの著作がある。ベルクソンについての「覚え書」と、デカルトについての「付随的な覚え書」である（短い「ベルクソン論」は一九一四年四月の『カイエ』に出た）。ペギーの最後の思索は、デカルトを、そのほとんど偶然的なきっかけで取り上げている。ここで問題になっているのは、ペギーのカトリック教の、反モダニスム的で、きわめて特異な再肯定である。現代文明は、まさに合理的信仰によって、そして啓示の、実証主義への適合によって、「あらゆる形態の下にある霊的なもの」を滅ぼすだろう。アクウィナスの真理は、ハーバート・スペンサーのそれではありえない。神秘は政治ではありえない。ペギーは最後に、堂々と悪の権化の正体を言う、「金《アルジャン》」であると。マルクスでさえも、現代における金の遍在性、汚染をもたらすその全能性について、彼ほどの預言者的怒りをこめて語らなかった。資本主義と妥協し、自らが財政的な権力となることによって、教会は、霊的である資格を喪失した。その社会主義が最後まで「神秘的」なものであり続けたペギーにとっては、仁愛と正義との間に、筋道の立った分割はありえない。両者とも、貧困という特権の中で活動する。最後に一度、いわば悠然たる「厚かましさ」で、彼は、彼の愛するコルネイユと至上の『ポリュークト』を公然とほめたたえる。最後に一度、彼の高く聳える「守護者たち」、つまり、聖ルイ、ジョアンヴィル、「オルレアンの娘」が加勢する。名誉対利益、言語の驚異対ジャーナリズム、愛国心対宿無しの空虚な国際主義。

ペギーの終わりのすべてが見事であるというわけではない。殺人を犯しかねなかったことがのちに判明した愛国的憎悪による暴力を、ジョレスに向けたことに対してある程度の責任がある。今でもなお、まったく印象的なのは、豊かさの中の無駄《エコノミー》のなさである。彼が、デカルトと信仰をめぐるエッセイの（現在あるかたちでの）最後の段落を未完にして残した瞬間に、ペギーは彼の壮大な企図を実質的には成就させたのだ。リヴァイアサン的な、詩と劇の集成である『カイエ』の出版の合言葉である「校了」（*Bon à tirer*）は、いまや、真の、予期せぬ終わりの印となった。何ものも抵抗せず（*Nihil obstat*）。ロベール・ビュラ最後のプレイヤード版は、自ら公言した基準に、いつも適合しているわけではない。

クのペギーは、編集の点では見事である。しかし、少なくとも一点において、その厳格な寡黙さが失望を生む。『著作』は伝記ではないし、そうであることを意図されていない。しかし、編集者の序文と、しばしば一日刻みになっている年譜は、ほとんど完全な沈黙の中にあっても、ペギーの終わりにおいてきわめて重要な要素となる。ブランシュ・ラファエルに対する愛情、彼女の結婚（彼が容認できない自暴自棄の誘惑と行為から彼を守るために企てられた結婚）に際して彼の果たした緊迫した曖昧な役割については一部知られているが、もっと多くのことを言えるであろう。われわれが信頼することのできる唯一の記事は一九三八年にさかのぼるものである。問題は、覗き見的ゴシップのそれではない。ペギーの、ユダヤ教に対する深く、そして陰鬱であると同時に時に祝祭的な関わりは、これまでの理解よりもはるかに深い理解が必要とされる。この文脈において、ブランシュへの愛という問題は、ドレフュス事件の時代のそれと同様、事の本質をなすものかもしれない。

一九一四年八月二日、雇った辻馬車《フィアクル》で、ペギーはパリを何度も横切り、口論した友人たち（中でもブリュム、ジャン・ヴァリオ）に別れを告げた。彼はベルクソンとブランシュに別れを告げた。クロミエールの連隊に加わる前の最後の二晩を過ごしたのは自分の家ではなかった。八月十六日、彼はブランシュに、「主の祈り」（*Pater noster*）、「アヴェ・マリア」、「慈悲の女王への御挨拶」（*Solve regina*）の手書きのラテン語テクストを郵送した。九月五日の朝、ペギー中尉は戦場で聖体を拝領したと信じられている。その午後、歩兵隊の部下を連れて進撃した時、ドイツ軍の銃弾に頭を撃たれた。彼が倒れたのが、ヴィルロワ近郊のどこか、正確な場所はまったくわからない。六週間後、ベルリンの雑誌『アクツィオーン〔戦闘〕』は、斃れた詩人に弔辞をかかげた。エゴン・シーレが肖像画を提供した。このような遠い昔には、人々はさまざまな方法で物事を整序したのだ。

言語の生命と感情に対するわれわれの感覚のかくも大きな部分を今日支配している日和見主義的反啓蒙主義が将来消えていっても、ペギーの執念深い廉直さは生き残るだろう。彼は、ますます多くの詩人にとって（ジェフリー・ヒルを考えてもらいたい）欠かせぬ存在なのである。今完結するこの版は、明らかにひとつの記念碑なのである。しかしそれ以上に重要なのは、それは、それ自体が、さわると熱い破片に似ていることである。

聖シモーヌ――シモーヌ・ヴェーユ

プラトンは、犬儒派のディオゲネスについて、「彼は気の狂ったソクラテスだ」と言ったと伝えられている。その発言には、軽蔑と同じくらいに、ぎこちない敬意が込められている。シモーヌ・ヴェーユを考える時、その評言を思い出さずにいられるだろうか。

彼女の兄であり、偉大な位相幾何学者であったアンドレ・ヴェーユは、いかにも彼らしい慎しみから、「〔妹の〕感性は正常の限界を越えてしまった」と結論した。人間の判定の名人だったド・ゴールは、もっとそっけなく、「彼女は狂っていた」と言明した。シモーヌ・ヴェーユがほとんど自らに課したと言える一九四三年の死を、彼女をその護符的存在とするフェミニストたちが称揚しており、ある種の女性聖者に帰せられる「神秘的な拒食症」について語っている。記録された証拠というさらに卑俗なしヴェルで、確信的で、判事的信念で、「シェイクスピアの悲劇は、『リア王』を例外として、二流である」と裁定した思想家=学者から人々は何を引き出せるか。「『イリアス』、アイスキュロスの悲劇、そしてソポクレスの悲劇は、これらを産み出した詩人たちが、聖なる状態にあったことを明らかに示している」と言っているのは誰か。「十二世紀のラングドック文明」は、その中で、カタリ派とカトリックが調和的均衡を達成したので、ユートピアに近いものとなったと繰り返し提議したのは誰か。プラトン哲学におとらず、ギリシャの抒情詩と劇に、福音書の独特の、実質的な原型、類似物を発見しようと苦労している該博な、そしてしばしば痛ましいまでに無理の感じられるシモーヌ・ヴェーユの著作を、われわれはどう扱えばよいのか。

しかし、もしその病理が(本当に、たぶん「狂気」が)存在するなら——なぜシモーヌ・ヴェーユの信奉者たちは、この事実に直面することに乗り気でないのか——ソクラテスの病理も存在する。シモーヌ・ド・ボーヴォワール、ハンナ・アレントを理解するための環境を形成するのに役立つはずのものは明らかに存在している。シモーヌ・ヴェーユの哲学的想像力と対抗しうる哲学的想像力が、今日にいたるまで、女性の間にあるだろうか。最良の彼女は、苦痛と奇矯な環境を、まさにカント的な意味の無私の普遍性へと力づくで変える。ドイツ軍によるパリ占領のまさにその瞬間における彼女の、その日はインドシナにとって(フランスによる植民地支配のもとにあるすべての民族にとって)偉大な日であるという意見は、ストア派の格言の、公理のような冷やかな純粋さをもっている。シモーヌ・ヴェーユの、「われわれは、神が存在しないということを除くすべての点において、真の神に似ている神を信じなくてはならない。なぜなら、われわれは、神が存在している地点にまでまだ達していないからだ」という挑戦的な主張以上に挑戦的な主張を、現代の哲学的神学と形而上学はまだほとんど提示していない。工場労働、現代の男女の「過酷な」科学技術の状況の含意する内容——心理的、社会的、政治的、そしてまた真の意味で哲学的な——を彼女ほど厳格に把握しようとした社会哲学者は、マルクス(ヴェーユにつねに存在している)は別にして、彼女のほかにいるだろうか。

シモーヌ・ヴェーユについて伝記的、分析的、文学的論述がふえている。『カイエ・シモーヌ・ヴェーユ』、研究会、国際的会議がある。全集の編集が進行中である。熱気は明らかにあるが、光はそれほどでもない。一方では無批判な崇敬、他方では憤慨と嫌悪、これらが彼女の「作品と一生」をめぐる論議を特徴づけている。フェミニズム――その直前の前身を、彼女は見当違いで、間違っていると考えていたようだが――は激しい口調を加えた。私の意見では――それ以上のものにはなりえないが――「聾者の対話」、大袈裟な賞讃と無視の多くは、シモーヌ・ヴェーユのユダヤ教、そして彼女のユダヤ教拒否という中心的問題を、意識的にか抑圧されてか、探究しまいとする態度から生じるものである。この問題は(たぶんウィトゲンシュタインの場合と同様に)、きわめて複雑で、どのように研究するにしても、探究する者には、この上なく厳正かつ繊細な探究、最大限の暫定性と配慮《ピドウール》が要求されるばかりでなく、数多くの点において、きわめて不愉快であり、実のところ反感を抱かせるものであるかもしれない。彼女自身の民族が蹂躙されて獣のように絶滅させられていた時代に、「ローマ・カトリック教はまだあまりにもユダヤ的である」という理由でカトリック教会への入会を拒んだ人間について冷静に考えるには、あるいは、ヨーロッパ文化の危機とその再生のための計画をめぐる多産な思索が、進行中の大虐殺について(私が気がついている限りでは)全く何も言っていないような人間について冷静に考えるには、ドストエフスキーのそれのような心理的洞察力と聖者の愛《カリタス》を必要とするだろう。しばしば抗しがたく独創的な深淵において、彼女ほど愛に欠ける、愛をめぐる哲学者がいただろうか。

私があとで戻る二、三の点を除けば、すべての点でこのディレンマを回避していることが、『シモーヌ・ヴェーユの文化哲学』、「神聖な人間性に向けて読む」というこの選集を奇妙に空ろなものにしている。わずかに一篇の論文においてのみ、そしてそれは文体と思索において最も際立っているものだが、批判と真に呼べる要素がある。それ以外は、口調はおおむね、聖者伝のそれである。

編者のリチャード・H・ベルにとって、シモーヌ・ヴェーユが、その精神的啓示と社会=政治的発見が累積して一貫した「文化哲学」となる「道徳哲学者」であることは自明のことなのである。彼女がデカルトやマルクスを要約し整理している時でさえ、「彼女の思想の刻印はいたるところにあった」のである。二十世紀の科学に関するヴェーユの見解は（その牧歌的安易さがしばしば当惑を与えるが）、厳粛《グラヴィタス》に受け取られなくてはならないのである。とりわけここには、「ドグマのないキリスト学を根本的に体現した世界」がある。この世界では、「脱創造」の概念が根源的な役割を果たしている。J・P・リトルは、「脱創造」を知的に議論できるように勇敢に最善を尽くしている。われわれは、「道徳的死」、つまり自己《セルフ》の消滅――自我《エゴ》とその意志行為の支配を受けないすべてのものを完全に受け入れることを伴う――を体験しなくてはならない。そうシモーヌ・ヴェーユは執拗に主張する。個人的な自己は、われわれがそれを、神が絶滅してくれるように差し出す時にのみ、救い出されうるのである。この提出が、次には被造物の、創造者の全き一体性の中での回復を可能にする。神とは違う被造物が存在するに至るということが、運命的な亀裂、神の退却と自己拡散を起こす。利己主義的行為はすべて――定義上、程度の差こそあれ、自己＝意志によって汚染されていないような人間の行為はありえない――、神の御自身からの退却を加速する。ヴェーユが実存主義的に実践した自己放棄、自閉的「内包」は、神との「再統一」に向かう、そして、これは推定だが、堕落し腐敗した現実の、たぶん一時的なもしくは時間的な廃棄（ここでの議論は、日常的言説の埒外にあるというまさにその理由により、ぼやけたものとなるが）に向かう小さくはあるが決定的な踏み出しである。リトル博士は、「脱創造」を、マイスター・エックハルトや十字架の聖ヨハネ［ファン・デ・ラ・クルース］に見出される神秘的な否定神学の中に位置づける。ヴェーユは、「受肉」と「受難」という犠牲を表わす用語に創造を認める。「子」の「受肉」は、「神の、神からの分離」を表わすだろう。カトリックの神秘主義のはるか前に、*Tsimtsum*、神による創造、亀裂と退却の概念が、ユダヤの神秘的思索とカバラの全篇において重要な役割を果たしているという明白な事実に、ついでのような言及があるのは、この本の最後の数頁に来てからなのである！「われわれはイサーク・ルーリアを引き合いに出す必要がある」とH・L・フィンチは言う。全然ないよりはましだ。

シモーヌ・ヴェーユの「神学」における「神の必然的不在」をめぐるローワン・ウィリアムズの議論は際立っている。この論集でほとんどウィリアムズ教授だけが、ヴェーユの立場における論理的弱点、議論の専断的命令を緻密に強調している。彼は、非難口調の、しかし重要な一文で、こう問うている、「ここにおけるヴェーユの言語を、認知的無私のこの聖典化の、一種の倫理的精神的転写と見ることは可能だろうか」、と。ウィリアムズは穏やかに、しかし痛烈に、ヴェーユが「自己＝愛もしくは特定のものへの愛の〔現実の〕可能性」との間に抱えていた「巨大な諸問題」を指摘している。それが彼を、次の重要な問題の提起へと強制的に導く、「彼女は、女性として、彼女の身体を思考することを文化的に『許される』のか。ユダヤ教への彼女の異常に辛辣で愚劣な注釈——彼女自身の遺産の真の悪魔化——の中で、何が一体全体起こっているのか」、しかも、私は繰り返し言うが、その遺産が、キリスト教ヨーロッパの中で、言語に絶する死へ追いやられつつあるまさにその瞬間に。ウィリアムズの、端正ではあるが、避けられない問いかけは、新鮮な一陣の風のように吹き抜ける。

D・Z・フィリップスは、ヴェーユの、「神」という語の使用における概念的＝言語的戦略について啓発してくれる。彼はわれわれに、ユダヤ教とローマの宗教における神格の神人同形的「権能」と彼女がみなしたものに対して彼女が抱いた恐怖を思い起こさせてくれる。温情主義的信仰の日常言語に見られる人間の力の神格化にほとんど必然的に含意される偶像崇拝的なものを識別することにかけては、彼女は鋭かった。スピノザに劣らずヴェーユは、想像力の模倣的衝迫に不信を抱いていた。根本的にユダヤ的意味で、彼女は言語をこの上なく愛した——彼女のピンダロス論、ソポクレス論、福音書論を参照されたい——、そして、言語のファンタジー、イメージへの傾斜を嫌悪した。ここから彼女の恐るべき断言が生まれた、「われわれは、想像の楽園よりも、現実の地獄を取らなくてはならない」。マーティン・アンディックは、「想像力」という重要なテーマを取り上げている。彼はヴェーユの、生涯にわたる具体性への召喚を解説し、われわれの政治がそれを糧としている抽象、もっともらしいイデオロギー的絶対、修辞的幻惑が人間の、人間に対する非人間性を助長しているという確実に正しい彼女の主張を、説得力をもって解説している。(ヴェーユの言語批判とオーウェルのそれとの間には、時に比較可能な状況における示唆に富む類似性がある。)

しかし、アンディック教授が指摘するように、この批判は、ヴェーユの場合、またもや「神学的」である。それは、集合的な「われわれ」――政治的なものの場――の必然的な「脱創造」と関係する。「われわれの中の悪魔は『われわれ』である、というか、その周囲に暈《うん》もしくは『われわれ』をもつ『私』である。というのは、神なしに神のようになりたい、愛においてではなく力において神のようになりたいとわれわれに望ませるのは想像力だからであり、われわれを、空間と時間、価値と存在において宇宙の中心に置くことによって、われわれに虚構的神性を与えるのも想像力だからである」。想像力を清められた知覚は「識別力《ディサーンメント》」である。たしかにアンディックは、この点で、ヴェーユの主張の高貴なる源泉――デカルトにおいて朱書された「明晰にして判然」――にわれわれの注意を向けるべきだろう。真正なるもの、われわれ自身の動機と世界の事実に対する「識別力」は、窮極的には、「愛の眼」を通してのみ手に入れられるものなのである。「愛の眼」のみが、吐き気を催させる、自己盲目的な現実の中に不在の神の、存在の隠れた足跡を見つけ出すことだろう。しかし、そのような愛の(プラトン的?)洞察に先立って、「識別力」を日常生活に適用することができる。ヴェーユの著作において、流れ作業の内外の労働者階級の状況――そこでは明察は激烈な個人的苦悩という犠牲を払って獲得され、鍛えられた視力は、苦痛を経て洞察へと進む――に対する透徹した観察ほど心を動かすものはないように思われる。クレア・フィッシャーの書いた「シモーヌ・ヴェーユと労働の文明化」は、アグネス・ヘラーの新、もしくはポスト、マルクス主義に関わるものであるが、この重要な論題に権威を与えている。ヴェーユにとって、「情熱とパンの獲得」は密接に協和している。

これらの「言行《アクタ》」の後半の論文は、ヴェーユの企ての、より広範囲に及ぶ「文化的」立場に、より直接的に話しかけている。編集者、そのあとのコリンズ教授とニールセン教授は、ヴェーユの、法に関する考察の、個人的主意と社会的主意を提示している。彼らは、現在の社会的‐政治的議論と理念における「自由」の過剰と「思索」の欠如との間に彼女が引いた区別を強調している。彼女は、ほとんどプラトン的な裁定者――その機能は、必然的に相互に衝突するさまざまな義務の調停という機能であろうが――によって分節化される「公正さの規則」を訴える。ヴェーユは、彼女の著作人生の最後の数箇月に、ヨーロッパの大破局、とりわけフランスにおける道徳的権威の崩壊という灰色の光によって、社会正義、法のまさに合法性という概念を再定義しようと努力した。それと関連する、専制政治と世俗的自由の曖昧な地位をめぐる考察は、シモーヌ・ヴェーユの完全主義の中でも、最も強烈なほどに明晰なものに数えられる。

パトリック・シェリーはヴェーユの宗教的美学を論じている。彼は、「完全なる調和」の彼女の規範の三位一体的基盤を力説している。ヴェーユに（アウグスティヌスの場合と同様に）絶対的協和と無私の美の保証と範型の両者を与えているのは、「父」と「子」の間の愛の絆である。この無私の美は、いわば、「聖霊」によって投げかけられる無限の光の中に凝縮されている。アン・ローズは、アンティゴネー神話とソポクレス的範型に関するヴェーユのいくつかの論述に劇的に扱われている無垢と苦悩のモチーフを鋭敏に取り上げている。ローズ博士は、きわめて丁重に、私の一九八四年『アンティゴネーの変貌』にこのような論述が欠落していることに疑問を呈している。私が、この点において不注意だったことは否めない。しかし、この感動的で鋭い章の中に、ローズが不可能なことを試みていると思わせるものは何もない。ヴェーユによるアンティゴネーとクレオンの素描は、ヘーゲルとキルケゴールがすでに主張したことに付け加えるものはほとんどない。もし今日、これら偉大な難問解明者《アンラヴェラー》を超えるソポクレス読解があるとするなら、それはハイデガーの読解である。

この論集全体で最も啓示的な瞬間は、フィンチ教授による結尾楽章《コーダ》「シモーヌ・ヴェーユ――新しいルネサンスの先触れ？」である。

編集者のベル教授は、最後に至って、これまでの章の論点回避と未決問題を論拠とする立論に不安を感じたのか。ここに書かれていることは、「ダメージ・リミテーション」〔(戦争などの)不測の事態が起きたとき被害を最小限に食い止める方策〕の実践であることはきわめて明らかだからだ。美化された淑女シモーヌの公正な価値評価への道に立ちはだかる「四頭の竜」と彼がいたずらっぽく呼ぶものを殺すために、彼は出馬する。第一の竜は、俗流心理学が描いてみせる神経性食欲欠如症《アノレクシア》という竜である。「爆弾の製造と何万もの人々への投下に対する反応として、ひとりの女性が、その犠牲者に対する同情から、食べることを拒んで死ぬことは、理解できることではないだろうか」。修辞的疑問文に見え隠れする微妙な論拠。ヴェーユ自身の証言は、空襲の犠牲者にではなく、占領下のフランスにおける乏しい糧食に関わるものであり、彼女は、亡命先のロンドンで、多少メロドラマ風に、その生活を共有することを申し出たのだった。第二の竜はマゾヒズムの非難である(「シモーヌ・ヴェーユには殉教者コンプレックスは全然ない」というJ・P・リトルの初期のあからさまな主張を参照のこと)。われわれは、彼女の苦痛信奉を、「善」へ至る道で絶対に必要な途中駅と理解すべきである。またもや、これも、きわめて複雑な論題である。しかし、ヴェーユの親友たちでさえも、キリストの肉体的苦悶に対する彼女の嫉妬の告白、「受難」と張り合いたいという彼女の願望には衝撃を受けたという事実が依然として残っている。たとえその事実が、聖なる断食という神秘的な伝統と一致していようと、そのような感情は病理学的なものの陰影線にある。

第三の竜は、ヴェーユの公言する反ユダヤ主義（フィンチの強調）である。アンナ・フロイトのような知識不足の心理学者には失礼ながら、ヴェーユは、ユダヤ人の自己憎悪によってではなく、キリストへの愛によってキリスト教に導かれたのであった。「いかなるユダヤ人も、ユダヤ人の自己憎悪の表現でなければ、他の宗教へ引き寄せられることはないというのは、ひとつの原理なのだろうか」。彼女は、「正統のキリスト教徒」として光と終末を見るという純然たる幸運を手にしなかったか（アン・ローズ）。イエスは、「ユダヤ教においてもそうであったかもしれないように」、「民族‐自我」に呼びかけているのではない。彼は、「本質的個人、非個人的友人」に語りかけているのであり、彼女はその「個人」、「友人」の中で際立って注意深いのである。

言葉がここで巧みに操られている。私はすでに、本書の特徴であるヴェーユの思想のユダヤ的源泉と傾向の、一見体系的な見落としに言及した。しかし、事態はもっと平明であり、かつ醜悪である。ヴェーユの、自らの民族的自己同一性に対する嫌悪において、そして、アブラハムとモーゼの神の残酷さと「帝国主義」に対する彼女の耳障りな非難において、そして、彼女が結局参加を拒んだカトリック教における彼女が名づけるところのユダヤ主義の過剰さに直面して彼女が示したほとんどヒステリックなまでの嫌悪において、古典的なユダヤ人の自己憎悪の特徴は異常な興奮状態に達している。その醜悪さにおいて、彼女は、マルクス、オットー・ヴァイニンガー、そしてふとした折には、カール・クラウスと同族の人である。

繰り返すが、最悪なのは、苦悩と不正に対して哀切な雄弁をふるっているさなかに、自らの民族に起きている戦慄すべき出来事と呪われた追放を想像するのを拒んだことである。

第四の竜は、いささか神秘的な獣だが、ヴェーユの祈りの行為の実例と本質である。われわれは彼女の消滅の祈願、神の前での「麻痺」の祈願に躊躇するとフィンチは言う。われわれは、「無言の、無感覚の物質」によって表わされる普遍的従属に達しようとする彼女の努力は、心理的に疑わしい動機に基づくものと考える。「動物暴露」のスーフィズム（一）の教義が証拠である。これらの誤解の竜が殺されれば、真の人間性の再生に向かう輝かしい道を説くヴェーユの教えに従うことができる。

この弁明という局面においては、真剣な議論はまず不可能である。入念な精査が必要なのは、病理的特徴をもった個人の特異性と著作の独立した重みとの間の——可能であればの話だが——区別だてである。ニーチェの場合、この区別だては、きわめてゆるやかな歩みによって、やっと一貫性をもち始めるものである。マルティン・ハイデガー理解において、少しでも自信のある輪郭素描が提示されるまでには、何世代もの時が経過するだろう。ヴェーユにはそれほどの精神的深みがない可能性もあるが、不透明性は彼らに匹敵する。たとえば、もしわれわれが、伝記と告白的挑発から目をそむけることができるとするなら、ヴェーユの「実存的否定性」の中の何が、ショーペンハウアーにおける意欲し苦悩するエゴの絶滅をめぐる主要テクストを超えるのか、あるいは超えないのか。別の一組のテーマにふれるならば、どのようにしてわれわれは、労働力に関するヴェーユの社会学を、エンゲルスとの関係で位置づけ、自殺に関する彼女の、しばしば暗黙の、しかし繰り返される考察を、デュルケームとの関係で位置づけるのか。どのような点において、古典ギリシャ文学に関する彼女の「ユダヤ‐キリスト論的」注釈は、ピロンとプロティノスの発展であるのか。彼女の、きわめて実感的な、しかし不気味な『イリアス』解釈、つまり苦難の詩という解釈――この叙事詩を輝かせる古めかしい戦闘の荒々しい歓喜と狂暴さがほとんど目に入っていない読解――は、アラン(二)の、戦争に関する教えの雰囲気の中で、一貫した位置を与えることができるだろうか。ここには、念入りな、非‐聖者伝的洞察を必要とするものが、きわめて多くある。

　もちろん、これが重要な点である。シモーヌ・ヴェーユはまことに魅惑的な存在である。彼女の書いたものには、血の流れを止めてしまう文が、時には頁がある。それは、その情熱的な、切り裂かれた人間性(古いユダヤ人のハンディキャップ)によるものであり、その哲学的な、あるいは社会的な見方の鋭い唐突さによるものである。いわば、不眠症的良心の夜の視力である。『重力と恩寵』は、キルケゴールの最良のものの、けっして卑しい後継者ではない。『根の必要性』は、依然として、政治に関するカントの明察を少なからず含む、きわめて示唆に富んだ議論である。ヴェーユの『ノート』と書簡には、至高の道徳的知性の閃めき、いや、それ以上のものがある。シモーヌ・ド・ボーヴォワールの生きられた「人類学」がなかったら、ハンナ・アレントの政治的‐文学的診断がなかったら、われわれの苛立たしい時代は、はるかにもっと貧困なものになるだろう。しかし、外国の偉大な女性の精神の中で、ヴェーユのそれは、最も顕著に哲学的な精神であり、思弁的抽象の(ニーチェなら言ったような)「山の光」に最も寛ぐ精神である。山の冷気の中では、香の煙は場違いである。

理性への信頼——フッサール

アドルノ（無垢なる魂）が一九三四年から三七年にかけての辛い年月に、オックスフォード大学に足がかりを求めた時、彼はフッサールの知覚理論に対する批判を提出した。これは彼の一九二四年の博士論文の論題だった。それを拡大した『知覚理論のメタ批判』、つまり、フッサール現象学に見られる内的矛盾（二律背反《アンティノミー》）の探求が、書物として一九五六年に現われた。一九六八年になってようやくアドルノは、『メタ批判』を、彼の最も重要な二つの著作のひとつ（もうひとつは『否定弁証法』）とみなした。実際にそれは入念で濃密な議論が展開されているテクストである。アドルノは、彼が名づけるところのフッサールの「プラトン的実在論《リアリズム》」の根本的矛盾に深くかかわる。彼はフッサールの、厳密科学の妥当性、無時間性に対する論理必然的な信頼に疑問符をつける。アドルノは、偶然的物質性、乱雑性に直面したフッサールの思考を特徴づけている「知的恐怖心」（*horror intellectualis*）を皮肉に見ている。彼は現象学の企図全体に何か「脆い」もの、唯我論的なものを見ている。いかにもアドルノらしく、彼は、方法と真理のいかなる形而上学的構築物についても、社会的文脈と歴史性を強く主張する。アドルノによれば、あらゆるイデア的現象性の一過性は、その起源と同じくらい必然的なものであることを、フッサールはまったくわかっていない。危機の時代においてブルジョワ的でリベラルな感性を保持しようとする苦悩が、フッサールの世界観を形成し、弱体化している。しかし、アドルノがフッサールの綱領「真理の領域はけっして無秩序な混沌ではない。そこは調和と法［*Gesetzlichkeit*］が支配している。かくして真理の探求と説明は体系的なものではなくてはならない、真理の体系的な関係を映し出さなくてはならない」を引用する時、畏敬の念のこもった郷愁以上のものが含まれている。

ジャック・デリダの『声と現象』というフッサール現象学の「記号の問題」の序論は、一九六七年に現われた。フッサールの功績に対する深い敬意が見られると同時に、その認識論的諸前提に対する根源的な批判が含まれているこの短い論文は、デリダの脱構築批評と「差異」の教義の真髄を含んでいる。フッサールの「現前の直観」、表象の記号論における未解決の矛盾に対する精査は鋭い。理解と意志伝達のフッサール的モデルにおける「視覚的常数」——プラトンにおける幾何学の特権化の遺産——に関する分析も同様に鋭い。この視覚的常数は、聴覚と「音声化《ヴォイシング》」により提起される中心的問題を抹消する。

デリダのその後の著作はどれも、フッサールの自己への呼びかけの概念、「孤独な言説の中の私」の概念の不透明さ、「内的に志向された言説を聴く」[一]過程に付随する不可避的曖昧性の剔出を、その真剣さと精妙な忍耐力の点で超えていない。ヤン・パトチカの哲学的‐歴史的エッセイがとりわけ力をもつのは、フッサールと対話をしている時であり、問題が人間の意識の歴史性という問題である時であり（フッサールのディルタイに対する限定的依存）、人間相互の関係、「モナドの社会学」のディレンマに対してフッサール現象学が納得のいく解答を明らかに提示できなかったことを問題にする時である。

個人間での現実の直感的意識の共有に関して説得力のあるモデルを展開できなかったことが、現象学的信念全体のゆゆしい欠陥になっている。現象学は、われわれ自身の自我、知覚と統合の自我の過程、そして、これらの過程がわれわれの世界内存在と世界理解を構築する多様な方法、それらに関するわれわれの意識を説明しようと決意する。現象学は、唯我論、孤立した自我の物語から逃れたのだろうか、と現象学に共感を示す批評家でさえも問う。

きわめて多くの現代思想家が、たとえ反論であれ、エドムント・フッサールについて書く時に最も精緻であるという事実に、何か重要な鍵があるのだろうか。また、フッサールが構想し論じたような現象学は、逸脱した様態、適用と歪曲——そのうちのいくつかは碩学本人はまったくの嫌悪感をもって眺めたが——において最も稔り豊かであるという事実には重要な鍵があるのだろうか。カントとヘーゲル以後、他のどのような哲学が、かくも多くの模倣的な、しかし選択的もしくは率直に反抗的な分枝を産み出しただろうか。フッサールは、現象学を価値と悲劇的なヒューマニズムの理論に転換しようとするマックス・シェーラー(二)の試みを、非難の色を強めながら眺めていた。アドルフ・ライナッハ(三)は、現象学的法学を提案した。フッサールの直観主義に、可能なかぎり忠実に、ローマン・インガルデン(四)は、芸術作品の構造の美学と範型を展開した。ヨーロッパではヤスパース経由で、北アメリカではビンスワンガー経由で、フッサールの思想は理論的かつ応用的心理学に入った。それは、患者の意識状態と精神的実存性に向けられた一種の哲学的精神病理学を産み出した。合衆国でもまた、アルフレッド・シュッツ(五)は、現象学を社会科学へ拡大しようとした。フランスではフッサールの流れは多くの可能性を秘めている。それは、サルトルの知覚と想像的なものをめぐる著作、メルロ＝ポンティの現前の現象学、ポール・リクールの意志行為の理論、今日きわめて影響力のあるレヴィナスの「対面」の現象学の支えとなっている。

しかし、裏切られた継承というドラマは、言うまでもなく、ハイデガーとの関係でも起こっている。この悲劇的で創造的な弟子関係と拒絶のある種の局面は、その鍵を解くには何十年もかかるかもしれない。個人的な要因、とりわけ、ナチスの台頭期における、ハイデガーの、師にして恩人に対する表裏のある行動は、この問題をさらに錯綜させ曇らせる。エンドムント・フッサールに献呈された『存在と時間』は、この上なく稀有な逆説、破壊する記念碑という逆説である。ハイデガーの大著に対するフッサールの余白への書き込みは、無感情の自制的なものではあるが、当惑の苦痛でうずいている。即座に、しかし、いわば希望と正当な期待に反して、フッサールは、マルティン・ハイデガーが合理性の現象学的探求と基準（学問《ヴィセンシャフト》）を、ほぼ全面的に覆したことに気づいている。ハイデガーの、根源的な「存在の忘却」の本体論と物語は、人生‐作品の否認を、語られていないがゆえに、いっそう破壊的に実践している。フッサールは、あまりにも明晰で、立場の明確な思想家であるために、ハイデガーの企図の壮大さと修辞的魔力に気づいていないし、多くの追随者をもつであろうことを推測できないでいる。一九二七年以降のハイデガーの勝利（彼は一九二八年にフライブルクのフッサールの教授職を継ぐ）は、フッサールの孤独と、彼の晩年の未完の著作の特徴を決定することになる。

この孤立から――フッサールは一九三四年に彼を取り巻く「不気味な沈黙」について発言している――おそらくバートランド・ラッセルのそれを除けば、現代の哲学者の経歴の中では最も豊富で、詳細な文書が生まれたのは、ほとんど皮肉なことである。H・L・フォン・ブレーダによってルーヴァンへ救出されたフッサールの文書は、長い間、最も厳密な学問的在庫調べと出版の過程にある（現在間欠的に進行しているハイデガーの版は、それとは対照的に、無責任で乱雑なものであることが多い。正当ナ報イ〔*Justice faite*〕）。フッサールは、速記草稿で四万頁を残した。主要な講義と論文が、その中で目立つのは傑作『ヨーロッパの諸学の危機』であるが、未完で残されているか、あるいは編集上不満の残る版で残されている。現在、フッサール文庫の後援のもとで、氷山の巨大な部分が浮上しつつある。カルル・シューマンの浩瀚な『フッサール年表』（一九七七年）とハンス・ライナー・ゼップの記録と写真の『エドムント・フッサールと現象学運動』（二版、一九八八年）は、この碩学の著作、教育、出会い、旅行を、しばしば日で追ってたどることを可能にしてくれる。ハル大学（一八八七年―一九〇一年）からゲッティンゲン大学（一九〇一―一六年）、ゲッティンゲン大学からフライブルク大学（一九一六―二八年）への刻苦精励の大学人としての出世ぶりを、克明にたどることができる。ウィトゲンシュタインの私的生活について知らないことはなんと多いことか。エドムント・フッサールは、ロックやヴォルテールほどではないが、多くの手紙を書いている。彼は時間が絶えず逼迫していることをこぼしながらも、彼の学説を解説するために、国際的な現象学的運動を形成し、統合するために、そして同輩と議論するために、手紙を利用した――ガーベルバーガー速記術でも書き、妻や助手に書き換えさせた。カールとエリーザベト・シューマンによって編集された九巻の『書簡』（*Briefwechsel*）と編集者の注釈と索引の第十巻は、この陰鬱な時代の、学問的-哲学的出版の重要な行動のひとつを構成している。それらにはフッサールによって書かれた一三一四通の手紙と、彼と妻のマルヴィンに、またはいずれかに宛てた七〇四通の手紙が収められている。各頁の言及と引用には脚注がある。すべての巻の末尾に、編集者は、原文の所在を示し、疑わしい、あるいは不確実な読みについて説明する原文考証の補遺が付けられている。他の『フッサール文書』の判と装丁に一致させ、落ち着いた、ゆったりとした印刷の書簡の版は、フッサールにとって名誉となるばかりでなく、それを可能にした献身的な編集者とオランダの出版社にとって名誉となることである。

書簡は、一八九三年から、一九三八年のフッサールの死の前日に及ぶ。二五〇の人と研究機関への、そしてそれらからの手紙が含まれている。巻の区分は、ごく部分的に年代順である。ブレンターノへの、そして彼からの、ブレンターノの他の弟子への、そして彼らからの手紙からわれわれは読み始める。かくして冒頭の一組には、マサリクやマイノンクとの魅力的な手紙のやりとりが含まれている。第二巻には、最初の「反抗的な息子」のひとりだったアレクサンダー・プフェンダーのようなミュンヘンの現象学者やシェーラーとの対話が含まれている。最も分量の多い第三巻（これだけでおよそ五五〇頁に及ぶ）は、「ゲッティンゲン学派」の巻である。フッサールのゼミには、十余りの異なる国籍が存在していた。ウィンスロップ・ピカード・ベル、ウィリアム・アーネスト・ホッキング、ローマン・インガルデン、ディートリヒ・マーンケ、イディス・スタイン（わずか二通が残っているようだ）への手紙がこの範囲の広さを反映している。第四巻のフライブルク時代のそれは、厳密な哲学的観点から見ると、最も豊かであることが判明するかもしれない。その中には、ドリオン・ケアンズ、ルートヴィヒ・ラントグレーベ、カール・レーヴィット、ヤン・パトチカ、アルフレッド・シュッツ、ヘルベルト・マルクーゼ、オイゲン・フィンク、アロン・グルウィッチ——彼らはみな、現象学と二十世紀の哲学的社会的議論の歴史において重要な役割を果たしている——との文通が含まれている。この巻にはまた、フッサールからハイデガーに宛てた二十八通の手紙とハイデガーからの二通の手紙、そして、今や追放され危難に遭遇しているフッサール家への同情を伝えるエルフリーデ・ハイデガー——罪のない反ユダヤ主義者にして新体制の追随者——のうわべだけ礼儀正しく、それでいてどこか哀切な、一九三三年四月二十九日の手紙も入っている。見事なくらい不明瞭な文で、ハイデガー夫人は、フッサールの二人の息子の犠牲的功績（ヴォルフガングは一九一六年三月、戦時勤務中に斃れた）と、そのような犠牲がドイツ民族《フォルク》の新精神と合致するものであることを思い返している。

第五巻と六巻は、「専門的」な傾向のものである。一般的な哲学的接触に加えて、一八九四年から一九二四年にかけての新カント派、とりわけパウル・ナトルプとの間の、そしてハインリッヒ・リッケルト、ハンス・ヴァイヒンガーとのやりとりが含まれている。フレーゲとの間の四通、ディルタイとの間の四通、グイエ、エルンスト・マッハ、ヤスパースとの文通、バートランド・ラッセルの、『論理学研究』を携えて刑務所に入ったことをフッサールに伝える一九二〇年四月一九日の短い手紙、シェストフへの八通、ジンメルからフッサールへのひとつかみ分の手紙が含まれている。「学問的文通」、つまり厳密に学問的な種類に入る第七巻には、一九二三年七月の、アルベルト・シュヴァイツァーへの短いが印象的な手紙に加えて、フッサールからホフマンスタールへの、芸術と詩学に関する重要な手紙（一九〇七年一月十二日）が収められている。第八巻には、大学、雑誌、研究所、出版社、ドイツ文部官僚関係のものが収められている。きわめて冷酷なことであるが、ここには、追放された碩学が（われわれは一九三五年にいる）「ドイツ人としてお別れの挨拶を申し上げます」(Mit deutschem Gruss) ——新しいナチスの試し言葉《シボリス》——と書いているフライブルグ大学学長宛に送られた手紙が含まれている。最終の第九巻には、フッサールの家族や、ギュスタフ・アルブレヒトのような親友との私的な文通が収められている。この貴重な埋蔵品を一目見ただけでも、これが、現象学と、フッサールの知的道徳的生活の、はかりしれない価値をもつ歴史であるばかりでなく、直接性においても、言及においても、世紀の変わり目から野蛮行為への陥落までの間の、ヨーロッパの意識の年代記であることがわかる。

この刈り入れを束ねる固定観念があるとするなら、それは、使命、聖なる召命というものである。アルノルト・メッガーに宛てた長い手紙（一九一九年九月四日）の中で、フッサールは自分の信条を明確に述べた。死に物ぐるいになって集中した哲学的 - 論理学的探究の数年は、他のいかなる体系的知的作用にもなかったほどに、「目標 - 志向的、宿命的な」、「悪魔に取りつかれた」ものだった。西洋の哲学をその真の唯一の道——「厳密な知識」の道、自然科学の基盤よりも厳格で、自然科学のほうがそのような哲学から正当性を引き出さなくてはならない基盤となる道——に位置づけるというのが、フッサールが神から与えられた課題であった。ひとつの印象的な語句（一九三四年五月、パンウィッツ宛）が、フッサールの、この課題に対する意識を特徴づけている。彼は「絶対的なるものの純然たる関数」なのである。現象学だけが、「超越的自我の純粋な内在的直観によって把握された絶対的情報《データ》」の解明によって、意識行為、自己、世界の間の関係のための、そして「ノエーシス」――有名な「現象学的還元」つまり、「デカルト的全面的懐疑の括弧」の中に世界が入れられることによって開示された意識行為の詳細な構造――と、「ノエーマ」――われわれに開示される客体的実体――との間の関係のための、真正の、立証可能なモデルを提供することができる。「志向性」――意識はつねに、何か「についての意識」であり、何か「に向けられている」というブレンターノの鍵となる洞察――に導かれて、現象学は、窮極的には、それにより人間の理解の論理的構造が与えられる原初的精神的行為の理解に到達するだろう。その結果は、「厳密なる学としての哲学」（一九一〇年から一一年に書かれた基調エッセイのタイトル）となるだろう。ここで言う「学」（*Wissenschaft*）は、プラトンにおいてもそうであるように、数学に見出されるような公理的厳格さと確実な証明という理念を含意する（フッサールは、数と幾何学的定理の認識論から始めた）。

しかし、賭は、このように抽象的に考えるよりも厳しいものとなる。一九一四年から一八年にかけての破局と戦後の破局が訪れる前にすでにフッサールは、「危機」という生々しい脅威に取り憑かれていた。西洋の合理性の実践の全面的変革のみが、根本的に革新的な「心理-学」あるいは、もっと正確に言うと「心理-論理学」のみが（ここにはイギリス経験論とミルへの明らかな依存がある）、ヨーロッパ文明の瓦解を食いとめるだろう。そこからフッサールの「けた外れに大きな生涯の課題」（*ungeheure Lebensaufgabe*）が生まれた。現象学の使命はメシア的なものにほかならない。このことはフロイト――手紙に言及のない名前――とある種の興味深い類似性を誘い出す。モーゼ的範型は両者に共通している。一九三七年二月のヘルムート・クーン宛の手紙、「すべての哲学的問題が初めてその真正の意味を獲得する測りがたいほどの豊かな発見にみちた聖なる土地に定住するのは子孫たちだ」。創設者、誤謬からの脱出の引率者は、弟子や追随者の反抗を経験するだろう。彼らは、彼らが精神的な息子として選んだ人々によって裏切られるだろう。彼らは苦々しい孤独のうちに終えるだろう。しかし、彼らの偉大な主張は広まるだろう。その確信がなければ、哲学的活動は「生と死の大事」('Ernst auf Leben und Tod')(一九三四年のプラハでの討議会のあと、フッサールがアルブレヒト宛の手紙で定義した言葉)に欠けるだろうし、そして、それがなければ、妥当な「世界意味」(*Weltsinn*)がありえないだろう。

神学的含意がごく手近にある。「真正の哲学はそれ自体(*eo ipso*)神学です」(一九三三年の陰気な三月のD・M・フォイリング宛の手紙)。ヴァルター・ベンヤミンなら同意するだろう。しかし、どのような種類の神学なのだろうか。『書簡』は、フッサールのユダヤ主義にまつわる複雑な問題を、前例のないほど明確化することを可能にする。一九二一年十一月十七日のマーンケ宛の手紙は第一級の重要性をもっている。フッサールの人生全体は、彼のユダヤ人の出自とはなんら実質的な関係をもつことなく展開した。彼の倫理的知的自己の生成において決定的だったのは新約聖書の読書である(この決定的な読書は、マサリクの示唆により、一八八二年にウィーンで行われた)。国家社会主義の民族法が広められた時、フッサールは、まさに「私の存在の根」を引き裂かれたと感じた(一九三三年十月九日、アドルフ・グリム宛)。彼は、息子のゲルハルトと彼自身が、マルヴィンとともに、新しいドイツで、程度の差こそあれ、平常の生活を送ることを許されると、哀れにも希望し、信じていた。彼ほど自分をドイツ人だと感じていた人はいなかったし、フィヒテ以降、彼ほどドイツの運命と哲学の運命との絆を緊密に結んだ人はいなかった。ドイツ哲学の観念論——現象学的企図はそのカント‐フィヒテ的源泉をそこにもつ——は、ハイデガーにとってそうであるのに劣らず、フッサールにとっても「ドイツ精神」の勝利であったし、形而上学的思弁は、プラトン‐アリストテレスのアテネの運命に内在していたのと同じように、ドイツ民族の運命に内在していたということの論駁の余地のない証明であった。フッサールの「帝国的‐国家主義」は、一九一八年のドイツの敗北を人類にとっての不幸と彼に思わせた（ここでもまた、ハイデガーとの類似は明瞭である）。このような見解は、「ドイツ国民」の召喚者にして教育者としてのフィヒテとの内的同一視と相俟って、フッサールをユダヤ的感性からさらに疎隔させた。彼の人生の晩年はもっと無慈悲だった。一九三八年四月のフッサールの最後の言明のひとつ、「私を恩寵の中で受け入れ、死ぬのを許して下さった神」は、シナイの神ではとうていなかった。彼の神は、イマヌエル・カントの神であり、哲学的、もっと明確に言えば、現象学的努力の「至高の、つねに延期される課業」と同一視できるものであった。フッサールが一九一七年七月にハンス・ドリーシュ宛に書いたように、「何年もの間、私の思想は憧憬（*Sehnsucht*）（ドイツ・ロマン主義の、そしてプラトン的に回想され、希求されるものの、翻訳不可能な表示）の領域を熱望する」。

フッサールの現象学、彼の労苦、それを彼自身は、「神憑り的」抽象と集中において病理的と称したのであるが、その土地へ到達したのだろうか。どのような要約的解答も軽薄に聞こえるだろう。私は冒頭で、現代の哲学的議論における、そして「人文科学」全般におけるフッサールの存在の力強さと浸透力について記した。一九三〇年のソルボンヌの講義（『デカルト的省察』）は、西洋の探究の歴史において、進行中の思索、哲学的方法それ自体の、古典的記録文書のひとつとして屹立している。『ヨーロッパの諸学の危機』の多くの部分の理解と発展はまだこれからの仕事である。一九三五年から三六年にかけて、ウィーンとプラハで関連する講義を聴いた人々は、それ以後、それらの講義を、『論理哲学論考』や『存在と時間』

をさえ凌ぐ、おそらく今世紀唯一の最も影響力のある哲学的提起と見なした。しかし、フッサールの「正統的」現象学と、彼がそのために青写真を描いた計画が、少しでも明確な、体系的な方法で成功を収めたと想像するのは誤解をまねくだろう。フッサール的構築物の中の重大な困難とアポリアは根本において損傷を受けやすいことが判明した。意識状態はどのようにして志向的になりうるのか。超越論的自我は、共有的協働的「生活世界」(*Lebenswelt*)——フッサールの晩年の著作から浮上する誘惑的だが不明瞭な概念——に到達するために、どのように他者と関係するのか。現象学的還元と「事物への還帰」というすべてを決定する運動は、フッサールがけっして完全には解明していない諸前提からどのようにして解放されうるのか。フッサールの現象学はどういう点で、自然科学の効果的な助力となったのか。フッサールの知覚の叙述は、ますます、彼が「科学的哲学」から根絶しようとした心理学と文化的感性のまさしくその歴史の中の一章に見えてくる。

たぶん逆説的だが、これらの手紙をきわめて啓示的なものにするのは、このような疑惑である。道徳的率直さという最終的な内包的意味での、まず第一に自分自身にとっての誠実さは、すべての哲学者の間で、必ずしも美徳であるわけではない。哲学者の綱渡りのロープは、張りめぐらされると、深淵以上に多くのものを隠す。エドムント・フッサールの廉直、厳粛、ありうべき敗北の自覚が、これらの手紙の間から輝き出る。スピノザやカントに匹敵するスケールの、途切れることのない、無私の、恐ろしいほど厳密で過酷な思索ができる男が浮かび上がる(一九一九年のカール・スタンプフ宛の手紙の下書きにある魅力的なスピノザ批判を参照のこと)。フッサールを圧倒的な労苦へ駆り立てた「ダイモン」——フッサールは一九一九年九月のメッツガー宛の手紙の中で「ダイモン」を呼び出している——は、ソクラテスのそれと同様に、真理の小鬼《インプ》だった。近づきつつある「世界の終末」が修辞的文彩ではなく、それに対して自らの先見的予知と理性への禁欲的信頼を対峙させた人の比類ない「輝き」(*rayonnement*)をレヴィナスは回想する。かくも威風堂々と提示される『書簡』は、精査されない人生は生きるに値しないことを知っていたばかりでなく、精査の条件と可能性の精査に乗り出した人間の生きた存在を守っている。

厳密な技術

すべての翻訳行為に先立ってア・プリオリな飛躍がある。「翻訳可能」という通常は吟味されない前提／自惚である。われわれは、目の前にあるテクストは、程度の差こそあれ、すみずみまで読解され、移し替えられうるとみなしている。この公理とも言える移動は、哲学的形式的期待と実践的証拠に基づいている。この認識論的前提は、徹底的に内面化され、かつあまりにも広く流布しているので、われわれはわざわざそれらの前提を、抽出することも吟味することもほとんどない。かくして翻訳は、程度の差こそあれ、秘術的な慣例を基盤にして生まれると言えるかもしれない。フレーゲとラッセル以降の数学者なら、彼ら自身の技術のある種の分枝に関して、同じこと、つまり秘術的な慣例という基盤を通しての事物の働きは不安定で把え難いと言ったことだろう。しかし私は、少なくとも、翻訳の実際の仕事を保証する《アンダーライト》——保険、保証との類似は、ここでは役立つ——「意味論的信頼」のア・プリオリな基盤の実質と権威に一部、光をあてることはできると考えたい。

日々の翻訳の実践において、経験論的証拠、「実用主義」の総体が最も説得力があることは自明である。言語間のメッセージの翻訳が、「バベル」以降の人間の意思伝達と共存に関わる事実であると考える十分な理由がある。この歴史的発見の自明性は、きわめて説得力があるので、「バベルの仮説」——単一の原初的言語の懲罰的断片化という遍在的神話、翻訳以前のエデン的存在という遍在的に喚起される記憶——は、翻訳に宇宙論的起源の必要性と権威を与えるために考え出されたのか、あるいはそれとは逆に、相互の無理解という苦々しい認識のずっとあとにその神話が生まれたのか、という問いをわれわれは省いているのである。われわれは、この断定的に解答することはできない問いを提起しないままに、われわれが歴史の始まりより知っている言語間の交換の集成の明白な厖大さから出発する。

翻訳の試みが、少なくとも何か大雑把な実践的意味において、まったく失敗したというような反‐実例、事例はあるのだろうか。

今日までわれわれは、イースター島やインダス渓谷、エトルリア文化によって産み出されたテクストを満足のいくように読解できないので、その結果、他の言語に変えることができない。しかし、われわれは、このような障壁を、偶然的なもので一過的なものと考える。もし考古学が、大量の碑文を発見したり、どれか関連する事例のための「ロゼッタ・ストーン」を掘りおこすことがあれば、解読と翻訳はその後に起こるだろう。あるいは、もっと洞察力の鋭い、幸運な言語学的な分析が、これら変異体系の、他の既知の音声的統辞法的性質をもつ語群との関係を発見するということもあるかもしれない。その時には、われわれは、判読できるかもしれない。要するに、この分野におけるどのような失敗も、形式的もしくは一般的関連性をもつものとは考えられない。翻訳不可能性のどのような実例も、「翻訳不可能なもの」の内在的可能性、ましてや存在を、いかなる点においても成立させるとは考えられない。実際、普遍的言語的転移の実践的想定は、あまりにも根強いものなので、大量に及ぶ個々の処理できない事例《イントラクタピリティーズ》——百もの「エトルリア語」——でさえも、翻訳家が仕事をする時の自信にみちた帰納推理を否定することはできないのである。

その上、なぜわれわれは、虚構の反論で自らを苦しめるのか、という問題がある。翻訳できない事例は、現実の事実として、統計的には取るに足らない数である。綿密に考察すれば、それらの事例は、不十分な記録という平凡な偶然事（エトルリア問題）か、まったくの、たぶん恣意的な奇行という状況（ヴォイニク草稿と言われている十七世紀後半のプラハに現われた二十九の記号で記されたテクストは、これまでのところ、すべての解読方法に抵抗してきた）から生じたか、そのいずれかである。これらには、翻訳、つまり、互いに際立って異なり、相互に理解できない言語の間の、意味論的エネルギーの転移は可能であるという作業仮説——ドグマにきわめて近い——が誤りであることを示すものは何もない。

実のところ、もしわれわれが、この仮説に対する反‐実例を解釈しようとするならば、われわれは、微妙で有益とはいえ、面倒な事態に巻き込まれるだろう。W・V・O・クワイン(二)の、翻訳の必然的不確定性のモデル（『言葉と対象』の第二章を参照）を使うと、われわれは、いかなる行為的証拠も、どの特定の言語体系の発話行為と発話規則の総体をも、完全には、あるいは明瞭には、説明することはできないという結論に至るだろう。したがって、われわれは、「自立的統制を受けつけない無数の文の、相互に両立しない翻訳を指摘する」ことができる。それゆえ、翻訳家がわれわれに提示する翻訳が、まったく、あるいは実質的に間違っていることを示すこと、問題になっている言語とテクストが、実際には、依然として訳されていなかったことを示すことはきわめて困難であろうし、不可能に近いことであろう。われわれは、行動主義的テクストを設定したり、代替の、分析的文法的仮定と決定手続きを考え出すことにより、そのような疑問の解決を試みることができるだろう。しかし、主張も反‐主張も、窮極的には、クワインが言うところの「潔白な直感」に由来するであろう。

要するに、翻訳は、既知の事例の、圧倒的大多数、近似的総体の中で効力をもつ。そして、効力をもたない事例を例証することは、きわめて困難であることが判明する。帰納法と経験論的疑惑という最も周到な標準によっても、これは前進のための、格別にすぐれた強力な基盤である。

翻訳行為の背後にある実践的形式的哲学的諸前提は密に絡み合っている。それらを別々に分類することは、一部恣意的なことである。しかし、文法理論における最近の展開、つまり、コメニウス、ジョン・ウィルキンズ、ライプニッツの普遍言語学に根差す展開は、すべての人間言語の根底にある形式的で、厳密に公理的な構造であると彼らが前提しているものを強調している。ノーム・チョムスキーの『統辞理論の諸相』は、「言語の普遍的属性」、つまり「深層に位置する言語学的普遍的特性」の観点から分析できる属性に、翻訳可能性を帰している。われわれはいかなる言語をも、他のいかなる言語へと翻訳することができる、なぜなら、すべての言語が「同一の型に裁断されている」からである、というわけである。私は、『脱領域の知性』に再録されているチョムスキーとの意見交換で、そして『バベル以後』全巻で、変形生成文法で提示された普遍特性の主張は、約束されたものにはるかに及ばないことを示そうとした。これまでのところ、真の「形式的普遍特性」に関して現われそうな証拠はほとんどないし、「実体的な」ものはないに等しい。「深層」構造と「表層」構造の区別は、明らかな「不当前提」(*petitio principii*) を必ず伴う。私は、チョムスキーの、すべての言語が同一の規則に拘束された型に裁断されているという事実は「諸言語の間の翻訳のための何らかの妥当な手続きがなくてはならない」ということを含意しないという意見には、決定的な退却もしくは「正しからざる結論」(*non sequitur*) しか認められないからである。引用の言葉こそ、その事実がまさに含意しなくてはならないのは確かなことである。彼らが形式的言語学者であるか否かは、あるいは比較文法学者であるか否かは、あるいは現役の翻訳家であるか否かは、——そして、言語を越えて意思伝達する時のあなたと私であるか否かは、何かそのような含意とともに進行するのである。かくして、チョムスキー的モデルにたとえ同意しない場合でも、われわれはいかなる言語でも、たとえその音声学、その字母（あるとすれば）、文法的慣例がどれほど関係の希薄なものであれ、すべての言語はある種の必然的な特徴と操作上の手段を共有しているがゆえに、われわれはいかなる特定の言語でも解読し、翻訳することができると想定するという粗削りな意味での「普遍特性論者」なのである。

ここでもまた、根底にある想定の高度な抽象性と形式性にもかかわらず、証拠は本質的に経験論的である。そして、関連する経験論は、最も粗雑で疑わしいものであるように私には思われる。

人間のすべての言語は、われわれの動詞時制に対応する統辞的規定をもつ、とか、節の、たとえば従属と依存を許容する規則に従うと主張することでさえも、過度の単純化である。特定の「神話」、つまり意味論的‐文化的価値と内面化された認識の無限定の複合体がどの特定の言語にも内在しているという、ウィトゲンシュタインの、フンボルトのそれを反響する結論はきわめて重要である。すべての個々の発話行為の時間的‐空間的特異性と核心部の非還元性というバフチンの主張もきわめて重要である。言説の「神話」と「特異性」が働きかけ、組織化し、次には体系の語彙的文法的意味的手続き（「規則」）によって調節されるさまざまなレヴェル、浸透性のある界面について、われわれは分析したり、形式的に明言することはできない。しかし、翻訳家に関わるのはこの不透明な相互作用であり、多様な関係の弁証法である。人間の外皮の内在的特徴であるかもしれないし、そうでないかもしれないもの、「普遍的な」規制的常数であるかもしれないし、そうでないかもしれないもの、それらと言語の理解と翻訳の関連を厳しく簡略化するものもこの不透明な相互作用であり、多様な関係の弁証法である。「すべての言語は同一の型に裁断されている」という断言、そのような断言が産み出す記述的形式性は、翻訳者に関する限りはたしかに、些細な真実である可能性が大いにある。人間はすべて酸素を吸う。この真実は医学的結果を伴う。しかしながら、この結果は、ブレイクが「個別的なものの神聖さ」と呼んだものに関して、最も啓示的な力あるいは創造的な力をもっているわけではない。

結局、翻訳家の総括的な哲学的前提は何か。

翻訳家は、発話、目の前のテクストは意味にみちていると想定する。彼は、「通常の」男女が、わけのわからぬおしゃべりや内容のないおしゃべりをするために体系的な音声的もしくは書写的符号を発するのではないということを当然の前提とする。『方法叙説』における演繹的推論的運動は、神は、理性を混乱させるような仕方で現象的証拠を構築することはなかっただろうという想定とともに出発しなくてはならない。翻訳行為は、きわめてデカルト的な賭から生じる。ナンセンス詩、具象詩、「自動的書法」、狂人の個人方言は、厳密に、有効に翻訳することはできない。それらは、意図的分節化の普遍的前文との意味論的契約の埒外にある。（これらの様式のいくつかの特別な周辺性が『バベルの後に』で考察されている。）

しかし、意味の充満という前提はまた、きわめて議論の余地のある仮定を伴っている。翻訳家は、意味は、少なく見てもかなりの程度、表現の実践的形式の抽象的な産物であるかのように進むし、そうしなくてはならない。翻訳家は「意味内容《シニフィエ》」は、程度の差こそあれ、特定の「記号表現《シニフィアン》」から抽出され、類推、鏡映もしくは並行などのさまざまな操作によって、「それらから持ち去る」ことが可能であるかのように進行しなくてはならない。そうなろうとなるまいと、すべての翻訳は、「形式と内容」の原始的なモデルを含意している。翻訳は、「形式」はどういうわけか「内容」を産み、一方はつねに潜在的に他方から分離できるということを想定している。このモデルが、たんなる転写、ファクシミリによるテクストのコピーに適用された場合でも、いかに原始的であるかを示すことが「ピエール・メナール」というボルヘスの有名な寓話の明敏な目的である。意味はいったいどのようにして、単一の特定の具現から、しかもそれが不可避的に単一の時間と場所という反復不可能な特殊性に根をおろしている時に、分離することができるのか、とボルヘスは問う。

　言語の理念と翻訳のそれとの間の本体論的葛藤――本質的葛藤であり、かつ本質における葛藤――があるのは、まさにこの地点においてである。その最も「規則に拘束された」ところにおいてさえも（変形生成文法は文法的革新に及ぼす規範的拘束をとんでもなく誇張しているが）、言語は、自らに、つまり、言表形式の比類ない直接性に対して必然的で単一のものたらんと苦闘する。言語が最も意味に満ちている場合、つまり、実現された意味作用が最も詰めこまれている場合、発話行為は、「記号表現」と「記号内容」の距離をできうるかぎり縮めようと苦闘し、時にはなくそうと苦闘する。言語は、すべての形式面を実質的なものとしようとし、かくして、内容を確固たる形式をもつものとしようとするだろう。このような融合は、数学の記号体系や音楽においては全体にわたって見られるものである。これら二つの偉大な記号的構築物をどういうわけか言語よりも「高級」とみなすのは、たんにピュタゴラス的もしくはプラトン的自惚ではない。両者はともに、統合的で実践的である。数学と音楽においては（両者は血縁である）、形式が内容であり、内容が形式である。それゆえ、われわれが翻訳と呼ぶ分離が起こる可能性はない。

　そして、存在のこの縫い目のない融合には完全には到達できないが、言語はそれへ向かって苦闘する。真剣に受けとめる価値のあるどのような詩的、哲学的、修辞的言表も、その実践手段と意味を凝縮するだろう。言い換えと翻訳の分離的、脱構築的作用に抵抗し、最大限にそれを阻むであろう。重要なテクストは、翻訳家の、意味はある種の「梱包可能な内容」であって、他の媒体に還元できないエネルギーではないという想定のもつ必然的純真さと恣意性を無慈悲に露呈させる。それゆえ言語は、翻訳の敵である。それゆえ、数多くの文化が聖典を翻訳することに対して設けている禁令には、警戒の寓意以上のものがある。

意識的に、あるいは意識せずに、翻訳家は、このような実践的形式的哲学的前提を内面化したので、自分の標的を「攻撃する」。『バベルの後に』において攻撃の重要な運動を分析した時、私はその心理的および技術的側面に集中した。われわれは記号体系《コード》を「破壊する」。われわれは音声的もしくは書写的メッセージから意味を「抽出する」。聖ヒエロニムスの直喩は有名である。翻訳家は意味を、ちょうど征服者が奴隷を連れ帰るように連れ帰る。私は、翻訳家による原文への透過的侵入が、相対的価値の複雑な移動の原因であることを示そうとした。すべての学童は、しかしすべての現役の翻訳家もまた、成功した翻訳行為のあとに起こる実質的存在の転移、権威の転移を経験したことだろう。元のテクストは「薄く」なり、繊維は緩んでしまう。元のテクストが「征服《マスタード》された」のである——これ自体が雄弁な慣用句である。オルテガ・イ・ガセットは、翻訳家特有の悲しみについて語っている。彼はこの「悲しみ」(*tristitia*)を、翻訳家の労苦の不十分さの認識と、おそらくは労苦の一過性の認識、それらに帰している。しかし、もっと深い病根があると私は推測する。征服的理解と「転送《トランスポーテーション》」(この語には陰鬱な政治的‐裁判的倍音を伴うが)の過程は、元のテクストを縮小し、生気を奪う。

しかし私が今、考察したいのは、翻訳の帝国主義の心理的要素ではない。諸言語間の移動の現在の条件の政治的社会的側面のほうである。

今日、リンガ・フランカという語は、ラテン語とフランス語の全世界的支配の力尽きた要求を皮肉にも秘蔵している。その普及、そして法律、教会、教育における優位性が頂点にあった時でさえも、ラテン語使用とフランス語使用は、真の「世界言語」の地位に近づいたことはなかった。英語と米語が今日急速に到達しつつあるのはこの地位なのである。明らかに概算にすぎないが、最近の推計によれば、今日何らかの英語を日常の事柄で使用している人々の数は七億人である。そのうち三億人以上の人々が母国語として使っている。この数字は絶え間なく増加している。ソ連と中国のいずれにおいても、第二言語としての英語の修得は、教育の早い段階で始まる。この惑星のどの大陸においても、またどの宗教においても、さまざまなタイプの「ベーシック英語」が、ある特定の共同体の一般的な「第二言語」としても、共同体間において言語的に交換される通貨としても制度化されつつある。地球上で産み出される科学的データの八〇パーセント以上が、国際的消費のために、最初に英語で表現され、次に英語で処理される。テクノロジー、商業、世界の金融市場においてはその割合はもっと高いかもしれない。相互に理解不可能な、異なる言語を話す人々が、アフリカ、アジア、中国・日本間の商議、ヨーロッパの金融、行政、貿易の中心で出会う時、彼らは、何らかの英語で意思を伝達する。発展途上の国民や民族に関するかぎり、英語（米語）を学ぶことは、近代へ至るためのひとつの可能な合い言葉を手に入れることであり、物質的解放と進歩のエスカレーターに近づくことである。マス・メディアと電子情報記憶・検索・普及によって、英語と米語は、唯一の真のエスペラント、世界中の社会と経済が希望する混合方言《ジャーゴン》となった。

根底の原因は、一部は自明であるが、一部は例解するのが困難である。アメリカの経済力、戦後数十年間の「アメリカ流の生活様式」の模範的な希望は、当然のことながら、磁力をもっていた。しかし、C・K・オグデンとI・A・リチャーズが、「ベーシック英語」を形式化している時に論じたように、他の主要言語よりも英語の修得を容易にするものが英語に内在しているかもしれないし、英語である程度の流暢さを修得するのは他のどの対抗言語よりも速いのかもしれない。深層の原因が何であれ、事実は自明である。統合的世界言語、バベルからの帰還というアダムの夢は、今日、現実に手の届くところにある。イギリスから英語は、オーストラリア、ニュージーランド、カナダ、合衆国、西インド諸島、アフリカ大陸の大きな部分、インド、パキスタン、東南アジアへと広がった。アムステルダム、カイロ、東京、ボゴタでは、実際的な方言としての役を果たしている。

核物理学者、銀行家、エンジニア、外交官、政治家にとっては、英語は、世界に開かれた必要欠くべからざる窓である。作家にとっても急速にそうなりつつある。「小さな言語」（使用者の数、使われる地域という点で「小さな」）を用いる作家であることは、ヘンリー・ジェイムズの言い回しを借りれば、「複雑な運命」である。翻訳されないこと、とりわけ英語そして／またはアメリカ英語に翻訳されないことは、忘れ去られるという危険を冒すことである。小説家、劇作家、時には詩人でさえも――還元不可能なほど自律的なものの選ばれた管理者である彼ら――は、このことを痛切に感じている。彼らは、もし彼らの作品、彼らの人生が、陽のあたる場所へ出るために十分な機会をもつためには、訳されなくてはならない。

この必要性がさまざまな策略を思いつかせた。ノルウェー、デンマーク、スウェーデン、オランダ、イスラエル、アフリカ全域などの国々の作家は、母国語と「世界‐英語」で彼らの本を書く。彼らは、自らの翻訳者として行動するか、あるいは、当面の企図の最初から、英語の翻訳者と共同で仕事をする。もっと間接的には――最近のオランダ、スカンジナヴィア、イスラエル、アフリカ、インド、時には日本の文学に見られて興味深いのだが――、作家は、多少故意に、彼らの作品を英語圏市場に照準を合わせて書き、そうして、期待される翻訳を、原書よりも重要なもの、反響を待望するものにしている。感受性は、英米の反響のほうを向いている。作家自身の母国語が使われる共同体の読者でさえもが、作品が英語の外被をまとって現われるや否か、そのほうがわかりやすく、注目に値すると考える興味深い事例がある。フランドル語、フィンランド語、セルボクロアチア語〔ユーゴスラビアの公用語のひとつでスラブ系言語〕を使う作家やイスラエルの作家は、この点に関して、苦々しく困惑させられる事情をかかえている。

少数派言語の作家は、「英米」に脱出口を見つけ出さなくてはならないばかりでなく、英米からの輸入品の支配にもしばしば抵抗しなくてはならないのである。飢えたように消費されているのは、英語で書かれ、英語圏の帝国（*imperium*）で産み出され、包装される書物、戯曲、映画、定期刊行誌（『タイム』、『リーダーズ・ダイジェスト』、『プレイボーイ』）なのである。それらは、（アメリカ）英語か翻訳によって市場を先買権により獲得している。自国の産物は、魅力的な輸入品と、通常は経済的にも技術的にも劣った条件で競合している。アムステルダム、オスロ、ミラノ、テルアビブの新聞雑誌売店や書店の飾り窓を覗いてみると、そのような状況のアイロニーがすぐわかる。自国の小説家、劇作家、詩人が置かれる場合には、あるとすればの話だが、特権的な英米のライバル作家の翻訳者としてであることが大変多いからである。この幾分カフカ的な現実は、東ヨーロッパにおいてさえも、ますます常習的になりつつある。

買い手市場においては、イギリスまたはアメリカの出版者、編集者、詩文選編者、批評家、著作家代理人がパトロンでありマネージャーである。命令する立場にあるのは彼らなのである（毎年恒例の「フランクフルト・ブック・フェア」が当の権力関係のありのままの図を提供してくれる）。支配的な世界言語に翻訳される作家とテクストの選定は、言うまでもないが、きわめて多様な根拠をもとになされる。待望の大量消費の場合は、商業的技術的動機が前面に出る。少数の読者をもつ、あるいは神秘的な魅力をもつ作品は、流行となる噂を根拠に好まれるかもしれない。選択はまったく偶然的な状況の結果であることが多い。作家と出版業者との偶然的な出会い、著作者代理人の金銭上のイザコザ、最新の「超大作」は、「予告篇」と、同じ出版社の商品陳列台の無用の長物がともに入札される場合にのみ獲得できる一括契約などがそれである。しかし、動機が何であれ、その結果は、感情と文筆業の人生に、全範囲にわたって重くのしかかる。高尚なほうの極端にも重圧がある。ノーベル賞審査委員会は、英語に訳された「小さな」周縁的文学から候補として出された作品を精読することは周知である。ベスト・セラーのほうの極端には最も不快な重圧がある。

かくして、今日の、文学的卓越と反響の風景の大部分の地図を描いているのは、英米語に翻訳されるか否かのルーレットなのである。合衆国にひと握りの才能に恵まれた生産的なスペイン語翻訳家がいることが、ラテン・アメリカの小説と詩に最近のまばゆい上昇をもたらす上で決定的だった。ついでながら、ポルトガル語の翻訳家は比較的に少数であることが、ブラジルの小説（能力のある観察者の判定ではコロンビア、メキシコ、ヴェネズエラ、アルゼンチンの豊かさに匹敵するもの）の大部分が注目されずにいるということを意味している。ギュンター・グラス、モラヴィア、アイザック・バシヴィス・シンガーのような作家が名声の多くを確保したのは本質的長所によるばかりでなく、翻訳の牽引という幸運にもよる。パルナッソスへの急行便は英語のペーパーバックである。そのことに何も害もない。深刻な悩みはその逆である。言語的自律性に特有の稠密さゆえに、あるいは、たんなる不運により、翻訳家を見つけられないのは、保守的な目で見られたり、まったくの沈黙に出会う追放された第一級の作品である。感性のアンテナと想像の家を歪め、平凡化するのは、この追放である。

ハンガリーの詩人ヴェレシュ・シャーンドル[二]は今世紀のすぐれた声のひとつであるというのが私の確信である。パウル・ツェランの詩は、ヘルダーリンと、絶頂期のリルケの詩と対比して初めて公正に判定することができる。私は、カルロ・エミーリオ・ガッダ[三]を、ブロッホとムジルに十分匹敵する哲学的小説の大家だと考える。もし今日、スタンダールとコンラッドに匹敵する「政治的想像力」があるとするなら、それはレオナルド・シャッシャ[四]である。ルイ・ジルーは、英米語への転移によって国際的な名声と富を得た多くのフランスの小説家を睥睨している。トーマス・ベルンハルト[五]の小説のうち数冊は（わずかに一冊しか英訳されていないが）カフカに挑む傑作である。このような確信が強情もしくは難解に聞こえるとするなら、それはたんに、当の作家たちが、英語による出版と受容の世界クラブに断片的にしか入っていないからである。

状況は二重に皮肉である。英米文学それ自体が、現在、存在の主要な泉に数えられること、そして、その中心的位置は、主として政治的 - 経済的重要性の恩恵ではないこと、以上のことはけっして自明であるとは言えないからである。決定的に活力をもつどのようなイギリスの英語が、D・H・ロレンスとJ・C・ポーイス以後書かれたか。アメリカの詩と小説の多くは、慢心しており、この暗い時代の原初的な道徳的哲学的政治的関心が欠けている。「トマス・マン、ジョイス、プルースト、カフカ」に、どのようなアメリカ人の名前が加えられるだろうか。しかし、重要なのはこの言語の地球的規模の成功である。流通性がアメリカ英語を話している。

それゆえ、イギリスとアメリカの翻訳家はとりわけ責任がある。「本の運命」(*Fata libellorum*) のきわめて多くの部分は、彼の掌中にある。

しかし、責任、あるいはむしろ「応答性」と私は呼びたいのだが、それは翻訳のまさに要所である。その概念は、私が簡単に考察した現代の政治的、経済的、技術的決定要素を完全に超越している概念である。翻訳家の責任の正確な本質を明確化しようと試みることによってのみ——「どのような解答を彼は原テクストに与えようとしているのか」「誰に対して彼は応答することができるのか」という疑問を深く追求することによってのみ——「忠実さ《フィデリティ》」といういつも悩まされる把えどころのない問題について、何か有益なことが言える期待がもてるかもしれない。

翻訳家が原文を「征服した」というのは、程度の差こそあれ、その意味を占有し、侵略の戦利品を彼の母国語へ持ち帰ったということである。この分離的侵入は、翻訳の対象を、不変あるいは不可侵の状態に置くことはないし、できないことである。原テクストが被る変容の範疇は多様である。翻訳家の進入がきわめて透過力と特有の力にみち、原テクストがしおれ、土地固有の風趣と現在性を幾分失う場合がある。霊感を受けた翻訳家が「小さな」あるいは秘義的な言語で書かれたテクストに向かい、それを、世界的言語の主要な通貨のひとつに埋め込む時に、著しくこういうことが起きる。聖書の翻訳、とりわけ欽定英訳聖書は、西洋の教養と原文の、しばしば希薄な文学性との間に（怪しげな）光輝の偉大な翼を介入させた。しかし、このような効果は、原文が、翻訳家が自らの能力においてあまりにも高尚な名匠であり、彼の翻訳があまりにも卓越したものであるというたんなる事実（私はこの逆説的な裏切りを「変容《トランスフィギュレーション》」と呼んできた）によって不具にされる時にも起こる。ボードレールのポー、あるいはもっと明白な例だが、彼のトマス・フッド(六)の翻訳を考えてみていただきたい。ルイーズ・ラベ(七)のソネットの木目のある家庭的な感触と、リルケの翻訳の清純な熱意とを比較してみていただきたい。

言うまでもないが、大多数の例においては、加えられる損傷は縮小化である。起こっていることは、上昇的裏切りと美化ではなく、名誉中傷《トラダクション》である。翻訳家は、あれこれの点で、彼の選択した仕事に不適格だった。彼は原文を平準化し、単純化し、廃棄し、誤解し、安っぽくした。彼は原文を、裸にされ曲げられたかたちで公衆に晒した。ダンテやゲーテが次々とイギリス英語とアメリカ英語に「翻訳」された長く嘆かわしい歴史に思いあたる。次のナボコフの調子よく響く詩句は辛辣な要約である。

翻訳とは何か。皿の上の
詩人の青ざめた、睨みつける頭部。
鸚鵡の金切り声、猿のおしゃべり、

死体の冒瀆。

もっと間接的であるが、翻訳家が、変容させたり、あるいは名誉を傷つけたりすることによってではなく、自分自身の目的のために利用したり、異質な目的のために私用に供することによって、原文に暴力を加えるかもしれない。彼は、もっぱら、自分自身の作品もしくは彼の信奉する文学運動の綱領を弁護し、配備し、戦略的前例と支持を与えるために翻訳するかもしれない。パウンドの翻訳は、魅惑的であることが多いが、まさにそのような具合に、ご都合主義的であるという印象を与える。翻訳家は、特定の特徴――プロットの構成力、物語の統轄力、象徴的なものの制御力――が自分の資質に欠けている、あるいは弱いという理由で、標的となるテクストを選び、翻訳するかもしれない。彼は、翻訳しているテクストから、彼自身の、たぶんきわめて異なる欲求の足場、運搬具を作るだろう。これは、ブレヒトの、ヴィヨンやマーロウやキプリングからの海賊的捕獲にあてはまるかもしれない。ローウェルの利己目的であることが見えすいている多くの「模倣作」には確実にあてはまる。もっとひどい場合として、原文を改宗的宣伝的反対的目的のために、意図的に、もしくは本能的偏見の戦略によって、誤読し、歪める大量の翻訳がある。ニーチェ翻訳産業は、このどんよりとした光の中で再考する価値があるだろう。

それとは逆に、明らかなことだが、翻訳は原文に新しい、さらなる生命を与える。翻訳は、定義上、最も偉大な詩的創作品でさえも、それらの発端の場所と時に縛りつけている係留具を緩める。翻訳は、空間と時間を越えて存在を寄贈することであり、バベルへの反対陳述である。翻訳がなければ、文化、「知性の記念碑」、言葉の芸術は、たとえ存続するとしても、モナド的孤立の中で存続するだろう。以上のことはすべて自明である。

しかし、この場合でも、損失はある。翻訳の外面的輝きは、微妙ではあるが紛うかたなく、原典の原初的活力に依存しているだろう。典礼式文的、巫女的、預言的聖典と言語的儀式を翻訳から守っているのはけっして素朴な迷信ではないことはすでに見た。精霊的効能の「同一性の窃盗」は、まさに、多くの「原始的」共同体に、カメラを怖がらせているものである。「内容」が原形式の誕生から抽き出され、遠ざけられる時、断片化と拡散が生じる。

それでは、どのようにして翻訳家は、原テクストと翻訳との間に、活力の等価を回復するのか。彼の「対抗‐創造」、彼の変形的反復は、どのようにして原文に真に応答し、原文への存在論的依存を明証的に再現することができるのか。翻訳家の側のどのような無私性が、彼の翻訳の中に原文がつねに存在し、「存在理由《レゾン・デトル》」、存在の文字通りの源泉にして権威であるとつねに見られ感じられることを保証することができるのだろうか。二者択一的表現になっているが、これらは実のところたったひとつの問い——忠実さの技法と倫理（両者は厳密には切り離せない）に関わる問い——なのである。

忠実さは、ウァルター・ベンヤミンのカバラ的思索には失礼ながら、直訳主義によって保証される。忠実さは、それによって「霊」が「文字」から引き離される誘い出しのための何らかの策略ではない。翻訳家、通訳者は、自分のテクストに忠実であり、それに対する応答を責任あるものとするが、それは、彼の横領的理解、「摂取」、転送が粉砕した諸力の均衡、統合的存在の均衡を回復しようと努力するかぎりにおいてのみである。「応答する責任ある」翻訳に含意されているのは、深い道徳的摂理《エコノミー》であり、超越的手練《タクト》である。翻訳家‐通訳者は、意味作用的交換という状況を目指している。意味、文化的心理的恩恵付与の矢は、両方向に相互的に動くようになっている。理想的には損失のないエネルギーの交換がある。完璧な翻訳はエントロピーの否定ということになる（だろう）。秩序、一貫性、潜在的エネルギーはサイクルの両端、つまり源泉と受容器で保持される。至高の翻訳、それは優れた詩と同様に多く見られるものではないが、原文への生きた返還を行うと言えるのは、それは原文に空間的時間的共鳴の新しい広がりを与え、原文を照らし出し、原文をいわばさらなる明晰さ、より大きな衝撃へと駆り出すからであるが、そればかりではない。相互作用の過程はもっと深みに達する。偉大な翻訳は原文に、すでにそこにあったものを与える。内包的意味、倍音的と背景音的要素、意味作用の潜在性、他のテクストと文化との類似性、それらとの劃定的対照——それはすべて最初から元の形式に存在しており、「そこにある」のだが、十分には明確化されなかったかもしれないもの——を外在化し、目に見えるように配備することによって原文を増大する。「硬直性の甲冑を身にまとわないように創造されたものを再‐創造すること。それが永遠の生きた行動の目的である」とゲーテは言っている。創造されたものを、その原初性、その本質と存在の先行性を確認し表明するために再創造すること、存在に存在性を与え、すでに完全であるものを十分に実現する(*ful-fil*)ような仕方で創造されたものを再‐創造すること。これが責任ある翻訳の目的である。

「すでにそこにあるものを付け加える」には逆説めいたところがある。それは、現在の意味論の逆の主張にもかかわらず、形式化や分析的な解釈ができない過程である。偉大な翻訳における交換の弁証法と倫理の説明は、不可避的に隠喩的なものになるだろう(隠喩自体が「翻訳」であり、エントロピーの拒絶である)。このモデルが確認可能な生命を帯びるのは実践においてである。

燃えるトロイアからの、クレウーサの亡霊のアエネーアースへの告別の辞(『アエネーイス』第二巻、七七六―八九行)は、西洋の文学と感情における正典的転換のひとつである。クレウーサは、アエネーアースが遠い国で合法的に再婚するであろうこと、彼女が彼と一緒に海の広大な塩の畑('vastum maris aequor arandum')を耕すことは許されないだろうことを知っている。そういう知識は、死の収穫であり強制である。彼女の告別の辞における意味の音楽は本質的にウェルギリウス的である。神に鼓吹された命令の「威厳」（*dignitas*）――クレウーサはアエネーアースに去るように命じ、彼女をあとに残すように促す――は、人間的で現世的な癒しがたい悲哀へと変化する。すでにわれわれは、クレウーサの告別の辞に、のちにディドーにおいて明らかになる断念、永遠に危険に晒される女性性の高尚な音調を聞くように意図されている。そして、この予示は、アエネーアースがディドーに向かってこの挿話を語っているという事実によってよりいっそう哀切なものに変えられ、哀切なほどに不吉なものに変えられている。この節の末尾はこうである。

〔わたくしは、〕ミュルミドネスやドロペスの、おごる座席を仰いだり、
ギリシアの国の貴婦人の、奴隷に決してなりませぬ。
わたしはトロイア婦人です、女神の御子の妻女です！
しかしわたしをこの岸に、つないでいるのは偉大なる、
神々さまの母神です。さ、もうおいとまいたしましょう。
わたしに代わって二人分、子供を大事に願います。
（泉井久之助訳）

ウェルギリウスにおいては五行であるものが、一五〇〇年頃に書かれたガヴィン・ダグラスの、スコットランドのチョーサーのような翻訳では十行になっている。クレウーサは、「ミュルミドネスの国」（'Of Mirmidonis the realme'）の「力あるトロイア婦人」（'mighty Dardanus'）を「見ることはけっしてない」（'neuir behald'）。この「けっして」（'neuir'）は、不明瞭な、引き裂くような決定性を表わすアングロ‐サ

クソン語の詩的語彙目録の特徴をよく示す語であるが、かたちの上では、「〔わたくしは〕……仰いだり」には述べられていないが、たしかにそこには強烈に存在している。クレウーサは生きながらえて「ギリシアの国の貴婦人」('Grais...matribus')には仕えない。このラテン語は単一の翻訳に収めるにはあまりにも豊かであり圧縮されている。標準的な近代イタリア語の転写である *le donne dei Greci* とダグラスの「写し」である「ギリシアの国の貴婦人」('matroun Gregioun')はウェルギリウスの中で活動している。つまり、勝利を収めたギリシャ人の妻にして、彼らの幸運な息子たちの母でもあるからだ。いずれの翻訳も原文に対して十分とは言えない。しかしダグラスは、母性に対する鳴り響く言及を見事に把握し応答している。ウェルギリウスの「偉大なる神々さまの母神」('magna deum genitrix')で今や普遍的なものになっているからである。ある意味ではガヴィン・ダグラスはラテン語の流れを「上流にさかのぼっている」と言える。「神々の偉大な母」('The grate moder of goddis' われわれのイタリア語の試訳では *Gran Madre*)はインド‐アーリアの神々の中の「大いなる母」(the Magna Mater)であり、彼女は本当に「神々の母」だからである。しかしながら、それに劣らず、ダグラスの用語と彼の原文読解の縁辺に精霊の如くに立っているキリスト教的な「神の母」('Mother of God')でもあるのだ。この縁辺の存在は、厳密に論じれば、外部的なものであるが、それにもかかわらず、「第四牧歌」以降のウェルギリウスをキリスト教的啓示の先ぶれとした「将来に向かう反響音」の力動的な要素なのである。

「さ、もうおいとまいたしましょう」(*E ora addio*)、「さようなら、ごきげんよう、わたしたちはお別れしなくてはなりません」('Adew, faire weile, for ay we man dissevir!')。いずれの言い回しも、「さ、もうおいとましましょう」('Iamque vale')の恐ろしい簡潔さをもとに広がっている。しかし、アエネーアースの神々への推賞と、クレウーサ自身が彼に与える祝福は、ウェルギリウス的きまり文句には十分に内在している。しかし、翻訳は今、頂点に達する。「わたしに代わって二人分、子供を大事に願います」（'et natis serva communis amorem'）。命令的な懇願と、夫が今、クレウーサから速かに去っていくがゆえに、彼女がもう二度と会うことのない息子への測り知れない悲しみ、両者の結合が、ラテン語の統辞法と語順に符号化されている。それは、*natis* の最初の位置と、その行の *amorem* への落下に実現されている。'E del nostro bambino conserva l'amore' では、ほとんど滑稽なほど不適切である。イタリア語があまりにも手短に、あるラテン語を模倣したり、それから移調する時にしばしばそうなるように不適切である。ガヴィン・ダグラスは広げる。

あなたが導き手となり、深く愛し、危害から守って下さい
わたしたちの幼い息子は、死ぬまで二人のものなのですから。

しかしこの「膨張」と内面化された言い換えは見事なほど適切である。ウェルギリウスの *serva* は「助力」と「後見」の両方を伴う。アエネーアースは実際に、運命的な危難、戦争、政治的宿命の長い旅の途次でアスカニウスを危害から守る（'keip from skaith'）ことになる。限りなく微妙な非難が *communis amorem* にはある。それは、のちのアエネーアースのディドーとの出会いとラティウムでの王家の結婚が曇らせ、記憶から二度追放する過去の夫婦愛を喚起する。しかし、親子関係は、全能の神々の意志とローマの栄光によってさえも解消されえない。アスカニウスは依然として「二人の……子供」（'natis...communis'）なのである、彼におけるクレウーサの役割、彼に対する痛苦の権利は持続する。彼はつねに「死ぬまで二人のもの」（'common till us baith'）。

私はこの簡潔な語句を翻訳の道徳性の定義とみなす。原テクストは翻訳を産んだが、たとえ翻訳の輝きと広範囲にわたる幸運がどのようなものであろうと、翻訳の中に生成的存在を維持しなくてはならない。テクストは、たとえ作者の自立的地位、彼の権威が、時と言語的距離によって影の如き存在に変えられている場合にも、おそらくは二重にそのような場合でも（ウェルギリウスのラテン語は「死語」であるとわれわれは教えられる）、作者と翻訳者の「両者にとって共有のもの」でなくてはならない。そのような保持 *serva* は厳密な技術の収穫である。正確さという理想においても厳密であるし、道徳的かつ技術的要求においても「過酷《イグザクティング》」であるので、翻訳家は彼の仕事から、創造的共鳴《エコー》、隠喩的鏡映という逆説を作り出す。文字の生命にはこれ以上必要な保管人はいないし、これ以上緻密な反応に値する召喚はない。

夢の歴史性（フロイトに対する二つの疑問）

（ヴィットーレ・ブランカのために）

動物の近くで暮らしたり、犬や猫と一緒に暮らしたことのある人は誰でも、彼らが夢を見ることを知っている。興奮あるいは快楽の、生き生きとした、そして、しばしば明らかに荒々しい流れは、眠っている犬や猫を、紛うことなく身動きさせている。実のところ、この平凡な現象が、夢の頻繁さと力強さを示す最も直接的な（唯一直接的な？）行動上の証拠である。夢に関する人間の報告は、すべて言語の網を経てわれわれのもとに届く。

動物は夢を見る。この平凡な意見の哲学的歴史的含意は重大なのだが、驚くべきことに、ほとんど注目されていないと私が考えるのはまったくの誤りなのだろうか。もし動物が夢を見るなら、そして明らかにそうなのだが、そのような「夢」は、言語的母型《マトリックス》の外で生成され、経験されるということになるからである。夢の内容、感覚的力動は、いかなる言語的体系にも先行し、それに対して外部的なものであるからである。夢は、身体的な震えや満足という表層的局面を除いては、われわれの知覚に対しては閉ざされた記号論的世界で展開する。われわれは、この世界が、われわれの世界よりも時間的にはるかに古く、「統計的に」はるかに大きく多様であることを知っている（動物はこの惑星の歴史において、人間に先立って存在し、人間という種よりもはるかに数が多いからだ）。しかし、リルケ、デューラー、ピカソのようなごく稀な芸術家だけは、動物の、脈動する多様な意識の、外面の境界領域を突き抜ける（これもまた人間中心的な幻想かもしれないが）ように思われた。虎はブレイクの問いかけに答えない。

われわれは、このような言語以前の夢についてどのように考えることができるだろうか。

解釈学的罠はあまりにも歴然としている。言語化に先行するもの、外在するものへのわれわれの暗示とは、さらなる隠喩と類推への翻訳にほかならない。前‐言語的もしくは非‐言語的という概念は、それ自体が不可避的に言語的である。われわれは、抽象的孤立の虚構の中で、概念的言い換えもなく、言語化可能な意味作用もないイメージ、音、触覚的嗅覚的情報《データ》の配置を想像することができる。しかし、われわれは、動物の夢が何かそのような「想像的‐知覚的」様式で起こるという証拠はもちえないし、そのような様式を、言葉による言説という不純物に変えずには「考える」こともできない。人間は、沈黙の宇宙（それ以下のものではないので）に対して、あまりにも限られた、そして歪めて表わす手段しかもたない種として定義することができると言ってもよいほどである。

人はもちろん思弁《スペキュレイト》する。そしてその鏡映という語源において、少なくとも動詞は、言葉の傍らをじりじりと通りすぎる。生物学、遺伝学、そして、われわれの根源的直感は、われわれ自身と動物との間に原初的連続性があることを確信している。原初的神話（現代の構造人類学が「神話素」*les mythologèmes* と呼ぶもの）、つまり、それによりわれわれが、われわれの個人的内面的存在を整序し全般的反響音を与える直接的な、一見回想された再認による原型的形態《コンフィギュレーション》が、動物の語られない夢と関係があり、それからの転調であるというようなことがありうるのだろうか。ヒトという種は、霊長類のみならず、全動物界との密接な共存の中で、動物‐論理的な（*zoo-logically*）夢を見ていたのか。遅くともヴィーコ以来、神話の進化と人間の言葉の進化は併存し、弁証法的な相互関係にあると想定するのが常識である。しかし、われわれはおそらくもう一歩進むことができるだろう。われわれが、陽光に照らされた意識と意志のすぐ外の誰のものでもない土地（すべての人のものであるがゆえに）から、生まれると感じる原型、原神話は、言語以前の夢の退化した、先祖返り的な形態である。言語は、ある意味で、自分よりも古い夢を、解釈し、語ろうとする試みである。しかし、ホモ・サピエンスは夢を語りつつ、矛盾に踏み込んでいく。動物はもはや彼を理解しないし、物語的‐言語的行為のたびに、その個性化によって、エゴと、共有されるイメージの伝達との間の亀裂は深まるからである。夢は、語られ、解釈されると、真理から歴史へと移る。その二点だけで、われわれにそれらの有機的源泉を思い起こさせる。神話に内在する概念化を超えた反響音と意味、多くの幼い子供たちや「無学な者」や聖人に認められる動物との心身の親近性という神秘。（ニーチェが分節化された知性の残酷な頂点から降りて、精神錯乱 *Umnachtung* の第二の子供時代、無垢、禁欲的清浄に入るのは、鞭打たれる馬の眼に出会う時である。）

＊

夢の歴史性は二重である。

夢は歴史の素材とされる。勝利あるいは敗北の夢、個人の昇進や不運の予知夢、その後の出来事の光に照らされて解読される神託的もしくは謎めいた夢、これらはすべて、年代記作者、歴史家、伝記作者によって記録される。実際、逆説に近いが、関連する夢に訴えることは、歴史的出来事の真正性を強化し裏書することなのである。夢は最も重要な記録であり、歴史的資料として保管される。君主や英雄や賢人の模範的な、もしくは輝かしい一生という概念が、歴史の概念そのものと重なりあうその度合を心に留めると、このことはとりわけ古代の「伝記」にあてはまる。ファラオの夢、聖書に記録されている王や戦士の、勇気づけられる夢、あるいは不吉な夢、ハミルカーの夢とスキピオの夢、プルタルコスの「列伝」に書き留められているおびただしい数の夢は、歴史的事実として扱われている。十六世紀に入ってかなり経ってからも、眠りは、歴史的文書の豊かな源泉のひとつであり、宮廷の占星術師はその記録保管人である。

歴史の力動の中で、劃定するのがより困難であるが、より重要であるのは個人の意識を超越する夢である。歴史は集団的な夢、恐慌、希望、避難、行動の夢を知っている（もしわれわれが「夢」の概念を拡大して、その中に、内密的生活と大衆感情との間の、深い眠りと鋭い覚醒との間の、全範囲にわたって活動している「夢想」、「白日夢」、象徴的幻想などの、薄明の中にあるが首尾一貫している構築物まで含めると、とりわけそういうことが言える。）黙示録的な夢は、社会史家によって、「西暦一千年の大恐慌」（*les grandes paniques de l'an mille*）の前後の数十年ばかりでなく、一六六六年のような数秘学的に不吉な年代の前後に、あるいは現在では、ある種の社会集団（アメリカ南西部ばかりではない）が「西暦二千年」の核兵器の「黙示録」と感じているものにも記録されている。

黙示録の批判はユートピアである。「約束の地」は、モーセのような人やモルモン教の創立者によって最初に個別に夢見られる場合でも、確信している人々によって千通りにも再び夢見られる。革命は、なされる前に夢見られる。最初は個人によって——たぶんカリスマとは、他の人々に相同的な夢を授ける力の「前ぶれの夢」と定義できるだろう——、そして次には社会集団によって。もし一七八九年の修辞が、そして一七九二年と一七九三年のユートピア的衝動の修辞が「饗宴」の修辞や洗礼の祝賀の修辞であることが多いのなら、それはまた、夢の修辞でもあり、夜明け寸前の見事なまでに「具象的な」夢‐幻想の修辞である。エルンスト・ブロッホによって論じられているメシア的夢解釈の大いなる文法は、政治的、経済的、社会的希望の「前向きの夢」の集団性の潜在力に、まさにその基盤が置かれている。過激な革命的な夢の白昼夢（*Wachtraum*）は、夜の夢に劣らず夢であるとブロッホは言う。おそらく夜の夢以上に夢である。なぜなら、夜の大部分は心理的にも歴史的にも「旧 制 度《アンシャン・レジーム》」に属しているからである。夢の概念を夜のエゴの夢に限定することは、歴史の原初的機構を否定することである。

> 今夜はまだ言うべきことをもっている、初めからある何かを考えているのではなく、生まれていない何か、現実にはどこにおいても表出されてはいないが、夜のさまざまな場所に潜在している何かを考えている。しかし、今夜が何かを言えるのは、それが覚醒した想像力の光に晒されつつある時、つまり生成に向けられつつある時に限られる。古めかしいものは、自ら沈黙している。考えている何かが回復されないもの、展開されないもの、凝縮されたもの、ユートピア的なものである時にのみ、それは、白昼夢へと拡大する力をもち、閉じ込められないようにする力を獲得する。そのようなものとして、しかしそのようなものとしてのみであるが、それは拘束されることなく、エゴを保持し維持しつつ、世界変革のため、終わりのない旅のために経巡ることができる。
> （『希望の原理』）

そして、歴史を希望にみちた運動へと動かすのは夜と昼の「集合的な夢の戯れの絡み合い」（*ein Ineinander der kollektiven Traumspiele*）なのだろうとブロッホは教えてくれる。

このような運動は、われわれの知るかぎり、敗北と野蛮主義によってたえず中断され、引き戻されることもありうるし、実際にもそうなのである。しかし、ここでもまた、私的な夢も公的な夢も、その役割を果たす。夢は自由の最後の避難所、抵抗の炉床となりうる。国家社会主義者ロベルト・ライの、政権をとってしばらく経ってから口にした自慢話、「今でもドイツで私的生活を送っている唯一の人間は眠っている者である」には、重大かつ脅迫的な、しかし両義的な洞察がある。まさに彼の言うとおりである。ある点までは（身体的拷問を受けている者にとってはそうではないし、飢餓状態にある者にとってもそうではないが）、夢は、政治的全体性の届かぬところにいられる。ある点までは、全体主義的専制に対する秘密の抵抗のための「安全な家」は夢のそれである。

ここにもまた、精神分析学の焦点には入らない、歴史的に活力があり、社会的に力動的な夢の機能があると私はあえて言おう。

夢の歴史性の第二の側面は実質的に無視されている。夢は歴史と歴史的記録の一部である。しかし夢の歴史、あるいはもっと正確に言うと、夢の現象学の歴史もある。

われわれが自らに話しかける仕方、われわれの言語的産出の主要部分を包む無声の独白、内的独白の様式、頻度、内容、外的影響は、歴史的変化と社会学的拘束に支配されるということを別のところで（「言説の配分」、『難解さについて』、一九七八年）示そうとした。男と女（これ自体が根源的な区分）は、内的言説の大きな絶えざる流れを、歴史の異なる時代に、異なる社会的経済的状況の中で、多様な文化の中で、さまざまな使い方をしてきたことを示唆しようとしたのであった。

同じことが、まったく私的なものであれ、あるいは公けにされたものであれ、夢の生成、形成、追憶とわれわれが結びつけて考える活動——それは多様である——にもあてはまると私は信じている。眠り、それについてはほとんど何も理解されていないあの真に広大な心身の活動は、個人的な現実であり、かつ社会的な現実である。われわれには「眠りの歴史学」が欠けている。この歴史学は、社会史家や「精神史家」（*historiens des mentalités*）がやっとわれわれに提供してくれている衣服、食事、子育て、精神的および身体的病気の歴史と同じくらい——それ以上に、ではないにしても——慣習と感性の進化を把握する上で絶対に必要なことである。異なる気候、異なる社会階層（主人と奴隷、牧師と百姓、兵士と職人）、異なる歴史的時代は、異なる睡眠と目覚めのパターンを産み出す。ひとりだけで、あるいは夫婦だけで眠ること——歴史を通じて少数の社会的エリートの特権——は、百姓の小屋や都市のスラムでの集団的な眠りとは根本的に異なる現象である。これらの「睡眠構造」は、いずれも、太平洋と南洋州のある種の文化の「長屋」においてばかりでなく、もっと身近な、兵舎、「寄宿舎」（*internat*）、僧院で実践されている共同体的睡眠における男女の区分とは異なる。人工照明のテクノロジーの相次ぐ発明と普及は、「睡眠‐行為」の精神‐生理機能を変えた。午睡《シエスタ》をとる文化は、休息の秩序《エコノミー》がほとんど限定的に夜型である文化とは重要な違いがある。衛生施設、家庭の上下水道設備の有無の歴史は、個人の睡眠と集団の睡眠の文脈的歴史性の一部をなす。われわれには、シェイクスピアやプルーストのような、睡眠の世界の偉大な詩人がいる（眠りの多様な謎についての何らかの考察がないようなシェイクスピア劇はほとんどない。眠りからの追放の劇というのが『マクベス』の正確な定義である）。ゴンチャロフの『オブローモフ』(二)には、眠りに関する諷刺的社会学の輪郭が見られる。しかしわれわれは、人間という種の生活の、少なくみても三分の一を包む状況に関する真の歴史家を依然として待っているのである。

まったく同じ歴史性と生物的社会的決定要素が夢を見る行為と関連している。われわれは、たとえば古代ギリシャ人、中世の農奴、トロブリアンド諸島の奥地人のように、同一の時間に、同一の環境で、同一の生理学的——風土的、栄養的、性的——状況の中で眠るわけではない。われわれの夢、あるいは、きわめて慎重に言うと、われわれの夢の大多数は、それぞれに応じて異なるものになるだろう。古代エジプトの王家の書記や聖書の記者、プルタルコスや中世の寓話作家によって記録された数々の夢は、それらの間に、野外にいる人類学者と民族誌学者によって書き留められた数々の夢の間に認められるのと同じくらい根本的な違いがある。それらの夢はまた、精神分析学の文献に典型的なものとして挙げられている夢とも著しい違いがある。

人間の夢の産出、蓄積、配分の歴史学、社会的心理学は、あまりにも広大であり、今までのところ、全体を見渡せるような地図はまだ描かれていない。それゆえ、西洋の文化において文書で裏づけられる範囲で、夢および夢を見る行為の標準的な機能におけるたったひとつの、しかし根本的な変質を提示させていただこう。

地中海の古代は、それが古典古代であろうと、セム族の古代であろうと、「野蛮人」の古代であろうと、夢と夢を見る行為を先見（*foresight*）の現象学と関係づける点において一致している。夢は本当のことを言うかもしれないし、人を惑わすかもしれない、と『オデュッセイア』第十九巻のペネロペイアは教えてくれる。夢は謎めいたものかもしれない、したがって、真偽のいずれであるかを決定することを危険なものにする（マクロビウスは「スキピオの夢」の注釈で、謎めいた夢を *oneiros* と表している）。夢は悪夢（*enypnion*）の性質をもっているかもしれないし、喜びの約束という性質をもっているかもしれない。しかしひとつのことは絶対に明白である。夢は未来性の／による何らかの訪問から生じる。本質的には、夢は真の、あるいは偽りの神託（*chrematismos*）と予言（*horama*）である。夢を解釈する技術は、卜占の一般的技術の一分野である。神託的言明、予言、前兆、鳥の飛び方や生け贄の内臓の解読、これらは人間の夢と夢‐幻想（*phantasma*）の解読と直接的に同一の起源をもつ。夢は、未来が眠れる魂に刻む瞬間的なルーン文字である。夢の不明瞭さそれ自体、可能な意味の解釈学的多様性が、その予言的趣意を保証するものである。「もし夢が未来を予言するなら、もし睡眠の間に心に現われる幻像が、それにより未来の事柄を占う何らかの指標を与えてくれるなら、夢は真であると同時に不明瞭であるだろうし、真理はその不明瞭さにあるだろう」（キュレネのシュネシオス、四一〇年頃）。アリストテレスの小篇『睡眠中の予言について』において穏かに述べられている彼の懐疑——「これは信じがたいのではなく、どちらかといえば理にかなっている」、しかし疑って当然である——は、例外的な、そして故意に保守的な態度をとっている視点を代表している。古代世界全体にとっては、有名な「エジプトの夢の本」（大英博物館、パピルス一〇六八三、紀元前二〇〇〇年頃）やホメロス、ヘシオドス、旧約聖書の編纂者が証明するように、問題は夢が予言的か否かではなく——これは自明の事実とみなされている——、そのような予言は善い源泉から発するのか、邪悪な源泉から発するのかということであり、人間による解読は夜の先見（*pré-voyances*）を解きほぐすことができるか否かということである。

それとは逆に、精神分析学では、夢は予言ではなく回想を糧とする。意味論的ベクトルは、未来ではなく、過去を指している。不透明性の力学は、知られざるもののそれではなく、抑圧されたもののそれである。いつこの重大な方向転換が起こったのか。そして何ゆえに。

かくも広範囲に及ぶ変化について、説得力のある年代決定をするのは不可能だ。その上、原因論と時間性のこの逆転は、異なる文化、社会の異なるレヴェルで同時的なものではけっしてないことをすべてのことが示している。夢の証拠としての資格に対するヒュームの懐疑主義、ベールに見られる神託的幻像に対する批判は、十八世紀ヨーロッパの、あまり解放されていない、数の上では圧倒的多数の人々によって共有されることはなかった。フロイトの『夢判断』は、大衆的読者から、無数の伝統的「夢 - 本」や多少秘術的な「夢から未来を読み解く鍵」を追放することはない。それとは逆に——これは緻密な価値評価を要する現象だが——、精神分析学の夢への注目に見られる治療のための合理主義と技巧性は、別の本質的に

「古めかしい」解読の地位と大衆性を実際には強めている。啓蒙主義と実証主義にもかかわらず、近代の懐疑主義とフロイトの存在にもかかわらず、人類の大多数は——いわゆる「先進的な」テクノロジー社会においてさえも——夢に予言的神託的価値を与え続けているという推測には自信がある。

それにもかかわらず、予言の範疇から回想の範疇への大きな移動は、少なくとも哲学的科学的感性に関するかぎりでは、十七世紀の中頃から終わりにかけて起こり始めたと言うのは可能である。一六一九年十一月の有名な「デカルトの夢」——それについてはまた後で述べる——に「古風な」性格と機能性を与えているのは、まさにこの時間枠なのである。十八世紀の「良心の危機」(*crise de conscience*)、ロマン派の夢の語彙と文法は、「過去性」、夢の回想的運動との関連で性格づけることができる。眠りの巡礼は明日の「未知の土地」(*terra incognita*) へ通じているのではない。誕生と幼年時代の「幻影の輝き」への帰還なのである。

われわれはどのようにして、この再循環、方向転換を説明すべきなのだろうか。

数多くの可能な、原因となる要素が思い浮かぶ。コペルニクス、ケプラー、ガリレオ以降、敬意をもって遇される未来学は、天体および機械の科学の未来学となる。西洋の精神の「前向きの‐夢」は、ニュートン的宇宙論の夢であり、ダーウィン的進化論の統計学的推計学的科学の夢である。教育のある人は星を読むのではなく、天文学の論文を読む。きわめてゆるやかな、しかし観察可能な過程によって、責任ある知識は日の光に同一化される(ニュートン革命の図像と論述の常套に見られる光の象徴主義と真昼の詩学を参照されたい)。付随的に、夜とその産物は、幻想、幼年時代、病理学の領域に割り当てられる。ゴヤがその最も忘れがたい版画に描いているように、悪夢は理性の眠りから生まれる。悪夢はどのようにして未来の知識を伝えることができるだろうか。夢の時間軸の大いなる逆転の第二の要素は、ルソー主義とロマン主義のどの側面にも見られるような幼年時代そのものの再評価、始まりと意識の発生への魅せられたような関心であった可能性が高い。もし夢が未来性の象形文字を示さないとしても、それは、われわれの真の過去の夜の文字を提示する。夢は、われわれが存在へと至る歴史である。夢の「幼年性」は、混沌や無責任の指標であるどころか、われわれの魂の失われた核からの夢の旅を証するものである。「喜ばしい見者《シーアー・プレスト》」とは、ごく幼い子供であり、その知覚の直接性には、たぶん夢だけが近づくことができる、とワーズワスは宣言する。第三の要素——それはすでに私が挙げた二つの要素を含んでいる可能性が高い——は、近代性そのものの定義に近い経験の内面化という要素である。「近代的な」人間を、「古典的な」人間、時に「中世的な」人間から区別する意識、鍛練された凝視の、内面への移動を把握するために、ヘーゲル主義者になる必要はない。われわれの「現実」知覚は、科学的でない時、功利的でない時、そしてテクノロジーが目的論的であるという特殊な意味で目的論的でない時には、大部分がエゴ指向的である。ルソーが「私《モワ》」に、モンテーニュとは対照的な特異性を与え、パスカルとも対照的な超越論的資格を与える時、十八世紀後期が *egoism* や *egotism* に新しい魅力《マグネティズム》を与える時、ナルキッソスが、意気揚々たる逃走（*fuite*）を始め、ルソーからヴァレリーへと行く時、夢もまた内面へと方向を転じ、古典的世界における夢の機能の定義であった神々への突進、未来の外在的未知への突進を放棄する。

　このような推論はあまりにも漠然としており、またあまりにも不吉なものであるので、現実の役には立たないことに私は気づいている。しかし、圧倒的な事実は否定できない。西洋の感性の進化のある時点で（西洋の異なる階層と社会では異なる時点で）、夢と夢を見る人の活動は、その予言的内容によってではなく、合法的なものであれ秘密のものであれ、回想という積み荷によって価値評価されるようになった。

　これが根本的な変質である。それは夢と夢を見る行為の歴史性を明白に示す。夢‐回想の理法《エコノミー》と機能性の公理的強調を含意するフロイト的モデルは本当に普遍的な鍵となりうるのだろうか。

これが私の第一の疑問である。

「それらは詩人によって考え出されたが、にもかかわらず、夢のいつもの内容とかけ離れたものではない」とキケロは断言している（『予言について』一章四二節）。フロイトはまったく同意見である。詩人や劇作家や小説家によって「案出された」夢が、分析を受けている患者の報告する夢と同等の啓示的な地位をもっている。実際、フロイトと彼の直弟子による夢の解釈では、終始、虚構の夢——ホメロス、アイスキュロス、ウェルギリウス、シェイクスピア、ゲーテ、ドストエフスキー、イェンゼン[二]の小説『グラディヴァ』に見られるもの——が、特権的な証拠力をもっている。ソポクレスの『エレクトラ』におけるクリュタイムネストラの複雑な夢、あるいはシェイクスピアの『リチャード三世』のクラレンス公によって語られる溺死の重要な夢、あるいは『カラマーゾフの兄弟』におけるアリョーシャを無垢な敬虔さから目覚めさせる気味の悪い夢は、患者が分析者に語る夢や、あなたと私のような「普通の人々」によって互いに、しばしば何気なく語られる夢と同じ心身的地位を本当にもっているのだろうか。精神分析学の言い方はもちろんこうである。作家がきわめて意図的に、文脈に即して虚構の夢を書いているとしても、彼は自分の潜在意識に依存しており、不可避的にその諸局面を明るみに出す。これは納得のゆく反論だろうか。これは文学的構築、つまりポイエーシスの本質に関する例の思いつき的あさはかさを暴露してはいないだろうか。このような思いつきはフロイトによる偉大な作家の読解の大きな特徴であり、『詩人と白昼夢』の論文でははなはだしい誤りを犯している。

しかし、問題はもっと大きいものである。われわれの、夢と夢を見る行為に関する知識、人間の夢の歴史を構成する素材は、言語媒体からは完全に切り離すことはできない（唖の、あるいは聾唖の夢を見る人は、どうにか、彼の夢の、絵による、あるいは仕草による模写を提供できるだろうという認識論的に悩まされる可能性をもつ問題を私はわきにおく。）夢は言語によって語られ、記録され、解釈される。夢を見る行為の現象学は言語の進化と構造に埋め込まれている。夢の理論はまた言語学でもある。あるいは少なく見ても詩学である。夢を見る人本人によって提供されたものであろうと、二次的資料に拠るものであろうと、夢の解釈者によって提供されたものであろうと、人間の夢の報告はどのようなものも、言語的に純粋である、あるいは没価値的である、ということはけっしてない。夢の報告は、われわれの証拠の総計であるが、文体、叙述の常套的手段、慣用表現、統辞法、言外の意味に関しては、関連する言語、歴史的時代、環境の中にある他のどのような発話行為とまったく同様に、拘束と歴史的決定要素に支配される。夢は、人間の言語と同様に、バベルで粉々に割れたのである。

論理学者と認識論学者は、デカルト以後、ウィトゲンシュタイン以後は著しく、夢の報告の数多くの側面と格闘してきた。

もし人が、人間の夢の報告と夢との関係は、私の昨日の出来事の報告と昨日の出来事との関係とまったく同じであると考えているのなら、その人は絶望的な困難の中にある。というのも、もしそうなら……夢を見ていたという幻想、目覚めるとともにわれわれを訪れる幻想のもとに、われわれはつねにいるにすぎないのかもしれないからだ。……夢を回想する場合、正確に回想すること、回想しているように自分には思われることとの間には何の違いもない――この場合、両者は同一だからだ！（夢を「回想する」と言うことでさえ驚くべきことに思われる可能性もある。）

マルコム教授（『夢についての哲学的エッセイ』、一九七七年、一二一頁）と彼の同僚によって提起された論理学的‐認識論的問題を考察する力は私にはない。しかし、ジグムント・フロイトはウィトゲンシュタインの同時代人だったのだから、人間の発話の精神分析学の範例に言語哲学がまったく感じられないことには今も当惑を覚える。すべての夢がそれにより報告される言語媒体を透けて見えるほど中立的であるとみなす夢の原因論と解釈を、人は本当に哲学的責任をもっていると考えることができるだろうか。フロイトが言語的要素に、とくに語源学に訴える時、彼の挙げる証拠は、S・ティンパナロが「フロイト的言い間違え」(*lapsus freudien*)というもの凄い研究で示したように、きわめて疑わしい場合がある。しかし私が手早くみておきたいのはもっと特殊な点である。

三つの有名な夢を考えてみよう。

『イーリアス』第二巻の冒頭で、ゼウスは「凶兆の夢」(*oulos Oneire, un rêve fatidique*)を呼び出す。彼は擬人化された使者である「夢」に、テントの中で「美味なる眠り《アンブロシアル》」を貪っているアガメムノンのところへ行くように命じる。「夢」はアトレウスの息子に、トロヤとの戦いで神々はもはや味方しないだろうと告げることになる。ヘラが力をもったので、この町は「流れる髪のアカイア人」の攻撃に晒されるだろう。アガメムノンに勝利の軍勢を招集させよう。夢のテクストは三度、詳細に説明される。ゼウスの「オネイロス」への命令において、そして、夢により、夢を見る行為の過程の中で眠れるアガメムノンに語られるメッセージにおいて、そして、夜が明けるとこの伝言を軍事会議で逐語的に繰り返すアガメムノンのメッセージにおいて。転調はきわめて微妙である。ゼウスにより正確に書かれた夢がアガメムノンの眠りを横断し、公的言説の媒体で変更なしに再浮上する。その三倍の分節化は、神感によって導かれる権威という感じと、われわれが完全に回想された夢と結びつけて考える強制力、拘束力（Zwang）という効果のいずれをも産み出す。

われわれにはわかっているが、この夢は、踏みにじられたアキレスのあだをうつためにゼウスによって用意された待ち伏せなのである。それは、虚偽を生む「象牙の門」から出てくる。この夢が真実であることを証明するネストールの証明は一風変わっている。もしアガメムノン以外の誰かがそれを報告したのなら、「われわれはそれを虚偽と呼び、関係を断つかもしれない。しかし、自分がアカイア人の中で最も力があることを知っている彼がそれを見、夢に見たのである。それなら、さあ、戦いの準備をしようではないか。……」まるで夢を見る人の社会的軍事的地位の高さが夢の真実性を正当化しているかのようである。ここには、われわれには失われた社会的心理学の何か古めかしい感触があると私は想像する。

アガメムノンの惑わす「オネイロス」は「深い」解釈を要するだろうか。もし望むなら、世俗的‐心理学的説明は手近にあると言うことができる。アガメムノンの夢は願望充足の典型例である。ヘラの恩寵による、嫌いなアキレスの介入なしのトロヤの引き渡し、最終的な攻撃によるこの都市の陥落——これがアガメムノンの最も激しい願望であるとみなしても無理はない。この夢が有効であるのは、ただたんに、アガメムノンの口にした思いと心の中の思いに十分に対応しているからである。

第二の夢は、私がすで言及した夢である。有名な「デカルトの夢」（*Songe de Descartes*）のことであるが、それについてこの哲学者は詳細な報告を自ら書き留めたが、われわれに知られているのは、ベイエによるこの報告の摘要もしくは回想だけである（このような順序に含意される意味論的‐情報的錯綜とありうる劣質化に注目されたい。）デカルトの夢は、それが、一、二度の――あまり明確ではないが――目覚めで中断される三つの異なる役を演じるという点において異例である。彼の夢の第一「章」で、デカルトは、ラ・フレシュの大聖堂の壁につむじ風によって打ちつけられ、知り合いが彼に渡すメロンをもっていると告げられる。目を覚ましたデカルトは、この奇妙な夢の悪い影響から守ってくれるようにと神に祈る。夢の第二の段階では、彼は雷の音によって目を覚まされ（?）、部屋の中に燃え上がる火を見る。第三部は、夢を見ている人に、辞書と、紀元四世紀のガリアのローマ詩人アウソニウスの一説――「人生のどの道を私は辿ろうか」（*quod vitae sectabor iter?*）――のところで開かれた『詩人大全』*Corpus poetarum* を見せる。見知らぬ男が夢を見ている人に一篇の詩を渡すと、*Est et Non* という言葉が目に飛び込んでくる。

衝撃的な瞬間が訪れる。デカルトは眠りながら、この夢は夢なのだと判断し、さらに進んで夢を解釈する。この出来事に関するエッセイの中でマリタンは、ここでのベイエの記録はあまりにも大ざっぱなので役に立たないと指摘している。しかし、全体的な輪郭は十分に明らかである。デカルトは最初の二つの夢の断片を、過去の人生を無駄に過ごしたことへの警告だと解釈する。夢の第三章では、「真理の精霊」が彼に、人生において自分の道を選択しなくてはならないこと（*quod vitae iter*）を明らかにする。辞書は「寄せ集められた全学問」（'toutes les sciences ramassées ensemble'）を表わす。*Est et Non* は「ピュタゴラスのイエスとノー」（'le oui et le non de Pythagore'）であり、人間の知識における真と偽との間の、判別的切断を意味する。デカルトは今や、普遍的真理に通じる自己吟味と方法という道を選ばなくてはならないことを知る。

象徴的‐アレゴリー的な表象方法によるため、以上のことはすべてかなり複雑である。しかし窮極的な複雑さは以下の点である。ベイエによると、デカルトはこう主張した。

数日間にわたって彼の脳を興奮させ続けたように彼には感じられたこの熱情を彼の中に起こした霊は、就寝前の彼にこれらの夢を彼に予示し、人間の精神はそのことにまったく関与していないことを暗に知らせたのであった。

換言すると、ここには、それ自体が洞察力に富む暗示の目的である厳密な占いの夢がある。そして、予言と先見のこの二重の運動が超自然的な起源をもっているというデカルトの主張がある。アガメムノンの「オネイロス」とまったく同じである。

要約的にしか言及できないが、第三の夢は、『エヴゲーニイ・オネーギン』のタチヤーナの夢（第五章、一一―二一）である。

われわれの女主人公は雪の平原を横切ると、激流の上の今にも壊れそうな橋の上に出るが、ほえる熊に追いかけられる。熊は彼女に追い付き、彼女を森の小屋へ運び、彼女をそうっとおろす。タチヤーナは小屋のテーブルのまわりに奇怪な生物の一座――角のある犬、骸骨、小人、蜘蛛の背に乗っているザリガニ、そしてもちろんオネーギン「本人」――に気づく。魔女たちの集会はおひらきとなり、気がつくと彼女はオネーギンの腕の中にいる。しかしオルガとレンスキーが割り込む。すさまじい口論が起こり、タチヤーナは目を覚ますが、引き裂かれた眠りから悲鳴がこだまする。「誰の夢を見てたの」と知りたがりのオルガが聞く。

アガメムノンの「オネイロス」は「超越論的心理学」、つまり、人間の潜在意識（睡眠）は、聖なるものと魔的なものの示唆に直接的に近づきうるという世界‐観の自然な一部である。叙事詩人は、夢に二心あること、夢の性的動機づけ（願望‐充足）を知っている。叙事詩人は、アガメムノンの夢の強制的衝撃を反復の技法に反映させている。精神分析が付け加えるべき何があるのか。

『デカルトの夢』は、すべての物語られる夢の二次的で様式化された定型に関して、解答困難な問題を提起する。デカルト自身の記録の信憑性あるいはベイエや注意深い後世への彼の伝達の信憑性に関して人が不思議に思うのは避けられない。しかし、いかなる解釈も、とくにこの夢ばかりでなく、バロック的感性全体を整序するアレゴリー的技巧、表徴（*emblemata*）、修辞的常套表現、多言語主義（フランス語、ラテン語、ギリシャ語）を経て進まない場合には、証拠に対して責任をとることさえできない。十七世紀初めの夢は、とくにそれが教育のある雄弁な人々によってわれわれに提供される時には、われわれの夢とは違い、修辞的に劇的であり、舞踏的であり、警句的である。

デカルトの夢の意味を尋ねられたフロイトは、夢を見た人に質問する可能性もないままになされた解釈は、どんなものも、脆弱であろうと賢明にも答えた。彼はマルタンが「メロンのまったく根拠のない解釈」と名づけるものを提示し、その夢全体を「上からの夢」（*Traum von Oben*）として分類したが、それは、その起源が意識と夢を見る人の覚醒時の関心の表層のすぐ近くにある夢のことである。たしかにこれは、可能性として魅力的である。しかし、それは、夢の内容の実際の濃密さ、デカルトが夢に付与した根源的重要性、夢を見た人の主張する超自然的な起源について何をわれわれに語ってくれるか。

タチヤーナの夢でプーシキンは、精神分析的読解に対して肥沃な土地を拓く。夢を見ている人と熊との関係、彼女が森の小屋で出会う超現実的な生物、激流の上の壊れそうな橋、オネーギンのあからさまな存在――これらはすべて、フロイト的方向に沿っての象徴的‐性愛的一貫性に向かう。「蜘蛛の背の上のザリガニ」は精神分析学の入門書から取ってきたと言ってもよいくらいだ（でも、こう言いながらも、ヒエロニムス・ボッシュの大変異なる図像体系がすぐに思い浮かぶ）。しかしながら、もしわれわれが、タチヤーナの希望の悪夢に関するフロイト的注釈を、いくつかある解釈法のひとつとして扱わないと、テクストをはなはだしく貧困化し、単純化することになるだろう。これよりも重要ということはないにせよ、同じくらい重要なのは、ナボコフが彼の巨大な注釈で挙げている要素である。つまり、プーシキンの『ラスランとラダミラ』との形式上の類似、壊れそうな橋と、乙女の枕の下に占いの道具として置かれたブナの細枝を編んで作った小物との相似、夢の中の熊と高貴な身分の若い婦人に仕える毛皮を着た下男との部分的な一致、プーシキンがカメネフの『グロムヴァル』とノディエ[三]の『ショガール』から借用した可能性のある模倣部分、である。これらの局面のどれをとっても、夢の歴史性と言語学は歴然としている。象徴的等価物の同時性的普遍性を前提とする夢‐解釈の技法はどれも、還元的であることは避けられない。

アガメムノンの夢、『デカルトの夢』は、世紀の変わり目のウィーンの、中産階級の、大部分は女性の、そして圧倒的にユダヤ人の情報提供者によってフロイトに報告された夢とは根本的に異なる。どうしてそれ以外のものになりえただろうか。タチヤーナの夢は、フロイトと精神分析がわれわれに十分すぎるほど気づかせてくれる性的特質《セクシュアリティ》の速記を本当に示している。しかし、それは、ひとつの速記法でしかない。われわれは、プーシキンのテクストの特有の豊かさ、歴史的詩的具体性をそれに還元してはならない。

精神分析学の言語への適用、われわれが「文学」と呼ぶ極度の意味の圧力のもとにある言語への適用には、決定論的貧困化という不可避的な危険はないだろうか。これが私の第二の疑問である。

一九六六年に最初出版された『夢の第三帝国』(*Das Dritte Reich des Traums*)は無視された古典である。その中でシャーロタ・ベラトは、ベルリンで一九三三年から四年にかけて彼女に語られた約三百の夢の分析を要約している。これらの夢にぎっしり詰まっているイメージ、象徴、幻想が、当時ベルリンで起こっていた政治的変化をきわめて顕著に反映しているということは驚くにあたらない。しかしながら、まさに第一の重要性をもっていることは、外的歴史が潜在意識と無意識に浸透しているその深さの度合である。手足の喪失や腕と脚の萎縮の夢を見ている患者が、フロイトの去勢コンプレックスの徴候を示しているのではなく、もっと単純に、かつもっと恐ろしいことに、ヒトラー式敬礼を公けの場、仕事場、時に家庭においてさえも要求する新しい規則によって加えられた恐怖心を示していることに気づくのに長くはかからない。

この発見は、たとえそれだけでも、精神分析学の夢のモデルとその解釈に対する挑戦であると感じる私は間違っているだろうか。

著者には言いたいことを言わせておくのが一番よい。ルイージ・マレルバ(四)は、その気のきいた寓話『蛇』の中でこう言っている。

夢はすべて、いつも少し神秘的である。これが夢の美しさである。しかし中には非常に神秘的なものがある、つまり、皆目わからないものがある。そういう夢は判じ物に似ている。しかし、判じ物には解決があるが、夢にはない。あなたは百通りもの異なる意味を与えることができ、どれも他のものと同じくらい妥当なのである。

これは寂しい結論かもしれない。しかし私は元気のでる結論だと思う。

トーテムあるいはタブー

民族、国家、宗教というわれわれにとって枢要な三つの言葉は、たぶんその近代的な原子価《ヴァレンス》（化学からきわめて精密で美しい語を借用することを許していただけるなら）——その理法の厳正な重み、密度、明確さ——を二つの短い期間、つまり、三つの言葉すべてが新しい顕著な特徴と新しい叙述的な力を見出した二つの短い期間の、テーマの配置から得ている。

最初は一八九四年十月十五日から一八九九年九月十九日にかけてのことである。これら二つの日付けにあなたはもう気づいただろう。ドレフュス大尉が逮捕された日と形式的な恩赦を受けた日である。これは、国家、民族、宗教が、それらが今日もっている力動的な脈動を初めてもった時である。二番目の時（あとで詳細にみる）は、おおよそ一九三三年三月から、たとえば一九三九年九月頃までにわたる時期である。これは、民族論争、教会論争、国家論争が、今度はヒトラーという文脈で再び行われた時である。

二つの決定的な時。ひとつめは、われわれも知っているように、シオニズムへと即時に、直接的に通じることになるが、それは、ヘルツルが、ドレフュスの公的恥辱と屈服を目撃し、イスラエル再生のための計画の可能性を思いついたからであった。二つめは、おぞましい延引によって、現実のイスラエル共和国に通じているが、その起源と運命は、国家社会主義の危機と深く結びついている。

これら二つのテーマ配置においては、宗教、人種もしくは民族、国家的独立と国家主義の新しい定義が相互浸透している。新しい定義が試され、解釈され、計画的なものに変えられる。

ドレフュス事件

ドレフュス事件は、とりわけ複雑で、教えられるところの多い複雑な事件である。われわれがふれたいほとんどすべての問題がすでに議論されている事件である。可能な立場の微妙な差異を考えたい。

ドレフュスに反対するカトリック国家主義がある。ジャンヌ・ダルク、聖ルイのフランスの再生――祖国（*patrie*）と大革命の構想との同一化ではなく、それへの反対との同一化――を考えるカトリック国家主義である。君主制支持の長い系譜がある。ローマ・カトリックの教義の公的な標準的定義で知られている教会の長女としてのフランスが、よそ者、裏切り者、ユダヤ人の背信ばかりでなく、やがてみるように、不可知論、世俗主義のウィールスを含む背信のウィールスに反対するのである。この事件の燃えるような激しさの中で、国家が再び、自分自身よりもはるかに大きな何かになるのである。つまりひとつの教義となるのである。国家が、神の伝統的な地域的な存在と自らの関係を確立し直すのである。

ドレフュスを擁護するカトリック国家主義がある。同じくらい強力なものである。ここでわれわれがあわただしくみておかなくてはならない主要人物、われわれが論じているすべての問題がその中で最も力強く表現されているように思われる主要人物は、言うまでもなく、シャルル・ペギーである。ペギーの全生涯におよぶ議論と思索は、国家、民族、宗教をめぐるものということになるだろう。彼にとってカトリックの信仰は、「神の国」、「正義の国」、「聖なる国」（*La Cité Divine*）を意味する。ドレフュスの無実は、このアウグスティヌス的構想により、国家と超越論的目的とを同一視する概念において、いかなる軍国主義的もしくは国家主義的利害にも取って代わるものである。国家は世俗的な偶然事ではない。国家は聖なる形式（*forma divina*）、地上に実現された神の意志のかたちである。国家がまっ先に、守護者としてしなくてはならない大きな義務は、無実の犠牲者を守ることである。

ドレフュスに反対する不可知論的国家主義がある。何か超越論的神学や宗教的実践の名にかけてではなく、まったく実利的な根拠から彼を非難しようとする世俗主義論者である。彼らは、自らを反逆から守らなければならない近代の政治的国家の義務、絶対的忠誠を要求する国家の至上の責務に訴える。この不可知論的国家主義が、最も強力な議論を展開することになる。個人に対する宣告は、たとえ悲劇的であれ、そしてこの場合はおそらく公正ではないにせよ、国家自体が危機にさらされないためには、黙認しなくてはならない、そして、いかなる個人の生命も、この争いの多い近代的世界の中での国民‐国家の維持と同じ重みはもたない、という議論である。多くの論争に必ずやつきまとう議論である。

ドレフュスを擁護する不可知論的国家主義がある。この立場はとりわけ微妙であり、興味深い立場である。今日やっと、関連する文書のすべて、この期間のペギーの文書ばかりでなく、大変顕著なこととして、マルセル・プルーストの文書——最近まで広く知られてはいなかった文書（書簡編集の大仕事も、周知のように、今日やっと進行中である）——が出版されつつある。プルーストのドレフュスへの同情は、彼の半《セミ》ユダヤ主義と何の関係もない。そしてその複雑な立場は、言うまでもないが、いかなる神秘もしくは超越論的信仰とも関係がなく、それとは逆に、フランスがすべての国の中でとりわけ、無制約の正義の模範と見なされているほどの深い愛国心の表現なのである。フランスは自らの使命を裏切ることはできない。フランスだけが自らの運命を賭けることができるほど強く偉大であるからだ。「世界をやっつけろ」（*Per-*

eat mundus）が若き日のプルーストの論拠である。若き日の、なかばよそ者のプルーストが強烈に感じていた「祖国」のまさに優秀さ、フランスらしさが、不正との妥協の拒絶を不可避のものに変えた。

　最後に、ドレフュスを支持するソクラテス的な、反国家主義的小集団がある。これは、国民 - 国家の主張を捨てる用意のある（きわめて小さな）集団である。彼らは、この争いの中に、国家主義の原理に対する告発を見、国家主義が、無実の犠牲者に対して分別を失い、残忍になる時にそうなるかもしれない加虐的で幼児的な力をあらわにするのを見る。この集団は、ドレフュス事件に、一種の抽象的普遍主義のためのまさに論拠があると感じる。この立場の代表者はジュリヤン・バンダである。彼は測り知れぬほど興味深い人物である。彼は恩赦の時のブランシュ通りでの有名な晩餐会で、乾杯、誰もがした解放を祝う乾杯を拒んだ。それは、「悪魔の島」から帰還したドレフュスが、もうさらなる拷問や苦痛が加えられることのないようにという願いの乾杯だったのだが。バンダは即座に、恩赦は何も解決しなかったこと、それが正当な法的手続きではなく、その場しのぎの、偶然的な慈悲の発案であったこと、真の問題はアルフレッド・ドレフュス大尉ではなく、手続き、もしくは正しい手続きの、一種のソクラテス的な、たぶんプラトン的な原理であることを指摘した。国境を超越する正しい手続き、法の規則が危険にさらされている。人間に法の規則の至高性がわかるようにならなければ、惨事が訪れるだろう、というものであった。

　これらの立場はどれも、独自の潜在的な力をもつ秘技、独自のあらゆる戦略をもっていたが、その中から、今日のわれわれにも深く関係する問題が出され始めている。

ドイツの事件

ドイツの事件では、微妙な差異がまたもや錯綜している。考察すべき人物は数多くいるが、二人の名前だけを挙げておく。私がこれから述べる意見は、ゲアハート・キテルとイマヌエル・ハーシュの経歴と仕事に基づいている。近代ドイツ神学とドイツ・ルーテル運動において指導的立場の二人である。ハーシュはまた最も偉大なキルケゴールの編集者であり、多くの方法でキルケゴールをヨーロッパの思想の主流へ入れ、実存主義の背後へ入れた人物であったということを、脚注として、曖昧だが奇妙に脳裡を去らない脚注として追加する。

一九三三年、キテルとハーシュは国家社会党を支持し、党に神学上の上級席という強い権威を与える。少し異なる立場が表明される。キテルにとって党は神の行為である。党の興隆、勝利、ワイマールのドイツの屈辱のあとの支持の広がりは、奇蹟の性質を有している。そしてキテルは数度、いかなる実証的、社会‐経済学的、計量歴史学的（これらは現代の表現だが、一九三〇年代にも、それらに相当するものは容易に見出せる）説明も、ドイツ全土の人間、男も女も子供も動員したエネルギー、支持、熱情の大爆発の理由を説明できないこと――指導者のカリスマ的な力、ヒトラーの予言的な力のみが説明を与えられること――を指摘する。キテルは言う、われわれはいつも奇蹟を名ざすように求められる。われわれは奇蹟的なことに関してあまりにも狭い見方をしている。奇蹟とは、誰かが石をこつこつとたたいて、水を出すのとは違う。人間の意識における認知、啓示、一種の新しい夜明けという集団的霊魂の現象、そういう深淵な奇蹟があることを神は知っている。なぜわれわれは、奇術や魔法を求めたりせずに、これらのことを真の奇蹟と認めないのか。党の興隆、暴力をほとんど伴わない（彼の言っていることは正しい。ほとんど暴力を伴わなかった）速やかな政権奪取、ボルシェヴィキ革命とは違う国家の革命は、内乱を回避し、国民からのほとんど奇蹟的な一致調和という波に乗って完全な権力を手に入れることを党に許した。

これはルターが、ドイツ国民を覚醒させる時に求めていたものである。この叫びは、フィヒテのドイツ国民への有名な手紙にも存在しているが、今回は、ルターの信念という正当性がある。ルターの信念とは、国家は、きわめて具体的な意味で宗教的現象でなくてはならない、つまり、個人的動機を超越し、個人の希望（この点は大変重要だと私は思う）に、万人のためのユートピア的、メシア的約束の認可と構造を与える集団性でなくてはならないというものである。

ハーシュにとってはまた、ワイマールの愚挙、その自滅、浪費、人種混交への神の審判がある。われわれは今、国民についてではなく「民族」（*Volk*）について語る。ハーシュは、きわめて精妙かつ鋭利に、国民と「民族」との間の正確な違いは、非‐内在的方法、非‐世俗的方法によってのみ明確に述べられうると論じている。「民族」はすべての個人的同一性を超越する同一性である。「民族」は共通の信仰をもっている。「民族」は約束に向かって行進している。この約束は、社会的もしくは経済的約束であるばかりでなく、窮極的には宗教的約束である。ヒトラーへの投票は信仰の行為である。それはハーシュにとって、未知の暗闇へのキルケゴール的跳躍、霊感にみちた預言者的メシア的指導者の可能性への跳躍である。

カール・バルトとの大論争、今世紀の厳粛な論争のひとつにおいて、終始問題になっているのはまさに次の点である。どのようにして治外法権的なものが一九三三年の現象の超越論的性質を解く鍵になるのか。自滅的な絶望にあった何百万何千万の人々の希望への復帰は、いかなる点で、福音書の約束の系譜の中の何かを表わしていると言えるのか。いかなる点において「民族」は、地政学的あるいは経済学的というよりは宗教的な総体にして概念であるのか。

言葉が複雑かつ不明瞭となる。「民族」と国民、教会と人種。純血の問題、同族結婚の問題——私はそのことを、「信徒でない者とは結婚しない《ノット・マリーイング・アウト》」という観点ではなく、古典的な人類学の観点から考えたい——、伝えられる遺伝学的血液的類型をめぐる共同体の一貫性の問題、これらの問題が、知らない間に旧約聖書を模倣している言葉によって論じられている。疑問はこういうことである。近代の国家主義は、カナンの聖なる土地への侵入というアブラハムへの、そしてモーセへの約束を、本質的に繰り返しているのか。

ここでわれわれは、困難のただ中に立っている。神が真に歴史に住まうとはどういうことなのか。この論争は、神と人間との間の絆の拒絶をバルトに誘発し、人間と神との間の距離はあまりにも大きいので、いつの間にか神を歴史の中へ入りこませることは危険な政治的虚言であるという有名な立場をバルトにとらせることになる。バルトの立場それ自体が、反撃を受けやすい（実際、一九三四年と一九三五年に反撃を受けた）。反撃の内容は、あなたは、教会が今日、歴史の織り物の生きた一部となっていることに対して真剣であるか、あるいは、一種のパスカル的禁欲的博物館的宗教を説いているかのいずれかである、というものである。この論争は本気の論争である。バルトは、彼の深い道徳的威厳、ドイツを去る決意、その後の大破局を彼は予見していたという事実によって勝利を収めるが、その勝利は必ずしも、神学的弁証法的根拠に基づくものではない。この論争は今でも燃えるように熱く、未決定である。

ドレフュス事件では、裁判が変更されたことは疑いない。われわれがヴィシーと呼ぶ怪物《フエノメノン》によって、ドレフュスに不利なように変更されたのである。ヴィシーは、反ドレフュス派（anti-*Dreyfusards*）の復讐心である。ヴィシー運動は、かつてと同様に、今でもフランスに生きている。フランスは、絶えざる精神的内乱状態にある。ドレフュス事件はけっして終わっていない。フランス政治のさまざまな運動、複雑な周期的運動は、ドレフュス事件以来、ドレフュスを言葉のより広い意味で有罪宣告したい人々と、彼の釈放を喜ぶ人々とを反目させてきた。いずれの立場も、その根底にユダヤ人問題がある。これはもちろん、偶然的なことではない。人種的民族的同一性、国家的独立、宗教的正当化、これらをめぐる概念的実際的問題と挑発を最も生々しく提起するのはユダヤ人の体験である。

フランスとドイツの、いずれの事件も、われわれは、数学者が言うところの「三体問題」〔三つの天体が互いに重力を及ぼし合いながら動いている運動を計算する問題〕を扱っていることを示している。彼らは、私には理解できたと言える資格のもてない方法ではあるが、三体問題が解決不可能な問題もしくは決定不可能な問題であることを教えてくれる。これは漠然とした隠喩ではない。人種（もしくは民族性《エスニシティ》）、宗教、国家的独立——これら三つの言葉は、問題を形式的にも実質的にも決定不可能にする（ドレフュスと一九三三年以降確実に）網状の相互関係にある。われわれは意見の相違を打ち出すことはできるだろうが、解決はまったくないだろう。

われわれは、ペギーの、「われわれが民族と国家の関係、両者の宗教的信仰との関係にふれる時、政治的（*politique*）から神秘的（*mystique*）へ移行する」という公式に、避けようもなくたどり着いた。これは、ドレフュス事件の間に発展させられた有名な公式である。われわれは政治的な領域から神秘的な領域へ移行する。この神秘的なものは少しも軽蔑的ではなく、下品なあてこすりや侮辱でもない。神秘主義、神秘的なものをめぐる政治学があり、独自の領域、独自の論理、独自の要求がある。しかしそれは、議論、投票、政治教育、世界改善論的《メリオリスト》解決の唱導による合意の領域の外で活動する。

Shoah ——'Holocaust'がほとんど不可避的に使われる言葉となったが、これは儀式や祭りの生け贄を意味する美しいギリシャ語である——の結果、深いタブーがわれわれのテーマをめぐるほとんどの議論を今や取り巻いている。リベラルな立場、リベラリズムが課すタブー、あるいは（危険なほど挑発的になりたければ）リベラリズムの空念仏《キャント》は、上品さ《ディーセンシー》に必要な慣用表現である可能性が高い。これが私の立場である。

われわれが話題にしようとしているようなことは、人はたぶん話題にすべきではないのだろう。たぶん上品さはもはや選択肢ではなく、命令なのだろう。たぶんリベラリズムは、ある種の問題では真理の扉を開けることができないのだろう。そのような扉は地獄へ通じているからだ。結局人は、歴史の一時期に対して償いをしなくてはならないのだ。そう論じることができるだろう。歴史の中には、それ以後しばらくの間、おそらくは長い間、冷静な、あるいは皮肉な議論の可能性が上品な人間には開かれていない出来事がある。人はある種の事柄には扉を閉ざす。私はこの可能性を痛切に意識している。それに反対するのは、まさしく「学僧《クレリック》の裏切り」を避ける必要性である。物事を明らかにすること――これが学僧の義務であり、われわれが学者、教師として誓ったヒポクラテス的誓いである。

悩みの種は、イスラエルが民族国家の運命をたどるように選別されたことである。ヘレニズム文化、ギリシャ世界に、これと対応するものは見られない。「ポリス」への非常に複雑な地域的忠誠はあるが、「燃える柴」や、アブラハムとの、地上を人でみたすという契約に見られるような、民族性との選別的契約の命令ではない。そのような選別が具体的な土地に根差していることは避けがたい。

もともとは時間と場所の中での選別である。神学的署名は圧倒的にそこに存在している。今朝私は、抑圧はユダヤ主義の伝統の中にはないという感動的で哀切な意見を聞いた。私は、もはや読まれることがないという旧約聖書に頻繁に与えられる特権をまたもや目撃しているのかと思った。「ヨシュア記」は、これまで書かれた中で最も残酷な書物のひとつである。誰が森の木を切り、誰が水を汲むかを自明のこととしている蛮行と祝勝の書である。マラキ人、フリト人、アンモン人、エブシト人がいる。

もっと古い文化では、このようなテクストを子供たちは暗記したものであった。そのような暗記がある種の出来事を用意したのかと人は思う。あるいは、もっと輝かしく隠喩的な約束に移りたいと思うなら、「アモス書」の末尾の約束がある。この民族の罪がなんであれ、恩寵からの転落、彼らに対する神の懲罰がどうであれ、彼らは集められて故国へ行進するだろう。彼らは集められて、イスラエルを「建てる」(*eretz*)ために戻るだろう、それが神の厳粛な約束だからだ。メシア的なものをめぐる隠喩が「移住」(*aliyah*)、約束された国民の家へ帰る者たちの政治学となる。

メシア的なものが帰還の政治学となり、われわれは「神秘」から「政治」へと戻りつつある。ペギーは、矢は両方向に飛びうることをよく知っていた。

第一の疑問。どのようにしてこのような政治学が、不可知論者、非‐宗教的実践者、無神論者のユダヤ人によって正当化されうるのか。不法な隠喩からのどのようなありうべき借用が、不可知論者や無神論者の「シオニズム」の根底にあるのか。どうして彼は二つの論法を使い分けることができるのか。どうして彼は、彼をイスラエルに連れてきたのは神の約束だと言えるのか。彼はそう言うが、実は言えないのだ。言えないことはわかっているのだが、そう言わなくてはならないのだ。だから、この立場そのものに、やっかいな、苦しい曖昧さがあるのだ。ジャスティス・ホームズの有名な言い回しを借りれば、「明白な現在する危険」に基づいて、そうしようと試みることができる。ほかに行ける場所はない。これが生き残りの法則である。

あるいは彼は、人種を根拠にそうすることができる。彼は公然とそのような根拠を認めることはないだろう。彼にはできない。リベラリズムは、人種的なものという概念自体がまったく疑わしいものであり、論証できるような内容や意味はまったくないという見解を支持しなくてはならない。それは迷信と反啓蒙主義の試し言葉《シボレス》である。そのようなものはない。混成的でないものは何もない。混成物は人間の計算を超越している。るつぼは至るところにある。

異族結婚か否かという問い、「遺伝子プール〔給源〕のようなものはあるのか」という問いは、禁じられたもの、タブーの灰色の領域にすでにある。中国で教えたことのある者——私は最近経験した——や、中国の学校や大学に行ったことのある者なら誰でも、容易に局外者とは交わることなく、約五千年にわたってこの命題を試験している文化の、中国的構想の臆面もない人種的中心性に衝撃を受けるだろう。そこではこういう事柄に関して空念仏ははるかに少ない。

われわれのうちきわめて多くの者が心から国家主義者 - 不可知論者を信じているとは私は思わない。もっと慎重に言わせてもらおう。これまでたずさえてきたすべての暗闇を伴う虚構、ある種の人種的遺伝形質と類型という虚構——もしそれが虚構であるならば——は、人間の想像力に巨大な支配力を発揮している。もし人がユダヤ人である場合、その人は、言語を知らなくても遠い国の通りを歩き、その通りに別のユダヤ人がいれば歩き方でそれと分かるというきわめて異常な、たぶん錯覚による、たぶん錯覚ではない体験をすると私は幾度も思うことがある。私はこのことが私自身の体験したことにあてはまることを知っている。私はこれまで、世界の多すぎるくらい多くの国々へ行った。しかし、われわれはそのことを否定し、拒絶し、それは条件付きの迷信だと言う。大変公明正大だ。だが、たとえそうとしても、われわれの魂と精神への支配力はこれまでにないほど強くなっている。

三角測量は不安定であり、悲劇的なまでに疑わしいものである。エルサレムの正統的方位は完全な論理をもっている。正統的なものに神が約束を、メシアの約束を与えたことは疑いない。その約束はまだ実現されていない。イスラエル国は存在していない。メシアのいない国家的独立は偽物である、いかさまだからだ。メア・シェアリムは、新しい国家を正当化するためにメシアの約束を引き合いに出す人々は嘘をついている、彼らが引き合いに出すまさにそのテクストによって嘘をついているということを知っている。メア・シェアリムは、特定居住地《ゲットー》にいる人々はアラファトに対して文句はない、本当にアラファトに対して全然文句はないということを、他のイスラエル人を怒らせるような仕方でいつも公言している。これはまったく正しいのである。彼らは知っている。そしてわれわれその他の者は加わることはできない。これが、アイザック・バシヴィス・シンガーの小説『悔いる人』の興味深く力強い要旨である。われわれその他の者にとっては、平和への道は開かれていないと私は思う。

「離散《ディアスポラ》」と同化も、その論理、正当化のための疲れという論理をもっている。今アメリカでは、人々はきわめて感動的な言い方でこう言っている。二重の忠誠心をめぐるひどい議論、どのユダヤ人も、アメリカ人である前にユダヤ人であることに背信的な意識をもっているというひどい議論はもうやめよう、と。しかし亡霊はわれわれに付いて回る。人種であって人種でなく、国民であって国民でなく、宗教的使命が世俗的な大多数の人々にとって無意味な時に宗教的使命をもっている、そう主張する民族の同一性の本質そのものに亡霊は内在している。

ヴォルテール、マシュー・アーノルド、ジェファーソン、人道的な啓蒙と希望の偉大な表明者《ヴォイス》の何人かを振り返って見る時、われわれは、今日のわれわれがむしろ悪夢のような立場にあることに気づく。国家主義が地球の端から端へと炎を上げて燃え広がっている。人々は、われわれが旗と呼ぶ色のついた布切れのために、互いに殺し合う覚悟でいる。私の父は、何の資産もなかったが、一九一四年以前に、ウィーン大学の学生食堂のカードを持ってヨーロッパ中を旅した。たったひとつ、査証《ビザ》とやらを要するロシア帝国と呼ばれる怪奇な国があった。これは他のヨーロッパではどこでも、滑稽でアジア的だと見なされていた。今日、排除的官僚主義が支配的である。テロリズムから身を守ろうとしながら、アメリカの入国審査手続きに腹を立てているフランスは今、ビザを取ろうとするアメリカ人に長い列を作らせ、怒りを買っている。

国家主義が、バスク地方で、トランシルヴァニアで、アルメニアで燃え上がる。ベルギーは靴ひもで結び合わされている。ブリュッセルのテレビ局やラジオ局に入ると、建物の真ん中に一本の線がある。一方でフランス語を話し、他方でフランドル語を話す。

国家主義が跋扈している。われわれの世界はマクルーハンの地球村ではない。われわれは今日それをユートピア、ほとんどジェファーソン的な夢として振り返って眺める。われわれの世界は前例がないほど部族的である。十八、九世紀の偉大な普遍主義者の夢、カントの「コスモポリス」(‘cosmopolis’) は、遠い過去の幻想という印象を今日われわれに与える。

人種憎悪が、かつてなかったほどに深く、生々しいことも考えていただきたい。「大殺戮」以来、人種的、部族的な殺戮が行われている。ブルンディでは五十万人とも百万人とも言われている。ウガンダでの、ある部族の壊滅による死者の数は誰も知らない。人種憎悪。古典的で容易に概観できる歴史的恐怖の再演はアルメニア人の大虐殺である。これは、憎い部族の完全壊滅のテクノロジーにモデルを与え始めたのであった。地球上でいつ憎悪が爆発してもおかしくない状態にある。カシミール、パンジャブ、イスラマバード、アゼルバイジャンにおける最近の出来事は、異なる部族に属する人々、違う匂いがする人々、髪に違うオイルを使う人々、目じりの上がり具合が違うと言われている人々は殺さなくてはならないと主張している。

宗教戦争、宗教的原理主義の復活は、今日はありふれた出来事である。われわれが置かれている状況のあらゆる問題の端緒である。われわれはイスラムについて大いに語り、大いに耳を傾け、多くを学んだ。もっと身近に目をやろう。イスラム原理主義に関して少しでも理解力や経験をもつ者がわれわれの間であまりにも少なすぎる――この場合、私自身もその中に含められる（悪夢、恐怖の中での経験はあるが、それでは情報不足かもしれない）。しかし国内に目を向けると、ヒルデブランド的中世以来最も原理主義的なカトリック教会のひとつがあることにわれわれは気づく（ラツィンジャー枢機卿はこのような集会の特別ゲストとなって、異端とは何か、真理とは何かについて、われわれに教えてくれることでしょう）。これは中世の教会である。数多くの検閲形式を復活させている教会である。われわれは問う、ガリレオの世界に戻ったのか、と。たぶんそうなのだろう。アメリカの聴衆に、この国における他の宗教的原理主義の話をする必要はない。近代性の脱臼が、「根のはびこり」（*enracinement*）――バレス(二)の予言的な語――の先祖返りに油を注いだ。根張り《ルーテッドネス》ではあまり十分ではない。根張りは何かそこに受動的なところがある。根張りは状態であり、「はびこり」は行動である。近代性の遠心力、テクノロジーと情報技術の変革、ある種の伝統的形式の崩壊（証明するのはいつでも容易というわけではないが社会学的常識）が人々をうろたえさせ《ビウィルダー》、荒々しく《ワイルド》してしまった世界にそれは根づきつつある。

ここで私はタブー――上品で文化的な共同体ではたぶん口にしてはいけないこと――に至る。しばらく学問的でリベラルな言説は忘れよう。「言説」化できない、口に出せないある種の話題があるのか否か、あえて自分に問うてみよう。

われわれの生物的共同体組成《メイク・アップ》には、われわれが他人と一緒に生活することをきわめて困難にする不変数《コンスタント》があるのかもしれないのか、そうでないのか、問うてみよう。

われわれは、われわれが匂い、外見、言葉の違う人々と共に生活することを好む生物に進化したことを知っていると想定することはとてつもなく傲慢であろう。その言語を一言も話せない国の、客車かバスにすわってみるとよい。何かがぞっとするほどおかしい《ロング》、あなたの同一性そのものが引き裂かれるかもしれないという感覚をあなたの文化的な魂の中に育み始めるおびえ《パニック》にあなたは気づいたことがあるだろうか。自治は社会的単位の自然な形態であり、他人を押して一緒にさせておこうとする人々は、正義、希望、人間的公正さという超越論的構想の名においてそうしているのかもしれないが、彼らはまた、何かきわめて複雑なものをあわてて片づけているのかもしれないのである。われわれにはわからない。人間は同類のものと一緒にいようとする傾向がある。皆が皆そうであるわけではない。例外的な人はそうではない。しかしほとんどの人間はそうなのである。

われわれは統計的な平均値を間に置いて話しているが、その平均値が厖大な数を占めているのである。環境は遺伝《ヘレディティ》であり、遺伝は環境である。あなたがその中に生まれ落ちたもの——特権、幸運もしくは不運——は遺伝であると同時に環境である。両者は切り離せない。注意深い修辞は、相互作用の複雑な認識を吸収する。この相互作用において考えられる、あるいはありうる突然変異を語る弁証法的なもの、浸透性は、根本的にわれわれの理解を超えている。

それにもかかわらず、問いかけがなされている。これらの問いかけをわれわれに忘れさせるのは、われわれの恐怖心、われわれの困惑（望むらくは上品な人間としての）だけである。忘れられない問いかけがある。ヘロドトスにさかのぼるものである。ヘロドトスは言っている、「われわれギリシャ人は、他の人々にどのように生活しているか、何者であるのか、法律はどうなっているのかを問うという目的で地球のきわめて信じがたい土地へ行くために漏れ穴のできやすい船、らくだ、象に、自分たちの命を賭ける。彼らのひとりとしてわれわれのもとを訪ねたことはない」。暗黙の謎は残る。

言い直してみよう。神がこの地球を公正に、あるいは入念に、あるいはリベラルに作ったという概念には何の証拠もない。圧倒的に暗示されていることはそれとは逆である。彼は地獄のような場所を作った。きわめて興味深い場所ではあるが、地獄のような場所を、である。十分に考えられることであるが、世界地図の上に、ある小さな土地があり（これはヘロドトス、ツキュディデス、そしてプラトンの考えであった）、そこでは気候は、程度の差こそあれ、まずまず温和であり、人々が食するに十分の蛋白質があり、奴隷——つまり、思索という仕事をあなたが続けるのを可能にしてくれる従属民——がいる。それが意味することは、あなたは一日を、何か空想的なこと、たとえば円錐曲線の幾何学の考査（アルキメデスが一生を費したこと）をして日を過ごすことができるということであり、あなたがこのようなまったく気違いじみた妄想にふけり、一生を抽象、思弁、純粋数学に費すことができるということである。たぶん地上の一部には、きわめて込み入った、難解な、まったく役に立たない複雑な定理、代数学の定理を産み出し、宗教的信仰ではなく、われわれが形而上学的思弁的体系と呼ぶ無限の贅沢を産み出しているところがある。たぶんこのようなことは、普遍的に可能なことではない。気候、食物、生存の点で、このような愚行は万人に許されているわけではない。

それにより政治を組織化する正典や原典——『コーラン』であれ、聖書であれ、『資本論』であれ——を産み出す人々はどこにでもいるわけではない。そして、今日に至るまで文字を拒み、完全に自然な存在状態であるかもしれない状態を続けるために過酷な代価を払っている文化が数多くある。

われわれはここで、問いかけたくない、あるいはじっくりと追求したくはない問いの領域の中にある。恐ろしい醜悪さがこの問いかけには付きまとうからであり、結果はまったく耐えがたいものであるかもしれないからである。私はただ、タブーは、問いかけや疑問の、ある種の領域を越えて広がるということを強調しようとしているだけである。このことは本質的なことであるかもしれない。このことは、それによってわれわれが生きなくてはならない上品さというものかもしれない。しかし、それは代価を強いるだろう。

もちろん、別の可能性、別の方向がある。我慢していただきたい。私はそのことをすでに何度も言ったからだ。実際にこのきわめて寛大な『サルマガンディ』の聴衆の前で別の機会に話したことがある。「強いられたトロツキスト」と呼びたい人々がいる。私は少し特殊な非慣用的な意味で「トロツキスト」という言葉をここでは使っている。彼らは移住者であり、ナチスが、すばらしい賞讃の言葉を使って、「空中の人間」(*Luftmenschen*)と断言した人々である。「空中の人間」は「根」を張れない人々であり、いわば、いつも地面から足が離れている人々である。そして私は、カントの造語「世界主義的政治学」('cosmopolitics') ―― 「世界人」('cosmopolite')の政治学であり、ナチス・ドイツでもスターリンのロシアでも文字通りに血にまみれた言葉 ―― に言及した。スターリンのロシアといえども、悪の権化ではなかったとよく耳にする。もちろんだ。もちろん、そんなことはなかった。しかしながら、たまたま、ソ連の強制収容所には何百万もの人間がおり、追跡されて死んだ何百万もの人間がいたのだ。今でもなお、「空中の人間」になることを許されない人々がソ連にはいる。根をおろすことと、木に縛られることとは別のことである。

他人の中の客人であることはひとつの可能性である。われわれは皆、この惑星、その生態系の客人である、と私は固く信じている。われわれが世界を作ったのではなく、その中へ投げ入れられたのだ。われわれは理由も知らずに生まれ落ちる。計画していたわけではないのだ。われわれは小さくなっていく空間を、生き残るために預った保管人である。われわれは客人であるということを速かに学んだほうがよい。さもないと生きていく場が残らなくなるだろう。
立ち去るに値しないことはないユダヤ教会堂、「教会《エクレシア》」、「ポリス」、民族的共同体はない。これが私の確信である。国家はつねに立ち去るに値する場所である。国家は、われわれが受け入れがたいと思うようになるかもしれない、あるいは必ずそう思うようになる仕方で振る舞うようになるからだ。ユダヤ教会堂は、いつの日にか、スピノザを破門するだろう。きっとそうなる。

われわれは皆、集団について、孤独な人《ロウナー》ではないということについて感動的な、きわめて正鵠を得た話を聞いたことがある。私は個人的には、無政府状態《アナーキー》が、真剣な思索と著作を心がけるものの理想、希望、ユートピアのひとつだと信じている。自分が無意味なことを話しているのではないかと疑い始めるべき時は、自分が他人の意見に同意していることに気づいた時である。繰り返し言う。退くに値しないような、愛、家族、利害、カースト、職業、社会階級の共同体はない。

ソクラテスはそのことを知っていた。なぜ彼は、不正な都市を立ち去らずに死を選んだのか。その問いかけで私はこの話を終えたい。そのことは絶対的な枢要さをもっているように私には思われる。逃亡することもできると彼は告げられる。獄吏はすでに買収され、扉は開いている。彼は逃亡するように促される。彼は拒絶する。ひとつの読み方はこういうものであろう。立ち去らないことは彼の最高の教育的行為だった。都市の人々は、彼を殺すことによって自らの罪に直面しなくてはならなかった。彼にできる最後の教え（彼は明らかに髪の毛の根元まで教師だった）とは、もうひとつ与えたい教訓がある、彼らに自分のしたことがわかるようにするために彼らは私を殺さなくてはならない、というものであった。都市は自らの不埒に直面しなくてはならないだろう。今でも依然として謎の決断である。私はなすすべもなく、無力にその謎のまわりをめぐる。ソクラテスといえども、その時だけは過ちを犯したということはありうることだろうか。どこにでもドクニンジンはいつも十分にあるからだ。

カフカの『審判』をめぐるノート

フランツ・カフカの『審判』について新しく言えることはいくらでもあるという考えは信用しがたい。理由は三つある。

この短い小説は、古典をはるかに超えた文学的地位を得るに至った。これは、即座に認められ、今世紀において言及されない時期はなかったという話の一部をなすものである。この小説を読んだことがなく、劇や映画やテレビに作り変えられたものさえ見たことがないが、荒筋と場面をよく知っている人々は数えきれないほどいる。プラハとウィーンの知人の狭いサークルの間で知られていただけで、早世した時にはまだ出版されたものは少なかったカフカが、ひとつの形容詞になった。百を超える言語で、形容語句「カフカ的」は、現代の中心的イメージ、非人間性と不条理の常数に付けられた。Kという文字はカフカのものであるが、Sはシェイクスピアのものではないし、Dはダンテのものではない（W・H・オーデンがフランツ・カフカを、われわれの新しい暗黒時代を明確に映す鏡として位置づけたのは、ダンテとシェイクスピアとの類似性からである）。ほとんど秘密に近い源泉、実質的に生き埋めにされた者——彼の最後の寓話のひとつのテーマ——からのこの浸透、つまり、カフカ的なものの、われわれの私的および公的生活の数多くの空洞へのこの浸透において、『審判』は中心的な役割を果たしている。ヨーゼフ・Kの逮捕、暗い法廷、文字通り獣の死のような彼の死、これらは、われわれの全体主義的な政治の初歩である。この小説が描く官僚性の狂った論理は、リベラリズムの明るい灰色の中においてさえもわれわれの専門職、訴訟、査証、検察官の論理である。

派生的文学は癌に似ている。大学、純文学（*belles-lettres*）、文芸雑誌の中で日々増殖する。この汲めども尽きせぬテクストのすべての要素（「すべての段落」と言いたい誘惑に駆られる）にそれは寄生している。言語や美術や音楽におけるきわめて偉大な作品がそうであるように、カフカの小説は解読を誘い、この誘いから罠を作る。批評家がどれほど鋭くても、彼の体系化の力量がどのようなものであれ――マルクス主義者であれ、精神分析学者であれ、構造主義者であれ、あるいは何か伝統的な気質の者であれ――、提示される読解は笑いたくなるほど不十分なものである。（あとでみるように例外がひとつある。）にもかかわらず、解釈と研究の累加的総量は、『審判』の本質的な面や突出した細部がまったく見落とされてしまう可能性をなくしている。実際、現在最も困難なのは、無防備な接近、直にふれる衝撃なのである。

カフカの寓話について目新しいことや啓発的なことは何も言えないかもしれない三番目の理由はきわめて興味深いものである。十分な真剣さと密度をもった想像力による作品は、ある意味で、自らに関する内省をつねに実演する。ほとんどつねに、すぐれたテクスト、美術作品、楽曲は、自らの生成を批評的に語る。われわれの最も正確な劇の分析家は、シェイクスピアであり、彼に並ぶ者はいない。セザンヌの絵画は、絵画的表象の性格と様式をめぐる、深みと簡潔さの点で無類の持続的考察を実践している。カフカの場合はもっと特殊である。離散の数千年の間、ハイネのような人物における文学の世俗化の前には、ユダヤ人によって書かれた霊感あふれる抒情詩が存在した。壁に囲まれた共同体の内部からは、劇や小説の試みが散発的になされた。しかし、大雑把に言って、聖書に顕著な叙事詩的、情景描写的、抒情的、物語的衝動——新約聖書も、大部分はユダヤ人によって書かれた——は抑えられ、古代から十九世紀の間は地下にもぐる。その理由は複雑である。歴史的環境、社会的孤立、言語的複数性と放浪に関係する。しかし、その理由はまた、中心をなす偶像破壊主義、シナイ山で銘記された「ミメーシス」への不信、美的体験のための表象、小説による表象の記号論全体に対する不信と関係がある。『国家』のプラトン、カルヴァンよりも一貫して、ユダヤ教はイメージを拒絶する。ユダヤ教が選んだジャンルは注釈というジャンルである。啓示された聖書についてのひとつひとつの注釈がさらなる注釈を産み、二次的三次的言説の途切れのない連鎖にして剝落となった。神秘的な知性、探索の精妙さ、「タルムード」、「ミドラシュ」、「ミシュナ」などの注釈の精緻さ、正統的なカバラの大家たちによるテクスト読解の繊細な創意、これらは、ラビ的遺産の迷宮と反響室での訓練を受けた者にのみ真に近づきうるものなのである。(この遺産の力強さは、フロイトの精神分析学やデリダの脱構築批評のような現在のユダヤ教の派生物の中に、パロディ的もしくは庶子的仮面をつけて存続している。)

フランツ・カフカは、注釈、「終わりなき分析」(フロイトの名文句)の方法論と認識論の継承者だった。彼の譬え話、寓話、物語、いつも未完の小説は、実質的に、かつより散漫にも「タルムード」的意味での注釈の実践である。底知れぬ深いものをおびき出し、名づけえぬものの周りを回り、意味の上に意味を織り、行く手にあるものを消滅させる光に対して言語を完全に透明化しようとする技法は、ユダヤ教の、自らとの二千年間の論争にその先行例と正当性をもっている。『審判』は、ほとんどすべての円熟した美的形式がそうであるように、自己 - 内省的であるが、そればかりではない。それは、聖書解釈学的注釈とラビ的解釈学に特有の技法を体現している。フランツ・カフカが法律を熟考していることは自明である。「タルムード」的問いかけの中心的関心は、法律、法規主義《リーガリズム》と審判の初めの神秘性とその後の応用である。ユダヤ教的認識では、もしアダム的なものの言語が愛の言語であったとするなら、堕落した人間の文法は法体系のそれである。『審判』のいくつかある中心のひとつ（カバラ的幾何学はいくつかの中心をもつ秩序的な構築物を知っている）は、注釈と注釈の注釈がそれを打ち出そう《ハマー・アウト》とする時の、一方から他方への転調である。

カフカの円熟への大躍進は、『判決』を書き留めた一九一二年の九月の夜に起こった。この悪夢的な覚え書きは、すでに『審判』の核を含んでいる。フランツ・カフカの生涯と著作に遍在する罪のテーマは、果てしない推測の対象である。彼自身はふんだんにヒントや意見を残した。ユダヤ人の理想と父親に厳しく言明された期待のいずれの点に関しても、カフカは自らを卑屈な失敗者、脱走兵であると断言した。彼は妻子をもたなかった。彼の保険業での経歴は、よく言っても並程度だった。どのような慣例的な公けの尺度に照らしても、彼は文学的成功からはほとんど完全に排除された。彼の体格は、おもしろ半分の同情か困惑気味の予言を誘った。彼の父親は粗野なまでに頑健であるのに、彼の存在は影のようだった。彼の、女性との激しく、ねじれた関係——フェリス・バウアとの長い婚約期間、ミレナに対する愛——は実を結ばなかった。深入りしそうになると、Kは、しりごみをし、病気という聖域に逃げ込んだ。結核という病気は十分に現実的なものであった。早世の原因となった。しかし、カフカ自身と彼に近い人々は、肺病の心身原因論に気づき、見抜いていたので、患者と病気との間の契約を守った。カフカは、病気が彼を利用したように、病気を利用した。この互恵関係が、彼の、自分に過失があるという意識を深めた。

罪悪感は彼の言語と芸術に定住していた。両者はもつれて解けなかった。ドイツの言語と文化に同化したプラハのユダヤ人は、つかの間、興隆するチェコ国家主義に惹かれたが、本質的によそ者であり、時に裏切り者であったので、罪の宣告を受ける立場に立った。強い興味をそそる別の道がぼんやりと見えてきた。重要な文学作品がイディッシュ語で書かれつつあった。大昔からのユダヤ人の体験に根ざす近代語としてのヘブライ語の再生が、今にも訪れそうな気配が実感された。カフカは慎重に、哀れみを誘うほどに、両方向を見ていた。しかし彼は自らの真実を表わすためにドイツ語を選んだ。彼は、彼の天才であるまさにその言語の中での自らの疎隔について、「母」という語が *Mutter* である時には意味を知覚することができないこと（「母国語」の不在を意図的に示しているのでいっそう悲痛である）について語っている。カフカのドイツ語の清澄さ、汚れのない静寂、それは高い利子、耐えがたいほどの利子を払って借りていることを暗示している。カフカの語彙と統辞法は、無駄遣いを極力差し控えている。まるでドイツ語の単語と文法のひとつひとつが取り立ての厳しい銀行から借りたもののようである。ドイツ語で書くことは借金を作ることだった。

チェコ語か、イディッシュ語か、ヘブライ語でそうしたならば、もっと合法的であっただろうが、部分的にそうなっただけだろう。私はユダヤ教に根源的な偶像破壊、想像的な意匠に対する不安を挙げた。ハイネという先例――洗礼を受け、言語の間で引き裂かれ、性病の犠牲者でもあった――は、ユダヤ人的感情を確証しているように思われた。学問は、とりわけそれが宗教的研究や釈義の範囲内にある場合には、学問であることに変わりはなかった。「純文学」を職業とすることはまったく違うことである。彼の著名な友人マックス・ブロートとは対照的に、カフカは多くのレヴェルで、この区別の正当さを認めた。書かないことによって彼の天職を抑えると、罪悪感を招くことになるだろう。しかし、一見世俗的な欲求充足を追求して「作《メイド・アップ》り」話を書くことは、よりいっそう悪い罪である可能性が高かった。活動範囲《サークル》は、刑務所の中庭にいる終身刑の男にとってそうであるように、カフカにとっては閉ざされていた。

しかし、このような自責の衝動でさえも、このような「罪《クライム》」でさえも、どれほど深刻であろうと、源泉の定義にはならない。フランツ・カフカは原罪を生きた。神学、原罪の修辞学は、「モーセ五書」以後、パウロとアウグスティヌスによる人事の読解以後、「西洋」に浸透している。たとえば厳格なカルヴィニズムや黙示録的な、絶えることのない恐怖の時代には、共同体を暗く覆った。しかし、ほんのひと握りの数の個人が、日々の生活と確信の中で、堕落した状態の結果に耐えた。パスカルとセーレン・キルケゴールのように（この場合、類推は瑣末なことではない）、カフカは、個人的生活そのものと根深い生存の罪悪感とを同一視する時間、日々をたぶん体験していた。生きていること、さらなる生命を産むことは罪を犯すことであった。怒れる父に対する罪、人間によって堕落させられ汚された創造の失われた神聖さに対する罪を犯すことであった。それは、ある謎めいた深みにおいて、自分自身に対して罪を犯すことであった。その罪の深さは、生き残ることが嘘言、愛の破局、「地下から吹く大風」から無慈悲にささやく苦悩と苦悶を伴うその度合にぴったりと対応する。この命令に取り憑かれた魂のみが、その歌が天使の歌に聞える声は、実は地獄の穴の中にあると書くことができただろうし、「希望はふんだんにあるが、われわれには何もない」と言うことができただろう（引用はその真偽が疑われているが）。

生きることとは、生きるという宣告を受けることである。これが『審判』の形而上学的な、しかし私的な原動力である。

一九一四年から一五年にかけて書かれたこの小説は、フランツ・カフカの死の翌年、一九二五年に出版された。エドウィンとウィラ・ミュアによる一九三五年の英訳は、それ自体が古典の香気を漂わせた。このことは、ある意味では惜しいことである。マックス・ブロートによるカフカのテクストの校訂は素人仕事であったし、ある点では恣意的なものだった。有名な結末にもかかわらず、『審判』は未完であり、さまざまな章の順序に関して議論がある。追加部分、削除部分は残っている（この版の附録にそれを見ることができる)。しかしながら、英語に関するかぎりでは、今も正典であるのは、文体の卓越と出会いの新鮮さを保つミュアの版である。

しかし、ミュアの読解とその署名がある翻訳は明らかに彼のものである。宗教はカフカにとって「全世界」であった、とミュアは言う。「彼の想像力は絶えずその世界の中を動き、たとえどれほど瑣末なものであれ、ぱっとしないものであれ、その世界が包摂しないものがあるなどということは認めないのである。したがって、それは独自の仕方で完結した世界であり、われわれの知っている世界の、予期せぬものとはいえ、真の反映なのである。そしてカフカが、宗教的矛盾をもつ世界を扱う時、彼は同時に、人間生活の最深部の謎に光を投げかけているのである」。宗教的核心部は、「カフカがキルケゴールから採り入れた神の法と人間の法との間の不釣り合いである」とミュアは主張した。そのような採択に関しては、ほとんど証拠はない。ミュアはキルケゴール的カルヴィニズムの観点から読んでいる。彼は、『審判』が、根本的にユダヤ的―「タルムード」的モチーフと関心に没入していることを、ほとんど完全に見落としている。

その上、カフカの小説の強烈な恐怖を把握するつもりなら、非宗教的傾向の取り上げ方を試みることが肝要である。マルクス主義の説明は還元的だが、暗い寓話の社会学に固執する時は啓発的である。『審判』は独創的だが、先行例もあるし、物質的文脈もある。バルザックの『人間喜劇』、ドーミエの戯画には、法律、裁判官、弁護士、高慢の陪審員の辛辣な描写にみちている。ディケンズの『荒涼館』の「ジャーンディス対ジャーンディス事件」はカフカを魅了し、『審判』の中の多数の筆致に霊感を与えている。十九世紀の小説の魅せられたような諷刺の眼を惹きつけたのは、事務官の、そして事務官が生息する、あるいははびこる官僚社会の尊大であると同時に哀切な仮面《ペルソナ》であった。実際、ここには、産業革命とそれと並行する近代的国民国家の再興を可能にした公的かつ私的な、行政・財政・統計の部局の急成長から生まれた新種の動物相《フォーナ》があった。繰り返すが、バルザックはまだ胚子段階である。しかし、ロシアの小説、ゴーゴリの物語、ドストエフスキーの小説——カフカは両作家に夢中だった——において、事務官が、つまり、例の、軽蔑すべき上司に苦しめられ、仕事の灰色の単調さと貧困に気が狂いそうになりながら、彼の神秘的な事務を必要とする不運な人々に仕返しをする事務官が原型的なものになる。彼はディケンズにおいてもフローベールにおいてもきわめて重要な人物である。新しいインテリゲンチアの不毛な虚飾が記念碑として伝えられている『感情教育』と『ブヴァールとペキシュ』の、カフカの意識に加えている圧力は強烈である。Kは齧歯類に属している。彼がその中で動き、罠にかけられる迷宮、そして裁判所、銀行、法律家と銀行出納係の特有語《イディオム》を特徴づけている機械のような所定業務、不条理、見栄は、衰微するオーストリア＝ハンガリーの二重の君主制の構造を直接的に指し示している。『審判』とロベルト・ムジルの『特性のない男』においては、ハプスブルグ家の薄明の官僚制的水腫症が、小説の真の実質である。カフカの政治学は発作的な怒りの政治学である。産業事故で頻繁に起こる保険請求の査定官としての彼の日々の業務は、搾取される人々の悲惨《ミゼール》さと彼らの雇主の油ぎった狡猾さと直《じか》に触れさせた。それと同時に、身分の低い怒れる人々が報復と生き残るための策略を求める時の虚言癖と日和見主義にもほとんど幻想を抱いていなかった。その結果が、カフカの著作に一貫して見られるが、とりわけ『審判』と『城』に顕著に見られる社会諷刺の辛辣な響きとなる。マルクス主義の注釈者が、『審判』の中から、破局に頻している非能率的で無駄が多く、しばしば自己矛盾的な「リベラルな資本主義」の透徹した分析を取り出す時、彼らは正しい。彼らが、けっして彼らだけではないのだが、「銀行員」にして社会的階級制の追従者Kを、裁判官たちの漂わせるきわめてよく似た雰囲気に結びつける仕草や物の見方の親近性を強調する時、彼らは正しい。ディケンズのミコーバーやゴーゴリの「外套」の狂った事務官に劣らず、ヨーゼフ・Kは、ブルジョワ商業主義にきわめて特有な基盤の、産物でありかつ作用因でもある。『資本論』にみちているあてこすり、復讐のアレゴリーには、関連性以上のものがある。それらは、小説の中の拷問室がKの銀行かつ役所《ビューロー》の拡張されたほうき収納庫に設定されているというたんなる事実に、悪夢的反響《エコー》を見出す。

もっと間接的なのは、この本における性的テーマである。長い間、フランツ・カフカ個人の禁欲主義と病気について知られていることが、彼の小説と寓話にある性愛的衝動の明確な認識をまったく禁圧していた。カフカの、フェリス・バウア（『審判』におけるF・B）との婚約の失敗と、おそらくは最愛の人であったミレナとの実を結ばなかった関係は、カフカの女性との関係の中心にある何らかの欠陥を耐えがたいほどに立証していた。今日、事態は、はるかに明確さを欠いている。程度の差こそあれ「普通の」、ひとつ、あるいはそれ以上の関係《リエゾン》の可能性、ひとつのそのような関係から産まれた子供の可能性さえ除外できない。しかし、こういうことは瑣末なことである。われわれの読解がより忍耐強くなり、物語の凝縮性に対して注意深くなるにつれて浮かび上がってきたことは、カフカの想像力におけるエロスの多様性と重要さである。ここでもまた、社会的洞察力が役割を果たす。カフカは、性的搾取、公娼と私娼、ハプスブルグ家の習慣のきわめて絵画的な特徴である女中部屋での金で強いられた性的服従など、広い範囲にわたることを鋭敏に気づいていた。シュニッツラー（一）やカール・クラウスのように、カフカも、ウィーンやプラハの街路、ホテル、下宿屋でセックス市場が男の身近にあることに、惹かれると同時に嫌悪も感じた。カフカは、もっと複雑なレヴェルで、女たちの、利用者に対する復讐を記録している。『審判』と『城』で描かれている性交は、強姦という荒い両義性をもっている。性交は、女よりも男のほうに屈辱を与える。性交は、男を回復できないぐらいに汚し、弱くする。

ブラウスのボタンをはずされた洗濯女が抱擁を許すと、法学生は、苦痛と本性丸出しの動物的欲情で叫びをあげる。法律家フルドの乳母で見張りのレニは、奇妙に複雑な存在である。彼女は、被告人が近くにいると興奮する。彼女は、エロチックな手柄話を寝たきりの主人に詳しく話し、自分自身と主人を興奮させる。彼女は愛人を収集し、服従的であると同時に攻撃的なやり方で、彼らの欲情にとびつく。これらのうす汚い男女に不思議な暗示力を充塡できるのは、カフカの簡潔さの天分による。Kは、「長い間捜していた新鮮な泉の水をむさぼり飲む喉の渇いた動物のように〔ビュルストナー嬢の〕顔一面に」キスをする。起訴されたばかりの彼は、セックスの触れ合いに安心と束の間の解放を求める。F・Bの受動性、つまらない皮肉が、そのような慰めを妨げる。Kは、彼女と病身のモンタグ嬢との関係の観淫者《ヴワユール》にさせられる。『審判』の亡霊のような被告人の群には女はひとりもいない。女たちは、謎めいた外観をしているが、法の使者もしくは召使い（神殿娼婦？）である。逮捕と訴追から明らかに免れているということは、汚された無垢、つまり、彼女たちがさまざまな方法で性的権威を揮おうとしている当の男たちよりも劣っていることを示している。もっと不気味なのは、画家ティトレッリのアトリエにハーピーのように群がる若い娘たちの溢れんばかりの渇望である。ドイツ語は、「鳥」を表わす語と「性交」を表わす語から合成語を作る。

より重要な点は次のことである。われわれがカフカの想像力《ヴィジョン》を悲劇的恐怖のそれとして体験するのは正しい。彼は、われわれの状況の中の非人間的なもの、不条理なほどに凶悪なものに対して、それを透視する特異な関係に立っていることにわれわれは気づくだろう。カフカの著作、書簡、日記、記録に残っている発言の中の「悲嘆」(*tristitia*)、「死に至る悲しみ」(‘sadness unto death’)は底知れぬほど深い。しかし、彼の中にはまた、社会的諷刺家、グロテスクなものを扱う職人、笑劇やドタバタをねらう滑稽家がいる。バスター・キートンの無表情な顔、アクロバット芸が手近にある。現代の神話の中で最も暗い「変身」を、あっけにとられている親しい仲間に朗読しながら、カフカ自身は腹をかかえて笑った。もしわれわれが、『審判』の喜劇的強靱さを忘れると、概念的形式的豊かさを減少させ、この作品の絶えず心に浮かぶ二重性には届かない。Kは、そのこわばった気どり、四角張った差出がましさがしばしば滑稽である。ティトレッリの嘘言と自惚れは気味が悪いが、おかしくもある。次々と現れる裁判所の使者と下働きは、不吉であると同時にシュルレアリスム的おかしみを漂わせていて、マグリットから出てきたような姿《すがた》格好である。彼らがいなかったら、ベケットの道化もなかっただろう。『審判』の末尾の、処刑に向かう幻覚のような馬のゆるい駆け足《キャンター》も、サーカスを暗示する。

しかしながら、いったん、この情報的文脈が認められ、いったん、カフカ芸術における政治学と機知、セックスと道化ぶりが十分に心に銘記されると、明白な真理が叫び声をあげる。カフカの創意、とりわけ『審判』は、形而上学的‐宗教的想像と探究の圧倒的な力業を明確に表現している。語りの技法、それが頼る取り調べの討論の技法、それらが言語化する精神の苦悩と構想の断片化（カフカの線画の夢幻的穿刺）は、一貫して釈義的な、時に説教的な起源をもつ強迫観念を伝える。おおむね現世的で、実際に実証主義的な風土の只中で、その歴史的起源と正当性が世俗性を指し示し、内在的な、主として理性に応答する人間の出来事と関係の把握を指し示すジャンル——散文フィクションというジャンル——によって、カフカは、その雰囲気が技法的にも実質的にも聖なるもののそれである寓話、アレゴリー、動いている注釈の一群を書いている。キルケゴールの哲学的小説、ドストエフスキーの魂の清らかさと怒りの物語があずかって力があったのは、この題材的局面においてである。しかし、主要な体系が聖書と「タルムード」の遺産のそれであることは自明である。ヨーゼフ・Kの拷問と消滅に刻まれているのは、カインとアベル、アブラハムとイサク、ヨブの心痛であり、彼らが苦しみ、その謎めいた、時にあきれるほどの正当化の理由づけを西洋の良心に負わせた心痛である。

ギリシャ神話を敷衍したもの——政治的なもの、精神分析学的なもの、人類学的なもの、パロディ的なもの——は、二十世紀の詩、小説、演劇にふんだんにある。霊感の頂点においてさえ、『ユリシーズ』においても、T・S・エリオットとパウンドにおいても、ブロッホの『ウェリギリウスの死』においても、息吹は、独創性というよりも、共鳴《エコー》、再 - 認のそれである。聖書と経外典のテーマを基にした変奏はさらに数が少なくなっている。聖書への言及と応答の文学性は希薄になった。フォークナーはフランツ・カフカの真の同時代人であったかもしれないと言えるのはこの特殊な意味においてである。しかし、カフカの、バベルの物語のような聖書の生の素材を変形させるばかりでなく、「タルムード」的、ラビ的、「ミドラシュ」的、カバラ的（慎重な推測の上で）戦略で実践されているような、聖書をめぐる二次的言説の諸様式を消費生活に生き返らせる能力は、今でもなお独自のものである。（ボルヘスは天才的な弟子である。）カフカの散文の純粋さ、禁欲の豊かさは、その背後に聳える啓示されたものと解釈学的なものの、頼もしい総計、宗教歌の蓄積、伝統を示唆している。彼の「不確実な真理をめぐる小説」は、その赤裸々さにより、問いかけの畏怖すべき純真さにより、モーセの律法の研究と、聖別されたテクストと読者との間の途切れることのない対話というユダヤ的基盤において潜在的に許容される現世的で「署名のある」文学芸術の唯一の形式を表わしている。人はそれ以外にどのようにして、過剰な神の被造物の中で、小説、解釈（誤りと虚偽を伴う）の不敬を心に抱くことができるだろうか。

すでに言及したように、水深を測鉛で測るのに似たカフカ読解がひとつあるように思われる。それは、メシア的マルクス主義者にして言語の神学者であるウァルター・ベンヤミンと、ユダヤ神秘主義研究の大家ゲルショム・ショーレムの書簡の中で打ち出されたものである。フランツ・カフカは、文通の始めから終わりまで存在しているが、彼らの認識が結晶化したのは、マックス・ブロートのカフカ伝をベンヤミンが排撃したことと関わる一九三八年の夏から秋にかけての出来事だった。ベンヤミンにとって、カフカの作品の楕円の二つの焦点は、一方では、とりわけカバラ的なものに頼る神秘的な体験という焦点と、他方では、近代的な都市住民の運命という焦点である。ベンヤミンは、近代都市生活の不安定性と朦朧《ゴーストリネス》さを、不確定性の物理学と明敏にも結びつけている。カフカの「愚かさ」は、彼が近代性に無比の接近を見せるのは、神秘主義の伝統を経由してであるというまさにその逆説から発する。しかし、カフカの、解釈学的―寓意的伝統との関係は、奇妙にも、「盗み聞きする人」のそれである。

この盗み聞きがなぜにこのような努力を要するのかの主たる理由は、最も不明瞭な音だけが聞き手に達するからである。人が学べるであろう教義はなく、人が保存できるであろう知識はない。人が、勢いよく通り過ぎるところをつかまえたいと思っているものは、誰の耳に向けられたものでもない。……カフカの作品は、伝統が病気にかかるさまを描いている。……カフカの書いたものは、その性格により譬え話である。しかし、彼の著作が譬え話以上のものにならなくてはならないことは、著作の悲惨であり美である。彼の著作は教義の足元に慎しみ深く横たわってはいない。……蹲った時でも、不意に強力な前足をあげる。

カフカにとって（ベンヤミンにとっても）回復できることは、「信用を失い、すたれた事柄」が充満している「ささやきによって伝えられる一種の神学」である。もうひとつの収穫は一種の聖なる狂気である。

それゆえカフカはドン・キホーテを喜ぶのである。堕落した人間を助けようとする人々は愚か者である。しかし愚か者だけが助けることができる。希望はふんだんにあるが「われわれにはない」というすでに引用した言明は、ベンヤミンの説明の中では、カフカの「輝かしい晴朗」のまさに源泉となる。しかし、フランツ・カフカの比類なく輝く人物は「敗北した人」であるという事実をけっして見失ってはならない(ベンヤミンがすでに一九三四年に論じた結論)。

それに答えるショーレムは、すっかり寛いで、自己矛盾を楽しみながら、「(カフカにとっての)失敗は、たとえ成功しても必ずや失敗に終わる努力の対象だった」という「単純な真理」を提示した(それはまさに、『審判』における訴訟と審理の申し立てである)。カフカの、啓示されたものに関する譬え話的注釈は、本当に伝統が「病気にかかる」さまを表わしているのだろうか。

私は、そのような弱めるものが、神秘的伝統そのものの本質に根差していると言いたい。伝統が衰退し、波の谷間にある時、伝統の伝達される能力が、唯一の生きた特徴として残ることはごく自然なことである。

カフカの技法は注釈の技法であるが、それはただたんに、「それが映し出す時、知覚するというより注釈するのは知恵である」からだ。カフカの知恵は、知恵の境界線上のものであり、他の作家が及ばぬくらい、「真理の純然たる伝達可能性の危機」を表わしている。「この注釈者はなるほど聖書をもっている、しかし彼はそれを失ったのだ」。洞察と喪失は、どういうわけか同一のものである。

他の書簡とベンヤミンの四篇のカフカ論とともに、この対話は、近代芸術の最高の意味を体現している可能性が高い。カフカの小説がその原因となったに違いないというのが妥当なところだ。一九二八年以前に書め留められた『審判』への一群のメモの中で、ベンヤミンは、「『待機』という神学的範疇」、小説における期待の主要な役割を引き出している。彼は、カフカの体系《スキーム》における「延期」の神秘に驚嘆している。そうしつつ彼は、われわれを核心の核心へと引き寄せる。しかしここでも、ベンヤミンは及ばない。

『審判』の第九章で事務官がヨーゼフ・Kに語る譬え話——「掟の前」(両義性に注目)、あるいは「門番」、あるいは「田舎から来た男」(イディッシュ語では、頑固で無能という内包的意味がある)という具合にさまざまに呼ばれている——が、小説およびカフカの構想の核心である。この一頁半に向かいあうと無力感に襲われる。シェイクスピアの働きぶりを見るとよくそうなる。ここでは、私には、ある素朴な描写にしかたどりつけない。「ヨブ記」のつむじ風から聞える言葉、「伝道の書」の中心部の数節、「第四福音書」の十三—十七章の成り立ちに関しては、そのようなイメージさえ私にはもてない。「掟の前」に関しても同じくらいの空しさを感じる。このテクストは、啓示によって形成されたものだと私は確信させられる。これが、山高帽をかぶって日々の保険業務に出かけては帰る紳士によって書かれた(そしてカフカ生存中に、小説とは別に出版された)という事実は、私の理解力を超えている。私の無力は私だけのものではない。かたちのうえでは、ユダヤの正典に数えられる経典には何も付け加えられていない。しかし、プラハの教会堂の暗闇の中のこの譬え話は、実際に、礼拝式の文脈の中で読まれ、注釈されている。それは測りがたい重要性をもつ真理の原初的な力を帯びつつある。

人生をどう送り、どうイメージ化するかに多くの様式があるように、「掟の前」の読み方も数多くあるように思われる。それぞれの読み方が部分的である。それぞれが別の試みを誘う。われわれは、どのようにして、このように短く凝縮された逸話の中の無限に充塡された細部——次々に門番の現れる鏡の歩廊、一番外側の管理者の服装、蚤《のみ》——を分析するのか。「聖なる」人であると同時に「裁判所」の共謀者もしくは密使でもある話し手をどこまで信用してよいのか。「偽りの」啓示はありうるだろうか、あるいはもっと厳密に言うと、人間的言説を経由する詳述、開示、ただそれだけのことで虚偽となる神に認可された真理はありうるのだろうか。「牧師」自身が門番で、大聖堂における彼の介在は、ユダヤ教とキリスト教との間の、掟と恩寵の恣意的な謎との間の、有機的かつ宿命的な隣接性を暗示しているのだろうか。今度は、これらの疑問が壊れやすいものになる。それらは、いかなる釈義よりも無垢で底無しの神聖な意味作用を前にして、不明瞭な詭弁を告白する。寓話の趣旨に関する事務官とKとの間の解釈学的討論は、その「タルムード」的実践の狡猾なパスティーシュとともに、われわれの当惑を見越しているが、当惑を解いてはくれない。実際、「牧師」は、Kの「掟の前」に関する反抗的な解釈は、彼自身の罪の意識の完全な徴候であること、われわれは自らの誤解によって断罪されることを示唆している。

われわれの（素朴な）注解はこういうことである。『審判』は明快である。聖書の譬え話や叙述がそうであるように、われわれの理解力に開かれている。もしわれわれが、意味の光——その無関心な純粋さにおいて非人間的である可能性の高い光——に対して依然として当惑し、反抗的であるならば、そして、もしわれわれが、われわれひとりひとりのために開かれている扉に入らないのならば、罪、結果はわれわれのものである。もっと簡単に言うと、カフカの言葉を読むのはわれわれであるというより、われわれを読み、われわれが空白であることに気づくのはカフカの言葉のほうである。

『審判』の、近代の官僚性の地獄《インフェルノ》、二十世紀の全体主義体制を特徴づけている身に覚えのない罪、拷問、死の匿名性に関する先見の明は今では月並になった。Kの（文字通りの）屠殺《ブチャリー》は政治的殺人の図像《イコン》となった。カフカの「流刑地にて」、「変身」における「害虫《ヴァーミン》」と絶滅をめぐる遊びは、彼の死後、ほどなくして現実のものとなった。予言、細部に及ぶ洞察の具体的な実現が、彼の一見奇想天外な考えに付着する。ぼんやりと責任の問題あるいは秘密がつきまとうが、それは仕方がない。カフカの小説全般に、とりわけ『審判』に詳しく描かれた予言は、ある意味でその現実化の一因となったのか。かくも仮借なく明確な予言は、現実化されるよりほかなかったのか。Kのミレナと彼の三人の姉妹は強制収容所で死んだ。カフカが皮肉に描き、讃えた中央ヨーロッパのユダヤ人の世界は非道にも消滅した。フランツ・カフカは彼の予言の力を、罪の意識の何らかの現われとして体験した、先見は彼を裸にしたという精神的な可能性は存在する。Kは、彼に帰せられた犯罪の、ぎょっとしてはいるがほとんどもどかしげな従犯者となる。すべての自殺には弁明と黙従が同時に存在する。「牧師」は、この上なく寂莫たる嘲弄で、こう言明する、「裁判所はあなたに何も求めない。あなたが来る時は受け入れ、あなたが去る時は棄却する」。この定式は、人間の生活の定義、堕落した人間の自由であるところの不埒を働く自由の定義にことさらに近づく。カフカ以外の誰がこれほどわずかな言葉で言えただろうか。あるいは、カフカ以外の誰が、それができるほど霊感を与えられたということによって自らが断罪されるということを知っていただろうか。

キルケゴールについて

セーレン・キルケゴール（一八一三―五五年）について書くのはむずかしい。彼は、自分自身について書く時も、直接性と間接性、告白的切迫感とアイロニー化の距離との混合がきわめて生気に富み、多様であるので、外からの注釈が貧弱に見えてくる。有名なことだが、彼の代表的な作品の産みの親であるとキルケゴールが申し立てる仮名、登場人物は（その一方で彼は読者が仮面の下の人物を探り出すであろうことを想定している）自己鏡映の体系を成立させる。しかし、目的は、直截な意味で自伝的であるのではない。S・Kがつける仮装は、輪郭は鋭いが、散布、散種の効果も達成している。（重要な点で、現在の脱構築批評の概念である「散種」、「作者の廃棄」は、キルケゴールにさかのぼる。）キルケゴールは、自分自身にとっても捉えがたい存在であり続け、「人生航路の諸段階」を次々と通りながら、不透明な、動き続ける存在になることを目的としている。仮名、自己の矛盾する声への分割（「弁証法」）、祈りと詭弁、厳粛さと遊戯との間のぶっきらぼうな振り子運動は、「可能性の傷跡」（キルケゴールの忘れがたい言葉）を開いたままにしておく。仮名は、ドグマ的なものの凍りついた確定性、正典的なものの不動性を防ぐ。もし音楽が、とりわけモーツァルトの音楽が、セーレン・キルケゴールにとって脈動する意味の基準であったとするなら、その理由は明らかである。彼は立論と感性の反射作用である散文によって、音楽から、その対位法、つまり、同時的な雰囲気と進行の複数性、自己転覆の能力を移し変えようとした。たぶん、他のどのような大思想家よりも、キルケゴールは多声的であった。

その結果、われわれは、彼の著作に見出される理解へのこれらの基礎的な補助物に対してさえ、彼のそれに匹敵するくらいの軽やかな暫定的問いかけによって、応じなくてはならない。キルケゴールの「三幅対」はよく知られている。それは、美的立場から倫理的立場へ進み、倫理から宗教へと進む。美的なものが倫理的なものへ転調する。倫理的なものからの「信仰の飛躍」、「不条理への」(二十世紀の実存主義がキルケゴールから持ってきたもの)量子飛躍は、選ばれた、あるいは苦しめられる少数の人々を、神との超越論的冒険へと連れていく。キルケゴールは、彼の人生と苦労の三部構成をしばしば主張する。初期の『あれか/これか』は、魂の美的状態と倫理的状態が衝突する誘惑を劇化している。宗教的領域を接近可能なものに変える世俗性と理性の深淵を越える跳躍——倫理はまだ世俗的なもの、計算できる戦略である——は、連続的瞑想と仮名の小冊子のために入念に準備され、その中で曲線が図示される。しかしキルケゴールは、彼自身に、そしてわれわれにも罠を仕掛ける。たとえば『教化的講話』、反復をめぐる謎めいた、しかしおそらく決定的な論文である『反復』、キルケゴール自身の「原作者性」をめぐるからかうような意見において、声と視点の織り合わされた三重性は歴然としている。唯美主義者、ロマン派的ダンディにして誘惑者の逆説と告白には、最初から道学者的な不快感《マレーズ》がある。キルケゴールの倫理的な「筋書」と自己‐精査には、詩的修辞的誇示と、文学の匠による文体実験の、無私の過剰に満ち満ちている。犠牲的非妥協的信仰への「逸脱」、「キリストの模倣」における絶対の要求の苦しい受容は、キルケゴールには一貫して潜在している。これら広範囲にわたる万華鏡の如き作品群を読んだり、再読したりする時、イエスのイメージをもつ「神のための決意」は、私には遠くの灯台の閃めきのように見えてくる。キリスト教以前の最も崇高な魂さえをも、微妙に、しかし紛うかたなく批判している、ソクラテスのアイロニーをめぐる博士論文のようなキルケゴールの初期著作にも、それは見分けられるように思われる。これら三本の撚り糸は末端まで織り合わされている。「信条」の全体性は末端近くになって初めて顕著になり、既成教会の不完全さに対する論争的な告発というかたちをとるが、それが、キルケゴール自身の切迫した死をはっきりと示している。

それに加えて、外的要因が割り込んでくる。一八四三年十月半ばに、キルケゴールは三冊の本を同時に一挙に出版した。ヨハンネス・デ・シレンティオの名で『おそれとおののき』、コンスタンティン・コンスタンティウスの名で『反復』、セーレン・キルケゴール著として『三つの教化的講話』を出版した。ある意味で、われわれは単一の「発話行為」に直面している。別の意味では、これら三つのテクストは、互いに互いを限定し、精査し、時には皮肉に見ている。しかし、三つのテクストはすべて、ごく身近であると同時に奇妙に公的な危機に直接的に発している（コペンハーゲンは、あら捜し的ゴシップにふける小さな都会だった）。三つのテクストは、レギーネ・オルセンとの婚約の解消に関係するキルケゴールの苦悩と分析的弁明を再演している。自ら主張するところの不信心と哲学的放蕩は、『あれか／これか』の中ですでに、あまりにもあけっぴろげに、出し尽くされている。今、二つの出来事が彼の苦悩を強めた。レギーネは教会で彼のほうに会釈して、赦しと「裏切り者」の動機（哲学と結婚生活の根本的非両立性）の真の理解をほのめかした。それから彼は、彼女が別の男と婚約したことを知った。その心理的影響は、破滅的であると同時に解放的だった。論争的寓意的自己劇化と社会的諷刺の荒々しいエネルギーが、キルケゴールの中で噴出した。それ以後の彼の孤独は戦略に変わった。彼は、彼の共同体と彼の魂の辺境を足場とした。驚異の月に出版された三篇の論文のどれもが、レギーネ・オルセンの、寂しさそのものであったかもしれない彼女の境遇からの月並な退却に、S・Kのそれと一致する象徴的な超然さを与えた。親密な逸話と荒れ狂う感受性への言及が、心理的、形而上学的、神学的な議論の運動——たとえそれがきわめて抽象的一般論的に見える場合でも——の中に包み込まれている。キルケゴールは、つねに魅力的であるとは限らない修辞的な戦術展開によって自らを裸にする一方で、窮極の沈黙と心の埋葬を主唱する。筆名そのものが「変わらぬ者《コンスタント・ワン》」、「沈黙の使徒」であることを告知しているが、それは、恋する男が、内奥の絶望をあらわにせずに石と化すグリム兄弟のお伽噺を指し示している。

概して私は、現在の「心理学的伝記」を愚かな独善と考える。人を作品と関係づける繊維組織は、キルケゴールの広がりと精緻さのどれをとっても、われわれの迂闊さを叱責するほどの張りと複雑さをもっている。しかし『おそれとおののき』(そしてそれに密接に随伴する二篇の傑作)では、私的領域が注意を惹く。ニーチェとウィトゲンシュタインが気むずかしい《スパイキー》生活を送った時、そして(結婚のような)ある種の「正常な」人間的関係に失敗したり、それを拒絶した時、ニーチェは遠回しに、ウィトゲンシュタインは率直に自覚して、キルケゴールの先例に注意を払った、というただそれだけの理由からでも注意を惹くのである。

レギーネ・オルセンは『おそれとおののき』における唯一の伝記的存在ではない。キルケゴールの死んだ父親である黒い人物が浮かび上がる。第一章の冒頭で喚起される空ろな陰気な荒野は、聖書のカナンの地ではなく、デンマークの大陸部のそれである。飢えた絶望的な子供時代のセーレンの父親が神を呪ったのはその土地でのことだった。遠い昔の呪いが生涯の強迫観念となった。それは父親から息子に漏らされたものだった。「ラマルク的カルヴィニズム」の雰囲気の中で、キルケゴールは、自分はこの呪詛の傷を受け継ぎ、避けようもなく、神の報復の対象であると確信した。繰り返し言うが、恐怖と心理‐信条的悲劇のある種の意図的醸成がそこには感じられるのである。しかし、そのあとの「おそれ《アングスト》」は、それでもやはり生々《なまなま》しいし、おののきもやはり熱っぽい。一方では「不信心」と追放人の、他方では父親の神への冒瀆を引き継いだ罪の、二重の影の中で、キルケゴールは、他のいかなる想像者も釈義家もできなかったことだが、自分独自の「創世記」の第二二章を書くことができた。

副題はまさに挑発的である。「弁証法的抒情詩」。哲学的命題と詩的劇的表現手段との間の緊張を孕んだ相互作用は、ソクラテス以前、最高のかたちとしてはプラトンの対話篇にさかのぼる。それは、ウィトゲンシュタインの『論理哲学論考』においては手段になっている。『論考』自体がリヒテンベルクとニーチェの修辞的天才を継ぐものである。偉大な哲学はつねに「文体に凝る《スタイリッシュ》」。それはつまり、聴き手あるいは読者への衝撃、それが産み出す一貫性の迫力、説得力のある音楽が、その遂行的手段（言語という手段）と必ず同一の起源をもつということである。セーレン・キルケゴールは、まさに第一級の散文の職人だった。われわれは、彼の調性《トーナリティ》、彼の提示の、突進するような、強烈な個性のもつ力動を、もっと広い、ヨーロッパ・ロマン主義の文脈の中に位置づけることができる。彼は、カーライルに劣らず、ルソー、初期ゲーテを継ぐ人である。キルケゴールが、同一作品内における哲学的要素と詩的要素、技法としての瞑想と虚構的‐劇的ジャンルの共存の十全な正当化を見出しえたのは、シラーとノヴァーリスにおいてであった。キルケゴールは、劇場と、俳優業の両義的な真正性に、最後まで魅惑され続けた。彼は比較にならないくらいモーツァルトについて多く書いている。同時代の演劇や小説に関する批評は悪意がこめられている。彼はハンス・クリスチャン・アンデルセンにライヴァルを認めた。晩年になって初めて、彼の哲学的神学的書物、エッセイ、説教から、文学的範例からの引用、それらとの比論という特徴が消える。『おそれとおののき』は、グリム兄弟とアンデルセンに加えて、とりわけ、プラトン、エウリピデス、シェイクスピア、セルバンテスに依存している。『ドン・キホーテ』は聖書に次ぐ下位テクストである。

ここから、「弁証法的抒情詩」、思想の物語という概念が生まれる。提示される論理的矛盾、それを解決するための、心理的かつ哲学的‐宗教学的努力――プラトン的な意味で「弁証法的」であり、この意味はヘーゲルによって採用され、修正される――が、一見、恣意的虚構的様式であるように時々思われる仕方で提示される。しかし、さまざまな可能性とさまざまな声の活動《プレイ》は、独自の厳密な論理をもっている。それは、プラトンの対話篇に次々と出てくる神話と一見脱線と思われる話がそうであるのと同様である。『おそれとおののき』は、とりわけ、洞察の寓話である。

ウンベルト・エーコの記号論的ゲームと今日の脱構築批評を予想する技法で、S・Kは、アブラハムとイサクの譬え話をめぐる一群の変奏を素描する。聖書の物語の特定のテーマの変奏のひとつひとつが、さらなる心理的、道徳的、教義的ディレンマを提出する。イマヌエル・カントは、神は、われわれがわれわれの中のその概念と存在に理解可能な意味を付与できるかぎりでは、父親に最愛の、奇蹟的に身ごもってできた息子を殺すように命じることはできないと考えた。カントにとって、アブラハムが聞いた命令は悪魔的である。それは絶対的邪悪の声に発する。アブラハムは極悪非道の詐欺の犠牲者である。ある程度の過失が彼の混乱に付随する。（一体どうして彼は、これを神からのメッセージであると見なしえたのだろうか。）キルケゴールの読解はカントのそれと厳密な対照をなす。真の神のみが、アブラハムに、イサクの犠牲を要求することができる。信じる人が神の真正の指令を認めるのは、まさにそのような命令の（うんざりさせられる）非理性、不可解な非道の中なのである。アブラハム、イサク、ヤコブの神、「息子」の恐ろしい死を命令する神と、人間悟性と論理的思考に基づく倫理の範疇とを同一視しようとしたのは、カントとヘーゲルの根本的な誤りである。パスカルに親密な感応を示しつつ、セーレン・キルケゴールは、われわれに「哲学者の神」と、その手の中に「落ちる」のが本当に恐ろしい生ける神とを、ひるまずに区別することを求める。

そのあとにアブラハムの荒々しい、しかし歓喜の讃仰の辞がくる。キルケゴールは、いかにも彼らしく、ひとつの軸の回りを螺旋状に動き、ある入射角から探索したかと思うと、次には別の入射角から探索をする。いかなる悲劇的英雄主義の美学も、合理的道徳も、いくら格調が高くても、アブラハムの「モリア山」への旅の圏内へはわれわれを連れていってはくれない。エフタやブルートゥスのような戦士もしくは市民道徳の守護者が、「万軍の主〔エホバ〕」あるいは国家の法律に子供を生け贄としてささげる時、彼らは、理解可能な、おそらくは考え違いの、あるいは狂信的な動機からそうする。イフィゲネイアの野蛮な犠牲がギリシャの船団のトロヤへの旅立ちを安全に守る。専制君主のクレオンは、凶悪で冒瀆的な敵からテーベを救うために息子を生け贄にささげる。そのような範例的な行為と、それらが代表者にもたらす痛烈な結果が、まさに英雄年代記、英雄物語《サーガ》、悲劇の材料である。(S・Kは彼の翻案になる『アンティゴネー』を書く計画を空想に描いて楽しんでいた。)しかし、それらは、アブラハムとイサクの問題に何の真の光も投げかけてくれない。

倫理も同様である。キルケゴールの分析が最も精力的なのはこの点である。倫理的に考えて、アブラハムの神の命令への黙従、あるいは実のところ、人間の生け贄をささげるように命令された者が誰であれ、その人が黙従することは、弁護の余地はない。服従は超自然的な報復への恐怖、迷信、先祖返り的慣習から生じるかもしれない(血の献納の歴史は太古にさかのぼるものであるが、われわれが成熟した文明と結びつけている時代においても残存し、われわれの心を動揺させる)。これらの範疇のどれも道徳ではない。

ソクラテスやカントのような人において、道徳性が最高に高められている場合、非人間性と不合理な不条理に場所はない。神の要求に直面した場合、倫理的な人の反応は、対抗的挑戦でなくてはならない。神はどのようにしてイサク殺害の命令を正当化できるのか。そのような命令は、一見したところ、罠、人間の勇気と哀れみを試す手段ではないのか（つまり、神は人間の拒絶を待っている）。もし神の強制が、そのような拒絶を窮極的には不可能にするほど傲慢であるのならば、道徳性と理性はさらなる手段をとる。不正をとるよりも自殺を選んだ人々、明らかな犯罪を選ぶよりは自殺を選んだ人々がいる。

キルケゴールはこれらの議論を鋭敏に認識している。彼はやさしいアイロニーをこめて、それらの弁証法的な強さを論じている。それらは「アケダー」（*Akedah*）、つまり、アブラハムの服従の圧倒的な謎と解釈にはまったく無関係であると彼は裁定する。唯一の適切な説明は、絶対的信仰、つまり、知的説明可能性と倫理的基準の考えられうるかぎりのすべての主張にそむき、かくしてそれらを超越する信仰という説明である。アブラハムの息子イサクを進んで生け贄にささげ、神の命令を実行しようとする態度は、疑問の余地なく善悪の彼方にある。全面的信仰、全能者への全面的信頼という観点以外、どの観点から見ても、アブラハムの振舞いは、ぞっとするほど恐ろしいものである。それに対して、いかなる知的もしくは倫理的弁解もありえない。もしわれわれが「創世記」第二二章を理解しようとするつもりなら、「非道」（‘enormity’）を理解できなくてはならない（「非道」の語源はまさに、違反、論理的思考に基づく適法性の埒外の意味領域を指し示している）。枢要な概念は「不条理」という概念である。この要所に腰をすえて、S・Kは振り返っては神秘的明知、神の中での自己廃棄のある種の遺産を見、前方を向いては、現代の「シュルレアリスム」と実存主義を見る。アブラハムの行為は眩いほど不条理である。彼は、人道主義者の嫌悪や嘲りをものともせずに、神の戦士としてドン・キホーテのように馬に乗って進む「信仰の騎士」

となる。彼は逆説の中に住む。目をくらます《ブラインディング》〔分別を失わせる〕ような信仰による、そしてその中への彼の量子飛躍は、彼を完全に孤立させる。英雄的なものと倫理的なものは一般化することができる。それらは、価値と表象の論証可能な体系に属している。信仰は根源的に異常である。アブラハムによって体験される神との出会いは、永遠に、無限によって摑まれた個人、私的存在である。耐えがたい孤独と沈黙の中にある「信仰の騎士」にとってのみ、生ける神は、自己という境界を一掃し、焼き去るほど不可測かつ身近な存在なのである。黙って苦しみながら、永遠なるものとの約束に向かうアブラハムを、いかなる教会堂も「教会《エクレシア》」も収容することはできない。

このような約束は現代に起こるだろうか。この問いかけは、神学的に思い描くと、当惑を覚える。正統的なユダヤ教は、エリヤを、神との直接的な出会いによって聖別化された最後の人間であったとみなしている。非‐神秘的なキリスト教では、神の顕現《エピファニー》は、奇蹟として、ある男、女、子供に起こる。しかし、「子」あるいは「聖母」という人を介してなのである。イスラム教は、私がその立場を正しく理解していればだが、「預言者」の時代以後は、神との差向かいの出会いは期待していない。一八四二年十二月のコペンハーゲンで、牧師で神学の先生《マギスター》であるアドルフ・ペーター・アドラー(キルケゴールは一八四〇年六月、彼の大学口述試験に出た)は、キリストの直接的な現《ヴイジテーシヨン》れと啓示を体験した。「神の子」はアドラーに、彼のヘーゲルの著作に関する原稿を燃やすように命じ、悪の起源に関する真の教義を、完全に直《じか》に、彼に口述した。一八四六年六月十二日、アドラー先生は、同時に四冊もの本を出版した。一冊は宗教詩から成り、他の三冊は、イエスによってアドラーに与えられ、啓示された洞察を詳しく説いたものであった。S・Kは、これら四冊の本の、ごく最初の購入者のひとりであったように思われる。

その結果が『アドラー論』であった。『おそれとおののき』は、十九、二十世紀の哲学的神学と文学の中で最もよく知られ、影響力のあった本のひとつであるが、このアドラー論は、一般読者にはほとんど知られぬままになっている。この無名性はその成り立ちに内在している。キルケゴールは、先生の啓示のすぐあとの、一八四六年の夏に執筆を始めた。キルケゴールの中の論争家が速かな出版をねらった。第一草稿に満足のいかなかったS・Kは一八四七年に原稿を取り下げ、程度の差こそあれ決定稿と言える第三稿を同年の終わり頃に書き上げた。また彼は出版を選ばなかった。『アドラー論』から、「天才」と使徒的な人との関係、キリスト教徒は殉教を懇請する権利、信仰のために生命をささげる権利をもつか否かのディレンマをめぐる二つの重要なエッセイを抜き出したあとは、その本を『パピエ』(日記、断片、大量の覚え書)の中に放置した。彼の死後にそれは現われた。

なぜこのように控えたのか。キルケゴールは自分がアドラーに関してきわめてやっかいな個人的状況にあることに気づいたのは明らかである。二人は知り合いだった。アドラーはS・Kを訪ね、神が特別の使者として選んだ先生にとって、キルケゴールはある意味で洗礼者ヨハネであると知らせた。キルケゴールは、アドラーはただたんに精神が錯乱しているだけだという可能性を考えた(教会当局は一八四四年に彼の牧師職を一時停止させた)。この上なぜ、すぐ忘れられる哀れな事件に、公けの注意(と軽蔑)を引く必要があるのか。しかし、これらの心の禁圧は相当なものであったに違いないが、問題の核心にはふれていない。デンマークの世俗的で合理的で差し出がましいキリスト教は、感電させて本当の危機に陥らせなくてはならないというアドラーの確信は、まさにキルケゴールの確信でもあった。「不条理な」、実存的に余儀なくされた確信のために進んで嘲笑を買い、排斥を受けようとする先生の態度は、S・K自身の心の奥深くにある揺れ動く琴線に触れたに違いなかった。あとでみるように、アドラーの主張は、どんなに胡散臭く、実際、病理的であろうと、キルケゴールのこの上なく鋭い弁証法的手段によってさえ納得のいくようには解決できない心理的‐神学的ディレンマへと彼を巻き込んだ。アドラー「事件」が瑣末で短命な事件であるのはもっともな話だった。その事件が提起した問題は消え去らないだろう。そういうわけで、哀れなアドラーが大審問官を打ち負かしたという見方もできるのである。

キルケゴールの思索と対話にしばしば現れる「第三の存在」はヘーゲルの存在である。S・Kのアイロニーが火花を散らす。先生は、ヘーゲルに関する著作を燃やしたのはたしかだが、その混乱の中にあっても依然として彼は大のヘーゲル派である。主観的現象と客観的真理との区別がつけられないアドラーは、ヘーゲル哲学の多くの無批判的精通者と同様、自己と外的世界の統合というヘーゲルの概念を素朴に利用している。彼はいわば「現実を幻覚化している」のである。

しかし、S・Kはもっと大きなゲームを追求している。アドラー事件の核心は、本当に最も力強い意味での「召命《コーリング》」である。人はどのようにして彼／彼女が神に召喚されていると知るのか。人間の感受性と知性はどのようにして、神の誘いの深く感得される恍惚的暗示――その実際の源泉は個人的欲求もしくは感情――と、真の神の声とを区別できるのだろうか。謎は、ありうべき精神的錯乱に関わるものではなく（アドラー先生の例はそうだったかもしれないが）、計算づくの自己欺瞞や公然たる虚偽に関わるものではない（数え切れないほどいる導師《グールー》や売込み市場に現れる神秘家はそうだが）。個人としての人間に対する神の召喚の根拠と真実を決定するために考えられる基準とは何か、とキルケゴールは問う。道徳的行動の目に見える美しさでさえ、殉教者が耐え忍ぶような犠牲的苦難でさえ、神からの召命の霊的妥当性の証拠にはならない。T・S・エリオットがベケットのおそらくは便宜主義的行動だった殉教をめぐる思索の中で述べているように、「間違った理由で正しいことをすること」は、とりわけ宗教的なことに関しては、

「この上なく微妙な裏切り」である。

その錯雑さ、すさまじいまでの含蓄ゆえに、彼の熱烈な把握力からも退いていくように思われる難問を明確化して解こうとするほとんど絶望的なセーレン・キルケゴールの試みに注目することほど興味深いことはない。焦点はもちろん哀れなアドラーにはない。焦点はキルケゴール本人、彼の最も深いところに埋められている苦悩と希望である。

提議と限定、想像力の推力と自己‐脱構築の弁証法的運動は、どのような輪郭を描いても粗雑なものになるほど複雑なもの、実は脆いものである。知的明晰さと分析の厳格さ（「天才」）も、倫理的犠牲的関与も、必ずしも神との「緊密な《ハンド・ツー・ハンド》」出会いに通じているわけではない。ここでは、行間に燃えるイメージは、「見知らぬ者」と格闘するヤコブのそれである。たとえ最高級の天分と論証に基づく道徳といえども——たとえばカントのそれのような——真実の召命の神秘を抑圧する可能性が高い。S・Kはここで、摑み所のない逆説に触れる。道徳的卓越性には自己過信があり、善の核心には調和的限定性があり、それらはある点で、神への畏怖、神の圧倒的な近接性を排除するか、あるいは周辺化する。「使徒」だけが召命されたのである。彼のみが、神による所有行為を、文字通りに体現し、彼自身がそのものとなった——こう言うしかない——メッセージを、言明し、人間の言葉に翻訳する権威が与えられる。この選別は「使徒」に神の栄光を授けるだろうか。逆である、とキルケゴールは論じる。使徒を認証するしるしは、最も根源的な実存的謙譲である。真の「使徒」は、人間の知っている謙譲がどれも及びもつかないほど謙虚である。ここから、旧約聖書の預言者たちが、神が彼らにあびせる非難に対し、それによって応じた反抗的な恐怖心、こみあげる拒絶が生まれる。「使徒」はいつでも——十九世紀のコペンハーゲンの通りであれ——イエスと、つまり嘲弄され、鞭打たれ、唾を吐かれ、殺された「御受難」のイエスの「謙譲」

(*humilitas*)と共時的に一致《コレスポンデント》しているのである。(アドラーの、彼の「洞察」の結果に対する明らかな満足、それを公けにしようという決意に見られる虚栄心は、神の意図の道具であるという資格を即座に奪う。)受難のキリストと同時代の、つまり「共時化」され、受難の意味を語り、例証せざるをえない男もしくは女のみが、神を見せる、メッセージとなったメディア——マクルーハンはキルケゴールを知っていた——であると考えられる。

しかし、すぐに困った問題が生じる。それでは、使徒の力と栄光、人間の同調と模倣に対する命令的支配力はどこから来るのか。それに加えて、われわれはどのようにして、キルケゴールの、使徒のケリュグマ的義務、啓示の公表の必要性の主張と、秘密性、窮極的内向性の強調とを調和させることができるのか。キルケゴールは、これら恐ろしく困難な疑問と鋭敏に、不屈に取り組む。彼は裸の自分自身を賭ける。繰り返すが、矛盾、逆説の論理(S・Kの異議がどうであれ、本質的にはきわめてヘーゲル的)が手段である。それが、必要な高さをもつ生きた強度に達する時、イエスのそれと十分に似たものとなる時、謙譲は全き無力、無力の窮極となる。しかし、まさにこの無力が、ちょうどイエスが価値を再評価した意味において、不条理なるものの全能性にきわめて近い大きな力となる。キルケゴールのテーゼは依然として不透明である。ドン・キホーテやドストエフスキーの「聖なる白痴」ムイシュキン公爵のような文学上の人物の「無力な力」を思い出すと役に立つということを示唆しておく。何かこの種のものが、使徒の矛盾と格闘するキルケゴールの精神の中にある。神の召命のにない手に要求される沈黙、謙虚な自己抹殺と、まさしくその召命によって必要とされる牧師職、これら調整しがたい要求を、彼は解決していない。いかなる思想家、作家も、道徳的形而上学的判断というモチーフ、アンティゴネーやコーデリアの愛と苦悩を有効なものにする秘密の誓約について、キルケゴールほど啓発してはくれない。彼は内向的撤退、絶対的沈黙の讃美者である。彼は同時に、まれにみる熱情をもった宣伝家、公けの場で声高に、自己をさらけ出して証言する人でもある。風刺誌『コルセール』は彼を容赦なく風刺した。彼は生まれた都市で公然たる嘲笑の対象にされた。この状況は、証人のになう重荷をまさしく表わすものである（ギリシャ語の「殉教」は「証人」を意味する）。この重荷を放り出すこと、神の言説を布告せずにおくことは、背教にほかならないであろう。キルケゴールがそれを使って『アドラー論』を出版する計画だった仮名（「小ペトルス」）に、これら未解決の矛盾は内在している。

どのような体系的視点――哲学的体系はS・Kには化け物だが――から見ても、アドラー打破は欠陥がある。キルケゴールが、近代の文脈における使徒の性格の明確な輪郭を描ききれていないこと、選ばれた精神に課された自己隠蔽と公的証言という対照的要求を調和させられないこと、これらについてはすでにみた。たとえアドラーの見栄に直接言及していても、キルケゴールの告発は、結局は独断的なままである。神との出会いについての先生の報告、彼があったと言い張る「啓示」は、まったく信用しがたく、時に滑稽なものとして実際に示されている。錯乱した虚栄心と精神的混乱の推定がすぐにできるようになっている。しかし、S・Kの容赦ない診断の中のどれひとつとっても、われわれがそれによってヒステリー症的幻覚的錯覚と「神‐体験」を区別できるような形式的で実質的に限定的な基準を、検証可能な意味で解明してはいない。不条理への跳躍、そのような体験を特徴づける現実主義的な因果論と論理の廃棄は、「必要な不可能性」というキルケゴール自身の基準によって、依然として信用の問題にとどまっている。

アドルフ・ペーター・アドラーがキリストから直接的な通信を受け取ったという可能性（彼の、そのメッセージの、自分自身の言葉と人格への転調が、いかに改竄された無価値なものであろうとも）は、キルケゴールの否定にもかかわらず、残ることは避けられない。そうならざるをえないだろう、もし、キルケゴールの言う通り、「可能性の傷跡は開かれたままにしておかなくてはならない」のなら。

われわれのテクストの魅力を生み出しているのは、まさに、議論におけるこのような欠陥、もつれである。キルケゴールの心理学的探索の精緻な敏活さ、フロイトの潜在意識の理論の予示（文字通りに「前兆《フォーシャドーイング》」――フロイトは、宗教的信念の真剣な分析からは尻込みしているが――は、『アドラー論』を、哲学的心理学の歴史の中の黒い宝石のひとつにしている。精神生活、つまり、語られぬものの、混乱はしているが、どうにか秩序づけられているエネルギーが、合理的提議に対して集中される時の、想像力の連想的脈動を精査した人としては、キルケゴールにはたった二人の同志しかいない。彼のアドラー探究は、ドストエフスキーとニーチェによって遂行された魂の奥底への下降と並ぶものである。これら三つの事例では、われわれは、抽象的なものを扱う劇作家、非理性あるいは恍惚的神秘的ひらめきの、時には狂気の、辺境を取り囲むことのできる抜きんでた洞察力をもつ分析家を扱っている。現代の精神分析学と心理療法の知識は、『悪霊』、ニーチェの『道徳の系譜』、『アドラー論』で探究された意識の系譜を、時に深めることがあるが、平板化することが多い。しかし、ここにはすでに、われわれの心理学の現代性の精髄がある。

その上、直接的な連環がある。アドラー追求の始めから終わりまで、S・Kは自分自身の回りを螺旋状に動いている。先生はキルケゴールの忠実な、しかしパロディ的な影になりかけている。要するに、彼はキルケゴールの分身であることが判明する。「分身」（*Doppelgänger*）のテーマは、E・T・A・ホフマン、ポー、ゴーゴリから、大きく下ってカフカに至るまで、西洋の関心に取り憑いている。このテーマは、エゴにある精神分裂症的潜勢力、思考と空想のある種の活力に内在する自己分裂の危険に関して、緊迫した暗示を行う。ドストエフスキーの小説『分身』は、彼の小説におけるこのテーマの数多い喚起のひとつでしかない。ニーチェと彼のツァラトゥストラは、競合者を映す複雑な人物像によって、互いに相手の回りを回る。アドラー論のほとんどどの頁にも、われわれはキルケゴールが、時に風刺的な自信をもって、しかし多くの場合はかろうじて抑えた苦悩を抱いて、彼の双子でもある非道な親友、「家の鬼」の親近感を振るい落とそうと苦労している姿が認められる。これらの頁からは独特の恐怖が発散される。

「神はわれわれを、波立つ海を越え、海賊、嵐、漏水、火災、岩礁、砂洲、病気、飢餓の危難を越えてこの地に導いて下さった。そしてわれわれをこの地にて、この長い年月の間、君主の不興、主教たちの嫉妬と怒り、ジェズイット教徒の悪意の企み、不満をかこつ人々の暴動と争い、野蛮なインディアンたちの顕然たると隠然たるとを問わぬ襲撃、異端の虚偽の同胞の扇動と破壊から守って下さった」。ジョン・ウィンスロップは一六四三年にこう書いた。「この地に導いて下さった」ことをピューリタンたちの語法では「大移住」(Great Migration)と言うのだが、けっしてありきたりの歴史的事実ではなかった。英国のトマス・フッカーは、ニュー・イングランドの政体の確立は現世的な時間の終わりの前兆ではないのかと考えた。この政体は、現世的な革新の「窮極」(*nec plus ultra*)だったからである。いかなる将来の発見と再興も、地球上での可能性を越え、「黙示録」で予言されている永遠性の支配の始まりを予告するだろう。しかし、最後の革新の比喩、エデン的なものの神学と社会学に含まれている両義性は、最初から恐るべきものであった。

もしニュー・イングランドが、新たな「恩寵の聖約」(コットン・マザーがいつも使っていた言葉)の実現であったのなら、もし、この「聖約」の構成員が、キリスト誕生以来人間に授けられた救済の機会の中で最大のものを得たのなら、彼らは、ある現実的な意味で、アダムに似た「新しい人間」だったのか。新しい世界での洗礼の必要性とその性質、新しい共同体と個人への原罪の有効な転送をめぐる騒然とした、ほとんど社会的な破壊を招きそうな論争は、アダム的モデルの文字通りの、しかし不透明な性格を立証している。もし、新しく発見された「恩寵の聖約」の地が、ピーター・バルクリーが宣言したように、本当に「全地球を広々と見渡せる丘の上に建てられた都市」であり、それは「われわれが、自らを、神と聖約を結んだ人間であると公言するからである」とすると、そして、彼らが堕落した惑星に見出すことのできる唯一のそのような人間だとすると――ウィンスロップの挙げている「暴動と争い」、「異端の虚偽の同胞」は、それではどういうことになるのか。「野蛮なインディアンたち」、新しいエルサレムを襲う旱魃や病気の災厄は、それではどういうことになるのか。

　これに劣らず曖昧なのは、旧世界との関係という問題である。ペリー・ミラーはひとつの主要な思想の流れを要約している（『ニュー・イングランドの精神――十七世紀』、四七〇頁）。ピューリタンたちは「少なくとも、最初の植民の時には、自らをヨーロッパから逃亡しているとはみなさずに、ヨーロッパの生活の大きな問題に十分に参加しているとみなしていた。彼らは、文明の端の地方共同体となるために出発したのではなく、文明化された世界の、すべての人々を没頭させている闘争の中で、側面攻撃をするために出発したのだった」。しかし、もっと過激な、断絶の流れもあった。一六三〇年代の終わり頃までには、ジュネーブも、アムステルダムも、エディンバラも、病気のキリスト教世界に、永続的な再生と真の「教会《コングリゲーション》」の光をもたらすことはできないことが明らかだった。まもなく、監督制度《プレラシー》とそれよりも悪いものが、英国で再び頭をもたげるだろう。監督制度《エピスコパシー》とローマ・カトリック教は近づく大破壊《アポカリプス》の普遍的な前兆だった。新しいイスラエルは、呪われた土地と遺産をあとに残して去らなくてはならない。かくして、ニュー・イングランドは、約束の地の正確な類似物であったばかりでなく、大洪水の時代のノアの箱舟でもあった。振り返ることは自殺的な行為になるだろう。この絶縁の教義は、その上、西のエデンの園の問題を孕んだ過酷さを正当化することができた。アブラハムの子供たちは、砂漠に住み、旅の途次、災難や攻撃に耐えなくてはならなかったではないか。これら二つの流れの衝突、あるいはもっと正確に言うと、これら二つの流れの錯綜した混成物と妥協の産物は、文化的遺産の問題を鋭いものにした。ある意味では、ピューリタンたちが運んだ知的手荷物、つまり、きわめて明確に自覚していた言語と論理は、異教的古典主義とクリスチャン・ヒューマニズムに明白にその基盤をもつルネサンス以後のヨーロッパのそれであった。どうしてそれ以外のものになりえただろうか。しかし、別の意味では、この遺産は、人間を破滅へとじりじりと追いやった誤謬と腐敗の種子、分裂と異端の歴史を携えていた。もし「大移動」が、ゴセンの地の暗黒から逃れ、「新しいカナン」を占領することであるなら、それは新しく生まれた知識、知性と感受性の無垢の（文字通りの）光によってのみ可能であろう。アダムの堕罪以前の知恵は、知ったかぶりを浄められた知識、完全に自然な知恵という概念を保証した。

これらの二律背反のすべての、そして両極の間のすべての立場が、「実感される時間」、年代の根源的比喩をめぐるものである。アメリカは「若かった」のか、それとも「年老いていた」のか。アメリカは、聖ヨハネに約束され、コロンブスの旅のほとんど直後にスペインの教会の年代記編者に宣言された「新しい世界」（*mundus novus*）だったのか。アメリカは、新しいアダムが再び入るためにとっておかれた「楽園」の本当の跡だったのか。その場合、そこには「歴史」はなかった。それとも、逆に、アメリカは、「ピルグリム」たちがそこからやって来た土地がそうでないのと同様に、非時間的でもなければ、堕罪の遺産から免除されてもいない古い世界であったのか。そして、新しいイスラエル人はどうだったのか。一部の者は「恩寵の聖約」を、いわば具体的に再生力があると考えた。新しい世界で、人は新しくされ、堕落した状態の衣服は彼から引き剝がされた。他の者はそれほど楽観的ではなかった。たとえここが「地上のもうひとつのエデンの園」だとしても、あるいはそうなるとしても、「波立つ海を越えて」やって来たのは「古いアダム」だった。彼が歴史の腐敗を携えてくるのは避けがたかった。

　これら対照的な仮定に含意されている選択肢、構想の衝突は、アメリカの感受性の織物一面に広がっている。それらは、アメリカの宗教的政治的展開の進路、アメリカの自己定義の政治学と社会学、アメリカの公的および私的行動の心理的多様性をおおむね決定した。根本的には、実用主義的な力が支配的になった。「丘の上に建てられた都市」は新しい言語を創始しなかった。それは、革新のメッセージを、ヨーロッパ諸言語で、そしてアリストテレス、ラムスの論理によって、そして一六七〇年代以降はデカルトの論理によって語った。一七九二年九月のジャコバン党員のユートピアとは違い、新しい世界の人々は、新しい暦、メシア的創始の「第一年」を始めなかった。しかし、黙示録的刷新に向かう衝動は、アメリカの設立と挑戦の組織に圧力を加え続けた。ユートピア的共同体と運動は繰り返し現われる現象だった。モルモン教徒は、新しい真のシオンを追って動き続けた。実際、アダム的なものの機構は、アメリカの歴史の基盤となっている局面のひとつである。政治的社会的発育不能あるいは腐敗に直面して、理想的なもの、今や歴史との非神学的契約もしくは神学以後の契約とみなされた「恩寵の聖約」の主張が再確認される。時々アメリカの意識は、破滅した過去に背を向けるだろう。希望の休みなき活動は西を目指す。葛藤は解決されない。そこから、アメリカの気質の創造力の豊かさの大半が発する。そこからはまた、「文化」、社会の中の精神の生活に関して、本質的な不安定感と欲求不満が発する。精神の生活は、必要な変更を加えて《ムタティス・ムタンディス》、ヘレニズム時代からの「古い西洋」の中で解釈され、体験されてきたからである。

これら不確かな点を考えると、それらをただたんに潜在的に否定的なものと見ることは、ほとんど気づかぬうちに、「若い」と「年老いている」、アダム的なものと歴史的なものという二極の間から選ぶことである。そうすることは、たとえ暫定的にであれ、そして作業仮説のためであれ、アメリカの知的あるいは芸術的達成のバランスシートを試みるのはあまりにも早すぎるという主張をしりぞけることである。それは、われわれは実質的に、わずか三世紀足らずの「若い文化」を扱っているという信念、その思想と教養の収穫をもっと古いモデルから見て判定することは不毛で不公平であるという信念に異議を唱えることである。これらの選択肢からどれを選ぶかは、窮極的には本能、奥深くにある予感の問題である。間違っている可能性が高い。未来の出来事もしくは処理しにくい多様な証拠の再整理が反駁するであろう種類のものである可能性が高い。しかし、誰が関与するにせよ——このたんなる関与も幻想かもしれないが——「文化」、「精神的」価値のような、定義と書換えに従わないような未発達で扱いにくい概念は、もし当人が少しでも先へ進むつもりでいるなら、直観、納得の上での恣意性から出発しなくてはならないだろう。

私はこう考える。アメリカの文化は時間に対して治外法権をもたない。アメリカの文化は、最も平凡な局所的な意味以外の意味で「若い」文化ではない（つまり、この文化がその中に、そしてそれを通じて表現され、流布された制度は、ヨーロッパの対応物よりもあとの日付けに、そして物質的に未開発あるいは低開発の土地に創設された）。私はこう仮定している。エデンの園、アメリカのアダムという偉大な奇想は、その明らかな神学的政治的力がなんであれ、その後の過激なメシア的社会理論と実践にいかに絶えず翻訳されようと、文化的な決定要素ではない。教育、芸術、純粋科学、応用科学におけるアメリカの文化的事象の創始者にして最初の組織者は、その知識、その理解と議論の様式が彼らのあとにしてきた隣人のそれと同じ「古い」ヨーロッパ人だった。私はこう推測する。社会と歴史との間の契約をめぐる偉大なアメリカ的再折衝——権利章典の幸福の約束にせよ、ジャクソンの人民主義の浄化にせよ、ウッドロー・ウィルソンの「ニュー・フリーダム」にせよ、フランクリン・デラノ・ルーズベルトの「ニュー・ディール」にせよ——は、ヨーロッパの社会史における相似の革新とは本体論的に異なる。ピューリタンたちによってアブラハムとの契約あるいはモーセの律法の回復に付与された意味での「新しさ」(*novum*)を構成するものは何もない。要するに、ヨーロッパの歴史の「腐敗した古さ」と先祖伝来の汚れからの断絶というピューリタンの綱領、彼らの共同体の過去を特徴づけていた恐怖と不正から自由な新しい配剤を求めての波のように打ち続く大いなる移住の渇望が、アメリカの想像力とアメリカの同一性の修辞において中心的な役割を果たした。しかし、それらは、アメリカ文化の現実の産物に、アルカディア的若さの暦、特別の恩寵の時間を与えてはいない。逆に、アメリカの文化は、最初から巨人の肩にのっている。ピューリタンの文体の背後には、英国テューダー王朝、エリザベス王朝、ジェイムズ王朝の散文の強靭さがあった。アメリカの大学の創設の背後には、オックスフォードとケンブリッジ、アリストテレス論理学とガリレオとニュートンの数学があった。英国経験論と「フィロゾーフ」の世界がアメリカ啓蒙主義のジェファーソン流の構想を保証している。メルヴィルの背後にシェイクスピアとミルトンがいるように、エマソンの背後にはゲーテがいる。D・H・ロレンスが発見したように、アメリカの文化は、かくも多くのものの継承者であるというまさにその理由により、「きわめて古い」のかもしれない。(一) ニュー・イングランドの聖職者たちは同意するだろう。十八世紀の初めにはすでに、ウィリアム・クーパーは、その精神状況と市民の生活習慣の状況が旧世界とたいして違わない新世界からの「神の退却」を証言した。彼の証言の表現形式《イディオム》は、エレミアとカタリーヌの演説、ユウェナリウスとヨーロッパ宗教改革のアイソポス的諷刺家のそれであった。

もし「アメリカ文化」が、異議を唱えるに値するだけの意味がかくも一般的な概念に付与しうるとしての話だが、「特殊な」(*sui generis*) ものでないとするなら、もしそれが、ヨーロッパ文明の古典的‐キリスト教的集合体のひとつの支流であるなら、それとヨーロッパとの関係はどうであるか、現在の重力の中心はどこにあるかを問うのは正当なことかもしれない。

方法論的に、そのような問いかけは、批判から守りようがない。「アメリカ文化」は、その多様な構成要素そのものが、その集合体とほとんど同じくらい拡散的な多元的概念である。誰も個人では、アメリカの知的‐芸術的‐科学的活動のたとえ一局面についても、きわめて直観的な、漠然としていて局所的な説明しかできない。この構造物全体について何か確定的なことが言えるという考えは明らかに馬鹿げている。ある時期の「アメリカ精神」の歴史と分析的記述、要約的概観図の試みはこれまでにあった。それらはつねに、この複雑で不定形な資料に力が及ばない。せいぜい、あて推量と偏見の印象主義的な記録によって、一般論を述べ、有名人の名を話の中にさしはさむ程度のことしかできないだろう。これがまさしく私のやろうとしていることである。一般論を述べ、有名人の名を話の中にさしはさむこと。しかし、それ以外にどのような方法があるだろうか。それ以外のどのような方法で、価値の批判あるいは在庫調べは進められるだろうか。必要な慎重さは自己への皮肉な目であり、「批判から守りようのない」問いかけは、F・R・リーヴィスの有名な反応、「そうだ、しかし」ではなく、むしろ、理解へのもっと実のある刺激となる「違う、しかし」を誘い出すだろうという期待である。

アメリカの哲学はこれまで薄手だった。確かな洞察力と文章力のある心理学者がいた。ウィリアム・ジェイムズはその中で目立つ存在である。一九四〇年代以降は確かに、傑出した分析論理学の学派がある(たとえばクワインからクリプキに至る学派)。アメリカの法学と契約理論は、社会的倫理的意味で、西洋の自由思想の全般的な流れに有益な貢献をしている。しかし、本国には、C・S・パース――著作は今でもなお、手に入らないものが多少ある――をありうべき例外として、重要な哲学的存在があるかどうか疑わしい。パースという魅力的な事例においてさえ、形而上学、中心からの哲学的切開の試みを見つけるのは困難である。しかし、ソクラテス以前から現代に至る西洋哲学の実質を構成するのは形而上学であり、価値をめぐる中心的言説なのである。西洋の人と社会の内面史の大部分を形成しているのは、多様な全体として「存在を考え」て、この本体論的行為を人間行動のすべての主要範疇に拡大しようとする、イオニア派から実存主義に至る連綿と続く哲学者と思想学派の努力である。そのような本体論の中心性と継続性は、アメリカ的感受性の風土においては二次的なものか、あるいは、それどころか欠如している。それゆえ、アメリカ的感受性の傾向《テナー》は、プラトンとカントの世界（ここで単数の世界を用いるのは、西洋形而上学の統一的組織はきわめて顕著なものだからである）よりも、非‐西洋の諸伝統で流布している魔術好み、実利的「ブリコラージュ」に近いという見方がある。二十世紀は生き生きとした証拠を提供してくれる。ハイデガーやウィトゲンシュタインやサルトルと対抗しうるアメリカの形而上学者、「存在の思想家」、意味の意味の探究者は、ただたんにいないのである。フッサールやメルロ＝ポンティの現象学に匹敵するアメリカ起源の現象学はない。ブルトマンやバルトに提示された過激な挑戦と同じレヴェルの哲学的神学もない。本体論的驚愕（*thaumazein*）と体系的応答の継承遺産は、ヘラクレイトスからサルトルの『物』まで途切れていない。それはアクウィナス、デカルト、ヒューム、カント、ヘーゲル、ニーチェを貫いて走っている。このリストには、アメリカの構成員はひとりもいない。私が詳しく説明しようとしていることは、専門的な問題ではない。それはヘレニズム文化とヨーロッパの生活の常数なのである。一流の哲学者とは、その言説を、いわば、連綿と続く次の世代が身につけて運ぶ、そういう人物である。プラトン主義、デカルト主義、カントの観念論と道徳的命令、ヘーゲルとマルクスの歴史主義、キルケゴールとニーチェ以降の実存主義は、正式の哲学的教育や専門的関心のまったくない無数の男女にとって、生き方、公的および私的活動の風景であった。プラトン派とアリストテレス派、トマス・アクウィナス派とデカルト派、論理実証主義派とハイデガー派やサルトル派やベルクソン的生命主義派との間の哲学的討論は、政治的世代的同一性の顕著な要素なのである。ちょうど今、私の学生の相当数が左のポケットにグラムシの獄中記をもっている。やはり相当数がボーンヘッファーの獄中記を右ポケットにもっている（二つの本は弁証法的に同起源をもつ）。最良の学生は両方をもっているだろう。重要なのは「ポケットの中の本」なのである。それは、私的衝動と社会的態度の根源および軸としてあるテクストを信奉するということである。合理的な人間たちの共同体は、明確な哲学的議論が浸透している共同体であり、抽象的思考は実感される生活の真の起動力であるというのがソクラテスの確信である。この確信は、アメリカという場では、議論の余地のある意味に変えて利用したいと私が思っている意味において「学究的《アカデミック》」である。

ロウジャー・セッションズ、エリオット・カーターは疑う余地のない才能をもつ作曲家である。チャールズ・アイヴスはきわめて興味深い「創造的な人《オリジナル》」である。音楽の歴史においてこの時点まで、アメリカ音楽は本質的に地方的な性格をもっていた。「新世界」をめぐる偉大な交響曲はドヴォルザークによる。その広大なテーマの音楽的置き換えに最も近いのはヴァレーズの『アメリカ』（*Amériques*）である。繰り返すが、話を二十世紀に限っても——本質的にアメリカに有利な限定——アメリカ音楽には、ストラヴィンスキー、シェーンベルク、バルトーク、アルバン・ベルク、アントン・フォン・ウェーベルンに対抗できる名前は何もないことは明らかだし、プロコフィエフ、ショスタコーヴィッチ、たぶんベンジャミン・ブリテンの作品でさえ、アメリカの作曲家の作品には著しく欠けている制作の「密度」と想像力の持続を表わしている。しかし、輝かしくきわめてアメリカ的な特性をもつジャズがある。

この時点で、この新しい世界における数学の発展について何か言うのが摘要の義務である。私がそのようなことをすると、ただ無能をさらけ出すだけだ。この分野に関してきわめてしろうと的な関心しかもっていない人でさえ、ピラミッドの頂点近くの、あるいは頂点にいるアメリカ人の名前を二十人は挙げられるだろう。今世紀には、解析学、代数位相数学、群論、約数理論、推計学、数論のすべての部門で古典的なアメリカの業績があったし、現在もそれは続いている。しかしよく見ると、卓越した仕事の多くは、外国の出自をもち、外国で教育を受けた数学者および数学的思想家によってアメリカにおいてなされたものであることを名簿は示している（ゲーデル、フォン・ノイマン、ヴァイル、ボクナー、ミルナー、等）。これら不可思議な方面に関しては門外漢が臆測するのでさえ馬鹿げているが、基礎的進歩、とりわけ位相数学と数論における進歩、ということは応用数学よりは純粋数学の高度な領域の進歩は、フランス、数学の英国学派のロシアでなされ、それからアメリカの立場で取り上げられているようである。（これは少なくとも、プリンストン高等研究所のやり方と人事を黙って目撃していた者の印象である。）

形而上学－音楽－（純粋）数学の三幅対は、言うまでもなく意図的なものである。これは、ピュタゴラスとプラトン以来の、西洋の感受性の、抽象、精神のまったく無私な、非－実利的、非－生産的（文字通りの意味で）活動《プレイ》に向かう特異な傾向を結晶化している。それは知覚できる「老いを知らぬ知性の記念碑」の創造に取り憑かれた特異な西洋的脅迫観念を結晶化している。時に個人の存在やポリスの存続を危険に晒す思弁的思考の追求、メロディ、「人間学の至高の神秘」（レヴィ＝ストロース）の発明と発展、純粋数学における定理の考案と証明――これらのものは、西洋人の中の超越的なるものという癌を、典型的に明示している。西洋の精神史からギリシャの遺産を作るのはこれらのもの、教育と社会がこれらのものに与える場である。手短に言うと、「高級文化」の概念の当座の定義を可能にする、実際は強いるのはこれらのものなのである。なぜ次のようなことが起こるのか。ミレトスのタレスは食《しょく》の予測計算にあまりにも熱中していたため井戸に落ちた。アルキメデスは、侵入してくる敵から命を守るために逃げるよりも、シラクサの庭で円錐曲線の研究を続けることを選んだ。これは今でもなお、科学の歴史家と社会学者が議論し続けている遺伝学、風土的経済的環境、病理学的幸運にまつわる謎である。しかし事実は十分に明白である。抽象的真理が関わる時の探索者《ハンター》の叫び、まったく「役に立たない」形而上学的もしくは数学的関心事への個人の生命の関与、西洋における音楽の範囲の広さと形式的複雑さ、これらのものはその特定の起源をギリシャ人の「精神的な構え《メンタル・セット》」にもっていたのであり、これらのものは、われわれのすぐれた理論や実践の基礎であった。私個人としては、話をさらに先に進めたい。人間という種の進化は、慰めとなる根拠を少しも与えてくれない。われわれは全体として見ると、破壊と自滅の本能を無限に付与されているらしい臆病で殺人的な欲望の束である。われわれは地球の浪費者、死の強制収容所の建設者である。人間の九九パーセントが、容赦のない剝奪――物理的、感情的、知的――の生活を送っているか、あるいは、洞察、美、市民生活における道徳的試練の総計に何も貢献していない。人間の償いをある程度してくれるのは、ソクラテス、モーツァルト、ガウス、ガリレオのような人々なのである。われわれが歴史という名前によってもったいをつけている残酷で愚鈍な塵芥を、不十分とはいえ、埋め合わせてくれるのは彼らなのである。形而上学と抽象的科学における精神と魂の運動に、たとえつつましいものであれ、いくらか触れること、「……の音楽」と「思想の……」によって意味されていることを、たとえぼんやりとであれ、把握することは、人間という動物（生物学的進化は、われわれの理解力と意味のある介入の届かない時間的規模でなされる）の、曲がりくねった、いつもの脅威に晒されている進歩に、いささかの協力を試みることである。フェルマの方程式やバッハのカノンのようなものの美しさを把握し、それをつつましく言い直したものを他人に伝えることができること、プラトンが聞いたように、真理の探究者《ハンター》の「おーい《ハルー》」という叫びを聞くことは、人生にいささかの弁解をするということである。繰り返すが、これが私自身の絶対的確信である。そういうものであるから、そこには一般的関心はない。しかし、このような確信は、教育のあるアメリカ人の圧倒的大多数には、退廃的である、あるいは（政治的、社会的に）危険な戯言でさえあるという印象を与えるだろうという事実は、関連のないことではないかもしれない。われわれのテーマの核心――「アメリカ文化」の状態、この文化とヨーロッパとの関係――に関連がないこともないかもしれないこととして、アメリカの数学においてアメリカの哲学と音楽は明らかに二次的な種類のものにとどまっているという事実、アメリカの数学において主役となっているものの多くは外国起源であるという事実がある。アクウィナス、スピノザ、カントは、ヨーロッパの都市にその像がある。私自身、子供時代を、デカルト通りとオーギュスト・コント通りとの間、パスカルにささげられた広場とディドロの像との間で過ごした。中央ヨーロッパのチョコレートの中で最も贅沢なものは、モーツァルトにちなんだ名前がつけられているし、ステーキ料理の中で最も誘惑的なものは、シャトーブリアンとロッシーニにちなんだ名前がつけられている。そのような悪趣味《キッチュ》は恐るべき知名度に尊敬のしるしをささげているのである。アメリカの街路は、なぜ思想の追憶に、かくも寡黙なのだろうか。

世論調査《ヘッド・カウント》による議論は退屈である。示したいことは、もっと有能な批評家と歴史家による議論のためのいくらかの題目である。アメリカの絵画は、今日「後期印象主義」と呼ばれているものの終わりまで、明らかにヨーロッパの紋切り型や模範の模倣である。アメリカの抽象的印象主義、アクション・ペインティング、ジャスパー・ジョンズ、ウォーホール、リヒテンシュタインのパロディ的ジャンル、デ・クーニンとロスコの作品は、才能と影響のまぎれもない爆発を示している。一九五〇年代の半ばから一九七五年頃まで、絵画とグラフィック・アートの支配的エネルギーは、パリやロンドンからニューヨークへ移動したと言うのは、もっともな議論であるように思われる。現在はもはやそうではない。今では、第二次大戦後のアメリカの芸術の多くは、ロシアと西ヨーロッパの抽象、構成主義、コラージュなどの大きな潮流に内在していた明白な扇動、形式上の示唆、矛盾を極限にまで押し進めたように見える。才気と灼熱にもかかわらず、アメリカの状況は、モダニズムへの終幕のひとつであった。この印象は近視眼的である可能性は高い。マルセル・デュシャン（おそらく今世紀を代表する芸術家ープログラマー）、ブラック、カンディンスキー、ピカソに匹敵する大きさと革新的もしくは再創造的活力をもつ画家として、将来現代アメリカの画家の誰かが浮上するということは本当に疑わしい。美術と応用芸術において、アメリカの実践が、現在までは、革新的天分のまぎれもない証拠を示している分野が二つだけあると言えるだろう。それは、テクノロジーと工学と明らかに結びついている建築と現代舞踊だろう。アメリカの「新しいものにする《メイク・イット・ニュー》」の感覚が申し分なく出ているのは、バランチンやカニンガムのような人のバレエが演じられている時であり、パーク・アヴェニューの塔の帯状彫刻装飾《フリーズ》やワシントンのナショナル・ギャラリーのペイによる増築部分をじっと見る時である。しかし繰り返すが、ヨーロッパ大陸の尺度、背後に古典とヨーロッパの過去をもつ歴史から見ると、これは圧倒的な収穫というわけではない。

アメリカの作家が書くのは、ピューリタンたちがいとおしみつつ考えていたようなアダムの言語や聖霊降臨祭の言語によってではない。英語によってなのである。この平凡な事実は、アメリカ文学の「アメリカ性」の問題を、見せかけの問題とは言わないまでも、扱いにくい問題にする可能性は高い。厳密に考えると、アメリカの英語とそれが産み出す文学は、母国語が豊かに枝分かれした中の、統計的には最も勢いがあるが、ひとつの分枝である。カナダ、オーストラリア、ニュージーランド、英印語《アングロ・インディアン》の社会、西インド諸島、アフリカの英語を使用する国々の言語と文学と同様に、アメリカの言葉は、力動的な自律性と、母国の、徐々に侵食されてはいるが、今でもなお規範とみなされている優位性への依存との、相互作用的観点から自らを劃定する。このような地球的視座から見ると、アメリカの文学は、源泉‐中心の点において、弁証法的であると同時に地方的である。この形式的構造的関係は、「アメリカ方言」が、英語使用地域において、そしてこのほうがもっと重要だが、英語学習地域において、今やますます支配的なものになっているという事実によっても変えられない。「ヨーロッパ大陸の地方」の文学は、それ自体が、この語のもっと自然な意味において、地方的な要素から構成されている。実際、アメリカの文学の力強さは、地方的な集団と局所的な群れに現われているのが特徴である。ニュー・イングランドのホーソン‐メルヴィル‐エマソン‐ジェイムズの集団、フォークナーの地方主義、ベロー‐メイラー‐マラマッド‐ロス‐ヘラーの都会のユダヤ人の、時にイディッシュ語使用の集合体は、明らかに該当する例である。国外移住においてさえも見られる用心深い群居性が、アメリカの文学的才能を特徴づけている。もし、アメリカの演劇の歴史は、概して地方的であるとするなら（アメリカの作劇の決定的達成を、多くの点で代表するオニールの晩年の戯曲の偏狭《パロキアル》な修辞、奇妙さを考えていただきたい）、アメリカの詩の歴史は、そしてアメリカの小説の歴史は顕著に、気分を浮き立たせてくれるものである。第二次大戦後の数十年は、西洋全体がアメリカの小説の模範と権威のほうへ向き直るのを目撃した（ドス・パソス、ヘミングウェイ、フォークナーの生産的《セミナル》な役割を最初に見つけた者に数えられるフランスの批評家たちは、「今はアメリカ小説の時だ」と宣言した。）頂点はアメリカ人ではない。頂点はトーマス・マン、カフカ、ジョイス、プルーストである。しかし、二十世紀中頃の小説の全般的地勢は、アメリカの小説家と短篇の名手によって広く支配され、そして重要な地点において、描き直された。D・H・ロレンス以後のイギリス小説の麻痺状態との対照は強烈である。アメリカの詩の状態は、もっと試験的で条件付きの位置付けを誘発する。詩の風景には批評的誇張と流行が散乱している。フロストにどれだけの持続的生命があるのか。ウォレス・スティーヴンズの存在は、収斂的詞華集編集にどの程度左右されることになるのか。ロバート・ローウェルが自分自身の相当量の、しかし発作的な力量に詩形成上の信頼を置いていた時期はどれくらい短いものであったのか。不安定な領域である。人は必ず大きさ《マグニチュード》と関係を誤解する。自明な点は次のことである。アメリカの哲学や音楽とは違い、アメリカの文学は古典となる資格をもっている。それが明らかに示す創造的形式《エグゼクティヴ》と声の（ヘンリー・ジェイムズの言い回しを借りると）「深い息遣い《ディープ・ブリージング》」の必然性は疑問の余地がない。あとで戻りたいと思っている疑問は違うものである。アメリカの土地における文学と社会との間の関係はどうなっているのか（「文化」の概念に入っていて重要なのは、これらの関係だからである）。アメリカの詩と小説がきわめて真摯な内容のものである時でも、あるいはまさにそのような時、それらはアメリカにおいてどれくらいの重要性をもっているのか。

　もしこれらの粗略な疑問に、突きつめる価値があるのなら、もしそれらの疑問が由来する観察に無知あるいは近視眼的な見方（その可能性を私は強く自覚しているので）がないのならば、ひとつの逆説がすぐに見えてくるはずである。

　最も偏見の強い観察者でも、アメリカの日常生活に注意し、参加すると、アメリカの文化的企図の規模の大きさ、気前のよさ、技術の見事さと公的な威信に文字通り圧倒されるだろう。博物館は国土に点在する。たとえどれほど孤立した町あるいは都市であろうと、美術館、絵画と彫刻の学校と収集品をもたないようなところはまずない。アメリカ人にとってこれらのものはけっして墓所ではない。ソ連を例外として、他のいかなる国も、アメリカの博物館的世界の市民的教育的エネルギーと想像力への気前のよさに匹敵しうるものをもっていない。講演、模範的作品《モデル》の展示会、研修会、複製による所蔵品の流布によって、アメリカの博物館は自らを、共同体における感受性の教育的道具と中心に変えた。財政的に、そしてまた、共同体の誇りと喜びというレヴェルでも、アメリカの博物館は、他の社会のほとんどすべての類似の施設以上に、普通の男女をその活動に関与させている。美的体験を通しての政治的道徳的教育というシラーの夢が意味をなすように思われるのは現代アメリカにおいてである。音楽の状況も似ている。地球上のいかなる国も、アメリカほど多くのオーケストラあるいは第一級のオーケストラを所有していない（数例挙げれば、シカゴ、フィラデルフィア、クリーヴランド、ミネアポリス、サンフランシスコ）。室内音楽、ソロ・リサイタル、音楽学院、音楽学校、フェスティヴァル、音楽放送が、他の社会（あとで言及する特殊な例外はあるが）はただ嫉妬するしかない規模の大きさと質の高さでアメリカの生活に存在している。最も変化に富み魔術的なジャンルであるグランドオペラが盛んである。今日最も洗練されたオペラ公演を見、聴きたい者は、ニューヨークにではなく、サンタ・フェ、ブルーミントン、インディアナ、そして今はノーフォーク、ヴァージニアへ行く。L・Pレコード産業、つつましい資力の音楽愛好家にも入手可能なテープとテープレコーダー――その入手可能性はアメリカにおいては他のどこよりも開発されて高く伸び、想像力に富む市場売買の場にある――が、グレゴリオ聖歌から電子シンセサイザーに至る音楽の歴史を中流家庭の一次元に変えた。アメリカのバレエが世界をリードしている。地球上でこれほど多くのあるいは立派な図書館のあるところがほかにあるだろうか。財源と活動に地域共同体を関与させることによってこれほど公共精神を発揮している図書館がほかにあるだろうか。この関与を単科大学と総合大学のキャンパスにまで拡大すれば、統計的にも、近づきやすさと利用しやすさの点でも、比類のない「書物世界」ができる。アメリカのペーパーバックが、西洋における読み書き能力を、他の現代の印刷術の発明もなしえなかったきわめて秘教的な領域から大衆消費の領域への変換をなしえたのは偶然と言えようか。

単科大学と総合大学自体はどうだろうか、その単位が数千人台に達する高等教育の構造はどうだろうか（信じられない数だが、アメリカ人は当然の如く考えている数である）。この点で、他の国との比較はすべて崩れる。いかなる社会も、教養科目、社会科学、自然科学、テクノロジー、舞台芸術の高等教育に対して、アメリカ社会に匹敵するほどの関与を宣言したこともないし、実現したこともない。他のいかなる社会も、入学を望むほとんどすべての人に、これほど大学《アカデミー》の門戸を開放したことはなかった。「学問的なもの」と「文化的なもの」との間の関係はたしかに複雑であり、いろいろな場合に論争を招くこともあるが、明白な事実に変わりはない。つまり、何百万人もの若い、そして若くないアメリカ人（夜間学校、生涯教育のセンター、あらゆる種類のコミュニティ・カレッジのことを考えてみていただきたい）が、公的な財政的援助のもと、図書館と研究所、スタジオとプラネタリウム、美術館とコンサート・ホールを利用しやすい環境のもとで、歴史上夢にも考えられなかったような時間‐規模で、芸術と科学の研究に従事している。アメリカ人は、他の社会には見られないことであるが、高等教育の施設で、知的芸術的達成の全般的追求に従事している。これらの施設から成人の生活へと広がる衝動の持続性に対抗しうるものをもつ社会はほかにない。卒業生は、彼がいた単科大学または総合大学の将来に、財政的な利害関係をもつばかりでなく、知的教育的関心をもつが、これはアメリカの特異な現象である。オックスフォードとケンブリッジは土地をもっているが、アメリカの大学は忠節心をもっていると言われている。最近では、景気後退のさなかに、スタンフォードとプリンストンは、ヨーロッパの多くの国々の高等教育の総予算に匹敵する規模で卒業生から資本金を調達している。

卓越した多様な施設、アメリカの文化的企図の経済状態——博物館とシンフォニー・ホール、博物学の百貨店的陳列館《エンポリア》と柱状の「図書館《アシニーアム》」、単科大学と総合大学（今、カリフォルニアの地域社会で、いずれかまたは両方ともないようなところがあるだろうか）——を考える時、アメリカの「精神の躍動」（*moto spirituale* はダンテの完全に具体的な、しかし耐性のあるきまり文句《タッグ》）の力動性、未来の希望に、本気で疑問符を付けることができるだろうか。ヨーロッパの灰色の無気力状態から見ると、アメリカの文化は、ピューリタンの神義論《セオディシー》とジェファーソンの世界改善論《メリオリズム》がそうであるとみなしたまさに当のもの、つまり「丘の上の……都市」、息切れをしたランナーにとっての次息《セコンド・ウインド》ではないのか。答えは「その通り《イエス》」だと私は思うが、とくに逆説的な、時に逆行的な意味で「その通り」なのだ。

　重要な鍵は、言うまでもなく、すでに指摘した保存と再伝達の豊かさにある。アメリカの博物館と美術品収集は、古典芸術とヨーロッパ芸術で溢れんばかりである。ヨーロッパや古代の大建築物が、文字通り石に分解されて運ばれ、寸分違わず復元された。中世、ルネサンス、十八世紀の宝物や古道具に対するアメリカの嗜好は、今でも食らい尽くさんばかりの勢いである。ヨーロッパの栄光の時代の工芸品が西へ移し変えらないような日はほとんどない。アメリカのオーケストラ、室内楽団、オペラの一座は、ヨーロッパの音楽を演目にしている。マネージャー、指揮者、そしておそらくは聴衆の、新しいアメリカの曲に対する抵抗には悪名高いものがある。交響曲やオペラの上演目録の強い保守性も同様である。メトロポリタン・オペラハウスの十年間よりも、ドイツの地方のオペラハウスの一年間のほうが、より多くの新しい、あるいは実験的なオペラを提供している。イギリスのＢＢＣ、ケルン・南西ドイツ・ルントフンク放送網、ボーブルグかミラノの音楽リサーチ・センターによる新しい音楽の制作依頼と演奏は、アメリカのオペラ管弦楽団とクラシック音楽の既成体制によるヴィクトリア朝的収集には、対応するものは何もない。ニューヨークはシェーンベルクの最大のオペラをまだ聴いていない。この「革命的な」出来事が起こる時には、当然のこと、ヨーロッパでの実質的起因を必要とするだろう。アメリカの図書館は西洋文明の雑多なアレキサンドリア図書館である。そこでは、ヨーロッパの何千年かの宝物とがらくたの集塊、シェイクスピアの四つ折り版と多数の言語による短命なものが見出せる。まずまずと言える本屋が一軒もない地域社会——ブルーミントン、インディアナ、オースティン、テクサス、パロ・アルト、カリフォルニア——が、十九、二十世紀のヨーロッパ文学の並ぶもののない資料や、ヨーロッパの思想や惨事に関する何十年分もの記録、新聞雑誌、個人的回想、筆写の備忘録を秘蔵している。ソビエトの学者が、十月革命以前の過去やレーニン時代の過去を探究するために赴かなくてはならないのはワイドナー図書館である。イギリスの学者が、ブロンテ姉妹とその背景を深く探りたいと思うなら、行かなくてはならないのは、テキサス州のライス大学である。シェイクスピアの編纂者が校合のために行かなくてはならないのは、ワシントンのフォルジャー図書館であり、パサディナのハンティントン図書館である。たとえヨーロッパが再び荒廃させられても、たとえ、三十年戦争の年代記編者が言ったように、狼が都市にねぐらを作っても、文学、歴史的文書の総計にきわめて近いもの、芸術の主要なものと代表的なものは、アメリカに保管されて生き残るだろう。アメリカのアダムは、楽園に再び入る時に、歴史を通り抜けてきた時の厖大ながらくたを携えてきたかのようである。

それゆえ、これが私の推測である。アメリカの高級文化の支配的な装置は保管の装置である。学問と芸術の施設は、西洋文明の大きな記録保管所、商品目録、カタログ、倉庫、がらくた部屋である。アメリカの館長は、ヨーロッパの美術品を購入し、修復し、展示する。アメリカの編纂者と書誌学者は、ヨーロッパの古典作品や現代の作品を注釈し、校合し、校訂する。アメリカの音楽家は、ギョーム・ド・マショーからマーラー、ストラヴィンスキーに至る、ヨーロッパから流れ出た音楽を、しばしば並ぶもののないくらいに巧みに演奏する。アメリカの館長、修復者、図書館員、論文執筆者、舞台芸術家は、全体的に、古代地中海とヨーロッパの精神の産物の危殆に瀕したものの保険を引き受けた上、それに再保険をつけている。アメリカは、前例のない規模のエネルギーと気前のよさを発揮し、かつてのヨーロッパであり、今もなおヨーロッパであるかもしれない、思想と芸術の「中央の王国〔中華〕」（誇り高い中国の言葉）のアレキサンドリア、ビザンティウムになっている。何度も言うが、アメリカのモダニズム、とりわけ詩のモダニズムの原動力は、逆説的にも、好古家的であった。「歴史」の中のT・S・エリオット、エズラ・パウンド、ロバート・ローウェルは、ヨーロッパの過去の総体を、再び集めて美しい秩序に変え、霊感あふれる引用によって財産目録に記入し、詩文選を編もうと苦闘した。これらの詩人‐批評家は、目録記載と救済の使命をおびて、ヨーロッパの美術館と図書館を、閉館時間が来る前に走り抜ける博学な旅行客である。そして、もし『アメリカン・ポエトリー・レヴュー』が少しでも判断材料になるとするなら、ローウェル以後の変化はこういうことにすぎない。今日、可能性を秘めているのは、大英博物館やウフィッツィ美術館やルーヴル美術館ではなく、メキシコのアメリカ原住民美術・考古学国立博物館である。かくして、アメリカの博物館はピカソやヘンリー・ムーアの卓越したショーを上演するが、アメリカの絵画や彫刻は、同等の作品《ウーヴル》に近づけるような絵や像を産み出さない。アメリカの管弦楽団は、そう思うのも無理はないが、彼らが劣っているとみなすアメリカの作曲家よりも、シェーンベルクやバルトークを演奏する。アメリカの哲学者は、ハイデガーやウィトゲンシュタインやサルトルを編纂し、翻訳し、注釈し、教えるが、重要な形而上学を提示することはない。マルクスやフロイトや、場合によってはレヴィ＝ストロースのような人においてさえ文明に対して発揮された精神と道徳感情の世界全般に及ぶ存在の圧迫感は、アメリカの文化が産み出すことのない質のものである。アメリカは前例のない経済的繁栄を達成し、ヨーロッパは二度自殺の淵までよろめいていった今世紀におけるこの不釣合いは、価値構造における根本的相違（そのいくつかについては手短に触れるつもりである）を指し示しているように私には思われる。もしこれらの相違が根本的なものであるならば、そして、もしわれわれが、まだ自らの生命力を見出していない「若い」文化を目にしているのではなく、「古い」「博物館的文化」を見ているのなら、少なくとも、いくつかの枢要な領域において、アメリカは、第一級の文化的貢献となるものをすぐには産み出さないかもしれないと推定される。

これは寒々としてくると同時に厚かましい仮定である。もちろん、これには抵抗しなくてはならない。しかしながら、アメリカのパンテオンの中でも高い場所のひとつに数えられるところ――国会図書館のクーリッジ・ルーム――にいる私に、それは本当に重くのしかかるのである。ここには、地上で最も精巧なストラディヴァリウスのヴァイオリン、ヴィオラ、チェロが掛けられている。一ミリ単位で修復され、分析され、記録されたそれらの楽器は輝きを放っている。「赤い旅団」の破壊行為《ヴァンダリズム》、死にかけているクレモナ製ヴァイオリンの強欲さ、あるいは冷笑的な無関心からそれらは守られている。私の思い違いでなければ、それらの楽器は、一年に一度、ケースから取り出され、演奏のために著名な四重奏団に貸し与えられる。ハイドン、モーツァルト、ベートーヴェン、バルトークが部屋をみたす。そして聖域のように静かな場所に戻され保管される。アメリカ人がやって来て、誇らしげに見つめる。ヨーロッパ人は畏敬のまじった嫉妬で、あるいは感謝の気持ちで見つめる。楽器は不滅のものに変えられる。そして石のように死んだものに。

このような予感あるいは挑発が、反論に値するものだと仮定しよう。それでは、人はどのようにして「矛盾を考える」のか。一方では、ブレイクが見たような「精神の明けの明星」としてのアメリカがある。他方では、セントルイスとメイン海岸出身のあの影響力の大きい詩人の言葉を借りると、「(ヨーロッパの)断片を、破滅に抗して陸にあげる」ことに従事している文化がある。どのような弁証法が、辺境地域と古文書館、アダム的なものと考古学的なものとを関係づけるのだろうか。

有力な解答は少なくともトックヴィルにまでさかのぼる。しかし自由主義者の仲間言葉《カント》は今日、合衆国の政治的社会的言説を汚染しているので、そのことが、彼らの人口統計学的構成要素に率直に言及することを容易ならざるものにしている。新しいエデンの園という比喩と同様に、「開拓者」という比喩は、生命主義の未検討の力として働く。この比喩に含意されているのは、「躍動《エラン》」、つまり、新しいエルサレムを建設するために旅と荒野の恐ろしい危難を物ともしない決意と装備の男女の西行き《ウエストウオード・ホー》である。疑いもなく、そのような男女はいた。「古い国」に残っても頂点にまで登れたであろうピルグリムや開拓者はいた。しかし、移住者の大多数は開拓者ではなかった。彼らは逃亡者であり、ロシアやヨーロッパの歴史の中の、追跡された者、敗北した者であった。彼らの多様な逃亡を表わす共通の特徴があるとするなら、それはまさにこういうことである。古典的、ヨーロッパ的性質の歴史から脱退する決意、不正、苦難、物質的精神的剥奪の歴史性からの退却の決意。ゲットーの閉所恐怖症的幻想にさかのぼるシオニズムと、ピューリタンもしくはモルモン教徒の「シオニズム」との、繰り返し行われる類比が当てにならないのは、この点においてである。イスラエルへの帰還は、悲劇的歴史への再-参入である。ユタ州のニュー・カナンやマウント・シオンへの行進は歴史の否定である。この意味において、次々と打ち寄せるアメリカ定住の波の人種学的-人口統計学的要素は「ダーウィン的否定」であり、それらは、「反-歴史主義」が、第一級の文化的創造に欠かせない悲劇的知性、イデオロギー的「気遣い《ケアリング》」（キルケゴール、ハイデガーの*Sorge*）の適応の機構からの退却を伴うであろう場での、反‐歴史的種の見事な生き残りである可能性が高い。ヨーロッパにおける社会的差別と暴虐な支配のさまざまな地獄から立ち去った人々は、たぶん、勇敢で創造的《シェイピング》な精神の持ち主ではなく、「もはや耐えられなかった」ごく普通の人間であった。ロシア、バルカン半島、地中海、西ヨーロッパに、袋小路しか見えなかった人々は、たぶん、一七八九年、一八四八年、一八七〇年、一九一七年の偉大なる前進の夢を見た人たちではなく、疲弊した良識の遺伝子の媒介体《キャリア》であった。「海岸に溢れ返る惨めに打ち捨てられた者」を私のもとに送りなさい、と自由の女神は誘う。ヨーロッパがそのようなことをするなどということはありえただろうか。

反対例はあまりにも劇的であるため、議論をほとんど論破できないものにする。移民の知的文化的標準の明らかな例外は、十七世紀のニュー・イングランドのピューリタンと、一九三〇年代と四〇年代のユダヤ人亡命者である。いずれもエリートを代表しており、その数に比べて圧倒的な影響力をもっていたことが判明した。後者は詳細に研究されている。一九三八年頃から一九七〇年代にかけてのアメリカの純粋科学と自然科学（とりわけ物理学）の抜きん出た優秀さは、ナチスとファシストによる迫害の直接的結果であると言ってもほとんど誇張にはならない。この迫害は、紀元前五世紀のアテネ、ルネサンス期のフィレンツェ以来、ほぼ疑問の余地なく最も知的才能に恵まれた共同体、つまりロシア、中央ヨーロッパ、ドイツ、イタリアのゲットー以後の中流階級のユダヤ人の共同体をアメリカに送った。アインシュタイン、フェルミ、フォン・ノイマン、テラー、ゲーデル、ベーテの共同体である。科学におけるアメリカのノーベル賞は、その住所録である。しかし、この恐るべき選ばれた移民は、科学をはるかに越えたものを活性化した。第二次大戦中およびそれ以後のアメリカの単科大学、総合大学、研究所で盛んになった知性史、美術史、古典学、音楽学、ゲシュタルト心理学、社会理論、法学、計量経済学は、中央ヨーロッパとスラブの「離散《ディアスポラ》」の直接的産物である。われわれがマンハッタンと呼ぶ今世紀中頃の神経中枢における美術館、交響楽団、知的雑誌、上質の出版物の百花繚乱もそうである。ユダヤ人インテリゲンチアの到来、過去の数十年間のアメリカの文化におけるレニングラード、プラハ、ブダペスト、ウィーン、フランクフルトの天才を念頭から追い払うと、あとに何が残るだろうか。抽象的思考という癩病にかかったインテリゲンチア、エリート小集団という概念自体が、アメリカの状況の本質とは根本的に異質なものである。ちょっと深刻な現在の退潮まで、アメリカの高等教育の施設、アメリカの管弦楽団と博物館、上級編集者を捜している出版社、批評家を捜している『ニューヨーカー』は、ヨーロッパの才能を入札することができた。亡命者、移民、自ら客人であることを選択した者が、数は比較的に少なかったが次々とやってきた。ヴェトナム戦争と経済危機が「頭脳流出」をほとんど停止させた。多数の分野で、凡庸と地方的なものの陽気な下ばえがすでに、一九四〇年代と五〇年代に霊感によって切り拓かれた開拓地に侵入しつつある。さらなる卓越した才能の離散がないとしたらどうなるのか。この問いかけは仮定的なものではない。オッペンハイマーは、私が最後に彼に会った時、そのことをあからさまに話題にした。彼はロス・アラモスとプリンストンの研究所の両方で、入賞したヨーロッパの羊の群れの羊飼いをしていた。ボーアとフォン・ノイマン、シラード(二)とフェルミ、パノフスキーとカントロヴィチ(三)、アウエルバッハとケルゼン(四)、彼らのアメリカ人後継者はどこにいる、と彼は問うた。オッペンハイマーが最後にした任用が雄弁に語っている。純粋数学にフランス人とイギリス人、美術史に亡命者の華やかな一団の中の比較的若手、ロンドンから歴史家、という具合である。このような輸入は続けられるのか(五)。

ド・トクヴィル以後、適切な題目は、ヴェブレンやアドルノによって論じられるものでありえた。ピューリタンの計画においては、世俗的文化は、神学的な中心に対する補助的なもの、手段となるものであった。次々と何世代も続く移民と定住者は、文化的遺産を携えてきたかもしれないが、制度的媒体を新たに（*de novo*）確立しなくてはならなかった。そのような復旧は、必然的に、生き残りと社会的政治的統合強化のためのもっと本源的な規律の副産物だった。最初からアメリカでは、世俗的な芸術と科学、思弁的思想と想像的なものの構築物は、技術《アーティフィス》、意図的移植という変形を不可避的に伴った。エズラ・パウンドの有名な言い回しを逆転させると、「付属物」であったのは、ミューズの王冠そのものであった。このことと、アメリカの政治的実践と産業的‐テクノロジー的実践の両者を形成する知覚可能な組織を求める本能とが合流し、技術《クラフト》、専門としての文化の発展へと通じていた。アドルノの辛辣な用語は「文化生産」（*Kulturproduktion*）である。これは、文化的価値と具現に、強度の専門家的技術と手工業的熟練と梱包技術を応用することである。「文化」、芸術、文学は、高いところに置き、記念碑にすることができる。しかし、その結果の現象は、アメリカ的エートスにとってきわめて重要な労働の分業化、効率性という理想を直接的に反映している。それは、「そこにある物」、専門家（学者、館長、興行主、舞台芸術家）によって生み出され維持されるものなのである。共同体全体との相互作用は、混乱と破壊を伴う浸透というよりは、表向きの提示と契約的儀式なのである。たぶん、こう言えば違いが一番よく示せる。アメリカの文化的生活の主たる実践は、有機的なものというよりは、（見事なくらいに）組織化されたものなのである。この組織化が、どうしても、経済的評価という支配的な傾向に染まるのは避けられない。ヴェブレンの言い回しを借りると、文化的なものが、これ見よがしの消費の力学全体の一部と化すのである。「文化生産」があるばかりでなく、手に入れた生産物の競合的売り込みがある。それが、芸術の、つねに問題を孕んでいるにせよ、無私の領域に入るほとんど前に、アメリカの美的、知的、文学的生産物は工芸品に変えられる。

孤独、無視という神秘に反対するエネルギーには有無を言わさぬものがある。偉大な芸術による教育のための準備と、隠れひそむ芸術の鬼は、孤独と無視という神秘に依存しているように思われるのだが。並ぶもののない渇望と気前のよさの競争が、日々、新しい成果を待っている。芸術家や思想家への投資は、まったく文字通りに、「先物《フューチャーズ》」取引なのである。成功した産品は、誇示と報酬の、目も眩むほどの高みへと登る。破産も、それに劣らず速い。大批評家もしくは価値市場の株式仲買人は、劇作家、小説家、作曲家、画家を「成功させるか破産させるか《メイク・オア・ブレイク》」で知られている。メディア、顧客が彼らの採点に従う。評価の上での個人的な反抗、賑やかで支離滅裂な論争はない、あるとしてもごくまれである。このようなものは、もしもっと慎ましく、中心化されていない経済的状況にあれば、ロンドンやパリの劇、ニューカッスルやバルセロナの画家、シェフィールドやバリの出版社が、大都会の拒絶にもかかわらずもちこたえるばかりでなく、独自の読者を産み出す（いわば「創出する《インヴェント》」）ことも可能にする。この「創出」は、芸術的、哲学的、文学的「産品《イシューズ》」――その語の技術的意味と一般的意味をともに認めた上で――が、社会の日常的な平凡な意識に浸透していく上で、決定的な要素となる。これらのことは、簡潔に、明瞭に述べるのは容易でない論点である。それらは社会史の深層を暗に含んでいる。かりに明らかにされることがあるとしても、何世紀にもわたる潮の運動によって明らかにされる。しかし、にもかかわらず、次のように仮定してみる価値はあるかもしれない。「文化生産」と「これ見よがしの消費」という二重の原動力、新しい世界における知性の生活の最初の計画と専門的乖離と直接的に結びついている原動力は、私がすでに指摘した保守的展示癖に関して、実際、いくらかの説明を提供してくれる。「文化生産」と競合的展示への投資は、博物館、大学、図書館、高等研究機関の文化を説明するのに本当に役立つだろう。最近このリストに加えられた名前は、ノースカロライナ州のリサーチ・パークであるが、アダム的なものとミイラ化されたものとの両者の内包的意味が凝集された命名である。

素早い反論があるのは自明である。ヨーロッパの高級文化が広く密に浸透しているとか、有機的であるとかいうのは幻想である。あるいは、ごく最近までの幻想だった。自由に関与する人々は小さな特権的集団《カースト》、たまたま政治的教育的な明確な実践のための道具を所有した多少官吏的なエリートだった。たとえヨーロッパの街路や広場に、芸術と知性の痕跡が記念碑として点在しているとしても、たとえ政治理論の難解な論点をめぐる討論（サルトルに反論するアロン）、文化理論のビザンチン問題（スノーに反論するリーヴィス）が新聞の第一面に出ていたり、時にテレビのニュースになるとしても、たとえロブスターが、ロベスピエールの赤とテルミドールの死の月の名で呼ばれているとしても、たとえヨーロッパの学校や大学の試験問題が国家的規模で発表され議論されるとしても——これはすべて、ただたんに、高い教養をもつ官僚的シャーマンたちが、本質的に戦略的な目的のために、彼らの（しばしば偽善的な）高尚さを、麻痺し、無関心な、あるいは基本的に反抗的な下層階級に押しつけただけである。たとえ彼らが少しでも実質をそなえているとしても、アメリカの第一級の芸術的反応と哲学的思想に関連して私がすでに示唆したハンディキャップあるいはディレンマは、新しい世界の民主的理念と大衆的手続きとは切り離せない。

しばしば引き合いに出されるこの議論は、直観的に納得できるものである。実際は、注意深い扱いを必要とするのである。知的、精神的、芸術的光輝の観点からの社会の本質的価値というペリクレス的構想、哲学的に試された個人的生活と知性が最高位にある市民的価値《メリット》のヒエラルキーというソクラテス的 - プラトン的基準は、おそらく「上から」公式化され体系化されたのであろう。しかし、自発的なものにせよ慣例的なものにせよ、この構想に対する集団的同意は、実際に古典期とヨーロッパの社会史における真正の特徴である。中世の芸術と建築における共同体の参加、ルネサンスの芸術家と学者のしばしば競合的で闘争的な業績に対して情熱的に注がれる大衆の関心、エリザベス朝演劇の観客の存在を可能ならしめた複雑で多様な支持、これらのものから再構築できるのは、けっして懐古的な虚構ではない。モダン・アートの中でも最も厳しい要求をする作品を見にボーブルグにやって来る何千何万もの人々が証拠立てていることも虚構ではない。言い換えると、芸術的知的創造物は都市または国家の誉れであるという考え、「不死」は、詩人、作曲家、哲学者、超越性と「持続への忍耐強い欲望」（*le dur désir de durer*）（マルクス主義の「人民派」の詩人によって、たまたま造られた言い回し）に取り憑かれた男女の手の中にあるという考えは、ヘレニズム、ロシア、ヨーロッパの価値、公的様式、とりわけ教育実践の織物の中に織り込まれている。繰り返す。この織り込みの中に大きな割合でヒエラルキー的押しつけがある可能性は高いし、人口の大部分による容認は慣習的なもの、あるいは熱意がこもっていない可能性は高い。しかし、この容認は明白に示され、教育される。アメリカの、生活的なものへの関与、開放的経済を明言した価値体系への関与は前例がない。金銭的物質的成功の終末論を大陸的規模で採用することは、社会的意味のペリクレス的－フィレンツェ的表象形式《タイポロジー》を根本から切断することを表わす。金を稼ぐことは、世俗の生活を送るための、習慣的で、社会的に最も便利な方法であるが、それればかりではないという中心的範疇的命令——ヨーロッパの商業的前資本主義的エートスにたしかに前例のある命令——と、金を稼ぐことは最も面白いことであるという雄弁な確信はまったく別のことである。異様にアメリカ的なのはまさにこの確信である（相関的に、乞食が聖性もしくは予言の霊気を漂わせることのない唯一の文化）。その結果は、文字通り、測りきれない。金銭的価値を基礎とすることが、専門職の地位のすべての局面を定義し、民主化する。収入の少ない人々——教師、世間の注目を集めることのない芸術家、学者——は微妙な、恩着せがましい思いやりの対象であるが、彼らが十分な収入を得ることに失敗したのがその理由ではなく、あるいは主たる理由ではなく、この失敗が彼らを、国民の総体《ボディ・ポリティック》にとって興味を惹かない人物にするからである。彼らは、程度の差こそあれ十把一からげに、そして程度の差こそあれ良心的に、恩着せがましく保護される。「理想の主張」（イプセンの表現）は、アメリカ人の気質においては、物質的進歩と報酬の主張だからである。「運」（*Fortuna*）とは財産《フォーチュン》のことである。野球選手には「栄誉の殿堂」はあるが、古典的なアメリカ作家の全集はほとんどないこと、大学として認可されているあるアメリカの大学が、ごく最近、極度の財政的危機を理由に雇用保証のある三十人の教員を免職にしながら、たった一回の試合のためにフットボールのチームをハワイに派遣したこと、運動選手、仲買人、鉛管工、ポピュラー音楽のスターのほうが、教師よりはるかに収入がよいこと——これらの事実は、他の社会に、いやペリクレスのアテネやガリレオのフィレンツェにさえも、似た例を見つけられる人生の事実である。似た例を見出せないのは、そのような事実の根底にある価値判断を公言し制度化しようとするアメリカの決意である。ヨーロッパの感受性を麻痺させるのはアメリカの俗物根性の無類の率直さである。それは、人間的目的の根本的に、そして本体論的に内在的な組織《エコノミー》の正直な、そして時々悪ずれした表現なのである。このような「内在性」と物質的報酬を求める貧婪な欲望が人間という種の大多数に内在していること、われわれは平凡さと強欲さから合成された哀れな獣であること、われわれが手に入れようと突進する先は、精神の刺《とげ》のある果実ではなく、肉体的快楽《クリーチャー・コンフォッツ》であること——これらのことは、大いにありそうに思われることである。現在の、地球の多くの「アメリカ化」、ニューギニアのジャングルであれ、ヨーロッパのハンバーガー店、コインランドリ、スーパーマーケットであれ、神聖なるものから積荷信仰《カーゴ・カルト》への転調は次の結論を指し示している。アメリカはただたんに、どの先行社会よりも、人間の本性に正直なのかもしれない。もしそうということなら、文明の高い位置と瞬間を可能にしたのは、そのような正直さの回避、上からの恣意的な夢と理想の押しつけだったのだろう。文明は、ペリクレス以後、イプセンの言葉を再び借りれば、「人生の嘘」によってもちこたえたのだろう。ロシアあるいはヨーロッパの権力関係と制度はこの「嘘」を押しつけようと苦労してきた。アメリカはそれを暴露した、あるいは実利的に見て見ぬふりをした。この違いは深刻である。

しかし、「エリートの規範《モデル》」は正しいと仮定しよう。芸術、知性の生命、純粋科学と厳密科学における人間の卓越性の「試金石」は、いつでも、ごく少数の者の生産物であること――これはたしかに同語反復に近いが――そして、これらの生産物が、もちこたえ、文化に活力を与えるために必要とする共鳴、価値評価、伝達という文脈――F・R・リーヴィスが、少々人を惑わせる言い回しで、「共通の追究《コモン・パスート》」と名づけたもの――は、次には、少数者の保護に委ねられている。そう仮定しよう。証拠は、ほとんど圧倒的に、まさにそのような仮定を指し示している。重要な絵を描くことができる、永続する交響楽を作曲することができる、基礎的定理を仮定し証明することができる、形而上学的体系を提示することができる、すぐれた詩を書くことができる、そういう男女の数は、たとえ千年を単位にしてもきわめて限られている。繰り返すが、現在の全世界的規模のリベラルな希望（あるいは心のやましさ）が、高度な芸術と知性の源泉という重要な問題を議論することを困難にしている。しかし、この源泉は「遺伝的」なものであること、とはいっても、十九世紀実証主義が想定したよりももっと微妙な意味、生物学的社会学的分析にもっと抵抗するような意味においてそうなのであるということ、そして、これらの源泉は、ある意味において、きわめて特殊な遺伝的環境的基盤内での「突然変異の準備ができている」ということ、これらのことはきわめて蓋然性の高いことである。「環境的」と言ったのは、環境的要因は重要である、とりわけ、潜在的な天職の禁圧、妨害という点に関して重要であることは疑いえないからである。しかし、この重要性は、平等主義的な神話と理想という視座で誇張されることがありうるし、しばしば誇張されてきた。天才の分布のカーブ、高い才能の分布カーブでさえ、固定的である可能性がきわめて高い。環境的支援は、この分布をあちこちの点で追加するかもしれない。分布の線のどこかの空所を埋めたかもしれない。しかし、地域社会全体におけるピアノ教授の増加がバッハ、モーツァルト、ワーグナーを追加するという証拠は何もない。議論がもっと把えがたくなるのは、絶対に欠かせないが、言うまでもなく副次的なレヴェルの理解、つまり実践実演と伝達のレヴェルにおいてである。よりよい教育、より広い範囲の余暇、私的生活と公的生活の物質的状況の全般的上昇が実際に重要であるというのはもっともな主張である。古典的な芸術、文学、音楽の鑑賞、哲学的議論と科学的発見に対するより広い意識、意味と美の誘いに対して進んで活発に反応する態度、これらのことは、経済的社会的環境によって際立って高められるか、あるいは奪い取られる。私はこのような自明の理に異議を唱えるつもりはない。ただ警告を発しておく。美的、哲学的、科学的教養と「反応‐閾」の現在のレヴェルに及ぼす環境改善の効果は、徐々たるものであり、拡散的であり、厳密に考えれば、周辺的であるように思われる。たとえば、モーツァルトのソナタ、ガウスの定理、ダンテのソネット、アングルのデッサン、カントの命題と演繹的系列に対して、少しでも感受性を本当に関与させて、知的に応答できる人間の数は、いつでも、どの地域社会でもきわめて限られているように思われるが、これは幾分困った現象である。その数は、創造者と産出者本人よりもはるかに多いことは明らかである。しかし指数関数的に多いというわけではない。そして、もっと当惑させられることは、物質的とはいえ、教育的環境的支援によるその増加も指数関数的ではないということである。(この不透明な領域のどこかに、偉大な批評家――偉大な批評家とは、芸術の生命を糧に寄生する愛情深い透視者にほかならない――がきわめてまれであるというしばしば気づかれている事実の根拠があるのかもしれない。) 要約すると、いくら民主化を進めても、創造的天才をふやすことにはならないだろうし、真に偉大な思想の出現率を高めることにもならないだろう。民主化、つまり、よりよい教育、より多くの余暇、よりリベラルな個人生活の空間の、より多くの人々への拡大は、文明における「支援階級」の増加にはなるだろうが、無限の増加は言うまでもなく、大量の増加にもならないだろう。

それならそれでよい。そのあとに多くの当然の帰結が続く。ペリクレスあるいはソクラテス的定式を一般化すると、人間の、獣性からの全般的に微小な前進は、もし測れるとするなら、その芸術的、哲学的、科学的創造と推論という観点から測ることができる。われわれは、ビンゴ・ホールと強制収容所の生き物である。しかし、われわれはまた、プラトンやモーツァルトが、そこから生まれた（あるいは逃げ出した）種でもある。人間の状況、人間の獣的な歴史に少しでも意味があるのなら、それはただたんに、たとえわずかであれ、等式の左右を移動させ、いわば、「プラトン－モーツァルト」の側に時々因子を加えようとしていることにある。それゆえ、一貫性をもつ文化が真っ先にすることは、量子飛躍、つまり天才という肯定的突然変異のための機会を最大限に増加することである。そのような文化は、教育的－実践的－社会的諸制度を末端が開いたもの、つまり卓越したものの反乱的衝撃に晒されるものに保とうとするだろう。すでに強調して述べたように、そのような末端開放性、社会の霧箱《クラウド・チェンバー》の中の最高に飽和した粒子が突然に描く軌跡に対する鋭敏な注意は、芸術的、哲学的偉大さの比率を著しく高めることはないだろう。しかし、偉大さを圧殺したり、あるいは本来の進路からそらせることがある禁圧、極度の愚鈍さを減らすために何かできるかもしれない。一貫した文化は、二つ目の、はるかに重要なことをするだろう。そのような文化は、「共振面《レゾナント・サーフィス》」、つまり、精神の優れた作品を支援する環境を最大限に広げるために、公的価値基準と学校制度、声望と報酬の配分を定めるだろう。そのような文化は、詩人と作曲家のためには活気のある読者・聴衆《オーディエンス》を教育し、形而上学者のためには批判的な反響音を返す共同体を確立し、科学者のためには責任ある大衆化のための装置を設置するために全力を尽くすだろう。換言すると、本当の文化とは、理性と想像力が過去に産み出し、今も産み出しつつある最良のものの理解、享受、未来への伝達に焦点のある教養自体の明晰な探究が存在する文化である。本当の文化とは、反応の体制《オーダー》から本源的な道徳的政治的機能を作り出す文化である。本当の文化は、「反応」を「責任」に、つまり、反響を精神の高邁なる出来事に「応答できる」ものに変える。教育と改善された環境を通じての、そのような探究は、限りのない収穫を産むわけではないとすでに言った。真の「応答者」は少数のままであろう。この結論は避けがたいもののように思われる——アテネとアテネ以後のヨーロッパの「ポリス」もそういう結論を引き出した。語の厳密な意味における文化とは、芸術と知性の少数の有能な受け手と伝達者が最も有利な立場に置かれる文化であり、彼らが、彼らの超越性への執念を共同体全体に広げるための手段が与えられる文化である。文明の源泉と少数者の概念を分離することは、自己欺瞞か不毛な虚偽である。

しかし、二十世紀のアメリカの中等教育の理論と実践はこの分離に基づいている。ヨーロッパの知的エリート階級は、基底部においては末端が開放的で、頂点に向かって狭まっており、卓越したものに仕えることのできる少数者を選別し、補充しようとしたが、それに対し、アメリカのピラミッドは、いわば倒立している。卓越したものを普通の人々にも十分に近づきうるものにしようとする。これが望むものは、本質的に道徳律廃棄論である。このピラミッドは、神の手ぬかり、あるいは紳士気取り、つまり、自然の犯した、無私なるもの、抽象的なもの、超越論的なものへ反応する潜在能力の、人間への全般的かつ適切な散布の失敗を矯正しようと努力する。この矯正は、文化的立場でのみ着手されうるものである。感受性と知的厳密さは、厳しく限定された表層的レヴェルまでしか社会の一般大衆に注入できない。その代わりにできることは、普通の人間がそれに向けて導かれつつある文化的価値と生産物を、平凡化し、薄め、日常的な包装にすることである。その特異な結果は、アメリカのハイスクールや、いわゆる「高等教育」として認められているものの多くにおける紛いの読み書き能力と紛いの基本的な計算力という災厄である。この災厄の大きさと範囲は、絶望的な、あるいは諦めの意見の常識となった。ハイスクール、短期大学、無試験全入制の「大学」(なんと過激にアメリカはこの誇らしい名前の価値を下げてしまったことか)におけるカリキュラム、教授法、日常生活の管理上の政治学を特徴づけている食前消化の微細な知識、冗長でもったいぶった教訓主義、まったく不誠実な提示法が、アメリカの文化における根本的醜事《スキャンダル》を構成している。数学であれ、歴史学であれ、外国語であれ、それどころか母国語に関してであれ、教えられていることの公正な判定は、ジョンズ・ホプキンズ大学学長の言葉を借りると、「しないほうがまし《ワース・ザン・ナシング》」である。それは、彼が言うところの「アメリカの国際的な文盲」あるいはクウェンティン・アンダーソンの与えた表題にある「この国における知的問題のすさまじい状態」を産み出した。

　この「すさまじさ」は、私が前に言及した美術と音楽に対する広範囲にわたる公的支援に反しないか。反しないと思う。しかし、この論点は、正確に述べる必要がある。アメリカのエリートにおいては、このような支援は、本当の応答と関与を具現している。文化的な旅仲間の大きな集団《マス》——大きな集団であるのは、普通教育のまったく皮相的で虚偽の大衆的理想によって彼らに紛いの価値が注入されているからである——においては、この支援はたんに受動性、「これ見よがしの消費」、経済的社会的展示の単位としての文化的なるものの処理を意味する。ここには「共通の探求」はなく、リーヴィスの言い回しを逆転させると、「共通の逃亡」、つまり、一流の芸術と思想から切り離せない政治的内包と知的苦痛からの回避がある。大衆消費的エデンにおける自らの地位と機能に関してきわめて居心地の悪いエリートと、卓越したものに直面してもうぬぼれた受動性に耽っている厖大な数の「卑俗の民」(*profanum vulgus*) との結合は、まさに、アメリカの文化的百貨店の「露出症的保守主義」、古文書館的誇示を生み出すであろうものである。初源 (*incunabula*) と初版は、人間の手に触れられず (アメリカのパンの多くがそうであるように)、ニューヘイヴンのバイネキー図書館の静寂の聖域で静かに微光を放っている。ストラディヴァリウスは電子監視装置のケースの中に静かに収まっている。

「きわめて居心地の悪い」エリート。なぜそうなのだろうか。その問題を少しでも考えてみたことのあるアメリカ人は、高級な文化と、ヨーロッパの範例の芸術的‐知的価値のヒエラルキー的構造は、まじりけのない恩典ではないという鋭い疑念を抱いた。ソローからトリリングまで、アメリカのインテリゲンチアの感受性には、人文学と人間的なもの、知性の制度と政治的社会的実践の質との間の関係に関して、やわらぐことのない疑惑があった。そのような制度は排他的である(ホイットマンが強調した論点)ばかりでなく、真の民主主義を必ず覆すことになり、普通の人を排除した選別を行うことになる。このことは、アメリカの、平等な人間的価値をめぐる実験を考えると、はなはだしい損傷を加えることになるだろう。ペリクレス的ヨーロッパ的性質の高度な教養の組織は、政治的抑圧や愚行からの防禦をほとんど提供しないということである。高尚な、公式の意味での文明は、礼節《シヴィリティ》を保証しないし、社会的暴力と破壊を抑制しない。デカルト通りを歩くのをためらった群衆や突撃隊はこれまでにない。全体主義的ごろつきが決意を宣言したのは優美なルネサンス様式の涼み廊からだった。偉大な形而上学者たちは、第三帝国の、少くともその初期には、歴史のある大学の学長になることができた。実際、古典音楽、美術、純文学の評価的鑑賞と政治的行動との間の関係は、きわめて間接的であるので、高尚な文化は、蛮行を阻止するどころか、蛮行に奇妙な風趣を与え、釉薬《うわぐすり》をかけることができるのではないかという疑念を誘う。アメリカの、文化の理論と実践をめぐる思想家は長い間、この逆説に気づいていた。アテネの寡頭政治、フィレンツェの都市‐政体、ルイ十四世のフランス、ハイデガーとフルトヴェングラーのドイツが美的知的光輝に払った代価は法外に高い。この代価に含まれる社会的正義と分配の公平と政治的習慣の真の礼節の犠牲は、まったく大きすぎる。もし選択をしなくてはならないのなら、慈悲深い凡庸さをして支配せしめよう。このような方向性の洞察のもつ明らかな力を感じとり、自らの表現手段でこの力を明確に述べたアメリカの文化的既成体制は、自らに対して懐疑的であり、共同体全体に対しても弁解がましい。この自己疑惑と受け太刀は、官吏的内向性から改悛の公言に至る微妙に違うありとあらゆる態度を産み出した。とくに市民権運動の始まりからヴェトナム戦争までの間およびそれ以後顕著なのは、後者であり、それに人を困惑させる深い不安《アングスト》の修辞と、若者から赦し、時には是認を得ようとする態度が伴う。たんに、バンダの予言的分析の方向に厳密に即して「学僧《クレリックス》の裏切り」があったということではない。学僧は、己れの天職を自ら剝ぎ取ることによって許しと若返りを求めたのであった。このマゾ的露出症は、本質的に非ユダヤ的背景のユダヤ知識人と思想の仲介者に内在する不安《マレーズ》によってしばしば劇的に演じられていることを付け加える必要はまずないだろう。しかし繰り返し言わせてもらいたい。いわゆる「対抗文化」の狼たちとともに吼えようとしている学者や教師の魅力のない滑稽な流行が何であれ、彼らの苦悶の根は深く、確かな中心部に達している。古典的教養と政治的正義、知的卓越性の市民的制度化と社会的礼節の全般的傾向、精神の能力優先主義《メリトクラシー》と共通の進歩のための全体にわたる機会、これらの間の相互関係は間接的であり、関係がない可能性が高い。私の議論の最後の提案で目を向けたいのは、逆説と苦悩を伴う後者の可能性である。

　人間の天才の「試金石」は、ごく少数の者の創作品であること、これらの「試金石」を認識し、実存的に体験し、そして伝達できる資質を本当に具えた人の数もまた限られていること、これらのことは自明の真理、平凡すぎて陳腐な考えに近いと私は具申する。至高の芸術、思想、数学的想像の生成は、予言的もしくは実験的管理は言うまでもなく、適切な分析にさえ抵抗する。しかし、歴史的記録は、想像の母体、偉大な芸術や哲学の錬金術がそれを通して働く個人的および環境的要素について、いくばくかを示唆してくれる。ひとつの要素は、極度の私的自由《プライヴァシー》、病気に近い孤独の培養である（モンテーニュの塔、キルケゴールの部屋、ニーチェの秘密の彷徨）。あるいは対照的に述べると、絶対的思想は反社会的である、つまり群居性に抵抗する、そしてたぶん、自閉《オーティスティック》的である。それは隔離を求める癩病である。さて、アメリカの歴史と意識には、孤独という反復的モチーフがある。しかし、これはディオゲネスやデカルトの孤独ではない。その違いを強く主張するためには、そしてソローのウォールデン・ポンド滞在が深いところで、いかに市民的で人づきあいのよいものであったかを示すには、念入りな引用が必要とされるだろう。しかし、事実そうだと私は思う。アメリカ人の気質を全体として見た場合、そこにおいて支配的なのは、秘密《プライヴァシー》に懐疑的な群居性であり、独居と一匹狼に直面した時に、それを治療しようと働く不快感である。新しいエデンの園では、神の被造物は群をなして動く。根源的な治療への衝迫は、リーフが論じたように、さらに遠くへ広がる。アメリカ的な本能は、個人的にも社会的にも、救済しようとする本能であり、肉体と魂の伝染病を気さくに治療しようとする本能である。アメリカでは、癩病は乞食よりも神聖ということはない。肉体か魂が病気になると、投薬治療が、個人的礼節からも政治的期待からも、至上の命令となる。絶対的思考、超越性に賭けた人生、芸術と「無用」の思弁に対する誓いによる家庭的および社会的関係の破壊、これらが、功利的な社会的規範に照らすと病的な現象の一部であると考えるために、芸術と病気、天才と狂気、創造性と苦難をめぐるロマン派的な、ありきたりの言葉をもったいぶって話す必要もない。幾何学的演繹法を放棄するくらいなら死を選ぶというアルキメデスの決意には、選びとった病いという戦略がある（この身振りは、真の学僧の護符である）。身体的および感情的特異性の受容、実は育成と、古典的芸術と内省の生産との間には、疑うにはあまりにも多種多様で拘束力のある隣接性が存在する。パスカル、モーツァルト、ヴァン・ゴッホ、ガロア（二十一歳で謀殺された近代の代数学的位相数学の創始者）のような人々の身近にあった禁圧、押しつけられた残酷な障害、最小限の身体的生存と精神の完全な自律を確保するためにウィトゲンシュタインが自分の周りに引くことのできた防疫線（*cordon sanitaire*）――これらのものは、博愛心にみちあふれる新しい世界では手に入れるのが困難であるばかりでなく、積極的に反対される。次のように言うと、アメリカの定義に近づく。これは「希望の原理」（*Prinzip Hoffnung.* 制度化された綱領的な希望の終末論を表わすエルンスト・ブロッホの用語）であり、この原理においては、精神病治療の社会福祉指導員がオイディプースの世話をやき、家庭カウンセリングの職員がリアに付き添う。「親愛なるドストエフスキーさん、癲癇治療もあるんですよ。」

このような主張はしばしばなされた（ジェイムズの『黄金の盃』とヘンリー・アダムズの『教育』においてきわめて鋭く）。アメリカの歴史は悲劇的な出来事にみちている。そのような出来事はまさにこういうものである――偶然的な災難、改められる欠点、変えたり避けたりできる環境の欠陥。アメリカのアダムは無垢ではない――とんでもない。しかし彼は誤りの矯正者である。彼は、ニュー・イングランド的気質による短期間の創造的役割ののち、原罪の隠喩でさえほとんど放棄してしまった。人間の状況は、本体論的に、「無‐恩寵《ディス・グレイス》」のそれであり、残虐さと社会的不正は機構上の欠陥ではなく、歴史における「本源」あるいは「根本」であるという考えは、敗北主義的神秘主義に思われるだろう。悲劇的歴史主義、つまり「堕落した人間」という概念と、知性と芸術の老いることのない記念碑の生産との間に、概念道具説的《インストルメンタル》相似性があるという予感も、それに劣らず敗北主義的神秘説に思われるだろう。自閉的洞察から生まれたこれらの記念碑は、「堕落している」と感じられ、そう知られている世界に対する反対陳述かもしれない。傑出した芸術と思想にはマニ教的反乱がある。「真理とは、肉体の拒絶である」とアラン、思考の匠《メートル・ド・パンセ》（これ自体、翻訳不可能であるということは意義深い）が教えてくれた。これ以上非アメリカ的な教訓的詭弁はないし、これ以上「幸福の追求」の実利的内在性と無縁の理想はない。

結論はこうである。文明が小さな少数派以外の人々をも教化する、あるいは、文明の配備は、高められた私的な感受性という捉えどころのない領域以外でも効果があるという証拠はほとんどない。高められた市民的な行動基準と政治的分別との関係は、せいぜい希薄なものである。他方、傑出した芸術と思想の生産と十全な価値評価は、個人的「無規制状態《アノミー》」、無政府主義的あるいは病的でさえある非社交性という条件のもとに、そして政治的には専制君主制という環境――寡頭政治的アンシャン・レジームであれ、現代の全体主義であれ――のもとで起こるであろう（優先的にそうであるように思われる）と示唆する証拠は十分にある。「検閲は隠喩の母である」とボルヘスは記している。「われわれ芸術家はオリーブの実だ。潰してくれ」とジョイスは言っている。帝政ロシアと一九一七年以後のロシアは試金石である。プーシキンからアレクサンドル・チノフィエフまで、ロシアの詩、劇、小説、文学理論、音楽の中心をなす事実は、公的抑圧とイソップ的あるいは秘密の反応だった。天才の系譜はまったく途切れることはなかった。スターリン主義とスターリン以後の恐喝の陰険な官僚制は、その形式上の妙技と精神の衡迫において真に夢幻的な文学的産物を目撃したし、今現在も目撃している。マンデリシュターム、アフマートワ(六)、ツヴェターエワ(七)、パステルナーク、ブロツキー(八)の名を挙げることは、ほとんど無作為の選択でありながら、詩的存在の比類ない広さと深さに言及することである。この広さと存在感に匹敵するもの、たぶんそれ以上のものが、パステルナーク、ブルガーコフ、（九）シニャフスキー、（一〇）V・イスカンデール、（一一）チノーフィエフ、G・ヴラジーミロフ、そしてその著作がまだ英語に訳されていない文字通り二十人もの他の名匠たちの小説に見出される。ナジェジュダ・マンデリシュタームの回想、ソルジェニーツィンの初期小説、チノーフィエフの哲学的ラブレー的大著、ナターリア・ギンツブルクの自伝、（一二）『医師ジバゴ』という作品とパステルナークの、現代アメリカの物語や個人的発言として最も力強いものとなっている翻訳、これらのものに異議を唱えることは、当惑させる不均衡感を自ら招くことになるだろう。ロシア文学における独特の重量感、実感される生活の権威と必然性、文体実験の大胆さ、切迫した人間性、これらのものは、現代の暗黒時代に存在するわずかながらの贖いを主張する資格を構成している――トルストイ、ドストエフスキー以来、実際にそうしてきたのだ。そのような確固たる光源のもとに置くと、今月の「偉大なアメリカ小説」には、ただただ当惑させられる。その上、ロシア文学は、範例として、東ヨーロッパ全体とも密接な関係をもっているように思われる。東ベルリンとレニングラードとの間の、キエフとプラハとの間の精神生活や芸術についてほとんど何も知らないということが、英米の教養の現在の特徴のひとつであり、それは敏感な人々の間にあっても変わらない。その詩、寓話、哲学的思弁、芸術的技巧の豊かさと質の高さとは人を奮い立たせる。われわれが、芸術と思想におけるきわめて抵抗しがたいもの、遠大なるものを求めて頼らなくてはならないのは、「創作センター」、「ポエトリー・ワークショップ」、「人文学研究所」、コロラドや太平洋の海岸やニュー・イングランドの森の輝きの中の、深遠なる思想家のための基金運営による蜜蜂の巣箱のような住居ではない。頼らなくてはならないのは、クラカウ、ブタペスト、プラハ、ドレスデンのアトリエ、カフェ、研究会、地下出版（*samizdat*）の雑誌、出版社、室内楽団、巡回劇場である。ここに才能、未来の幾世代もの人々が糧とする芸術と独創的思想の危険と役割への疑念なき忠誠があるというのが私の冷静な確信である。

もしそういうことなら、つまり、もし極限的な創造性（文字通り、具体的に、「死に臨んでの *in extremis* 創造性」）と政治的正義との相関関係は希薄であり、少なくともそのことが意味をもつ程度にそうであるならば、アメリカの選択が意味するところは大きい。人文学の開花は非人間的な環境という犠牲を払う価値はない。ラシーヌのどの劇もバスティーユという犠牲を払う価値はない。マンデリシュタームのどの詩もスターリン体制の一時間という犠牲を払う価値もない。人が社会的礼節と民主的希望の信条を直観し、信じ、制度化するようになるなら、窮極的思想と芸術は国外から輸入しなくてはならないだろう。西洋の芸術と思想が初めから携えてきた個人的な無政府主義、悲劇的な厭世思想、政治的暴力や独裁主義的支配に対する好悪の選択というバクテリアを殺菌しなくてはならない。民族博物館や自然科学博物館にあるアメリカ原住民の矢尻の毒と同様に。アメリカの文化の、たとえ潜在意識のものであれ、基本的な戦略は、古代、ヨーロッパ、ロシアの案出物と悲劇的存在の癌性の悪魔的な重圧（「都市の破壊者……無法のアプロディテ」とオーデンは言った）を殺菌済みの半透明の包装にし、大衆的読者に対して平明なものに変え、腐敗と乱用から守るという戦略である。ここにエデンの園の古文書館がある。

このことは最後の論点を持ち出す。独裁主義的気まぐれよりも民主的努力を、創造的錬金術と検閲の社会よりも開かれた社会を、エリート（その様式と関心においてしばしば同情心に欠ける）の永続化よりも大衆の地位の全般的威厳を好むのは、繰り返すが、まったく正当化できる選択である。それが、社会的進歩ともっと我慢のできる資産の配分のための僅かばかりの機会を表わしている可能性はきわめて高い。こういう選択をし、それに従って生きる人には、ただただ丁重に敬意を払うだけだ。未熟な偽善とご都合主義だと私が言うのは、二また掛ける人々――アメリカの学者世界やマスコミには無数いる――の態度、修辞、実際の仕事ぶりである。彼らは、偉大な知性と芸術の伝染性の神秘を確実に体験し、尊重し、伝達していると公言しながら、実際には解体し、包装し、死に至らしめている。これが切迫した真実である。真の教師、編集者、批評家、美術史家、演奏家、音楽学者とは、自らの存在を焼尽的情熱に委ねた者、アルキメデスの定理やレンブラントの絵を産み出した憑依《ポゼッション》と沈着《セルフ・ポゼッション》という自閉的絶対を、自分の中で、第二の技術の極限まで養成した者のことである。そういう人々は、思想という病に感謝しつつ誇らしげに罹っている男女であり、知識、批評的認識、未来への転送という麻薬に、治療の及ばないほど耽溺している男女のことである。彼は、発達した西洋における人間の九九パーセントが、不死性のたったひとつの痕跡――電話帳の中の一行の記入事項の割合のもの――を得ようと熱望していることを知っている。しかし彼はまた、その書かれた言葉が歴史を変え、その絵が光と風景を変え、その音楽が精神の耳に不死の根を下ろし、数学の言語によってまったく知覚の届かない外部に一貫した世界を作るその能力が人間という種の威厳を形成している一パーセントの、たぶんそれ以下の数の人々がいることを知っている。彼自身はこの一パーセントには入らない。彼は、プーシキンがそう呼んだように「欠くべからざる世話人《クリア》」、あるいは、私が本論でそう呼んだように、愛情深い、透視力のある寄生者である。彼は、テクスト、楽符、形而上学的証明、絵画に取り憑かれた召使いである。この憑依は社会的正義の主張を無視する。この憑依は、美術館が一枚のラファエルやピカソに払う金額で何十万人もの人々が養えるという恐ろしい事実に堪えぬく。この憑依は、中性子爆弾（名もない人々、図書館、博物館、古文書館、書店の管理人を殺戮するもの）が知性の最後の武器かもしれないという可能性を、いささか気違いじみたやり方で記録する憑依である。

　私は「憑依」、「伝染」、時に「狂気」とさえ言ったが、それが学僧の状態なのである。すぐれた教師、演奏の名手、みたされぬ書誌学者、主《あるじ》の原文に文字通り呑み込まれた翻訳家の状態なのである。そのような状態を、常識、市民論、政治的人道の名にかけて是非、嘲笑し妨害しよう。しかし、われわれの召命を妨害し、薄め、否定しさえできるのは、われわれではない（このわれわれという範疇には、あなたはこのエッセイを読んでいる、これを読むために必要とされる語彙、参照規準、余暇、関心をもっているという単純な理由によって、あなたも含まれる）。われわれが法悦の人生を送るのは、偉大な哲学的テクスト、楽曲、芸術作品、詩、定理のためであり、それらによってである。これらの対象を、それらがそこからわれわれのところに来た、そして今も来続けている人と社会の状況を否定しようとしつつ、信奉《エスパウズ》すること——神聖な動詞が使われるのは当然——は、裏切りであり、不正直な精神分裂である。キルケゴールが言ったように、「あれか／これか」なのである。

　選択は楽なものではない。しかし、選択という概念自体が誤謬なのである。私が終始、示唆したように、知識人、思想に酔っている人々は、芸術家や哲学者と同様に、とは言っても、程度は下がるが、生まれつきのものであって作られるのではない（かつてはどんな学童も知っていたように、「それに生まれるのであって作られるのではない」*nascitur non fit*）。彼には、自分自身になるか、自分自身を裏切るかの選択しかない。もし、「アメリカ的生き方」の理論と実践の中心をなす定義にある「幸福」が、彼により大きな善と思われるなら、もし彼が、ほとんどあらゆる装いをしている日常的なものの専制の中に「幸福」が存在することを疑わないなら、彼はなすべき仕事を取り違えている。こういった事柄は、専制君主の世界の場合のほうが、うまく処理される。芸術家、思想家、作家は、政治的調査と抑圧という揺るぎない貢納を受ける。ＫＧＢと純文学作家は、一篇のソネット（パステルナークは、悪意にみちたジュダーノフの前で、シェイクスピアのソネットから最初の一行を引いただけである）、小説、戯曲の一場が、人間の出来事の動力室になりうること、言葉、とりわけ暗記された言葉ほど夢と行動の起爆剤が充填されているものはないということを両者が知っていて、その知識に基づいて行動する時は、完全に一致している。（アメリカ、つまり、最後の古文書館が、その学校教育がほとんど暗記を根絶してしまった国であることは印象的であり、理論上まったく当然のことである。マイクロフィッシュの中で、詩は香油を詰めて保存される。心の中で吟唱されると、それは恐ろしくも生き返る。）ソ連の学者は、KGBの検閲官が彼のヘーゲル論を没収し、つぶさに精査する時、彼が捜しているものを正確に理解している。社会的危機の原動力が存在するのは、そのような論文であり、そのような論文が解放する討論である。ソヴィエトの土地の絶えることのない薄明の中にいる抽象画家、作曲家は、真摯な芸術や音楽には、応用できない形式性や技法的中立性などというものがないことを知っている。ひとつの技法はひとつの形而上学であるとサルトルは言っている。カンディンスキーの一枚の絵、バッハの一曲のカノンから、政治的社会的変化に向かう潜在意識の衝動が流れ出るということもありうる。これらの衝動は少数の者にしか届かないが（あるいは初めのうちは）、独裁主義的《オーソリテアリアン》社会では、つまり、言葉と観念が権威（*auctoritas*）をもっている社会では、意味と行動は頂点から作用する。ある男を、一九三七年の粛正の時に、『リチャード三世』から引用したという理由で投獄すること、カントのセミナーを開いているという理由で、今日のプラハでその男を逮捕することは、偉大な文学と哲学の地位を正確に評価したということである。倒錯した敬意であるが、それにもかかわらず、真理という憑依に敬意を払っている。

どのテクストが、絵画が、交響楽が、アメリカの政治という大建築物に打撃を加えることができるだろうか。どのような抽象的思考という行為が少しでも本当に重要な意味をもつのか。誰が気にかけるのか。

今日、問いたいのはこういうことである。第一級の文学概念と知的議論にとって、どちらがより大きな脅威となるのか——ロシアとラテン・アメリカ（現在、小説家にとっては最も輝かしい土地）における政治的抑圧という装置、古いヨーロッパの知的エリート階級と「古典主義」の硬化症か、それとも、「大虐殺《ホロコースト》」のテレビ番組が十五分おきにコマーシャルに中断され、ガス室の一連の映像に、パンティーストッキングと脱臭剤の広告が点々と挿入され、番組がそういう広告によって出資されているというような精神的社会的価値の全体的合意か。

この問いかけは過度の緊張を孕んでいるし、面白くない。もちろん過度の単純化を含んでいる。しかし、これは、病気と召命により精神生活の共犯者であるわれわれが、自らに問いかけなくてはならない問いかけである。これは、歴史という古めかしい皮肉家が、われわれに答えるよう強いるであろう問いかけであると私は思う。アルキメデスの庭では、蛮行と定理が絡み合っていた。あの庭は「反エデン」であったかもしれないが、たまたま、あなたと私が仕事を続けなくてはならない庭なのである。その庭はシラクサ（シラキューース）にまだある——ニューヨーク州のではなく、シチリアの、というのが私の予感である。

テクスト、われらが母国

連綿と続き、しばしば論争に変わる解釈、神聖な教義あるいは政治的歴史的機会という文脈の中でなされる引用は、ヘブライ語正典の古めかしい啓示された語の周囲の、共振する領域を解釈する。きわめて重要な言い換えと定義の霊気《オーラ》が語の核の周囲に広がる。それに劣らず力動的な疑わしい定義と誤解の霊気も広がる（誤解はもっと切迫した読解、もっと抵抗しがたい注目を産み出すことがある。）意味は水晶のように振動し、隠れた透明性から、断片化と干渉が脈動する。

聖書と「タルムード」のヘブライ語の研究者は「ミクラ」（*mikra*）という語に、意味の網状組織を張りつけている。彼らはその語根—— *kof, resh, alef* ——と子音的な *mi* を問題にする。提示された定義は多義的《ポリセミック》であり、ある意味領域の輪郭を描く（再び、文字通りに *à la lettre*）。「ミクラ」は、最初、召命、お召し《ヴォケーション》、召集《コンヴォケーション》の場であったかもしれない。「トーラ」と「タルムード」を「ミクラ」として経験することは、これらのテクストを認識的感情的充溢の中で把握することであり、召喚を聞き、受け入れるということである。それは、召命の場で気を引き締め《ギャザー・ワンセルフ》、（自分とは切り離せない）共同体を結集することである。責任ある反応、最も厳格な知的および倫理的な意味での応答性《アンサラビリティ》への呼びかけは、私的であると同時に公的であり、個人的であると同時に集団的である。「ミクラ」に付着する概念と連想は、正典とその注釈の読解から、ユダヤ人のための、自己認識と共同体的自己同一化の文字通りの精神の場所《ローカス》を作る。

したがって、ユダヤ教にとって至高の、まさに他のすべてのものを包含し活性化するという点で至高の神命は「ヨシュア記」一：八——「この律法の書をあなたの口から離すことなく、昼も夜も口ずさみ〔なさい〕」——に与えられていると多くのラビが公言している。含意されている睡眠の禁止または批判に注目されたい。「ヒュプノス」はギリシャの神であり、読書の敵である。

バビロン幽囚後、だがおそらくそれ以前のユダヤ教でも、活発な読書、思索的解釈的レヴェルと行動的レヴェルの両方におけるテクストへの応答性は、私的国家的帰還の中心的活動であった。「トーラ」とは召喚の場、召命の時（昼も夜も）に出会うのである。イスラエルに割り当てられ、イスラエルのものだとされる住まいは「書物の家」である。ハイネの言いまわしは、まったく正しい——「記された祖国」（*das aufgeschriebene Vaterland*）。「父祖の国」（*patrimoine*）が原文である。宿命的な内在性、テクストを実質的建築的空間に不動化しようとする試みにおいて、ダビデとソロモンの神殿は誤り、つまり、テクストの超越論的可動性の誤読であったかもしれない。

それと同時に、その書物の中心性は、疑いなく流浪の状況と一致するし、それを実践している。根源的な意味において、「トーラ」でさえ、アダム的な言葉、つまり、神の、人間に対する直接的な、文字に書かれていない話しかけの同語反復的直接性からの特権的追放の場である。読解、テクストの釈義は、たとえテクストが、実践的政治的帰結を目指していても、行動からの、実践の実存的無邪気さからの流浪である。書を読む人とは（昼も夜も）行動の場に不在の人のことである。神殿の破壊から現代のイスラエルの国の創設までのユダヤの状況の「テクスト性」は、シオニズムによって、悲劇的な無能のそれとみなされうるものであるし、実際そうみなされている。テクストは流浪しながらも生き残るための道具であった。

この生き残りも絶滅寸前になった。耐えるために、「書物の民」は、もう一度、国民にならなくてはならなかった。

家はなくてもテクストの中の居心地のよさ、つまり文書という住まいの場（ユダヤ人が世界のどこで「トーラ」を読み、思索しようと、そこが真のイスラエル）と、本国という領土的神秘、約束された細長い土地との間の緊張、弁証法的関係が、ユダヤ人の意識を分断している。

ヘーゲルの分析は不吉である。ウルという生国を去るアブラハムは、「愛情の絆」を故意に切断する。彼は人間を父祖と埋葬の土地に結びつける自然の絆を切断する（「アンティゴネー」のテーマがヘーゲルに取り憑いている）。彼は隣人と文化を捨てる。そのような絆は、人間的な領域と現世的な領域を超越する、とヘーゲルは言う。それらの絆は、自然における、そして現実世界の有機的な全体性の中の人間の正当な存在を構成する。とくにアブラハムは、子供時代と青年時代の行為と日々を否認する、とヘーゲルは論じる。そのような否認は、ルソーやロマン派の人々にとってそう思われたのに劣らず、他の人類からの、そして自己の調和的統合からの疎隔と疎外の中で最も腐食性のあるものに思われた。（ヘーゲルの議論は、タルムード学院「イェシヴァ」にいる大変若い学生たちの曲がった肩と夢中遊行的態度の中の、子供時代からの切断、早熟、体を包んだ痩せた子供の中の年老いた読者を思い起こさせる。）

ヘーゲルにとってアブラハムとは、地上の放浪者であり、愛と信頼の家庭的、共同体的、有機的文脈から切断された通行人である。彼は羊ではなく風を追う羊飼いであり、無頓着な軽い足取りで、国をひとつひとつ横切っていく。彼は、非再帰的な、本能的な（ギリシャ的な）愛はもてないのである。神だけを求め、神との単独の、ほとんど自閉的な親密さを求めるヘーゲルのアブラハムは、他の人々、彼の探究の契約の圏外にある人々に根本的に無関心、時には敵意をさえいだいている。アブラハムは物理的な自然を客体化し、支配し、利用する。ギリシャ人とは対照的に、ヘブライ人は、自然的現実的秩序に生きた神秘を認めない。このように、有限と無限、自然と超自然とのユダヤ的関係は、ギリシャの宗教を形成し、多様で美しい現実の世界におけるその創造的安住性を形成しているものとは異なる。抽象、言葉、テクストへの極度の関与によって、ヘブライ精神は自然の領域を蔑むようになる。ヘーゲルの弁証法が主張するように、アブラハムと彼の末裔は悲劇的な矛盾の中に絡みとられている。ユダヤ人は、他のどの民族よりも、神の概念への近接性を主張しており、実際それを達成しているように思われる。彼らは放棄と、地球とその諸国家群からの自己追放という自殺的犠牲を払った上でそうしているのである。しかし、ユダヤ人がその近くにいようとする神は、「彼」に帰せられる無情な抽象性と測りがたい高さゆえに、人間から最も遠い存在である。

「モーセの律法」、古めかしい儀式の細目へのユダヤ人の嗜癖、律法主義と逐語主義による反復と儀式で萎縮しているユダヤ的伝統は、ヘーゲルにとっては、世界を寄せつけず、神の近くに留まろうとする論理的な、しかし死にもの狂いの努力である。根のないアブラハムの末裔には、ほかに行く場所はない。彼に約束された土地でさえも彼のものではないのだから。彼は狡猾さと征服でやっと奪い取ることができた。その後の征服者によってこの地から追い出されたユダヤ人は、厳密に言えば、生まれながらの離散、自ら選びとった異邦人性に戻ったのである。ヘーゲルによれば、この「異邦人性」が本体論的なものになる。ユダヤ人の感受性は抜きん出て、生活と思想、自然発生的直接性と分析的内省、人間の自らの肉体と環境との一体性と人間のそれらのものからの疎外との間の痛ましい苦闘の媒介である。（レヴィ＝ストロースの悲しい人類学は、それ自体がメシア信仰に対する解放されたユダヤ教による批判の一章をなしているが、きわめてヘーゲル的である。）ヘーゲルにとっては、「書物の民」は癌のようなものである——奥深くに巣食い、活力があり、不思議な再生力をもっている。彼らの「書物」は生命の書ではない。彼らの読解の技術とエネルギーは、最も強烈で、レーザー光線のように鋭い分析的思考のように、彼らが問題とする生きた対象を消耗させ、脱構築する。

ヘーゲルにとっては恐ろしい病い、つまり、疎隔からの解放による帰還に向かう人間の意識の進歩の中の悲劇的な、拘束された段階であるものが、他の者にとっては、ユダヤ人の天才とその生き残りのための顕然たる秘密なのである。テクストが故郷《ホーム》であり、注釈のひとつひとつが帰還なのである。ユダヤ人が読解する時、彼が注釈によって、読解から対話と生命賦与力のある反響《エコー》を作り出す時、彼は、ハイデガーのイメージを借用すると、「存在の羊飼い」である。遊牧の民《ノマド》に見えながら、自分の中に世界を携えているのである、言語自体がそうであるように、ライプニッツの単子《モナド》がそうであるように（二つの単語をめぐる遊びと、それらの間の不法な一致は、ヘーゲルには不安と示唆を与えていると感じられる）。

しかし、肯定的に見られようと否定的に見られようと、ユダヤ教における「テクストの」組織、解釈実践は本体論的にも歴史的にもユダヤ人の同一性の核心部にある。

形式的な意味においても明らかにそうなのである。「トーラ」は、共同体の日々の生活と歴史的生活を組織化し、有機的に形成している参照、説明、解釈学的議論の縦横の織りの要《かなめ》なのである。この共同体は、同心共有的《コンセントリック》読解の伝統と定義することが可能である。「ゲマラ」、つまり「タルムード」を構成する口伝の律法と規則の集成である「ミシュナ」の注釈と、注釈のうち正典の解釈にとくに関連する部分である「ミドラシュ」は、ユダヤの存在の連続性を表現し、活性化している。本源的テクストの絶えざる読解、これらの読解の釈義的論争的な精緻な読解（この過程は形式的にも実践的にも終わりがない）、これらが時間性を劃定する。それらは決定因子となる過去の存在を明示している。それらは現在の応用を誘い出そうとしている。それらは啓示という原初的行為につねに潜在している未来性を目指している。これら聖なる書物が読解され、絶えず二次的な衛星テクストに囲まれている限りは、イスラエルの物理的離散も何千年もの時の経過も、聖なる書物の意味の権威《オーソリティ》（作者《オーサーシップ》の「権威 *auctoritas*」）と重圧感を廃棄することはできない。隠喩的、寓意的、秘義的解説と疑問の呈示によって、これら二次的テクストは正典を、過去時制の退却運動から、そして、生きた意味を不動の、あるいはたんに典礼的な記念碑へ引き入れようとする運動から救出することができる。権威のある注釈により、特定の章節が、いまだ知られざる場と時に、いまだ知られざる精神の実存的応用と解明を産み出すだろう。

　アダム的環境とは、言語的同語反復と永続的現在という環境である。物は、アダムが名づけ、物にそうあれと言った通りのままであった。語と世界はひとつであった。完全な充足がある場合には回想への召喚はない。動詞の現在時制はまた、完全な明日の時制でもある。人間の言葉に曖昧性、避けがたい秘密性、現実の不明瞭な威圧から思弁によって離反する力（反事実的条件文、「もしも」構文）を加えたのは「人間の堕罪」であった。「堕罪」のあと、メシア待望的な未来の想起であることが多い回想や夢が、体験と希望の貯蔵庫となる。ここから、始まりの神秘、失われた自明性――神の「わたしはあるという者だ《アイ・アム・ザット・アイ・アム》」（「出エジプト記」三：一四）――の痕跡が認められるこれらのテクストの再読と想起（再召命）の必要が生まれる。

　理想的には、そのような想起は口誦であるべきである。ヘブライ人の感受性においては、プラトンの場合に劣らず、書かれた語に対する不信、口誦性の消滅に対する批判と悔恨は顕著である。書かれたものは、つねに事実のあとの影、語の実質的な意味であと書き《ポストスクリプト》である。意味の本源的瞬間からの書かれたものの衰滅は、シナイ山での律法を刻んだ石板の破壊、二番目の一揃い、もしくは写しの作成にぼんやりと例示されている。火の文字、つまり、「燃える柴」〔「出エジプト記」三：二〕の中で話す火の文字は、石に刻まれた沈黙に消された。他方、確かに、文字は、ユダヤ人の同一性の破壊することのできない保証人、「保険業者《アンダーライター》」である。それは、彼が漂浪するいくつもの国の境界を越え、何世紀にもわたって、そして、彼が借用者、しばしば見事な使い手となることを余儀なくされたいくつもの言語にわたって、彼の同一性を保証したのである。触角を危険に向けているカタツムリのように、ユダヤ人は背中にテクストという家を背負って運んだ。他のどのような住居が彼に許されただろうか。

しかし、ユダヤ教の宿命と歴史は、はるかに深い意味において、そして実質的に彼らを他から区別するような意味において、「書物的《ブッキッシュ》〔机上のもの〕」である。

ユダヤ人の定義となる神との関係において、契約と聖約の概念は隠喩的なものではない。神と人間との間の相互的な権利と義務を説く説明的契約書《ナラティヴ・チャーター》、『マグナカルタ』、説明的形式による再興記録文書が、「創世記」、「出エジプト記」には明白に表われている。選ばれし者という同一性の基盤はテクストにある。ホッブズとルソーにおける、市民社会の基礎をなす個人間の、あるいは君主と彼に権限を委託する人々との間の原初的契約の援用は、ひとつの方法論的虚構である。ユダヤ教においては、それは文字通りの正式な証書《インストルメント》であり、絶えざる個人的共同体的批准に従うばかりでなく、緻密な調査にも従う話され記された信託証書《ディード・オブ・トラスト》なのである。ノアへの約束のあとでさえも、シナイ山での超越論的改訂のあとでさえも、ユダヤ民族へ災厄が下るたびごとにそのあとで、神の契約、聖約とそのおびただしい数の法律的儀式的補足条項が再検査の焦点となる。後者は道徳的、法律的、テクスト的である。細字印刷部分《ファイン・プリント》にあまりに多くの苦しみがあった。

神との数千年の対話――「ヨブ記」は最も目立つ議定書《プロトコル》でしかない――は「簿記係《ブック・キーパー》」の対話である。

このイメージは厳密に押し進めることができる。神は彼の民について「帳簿をつける」。彼の民は永遠に、彼の最初の前貸金の債務者である。彼の前払金とは、返済不可能な創造のことであり、大洪水後の生存であり、シナイ山の聖約であり、約束の地の資格証書である。いつでもそうなのである。神の利子の複利はそのようなものであるからだ。彼の社員《パートナー》にして顧客であるイスラエルは、支払いが遅れている、債務不履行とさえ言える。支払猶予が認められる時、それは恩寵の行為である。借金を帳消しにすること、すべての通貨を平価切下《リヴァリュエーション》げにすること、キリストによって宣せられたそのようなことは、ユダヤ人にとっては空虚な幻想なのである。

それと同時に、ある意味ではユダヤ人が神について「帳簿をつけている」とも言える。収支計算をし、「収支の明細《アカウント》」と「説明」の意味的重複と干渉を書き留め、時には決算さえするのだろうか。功績と償いとの間に作成されるわかりやすい貸借対照表（ヨブの、生命の書を精査し、証明しようとする試み）、苦難と幸福との間のそれがあるのだろうか。神が人間と、もっと正確に言うと、最初の存在の代弁者《アドヴォケイト》であり裏書人《ネゴシエーター》であるユダヤ人との間で契約した義務に神は応じたのだろうか。反ユダヤ主義思想は、ユダヤ教とその神との関係に見られる——シャイロックと彼の借用証書を見よ——契約的訴訟的経済、継承される抜け目のない実務と物々交換をつねに告発した。ヨブの「恐ろしい神秘」（*mysterium tremendum*）の道徳的教訓的な結びには、こうむった損害に対して二倍の賠償、支払いはないだろうか。

しかし、「簿記係」はまた、不可解なことであるが、「書物の管理者」、啓示されたことの古文書保管人でもある。他の民族には見られないことであるが、会計係は、この管理によって、神に対して申し開き《アカウンタブル》の義務がある。「エゼキエル書」三では、この「簿記」、永遠に対する事務職は、グロテスクな物理的激しさを帯びる。神の使者が彼の召使いに巻物を差し出す。「表にも裏にも文字が記されていた」。エゼキエルは「この巻物を食べ」るよう命じられる。「この巻物を胃袋に入れ、腹を満たせ」。エゼキエルがそうすると、「それは蜜のように口に甘かった」。われわれは今でも「甘ったるい《ハニード》〔お世辞たらたらの〕言葉《ワーズ》」について語っているし、言語と、中東とアッティカの神話が太陽と死者の庭のいずれにも結びつけている消え去らない香りとの間のつながりについても語っている。

生存の単独性（自然に反した *contra naturam* 病気か）を必然的に伴わせたのはユダヤ教の契約的約定的基盤と核である。「帳簿はつけられてきた」し、現在までつけられている。「簿記係」は、彼らの個人的歴史的生存の瞬間ごとに新しい事項を記入する。しかし、原文の恐怖の決定因子を考えていただきたい。ユダヤ人の身分証明書である書物に書き留められ、彼らが誇らしげに、論争しながらつけてきた帳簿に書き留められている命令《プレースクリプト》に対するおおうすべのないほど明らかな、しかし形而上学的にも理性的にも言語道断の墨守ぶりを考えてみていただきたい。厳密に見ると、ユダヤ教の宿命は神の契約における違約条項への追記である（またもや細字印刷部分である）。それは、ヨブに対する神の（無）解答のテクスト、「預言書」というテクストに対する一連の論証的な脚注、欄外の書込みなのである。最初からすべてがそこにあり、一字一字判読される。あとは耐え難い実現可能性である。地上の他のいかなる国も、文化も、これほど規定された《プレースクライヴド》ことはない。他のいかなる人間も、命令《プレスクリプション》と追放《プロスクリプション》——告発、追放、処罰者の人名公表を意味する——の同一語根の意味を同じように立証した者はいない。

「アモス書」に付け加えるべきことがあるだろうか。学者はこれを預言書の中で最も古いものと考え、北イスラエル王国が破滅に向かって進んでいた紀元前七五〇年頃に年代を決定している。神の約束に曖昧さはない。

わたしはユダに火を放つ。
火はエルサレムの城郭をなめ尽くす。〔二・五〕

羊飼いが獅子の口から二本の後足
あるいは片耳を取り戻すように
イスラエルの人々も取り戻される。〔三・一二〕

イスラエルの家では
千人の兵を出した町に、生き残るのは百人
百人の兵を出した町に、生き残るのは十人。〔五・三〕

「離散」の長い恐怖は明確に約束されている。崇拝の歌を「泣きわめくだろう」。「人々は海から海へと巡り／北から東へとよろめき歩いて」〔八・一二〕、聖域を求めても得られないだろう。神の言葉は火でできているので、それを聞き、読む者は灰にされる。

お告げの末尾は開いている。二重性と三重性——三本の道がデルポイ近くの岐路では交わる——は、人間の自由に関わるものである。預言は神託の逆である。預言は尋ねられる前に答える。ユダヤ民族が、「預言書」の拘束する先見を知り、読み、再読しながら、どうして、程度はどうであれ、集団狂気に陥らずに、そして程度はどうであれ、意志的自滅に屈せずに、耐え抜くことが可能だったのだろうか（両方の衝動がユダヤ人の感受性の深くにある）。黙示録的文書が暗闇の見者によってユダヤ教に差し出された時、そしてこの文書に述べられている預言が、何度も何度も繰り返し、恐ろしいほど文字通りに現実化された時、ユダヤ教はどこに決意、生命の粘り強さを見出したのか。このことが私には、まさしく「ユダヤ人問題」だという気がする。

答えの一部が、モーセと預言者の規定自体の道徳律廃棄論の振り子運動にあることは疑いない。大破局はけっして無条件のものではない。イスラエルに対する神の宣告には、埋め合わせとなる条項がある。たとえひと握りの数であれ、正しい人は救われ、悔い改めた人は救われるかもしれない。ありうべき復権の弁証法は、恐怖の核心から生まれる。それは「アモス書」の末尾に雄弁に語られている。捕らえられ、散り散りになったイスラエルの残存者は約束の地へ連れ戻され、「彼らは荒された町を建て直して住み／ぶどう畑を作って、ぶどう酒を飲み／園を造って、実りを食べる」*。シオニズムの夢と目的のすべて、これらが実現される奇蹟的なやり方、これらはアモスの原文の九章一四節に「計画《プログラム》に組み込まれている」。「トーラ」全体に、イスラエルの未来を指令する預言書全体に、埋め合わせ、メシア待望的見通しの口調が果てしない苦難のそれを背景に対照的に置かれている。

＊　これが本当にアモスの原文であればの話である。多くの学者が、ずうっと後の挿入とみなしているのは、まさにこの約定的一節である。

しかし聖書におけるこの二重の真理は、現象学的心理学的問題を複雑にするだけである。選択的もしくは窮極的救済の決定論的命令は、迫害、離散、殉教の予言と同じくらい拘束力と強制力をもつ青写真である。シオニズムに関するアモスの洞察は、彼の、ユダヤ人の苦難の予見と同じくらい規定的である。他のいかなる共同体も、人間の発展と社会史において、その宿命のすべてを順序を追って詳細に説明するテクストを、これほど最初から、終わりなく読解し、再び読解し、暗記し、果てしなく解説することはなかった。その上、これらのテクストは、超越的な作者と権威に属するものであり、その予言《プレーディクション》において無謬であると感じられる。異教世界における神託は無謬ではないということで悪名高い。それゆえこの文書は、不可避的なるものとの契約である。神は、言明と拘束的断言という二重の意味で「言葉を与えた《ギヴン・ヒズ・ワード》〔約束した〕」、彼の「ロゴス」と保証をイスラエルに与えたのである。それは破棄したり、反論したりすることはできない。

再び問う。どのような精神の自制もしくは強靱さ、どのような隷従の才能、どのような矜持が、いわば自らを書き取れという本源的命令《プレースクリプト》を行動に移すようにと名ざされた民族に要求されているのか。光は、あまりにも澄んでいる時、われわれの目をくらませる。しかしユダヤ人は、彼の予見された存在である文字通りのテクストに住まなくてはならなかった。カネッティは、すべての人間が前もって、不可避的に、自分自身が死ぬ日を知っている社会という奇想をめぐる一篇の戯曲を書いている。ユダヤ教をめぐる譬え話であることは間違いない。ユダヤ人は、ある文書、つまり、神がアブラハムとモーセを捜し出した時に送付された約定的通達を生き、私的にも歴史的にも実践するがゆえに、そして、「生命の書」は、ユダヤ教においては文字通りにテクストであるがゆえに、離れて住むのである。(ヘーゲルを魅了すると同時に反感を抱かせたのは、ユダヤ的状況におけるまさにこの息苦しい既視感、未知なるものからのこの自主性のない免責であった。)

心理過程は依然として曖昧だが、この事実は常識である。預言は、ある程度は、自己実現的である。預言が力強いものであればあるほど、それが宣言されることが多くなればなるほど、実現への慣性的推力は大きくなる。ユダヤ人は、その恐ろしい歴史の中で、「預言書」によって地図上に描かれた道路の正確さを証明することに余念がなかったように思われるだろう。この文書は、大苦難の時期《ザ・ヴァリー・オブ・ザ・シャドー》〔「詩篇」二三:

四〉を始めに、離散の夜、「ショアー」〈焼かれた厳粛な供え物を意味する高尚なギリシャ語「ホロコースト」はこのような事柄において正当な場をもたない〉における一九四〇年代の「嵐」で頂点に達する大虐殺で、そして最近では、予言され、契約により保証されたイスラエル帰還で「実践」されている。

このことは、アブラハムとの取り決めと「預言書」の結尾によると、数千年の苦難のあとの帰還と平和のユートピア的先見もまた、実現されるだろうということを意味するのだろうか。今ではないし、必ずしも世俗的時間であるわけではない。それに関しては、細字印刷部分の字が小さすぎる。メシア待望的なものは、いずれの側にとっても免責条項《エスケープ・クローズ》となる。祝福の先見は、メシア的秩序の出現に依存している。その時までは、シオンにおける集合でさえ、ラテン語の厳密な語源的意味において「仮の光景《プロ・ヴィジョナル》」〈暫定的〉なのである。その成就の性格と時間が不確かなままの先見なのである。

しかし要点はこういうことである。ユダヤ人の忍耐力、実は、歴史を貫いて連綿と続く追放と迫害の伝統的受容も、現代の民族集団の、中東の、大部分が不毛の細長い土地、長い間他人に占領されていため国境は憎悪の国境でしかありえない細長い土地への理性的にも地政学的にも不条理な帰還も、予め書かれた《プレ・スクライブド》もの〈規定〉の形而上学と心理学の埒外では理解できない。正典的テクストが真理であることが示されなくてはならなかった。

この「簿記」〈この「規則黙従《ゴーイング・バイ・ザ・ブック》」〉に払う代価は、文字通り、怪物的《モンストラス》である。ユダヤ人の夜の幻想が、どういうわけか、不明ではあるが、ある程度、予見された苦痛を自らにもたらしたという考えは不合理ではあるものの、それにもかかわらず、絶えず心に浮かぶ考えである。

それは、われわれがカフカを読む時に、抵抗しがたく浮かびあがる。文学の批評と研究の実践は、現代の生活の役所的《クレリカル》非人間性の詳細かつ忠実な先見が見られる『審判』と『城』を前にすると、程度の差こそあれ、無力である。解説、文体的手段や文学的背景への言及は、強制収容所的世界、一九一四年十月の「流刑地にて」に詳しく描かれているような拷問者と犠牲者との間の親密さという来るべき猥褻をめぐるカフカの青写真をたんに瑣末化するだけである。あるいは、一九一二年の「変身」における「害虫《ヴァーミン》」という語のカフカの使い方を考えていただきたい。一世代後のナチスが、まさに同じ意味と含蓄をこの語に与えているのである。カフカの文章には、それらが誘発した注釈の洪水をほとんどまったく無価値にする未完成の（*avant la lettre*）啓示された直写主義《リテラリズム》がある。カフカの意味をめぐるヴァルター・ベンヤミンとゲルショム・ショーレムとの間で交わされた大家にふさわしい書簡は、ダンテ読書をめぐるマンデリシュタームのエッセイとともに、現代の文芸評論の技倆が示すことができる最良のものかもしれないが、預言的なものをめぐる切迫した難問を回避している。「預言書」の預言者たち以後は、他のどのような話し手も書き手も知らなかったが、カフカは知っていた。預言者においても彼においても、想像力は予見能力《セコンド・サイト》であり、創意は洞察力の衒学的な表記であった。書くことを強いられた者としてのカフカの悲惨、世俗的な著述業《オーサーシップ》に対するほとんどヒステリーに近い内気さは、預言者たちの、彼らの見たことの耐えがたい重荷を避けようとする試み、言明の命令を振り落とそうとする試みの模写、たぶん意識的に到達した模写である。エレミヤの「わたしはどう話してよいかわからない」、ヨナの予言することからの逃避は、カフカの「書くことの不可能性、書かないことの不可能性」に正確に対応するものがある。彼の視野に照らし出された語りえぬ未来を抱えていたカフカは、著作においてのみならず、彼の個人的存在においても、故意に、自分自身に対しては死後的存在となった。聖書以後、西洋人によって産み出された最も深遠な寓意、つまり、一九一四年の十一月か十二月に書かれた譬え話「掟の前」の寓意にかたちを与えているのは、このほとんど概念化できない状況の何らかの表われであると私は思う。

カフカの述べた読書する上での信条においては、テクストの命令の恐怖に関するユダヤ人的な体験が明らかに表われている。

もし、われわれの読んでいる本が、ちょうど拳《こぶし》で頭を殴るように、われわれを目覚めさせないのなら、どうしてわれわれはその本を読むのか。その本に、われわれを幸せにさせるためにか。やれやれ、たとえ本が一冊もなくても、われわれは幸せになれるだろう。われわれを幸せにするような本は、必要とあらば、われわれにも書けるだろう。しかし、われわれがもたなくてはならない本は、不運のようにわれわれを襲い、自分より深く愛している人の死のように、自殺のように、われわれを深く苦しめる本である。

「自分より深く愛する人」と「自殺」との催眠的対照について、自殺はつねに「他者」、われわれの中の「自分より深く愛」されている人を殺すことであるというカフカの暗黙の発見について、どれだけのことが（不適切にであろうと）言えるだろうか。この有名な言明に明白なのは、書物に関するユダヤ人の構想と体験における破滅へと至る逆説的な欲求、自己への試練である。

絶対に必要な書物、われわれのもとへの襲来が、最愛の人の死とさえ較べても、それより強烈な書物がユダヤ人の時間割である。それらの書物が共通にもっているもの、稀な現世的模範を正典と関係づけるものは、実は、「ミクラ」、人類への召喚、呼び出しとしての地位である。それらの書物は何度もわれわれを呼び起こす。われわれの頭を殴り続ける拳《こぶし》は、力づくでわれわれの両目を開けさせ続ける。

何もこの夜を消せはしないが、
光はつねにあなたのもとにある。
エルサレムの門に
黒い太陽が昇った。

黄色い太陽のほうが私を怖れさせる。
眠れ、眠れ、イスラエル人が
私の母を
輝く神殿の中に埋葬した。

恩寵の届かぬどこかで、
導いてくれる祭司もいないまま、
イスラエル人が彼女のために鎮魂歌を歌ってくれた、
輝く神殿の中で。

イスラエル人の声は
母の上で響き渡った。
私は揺り籠の中で目を覚ました、
黒い太陽が眩しくて。

マンデリシュタームのこの詩は「黒い太陽」と題されている。ロシア語の素養がないので——翻訳はクラレンス・ブラウンとW・S・マーウィンによるもの——この詩について、その魅力の源泉についてほとんど何も言えない。その上、これら四つの四行連句には、知識のある人にしかわからないロシアの黙示録的終末論的象徴体系の秘義的な反響があるのかもしれない。マンデリシュタームとパステルナークというロシアのユダヤ教以後の偉大な声（洗礼は受けているが忘れてはいないユダヤ人）のいずれにも、こういうことはよくあることなのである。しかし、この詩の召喚の力強さと普遍性は大きなものなので、できうるかぎりわれわれは、耳を澄まさなくてはならない。

ある種のモチーフが現われてくる。ロシアの詩と小説、プーシキンとドストエフスキーによるロシアの政治的心理的伝統の中の「異邦性」の比類ない表現においては、「白夜」、とりわけパステルナークのそれは、象徴的である。マンデリシュタームの抒情詩の「黒い太陽」は、ボードレールとネルヴァルに先行例はあるが、熱病にかかったような白夜を逆転させる。黒い日の出が白い日の入りに対応する。しかし詩人にとって、いずれよりも不吉なのは、普通の日の光である。——「黄色い太陽のほうが私を怖れさせる」。ヨーロッパのユダヤ人殺戮をめぐるパウル・ツェランの詩、絶えざる反響と言及により、オシプ・マンデリシュタームの詩をしばしば組み込んでいる詩において、「黄色い太陽」は（実際の指示においては同じものにとどまりながら）非難されたものの黄色い星となるだろう。

「箴言」と「伝道の書」以後の挽歌的で哲学的な詩の多くがそうであるように——マンデリシュタームの詩行において精妙な働きをしているのは後者のほうである——「黒い太陽」においては、揺り籠と墓場の相互作用がある。子守歌と鎮魂歌が織り合わされる。子供の誕生はつねに、平凡な意味で、妊婦期間《マタニティ》の終わりである。他方、母親の死は息子の再生、しかし大人の孤独、共有される同一性と回想からの最も明確な追放への再生である。この精神と身体の追放からは、帰還はありえない。

追放はマンデリシュタームの詩の激しく打つ心臓部にあるように思われる。イスラエル人は話し手の母親を「輝く神殿に」埋葬するが、儀式としては馬鹿げたこと、あるいはけしからぬことである。彼らは「どこか恩寵の届かぬところに／彼らを導く祭司もいないままに」そうするのである。神聖でない土地での埋葬への言及は明らかだが、これはユダヤ教的モチーフというより、異教的もしくはキリスト教的モチーフである。しかし、より広い意味においてこれは追放のことを述べている。「喪服者の祈禱《カーディシュ》」(*kaddish*)はなく、鎮魂歌がある。「離散」においては、ユダヤ人は、死においてさえも、宿無しにされる。子供は、イスラエルの追放された声に目覚めさせられる、黙示録的恐怖へと目覚めさせられる。彼の目をくらませる太陽は黒い太陽であり、「エルサレムの門のところに」昇る。われわれは、このイメージを、少なくとも二通りの方法で読むことができる。門は追放人に閉ざされる。そして／または、昼の暗闇が、門を抜けて街中に入るだろう。

マンデリシュタームの詩は一九一六年という年代が記入されている。ロシアのユダヤ人はすでに、かなり最近の大虐殺《ポグロム》を知っていた。いわゆる文明世界は戦争中だった。しかし、ボルシェヴィキ－スターリニズムの悪夢も、ヒトラーの「嵐」も、まだその姿は見えていなかった。しかし、マンデリシュタームは目覚めており、読者を、前方の闇夜の夜明けの明らかな光景へと目覚めさせる。彼はすでに知っている――その知識は、彼自身のぞっとさせられる受難と死に現実化される。

カフカの場合と同様、ここにも、想像されたものと予見されたものとの間に、解けない親密さがある。アモスばかりでなく、おびただしい数のラビたちが、すべてのユダヤ人は、神の言葉に対し、「トーラ」の力強い召喚に対し、完全にその場に存在している時には、預言と修正ができる状態にあると推量した。

彼は、あるレヴェルにおいて、神が未来を思い出すという事実の加担者にされている。

再び疑問がしつこく湧いてくる。預言が、このような貫通するほどの鋭さをもっている場合、預言が実現を準備する、それどころか誘発するということはないのだろうか。告知には何か（不可解な）過ちはないだろうか。（ブリュッセル博物館には、作者不明の「原始的な」、受胎告知を描いた絵が掛かっている。マリアの、威圧されてかがめた頭の背後には、磔刑を描いた小さな絵が掛かっている。）ユダヤ教では、テクストが生命に対して君臨するようになったのだろうか。事実は、命令の言葉のあとに、身を低くしながらも殺人者のように付いてきたのだろうか。ユダヤの現世的な文書は、その最も偉大なものは、ユダヤ人居住地の典礼的釈義的テクスト性と占有からついに生まれる時、ハイネからツェランに至るまで、強いられた洞察力と、成就に対する罪の意識をもっている。

簿記係は管理者にして、骨と皮になるまでさいなまれつつも、預言の証明者であるが、そればかりではない。彼は書記《クレリック》でもある。書記の仕事の神秘と実践はユダヤ教の根本をなしている。他のいかなる伝統あるいは文化も、テクストの保全と転写に、ユダヤ教のそれに匹敵する趣《オーラ》を与えていない。他のいかなる伝統あるいは文化にも、ユダヤ教のそれに同等する文献学的な奥儀《ミスティーク》はない。これは、正統的な慣習にあてはまることである。正統的な慣習では、たったひとつの誤り、たった一文字の間違った転写でも、経典から当該の巻き物あるいは頁を永遠に取り除くことを必然的に伴う。同程度の直写主義的厳格さで、カバラの理論と技術の全体にも、またたったひとつのヘブライ語文字をめぐるカバリストの徹底した詮索にもあてはまることである。文字の視覚的形態と名称に、意味の多種多様なエネルギーが刻印されていると考えられているからである。

ギリシャ文化とキリスト教的霊知《グノーシス》との反目はあからさまである。ユダヤ教においては、文字は精神の生命であり、カバリストにとっては、それどころか、精神そのものである。ここから、ユダヤ人の流浪の歴史における書記的理想、筆記の規則順守と伝達に関する書記的慣習が生まれる。ここから、ユダヤ人居住区と「場所」(*Stättle*) におけるラビの階級の書記的性格が生まれる。この恍惚たるテクスト性と書記ぶり——両者はカフカの職業においても、彼の天職《コーリング》においても、完全に道具になっている——について、それらは、ユダヤ人には排除されている政治的社会的行為の代用であったと言うこと、ユダヤ人の生存の「筆記者的《スクライバル》」性質について、それは、現世的知性と芸術の産出の抑圧的代替物であったと言うこと、そのように言うことは、うわすべりな常套句である。論点はこういうことである。テクストへ注目するための、時に幻覚をおこしそうな技術と規則、書かれた文字に忠実であるための奥儀、文字の解説者と伝達者に払われる敬意、これらのものが、ユダヤ人の感受性の内部に、無私の目的の比類ない強さと純粋さを集結させた。

これらのものが、かくも多くのユダヤ人の男を、そして最近は女を、現代的知性に対してきわめて生得的になじめるようにしたのであった。これらのことが、人文学であれ、科学であれ、現代におけるユダヤ人の挑発的な卓越性を産み出したのであった。マルクス、フロイト、ウィトゲンシュタイン、レヴィ＝ストロースの「机上の《ブッキッシュ》」天才は、釈義的遺産にあたる抽象的思弁的注釈と書記仕事の長期学習を現世的に配備したものである(それと同時に、そういうものに対する心理学的社会学的反抗である)。現代の数学、物理学、経済理論と社会理論におけるユダヤ人の、しばしば威圧的な存在は、書記のエートスを構成する概算的なもの、世俗的なものからの禁欲の、直接的継承者である。

ローマの迫害のもとで、アキバ(一)は彼の「隠れ家」から「場所」あるいは「書物の家」を作った。世俗化されてはいるが、しっかりと受け継がれている価値体系が、中央ヨーロッパのユダヤ人とそのアメリカでの残光から、現代の知的精神的中心地を作ることになった。プラハ、ブダペスト、ウィーン、レニングラード、フランクフルト、ニューヨークは、われわれの時代のユダヤ的な都市であり、またただの（*tout court*）都市でもある。それらの都会では、書記、言葉と定理の中毒者、アインシュタイン以降の厳密な夢想家は、精神の生活を先導し、精神生活を踊ってみせた。「律法」というテクストが収納されている約櫃《アーク》の前での踊りの運動に、ユダヤ人の意識の古代の核がある。

カバラおよびハシディズムの暗示するところによれば、悪は、たったひとつの間違った文字の髪の毛一筋の亀裂を通ってわれわれの世界に滲み出た、そして、人間の苦難、とりわけユダヤ人のそれは、神が「トーラ」を彼の選ばれた筆記者に口述した時のたった一文字の、あるいは一語の間違った転写から生じた。この冷酷な奇想は、学者の規準《コード》を完全に表わしている。これは、ユダヤ人を、読書の時につねに鉛筆かペンを手に持っている人とする定義、強制収容所にあっても印刷ミスを校正し、消滅の途次にあっても疑わしいテクストを校訂する人とする定義（実際にあったこと）を指し示している。しかし、書記の道徳性と形而上学は、衒学的官吏的な抽象のそれであるばかりでない。また、主としてそうであるというわけでもない。そうではないということを知るためにはスピノザに注目すればよい。問題になっているのは真理の政治学である。そのような政治学は、本質的にソクラテス的である——ソクラテスは、思索するユダヤ人がけっして終わることなく、嫉妬し続けなくてはならないひとりの異邦人《ジェンタイル》である。

現代のユダヤ人にとってのソクラテス的瞬間は、ドレフュス事件である。それはユダヤ人に、ユダヤ人は、解放され同化的な服装を着ていても、ナポレオン後の民族国家の異邦人の都市で、安全な市民権をいったい獲得できるものかという問題を突きつけた。ドレフュス事件は、正義と個人の良心という理想を、残酷な刃で、民族国家の、超越的忠誠の要請と対決させた。この事件は、本来無政府主義的な抽象的思考の天性と絶対的真理の探究に、この上なく鮮烈な光を投げかけた。理性と良心の命令と、それがなくては社会組織が一体性を保てない便宜上の慣例、あるいは道徳的近似値〔概算〕と優柔不断との、形而上学的かつ論理的な衝突があった。ソクラテス裁判がそうであるように、ドレフュス事件は、「ポリス」に判決を下す。その結果の分裂、個人の正義と愛国心と国家的理由との間の、勝利を目指す論争、それらはフランスを不具にしただけではなかった——ヴィシー政権、フランスの政治に絶えることのない内戦の修辞と、戦術は、直接的な遺産である——、国家主義の概念そのものを不具にしたのである。たとえ世界は亡ぶとも正義は行われしめよ（*Fiat iustitia, pereat mundus.*）。

この争いのきっかけも論理もユダヤ教から出てきたのであった。それらは、追放された状態を住みかとする民族、場所にではなく時間に家を持ち、根はないが、数千年にわたって足は授けられている巡礼の部族が、近代的国家の、領土をもち、基本的にはローマ的な政治の中に、曖昧なかたちで参入したことから生じた。ユダヤ人がそのことを知っていようといまいと、それを望もうと望むまいと——実のところ、ユダヤ人はそうではないことを死にもの狂いに望み、自らを欺くために多くのことをしたのだが——ユダヤ人は、異邦の、彼が選んだ主人によって国籍を与えられても、依然として移動中なのであった。ユダヤ教は、自らを、メシア待望論的な「他の土地」への査証《ビザ》と定義する。

書記にとって、また、ユダヤ性の中にある書記職の理想にとって、この未来時制の家はイスラエルである必要はない。あるいはむしろ、それは真理探究の「イスラエル」である。道徳的哲学的実証的真実の探究のひとつひとつ、正しく確立され解説されるテクストのひとつひとつが、「アリヤ」（*aliyah*）、ユダヤ教の自分自身への、簿記への帰還なのである。受託者の地位の賦課と栄光が宗教的領域から現世的領域へと転調する様子が、ジュリヤン・バンダの『聖職者の背信』の中に明確に述べられている。この本は、ドレフュス事件から生まれた不可避的にユダヤ的な本である。
スピノザの継承者であるバンダは、主要な思想と学問の根底にある無私の構想の狂信性、恍惚たる強要と厳正さを明らかにし、例証している。安息日に、教会堂で唱えられる祝禱は、はっきりと学者にまで及ぶものである。ユダヤ人の家庭では、子供たちの間に学者もしくは未来の学者がいないと、悲しみが漂うが、それは当然である。バンダはさらに先へ進む。彼は、今は忘れられた十九世紀の碩学の心の命ずるところを、自分のものとして受けとめている。

誰であれ、また動機が何であれ——愛国的であれ、政治的であれ、宗教的であれ、そしてたとえ道徳的であれ——真理をほんのわずかにであれ操作あるいは調節することを自らに許す者は、学者の名簿から削除されなくてはならない。

この命令の冷静な非道さが感じられるに違いない。非難の対象になっている言訳が列挙されている序列に注目されたい。愛国心、母国——ドイツ侵攻の脅威にさらされている第三共和国——への愛情と防衛は言訳にならないものとして一番下の位置にある。次に政治的な忠誠心、能力が来る。ソクラテスやスピノザのような人が拒んだ市民的妥協と群居本能による実際的な事柄である。都市や国家が滅びても、書記は「たとえほんのわずかの」虚偽も働いてはならない。都市も国家も彼の存在の生誕の地ではない。彼の存在の生誕の地は真理である。宗教でさえ、それが真理に自然な住まいを与えられない時には、屈しなくてはならない。「道徳」が動機の中で一番上に位置している。しかし、それもまたしりぞけられる。そうしろという命令は恐ろしい勅令のようなものである（キルケゴールはまったく拒否するだろう）。カントが倫理的なものと認識的なものとの間に超越的一致を仮定したのに対し、バンダは、倫理と知識の追求——核物理学、遺伝学、心理学者と作家の人間に関する発見——との間には調停できない不一致があるかもしれないということを知っていた。書記が、たとえ真理探究が自分自身の破滅あるいは共同体の破滅に通じていても、この純粋な真理探索からたじろいだり、隠したり、そらしたりすると——真理が追いつめられた時の狩人の歓喜の叫びをプラトンは記録している——、書記は彼の召命を裏切った、「ミクラ」から不在であったということになる。

この点において、スピノザとカフカの信条はソクラテスの行動と出会う。真の思想家、真理を思索する人、学者は、国家も、統治体も、信条も、道徳的理想と必要も、たとえそれが人間の生存に関わるものであれ、嘘、意図的自己欺瞞、テクストの改竄ほど重大ではないと考えている。この知識と遵守が彼の母国である。彼を宿なしにしてしまうのは、間違った読解、誤字である。

ユダヤ人は、初めてテクストの前に、文字通り召喚された日、「トーラ」からの一節を正確に読むことを求められ、許された日に、大人になり、ユダヤ教の歴史への参入が認められる。この召喚は、強度と自覚に程度の差はあるが、真理、真理探究の書記職への関与を必然的に伴う。洞察への預言的思弁的嗜癖はユダヤ教の国民的統合感《ネーションフッド》である。最も偉大な思想家の場合と同様、最も卑しい書記においても、この召命の受け入れ、危険な兵籍登録と昇進という広い意味の「(軍隊への)召集《コーリング・アップ》」の受け入れは、実際的(非実際的)結果を必ず伴う。

思考する人間、言葉に生まれついた者が、どうして、最も用心深く暫定的な愛国者以外の者になれようか。民族国家は復興と軍事的栄光の神話を基礎にしている。民族国家は、嘘と半面真理(機関銃と小型軽機関銃)で自らを永続化する。社会契約の範型を論じた中で、ルソーは、人間であることと市民であることとの間には矛盾があると明瞭に述べた。「自然と社会制度のいずれかと戦わなくてはならない時、人間となるか、市民となるか、いずれかを選択しなくてはならない。同時に両者になることはできないからだ」。その結果は露骨である。「愛国者は異邦人に厳しい。彼らは人間にすぎないからだ」。

　真理探究者の「愛国心」は、ルソーの市民の選択とは対照的である。書記の唯一の市民としての《シチズンシップ》行動は、批判的ヒューマニズムのそれである。彼は、国家主義が一種の狂気であること、種を相互殺戮へとじりじりと追いやるきわめて悪性の伝染病であることを知っている。彼は、それが、自由で明晰な思考と正義の無私の追求の抑圧であることを知っている。テクストを住まいとする男女は、定義により、良心的兵役忌避者である。国旗と国歌の俗悪な盲点的崇拝《ミスティーク》、「よくても悪くても、わが祖国」をほめたたえる理性の眠り、民族国家——大衆消費的商業の技術家政治《テクノクラシー》であろうと、全体主義的寡頭政治であろうと——が自らの権力と侵略をその上に築く哀切で雄弁な集団的虚言、これらを忌避する者である。真理の場はつねに治外法権である。その流布は、国家的教条の有刺鉄線と監視塔によって秘密に変えられる。

　この論争はイスラエルと同じくらい古い。祭司と預言者との間の論争であり、国民的統合《ネーションフッド》の要請と普遍性の要請との間の論争である。調停できないこの論争は「アモス書」と「エレミヤ書」から、われわれに語りかける。政治と真理、内在的母国と超越的空間、これらの間の死を免れない衝突が「エレミヤ書」三六—九に詳しく説明されている。ヨヤキム王は、神の書記と簿記係によって口述された巻物を没収する。彼は不快な欄を切り裂いて、暖炉の火にくべ、ついに、巻物をすべて燃やしてしまう（政府、政治的検閲官、愛国的自警団員は本を焼く）。神は預言者に指示する。「改めて、別の巻物を取れ。ユダヤの王ヨヤキムが燃やした初めの巻物に記されていたすべての言葉を、元どおりに書き記せ」。真相は露見する。王の部下が見落とした鉛筆の使い残り、謄写版、手動印刷機がどこかにあるものだ。「エレミヤは、エルサレムが占領される日まで監視の庭に留めて置かれた。彼はエルサレムが占領されたときそこにいた」。処方のように明細な記載は途方もない意味をもっている。王の都市、国家は荒廃する。テクストとその伝達者はもちこたえる、そこで、そして今。神殿は破壊されるかもしれない。神殿に収納されていたテクストは、テクストをまき散らす風の中で歌を歌う。

パウロの普遍主義は、ユダヤ教の「預言書」の超越的非物質的テクスト性とギリシャの混合主義《シンクレティズム》との霊感にみちたアマルガムである。それは、ユダヤ的伝統のユートピア的要素から生まれたというまさにそのかぎりにおいて（「ユートピア」は「どこにもない場所」を意味する）、ユダヤ人の存続にとってこれまでで最も深刻な挑戦であることが判明した。タルサスのパウロは、祭司職に対して預言を、領土制に対して世界主義《エキュメニズム》を対抗させる。もしキリスト教が、ユダヤの包括性《キャソリシティ》に忠実であったなら、ユダヤ教が同一性を失い、キリスト教の中に拡散したことだろう。大いにありうることである。そうならずに、キリスト教自体が、すべて実利的な計算で、現世的国家の創生と交戦に仕え、神聖化する用意のある政治的領土的構造となった。イデオロギー的帝国主義は、コンスタンティヌスのキリスト教採用と切り離せない。近代の国家主義はルターの綱領の刻印を帯びている。真理はまたもや宿なしになった。あるいはもっと厳密に言うと、真理は、のけ者と放浪者の（非《アン》）安全保管《セイフ・キーピング》のもとに置かれた。

大体、紀元七〇年から一九四八年にかけての時代(二)のことである。

シオニズムの創始の現世的声明書であるヘルツルの『ユダヤ人国家』において、その言語と構想は、ビスマルクの国家主義を誇らしげに模倣している。イスラエルは極端な民族国家である。イスラエルは完全武装して暮らしている。イスラエルは、日々の生存のために、他の人々に家のない屈従的な廃嫡の生活を送らせることを余儀なくされている（ユダヤ人は弱すぎて、他の人間を、自分のように宿なしの惨めな境遇に置けなかったというのが、二千年間の、ユダヤ人の威厳だった）。イスラエルの美徳は、軍隊で包囲されたスパルタの美徳である。その宣伝活動、自己欺瞞の修辞は、国家主義の歴史の中で考え出されたものの中で最も死にもの狂いの感がある。外と内の緊張により、忠誠心は愛国心に対して萎縮し、愛国心は愛国的好戦主義《ショーヴィニズム》に変えられた。そのような要塞の中に、預言者の「売国行為」、スピノザの部族の拒絶に対するどのような場所と自由があるだろうか。ヒューマニズムとは、「祖国《ラ・パトリ》に対して働いた窃盗」である、とルソーは言った。まったくそのとおりだ。

イスラエルの国がやっていることに異常な悪徳はない。近代の民族国家という単純な制度、それが国家主義的競争者とともに、そしてそれに抗して存在するための政治的軍事的必要性の不可避的な結果である。民族国家が嘘を常食とするのは経験的必要からである。ユダヤ教はテクストの中の母国を、ゴラン高原やガザ――「盲目の」は、偉大なヘブライ学者であるミルトンの洞察力を表わす添え名だった――のそれと交換したが、ユダヤ教は自らに対して宿なしとなった。

しかしこれは、言うまでもなく、真実の一部でしかない。

数少ない生き残りの中の多くの者にとっては、迫害をくぐり抜ける果てしない遍歴、残忍性と嘲笑に直面するユダヤ人の際限のない無防備さがもはや耐えがたいものになった。避難所、その中でユダヤ人の親が子に未来の希望を少しでも与えることのできる物理的な集合場所を、見つけなくてはならなかった。シオンへの帰還、砂漠に花を咲かせる途方もない勇気と努力、気違いじみた政治的軍事的争いに抗しての「オールド・ニューランド」（ヘルツルの有名な句）の生き残りは、せざるをえないことから驚異をもたらした。イスラエルのユダヤ人と離散しているユダヤ人の圧倒的大多数は、思弁的抽象と真理の霊薬《エリクサー》への自閉的超俗的な耽溺によって狂った預言者や書記になろうとはしていない。彼らは死にもの狂いで、人間の中で生きる人間の平凡な境遇を渇望している。彼らは、他のすべての人々や国民と同様に、敵に制圧されて蹴散らされるより、敵を征服することを望むだろう。過酷な現実が命じるのであれば、これまで長い間そうされてきたように、占領され、検閲され、拷問にかけられるより、占領し、検閲し、時には拷問をかけさえすることを望むだろう。これまで名状しがたい破滅の恐怖をあれほどたっぷりと味わわされたあと、人類の中でユダヤ人だけが、自分自身の土地、夜の宿所を持つべきではないと考えるなんて、何と保守的な夢想、象牙の塔のたわごとであることか。

私はこういうことはすべて知っている。この議論の心理的経験的説得力を見ないのは、浅薄な横柄さということになるだろう。それに、イスラエルへの帰還は、私が引証したテクストに予見されていることではないのか、いやそれどころか、定められていることではないのか。シオニズムは、苦難《サファランス》(シャイロックの使った語) と離散の恐ろしい時代がそうであったのと同様に、ユダヤ教の「規定された」神秘と境遇の必須の一部ではないのか。

正統的な答えははっきりしている。先見《プレヴィジョン》の二つの流れのいずれもが成就されなくてはならない。苦難の規定は明白になってすでに久しい。そして、約束の地への帰還も明白になって久しい時が経つだろう。しかし、メシアの時が来るまでそういうことはないだろう。現在のイスラエル国の危険にさらされて野獣化した状態、シオンになることに失敗したイスラエルは、一九四八年の再興が見せかけで、まったく便宜的で一過的なものであることを証明している。その頃は、政治家を武装した人たちが囲んでいた。メシアの姿はどこにも見えなかった。そういうわけで、現在のイスラエル国は、モーセと預言者の、帰還の契約を実現してもいないし、無効にしてもいない。時はまだ訪れていないのである。

個人的には、この答えに対して私は何の権利もない。この答えを保証する信仰や儀式的実践に私は一切関係がない。しかしこの答えの直観、証拠としての説得力は、本物であると感じられる。

ユダヤ人が生き残ったことは、歴史に、それに真に対応する例はない。ユダヤ人に劣らぬ才能と自意識をもつ古代の民族の共同体と文明が、何の痕跡も残さずに消滅した。あらゆる破壊的な力をものともしない途切れない生命というこの比類ない現象が、流浪の境遇と無関係であると信じるのは、最も合理的実存的レヴェルにおいて困難である。ユダヤ教は、離散、移動によって課される適応の要請から不気味な活力を抽き出した。もしユダヤ人が、今やイスラエルに詰め込まれることになるなら、皮肉なことだが、「最終的解決」の脅威が、今までのところ最大のものであることが判明するかもしれない。

しかし、もっと重要な暗示がある。ユダヤ人の忍耐の特異性には何か範例的な意味がある、ユダヤ人の苦しみと生存の絶えざる絡み合いには、偶然の、もしくは人口統計学的なおもしろさ以上の意味があると信じるのに、宗教的原理主義者や神秘家になる必要はない。ユダヤ人の生命の恐ろしい道のり、絶えず更新される生き残りの奇蹟が、その終局として、その正しさの証明として、軍事的重荷に潰され、政治もけちくさく、腐敗してさえおり、偏狭な金切り声をあげている中東の小さな民族国家の設立をもつという考えは、信じがたいものである。

私はどうしても、ユダヤ教の回復力の苦しみと神秘は、ひとつの困難な真理を例証し、実践しているという確信を捨てることはできないし、人間は存在そのものの客、自然世界の客であることを学ばなくてはならないのとまったく同じように、この小さな惑星でお互いに客であることを学ばなくてはならないという確信を捨てることはできない。これは、われわれの息、皮膚、そしてわれわれが訪れる以前の、想像を絶するほどの太古から存在する大地にわれわれの投げかけるつかの間の影に直《じか》に接しているつつましい真理である。そしてそれはまた、恐ろしいほど抽象的で、道徳的心理的に急迫した真理である。人間はそのことを学ばなくてはならないだろう。さもないと、自殺的な荒廃と暴力の中で絶滅するだろう。

イスラエル国は、ユダヤ教の条件と意味を常態にする《ノーマライズ》ための努力、完全に理解可能な、多くの点で立派な、おそらく歴史的に不可避の努力である。それは、ユダヤ人に、近代の「所属」という共通の基準に合わせるよう強いることだろう。それは、同時に、預言者とテクストの管理者の遺産である無宿性、世界の中での安住感《アト・ホームネス》というより深い真理を根絶しようとする試みである。

今日のエルサレムでは、訪問者は「巻物の神殿」あるいは別名「聖なる書物の家」へ連れて行かれる。この優美な建物の中には、「死海写本」の一部と大変貴重な聖書のパピルスが収められている。ここは、幾分墓場めいたところはあるが、鮮烈な輝きを放っている場所である。案内人は、砲撃や爆撃があった場合でも、この大きな建物を地下に安全に沈めることのできる見えない水圧機構を説明してくれる。そのような用心は欠かせないものである。民族国家は剣によって生きのびるからである。しかしそのような用心は、形而上学的倫理的蛮行でもある。言葉を大砲によって破壊することはできないし、思想は防空壕の中にあるからといって生きのびられるわけではない。

物質的な母国に物質として秘蔵されていると、テクストは本当に生命力を失い、その真理価値は裏切られるかもしれない。しかし、テクストが母国である時、たとえひと握りの放浪者、言葉の遊牧民の正確な想起と探究に根を下ろしているにすぎない時でも、それを消滅させることはできない。時間は真理のパスポートであり生誕の地である。ユダヤ人にとって、これ以上よい宿所はあるだろうか。

鏡におぼろに映るもの

（ラウル・ヒルベルクのために）

ほとんどまったく探究されていないこと、おそらくフロイト的な意味で抑圧されていることは、過去二千年間にわたってユダヤ人の悲劇的な宿命を決定した歴史的瞬間である。それは、ユダヤ教の核心が、ナザレのイエスとその弟子が提示したメシア待望論的主張と約束を拒けた時である。

紀元一世紀のユダヤ教と発生期のキリスト教共同体との間の、そして東地中海世界の複雑にユダヤ的な伝統と慣習――パリサイ派、ゼロテ派、ギリシャ風の分派の豊かな多様性をもつ世界――と、ユダヤ教的キリスト教的、パウロ的、前グノーシス的な新しい教会との間の初期の錯綜した関係をめぐる現代の歴史学がある。しかし、ユダヤ人が、イエスによってもたらされ、彼の「復活」によって確証された「福音」を拒絶した時の重要な精神の運動、ユダヤ人が、彼らの歴史の最も憂鬱な時期のひとつ――国家的反乱の制圧とその結果の神殿破壊の時期――に、ガリラヤの神人と彼の弟子たちが差し出した人間の再生と神の赦しの協定を否認した時の重要な精神の運動は、われわれには把えがたいものである。

われわれには記録文書がない。学者にもない。ヨセフォス（一）もタキトゥスも、ユダヤ人の、「人の子」の否認の根源的に挑戦的な（この語の十全の意味において）行為を考察していない。「四福音書」、「使徒言行録」、「使徒書簡」の中にある説明は、定義上、論争的で偏見がある。ラビの声が語るのは、われわれのもとに伝わっているかぎりでは、キリスト教が、まだ分裂しているとはいえ、力強く上昇しつつある時になってからである。その時においてさえも、彼らは寡黙である。この空白自体が、きわめて当惑させられる事態である。それは、ユダヤ人の歴史と宿命の実際の中心近くのブラック・ホールになっている。私がこのイメージを援用するのは、まさに、ブラック・ホールは、ほとんど測定不可能な内破と爆発の両方のエネルギーにみちていると考えられているからであり、それらは、物質を暗い圧縮空間へ引き込むばかりでなく、他の条件のもとでは、恐るべき放射エネルギーを発すると信じられているからである。集合もすさまじい散乱も、ともに、イエス以後のユダヤ教の体験に明らかに対応するものをもつ。そしてその源泉は、イエスが任務を果たし、死んだ世紀の中頃の数十年のどこかにあるが、われわれはそれについてほとんど知らないのである。

なぜユダヤ人は、あるいは、もっと正確に言うと、なぜユダヤ教は、言い換えると、「トーラ」と「タルムード」、国家的統合と流浪との関係で定義できるかぎりでのユダヤ教は、ケリュグマ的啓示に対して「否」と言ったのか。「トーラ」と預言の中の抑えきれない要素が、まさにその啓示を用意したというのに。

ここでわれわれは踏みならした地面の上にいる。キリストの生涯のだいたいの一巡、任務と受難は、旧約聖書、とくに「苦難の僕」の「詩篇」と「申命記」、「イザヤ書」に予言されている。数多くの特定の特徴もまた告げられている。受難する義《ただ》しい人が、嘲弄され、鞭打たれ、死の木に吊るされることになる。処女受胎――ヘブライ学者たちは、むしろ「若い女」を意味する語句の無理やりの、あまりに断定的な読みがあると主張しているが――は漠然と予示されているとしばしば考えられた。殺された「僕」の衣服は、籤引きで分けられることになっている。預言書テクストの中では最も古い「アモス書」において、われわれは、ひと握りの銀のための売却と裏切りを知る。

現代の物語論と構造主義は、これらおびただしい数の予言と出来事との間の関係を逆転させる。両者は、「福音書」の作者が、これらの預言を故意に流用したとする。それは、彼らが予示という虚構を作り、十字架につけられ、甦ったキリストのための彼らの主張を正当化するためだったと言う。紀元一世紀のユダヤ人もしくはユダヤ人のキリスト教徒には見えすいているそのような技巧を考えるのは困難である。彼らにとっては、厳密に予言されたことの完全な実現は必ず自然な論理を伴うものだった。ユダヤ人はなぜ、いやそれどころか、どのようにして、彼らの啓示された書と預言的洞察が、かくも具体的に予想したことを否定することができたのか。

問題はもっと一般的なものである。最近の歴史的研究は、関連する時期に支配的だった黙示録的なもどかしさと期待の風潮を具体的に実感できるものにしてくれた。メシア待望者は繰り返し現われた。至福千年の到来を信じる苦行者、ユダヤ人の歴史の黙示録的終末を文字通り待つことを日々の務めとする完全論者は死海の周囲の砂漠や断崖の洞穴に集まった。夢想的幻覚と民族主義的政治が複雑に絡みあった網の中で、微妙な差異のあるさまざまなゼロテ派信者がハルマゲドンを声を上げて求め、天上の主の到来をプログラムに組み込んだ。時代そのものに熱気があった。イエスの、神の王国の急迫の主張、恐ろしいと同時に変貌をもたらす近づく「最後の審判」に備えて道と精神を清めよという人類への指令は、ユダヤ教の当時の象徴の使用、テクスト解釈、感受性と、継ぎ目なく一致した（それはガリラヤと過越の祝いの頃の人でごったがえしているエルサレムで一番目立っていたことをわれわれは知る）。ナザレのイエスは神殿を荒らすだろうという一見冒瀆的な言明でさえ、メシアの時の終末論的到来に先立って起こり、到来を生ぜしめなくてはならない道徳律廃棄論の暴力的行為の預言的神秘的認識と完全に適合するものとして示される。イエスの生涯には、きわめて輝かしい永遠の御都合主義がある。

その生涯の中心部には、譬え話と「山上の垂訓」に埋め込まれている教えが存在する。すでに十分に例証されたように、これらの教えと、それが表現される特有の言語は、「トーラ」の教義と、「預言書」、とりわけ「イザヤ書」の比類ない倫理と、ほとんど一項目ずつの対応を見せている。収税人と罪人と交わる必要に関して、あるいは安息日の神聖さよりも治療と救済の行為が上にあることに関して、正典的規範からの逸脱があるが、これらの意見の相違は、当時の他のユダヤの「自由主義者」や黙示録論者に見られるパリサイ人の儀式墨守に対する尋問や挑戦を著しく超えることはない。逆に、こう論じることも十分にできるだろう。人間イエスの道徳的命令と範例的行為を受け入れることは、おそらくは終末的な危機(「エレミヤ書」、「アモス書」、「エゼキエル書」、そして数えきれない黙示録的テクストに鮮烈に預言されている国の破壊と民族の離散)の出現に際して準備と自らの強化に努めている、純化され、慈悲深く臨機の才があり、哀れみ深いユダヤ教を受け入れることである、と。

要するに、本質的な点において、そしていくつかのレヴェル——テクスト、象徴、比喩、終末論、そしてなかんずく倫理——において、イエスの来臨と受難という現象と現象学は、一、二世紀の決定的な数十年間のユダヤ人の期待、欲求、希望と完全に合致していた。しかし彼は否認された。ユダヤ人——われわれは正確にどれくらいの数だったか知らないし、総数のうち関連するのはどれくらいの割合だったかを知らないが——とにかく明らかに相当数のユダヤ人が、ユダヤ人のままでいることを選んだ。彼らにとって、そしてわれわれにとっても、メシアは降臨しなかったし、イエスに授けられた称号は、たとえ彼が実際にダビデ家の出身であろうと、儀式的な意味でそうであろうと、もっともらしい詐称である。

再び問う。なぜか。証拠は再現不可能なほど不透明であること、めったに突き詰められることのないこの問いは、われわれの歴史を、それどころか現在の状態をかたちづくっているということ、そういうことを知った時、あえて思索しなくてはならないのは、この真に弁証法的な紛糾の中においてであるということである。

占い師、魔術師、路傍の説教師、癲癇持ちの霊覚者（*illuminati*）、偉大な人の到来と時間の喪失《フォークロージャー》の伝令者、ヘロデやローマに対する陰謀者、ガリラヤか砂漠から来た禁欲的原理主義者。多すぎるくらい多くいた。ひと握りの、多少狂信的な忠臣を引き連れ、謎めいたことを、急迫する終末を思わせる文法で語りながら、裏道や荒野を徘徊する彼に似た人が多すぎるくらいいた。洗礼者ヨハネのような人物や、滑稽なくらい宿命づけられた反乱の局所的火花を散らしたあと磔にされたゼロテ派の信仰療法家や預言者が陸続と現われた。彼はあまりにも類型的だった。彼の弟子たちが噂を立て、尾鰭をつけた奇蹟でさえも、明らかに既知のシナリオの一部だった（ラザロの生き返りを、きわめて疑わしいが、可能な例外として）。こういうわけで、逆説的であるが、このような混乱した騒々しい時代にあっては、おびただしい数のユダヤ人が、彼が彼らの間を通ったことにほとんど気づかなかったかもしれないのである。たしかにこのことは、タキトゥスにおける簡単な、何げないと言ってよい言及によって確認されることである。しかしこの仮定もまた曖昧である。当時の大衆や教育のある人々の認識における奇蹟の地位に対する仮説さえわれわれにはないというのが理由であるにしてもである。水のワインへの変質、悪魔の追放、盲人と跛人の治療は、魔術的な傾向のものと考えられたのか、信仰治療者や賢人の伝統的な技術と考えられたのか、それとも胡散臭い奇術か何か魂胆のある噂と考えられていたのか。それらのことは少しでも信じられていたのか。われわれはこのような重大な疑問に対して一切答えの用意はない。

しかし、ナザレのイエスの言葉と教えの相当部分が実際に、彼の身近な仲間以外のユダヤ人にも達したと認めよう。それなら、こういうことはありえただろう。かくも多くの正統的で啓発的な命令や訓戒の中にも、一般に承認されているユダヤ教の考えに対してきわめて侮辱的であると推論できるものがあった、と。ユダヤ人にとって、両親に対して愛情のこもった葬式をすること、二人のために声に出し、思い出をこめて「喪服者の祈禱」(*kaddish*) を唱えることよりも大きな義務があるだろうか。しかしイエスは「死者が死者を埋葬する」ように命じ、彼の弟子志望者に、彼にすぐに付き従わせるため、父親の葬式をやめるように命じた。「父なる神の右側にすわる」、つまり、自分自身を全能の神の子としてイメージ化しようとしているかもしれない人間に許される以上に単独の、直接的な子という意味での「彼の子」であるという「福音書」中の時に曖昧で言い換えることもできない主張についてはどうだろうか。ここに憤激の結節点、反論の必要があったのかもしれない。繰り返すが、われわれは、福音書の断定ばかりでなく、初期キリスト教のさまざまな異説、とりわけアリウス主義(二)が、イエスの神性の正確な主意を取り囲んでいるその把えがたさを見ながら、仮説について考えることしかできない。ここにおいて、疑惑と公然たる否認の茨の棘が苦労の種であったことは疑いない。

ラビの釈義の中の、われわれのテーマに割かれたわずかに数行——私の思い違いでなければ、古代ではなく、むしろ中世から採られた数行——の行間を読むと、そして、現代の宗教史家や文化人類学者の言うことに耳を傾けると、さらなるモチーフが浮上する。それは、磔にされた神、恥ずべき殺され方をしたメシアというたんなる考えとイメージに対してさえユダヤ人が示す嫌悪感（この語は強すぎるということはない）である。最初からわれわれはこう聞かされる。この嫌悪感は、つまり、空っぽの墓からの上昇というまったく信用しがたい終幕、マルコでさえも漠然たる不信を抱いている終幕によって弱まることのないこの嫌悪感は、イエスへの同調、イエスのための力説されるメシアとしての神性という主張を、まったくありえないものにした。しかし、再び、問題がある。ユダヤ教は、エノクには死の免除、モーセには既知の葬式の奇蹟的な消滅、エリヤには天国への移行があったことを知っている。「神性放棄説」(*kenosis*)、つまり、人間の姿への神自らの投与という様式は、あまりに神人同形論的で、ユダヤ人の信仰の検閲には合格しないという主張は、「トーラ」、とりわけ、神が直接、肉体をもってモーセと出会ったという神人同形論、神の「肉体性」の明瞭な痕跡によって反駁される。加えて、磔刑が、ユダヤ〔パレスチナ南部にあった古代ローマ領〕における民族主義的原理主義的暴動のリーダーを含む反逆者に対してローマが下す懲罰であるかぎりでは、磔刑は、それだけで不名誉の烙印を押されたとはかぎらなかった。

否認の四番目の理由は実利的なものということになるだろう。ナザレから奇跡の人が来て、去って行っても、何も変わらなかった。世界は以前と同様に残酷で、腐敗し、混沌としていた。メシアは終末論的変容を演じ《コンポート》なくてはならない。新しい王国の約束はイエスが死ぬ時には実現されていなかった。初期教会の教えによって今や延期もしくは隠喩化されつつあった。(ここでゲルショム・ショーレムの巧妙な「気まぐれ」(*boutade*) のことがどうしても思い起こされる。メシアは「気まぐれ」により、すでにわれわれの間を通り過ぎたか、あるいは通り過ぎようとしているのだが、彼のもたらした変化はあまりにも小さいので、われわれは変化にも彼の通過にも気づきさえしないというのである。)

ユダヤ人の否認を用心深い常識のせいにするのは、明らかに説得力がある。キリストの引き起こした変質《ミューテーション》は、内面的なものであり、そう意図されていた、そして、キリスト教を信奉する男女は、本当に、再生し新しい世界に入った存在であるというキリスト教の弁解がましい議論には胡散臭い循環論がある。反駁に対してもっと強い抵抗を示すのは、ユダヤ教は、困難な事態で危機に際した時は、サバタイ・セヴィのようなメシア自称者たち——彼らの先験的な主張と結果としての行為は、「人の子」ほど強烈ではなかったことは確かだが――を歓迎し、狂信的な信頼を寄せたという疑いない事実である。

もう一度問う。なぜ「大いなる拒絶」（*il gran rifiuto*）なのか。

ドイツの神学者のある最近の学派は、キリストの苦悶と「ショア」（Shoah）との間の関係を彼らの思索の支点とし、機知に富む示唆――この「機知」は洞察に富む厳粛さをけっして排除しない――を示した。マルクス・バルトのような思想家は、ユダヤ教のメシア待望的教義の布置全体は本質的に反対感情併存的ではないかと問うた。旧約聖書と「タルムード」、ラビの教えとユダヤの歴史主義は、メシア来臨の約束と、苦悩と歓喜の両方の気分のメシア待望にみちあふれているのは疑問の余地がない。しかしユダヤ人は、心理的歴史的事実として、到来を本当に信じているのか。さらに詮索すると、ユダヤ人は本当にそれを渇望しているのか。あるいはそれは、論理学者やグラマトロジー学者なら「反事実的願望法《カウンター・ファクチュアル・オプタティヴ》」――けっして現実化されない意味の範疇――と名づけるかもしれないものなのか、それとも、たぶん最初からそういうものだったのか。これらの神学者が使うイメージに朝刊への本体論的熱中というのがある――ヘーゲルの有名な冗談に起源をもつものである。選択肢を与えられたなら、ユダヤ人は、メシアの到来よりも、たとえどれほど恐ろしいものであれ、明日のニュースを選ぶだろう。われわれは、歴史、活動している知識に対して癒されることのない貪欲さをもっている民族である。われわれはイヴの子供である。原初の好奇心が哲学と自然科学のそれに転調したのである。心の奥底では、ユダヤ人は、メシア待望的な歴史の停止、未知なるものの終止、救済の永遠の静止と倦怠《アンニュイ》を受け入れられない。イエスのメシア的地位を否定した時、そして、終末論的状況が近いことを信じる初期キリスト教徒の信仰を覆した時、ユダヤ人は、彼の魂の核心にある天才的な落ち着きのなさに表現を与えたのであった。われわれは時間を旅する遊牧民であったし、今もなおそうなのである。

印象的なことだが、このような読み方は、ユダヤ人の思考と感情に否定しがたく存在する弁証法的緊張と一致するのである。マイモニデス(三)の、メシア待望の純粋に比喩的寓意的な意味の主張、あるいはフランツ・ローゼンツヴァイク(四)の、メシアの現実性の概念の精力的な脱構築を例に挙げれば十分である。哲学的歴史的ユダヤ教の中の多くが、メシアの絶えざる延期を論じた。信仰の逆の重圧も、それに劣らず強かった。時々、もっと正統的もしくはカリスマ的権威が、メシアの具体的な真理を主張し、ユダヤ人の苦難と生存は、もしメシアが降臨しなかったら――その降臨の時と現われ方は神のみが知っているのだが――悲劇的な無意味となるだろうと言明した。論争と互いに異なる感情は今も続いている。そのことは、イスラエル国に対するユダヤ人の認識の度合に深い影響を与えている。それは国の内部においてもそうであり――この国の正当性は、メシアの文字通りの降臨を忠実に守っている人々によって否定されている――、イスラエルと「離散」との関係の内部においてもそうである。あるいは、この論争を、次のような発言の文脈の中に挿入してみよう。ユダヤ人のイエス拒絶は、当時そして以後も、どの程度、そして意識のどのレヴェルにおいて、歴史的自由への、変化する地球の上での実存的宿命の創造的鬼神《ダイモン》への徹底した心理的関与の徴候であったのか。

これら五つの因果律のひとつひとつとそれらの間の確定しがたい複雑な相互作用が、ユダヤ人の、ナザレ人、彼の新しい教会、彼がもたらし体現した啓示と約束からの回避を説明するのに役立つかもしれないし、役立たないかもしれない。われわれは知らない。しかしわれわれが本当に知っていることはこういうことである。動機が何であれ、この回避、この不屈の異議申し立てが、ユダヤ教とキリスト教の歴史を、まさに根底に至るまで特徴づけてきた。ユダヤ人の自己同一化的宿命、そしてもっと間接的な意味でキリスト教徒のそれも、否定の時の、つまり、ユダヤ人の拒否権行使によって残された根深い傷のそれである。

ユダヤ人の自己精査と意識が、キリスト論、パウロの教義、パウロや教父たちによって展開された救済論に対して頻繁に示す理解の欠如、まったくの無知には、心理学的にもっともな、そして明白な根拠がある。もっと核心部に、始末に悪い事情がある。「神学」そのものという概念はユダヤ教には多分に無縁のものである。ユダヤ人の同一性を決定した啓示的歴史、歴史の「タルムード」的「ミドラシュ」的読解は、目的論的であって、哲学的形而上学的な意味において神学的ではない。ユダヤ教は著名な道徳家、幻視家、釈義家を産み出しているが、注目すべき神学者はほとんどいない。いわゆる「ホロコースト以後の神学」は、感じて当然の感情《ペーソス》といくつかの印象的なイメージと隠喩を表わしている。知的分析的な意味での厳密な神学上の価値の再評価ではない。それは、究極的な非人間性、人間という種の組織的な獣性化を現代の哲学的探究の軸に据えることに——当然軸をなすはずであるのに——著しく失敗した。

理由が何であれ、ユダヤ教の、新約聖書、教父の著述、アウグスティヌスとトマス・アクウィナスの命題への無関心は、重大な空白を作る。異教徒たちの中にあってのユダヤ人の苦難について、そして「ショア」についての記録が、「鏡に映った像のようにぼんやりと」〔「コリント前書」一三：一二〕、大書されているのは、これらの文書においてであるからだ。この点に関して、一点の曇りなきよう明確にしておきたい。「ショア」、そして現代の反ユダヤ主義思想の根源の実証的精査が重要であることは自明である。政治史、社会学、経済的階級的衝突の歴史、まだ初歩的なものではあるが、大衆行動と集団幻想の研究、これらのものの貢献は大きい。しかし、経験論的理解は、総体として、とうてい基本的洞察のレヴェルに達していない。もしわれわれが「ショア」の生成とその根本的な極悪さを、神学的起源から切り離すと、たとえ不十分にであれ、「『ショア』を考える」ことはできないであろうし、実際にできないと確信している。もっと明確に言うと、もしわれわれが、ユダヤ人憎悪というこの活発な病気の中に、磔にされたメシアに対するユダヤ人の「否」によって残された癒えぬ傷を認められるようにならなければ、ユダヤ人憎悪（ユダヤ人が全然、あるいはほとんど残っていない場所においてさえも）というキリスト教の永続的な精神異常に対する洞察は得られないであろう。「可能性の傷跡」は開いておかなくてはならないというキルケゴールの戒告を、われわれが、恐ろしい意味で適用できるのは、これら癒えぬ傷もしくは傷跡に対してである。

　イエスばかりでなく、「福音書」と「使徒言行録」の著者たち、彼の最初の弟子たちがユダヤ人であったことをわれわれは、なんとたやすく忘れてしまうことか。ユダヤ人の自己憎悪の気味の悪い歴史の初期が、キリスト教の初期と、もつれて解けないほど絡み合っている。私の知るかぎり、これまで検証されたことはないが、キリスト教は、根本的な点において、まさにこのユダヤ人の自己憎悪の産物であり外在化であるという思いが心に重くのしかかる。これはマルコに感じられる。われわれは、彼の、同胞のユダヤ人に対する嫌悪、彼の、ユダヤ人に神殺し、腐敗、神を前にしての侮辱、裏切りという烙印を押そうとする決意を、一部暗号化されたものとして読むことができる。メシアであるキリストを恥ずべき処刑へ引き渡すことは、実に嘆かわしいことである――それよりも悪いのは、キリストの神性を前にしてのユダヤ人の不従順であり、救い主の同一性と顕現に対する拒絶である。裏切りと法の殺人《ジューディシアル・マーダー》〔不当な死刑宣告〕は、キリストの復活の信仰と彼の約束への改宗によって償うことができる。そのような改心からの、ユダヤ人の強情な回避は、永続的に更新される神殺しに相当する。ユダヤ人の存在そのものが、キリストの受難の反復である。これは、パスカルの、イエスは世界の終わりまで苦悶の中にある以上、誰も眠る権利はないという恐ろしい発見を保証している。

　パウロ（「神への十八の祈願の降福式」の第十二回が彼を背教者と宣言している）は、ひと握りの最高の思想家・作家のひとりに数えられる。彼のほとんどすべての文が、意味と解釈の張りつめた可能性を豊かに孕んでいるばかりでなく、中身が縁一杯まで詰まっているような彼の人物は、自らにも不透明であったかもしれず、これはきわめて重要なことである。西洋の歴史の多くの部分は、パウロの「手紙」の中の不確定部分に発すると言える。ユダヤ人の生け贄化とキリスト教教会にとってのこの生け贄化の必要性が決定的なものになるのは「ローマの信徒への手紙」九—一一、「エフェソの信徒への手紙」二、「テサロニケの信徒への手紙一」においてである。しかし、パウロの言明の修辞的深さと心理的複雑さのため、これら運命のテクストの中の多くの部分は、議論の余地のある直観的読解しか許されない。イエスのユダヤ人性と「神の民族」の終末論的な意味で選ばれた特権的な地位は、パウロには自明のことである。キリスト教が、ユダヤ教の預言と国家的に破滅寸前のイスラエルの家の危機的状況に決定的に絡み合っていることも、パウロには自明のことである。タルソスの男は、彼自身の、過去および現在のユダヤ教のまさにその毒々しい激しさ——奇蹟的にかたちを与えられ更新された装いにも、神の測り知れぬ愛が肉体をもつ子に変えたユダヤ人キリストにおける再生の契約にも存在しているもの——に取り憑かれている。時々パウロは、ユダヤ人の「残党《レムナント》」に愛情溢れる同情を寄せ、「教会」(*ecclesia*)のより大きな「一体性」(*communitas*)へのユダヤ人の参入に注意深い期待を寄せている。キリスト教徒のユダヤ人の側にも、主の食卓に今や同席を許された無割礼の者にも何の勝利感もないと彼は断言する。

しかし他の時には、脅迫のはるかに黒い衝動と迸りが、まぎれもなく存在している。注釈、解釈学的「鎮静化《ジエントリング》」がいかに精妙なものであれ、またいかに果てしなくその嵩をふやしたにせよ、「ローマの信徒への手紙」一〇—一一、「テサロニケの信徒への手紙一」の追放の恐ろしい刃を鈍くすることはできない。「子にして解放者」がやって来た今、「不信心がヤコブから取り去られる」。イスラエルは回復されるが、それはイスラエルがイスラエルであることをやめるかぎりにおいて、まさにそのかぎりにおいてなのである。イスラエルが、新しい配剤からの強情な自己追放は、「非民族」、不条理の名残り、嘆かわしい不名誉を作ることになるということを理解してくれさえすれば、と言う。しかし、この強情な残党の、明らかに周辺的で哀れな存在が、なぜに使徒を悩ますのか。コンスタンティヌスの勝利へと向かうすでに途上にあるキリスト教世界にとって、なぜにこの存在が激しい悩みの種になるのだろうか。

　ここは、パウロの暗示が最も激しく重大な意味をもっているところであると私は信じている。このユダヤ人は、キリスト教を、それどころか人類を、それがキリストの犠牲的救済的愛の対象であるかぎりにおいて、人質とみなす。ユダヤ人の「残党」は、イエス・キリストの受け入れを拒むことによって、人類が歴史の踏み車を踏むことを運命づけた。ユダヤ人がイエスを「神の子」と認めたら、彼らが恩寵の協定を受け入れたら、子であること、自己投与は証明されたことだろう。その時、新約聖書は、あら捜しされることなく、旧約聖書の実現であることが示されたことだろう。十字架は、エデンの死の木を無効にしたことだろう。ユダヤ人の、キリスト非難は、メシアの王国の到来を阻む。(五) それは、歴史の飢えた口を梃子《てこ》でこじ開ける。それは時間を、身代金めあてに人質にする。マリタンの神学においては、この死罪に相当する嫌疑がはっきりと述べられている。カール・バルト（「恩寵の選別に従えば残党」をめぐる謎を相手に生涯格闘した人）の神学においても、それは彼を苦闘させる決定不可能性である。それはバルトの、威圧的な、しかしほとんど翻訳不可能な発言を産む。ユダヤ人およびユダヤ民族は、「神に病んでいる《ゴッド・シック》」、つまり、神との親密さによって「むかむかさせられ《シックンド・バイ》」、彼らは、彼らの選別に寄せる神の愛と自己投与という窮極の行為を拒絶すること、あるいは保留することを選んだ、というものである。

「大虐殺《ショア》」の結果として、キリスト教の神学者、すでに言及したように、とりわけドイツの神学者は

──明らかにカール・バルトの曖昧さを模倣して──ユダヤ教会堂と教会との間の、そしてユダヤ人の生き残りとキリスト教との間の相互関係を再定義しようと苦労した。議論の主要な戦略はおなじみのものである。

教会がユダヤ教に「取って代わった」。今日、神に真に選ばれた者、真のイスラエルは、自らのユダヤ教的起源と「トーラ」と「預言書」に対する自らの負債を十分に認識しつつ、マルキオン派(六)の大きな異端説──旧約聖書と新約聖書との間には絶対的な断絶があるとする説──から自らを十分に浄化したキリスト教である。約束されたアブラハムの遺産は、世界に広がるキリスト教の遺産である。第二の姿勢は、ユダヤ人の残党には、キリスト教の連続的発展における特異な特権的役割を容認するというものである。キリスト教徒がエサイの系図──アブラハムとモーセの選別から現われるイエスのメッセージと意味の途切れない正当化──からのみ抽き出しうる「精神的遺産」がある。都合のよいことに、ユダヤ人の、キリスト教への改宗(結局は起こること)が遅いということ自体が、そして、まだ異議を唱えるユダヤ人の頑固さが、キリストの任務がまだ完了していないこと、さらなる愛が差し出されることを証明している。もっと自己批判的なのは、三番目の価値判断であり、「一なる神の家」に醜悪な分裂があったとするものである。モルトマンのような雄弁で、ユダヤ人贔屓の神学者は、ユダヤ教もキリスト教も、分裂によって、互いに相手の心を絶えず悩ますものになっていると主張する。ユダヤ教はキリスト教に疑問を突きつける。最も鋭いのは、いわゆる真のメシアの降臨以来、歴史の悲劇は変わらないというものであるが、それに対してキリスト教は、今までのところ、適確な答えを出せずにいる。今までのところ、満足のゆく理解や治療的行動にまでは至っていないやり方ではあるが、ユダヤ教とキリスト教は、神による、神の民族の選択が明白になった時の、お互いの、時に衝突の原因になる不完全さは何かと問う。四番目は、そしてここまでくると境界画定は流動的になるが、ユダヤ教会堂と教会は相補的なものとみなしうると説く。イスラエルは依然として、イエスの生涯と教えの母胎であるが、キリスト教の使命は全世界的全地球的普及である。ユダヤ人が待つメシアは、キリスト教徒が再臨を待つメシアと同一である。共存在は前存在である——これはマルクス・バルトの公式であるが、ローゼンツヴァイク、ベイク、ブーバーにおける類似の示唆を正確に反映している。

これらの立場のひとつひとつとそれらの重なり合いは、神学的含意と行動上の結果を伴う。それぞれが未解決の難問——まさに「十字架」の問題——を証言している。歴史上のキリスト教にも現在のキリスト教にも明白に存在しているし、私が間違えていなければ、ユダヤ教の状況にも潜在意識のように存在している。これらの基準的見解は、強力なものではあるが、どれひとつとして私には、奥底まで測鉛を下ろしているようには思われない。

たとえ隠喩化されたものであれ、そして隠喩は殺人的なものに変わりうるのだが、人間は、キリストに対するユダヤ人の「否」の、ある意味で人質であるというパウロの解釈は、大破局を孕んでいる。

私は著作において一貫して、ユダヤ教による一神教の創始は、神の啓示によるものであろうと、神人同形論的考案によるものであろうと、西洋人の意識に、耐えがたい精神的重圧をかけたと論じてきた。モーセと預言者の公式化によって、近づきにくいほど抽象的になったが、それでいて懲罰的には身近な存在になったイスラエルの神は、感覚的な複数性、異教の多神論の親しみやすい寛大さを根絶しようとした。人間は男女ともに誤りを免れないのであれば、誰がシナイ山の神の要求をみたすことができようか。あるいは、砂漠のように何もないのに何もかもを飲み尽くす「燃える柴」の同語反復に、彼もしくは彼女の現世的で不完全な本性の鏡映を見出しえようか。定義上、人間はつねに、モーセの神とその完全さの命令を前にして間違っている。ヨブへの答えが、文字通り非人間的で凶悪であることはよく知られている。普通の人間なら、このような神の愛と、愛における相互性という彼の命令の重圧で、魂が砕けることを知っている。ユダヤ人は、ローマが占領した神殿の至聖所に侵入し、そこが空であることに気づいて恐慌の態のポンペイウスの考えと気持ちを、ある時には共有しただろう。

二回繰り返すことになるが、ユダヤ教は、西洋に、理想的なものの鮮やかな主張を提示した。ユダヤ人イエスは、モーセの一神教と律法に説かれている完全な愛他主義、自己否定、たとえ死に至るとも犠牲的な謙虚さの急務を刷新し鋭く刻み入れた。彼は人間に、聖者や殉教者以外には不可能な友愛、脱俗性、驕慢と利益の回避を要求した。三位一体的構成概念、溢れる愛の名による律法の停止、キリスト教と教会による天国での代償という明確なシナリオの展開、これらのものは、根底にあるユダヤ教の一神教的遺産を異教化しようと試みる。それらは、アブラハム、イサク、ヤコブの神——パスカルが、その原初的な真の恐ろしさに不安を感じつつ喚起する神——を耐えうるものに変えることを目指す希薄化と拡散の戦略を構成する。ユダヤ教とのグノーシス教的ヘレニズム的混成体としてのキリスト教、聖者たちの殿堂、触知できる聖遺物、贖宥、告解の秘跡による罪の赦し、ネオン輝く楽園は、途方もなく売り物になることが判明した。しかしその好戦的で意気揚々たる核心部においては、モーセ的およびナザレ的要求の重圧、完全さへの召喚はそのまま残った。時々、それが荒涼たる修道院生活であれ、サヴォナローラであれ、また、キルケゴールの「おそれとおののき」であれ、カール・バルトの神と人間を距てる深淵の強調であれ、キリスト教は、自らの内部のユダヤ教に惹かれている。

ユダヤ教が、それによりわれわれの文明にユートピアという恐喝を加える精神の主要な運動の三番目は、メシア待望論的な社会主義とマルクス主義の多様な陰影をもつ運動である。マルクス主義は、本質的には、我慢できなくなったユダヤ教である。メシアは降臨に、あるいはもっと厳密に言うと、非降臨に時間をとりすぎた。正義の王国は、人間により、この地上に、今ここで設立されなくてはならない。愛は愛と、正義は正義と交換されなくてはならない、とカール・マルクスは、一八四四年の草稿で説いているが、それは、透けて見えるほどに「詩篇」と「預言書」の言葉遣いを模倣している。共産主義の平等主義の綱領、マルクス主義的レーニン主義的教義によってその輪郭が描かれている目的性のある経済には、金持ちに対する神の呪いと財産に対する神の憎悪を告げ知らせるアモスによって容赦なく要求されていないものはほとんどない。マルクス主義がもっと酷烈な方法で勢力を伸ばした場合でさえも、あるいはとりわけそういう場合に、マルクス主義は、「アモス書」や他の社会的報復を求める預言的黙示録的テクストにかん高く聞こえる砂漠の、都市に対する復讐を成就した。（マルクス主義のメシア内在説の現在の危機と、予想される崩壊が、ユダヤ教の形勢と未来に深く入りこむであろうことは、ほとんど言う必要もないことである。）

それゆえ、ユダヤ人は三度、個人的完全さと社会的完全さへの召喚者となり、夜警——休息を確保するのではなく、逆に、人を、平凡な安楽と自愛から目覚めさせる夜警——となった。（フロイトは無邪気な夢からさえもわれわれを目覚めさせた。）三重の強要が、西洋の魂の奥底に、憎悪を引き起こした。キリスト教が中世以来、絶滅の淵まで追い回したのは、「神の殺害者」ではなく、もし人間が本当に人間になるのなら、何になりうるか、何にならなくてはならないかを人類に気づかせた「神の創造者」もしくは代弁者である。したがって、ナザレのイエスの、倫理的光輝を放つ存在は、「人の子」と呼ばれるのは正しい。われわれが、自分には与えられそうもないが、それでもその正当性は内奥で認め、経験している犠牲、自己否定、哀れみ、無私の愛をわれわれに求める男あるいは女ほど、われわれが憎悪する者があろうか。われわれの前に非現実的な超越的可能性を執拗に突きつける者ほど、われわれがわれわれの面前から消してしまいたい者はいるだろうか。

そういうわけで、すべての組織的虐殺《ポグロム》と「大虐殺」には、キリスト教の自己切断がひとつの傾向としてある。これは、キリスト教とナチスのようなその異教的パロディ的分枝による、モーセの神との聖約、イザヤの、人間を超えた慈悲深さ、ユダヤ人イエスの教えに内在する理想的なるものの呪いを、一挙に沈黙させるための自暴自棄的努力であった。ユダヤ人を根絶すれば、キリスト教の西洋の内部から、道徳的社会的失敗の耐えがたい記憶を根絶することになるだろう。その結果、死の強制収容所の世界を制度化し認めることによって、ヨーロッパの非ユダヤ的な文明は、ユダヤ人に、思い出すということを耐えがたいものにしようと苦闘したという事実に、恐ろしい左右相称がある。キリスト教が躍起になって、自らの内部で圧死させようとした取り憑いて離れない、気の狂いそうな思い出はユダヤ教のほうにあるからである。

しかし、ユダヤ教の、否認する残党によって、そしてこの不可解な退化器官《ヴェスティッジ》がたんに生き残っているということによって、人類は身代金めあてに人質にとられているというパウロの描いた輪郭を視座にとると、われわれは、この脅威の撚り糸を、さらに深く考察することができる。ユダヤ人が、宗教改革と、奪還され刷新される教会《シオン》の熱烈真摯な提示を拒けることによって彼らの原初のキリスト拒絶を更新したら、彼らを殺せというルターの呼びかけの論理さえ、われわれはたどることができる。

宗教的想像力とその同類の倒錯が、潜在意識の脈動に触れると、奇怪なるものの出現は遠くはない。しかし、われわれは明晰に認識しようとしなくてはならない。人間は人間を虐殺してきた。「ヨシュア記」からポル・ポトに至るまで、時々漠然と「計画的絶滅《ジェノサイド》」と呼ばれるものがあった。もしわれわれが「大虐殺」に、われわれの非人間性の長い年代史の中での特異性、量子飛躍を感じるとするなら、それは、大量殺戮と計画的殲滅――いずれにも多様な前例があるが――に、犠牲者の非人間化を伴い、明確にそういうものとして計画されていたからであった。犠牲者は、人間以下のものとして認識されなくてはならなかった。拷問と恐怖は、犠牲者を人間以下の地位に格下げするためのものであった。ナチズムの異様な考えにおいては、飢餓状態におかれ、鞭打たれ、毒ガスで殺された人々は、男、女、子供ではなく、人間以外の種である害虫だった。象徴的な左右相称に注目されたい。信者の眼の中では、神は、キリストの受肉、神の人間の形姿への下降により、人間の文字通りの神性を確証し、証明した。人間は、キリストにおいて、神の本性をもった。この変化は、ユダヤ人によって軽蔑された。人間に対して超越性を拒絶したユダヤ人が、人間以下のものにされるという最終的論理的帰結を産むのは不可避的なことではなかったのか。「大虐殺」、死の強制収容所は、人間性というものの脆弱な門口を引き下げた。もし犠牲者が「非人間化」されたとするなら、その意図と行為により彼らを獣性にまで縮小した虐殺者も同様であった。ガス室へ向かうユダヤ人は贖罪の山羊以上のものであった。ユダヤ人は、論理や相互依存へのひどい吐き気から、迫害者の獣性への下降を挑発し、誘発した。われわれという種、ホモ・サピエンスが、ある点において、神の似姿に創られたという信念に疑問符を加えたのはユダヤ人である。ユダヤ人の苦悶と、その苦悶をもたらした加虐的獣性によってである――両者は厳密に分離することはできない。ユダヤ人がいなかったら、アウシュヴィッツという人間抹殺はなかっただろうし、ありえなかったであろう。この抹殺は、イエスの神性の主張の拒絶というユダヤ教の記憶の中に具現されている抹殺ときわめて相称的である。抹消に対しては抹消を、というわけである。ゴルゴダの丘の上の光の消失と「大虐殺」の歴史のブラック・ホール。暗闇が暗闇に呼びかける。ユダヤ人は真ん中にいて、いずれにも引き込まれている。

このあとには何が起こるのか（たとえ仮説としてであれ）。

ユダヤ人とキリスト教徒の和解に関する全世界的計画は、いくらかの社会的政治的効用があるかもしれないというのが私の直感である。しかし、そのような計画が神学的事実にいささかでも基盤があるとは私は考えない。「地表からすべてのユダヤ人が完全に物理的に消滅したら、神の存在の論証と立証は崩れ、教会は存在理由《レゾン・デトル》を失うだろう。教会は崩壊するだろう。教会の未来は、全イスラエルの救済にある」（M・バルト）。人は誰でも、このような感情に見られる悔悟的な高潔さを尊重する。しかし、ローマもジュネーヴも、自らに正直になる時には、そのような感情を受け入れる必要はないだろう。ユダヤ人の存続は、アンセルムやアクウィナス、あるいは、方向は異なるが関連のあるカルヴィンとカール・バルトに見られる神の本体論的証明とは一切関係がない。ユダヤ人の存続は、パウロ的およびアウグスティヌス的歴史主義と目的論の視点からすると、よくてもせいぜい解釈に曖昧に抵抗する醜事《スキャンダル》、最悪の場合、キリストが再臨して救済と栄光を示すためには根絶されなくてはならない恥辱《スキャンダル》である。

ユダヤ人としては、メシアとしてのイエスの拒絶を売り渡すことはできない。たとえどれほど隠喩的な翻訳であれ、ガリラヤの譬え話を語る者への「神の貫入」と彼の復活と、昇天ののちの神性の共有を受け入れることはできない。ユダヤ人がユダヤ人にとどまるその度合にぴったり応じて、この否認は変更されてはならないのであり、ユダヤ人の生活と歴史の持続という実存的事実により、絶えず確証されなくてはならないのである。だから、何について「本当」に――本当を本質と理解して――語ることができるのか。（ソルジェニーツィンのような神権政治家的で預言者的な「未開人」は、このことを明瞭に見抜き、自分の、ユダヤ人に対するキリスト論者的嫌悪感を、聞いたふうなせりふに変えたりはしない。）

第二に、キリスト教は、核心部が病んでおり、「大虐殺」ばかりでなく、明らかにその背景にある数千年に及ぶ反ユダヤ人的暴力、恥ずかしめ、排斥を産んだ啓示と教義の逆説によって不具になり、たぶん末期的であると人は誰でも推測するだろうが、私はひとりの傍観者としてそう言う。キリスト教は、自分自身のイメージ、不作為にせよ作為にせよ、自らの根本的な欠点に怯えているが、それは当然である。この蛮行の季節の中で、キリスト教は、死の強制収容所は、キリスト教のヨーロッパが長い間習熟していた地獄（ユダヤ教と対照的な概念）の青写真に基づいて作られたものである事実をますます意識するようになっている。カトリック教とプロテスタントは自分自身のことをほとんど知らないのである。われわれは自己精査、深刻なひびの入った歴史の再考への真摯な呼びかけを耳にする。キリスト教におけるユダヤ的実質を再び強調し、重要視しようとする哀切な試みがなされている。しかしこのような試みは、キリスト教が、啓示の基本的な教義を削除するか、縮小するつもりでないのなら、あまり先へは進められないだろう。どうしてキリスト以外に真正の真理と救済がありえようか。どうしてユダヤ人、無力で蔑まれている少数民族、化石化した退化器官——キリスト教の擁護論と論証に繰り返し現われるイメージ——の否認が受けいれられようか。それは、キリスト教の教義と教会の生命と一致させられないことは言を俟たない。シャルル・ペギーは、磔にされたイエスの実際の肉体的苦悶が、イエスが、自分の無限の愛の力が、ユダへの許しを得られないことに気づいたまさにその瞬間に始まるという痛ましい奇想を考え出した。私はその苦悶を疑わないが、許しが不可能であることも疑うことはできない。

ユダヤ教の現在の状況は、真剣に問い直してみると、きわめて活発な、忘恩の異端であった時の状況よりも慰めになるということはほとんどない。「大虐殺《ホロコースト》」と「折り合いをつける」という考えは俗悪な、はなはだしく人間としての体面を欠く考えである。人間は、自分自身の中の人間的なものからの堕落と「折り合いをつけ」たり、実利的に歴史化したり、理性の慰めに組み入れたりすることはできないし、そうしてはならない。人間は、死の強制収容所とそれらに対する世界の無関心が、重要な実験——完全な人間になろうという人間の努力——の失敗を画するものであったという可能性をぼやけさせてはならない。アウシュヴィッツ以降、ユダヤ人と非ユダヤ人は、不具になった、ちょうど、ヤコブの格闘試合が本当に敗北であったように。

すでに記したように、この不具化は、ユダヤ人の側には、何の神学的哲学的刷新ももたらさなかった（たぶん、もたらしえなかった、のだ）。ユダヤ教の正統派は、しばしば平板になる形式主義のまま、儀式の細目で熱をおびた萎縮症のまま存続している。さらに悪いことに、イスラエルでは、ユダヤ教の正統派は、国家的蛮行と腐敗をあおっている。ユダヤ人が別の人間を恥ずかしめ、拷問し、家を奪うたびごとに、ヒトラーには死後の勝利があるということをけっして忘れてはならない。リベラルなユダヤ教、ユダヤ教全体としては、精神的発展、形而上学的探究の風は、かすかなものになっている。今、どこに、「悩める者の導き手」はいるのか、スピノザ、ベルクソン、ウィトゲンシュタインのような人々を産み出した音域から聞こえてくる声はあるのか。マルクス主義の領域全体でのメシア待望論的急進主義の崩壊とともに、批判的問いかけと、ユートピアの内在性の稔り豊かな緊張が衰弱してしまった。「黙示録」の「書記」が、「平然としている」人々について苦々しい侮辱的な口調で語る時、彼は何とユダヤ的であることか。

ユダヤ人がユダヤ教の核心からのキリスト教の発生の問題に取り組まなければ、ユダヤ教の目的意識、存続の神秘とこの神秘に必然的に伴う義務の把握において、いかなる内的進歩もありえないと私は提案する。われわれは、ユダヤ人からのキリスト教徒の発生の論理、心理的歴史的妥当性への洞察を得ようと努力しなくてはならない。それればかりでなく、それ以来、ユダヤ人をキリスト教徒へ、キリスト教徒をユダヤ人に、あるいはもっとあからさまに言うと、犠牲者を虐殺者に結びつけてきた悲劇的な、たぶん相互に破壊的な絆を、はっきりと見ようとしなくてはならない。ユダヤ人は、無実の罪、つまり西洋の歴史において、非ユダヤ人が人間以下の存在となる原因、反復的近因となったのはユダヤ人であるという恐ろしい逆説を、容認したり合理化することを強いられているのではないにせよ、想像に描くことを強いられている。

　直面しなくてはならない挑戦は、死後発表のインタヴューにおけるシドニー・フック[七]によってわれわれに差し出されたものである。フックは「それは本当にそれに値したのか」、つまり、社会の除け者として、「大虐殺」の淵を越え、迫害に次ぐ迫害をユダヤ人が生きのびたことは、肯定的に評価できるのかと問うた。そうするには苦痛と恐怖があまりにも大きすぎはしなかったか。キリスト以降のユダヤ人の残党が、ギリシャやローマのキリスト教の共和国に融解したほうがよかったのではないか、古代エジプト人や古代ギリシャ人のように彼らに劣らず才能に恵まれた民族がそうであったように、ユダヤ人の残党も、程度の差こそあれ「普通に《ノーマリー》」同一性と「民族隔離《アパルトヘイト》」を失ったほうがよかったのではないか、とシドニー・フックは問う。そのような絶対的に避けられない問いかけに対しては、終結部《コーダ》は当然次のようなものになるだろう。国家的存続の未検討の公理は、イスラエル国の、その国境で必要とされる政策を正当化するか、そして自国内でのもっと深刻な政策を正当化するか。静まることのない絶えざるユダヤ人憎悪の目的は何か、アウシュヴィッツとそれがユダヤ人の記憶、ユダヤ人による責任ある過去時制の使用に押しつける永遠の烙印の目的は何か。

　私はあえて提案する、フックの問いかけは、問いを投げかけられているユダヤ人に関わるものであるばかりでなく、その陰鬱な文脈を設けたキリスト教徒にも関わるものである、と。あのような記憶のあとに、どのような容赦があるのか、どのような自己容赦があるのか。

あまりにも明らかなことだが、これらの問題は、常識の整序化作用を受けつけない。理性のまさに反対側に位置しているように思われる。分析的議論に対して治外法権区域にある。これらの問題は、神の問題、神の存在もしくは不在の問題からその実質を得ている。われわれは近代を、こう定義することができる。この問題の凶悪さが、ほんの気まぐれに、あるいは弱々しい隠喩でのみ経験される衝動と心理的知的装備の総計である、と。私は、未来の言説に関しては猶予期間を希望したい誘惑に駆られそうになる。われわれユダヤ人は、人間イエスによって、そして彼のために、ある不透明な時になされた主張に対して「否」と言った。彼は、われわれにとっては依然としてにせのメシアである。彼に代わる真のメシアは現れていない。今日、ひと握りの原理主義者以外の誰が、教義的寓意的意味——人間の状況の継続する荒廃と残虐性とは苦々しいほど関連のない意味——以外の意味で彼の降臨を待っているのか。「テサロニケの信徒への手紙一」二：一五は、ユダヤ人は神殺し、自分たちの預言者たちの殺害者であり、それゆえ「あらゆる人々に敵対」する者であると宣告している。バチカン公会議第二回会議は、この死刑宣告を、現代の上品ぶりと「大虐殺」の混乱した光の中で、パウロの判定が決定づけた「最終的解決」をかんがみて、軽くしよう、あるいは無効にしようとさえした。しかしこのテクストは偶然のものではない。これは、キリスト教世界の歴史的および象徴的根底に存在したし、今も存在し続けている。

今、言葉がわれわれを見捨てたほうが、いずれの側にとっても有益ではないだろうか。

われわれは、奮い起こすことのできるすべての威厳と小さな美徳によって、何らかの衰退期《トワイライト》の配剤を堅持することを学ばなくてはならない。そうすることができれば、われわれは当然、生物学的には短い歴史の中におけるわれわれの位置を、もっと人間的な人間性の出現のための序章として把握するだろう。二十世紀の、神を想像した者の中で最も暗い霊感にみちていたフランツ・カフカは、伝えられるところによると、「希望はふんだんにあるが、われわれには何もない」と言った。われわれがしてよいことは、メシア待望論的なもの——ユダヤ教的なそれであれ、キリスト教的なそれであれ——の回避の中から、無気味な自由の約束を聞こうと試みることである。

大いなる同語反復

一九九二年三月三十一日、スペイン国王は、五世紀前のちょうどその日にユダヤ人に宣告された追放令の廃止を厳粛に申し渡した。この追放令は、スペイン系ユダヤ人の共同体（*Sepharad*）に荒廃と苦難と離散をもたらした。それは、西洋における三つの主要な一神教信仰の間の精神的知的共存、共同的認識、形成的緊張の比類ない時代の終わりを画した。中世スペインとラングドックにおけるユダヤ教、キリスト教、イスラム教の自覚の相互作用は、もう取り戻すことができないことが判明した。今日に至るまで、この合流の物質的痕跡——ヘブライ語、ラテン語、アラビア語の碑文、トレド、ナルボンヌ、モンペリエ大学に見られる医学や法律のユダヤ教、カトリック教、イスラム教の教師の名前が連名されている名簿——は、かつてはあったが、その後二度と起こらなかったことを思い出させるものとしてしぶとく残っている。アルビ派（一）の十字軍、スペインからのムーア人とユダヤ人の追放は、キリスト教ヨーロッパにおける不寛容と虐殺の勝利の予兆だった。今日、その不寛容と絶えることのない暴力の脅威は、ふたたび沼地の火事のようにくすぶっている。

　この会議が、明らかに限定された方法ではあるが、失われた協和の稔り豊かな人間らしさを記憶によみがえらせ、ユダヤ教、キリスト教、イスラム教相互の理解の未来の可能性を示唆することができたならば、というのが私の念願である。そのような理解がないと、無知と憎悪の穴は深まることだろう。ここに集まっている方々の存在だけでも小さな奇蹟である――そしてたぶん、それほど小さな奇蹟ではないのだろう。

この「セミナー」の胚種は、最初『中世研究』第一三号（一九五一年）に出版された「マイモニデスと『出エジプト記』の哲学」というエティエンヌ・ジルソンの論文に見出すことができる。このテクストにおいて、ジルソンは、三つの解釈学的神学的伝統――アヴェロイス、アルファラビ、アヴィセンナの伝統、モーセ・マイモニデスの伝統、アクウィナスと彼の神学の伝統――による「出エジプト記」三：一四の解釈学的分析を概観している。イスラム教、ユダヤ教、カトリックのキリスト教が、胚子状態の、正典と認められることになる経典のまさに岐路で出会うばかりでなく、織り合わさるのである。ジルソンが示しているように、マイモニデスは、アヴィセンナとトマス・アクウィナスに照らして読解し、次には、彼による、彼のアラブの先達たちの読解を経由して読解している。ここには、この大学の偉大な教師にして批評家が「共通の探究《コモン・パスート》」と呼び、求めたものがある。

啓示を目指すこの議論は、いかにも中世的な調子で、形而上学的論理学的な専門語を使いながら進行する。問題となっている点は、存在と本質の違いである。アヴィセンナの『形而上学』（Ⅷ・４）にこうある。‘Primus igitur non habet quidditatem.’（「それゆえ端初は実質を含んでいない。」）神もしくはアリストテレス的な「端初《プリムス》」は、純粋な存在、絶対的な存在である。被造物は、可能な、それゆえ偶然的な本質《エッセンス》である。それらの存在は偶有的である。それは、主動者《プライム・ムーヴァー》にして産出者の必然性である存在の必然性によって被造物の上に投与された（*accidit*）属性である。

『迷える者への導き』（Ⅰ・五七）で、マイモニデスはさらに先に進む。強調は、神の窮極的な統一性に、妥協の余地なく置かれている。神の本質は完全な単一性のものである。それは属性付与《アトリビューション》を受けることはできない。他のすべての生命形式に関して言えば、存在《イグシステンス》は現存するものに付着する偶有性である。この反アリストテレス的命題は、直接的にアヴィセンナに由来するものである。したがって、因果的に創造されたどのような実在《ビーイング》においても、本質は必ずしも存在《イグジステンス》を伴うわけではない。ジルソンはこう言っている。「その存在は、言わば、本質［quiddité］に付け加わる。」神においては、存在は必然である。神は存在するが、存在という属性によってではない。彼は存在を「持つ」のではない。彼は存在それ自体である。

アクウィナスは、このアラブの哲学者より、ユダヤの神学者のほうに近いとジルソンは言う。マイモニデスの、われわれは神から、彼がいる《ヒー・イズ》という事実しか把握できない、そして、その「実在性《イズネス》」という性質は、すべての被造物の偶有的存在とは何も共通するものをもたないという断言と、聖トマスの『対異教徒大全』（I・三〇）の「われわれは神が何であるかを把握することはできない。神が何でないかということと神と神以外のすべてのものとの関係しか把握できない」との間には密接な類似性がある。

アヴィセンナの典拠は、きっと「出エジプト記」三：一四の偉大なる同語反復であろう。マイモニデスの場合は、出処は歴然としている。ヤハウェというまさにその名前が、その分節化に附随する禁令とともに、神とその御業《ワークス》との間の完全な差異という概念を暗示している。マイモニデスはこの四文字語《テトラグラマトン》を「必然的存在」、その存在がその本質であるところの実在の審級（『導き』I・六一）を意味するものと解釈している。マイモニデスにとって、神の、モーセに対する「燃える柴」からの答えの神秘を構成するものは、属性《アトリビュート》という形式での主語の繰り返しである。神は自らを、存在であるところの存在だと言明し、かくして主語を属性と同一化させる。マイモニデスがそう読解していたように、アヴィセンナの仮定の視座からすると、「出エジプト記」の「私はある《アイ・アム》／私はある《アイ・アム》」は、「実在であるところの実在、つまり、存在から本質を作った必然的かつ完全に単一の実在」を意味すると言い換えるのが一番よい。

アクウィナスと彼のスコラ派の弟子たちにとっては、「出エジプト記」で明言されているような「この崇高な真理」(*haec sublimis veritas*)が、存在の形而上学の最前線となる。ジルソンの注釈は意気盛んである。「われわれは、ここで西洋思想の最も崇高な瞬間のひとつに生きる、ユダヤ教がアリストテレス的な実体の世界を破裂させる時に、それらの形相の行為を、もはや考える思考の行為ではなく、それ自体存在の行為である『純粋行為』に従わせることによって」。十三世紀のトマス・アクウィナスの神学(と西洋の教会)が、アリストテレスの目的論に対する動力因の勝利という重要なことを主張するのは、その根がイスラム哲学に伸びているユダヤ教の注釈をめぐる分析的思索を経由してのことなのである。たしかに、エティエンヌ・ジルソンにとって、トマス・アクウィナスの一歩は決定的な一歩であった。「新しい形而上学」、被造物においてもまた、実在の統合的実体《サブスタンス》が完全に実現されるという形而上学が生まれるのは、トマス・アクウィナスの神学においてのみなのである。

ここにお集まりの人々は、ジルソンの簡潔な議論を解明し、その価値を判断することができるだろう(が、私には明らかにその力はない)。われわれの目的にとって、明らかに際立った重要性をもっていることは、議論の歴史の「三重性」、イスラム教‐ユダヤ教‐キリスト教の連鎖《ネクサス》に基盤をもっていることである(マイモニデスとアクウィナスはそのことを十分に意識している)。この根拠づけは、それ自体、「トーラ」の一節に由来している。発話行為の、翻訳に対する激しい非難は、宗教的、形而上学的、論理学的、意味論的問題に、そして宗教的なもの、形而上学的なもの、論理学的なもの、意味論的なものの間の密接な関係に、比類ない光——あるいはカバラ的用語を使うと、比類ない輝きをもつ暗闇——を投げかける。西洋の信仰、思想、感受性の総体にとってこれほど多くの可能性を秘めたこれほど短い瞬間《セミナル》をほかに例として挙げるのは困難である。われわれの議論の中心となるのはこの配置の諸側面である。

しかし「出エジプト記」三：一四は、本当に同語反復、本質的に、自分自身に戻ってくる循環的回文である。同語反復は、厳密に形式的なもの、その機能が自己言及的定義である鏡像として考えることができる。形式論理学のアルゴリズム、数学における公理体系（数学的公準と証明の総体を同語反復の拡大版とみなす人々がいる）は、同語反復的なものの閉じられた構造を容易に記号化《エンコード》することができる。同語反復からの正当な展開、同語反復内部からの「生成文法」として、ガートルード・スタインによって発表された「薔薇は薔薇は薔薇は薔薇《ローズ・イズ・ア・ローズ・イズ・ア・ローズ》」ほど有名なものがあるだろうか。

以下の意見は、余白に書かれた問いかけ以上のものではない。

同語反復の運動はすべての言語に内在している。その運動は、命名、賓述の道具性に内在している。本体論的同語反復は「創世記」二：一九に含意されている。アダムがすべての生き物にどのような名前を与えようと、「それがその名前となった」。プラトンの『クラテュロス』の「唯名論」をはるかに超えて、アダムによる、すべての有機的存在に対する意味論的洗礼は、それらの本性と完全に一致し、それらの本性を定義する。堕罪以前の言説においては、名前と対象、意味表現と意味内容がぴったりと一致する。故意によるものでない誤解の生じる余地はない。言葉による虚偽は、初期のウィトゲンシュタインが、言語の境界とわれわれの世界の境界との間にたてた等号関係の場合よりももっと厳密に実在と経験の全体を写像《マップ》する文法からは排除される。命名とそれに対応する本質が一体化される——両者の関係は同語反復的になる。『ガリヴァー旅行記』第四部は、そのような言語世界を概念化している。フイヌムの言葉は、「事実の情報」を伝達し、保持することができる。「なかったことを言うこと」は言語を無効化し、その真理機能を破棄することである。言語がもはや現実とは相応しない場合、言語は、ガリヴァーの馬の主人によると、存在性への接近を実際に阻む。「ある物が白いのに黒い、長いのに短いと信じ込まされるからだ」。アダムの言語、クラテュロスによって論じられた立場、フイヌムの言語は、同語反復を熱望する。名前は、存在を本質に、語を世界に、等価の関係で結びつける。記号には（現代の言語学や意味の範型におけるような）恣意性はない。

公言される合理性が何であれ、詩と散文は、それが喚起と想像的構築のためにある時は、アダム的なものを振り返る。詩人は比類ない命名をし、語から世界を作ろうとするだろう。文学テクストの語彙的、音声的、統辞法的、それどころか視覚的要素も、それらが指し示すものの感覚的知的全体性を具現することを目指している。詩が音楽を憧れるという伝統的な比喩は、形式的手段と内容との間の、希求される融合を示唆する。音楽だけが、厳密な意味において、自らに対して同語反復的である。しかし散文も、意図される組織化の、より高い領域においては、この方向へ突き進む。現代のアメリカの詩人が、「詩は意味するのではなく、存在しなくてはならない」と規定した時、彼は、「堕罪」前の発話行為の本体論的力動性を回復しようとしていたのである。われわれはここで、虚構、ポイエーシスの根源的逆説（アリストテレスが『詩学』六章で不安な様子で気にしている逆説）の、もしこういうイメージを使ってもよいのなら、「半陰影《ペナンブラ》」にいるのに気づく。虚構の意図は真理である。虚構は世界を、記号とそれが指し示すもの、時には曖昧さをも含めて指し示すものとの間を、一対一の関係で分節化し、写像することによって、本質的に語ろうとする。虚構は、語と文を、実在に対して透明化しようと苦闘する。堕罪を犯した男女の作品であるので、それはけっしてこの目的を完全には達成できない。人間以外の生物に、完璧な意味論的真実の陳述を割り合てたのはスウィフトの神技である。「部族の言葉」（マラルメの言い回し）は二度と再び完全に純粋なものにはなりえない。虚構的、詩的発話行為の中で最も「ぴったり合った《クロース・フィッティング》」ものにおいてさえも、語と対象との間の肉体化した同語反復は漏れ出す。われわれは、語の完全な語源的内包的意味において二重性《デュープリシティ》を感じる（この「漏れ」と「二重性」を表わす現代の合い言葉は差異 *différence* である。）

同語反復は、形式論理学と代数学のそれのようなメタ言語的記号体系においてばかりでなく、自然言語においても基本的なものである。それゆえ、同語反復は、論理的分析的探究の対象である。「同一性」や等価性のような近接的もしくは同族的範疇は、それらと同語反復との関係で研究されている。厳密で直接的な反復もしくは繰り返しは、同語反復にとって原初的とみなされることが多い。キルケゴールによる、この原初性に対する、広範囲にわたるアイロニカルな扱いはよく知られている。しかし、同語反復的なものの本質と妥当性に対する関心は、論理学とグラマトロジーの注目する領域をはるかに越えて広がっている。同一性という問題、自己再帰的命名という問題、無矛盾と排除された中間項との関連で同一性と自己再帰的命名の両者が論理必然的に含意するものに同等性を仮定するという問題は、西洋の認識論における中心的命題を保証する。それは、前ソクラテス期から、この認識論、この可能な分節化の論理がその力のある根幹となっている形而上学的神学的議論と切り離せない。

「AはAである」という形式の命題が、空虚でも無意味でもなく、逆に、理性と、思考の体系的構築物を産出するという公準が、理解可能性の西洋的基準を形成しているとみなすことができる。学の原理(*principium sciendi*)が基礎をもつのは、アリストテレス以降は確かに、この結節点においてである。明白な問題点は繫辞《コピュラ》である。われわれの形而上学と哲学的論理学の大部分は、「A」と「A」を結びつける繫辞に、必然、存在的決定の性格《テナー》を位置づけようとする試みだったと言っても、誇張ではあっても、許容される誇張であろう。学的原理としての役を果たす形式的公準は、動詞「ある《イズ》」に明らかにされる本質的原理（*principium essendi*）にどのように依存し、どのようにそれを肯定するのであろうか。この問題は、フレーゲにとって重要であったのと同じくらい、パルメニデスにとっても重要であった。この問題は、ハイデガーの実在の隠喩にとって枢要であるのに劣らぬくらいウィトゲンシュタインの言語論にとっても枢要な問題であり、両者は見かけほど互いに異なるわけではないのである。われわれのここでの目的のためには、つねに見られる重なり合いに注目することが重要である。厳密に定義された神学的研究、啓示された言説における伝達可能性と理解可能性の条件の考察（直接性のグラマトロジー）は、同一性の同語反復的主張における存在性の繋辞の問題を回避することではない。それと相互的に、論理学は、最も形式的な外観を見せている時でさえ、コウルリッジが「偉大な『私はある』《ザ・グレイト・アイ・アム》」と呼んだものの「大いなる神秘」（*mysterium tremendum*）に、いわば「頭をぶつける」。意識と言語の関係をめぐるプログラムに基づいた唯物論的論理もしくは理論の弱点を示すのはこの重なり合いであるという意見をあえて述べてもたぶんよいだろう。同一性の同語反復的陳述の論理、意味論が、相応の深みに至ると、広い意味で超越的なもの、それゆえ、形而上学と哲学的神学の正当な関心事になる問題と挑発に遭遇する。

　形而上学と神学に論理学を関連づけるような同語反復的同一性命題の歴史における最も重要な瞬間についてさえ、包括的な概観のようなものを何であれ想像するのは困難なことである。主題《トピック》、その語のアリストテレス的慣用法を拡大した意味での主題が広く行きわたっている。その歴史、その展開の分析は、パルメニデスの「一者」と多者とプラトンによるこの教義への批判、アリストテレス論理学、そして、すでに見たように、スコラ哲学の根底にある実在と本質、自律者と被創造者との間の本体論的区別へと進むだろう。もっとも狭く見ると、これは、「主動者」の同一性と、この同一性と人間の自己意識（限定的なエゴのそれ）との間に考えられる関係に陰に陽に関連して、概観は、その後に続く多くのものの源泉として新プラトン主義を挙げるだろうと言うことである。「近代」の物語が始まると言えるかもしれないのは、プロティノス、プロクロスのプロティノス論においてである。プロティノスは、神の完全さという同語反復を、体系的で形式的な根拠（その最も正確な表現は、アレクサンドル・コイレによると、超限数《トランスファイナイト・ナンバーズ》をめぐるカントールの公式化である）と形而上学的説明の根拠に基づき、きわめて説得力のある議論をしている。「神の原理」は、自らにおいて、自らによって（*a se, per se*）存在する。その単一の絶対性（この公式化は聖アウグスティヌスによって試みられることになる）は、実在と本質との間の完全な同一性のそれである。いかにもプロティノスらしい比喩において、この完全な「自分自分に対する自己性《セルフネス》」は、閉じられており――同語反復は、幾何学的図形の中で最も崇高で完全な円のそれである――、かつ、無限の輝きの原動力である。アルパはオメガである。

最も稔り豊かな思弁的流れは、新プラトン主義、ヨハネの考えるロゴス概念、三位一体の教義によって提示される認識論的のみならず、論理的な諸問題、これらの相互作用から生まれる。これらは、西洋の神学的哲学的議論における最深部の流れのひとつである。ひどく単純化して言うと、問題になっているのは、アリウスの教説の、三位一体規範《モデル》への編入もしくはそこからの排除である。アリウスの教説はキリスト教の意識につねに潜在しており、子供の歌「ひとつはひとつ、すべてはすべて、これからもずうっと同じ」は、その遠い反響かもしれない。「出エジプト記」三：一四における命令的な同語反復的「一体性《ワンネス》」が、どうやってキリスト教の神の三位一体《トリプリシティ》と調和させることができようか。ヨハネの、神と「言葉」との間の等価性が、どのようにして、「父」、「子」、「聖霊」の三重の本質と一致するのか。撞着語法は、まさしく「三位一体の」（'triune'）という語において、暴力に近い。「燃える柴」の荘重な一神教、プロティノスの主張する絶対的単一性との対照――矛盾かもしれないが――は、もし西洋のキリスト教が、自らの正統性にとって重要な遺産――エルサレムの遺産とアテネの遺産――を継承するつもりなら、叩いて取り除かなくてはならないものだった。このアポリア――論理的、文法的に解決できないもの――は、理解可能なかたちで少しでも克服されただろうか。

道は、マイスター・エックハルトの「出エジプト記」注釈と「第四福音書」の読解における「私は私が存するところの者なり」（*Ego sum qui sum*）をめぐる（マイモニデスを引証した）霊感にみちた注解を通り抜ける。「実在自体である主語」（*ipsum esse*）と代名詞の第一人称――神の場合にのみ純粋な実体《サブスタンス》を意味する――の特異な地位をめぐるエックハルトの文法的探究は、神の同語反復的な自己暴露《アンマスキング》の燃える深淵によって火をつけられる。「出エジプト記」の一節は、それ自体が、通常の言語の領域から押し出される。ちょうどエジプトから押し出されたイスラエルのように。この絶対的な「動詞」は砂漠から生まれる。自己命名の行為において、神もまた無名となる、あるいはもっと正確に言うと、名づけえぬものとなる。名もなしに（*Sine nomine*）。エゴは本質《エッセ》の全体性の中に退却する。「ある《スム》」でさえも、スタニスラス・ブレトンがエックハルトの読解の中で言っているように、「過剰に」ある、「不定法の無限大に過剰な思いやりのある付加」である。「柴」の火は、神がそのような言語を至高の手段とするや否や、自然言語を焼き尽くす（ヘラクレイトス、とりわけマルティン・ハイデガーの読解になるヘラクレイトスにおける稲妻のイメージとの類似性がここにはある）。こういうわけで、われわれが「出エジプト記」三：一四を、「下へ向かって」言い換えられるかぎりにおいては、これは、すべての存在の、厳密に考えることができないほど圧縮された「一体性《ワンネス》」への取り入れ《イン・ギャザリング》を伝えると同時に、ゼロ地点をも伝える。この否定の強調は、エックハルトの聖ヨハネ論において深まる。現代の宇宙論から話題をひとつ借りると、われわれは、ブラック・ホール――その中心のかたまりはあまりにも密度が高いので、そこからの放射はない――における存在の測定しがたいエネルギーの直接的証拠はもっていないし、直接的に遭遇することもない。マイスター・エックハルトの、無限に圧縮されたゼロもしくは「空虚」（*Nichtigkeit*）をめぐる戯れが、今度は、現代の否定神学とその、本質における不在の隠喩を活性化させるであろうことは明らかである。

図式的に言うと、新プラトン主義——プロクロスが決定的——のキリスト教との協和の試み（二）とエックハルトの洞察は、ドイツ観念論の認識に通じている。エックハルト、アンゲルス・ジレージウスの神秘的弁証法の結果として、フィヒテは「AはAである」から「知識学」（*Wissenschaftslehre*）の確固とした公理的基盤を作ろうとした。デカルトの仮定を過激にし、フィヒテは「存在する、ゆえに我あり」（*sum ergo sum*）を前提とする。この等式において——フィヒテによれば、それがなければ知覚もありえないし、意識の合理的体験も、われわれの住む世界の「意味づけ」もありえない——、「ある《トゥー・ビー》」という動詞は静止した繋辞ではなく、この上なく力動的で構築的である。フィヒテの同語反復は、「私は存在する、ゆえに私は存在する」と言っていると理解するのが最もよい。唯我論を遠ざけて、根本的同語反復の両端が活動していることを例証するのが（フッサールの努力と同様に）彼の英雄的努力にふさわしい。シェリングの「メタ論理」においては、同語反復は実際に同一性関係を陳述しているが、この関係は同語反復的なものを超越している。重要な点においてシェリングの議論は、論理的および文法的要素に依存しているというよりは、詩学と神学に依存している。神の創造という範型とその範型のポイエーシス（*Erschaffung*）への反映は、形式的もしくは分析的発見を支え、さらにそれを超える。エゴが最も自分自身（ipsissity’）であり、それと同時に最も「開かれている」のは、人間が愛——愛の自意識、エゴのエゴイズムの同語反復的絆を確証すると同時に断つかぎりにおいて——を体験する時である、とシェリングは言う。

コウルリッジは、論理をめぐる彼の（未完の）論考のいたるところで、フィヒテとシェリングの両者を意識している。いかにも彼らしいが、彼は聖書的典拠を指摘している。

> いかなる宗教的もしくは超人的権威への現在の言及がなくても、ユダヤの律法家によって至高の存在に帰せられた「私はある《アイ・アム》」の称号は、その哲学的深さゆえに、われわれの讃美の念をかきたてずにはおかない。文法学における存在の動詞もしくは第一形式は、それが真実であることの、ありうる最高の外的証拠をわれわれにもたらす。この動詞（*verbum*）は、ありうるすべての語の中で——表現することを意図されているもの、ひとつの行為、前進、表明、語の中で前進する精神と区別できるがそれから切り離すことはできないあるものを最もよく表わす……

コウルリッジの「ひとつの行為、前進、表明」は、フィヒテの「事行《じこう》」（*Tathandlung*）の洞察にみちた言い換えである。

しかしながら、多くの可能性を秘めていることが判明したのは、シェリングの翻訳不可能な、「燃える柴」からの単語の中の*Un-grund*（ヤーコブ・ベーメに由来する語）であり、同語反復の瞬間に退却する定義である。「出エジプト記」三：一四は、すべてのことを言っていると同時に何も言っていない。それは、その解答が本当にゼロである一次方程式である。神は、自閉《オーティズム》へと身を退くものとして解釈できるかもしれない。ハイデガーの、真理と「あらわにされた自己隠蔽」（*aletheia*）との等式をめぐるこの神学的奇想の衝撃は実感できる。真の言葉（*Sprache*）の、同一性と記述との対応もしくはそれらの再現からの退却を意味するための、ハイデガーによる「無」（*Nichts, nichten*）の使用に関しても同じことが言える。広く認められていることだが、ハイデガーの存在論的本体論と、それがとりわけフランスで霊感を与えた無化（*néantissement*）の哲学的修辞的実践は、否定神学の――こう言えるならば――世俗化である。「柴」はいまだに燃えている、しかし独語《モノローグ》の中で。われわれはその同語反復における脈動する閉止と開示に近づくことはできない。

これらは、分析的超越論思考における最も困難な道のひとつにそっての、きっと不正確な、あるいはおおよその指標である。私が今モーセが耳にした言葉の、二十世紀における二つの喚起あるいは援用に向かうのは、音楽と詩は、両者が人間の問いかけの中心を占める場合、形而上学的問題について多くを語ってくれるだろうと信じているからである。

一九三〇年五月から一九三二年四月にかけて作曲されたシェーンベルクの『モーセとアロン』は、『論理哲学論考』の精神で、言語の境界を探究している。人間の言葉は否応なしに表象し、イメージ化する。そのような表象やイメージ化は、啓示された絶対的真理を歪曲する。とりわけ、イメージによる歪曲は、モーセの神によって宣告されたイメージ形成の禁止を犯すことになる。それは、イスラエルのための神の律法の抽象的道徳的真理が世俗化されて歪められないようにするために下された禁令だった。音楽に、ユダヤ人の意識に特有の真理機能を与えているのは、まさにこの、ユダヤ教における偶像破壊であり、偶像と表象的言葉との間の必然的絆であることをシェーンベルクは暗示している。音楽はイメージを拒む。シナイ山の神に帰属する真理と同様に、それは窮極的抽象の審級に属している。

この抽象は、「燃える柴」から聞こえる声によってモーセに明らかにされる。声――ソプラノ、メゾ・ソプラノ、コントラルト、テノール、バリトン、そしてバス。シェーンベルクは、人間の耳が神の自己命名の隠れた統一性を把握できるのは、複数性、断片的知覚を通してのみであるということを示唆しようと目論んでいる。「唯一無二のもの《ワン・アンド・オンリー》」が同語反復的に自らを明らかにする時、それは人間が把握できないところにある。シェーンベルクは「私はある」を音楽にするのではなく、モーセに、その接近不可能性を詳しく説明させるのである。意識的にか無意識的にか、シェーンベルクは、プラトンの『パイドン』の密接に関係する一連の形容語句をふやす。

　想像を絶している、不可視であるがゆえに、
　不可測であるがゆえに、
　不朽であるがゆえに、
　永遠であるがゆえに、
　遍在するがゆえに、
　全能であるがゆえに。

柴がモーセに、その清められた秘密の土地を離れるように命じる。神の声は、再び、「どんなものを通しても」、彼の民族に語りかけるだろう。しかし、かつてのように、燃え尽きぬ火から語りかけることはないだろう。現世的文法への神の下降という「神性放棄」(*kenesis*)と、人間による翻訳(つねに事実歪曲の中傷《トラダクション》)における神の存在と意味の不可避的隠喩化は、原初的な啓示されたかたちでの大いなる同語反復の繰り返しを不可能にする。

　シェーンベルクは『モーセとアロン』を未完のままに残した。音楽の舞台は、モーセの絶望の叫びで終わる。

誰も「彼」を口に出せないし、許されない。
ああ、言葉、言葉、言葉、それが私にはない！

しかし、断片の地位はまた、われわれを別の洞察へと導く。神の同語反復もしくは自己の公準に明示されている完全性、全体性は、人間の理解力や模倣的反応には与えられていない。

シェーンベルクは、近づきつつある大破局の、まぎれもない影の下で「宗教的断片」（*sakrales Fragment*）に取り組んでいた。「燃える柴」と神の、モーセへの開示の記憶は、すぐに、耐えがたいまでに疑問視されることになった。

「燃える柴」の形象と形象化は、パウル・ツェランの詩においては行間にある。七つの枝をもつ「柴」は、ユダヤ教を象徴する儀式的枝付き燭台《キャンデラブラム》である。その小枝は、祈りもしくは悲嘆の際に広げられる指のイメージとして働く。茨のやぶの刺《とげ》は、血と戴冠を物語っている。論及のひとつひとつがツェランの問いかけを表現している。「燃える柴」は、それが意味する聖約とともに灰燼に帰したのか。耐えがたい近接性の神秘によって、それは激しく燃えて、イスラエルの荼毘《だび》の薪となったのか。それとも、炎の布置がたんに消滅し、あとにはユダヤ人にとって無言の裏切りと絶滅が残ったのか。このような問いかけと犠牲者の答えは、一篇の詩、ツェランの「詩篇」に圧縮されている。この詩は、それが鼓舞した衝撃と解釈とによって、すでに記念碑化し、伝説化した。しかし今回は、焦点は「柴」にのみあるのではない。気が遠くなるが、神の自己命名と、モーセに語った同一性の確証をめぐる問題である。「柴」と「主格の《ノミナティヴ》」同語反復が融合される。一方が死と虚偽と化すと、他方もそうなる。ツェランは神を「無名にする《アン・ネイム》」。「大虐殺」が百万倍も、犠牲者の名前、同一性を抹消したからだ。この「反詩」においては、神は「誰でもない者」

(*Niemand*) であり、キュクロプスの地獄のような領土の「ウティス」(*outis*) である。しかし彼の神は、否定神学の中の最も暗いものにおいてそうであるように、退却、無力、霊知的な悪意よりなる不在と空虚にみたされた「誰でもない者」なのである。「われわれの塵に話しかける」ことのない「誰でもない者」、「あなたをたたえよ」(ここで *bespricht* は翻訳不可能なものに境を接しているが、それは、言語的伝達と関心、そして、「祈禱《カーディシュ》」に見られるような、語られる思い出という含意さえある濃密な内包的意味をもっている)。「詩篇」は同語反復を言い換える。「わたしはあるという者ではない」、あるいは「わたしはもう、かつてあった者ではない」。火は消え、あなたは塵 (*Staub*) になった。次には恐るべき対位法がくる。

Dir zuliebe wollen
wir blühn
Dir
entgegen.

再び、翻訳はよろめく。*Dir zuliebe*「あなたの愛ゆえに」。しかし、アイロニカルな屈折がまったくないわけではない。言語に絶するほどわれわれを失望させた「あなたのために」。「われわれは花開く」。*Dir/entgegen.*「あなたに向かって」、しかし同じくらいの強さで「あなたに逆らって」。

ツェランの動きの深さと暗示に注目されたい。「柴」となったのは、窯と火の穴で皆殺しにされかけたユダヤ人なのである。モーセ的瞬間を我慢できずに覆して、神に呼びかけ、無名にするのは、燃え尽きた「柴」から聞こえる彼らの声なのである。「出エジプト記」の「柴」は刺があり燃えるが、この死の強制収容所の「反柴」は、「無の薔薇」、「無人の薔薇」（*Nichts-, Niemandsrose*）を咲かせるが、これは、血と復活の象徴である（とは言っても、ツェランに関して言えば、象徴という観念はあまりにも単純である）。神がかつて選別した民族が獣のように虐殺されることによって清められた土地、神が近づけなくなった土地から、いわば免職されたのは、人間という対話者ではなく、神のほうなのである。

「出エジプト記」三：一四の読み方として、テクストの挑発に、これ以上釣り合いのとれるものはほかにないと私はあえて言う。大いなる同語反復の肯定的告知《ケリュグマ》的解釈に対して、これ以上鋭く執拗な疑問を投げかけるものはほかにない。どの程度まで、神の自己同一化とモーセにとっての同一化は、閉域、つまり、創造者の神聖な自己充足からの男女の追放なのか。ここには人間との継続的な出会いへの関与があるのか、それとも告別、人間の理解のまったく及ばない全体的秩序への退却があるのか。「出エジプト記」のこの発話行為を体験し、「耐え」ようという（愚直な、と言ってよい）試みをしながら、私は、神の陳述に、無限の孤独の消音された反響を聞くべきではないのか、同語反復の鏡映の文法は、そこから被造物、そしてきわめて陰鬱なことに、人間という被造物が排除されている孤独の比喩的表現ではないのか、と考えてきた。

「燃える柴」から聞こえる声にとっては、同語反復は本当に閉じられていたのかもしれない。われわれにとっては、それは開かれたままである。

二羽の雄鶏

（マイルズとルース・バーニートのために）

二つの死が、西洋の感受性の基盤の大部分を決定した。死刑、裁判による殺人の二つの事例が、われわれの宗教的、哲学的、政治的現《リフレックス》れの根底にある。われわれの形而上学的および市民的な自己意識を支配しているのは二つの死、ソクラテスの死とイエスの死である。われわれは今日まで、二つの死の子供である。

ソクラテスの処刑の動機は、有無を言わせぬ偶然的なものであったにせよ、絶えざる学問的探究にもかかわらず、十分に理解されていない。また、彼を非難した者にも、彼を哀悼した者にも、動機は不透明であったと、直観的に思われる。紀元前三九九年のアテネで起こったことに関してわれわれが抱くイメージは、プラトンの叙述によって主として形成されている。われわれは、寡頭政治と人民政治、修辞学者もしくはソフィストと扇動政治家《デマゴーグ》の衝突との間をぼんやりと知っている。この衝突がポリスを弱体化させたのであり、ソクラテスは責められるべき関係をもっていた、あるいはそう信じられていた。われわれは、かつてペリクレスの都市であった都市に、スパルタに敗北したあと重くのしかかっていた圧力について少し知っている。疲弊と相互非難が空気を腐敗させていた。ソクラテスが彼を誹謗する者を激怒させたこと、彼が「社会の重鎮」を耐えがたいほどに突き棒でつついたことを思い出すには、アリストパネスの『雲』を見ればよい（真理と共同体との間の衝突を描くイプセンの劇のソクラテス的推論は歴然としている）。プラトンの『法律』第十巻は、その容赦のない規則によって、アテネの民衆の意識が、不敬、理性主義的な挑発に直面して経験した、古くからあるが、絶えず再起する恐怖心を、われわれに思い起こさせる。宇宙の組織に関する問い――アナクシマンドロスとヘラクレイトスにすでに忙しく対応させた問い――と、神々を国家の日常的安定と関係づける慣習と認可された言説の媒介に関する問い、両者はまったく別のものである。

しかし、たとえわれわれが、政治的および個人的環境のこれらの運命を観察しても（エウリピデスもまた、運命の脅威を経験することになった）、そして、たとえわれわれが、ソクラテスの存在様式の故意の「無為無策《タクトレス》」を心（二）に留めても、彼の死刑宣告と遂行は依然として不明瞭である。古典学と政治理論（レオ・シュトラウスの衝撃と苛立たしい遺産を考えていただきたい）が、その事件の新しい読解を絶えず産み出していること、ソクラテスへの罪の宣告の真の意味と妥当性をめぐる議論が、ここ数年間とりわけ活発だったことは偶然ではない。なぜソクラテスは、最初ははるかに軽い罰と思われたもの、つまり罰金刑を、死刑へと屈折させたのか。どの程度、彼のアイロニー、公的名誉と報いへの要求――それ自体、アイロニーをアイロニー化する要求――は、彼の裁判官と彼自身に死刑の宣告を強いたのか。われわれはどのようにして、その後ソクラテスが監禁中に申し出のあった逃亡の可能性を利用するのを拒んだということに明白な、それでいて深遠な、意味作用のいくつものレヴェルを解釈すべきなのだろうか。ソクラテスの死という事実に、われわれに伝えられているような自殺という微光を投げかける確実な要素があるのだろうか。（この診断は、プラトンよりも粗雑ではあるが、いくつかの点でより直接的な証人であるクセノポンに、暗示以上のものがある。）

『弁明』の雄弁と『クリトン』の弁証法的情念が、解答へのいかなる試みをも複雑化する。ソクラテスの相次いで現われる人物像が、いくつもの時代の人々の興味をそそった。われわれは、『メノン』の前に「ソクラテス的ソクラテス」を、中間の対話篇に「ピュタゴラス的プラトン的ソクラテス」を、『ソフィスト』と『テアエテトス』に「本体論的ソクラテス」（ハイデガーの「ソクラテス」）を知っている。『法律』からのソクラテスの不在自体が、意味内容を含意している（レオ・シュトラウスによって逆説的に「現前」化される）。ソクラテスの衝突し合い、混成的で、重なり合う肖像と神話は、ルネサンス期、啓蒙期、近代においては多様である。「歴史上のソクラテス」とプラトンの再創造になる演劇的天才との間のありうべき一致は、解釈学的分析と物語論に抵抗する複雑な豊かさをもっている。きわめて正確な比較が、たったひとつだけ、合理的に維持することができる。「本当の」ナザレのイエスと新約聖書の「福音書」と「使徒行伝」の中で生まれかけている、あるいは神聖化されているのが見られるキリスト像との間の比較のことである。ソクラテスの場合もイエスの場合も、直接的証言——すでに「暗記されている」——、心理的追想と再形成、意識的かつ無意識的な、教訓的解釈の文学的言語学的常套手段から成る組成は、あまりにも密度が高く、多元的であるので、どのような自信にみちた分析的発見も斥けられる。われわれは、相互作用の力動性、初期と後期の形象化の鏡映と投影の力動性を見落としてはならない。われわれは、一方では、プラトンおよび伝プラトンの対話篇の正確な年表をもっていないし、他方、四篇の「福音書」とその推定上の典拠の年表をもっていないので、われわれにできることは推論だけである。たとえば、『ゴルギアス』の「ソクラテス」は、われわれが『プロタゴラス』で出会う——虚構の、であれ、現実の思い出の、であれ——「ソクラテス」の声を、いかなる点で組み込んでいるのか、あるいは変更しているのか。

「共観福音書」の内部においてのみならず、もっと徹底させて、聖ヨハネにとって、イエスの提示の仕方に影響を与えた同一性の関係もしくは歪曲はどのようなものなのか。

言語と詩学の研究者なら誰にでも明白なのは、プラトンの、連続的で自己修正的な、ソクラテス描写（「創作」か）における文学的展開の切迫感である。『ウィンザーの陽気な女房たち』のフォールスタッフは、『ヘンリー四世』第一部と第二部のフォールスタッフであり、かつそうではない。しかしこの場合の形成的起源は、西洋の記憶への刻印がイエスのそれと並びうる唯一の個性を自分自身とわれわれのために保持し、伝えるためにプラトンによって用いられた真理と虚構、記憶と変形の運動と較べると、ほとんど単純すぎると言える。

私は、解釈に関連する逆説と扱いにくさ、素材が理性に課す境界を描いた唯一の図像的表現を知っている。それは未詳の作家によって、中世後期のフランドル様式で描かれた絵画である。「受胎告知」の瞬間の、マリアのつつましい家の背後の壁に、キリストが磔にされている十字架を判別することができる。ソクラテスは朝の散歩で、ドクニンジン（*Conium maculatum*）の前に立ち止まって、微妙なギザギザのある葉を嗅いだり、指でなでたりしただろうか。

宗教的な歴史であれ、現世的な歴史であれ、そして「啓示された」正典であれ、現世的な正典であれ（この文章の目的は、両者の間に、何かもっともらしく思われる区別だてが可能か否かを問うことである）、傑出した男の「最期の言葉」は、はっきりとしたひとつのジャンルを形成する。「男」と言ったのは、女の最期の言葉の実例は、不安にさせられることだが、ほとんどないからである。女は死ぬ時には沈黙する傾向があるということなのだろうか。女の最期の発言は記録に残されなかったということなのだろうか。

それとは対照的に男の最期の言葉の現われ方は多様である。英雄的崇高から竜頭蛇尾まで、禁欲的簡潔さから派手な虚勢にまでわたるものである。そのような最期の言葉は、たぶん、真夜中になる前に用意されることが多いこと、最期の言葉は、とりわけバロックと新古典主義の時代の身分の高い人々の間では、下稽古されていたこと、そのように想像してよい理由は十分にある。最も有名な、あるいは悪名高い別れの言葉のいくつかが、聞き手の誤解の結果であった、あるいはまったく聖人伝作者の創作であったという証拠がある。にもかかわらず、重要な認識が働いている。人間という「言語動物」（この名称は、ヘブライとギリシャのいずれの人間学の核心にもある）は、最後に一度、彼を定義する人間性を発揮する。死は言葉の停止である。それは、話すことのできる存在の原稿に区切りを入れる行末止めである。（唖《おし》の存在においては、原稿はどのように仕上げられるのか。唖の「最期の言葉」とは何か。）死に際して、文法と沈黙の無秩序が互いに向かい合い、人間の意味作用に対して円環を閉じる。われわれの、自己に対する結論的知覚を実体化するのは言葉であると本当に思われることであろう。その「最期の言葉」が音符の形式をとった作曲家をわれわれは知らない。デッサンで彼もしくは彼女の死を扱った視覚芸術家をわれわれは知らない。

「クリトン、われわれはアスクレピオスに雄鶏一羽の借りがある。お願いだから私の借りを返しておいてくれ、忘れるなよ」。この「われわれ」は、フロベールの『ボヴァリー夫人』の冒頭の「われわれ《ヌ》」、けっして繰り返されることも説明されることもない「われわれ」と同じくらい、依然として謎めいている。ソクラテスは、集団としての人類に同一化し、そうしてわれわれに、死は一般原則の中で最も完全なものであること、死は第一人称単数の根絶として理解できることを思い起こさせているのだろうか。死において、われわれは「われわれ」となる。もしこれが、この統語法の意図であるなら、慎み深さは近視眼的であることが判明した。ソクラテスは、西洋の論理の歴史と実践の中で、「人間」を代表するようになったからである。人間を表わすために「ソクラテス」を使う三段論法、自然言語の、基礎的な象徴的論理学的記号法への転換が、数えきれないほど多くある。中世の学校からデカルトと近代の入門書まで、論理学を学ぶ無数の学童と初学者が、「ソクラテスは人間である。／すべての人間は死ぬ。／ソクラテスは死ぬ」という基礎的三段論法を暗唱した。きわめて平板で、ありきたりのものなので、この連鎖も、無法行為《イノーミティ》の雰囲気を失った。レフ・シェストフ、死に抵抗し、論理的必然に対する卑屈な黙従に抵抗した二十世紀のロシア思想家が現われるまで、この運命の形式におけるソクラテスの実存的存在のきわめて重大な醜事《スキャンダル》に抗議したり、それを指摘する者は現われなかった。この初歩的三段論法を犬に適用することは、シェストフにとってかなり恐ろしいことなのである。ソクラテスについて、無思慮にそのことを口にすることは、本体論的暴力なのである。

われわれが知っていることは次のことである。クリトンのほうを向き、すでに鼠径部に、ドクニンジンによる迫り来る死の悪寒《おかん》を感じているソクラテスは、最期の言葉で、複数代名詞——「われわれは……借りがある」——と人称所有格——「私の借り」——の両方を選択している。彼は文字通りに、境界、エゴから無名への通過を言葉に表わしている。無名性が彼に宿を与えないであろうこと、論理と論理的議論が、「ソクラテス」を、最も無名でない二人のうちのひとりにするであろうことが彼にはわからない（彼がそんなことを気にかけただろうか）。

『パイドン』における言説の音楽とプラトンの詩的雄勁さを考えると、ソクラテスが彼の人生と裁判で示した修辞と雄弁のすべての技巧の熟達ぶり——クセノポンが、たぶん非難を込めて「メガロゲリア」（*megalogeria*）と呼んだもの——を考えると、この最期の言葉は驚きである。ウィトゲンシュタインの平明さ——「私は幸福な人生を送ったと彼らに言ってくれ」——でさえ、予期されないこと、その場の輝きを帯びた権威にみたされている。敵に対する呪いを言いながら去った者もいる。敵を祝福した者もいる。人格と天命の精髄を、ひとつの句あるいは珠玉の文句に圧縮しようと苦労した者もいる（タレーラン（二）の、神の専門《メティエ》は許しであるという警句、ゲーテが叫んだと言われている「もっと光を」）。この西洋の言葉の大家は、これが自分の最期の言葉になると知りながら、そしてこう信じてよい理由があるのだが、その言葉が熱烈に記録に留められ、他の人々に伝えられることを知りながら、もっと壮大な、弁証法的にもっと刺激的なことは言えなかったのだろうか。

注釈と解説はさまざまである。

　アスクレピオスは、アテナの神殿に輸入されたばかりの神であったことを学者は教えてくれる。この神は北、おそらくはマケドニアに起源をもつと考えられている。無骨ではあるが政治的にも軍事的にも力のあるこの地域の影が、疲弊したギリシャにますます重くのしかかっていた。雄鶏も本土のヘラスには遅くなって到来したものである（紀元前五五〇年頃よりさかのぼる言及はない）。雄鶏はペルシャから来たようである。マニ教と、メディア-ペルシャ世界に属している二元論の先触れも同様であった。マニ教的およびグノーシス的体系の基盤である二元論、光と闇の二極化は、雄鶏と力強いつながりをもっている。比較宗教、神話、儀式、象徴の研究における長い一章を要約するのは、速記を使っても困難である。雄鶏はチョーサーでは'Chauntecleer'である。彼は夜明けの伝令者である。彼が刻《とき》を作らないと、太陽は上らないという伝承がある。彼の熱烈な刻《とき》の声は、光という日々の奇蹟を告げ、かつ迎える。彼の性的雄勁《ヒート》さ——英語の「コック」は男性性器を指す——は、太陽の生命付与の力、生命を産み出す急激なさかりを再演する。ゴール人の意識においては、雄鶏の濶歩する尊大な姿は、きらめく武具をつけた得意の絶頂にある国家のそれである。ちなみに *gloire* は陽光とはつながりがある。西洋の慣行と図像においてはどれでも、雄鶏の羽は戦士、勇ましい恋する男の頭を飾る。われわれの風見の上では、雄鶏が風と天候をわれわれに教え、空のほうへわれわれの注意を導く。蹴爪《けづめ》で打たれると、すさまじい闘いを始め、男性支配を誇示する。

しかしながら、それとは対照的に、同じ生物が、暗闇と死の王国に関わっている。彼はペトロニウスの『サテュリコン』においては、死の称讃者（*bucinator*）である。近東の信仰において、そして古代ギリシャ・ローマおよびケルトの神話のある種の脈絡においては、雄鶏、とくに黒い雄鶏は、葬式と地下世界の動物寓話と深い関わりをもっている。彼の血は、埋葬の儀式と死者の生け贄としての執り成しで明確な役割を果たす。地下世界の神々と鬼神は、鳥と交渉をもっている。雄鶏の作る刻《とき》の声が、日の出や誕生の時ではなく、家の中で死が急迫している時に伴って起こるという寓話や幽霊話がある。これら古代の矛盾する繊維を糸に紡いで、ひとつの忘れがたい図柄を織っているのがシェイクスピアであっても、別に驚きではない。マーセラスがホレイショーに言う。

そうだ、あの鶏の声で消えた。なんでもクリストの降誕を祝うころになると、その暁を知らせる歌声が夜どおし聞え、精霊も恐れてさまよい歩かぬという話だ。夜も安全、星の力もとどかず、妖精に憑かれる心配もなし、魔女も通力を失い、浄福の気があたりに満ち溢れるというが。（福田恆存訳）

夜明けの鳥が、キリスト生誕の頃に一晩中鳴き、その鳴き声が、ハムレットの父親のような哀れな霊を浄罪界へ呼び戻す。喜ばしき到来を告げる鳥は、同時に、死の、燃える暗闇から呼び出したり、そこへと呼び戻す、文字通りに召喚者なのである。雄鶏はソクラテスの最期の思考と言葉を占有している。それは、イエス誕生に由来する恩寵を鳴き声で知らせる。それはしばしば死の伝令者である。われわれは困った事態にある。

啓示と復活したキリストの死の叫びで武装した教父たち、とりわけラクタンティウスとテルトゥッリアーヌス(三)は、ソクラテスの終幕《フィナーレ》をあざ笑った。(四)異教の賢人の中で最も賢明で、最も倫理的な霊感にみちた者でさえも、臨終の時には、迷信的な偶像崇拝者でしかなかったという事実を証明するものとして、この瑣末な命令ほどしっかりした証拠がほかにあるだろうか。われわれすでに、ソクラテスが「ダイモン」に助けを求めたことを知っている。この語は、初期キリスト教徒の耳には、不吉な言外の意味をもって響いた。彼がデルポイの神託を顧慮していたことを証する多くの証言がある。デルポイという虚偽の、もしくは悪魔的な予言の壮麗な建築物全体の象徴が、キリスト教の啓示によって荒廃させられる。そして今、アスクレピオスの雄鶏である。これが、真の教師、道徳的精神的真理の探究者の別れ際の思案、命令であったなどということがありうるのだろうか。その上、ソクラテスの最期の行動は動物の生け贄を伴っている。動物、何であれ生きた動物を神の祭壇に捧げることを拒絶したのは、キリスト教教義、ナザレのイエスの包括的な愛の例証の正しい自慢のひとつである。そうすることによって新しい教会《エクレシア》は、異教とユダヤ教のいずれの倫理と実践をも実際に超えた。新しい教会は、この単純な、しかし革命的な自制によって、すべての創造された生命の神聖さと調和の真に新しい知覚を宣言した。死の瞬間に、血の犠牲によって二流の神を崇拝したり、宥めようとする男(ソクラテス)に、われわれはどのような哲学的道徳的信頼を寄せることができようか。キリスト教初期の教父たちは否と、しばしば宣言した。三位一体の神は、異教の哲学の最も高遠なものでさえも、子供じみた無駄話だと裁定し、しかも自らそう宣告したのであった。

解釈の第二の系列はもっと寛大である。治癒、病気からの回復の返礼としてアスクレピオスに感謝の贈り物をすることが慣習だったとわれわれは知らされる。ソクラテスは（これはストア派の読解、モンテーニュの読解ということになるだろう）、死とは肉体存在という病いからの喜ばしい回復であることをわれわれに教えることを目的としている。とくに、クセノポンによると、ソクラテスはヘルモゲネスに、自由に選び取られた死は、老齢による避けられない病気、虚弱、老衰よりもはるかに好ましいと言った。どこの賢人が、程度の差こそあれ、苦痛を感じずに、自分の能力を保持したまま死ぬことができるのに、滑稽な精神と肉体の衰微に陥ることを選ぶだろうか。それゆえ、治癒の神がわれわれに、軽やかに存在することを可能にしてくれる時には、彼に感謝を捧げよう。捧げるために持ってくる雄鶏が、われわれが真の永遠の夜明けへと救出されることへの恩義を具体的に表現することを祈る。それが、われわれの死の論理と幸福への理性的な黙従の印となることを祈る。かくして、雄鶏の鳴き声は、われわれを二重の旅に送り出す。黒い門を通り抜け、エリジオンの正午へ入る旅へ。この二重性は、ニーチェがソクラテスの最期の言葉を「滑稽であり、かつ恐ろしい」（*lächerlich und furchtbar*）と性格づけた時、彼の上に刻印された。

『パイドン』の中のアイロニーは迷宮のようである。議論と象徴の戯れは、プラトンの他のどの作品よりも多様である。鍵となるモチーフのひとつは、ソクラテスによる、無実と公的功績の自己裁定である。本当に敬虔な人間はソクラテスである（とソクラテスは言う）。アテネの神々に最も敬意を払っているのは彼である。不敬の嫌疑は告訴人に当てはまる。宗教を中身のないものにするのは、彼らのおせっかいな監視と儀礼的行動の無批判な墨守である。今、まさに彼の無実の死に際して、ソクラテスは大事にしている敬神の念を明示することを選ぶ。彼はクリトンに、都市部にはつい最近入ったかもしれない新しい祭儀で神に生け贄を捧げるように命じる。アスクレピオスのための雄鶏は、儀式の背景が新しく、今までのところ、たぶん見のがされている場合にも、というか、だからこそ、適切な儀式にソクラテスが細心の注意を払っていることを示している。「忘れるなよ。」アイロニーが静かに、奥深くに潜んでいるかもしれない。そのアイロニーは、パスカルの超越性への賭に潜むアイロニーと似ている。死すべき人間の精神の中で最も自由で賢明な精神の持ち主が、彼の死への巡礼に、保険となるかもしれないものを少し付け加える。誰にもわからないことだ。アスクレピオスは、移行を楽にしてくれるかもしれないのだ。

しかし、含意はアイロニーを超えて行く。他のレヴェルでは、『パイドン』はわれわれに、神話と伝承された儀式において出会う多数の、多形の神々と、聖パウロが、まさにアテネでその祭壇を発見することになる至高の原理、「未知なる神」とを、礼儀正しく、しかし厳正に区別するように誘導している。われわれはこの第一原理については、厳義には（*stricto sensu*）何も知らない。しかしながら、重要な部分においては、その永遠の、無変化の真理と普遍性は、イデア――それも類比的に永遠で、無変化――の領域によってわれわれに開示される。われわれはこの地点で、初期のソクラテス的「ソクラテス」から遠く離れ、のちプロティノス、プロクロス、アウグスティヌスのキリスト教のそれとなるであろう超越論的プラトン主義に接近している。形式上の強調はないが、まぎれもなく、『パイドン』は、ホメロスや日々のアテネの慣行に見られる神話的、詩的、市民的多神教と、『ティマエオス』にその輪郭が描かれているデミウルゴスと抽象の上昇的階層とをわれわれに区別させようとしている。注意深い想起と公的な儀式的行動（雄鶏の生け贄）は前者によるものである。形而上学的瞑想と魂の信仰の行為は後者に負うものである。

アスクレピオスは適切な像《フィギュア》を提供してくれる。その崇拝の中で、この区別と、宗教的感情のひとつの審級からより高い審級への移動が実現されているからである。彼がアテネの装備《パノプリー》に加えられたことは、オルペウスの信仰と儀式が広まったことと関係があったように思われる。アスクレピオスは、デメーテールとディオニュソス、達人によって実践される死後の世界への模倣的参入儀式と関連する「死と再生」の配備に属している。かくして、ソクラテスの最期の別れは、もしわれわれが、クリトン（彼はけっして哲学者ではない）のような人の素朴な宗教的想像物と生け贄の義務の領域から、やがてソクラテスに啓示されるような永遠の「形相」とその産出者の領域へと進むつもりならば、われわれが講じなくてはならない手段を教えてくれていると言えるだろう。よくあることだが、ソクラテス的命令はヤヌス的である。つまり、二つの方向と二つの異なる受容能力に向けられている。これは本質的に、聖ヨハネ・ダマスケネによって提示された解釈である。死にゆく雄鶏の歌が、哲学的魂の、程度の差こそあれ、物質的な冥府《ハデス》から、「ロゴス」の純粋で絶対的な光への旅のお伴をするだろう。「われわれ」は、礼儀正しく、クリトンとソクラテスの両者を、共有される行動の中へ包括する。「私」は、蒙を啓かれたものに開示された洞察と期待を語る。

　法律の規定に従い、ソクラテスは日没時に死ぬ。彼は、いまわの息で、その叫びが夜明けを告げる鳥を引き合いに出す。これ以上適切な弁証法の実例はありえないだろう。『饗宴』では、雄鶏がアリストデモスを酔いの眠りから目覚めさせ、彼に、その夜の宴会での出来事と話をアポロドーロスに語ることを可能にする。われわれは、この宴会が、ソクラテスの、悲劇作者はまた、同じ程度に喜劇作者でもあるという証明――アガトンとアリストパネスは酔いつぶれていて、思い出せない、あるいは再び解釈することができない――で終わることをわれわれは覚えている。この（失われた）等式は、『饗宴』で賞讃されているように、肉体的であると同時に精神的な、内在的であると同時に超越的な、エロスの二つの極を架橋する。それはまた、『パイドン』で説明されている死の別れの寂しさと喜びと不死の至福とも関係している。ソクラテスの別れの雄鶏は、まぎれもなく、暗闇への召喚者であり永遠の夜明けの伝令者である。雄鶏を導き手にして、啓示されたことは、合理的な解釈を許容するか否かという問題に進もう。

キリスト教の典礼式文（*Gallo canete spes redit*）に鳴り響いているのは朝の告知である。復活のテーマの無数の、言葉、図像、音楽による表現において、雄鶏は、その炎と太陽の羽毛により、死の否定をイメージ化している。寓話や俗語では、この死の否定は、性的衝動、新しい生命を産出するための「陰茎」のリビドー的力と結びついている。世界が農家の中庭であり——中世、ルネサンス期の大衆文化において流布していた奇想——、卵が宇宙の出現をめぐる古代の謎を象徴化しているところでは、雄鶏は父なる神である。

しかし、雄鶏とイエスの死とを結びつける挿話はもっとつつましく、悲しいものである。「マルコによる福音書」一四：三〇で、イエスはペトロに言う、「はっきり言っておくが、あなたは、今日、今夜、鶏が二度鳴く前に、三度わたしのことを知らないと言うだろう」。「マタイによる福音書」では「二度」がない。「ルカによる福音書」二二：三四にはさらに、違いがある、「あなたは今日、鶏が鳴くまでに、三度わたしを知らないと言うだろう」。「第四福音書」は、「マタイによる福音書」をそのまま繰り返している。モチーフは、はっきりしている。祭司長の家の中庭で、一回であれ二回であれ、雄鶏の鳴き声が、「人の子」に対する二回目の裏切りに伴い、それを布告する。いくつかの点において、この裏切りは、ユダのそれよりも、深部に食い込む。シモン・ペトロは、サタンによってというより、生まれながらの弱さ、われわれの堕落した人間性の誘《いざな》いにより試されることになる（人間はすべてそうであるが）。一番弟子であり、復活した「救世主」がその上に教会を築くことになる「岩」であるペトロが、危難の時に、師を見捨てる。

ペトロの否認の心理的な劇は、否認が自由意志によってなされたものではあるが、真の意図に反したものであったという事実から生まれる。恐怖の「誘惑」(*peirasmos*)に耐えられなかったペトロの持続する衝撃は、パスカルの「映画的な」『イエス・キリストの生涯の概略――そして、にもかかわらずピエール』の項目三一七で震動している。不気味なほど圧縮された「にもかかわらず」(*néanmoins*)は、ペテロの卑劣な臆病さとその後の後悔と英雄的な殉教のいずれをも表わしている。

続く場面は、きわめてなじみのある場面だが、陰鬱な緊張感を今も失わない。西洋文学は多くの機会に、その場面に言及している(ダンやボードレールを考えていただきたい)。西洋の画家に霊感を与えている(カラヴァッジョ、ラ・トゥール)。「受難」の音楽的設定は雄鶏の鳴き声を模倣している。フランドルの画家たちは物語的叙述をよく絵に描いたが、「福音書」作者に従い、祭司長のアンナスあるいは義理の息子のカイアファ(証言に違いがある)の家の中庭もしくは屋内に、煮込み鍋もしくは炉辺の火を描いた。エルサレムでは四月の晩は肌寒い時がある。あまりにも意味ありげだが、シモン・ペトロは距離を置いてあとに従い、家の中には入らない。「マルコによる福音書」が信用できるなら、イエス逮捕の混乱の中で、弟子の中ではペトロだけが逃げ出さなかった。「ルカによる福音書」の年代記述は最も詳しい。炉辺の火の明かりで、召使いの娘が、他の家人ややじ馬に「この人も一緒にいました」と告発する。ペトロの語勢の強い否定(*arneisthai*)は、主の予言を正確に実現する。「わたしはあの人を知らない」。一六一六年のラ・ロシェルとジュネーヴ聖書は、「ヨハネによる福音書」の中の同じ返答を訳す時、激しいドラマの荘重な簡潔さを与えている。'Je n'en fuis point.' 続く否認の間に時間的距離を置くことによって、ルカは、雄鶏が鳴くのにもっと現実的な時刻に向けて筋の運びを導いている。ペトロはイエスを知っていることをまったく否定した。彼は、イエスの仲間のひとりであること、イエスの責務とエルサレムへの行進に特別な深い関わりをもつガリラヤ人のひとりであることを否定している。マタイは彼に「呪詛」、「誓言」をさせている。人間の口調は恐怖で鋭くなるものである。このことだけでガリラヤの漁師の正体をあらわにしなかっただろうか。「するとすぐ、鶏が鳴いた」〔二六：七七〕。その瞬間、雄鶏は本当に夜の鳥、恐ろしい前兆の鳥である。まだ不透明なレヴェルにおいてではあるが、彼は、イエスの神託的予言の中にある、恩寵の完全な妥当性と可能性を確証している。

悲しみと救いの無上の動きを書き写している、あるいは想像しているのは、きわめて「作家」的なルカである。「主は振り向いてペトロを見つめられた」。詩人と画家が再現しようとして苦労し、カンタータとオラトリオが表わそうとしたのは、雄鶏が鳴いたまさにその瞬間の、振り返り見つめるキリストの姿である。キリストがドストエフスキーの大審問官にする無言の接吻の場合と同様に、意味は明らかだが、あまりの澄明さのために、言い換えや説明には抵抗する。まったき愛の仕草と眼にのみ、まったき悲しみの暗い光がありうるのだ。「最初で最後の審判」の場合のように、裏切られた愛によって下される宣告にのみ、ペトロ本人にはまだまったく感知できないが、その後の救済《リデンプション》と許しを保証するものが存在しうる。「マルコによる福音書」においてのみ、雄鶏は二度鳴く。最初の鳴き声は、ペトロの敗北と破滅を告げ、すでに日の出に向けられた二番目の鳴き声は、彼のその後の目撃と栄光の前兆を意味していると理解すべきなのだろうか。

雄鶏の両義的な、真に霊知的な形象が、イエスと関わる他の箇所あるいは節《ペリコーペ》があるだろうか。癲癇、「聖なる病い」の暗示、その発作の時に起こるかもしれない夢幻的明察が、ナザレ人の謎めいた人物像を取り巻く神話集成の伝統に頑強に付着している。時代が十九世紀に下っても、スコットランドの高地地方では、雄鶏が、癲癇の発作からの回復を確実なものにするために、あるいは回復したことに感謝の気持ちを表わすために、生け贄として捧げられている。鳥と救世主、聖なる病いと透視力が、D・H・ロレンスの最後の、そして最も風変わりな物語である「死んだ男」の中で合流する。この物語では、切り裂かれた肉体の復活の戦慄と聖性がイエスと太陽崇拝の雄鶏の両者によって「熟慮」(実現)される。一方では治癒の力と性的な力との間の密接なつながりが、他方では死と非肉体的復活(*Verklärung*)との間の密接なつながりが、不安定な働きをする。プラトンやルカに劣らず、ロレンスは、分断された本性、その歌が墓場の夜に属している「夜明けの鳥」を劇的に描いている。

たとえばイエスとソクラテスとの間に、とくにその死に関して考えられるような比較、平行関係、鏡映と非相称の研究は、遅くともルネサンス期の新プラトン主義以降、西洋においては少しも珍らしくない。ジャック=ルイ・ダヴィッドの、ソクラテスの最期の瞬間を描いた有名な絵において、賢人が、人指し指をエリジオンに向けている姿で描かれる時、この図像的姿勢は、明らかに、たとえばミケランジェロのそれのような、「最後の審判」の絵の中のキリストの仕草を「引用」している。ウァルター・ベンヤミンは、一九一六年の異様な論文の中で、ソクラテスの「エロス」の乱用を非難する時、推測される彼の修正案は、グリューネヴァルトの描くキリストと「無原罪のやどり《イマキュレイト・コンセプション》」のイメージである。奇妙なことに、今日に至るまで、この中心的なトポスを包括的に扱ったものはない。きっと、テーマの対照性と類似性をめぐるどのような書誌も、図像の目録も、網羅的であることを期待することはできないのだろう。

描き出される並行関係は、顕然たると隠然たるとを問わず、神学的かつ哲学的、倫理的かつ心理学的、歴史的かつ文学的である。十七世紀の後半から十八世紀にかけての懐疑的な自由思想的著作においては、ソクラテスの死とキリストの磔刑は、しばしば「イソップ的」もしくは隠蔽的形式で対照されている。外面的には、ソクラテスの最期の日々、そしてドクニンジンから採った毒薬を飲む時の行動は、現世的、異教的合理性と威厳《ディグニタス》の窮極の具現として性格づけられている。彼の別れの美しさは、いわば、前キリスト教的ヒューマニズムの上限を画している。しかし、神人キリストの「神性放棄《ケノーシス》」と十字架上の苦悶は、啓示された真理と普遍的救済の申し出への「量子飛躍」を意味しているとみなされている。人間に対する新しいメッセージを明瞭に表わしているのは、まさにこの、イエスの受難のいまわしさ、ソクラテスの死の優雅な高貴さと露骨な対照を見せる、キリストが肉体で耐える卑劣さと醜悪さである。

これが、後期ルネサンス、バロック期、新古典主義の時代の人々が、学校で、素行と修辞の指南書で教えられ、道徳的に説明された比較論の明白な趣旨である。それは、啓蒙期の「哲学者《フィロゾーフ》」たちの中のより慎重な人々によっても依然として提示された公式的読解なのである。しかし、鍵となる事例においては、下位テクストは別のものになる。ピエール・ベール(五)のような破壊的精神の持主にとっては、そして、ウィンケルマンのような美の思想家にとっては、範例となるのは、ガリラヤ人の死ではなく、ソクラテスの死なのである。ソクラテスは、死すべき運命に直面し、受け入れる人間精神の能力を、天上での代償への霊魂不滅説的もしくは独断的信仰によってではなく、道徳的知的真理への愛の力によって、立証しており、それは不滅である。極限的な苦しみにあっても——含意された議論では——イエスは、天上へ移送されること、宇宙的壮麗さに包まれて帰還することを確信している。ソクラテスにはそのような保険はまったくない。悟達した魂の何らかの存続直観、エリジオンの園の予知は、穏やかなアイロニーによる教育手段か、せいぜい、思弁的理性の隠喩である。リア王の道化にとってそうであるように、ソクラテスにとっても、われわれはただ「暗闇のために」いる可能性が高い。ソクラテスに関心があったこと、プラトンによって超越論へ転調される前に死によって去った「ソクラテス」に最も直接的な関心があったのは、われわれの地上での生活を合理的に徳高く送ることと、われわれの死の受容における人間的特質であった。彼が『クリトン』で目指していること、それをモンテーニュは見事に理解していたのだが、節度《ディーセンシー》の規律であり、残酷な死さえも人間らしいものに変える心の才覚《タクト》である。

　十九世紀の哲学および宗教哲学において、イエス‐ソクラテスのモチーフは、強迫観念に近いものになっている。有名な話だが、それは、ヘーゲルの生涯にわたる歴史哲学と宗教哲学をめぐる思索の軸になっている。ソクラテスとキリストの死の瞬間ほど、「ビルドゥングスロマン」、つまり、人間の意識の発展的力動性を劇的に例証しているものはない。ソクラテスの処刑は、個性と国家の衝突の創造的弁証法を雄弁に語っている（ヘーゲルはアンティゴネーの処刑に、直覚的に、ソクラテスの対応物を思い浮かべた）。イエスの人格と受難の現象学、アブラハムとモーセのユダヤ教の侵犯が、意識と良心の新しい範疇――近代の誕生と精神《ガイスト》の自己実現の根本をなす範疇――を決定した。ヘーゲルの弁証法の論理の三重の運動と三位一体の範型との一致に思い至ったのは、ヘーゲルの唯物論的解釈者や批評家ばかりではない。

　キルケゴールの著作におけるソクラテスとイエスの項目――類似性も対照性（時には正反対例も）も含めて――のための索引を作ろうとすると、ほとんどすべての著作の中から、言及箇所や論述の章節を挙げることになるだろう。キルケゴールの構造的な軸――美的なものから倫理的なものへ、倫理的なものから宗教的なものへと進む段階の軸――が、絶えずソクラテスとナザレ人が喚起されつつたどられていると言っても間違いではない。ソクラテスのアイロニーとソクラテスの教育方法の教示的かつ発見助長的方法をめぐるキルケゴールの霊感にみちた論文の中ですでに、イエスの説教的、寓意的手段という対照的なテーマが潜在している。これ以後、自ら進んで、セーレン・キルケゴールは、ソクラテスの問答法的合理性とイエスの生涯と説法の実存的「不条理」と非理性との対照について思索をめぐらすことになる。ソクラテスの「罪」（ほとんど知られていないが、十八世紀の、とくにフランスとイタリアの、数多くの興味深い法律形式主義的な論文においてすでに追求された逆説的な問題）が、イエスの無実とのアイロニカルな対照のもとでキルケゴールによって見られている。彼の「キリスト支持の決断」がきわめて重い負担となり、それを妥協することなく劇的に表現しなくてはならなかったのは、まさに、キルケゴールが、自分自身の中にソクラテス的なものの主張をきわめて鋭敏に直覚したからであった――彼は名人芸的尋問者にして弁証家、コペンハーゲンの同胞市民にとってはうるさ型《ギャドフライ》にして憤慨の種であった。ヘーゲルがアンティゴネーの中に、絶対的倫理とソクラテス的挑発とイエスの犠牲的自己廃棄のある程度の融合を見たように、キルケゴールはヨブの中に、ソクラテス的な挑発者と不当な苦難と神の愛の神秘への恭順の受諾者とを発見した。キルケゴールの象徴である『あれか／これか』、維持できない両者の仲介は、一貫して、ソクラテスとキリスト、ドクニンジンとゴルゴタのそれでもある。

この対話は、フォイエルバッハの死をめぐる省察（彼の傑作）と宗教批判においても続けられている。しかし、イエスとソクラテスの二元性と一致が、最も強烈な密度に達するのは、ニーチェにおいてであることは明白である。トリノにおける洞察と議論の末期の恍惚の中で、ニーチェの固定観念となったのはソクラテス／キリストである。ソクラテスの合理主義、ソクラテスの身体的醜悪さ、彼の教えの分析的不毛性、ギリシャ悲劇の原初的天分に及ぼしたそれらの浸食作用、これらの問題に論争を挑むことによって若きニーチェは、彼の哲学的文献学と文化批判を始めたのであったが、『反キリスト者』、『この人を見よ』になると、イエス告発がそれに混じり合うようになる。アテネの空論家とガリラヤの奴隷的道学者が、ニーチェの意識の薄明期に、荒々しい一種の精神的舞踊の中で重なり合う。「私は救世主アスクレピオスに雄鶏一羽の借りがある」（'Ich bin dem Heiland Asklepios einen Hahn schuldig.'）。『クリトン』からのこの翻訳は、それだけで多くを語っている。「救世主」（*Heiland*）は、言うまでもなく、アスクレピオスとは地口的関連以外何の関連もない。ニーチェの翻訳の中で真の存在は、救世主キリストの存在である。

後期のニーチェは、辛辣な速記法的記述で、ディオニュソス的活力に対するソクラテスの犯罪とみなすものの間に、「ユダヤ教的」キリスト教における「奴隷的情念」、空念仏的観念論と人間の生まれながらのエゴの卑屈化を挟んだ。ニーチェ以前にも自由思想家や皮肉家がやっていたように、彼は、礫にされた神のユダヤ教的キリスト教的「猥褻さ」を嘲弄した。類人猿のような顔をした観念論者であるソクラテスも、ナザレ出身の受難者も、いずれも「生命に卑劣な仕打ちをし《ドゥー・ダート・オン・ライフ》」た（この狼狽させる言い回しはD・H・ロレンスのものだが、忠実なニーチェ理解が圧縮されている）。論駁の仕方は終始複雑である。プラトン的ソクラテスと、ユダヤ教的ユートピア的合理主義の光で見たイエスを混ぜ合わせているからである。歪めて結びつけられた二人の人物と、西洋の魂を不具にする二人の死の重みは、ソクラテスとギリシャ悲劇に関する初期の論文から、シュトラウスの『イエス伝』をめぐる論争に至るまで、ニーチェの批判を挑発した。二人の敵対的存在は『道徳の系譜』に影を投げかけ、神がかり的矛盾により、『ツァラトゥストラ』の福音と弁証法に霊感を与えている。ソクラテスと人間イエスは、まるで意地の悪い偶像のように、狂気の終幕に君臨している。「新約聖書を読む時は、手袋をはめなくてはならない」とニーチェは言っている。同じ手袋を、『クリトン』を読む時もはめなくてはならないと思われてくる。そこに、ニーチェの正確な耳は、彼を激昂させたナザレ人の非暴力、絶対的許しと同じ教義を聞き取ったであろうからだ。（この論点についてはあとで論じる。）ツァラトゥストラの雄鶏は、死も、裏切りも、煉獄の迷信も、鳴いて知らせることはない。彼は真昼を、そしてキリストの復活の申し出に対するニーチェの（嫉妬まじりの）機知のきいた返答である「永劫回帰」の約束を、明るく響きわたる声で告げ知らせる。

そして今日はどうなっているのか。

ソクラテスの裁判と死が今日ほど執拗に未解決の事件であることを主張したことはかつてない。この二律背反――ニーチェの言う「ソクラテス問題」――が今日ほど鮮烈だったことはない。この二律背反は、国家と知的自由、大衆的民主主義のさまざまな形式と知的卓越性、社会秩序に不可欠な結合のための諸慣習と自由精神の無政府主義的な、ほとんど必然的に冷笑的な混沌との共存在ということである。これらの衝突が未解決であるばかりではない。今日とりわけ不安（*Unbehagen*）をもたらしているのである。これらの衝突は、適切な、最も強烈な意味において弁証法的である。つまり、主張のひとつひとつが相手の主張に、過失の自覚と自己審問を強いるのである。西洋の「ポリス」――都市国家であれ、国民国家であれ――は、原型的な思想家、抜きんでて精神の生活を送った人間を殺したという根絶できない罪の烙印を押された。（われわれは、エルサレムはつねに預言者を殺すだろうという旧約聖書からルカとパウロが取りあげた恐ろしい告発を思い出す。）しかしながら、ソクラテスは本当に、都市に選択肢を全然与えていない、つまり、彼は「大衆」――性格的な意味であれ、知的な意味であれ――に、彼の極刑に実現されている永続的な犯罪を押しつけていると言えるのである。このことは、「ドレフュス事件」の影の中で、ジョルジュ・ソレルのソフィスト的な、辛辣な『ソクラテス告訴』に含意されている論拠である（レーニンはソレルを読んでいた）。その上、ソクラテスは、平凡さと幻想を彼が拒絶したというまさにそのことによって、人間の凡庸さとの民主的妥協の可能性に疑いをさしはさんだ。ここから、I・F・ストーンの最近の裁判解釈におけるソクラテスに対する修正主義的反論が生まれる。西洋の都市は、彼らのソクラテス非難を試みるよう強いられている「集団的現実原則」と定義できるだろう。彼がどう主張するか見守ろう。

ソクラテスは、政体への深い関与を提議することにより、そして私生活と孤独を拒絶することにより

――彼は完全に市場に属している――、問題を押しつける。純粋思想の癩病、疑問のウィルスに感染した男女は、世捨て人でいられる。彼もしくは彼女は、クレオンやヘロデの政体（*politeia*）のために、砂漠あるいは家具のない部屋（ウィトゲンシュタイン）を離れる必要はない。ソクラテスの真の後継者の何人か――パスカル、スピノザ、キルケゴール、ニーチェ――は、孤独から議論しようとするだろう。彼らは政治を避けるだろう。ソクラテスはそうではない。彼は共同体の日々の生活に割り込み、自分の生き方と考えが公共広場《アゴラ》で検証され正当化されることを要求する。このようなソクラテス的戦略に対するプラトンの反応の両義性は対話篇に浸透している。プラトンの中の多くの部分はアテネを許している。「福音書」とともに、『弁明』、『パイドン』、『クリトン』は、依然として西洋世界においては、重要な受難劇であり、人間の卑劣さの告発である。それらの作品は、取り返しのつかない裏切りと喪失だったというわれわれの予感を日々更新するであろう。プラトンの『国家』の理想化された特徴部分は、ソクラテスが有罪とされ処刑されることがありうる（なくてはならない）社会的政治的構造を阻止するために考案されたものであることは容易に見てとれる。しかしこれは、プラトンの最終的な、もしくは完結した視座ではない。『法律』の過酷《ドラコニアン》な第十巻に詳述されている宗教的哲学的懐疑主義や過激な思想に対する厳しい禁令は、根深い憂慮を示唆している。後期プラトンにおける徳の専制政治は、とうていソクラテスを容れることはできなかっただろう。（既成の教会で、ガリラヤの問題児を庇護できるところがあるだろうか、とドストエフスキーは問うている。）

　われわれの困惑もプラトンの困惑と変わらないが、背後に、古代ギリシャの政治理論のどれもとうてい予見できなかったほど残酷で紛糾した歴史を抱えている。われわれは絶えず「ソクラテス」を告訴し、殺している。迫害のひとつひとつ――ガリレオのそれであれ、ルソーのそれであれ――が、そして、処刑のひとつひとつ――ジョルダーノ・ブルーノのそれであれ、コンドルセのそれであれ――が、アテネにおける典型的な不幸に対する脚注である。共同体が、検閲によって、追放によって、あるいは殺害によって、壁の中の道徳的知的局外者を黙らせようとしたり、その耐えがたい質問にさるぐつわをはめたり、抹消しようとするたびごとに、その共同体はソクラテス的時間を生きている。しかし、それに付随して、脱構築的疑惑を極限《イン・エクストレミス》まで推し進めたり、都市の維持のためには欠かせない伝承された信仰と妥協を超越する真理と彼がみなすものに熱中する思想家、科学者、芸術家、皮肉家あるいは諷刺家は、ソクラテス的挑発を繰り返すのである。意識的にせよ無意識的にせよ、現世的レヴェル（カール・クラウスのような人のそれ）にせよ宗教的哲学的レヴェル（シモーヌ・ヴェーユのような人のそれ）にせよ、不正、人間の強欲さと愚鈍さに「否と言う人《ノー・セイヤー》」は、ソクラテスの運命をあえてたどろうとしているばかりでなく、それを求めてもいるのである。精神と知性の「挑発分子」(*agents provocateurs*) が、彼らの前のイエスのように、近代の西洋史では確実に、ユダヤ人であることがきわめて多かったのは偶然だろうか。西洋の国家が、ソクラテスの処刑に、自己防衛と警戒的報復の反射作用を繰り返したが、それは、中世スペインのラビから、スピノザ、そしてフロイトに至るまで、数多くのユダヤ人の尋問者を周辺化する、あるいは破滅させるというかたちをとった。ソクラテス殺害とユダヤ人憎悪は、専制政治と群衆が知性の異端に感じる有機体的恐怖と嫌悪を告知するものである。ドイツ軍の「戦闘部隊」(*Einsatzgruppen*) は、東方で、読むことのできる者をより分け、最初に殺害した。

専制政治に対するプラトンの深刻な相反感情併存は――シチリアの政治に不幸な関わり方をした時、彼にはほとんど致命的なものであることが判明した――複雑な結果をもたらした。一群の著名な道徳家と哲学者は、全体主義の批判者、反対者として活動したのではなく、専制政治《オートクラシー》の理論家であり擁護者であった。

彼らは、平等主義の政治と社会正義を、絶対的な知的探究という理想と関連がない、あるいは、程度の差こそあれ、両立しがたいものと考えた（この発見がかつて論破されたことがあるだろうか）。あるいは、ヘーゲルのプロシャ体制擁護は、青年時代と革命の輝かしい記憶によって、わずかに感傷的に軽減された。現代では、哲学的倫理的な高度の知識と全体主義体制の政治的支持との結びつきは、鋭い輪郭を帯びた。ルカーチのスターリン体制、サルトルの、毛沢東主義の文化革命の「強制労働収容所」（*gulag*）と蛮行に対して繰り返される弁明、あるいはもっと顕著な例では、マルティン・ハイデガーの政治的態度、これらのものに対してわれわれは、不安な気持ちながらも、やっと受け入れられるようになった。自由主義的信念にとっては、これら、およびもっと小さな事例が、ゴヤなら「理性の悪夢」と呼ぶであろうものを構成する。

逆説はひとつではないかもしれない。官吏的、大学人的哲学者——ウィトゲンシュタインはこのような肩書きを、ソクラテスもそうだったであろうように、心から忌み嫌った——の私的生活、「思想の大家」（*maître à penser*）や教師の、抽象、テクストのせわしない空騒ぎへの没頭は、暴力、最も残忍な歴史のシナリオに魅入られるという事態を産むことがある。ヘーゲルがナポレオンに憑かれていたことに相当するのは、ルカーチやコジェーヴ（六）のような人がレーニンとスターリンに影響を受けていたということである。バートランド・ラッセルの平和主義は、奇妙にも、暴力と同質である。第二次世界大戦終結後ほどなくして、彼は、ソ連に対する防衛のための核攻撃を要求した。ハイデガーの、政治的な権力、国家の精神的社会的運命の支配というプラトン的使命への欲求はほとんど隠されていなかった。またもや、プラトン的人物が、ディオニュソス的存在を統轄しようと身を乗り出していたわけである。

ソクラテスの「異様さ」は、イエスのそれと同様、何であれ、納得のゆく再構築を依然として拒む。しかしプラトン以前のソクラテスは、気質的に言って、学者肌ではなかったように思われる。彼のセミナー室は開放的な街路、川の堤の木陰、夕食会だった。知性と権力との間の日和見主義的で自己劇化的交流を可能にしたのは、プラトンにおける高度な学究性、形而上学の教育の制度化、哲学者かつ弁論家を学問的専門家とする、ソクラテス以後の、一部ソフィスト的、一部科学的な再定義である。われわれにわかるかぎりでは、ソクラテスの立場は、普通の市民のそれであると同時に、多数意見の破壊者のそれであった。彼は模範的な歩兵――これ自体が民主主義の象徴の行動――であり、戦闘と退却の重圧のもとでも、禁欲的かつ陽気に務めを果たした。それと同時に、美と精神的資質の生まれながらの貴族性というものがあるという彼の自覚は、並はずれて鋭敏であり、隠されることもなかった。彼に対してまったく支配力を及ぼすことがなかったように思われるのは、暴力の催眠作用である。キニク派のディオゲネスに対するプラトンの、彼は「狂ったソクラテス」だという不安な愚弄は、鋭い洞察を含んでいる。ソクラテスもディオゲネスも、世俗的権力の誘惑を感じなかった。アレクサンドロスやスターリンのような人も彼らを畏怖させることはない。国枠主義と反ユダヤ主義の時期のフィヒテのような人が冒した聖職者への背信、サルトルやハイデガーのような人の過誤は、ソクラテスに起源をもつものではない。それらは、いわば、アルキビアデスに発するものである、あるいは、もっと正確に言うと、アルキビアデスが魅了した（そしてカール・ポッパーがのちに激しく非難することになった）プラトンに発するものである。

グレゴリー・ヴレイストスが再び、議論の余地はあるが、深い実感に支えられたソクラテスの肖像の中で示したように、『パイドン』におけるソクラテスの立場は水晶のように透明である。徳を渇望する男女は、自らの意志で不正を働くことはできない。他の人間に悪事を働くことは、徳をもたずに、あるいは徳に反して行動することである。この公理は、どんな挑発があろうとも、報復を絶対的に排除する。ソクラテスは、不正な敵に危害を加えたり、怒らせたりするようなことは何もしようとはしない。かくして彼は、毒と死から逃げる機会を利用しようとはしない。逃げることは、法を破り、はなはだしい不正を犯すことになるだろう。プラトンは十分にソクラテスの論拠を説いている（ヴレイストスの言うことが正しければ、落ち着かない様子で、だが）。ソクラテスが選んだ立場は、本当に「言語道断」であった（「コリントの信徒への手紙一」におけるこのギリシャ語の使用例に見られるような「眩いばかりの《レイディアント・》非道さ《イノーミティ》」という意味で）。彼の立場は、自然な本能と矛盾するばかりでなく、古代地中海世界の英雄的、男性的伝統の総体と矛盾するのである。この立場は、アリストテレスの『ニコマコス倫理学』における当然の報復と罰と過剰な報復と罰との間に引かれた細かい区別とは異質のものであるのと同様に、ユダヤ人の報復の基準とも異質のものである。悪と危害を前にしての非暴力と非報復という公準、法と「同害復讐」(*talion*) の拒絶は（またもやヴレイストスによると）ソクラテスの存在と教えの内奥の中心にあるばかりでなく、それは、人類に対する永続的な挑戦でもある。カントの道徳的命令はソクラテスのあとを追うものであり、もっと複雑に条件づけられたものである。西洋では、『パイドン』の教義に相等するものが、たったひとつある。それはイエスの向ける「反対側の頬」であり、彼の拷問者と迫害者にまで広げる愛の許しである。プロクロスとフィレンツェ・ルネサンスの新プラトン主義者たちが、『弁明』や『パイドン』のようなテクストを、真に神聖なるものとみなしたことは、少しも不思議なことではない。新プラトン主義者は、聖アウグスティヌスやアンセルム(七)が聖書から引証するのとまったく同じ精神で、それらのテクストを引証した。いずれの場合も、存在しているのはテクストであることを忘れずにいよう。

いかなる知的もしくは歴史的な地図作成も、今世紀が終息しつつある時の概念と感受性の風景の中に、「十字架」を十分に位置づけることができない。圧倒的に世俗的で、科学技術によって方向づけられた社会の参加者にとって、この位置づけは、神話と非理性によって過去から残された「ブラック・ホール」である。「実践している」キリスト教徒――この文脈において「実践している」は何を必然的に伴うのか――の大多数と思われる人々にとって、「磔」は今もなお、未検討の遺産であり、見慣れてはいるが退化器官の認知のための象徴的指標である。この指標は崇められ、習慣的表現や仕草で喚起される。その具体的な地位、それが具現する苦難と不正の凶悪さは、実感される直接性からは薄らいでしまったように思われるだろう。教育ある男女のうち何人に、人間性は眠ってはならない、世界の終わりまでキリストは十字架にかけられているのだから、というパスカルの叫びが聞こえるだろうか。「合理化された」キリスト教が、維持できない逐語主義と象徴的な非実体性との間を、また、われわれが神話と呼ぶ発作的な想像作用による不明瞭な空間の中を浮遊している。

　こういう人々が実際にいる――彼らがキリスト教徒、それどころか宗教の信者である必要はない――、彼らにとっては、ゴルゴタの問題は、われわれの道徳的政治的状況の中心部の（言葉遊びを許していただきたい）還元できない要《クラックス》（十字形）にある。キリストの苦悶を参照せずに、つまり、「人の子」がゲッセマネで言った全面的な放棄、全面的な敗北の意味を厳正に再考せずに、今世紀におけるヨーロッパの価値の崩壊と一九一四年以来行われている非人間的なものの支配を把握しようとするいかなる責任ある、それどころか、逆説的だが、いかなる理性的な努力も存在しえないと感じている人々がいる。われわれの中には、アウシュヴィッツ以後の人類の実際の姿と一世紀に及ぶ認可された獣的行為を認識することは、ゴルゴタとこれら二つの現実の関係を認識することであると確信している人々がいる。

　神学者、哲学的神学者、道徳家、一部の詩人、そしてきっと、言葉で（八）言い表わせないものの公認の影の中で生活を送ろうとしている物言わぬ男女（エルンスト・ヴィーヒェルトの幽霊小説『名なきミサ』*Missa sine nomine* を参照のこと）は、この関係にこだわっている。彼らは、キリスト教世界におけるユダヤ人憎悪による長い殺害の歴史を指摘している。彼らは、キリスト教初期の教父たちやルターの中で鳴り響いているユダヤ人排除の呼び声に、新たな気持ちで、正直に、当惑しつつ耳を傾けている。カトリックとプロテスタントのいずれもの教会の、「大虐殺」の到来と完了に対する広範囲に及ぶ無関心は、記録に留められ、議論されている。バルト後の神学の学派全体が、とりわけドイツのそれは、キリスト教は今、深刻な病いにあり、反ユダヤ主義の歴史記録と西洋の人間の真夜中に際しての嘆かわしい脆弱さは、キリスト教の愛と救済のメッセージに根本的な疑問を投げつけていると論じている。これらの考察から、探究と陰鬱な認識が浮上した。私は、彼らが十分な深みに達しているとは納得していない。

　ユダヤ人とキリスト教徒の共存在のもたらす致命的な影響に関する明晰な分析を取り囲むタブー――政治的にも心理的にも弁護できるものであるが――がある。われわれは、キリストのメシア的主張に対する同時代のユダヤ人の拒絶の根底にあった状況に関して、歴史としてはほとんど何も知らない。「詩篇」、「申命記」、そして「イザヤ書」、「トーラ」と「預言書」の中の多様な形象は、ダビデの家からの「苦悩の僕《サファリング・サーヴァント》」の出現と受難を「予言」していた。ガリラヤ人を斥けた時、当時のユダヤ人は、彼ら自身のメシア待望の中にあった何か切迫するものを斥けたのである。もしわれわれが、この拒絶の心理的源泉とそれがあとに残した傷を明確化できさえすれば、われわれは、キリスト教の根源そのものには、ユダヤ人の自己憎悪（マルコ、そして主としてタルソスのパウロが証拠である）の強い傾向があるという中心をなす真理に焦点を合わせることができるだろう。「大虐殺」の黒い光の中にいると、人は誰でも、キリスト教はその自己憎悪の果実であると定義したい衝動にあやうく駆られそうになる。マルクスの反ユダヤ主義との類似性は偶然的なものではない。キリスト教とマルクス主義は、メシア待望のユダヤ教から出た二つの大きな異端説であるからだ。

ゴルゴタとアウシュヴィッツとの間には、理性的に理解するには耐えがたい相称性があるのかもしれない。神の「神性放棄《ケノシス》」、イエスという人物への、神の自己投与を拒絶することにより、ユダヤ教は、人間の神化をまやかし、反理性的なことと判断した。アウシュヴィッツでは、虐殺者《ブッチャー》が彼らの犠牲者と自分自身を人間以下のレヴェルにまで落としめた。彼らは、ユダヤ人イエスの肉体の文字通りの神性を否定した人々の、その肉体の人間性を「獣に変えた」というわけである。

新しい暗黒時代のあとの西洋の倫理と形而上学の未来について考えるのは無駄なことだろう。ある種の経済的な立ち直り（つねに脆弱なものである）、秘密宗教や原理主義の運動の地球的規模の爆発的広がりは、精神のルネサンスの証明などではけっしてない。マルクス主義――あれがマルクス主義であればの話だが――の現在の崩壊は、きわめて両義的な現象である。キリスト教以後の西洋のメシア待望論的期待が寄せられ、地上における正義への熱望に表現が与えられたのは、マルクス主義においてである。「山上の垂訓」と共産主義の『宣言』はいずれも、モーセの教えと「アモス書」に起源があることを歴然と示している。マルクス主義の理想の凋落は、キリスト教の最終的弱体化をもたらすかもしれない。格闘者は相互の徹底的体力消耗で死ぬ。明らかなことは、社会的政治的人間の中の真の人間らしさ（*die Menschlichkeit im Menshen*）の冒険が、十字架上の嘲笑と敗北、死の強制収容所の灰という結果になったということである。「復活」の比喩――「マルコによる福音書」ではあやふやなものであるし、パスカルの訓戒にはない――も、イスラエル再生の両刃の奇蹟も、われわれの歴史の中心にある恐怖を拭い去ることはできない。多元論的な自由主義も法制化された寛容も、ソクラテス殺害を消すことはできない。

解決できない問題に直面しようとする試みが真正直なものであり、学問的分析の形式的手続きや、自画自讃的演習を論じようとしない場合には、イメージとなって終わる。われわれの喪失を耐えられるものにするのは、絵であり、物語である。美術や譬え話で物語を語ることである。カラヴァッジョの『聖ペトロの否認』、それは憑かれたような巨匠の最後の作品だったかもしれないものだが、その中で、その使徒の頭部は、伝統的なソクラテスの胸像に厳密に基づいて形づくられている。バクダッドでは、「湾岸戦争」の間中、雄鶏は一晩中、かん高い声で鳴いた。しかし、その市の上の眩い光は太陽の光ではなかった。

われわれは古代の二組のテクストによってこのような状況へ連れてこられた。


聖書という一組のテクストには、ほぼ二千年以上にわたって、「啓示」という名称が付着していた。この集成は、程度の差こそあれ神の言葉に直接的な起源をもつとみなされてきた。解釈学的に言うと、このことは、聖書を、物理学が言うところの「特異点《シンギュラリティ》」〔超密度に圧縮されブラック・ホールを作るとされる宇宙空間の仮説上の点〕に変える。聖書の正典に関して言うと、理解と批判的受容の通常の法則——論理的因果律、経験的反証可能性、歴史的もしくは合理的真実性の基準——が適合しない、あるいは表面的にしか適合しない。規範的条件という概念自体が、それが、他の類似の事例における反復可能性を必然的に伴うというまさにそのかぎりにおいて宙吊り状態になる。神の言葉とその啓示に関する場合、そのような調査上のチェックはまったく存在しない。悟性に差し出された対象は「特殊な」(*sui generis*)ものである。

プラトンのテクストの一組も、すでに見たように、神聖なものであると認められている。しかしそのような主張は、「超《ハイパー》」類比《アナロジー》として提示されたものである。『クリトン』や『パイドン』の作者は、冷静に考えられた場合、神とはみなされない。「霊感」という概念が、並みはずれた哲学上、文体上の力強さに関して引き合いに出される場合、この霊感の祈願は、詩人によって詩神に対してなされる言及と同様に、言説上の、そして解説的虚構のための比喩である。プラトンの対話篇に対して試みられる解釈学、つまり理解の技術は、自然の手段により、そして死すべき人間の手により産み出される意味論的人為物に対して試みられるものと、より高められたものとはいえ、同じ種類のものである。アスクレピオスのために用意された雄鶏が鳴くのが「奇蹟的」でないのは、シモン・ペトロの否認の場で起こるように、キリストによって選ばれたそれが奇蹟的でないのと同様である。『饗宴』で客人が「夜の中へ」出て行く時、この単純な語句は、「ヨハネによる福音書」の中の「最後の晩餐」の記述におけるユダの退出を特徴づけているものと同じかもしれないが、一方に伝統的に帰せられている超越的な保証のある真実性の地位は、他方には適合しない。今日、責任ある読解は、聖書の語と文によって産み出されると言われている――プラトンの対話篇の、類似の、あるいは時には同一の言語構成要素から得られるものをはるかに超えた――差異、「剰余価値」(マルクスの用語を借用した上で歪曲)の意味を理解することができるだろうか。

いずれの場合――たんに「聖なるもの」の総体とわれわれの文明における世俗的テクストのことを言っているのだが――にも、同一の、接近のための媒体が、スピノザと十九世紀の「高等批評」以後は確実に、働いている。それらの媒介とは、碑銘研究、辞書編纂学、比較文法学、修辞的構造的研究、文献学的歴史的立証のそれである。いずれのテクスト研究においても、解釈学的行為は、その語の最も十全な意味における合理的言語学の行為である。テクスト批評は、再び包括的な意味でのそれだが、教育のある受け手、理性的な受け手に可能な唯一の接近方法である。それではどこに違いがあるのか。現在のところ、「啓示された言葉と発話行為」に「特異点《スキャンダラス》」を帰すこと――たとえば、「奇蹟」の物語と物語論を考えること――は、通常の意味において言語道断である。文字通り、理性の埒外の「無法行為」('en-normity')である。この二十世紀の終わり近くにあって、ある種の古代の文書――形式上(語彙上、統辞法上、構造上)、他のテクスト集成とも、他の伝達の順序とも相応する文書——が、権威、まったく特異な生成の直接性をもっているという理由で別個のものとされるべきであるという主張は、私の知っているいかなる理解可能性の地盤に立っても支持できない。それは権能を与えるための寓話、神話の中の神話である。

何がそのような主張を立証可能なものにできるだろうか。聖書における道徳的かつ「信任的《クリーデンシャル》」命令の重圧は、まったく比類のないものなので、個人の行為に実現を、聴き手もしくは読み手の実在に変容を必ずもたらすと論じられるかもしれない。しかしそういうものは、きわめて真摯な哲学、文学、芸術がもたらす効果である。リルケのソネットの中の古めかしいトルソが宣言しているように、すべての偉大な芸術は、われわれに「生き方を変えろ」と命じる。「神の言葉」は、数学的もしくは数学的物理学的法則体系を自然言語から区別するような公理的、断定的な力を示すと提議されている。明らかにそうではない。旧約聖書と新約聖書の教えと解釈の長い歴史は、終末論の絶えざる繰り延べ、寓意と隠喩による物質的実現の延期の歴史である。将来、考古学は、「啓示された」テクストからの超自然的な発生の過程、そして、詩神、詩的恍惚(プラトンの『パイドン』にあるような)、個性的な詩的天分への言及によって暗示されるようなものとは本質的に異なる過程を証明する証拠を発掘できるだろうか。ちょっと考えれば、何かそのような新しい「証拠」が発見されるという考え自体が馬鹿げていることがわかってくる。

この馬鹿馬鹿しさは、すべての逐語的原理主義的立場の教条的警告と言語学的反啓蒙主義もしくは無邪気さには伝わらない。このような立場は、数の上では、再び増加している可能性が高い。政治的蛮行と処理できない社会的ジレンマによって切り崩された人間理性は、再び、不寛容な恐怖心に隠れ場所を求めている可能性があるように思われる。閉ざされた精神、先祖返り的正統説の熱狂が行進している。しかし、このようなものは、テクスト上の啓示の教義を、理解可能なものに回復することはできない。

もっと精妙な手も存在する。ホメロスに論及している時のヴィーコ、前ソクラテス期の人々を解説している時のハイデガーは、これらのテクストには、意味するものと意味されるもの、言葉と世界、意味的指標と「ロゴス」が一致していた――それ以来失われた――そういう言語状態の段階の並はずれた感受性の痕跡が見られると示唆している。この堕罪以前の記号論は、かなりはっきりしているが、エデンにおけるアダムの言葉という奇想、つまり、プラトンの『クラテュロス』からヴァルター・ベンヤミンに至る西洋の意味理論に取り憑いて離れない言語の、真理との等価性という失われたアルカディアの奇想に由来するものである。その議論によれば、こういう時代があった。一部の男女の言説が、曖昧さのない意味、真理と知覚――その源泉は、融合された社会的集団性（ヴィーコ）であったり、存在の「存在」（ハイデガー）であったり、神の近接的存在であったりするが――に対して直接的であり、透過的であったというのである。聖書のテクストは、この原《ウル》透過性を保持していた、あるいは相当量保持していた。重要な「他者性」、超越的再保証の還元不可能な、しばしば謎めいている核が、「トーラ」と「福音書」の語彙と文法に内在している。ユダヤ教では、このことの自然な帰結は、エリヤ以後の、神との直接的な言語的交換の停止である。イスラム教においては、それは、預言と、それによって構築された神学と哲学の時代に生まれた神学的哲学的仮説である。ここでマイスター・エックハルトの注釈『終局に』(*In Exodum*) における壮大な比喩が思い起こされるが、それによると、アダムの言葉、「神のヘブライ語」自体が、神が「燃える柴」からモーセに自らの立場を説明するのを拒んで以来、「追放された」。

意味論的「中断」、原初的な、真に「神格化」された言語形式とその後の世俗的な行程との間の亀裂をめぐるこれらの範型は、直観的に心惹かれるものがある。それは、聖書の啓示を説明するばかりでなく、類推によって、「古典」における哲学的および詩的言表の夢幻的光輝（奪還不可能と執拗に感じられていたかもしれない光輝）と永続性を説明するかもしれない。実際には、そのような範型を裏づける証明は何もない。生物学的な時間尺度を持ち出せば、われわれ人間という種の言語の進化は一瞬のまばたきでしかない。言語的恩寵からの転落、言説の閉止、本体論的起源と啓示の聴取の閉止の痕跡などはない。われわれは、ギリシャの人類学が名づけた「言語動物」とまったく同じである。「トーラ」の一節、アナクシマンドロスの格言、ホメロスの韻文、それらは、われわれ自身の才覚によって産み出されたテクストに先行し、解釈学的に夜明けの時代に近いテクスト様式の存在を立証しない。

かくして、「啓示」があるとするなら、それは、見る者の眼と耳にあるに違いない。つまり、彼もしくは彼女が、正典の受容にあたって持ち出す信仰の公準と先験性《ア・プリオリ》にあるに違いない。「啓示」は、信仰のより大きな共同体の中で個人によってなされる信任の投資、模倣的決意（儀式、典礼）の果実である。それ以上のものではありえないことは分かりやすいことだ。それは、たとえば、共産主義者によるマルクス－レーニン主義のある種の原典的テクストへのしばしば生死を決する投資、あるいはフロイト主義者による創始者の古代ローマの神託集《シビリン・ブックス》に似た書物への投資に完全になぞらえることができる。厳密に考えると、「聖なる」文書は、信仰を共有する家の中の読み手と評釈者によって、自らに開示される。現代の認識論は、このような状況に少し近づかせてくれる。聖なるものをめぐる「言語ゲーム」は、人間がこれまでにした（つまり、話したり書いたりした）他のどのゲームよりも、広範囲にわたり卓越したものであり、切実で、不安にさせるものであるという可能性は高いかもしれない。しかし、それでも言語ゲームであることに変わりはなく、その唯一の規則と妥当性は内的なものでなくてはならないのである。それらは「外から」証明することはできない。つまり、自明的な証拠は何もないのである。私はこれが、ウィトゲンシュタインの『哲学的探究』の中の覚え書「文法としての神学」（I・三七三）の深く、そして広い趣旨だと考える。聖ペトロの雄鶏を、アスクレピオスへの生け贄という文脈から、本体論的に異なる文脈に挿入されたものとするいかなる読解も、キルケゴールの用語を使えば、不条理への飛躍である。

　この飛躍は、原理主義的解釈を必然的に伴うかもしれないが、そうである必要はない。個人的に言えば、私は、聖書の逐語主義あるいは、われわれが知って使っている「言葉の事実《スピーチ・ファクツ》」を絶対的に神に帰属させることは容認しがたいと考える。それがラビ的なものであろうと、イスラム教的なものであろうと、福音主義的なものであろうと、である（ローマ・カトリック教の聖書テクストの扱い方は、周到な洗練化の長い歴史をもっている）。そのように神に帰属させることは、人間の理性と歴史的な証拠に対する侮辱である――旧約聖書の中のきわめて多くの部分が、部族の愚行とともに焼尽する。逐語主義は、個人の良心の至高の義務を回避している。その義務とは、自由な理解と過誤の危険の重圧のもとで、信仰のための、テクスト的基盤――そういうものがあるならば――を自分自身のために苦労の上考え出す《ハマー・アウト》ことである。「啓示されたもの」、そしてその啓示が含意する権威の神秘を検証なしに採用することは、権利の中で最も厳しい権利、神について沈黙を守る権利を獲得することを、不可能にしないまでも、困難にする。

　しかし（再び、私は私個人の話をする）。

　論理的に考えても、旧約聖書と新約聖書には、われわれが最も偉大な思想家や詩人においてさえも把握しようと努める通常の原作者《オーサーシップ》、構想と構成の、知覚可能なイメージ――どれほど高尚なものであろうと――を与えることのできない章節がある。現世的な想像作用は、たとえば、シェイクスピアが昼食をとりに帰宅して、『リア王』の三幕と四幕の執筆は「うまくいっている」とかそうでないとか報告する図を考えただけで、ほとんど完全にいましめられる。ほとんど、である。じっくり再考すれば、そのような小景《ビネット》にも、日常的なものの遠い端に位置を与えることができる。前に述べたように、類似もしくは比喩によって、このような図を「ヨブ記」の渦巻から発せられる言葉の作者に継ぎ木しようとする時、私は当惑を覚える。「詩篇」や「コヘレトの言葉」のある種の連鎖にこのような図をあてはめようとした時もそうである。「福音書」の中のイエスの「アブラハムのいる前に、わたしはいる」のような奉読章句《ペリコーペ》の生成、あるいは「ヨハネによる福音書」一三―一七のほとんどすべての生成を自分自身に説明しようとした時もそうである。そのような聖書の事例においては、完全に合理的な解釈という概念は私から逃げ去る。「言語道断なもの」のどぎつい輝きにもたれている自分自身に気づく。適切に思われるのは「文法としての神学」ではない。神学としての文法である。

二つの晩餐

一

ひとりで食事をすることは、奇妙な孤独を経験する、あるいはさせられることである。他方、飲食をともにすることは、社会的文化的状況の内奥に達することである。その象徴的実質的関連の範囲は、ほとんど全体にわたる。その中には、宗教的儀式、性差の構築と劃定、性愛の領域、政治の共謀あるいは対決、戯れの、あるいは深刻な言説の対照、結婚と葬送の悲しみの儀式が含まれる。テーブルを囲んでの、友人あるいは敵との、弟子あるいは誹謗者との、親友あるいは見知らぬ人との食事の消費、純真な、あるいは作られた慣習としての和気藹藹《コンヴィヴィアリティ》、これらのことは、その多様さと複雑さにおいて、社会の縮図そのものである。「会食する《コンヴィーヴ》」（十七世紀中期以降、動詞は稀であるが）とは実際、食事の共有という最も明確で、圧縮されたかたちで、「他人とともに、他人の中で生きる」ということである。それとは対照的に、ひとりでパンを割る姿には、獣か神のような異様さが漂っている。ボードレールの標題にある『孤独な人のパン』は、共同体の行為、神聖なものも世俗的なものも含めて、交わり《コミユニオン》の中での意志疎通の行為の寂しいパロディもしくは否定である。

人類学と民族誌学は共同体的食事の中心性を強調している――この場合「共同体」は、選ばれた集団の秘密の、もしくは厳重に守られた集会から、全都市または部族に開かれたサトゥルナリアとカーニヴァルに到るまでその範囲は広がる。宗教研究と精神分析学的提案、社会学と神話分析に加えて、人類学――「人間学」(*les sciences de l'homme*)――は、トーテム、人間と動物の生け贄、浄化と通過儀礼《イニシエーション》といった重要な概念を、食事の共有という制度に関係づける。繰り返すが、その範囲は、ほとんど無限に近い。その範囲は、原初的、元素的な意識の反射作用、つまり、あまりにも深いところにあるためにわれわれにも十分理解できない人間への苦心の移行もしくは侵入という反射作用に根差す人食いの実践と象徴体系から、キリスト教の「聖餐式」に見られるような「神を食べる」という置き換えにまで広がっている。その上、それらは古めかしいものだが、これら発生期の会食の数多くの特徴は、軍隊の会食室《メス》、会員相互の、あるいは専門家仲間の昼食会あるいは夕食会、田舎の祭の暴食、記念祭の晩餐、男が女を、女が男を排除するおびただしい数の会食形式に残存している。食事と酒を、とりわけ直接的な有機体的欲求以上に消費することは、われわれの共通の、もしくは「社会化された」人間性の定義に近づくというまさにその理由により、これら多様な会食は、全体として、個人としてのわれわれの歴史――洗礼式のパーティから通夜まで――と、飢えた政体の構成員としてのわれわれの歴史の両方の中心をなしている。

しかし、もし会食の概念が、祝祭性、超越的な高さにまで及ぶ歓喜の概念を必然的に伴うならば――神が飲食をともにするようモーセ、アロン、ナダブ、アビフと七十人の長老を招く「出エジプト記」二四の謎めいた出来事をどう理解すべきなのだろうか。この同じ、共有される経験の概念もしくは構造は、死を伴うことがある。アトレウスとテュエステースの晩餐における幼児殺しと人食い(西洋の想像力を催眠術をかけたかのように把えて離さない伝説)から、マクベスの前にバンクォーが浮かび上がる晩餐まで、へラクレスの結婚の祝宴における殺人騒動から、ルネサンスの専制君主が客として招いた宿敵を刺殺したり毒殺したりする宮廷の祝賀会で頻繁にあった事例まで、会食は殺害の好機であった。この逆説的一致は、「エヴリマン」の中世劇と寓意で普遍化されている。金持ちと大食漢が、尊敬すべき相手に杯を上げると、死神が乾杯にこたえる。かのようである。まるで、料理の洗練もしくは浪費が、その中に、隠然たる脅威をしのばせているかのようである。ブニュエルやフェリーニの映画の中の死の舞踏の暗示、「メメント・モリ」、あるいは、『大食らい』の「死ぬまで食らう」場面を誰が忘れられるだろうか。

二つの死が、西洋の道徳的知的歴史を今もなお性格づけている。(もしこの公理と化した出来事が二つの誕生であったなら、西洋の歴史は際立って異なったものになっただろうか、西洋の意識の風景にもっと安定した光源ができただろうか。)しかし、われわれが、われわれの遺産を決定し、今度は、この遺産が、われわれの文化の文脈を産み出す仕方を決定する時に、われわれが注意を向けるのは、これら二つの死なのである。ソクラテスの死とナザレのイエスの死は、今もなお、われわれの歴史性、つまりわれわれがそれにより、記憶と準拠枠としての遺産から、われわれのユダヤ教的キリスト教的そして古典的同一性を作っている感受性と認識の反射作用の試金石であり続けている。それに加え、それら二つの処刑は、その終局性にもかかわらず、また、その理性的な想起を耐えがたいものにしているにもかかわらず、今でもなお、過激なまでに未完である。それらの実存的地位と意義、それらが提起する問いは、その執拗さを減ずることなく、われわれの心に重くのしかかる。イエスの「復活」へのいくばくかの信頼を内面化できる人々──そういう人々は今日、かなりの数いるのだろうか──にとっては、理性と現実原則には最も扱いにくいそのような概念、つまり「磔刑」は、その恐怖、苦悶の総体を保持するだろう。いずれの死においても、測りがたい浪費のもたらす結果、取り返しがつかないというわれわれの意識は、いつまでも重みをもつだろう。

紀元前三九九年のソクラテス処刑が引き起こした問題は、思想自体の可能性に関わる問題、つまり、思想はどこで公的に表現されるのかという問題である。これらの問題は、一方では個人の倫理的認識と明瞭な問いかけという驚異——実際にそういうものだから——と、他方では「ポリス」（都市、「コミュニタス」、政治的集合体もしくは連合体）の結合力、最低限の安定性、規範の永続化、両者の共存もしくは非共存という絶対的な重要性をもつ問題である。切迫した思想、政治的社会的適合のもつ不可避的な不純さに無関心な、問い詰める洞察力が、ソクラテスにおいて体現されている。その無政府主義的な強力な衝動、あるいは、もっと正確に言うと、道徳的にも認識論的にも厳格な基準——公的秩序の実利的な、妥協を求められたり求めたりする慣習と正反対のものとして解釈できる基準ではない——への深い関与は、ソクラテスにおいて、次元がひとつ追加される。それは「ダイモン」（*daimonion*）という次元である。現代の物理学と宇宙論のある領域では、「特異点」という概念が引き合いに出される。それになぞらえられる「特異点（性）」、超自然的な命令と認可という特異性が、ソクラテスの論理、つまり、矛盾を力づくで暴露して問い詰めるという方法（*elenchos*）に、相手を狼狽させるほどの力を与えている。スピノザ（たぶんソクラテスの唯一の真の継承者）においてのみ、われわれは、超自然的なものと論理的なものとの相似的な連結を経験する。この種の「特異性」は、都市の中では寛ろげない、つまり「愛想」（*civilitas*）はよくない。ここから、ソクラテスが広々とした田園の、妖精の出没するイリソスの堤にいる時の（『パイドン』にあるように）、解放された軽やかさ、彼の弁証法の音楽性が生まれる。

しかし、ソクラテスの裁判と処刑に含意されている挑発は、より個人的な秩序に属してもいる（とは言っても、この個人的なものは、プラトンの描く肖像では、普遍的なもののひとつの形象である)。ソクラテスは、罪の宣告を自ら確実なものにしていると言ってもよいようなことをしている。その逆を言う苦心の論証があるが、それにもかかわらず、そうなのである。彼は、彼の精神に取り憑いているものをうまく切り抜けたり、その憑依を、「神の意志」を呼び求めて、聖別化することを拒む。哲学的専心が知性の自然な敬虔さだと言われている。ソクラテスがそれを相手に戯れているのは——この遊戯性は重要であると同時に苛々させる——「ダイモン」に権威づけられたこの哲学的専心という範疇の敬虔さである(ここでヘーゲルの「精神《ガイスト》」を思い浮かべることができる)、つまり、公的な市民的信仰と宗教的制度の「敬虔さ」(*pietas*)である。その上、有名な話だが、ドクニンジンの代わりにソクラテスに割り当てられるかもしれない刑罰に関する彼のいたずらっぽい提案が、状況を取り返しのつかないものにしている。クセノポンが不安な様子でそれとなく言っているように、ソクラテスの最期には、自殺を匂わせるところが少しあるのである。(牢獄からの脱出が用意されるが、ソクラテスは拒絶する。)最後の弁証法では、ソクラテスはアテネに、彼自らが選んだ死の、流血の罪を着せる。西洋の「人間の都市」は回復したのだろうか。

これらのディレンマのどれひとつとして古びてはいない。ソクラテスによって求められている「検証される生涯」は、われわれひとりひとりが、アテネの陪審員になることを要請する。われわれはどんな票を投じただろうか。ゲーテの断定、「混乱というよりは不当」が、この訴追事件を簡潔に述べている。それは、クレオンの、アンティゴネーとの葛藤を論じるヘーゲルと同様に、社会的法律的秩序の保持は、正義の実現の失敗の償いを可能にすると論じている。無秩序、無政府主義的な個性と「内的な光」による市民的連帯の拡散は、日常生活を破壊するばかりでなく、正義の理解と実践における進歩、改善の可能性をも破壊する。良心の自立的な力業に対してあまりにも高い代価が払われたのか。ソクラテスが裁かれた時、アテネでは、軍隊は恥辱にまみれ、政治は分裂していた。ドレフュス釈放の真実と道徳的威厳は、大戦前夜に、フランスに致命的なまでに均衡を失わせたか。しかし、提起された問題は、個人の良心と一般的意志の拘束との間の論争を呼ぶ共存在の問題よりも、もっと困難なものである。インテリゲンチア、哲学的エリートは、つねに政治的解放や良心の自由の側に立っているわけではない。それどころではない。階級支配制的、専制的統治形式への、程度の差こそあれ、公然たる切望が、まるで暗い陽炎《かげろう》のように、多くの主要な哲学体系に存在している。プラトンは何度も専制君主ディオニュシオスに期待をかけた。ヘーゲルはプロシャの専制政治に、ハイデガーは国家社会主義に、サルトルはスターリンと毛沢東に期待をかけた。ニーチェの、支配をめぐる奇想天外な考えは誰の目にもそれとわかる。そして、ソクラテス自身が、寡頭政治的性向をもっているとみなされていた。社会の中における個人の状況の曖昧さ、純粋思考と政治実践との関係を考えるかぎり、アテネの陪審員は間違っていただろう。

それゆえ、ある意味では、ソクラテスの死の問題は無時間的なものである。「磔刑」の時間性、それは歴史的時間におけるその位置づけにまつわる多様な謎から始まるのだが（なぜ、それ以前の、あるいは何も知らされていない人類を一見排除して、あの時のあの場だったのか）、絶えず移動する時間性である。キリスト教世界のどの世代の人々も、ゴルゴタを、他の見方では見ていない。受肉に中心が置かれた教義と聖礼典のためらいがちな展開、宗教改革、西洋の世界の意味（*Weltsinn*）の世俗化、原典とテクストの批評、出来事と寓意の読解における隠喩的諸段階、これらのものは、キリストの受難に対する認識に変更を加えた。キリスト教徒にとって、しかしまた、多くの間接的方法で、非キリスト教徒にとっても、「磔刑」とイエスの死の叫び――彼の以前の問いかけ「わたしが誰であるとあなたは言うのか」の避けられない反復――は、何らかの責任ある弁証法によって、時間と永遠、歴史と無時間を把握するように精神に強制する。人間の知性の中で最も繊細かつ明敏な知性、アウグスティヌスやパスカルやキルケゴールのよな人々の知性は、どうにかそうすることができたのだろうか。

「磔刑」の凶悪さ（物理学と宇宙論は今日「特異点」について語っている）は抑えきれない切迫感を帯びてきた。それは、われわれの歴史の中で最も残忍な世紀を「鏡に映してぼんやり」と考察することを要求している。それは、虐殺と追放、飢餓と死の強制収容所の長い真夜中のすぐあとに、その問い、その解釈への召喚を提起する。ある種の思考の冷静さが、ソクラテスの裁判と死には依然として付随しており、またそれによって誘い出される。イエスの最後の断念、神の無言（無言は沈黙の次の段階である）に直面した窮極の無防備と恥辱の叫びにはそのような思考の冷静さはまったくない。その上、復活の概念が、まさにゴルゴタの苦悶の概念がより鮮烈になるにつれ、色褪せるのは、脱神話化、つまり、われわれの宗教的仮定をも特徴づけている実存主義の陰鬱な論理の一部なのである。われわれは、土曜日にというより、むしろ金曜日に強烈に生きている。

たぶん、西洋の文化、とくにヨーロッパの文化は、もし、ゴルゴタとアウシュヴィッツとの間のつながり――歴史的、イデオロギー的、象徴的、形而上学的、宗教的つながり――が考察されることがなかったら、そしてそれらのつながりが、それによってわれわれが経験の中の解決できない問題を耐えられうるものに変える理性と隠喩の圏内に導き入れられなかったら、その十全な活力、存在の原動力を回復することはないだろう。しかし、大いなる暗闇のあとの男女の知性あるいは想像の手段が、そのような思考行為の能力をもっているか否かはけっして明らかではない。「大虐殺以後《ポスト・ホロコースト》の神学」は、数少ない断片的な例外を除いては、弱々しい。キリスト教教会と神学者は、ユダヤ人憎悪の教化において、歴史的偶然的な役割ばかりでなく、教義的本体論的役割を、醜悪なまでに果たさなかった。わかりすぎるくらいよくわかることだが、ユダヤ教は麻痺したままである、あるいは一部の反射作用においては、恐怖の影響で狂ったままである。原理主義者を除くすべての者にとっては、弁神論は事実を前にして、あとじさりする。印象的なことだが、哲学的問いかけの大家たちは、彼ら自身の生活がかかわり合いをもっていた場合でさえ（ウィトゲンシュタインやハイデガーのような人々）、われわれにほとんど何も、あるいは全然語っていないのである。しかし、ある意味では――決定的な意味だと私は信じているが――十字架はガス室の傍に立っている。それは、キリスト教の反ユダヤ主義――「福音書」とキリスト教初期の教父たちと同じくらい古いもの――を、キリスト教ヨーロッパの中心部におけるその最終的激発とを結びつけるイデオロギー的歴史的連続性がそこにあるからである。

＊

すでに見たように、ソクラテスとイエスの、類比または対照による比較は、ルネサンス以来、西洋の修辞学的哲学的論争に繰り返し現われた論題である。啓蒙期の「哲学者《フィロゾーフ》」は、トレント会議以後の時代のキリスト教の、とくにカトリックの弁証者《アポロジスト》の、異教の精神の中で最も高貴で純粋な精神でさえも、卑俗な迷信、「鬼神」（*daimonion*）信仰の犠牲者だったという主張に対して、多少イソップ的な言語を使って、当意即妙に答えた。十八世紀の自由思想家は、ソクラテスの死の澄明な高貴さ、別れに際して賢人が喚起した詩的哲学的「エリジオン」の理想を指摘した。ソクラテスを支持するこのような発見は、しばしば慎重に、ヘーゲルの、二人の人物をめぐる数多い思索へと持ち越される。キルケゴールやニーチェのような十九世紀の神学者や哲学者においては、ソクラテスとイエスの比較はライトモチーフとなる。類似性はすぐそばにある。これら二人の人物は、いずれも間接的にわれわれに開示されるが、これはかぎりなく不思議なことであり、解釈学的探究も終わりがない。われわれの「ソクラテス」は、プラトン、クセノポン、アリストパネスの、しばしば一致しない肖像の合成品である。プラトンほど偉大な、議論と知的文体の劇作家はいない。対話篇のソクラテスはどの程度プラトンが構築したものかに関して討論はけっして終わらないであろう。われわれが扱っているのは、最初は、程度の差こそあれ、人物と声の忠実な転写であったものが、「至高の虚構」、プラトン自身の、非ソクラテス的な、あるい反ソクラテス的でさえある「イデア」の理論と政治綱領により活性化された登場人物へと次第に転調していったものなのか。中期および後期の対話篇のソクラテスは、ファウストやハムレットの存在と同じレヴェルの存在の、想像の結晶化したものなのか。そして、イエスはどうだろうか。われわれが彼について知っていることは、「共観福音書」、「ヨハネによる福音書」、「使徒言行録」、パウロの書簡のいくつかによって書き留められた証言からすべてが成り立っている。これらの文書のひとつひとつと、伝えられている事実との年代的内容的関係、これら文書相互の関係は、ほとんど二千年にわたって、はげしい論争の話題である。イエス本人の実在すらも繰り返し疑問視されている。彼の言行に関して伝えられていることのどこに触れても、乱気流で充満した媒介性が間に入る。それは、物語の類型論、「福音書」群内部の過激な矛盾点、歴史的不可能性（たとえば想定されている「裁判」の報告）ばかりではない。それは、ソクラテスについて物語る人々や戯画化する人々の場合と同様、根本的に異なる文学的イデオロギー的感受性の結果である。「マルコによる福音書」のイエスは「ルカによる福音書」のイエスではない。そしていずれも、重要な点において、「第四福音書」のキリストとは一致しない。ソクラテス、イエスのいずれの場合にも、入射する万華鏡的な光が、再現不可能な核のまわりで眩いばかりに戯れる。いずれの師も書き残していない（イエスによって砂の上に書かれ、すぐにかき消された引用《ペリコーペ》は、謎めいた「アポリア」である）。二人は相手に面と向かいあって話す。二人の責務はプラトンによって述べられた文書批判——その生命の欠如、応答性の欠如、記憶に加える損傷——を伴う。精神は声に属し、文字は法あるいは未検証の慣例的な規範に属す。加えて二人には、方法の類似性がある。イエスの譬え話の産婆術的技法についていては、見きわめなくてはならないことが多く残っていると私は信じている。その技法は瞬間的に、聞き手に対して、からかうような厳密さで迫るので、聞き手は、当惑しながら疑問をもち、自らの前提を、しばしば痛みを感じながら、再構築せざるをえなくなる。プラトンのソクラテスと新約聖書のイエスはともに、卓越した哲学的詩的精神（たとえばウィトゲンシュタイン）の特徴をたぶん示しており、形而上学的な、あるいは道徳的な複雑な命題を、挑発的な不透明さ、あるいは曖昧な複雑さへと復活させる手本、お話、実演的所作の大家である。ソクラテスの（プラトンの）神話使用とイエスの譬え話は、強くて繊細な、攪乱的暗示力を発揮する。それらは思考を隠喩的なものに変える。

われわれの日々の存在の凡庸さと眠けへの「召命」、切迫した召喚には慰めはほとんどない。エルサレムはその教師や預言者をつねに殺すだろうというルカの嘲弄は、ソクラテスの運命にも等しくあてはまる。その上、いずれの師も、弟子を集め、日常的な、生産と服従の、型にはまった生活から引き抜く。彼らは、強要、彼らの要求の排他性によって誘惑する。ソクラテス的プラトン主義とイエスの教えには、ひと握りの選ばれた者にだけ開示される秘教的核心があるという繰り返される主張は説得力がない。しかし、「組織化」の戦略は、選別、制限的門弟制である。イエスは、彼が選んだ者たちを、使徒とし、人類に対して彼のことを思い出させる特使とし、別れを告げる。ソクラテスに宣告を下した陪審員に対する彼の話の結びで、彼は、自分の範例的な仕事が、その目的を理解した若い人々によって続けられるだろうと予言する。生活の検証を維持し、発展させる人々がいる。私は、他の場所で、特殊な、「局所的」に共鳴する箇所に言及した。たとえば、ソクラテスが臨終の際、アスクレピオスに生け贄として捧げる雄鶏と、ペトロの三度にわたる主の否認の際に鳴く雄鶏との間の共鳴がある。

しかしながら、二重の見方を促すのは、二つの裁判と死刑の対照であることは明らかである。すでに指摘したことだが、われわれの文化に永続的な不快感を植えつけるのは、紀元前三九九年にソクラテスに加えられた暴力と、紀元三三年にイエスに加えられた暴力である。二つの暴力は、思索する人の魂を取り返しのつかないほど沈ませ、悲しませた。われわれは二つの暴力が提起する問いかけをを回避することも、耐えぬくこともできない。ソクラテスは、神聖な霊感にみちた良心に駆られて、世俗の法と公的利害の妥当性に異議を唱えた。父なる神に仕事に遣わされたナザレのラビは、現世の内在性の秩序に挑戦した。彼の「愚かさ」は理性を覆す。これら二つの挑発の間には重要なつながりがある。それらは、われわれの共通の人間性を、完璧さという恐喝にさらす。それらはわれわれに、われわれにははっきりと理想と認識できるものの、応じることはできない理想を押しつける。ソクラテスはわれわれに、徳高く、正直で、穏やかな精神を保ち、病いと死に臨んでも冷静であることを望む。イエスの命令（そこには激しい怒りすらかすかに存在している）は、完全な愛他主義、普遍的な愛と哀れみ、超越への覚悟である。これら眩い命令に反対尋問したり、それらを論駁しようとしても、ニーチェや、あるいはある意味ではフロイトほどに頑強な者は、われわれの間にはほとんどいない。これらの命令を実存的に受け入れられる者となると、もっと少ない。「模倣」（*imitatio*）は、あまりにも困難であることが判明する。詩人の言ったこととは逆に、人類が耐えがたいと思うのは、過剰な現実ではなく、範例的完璧さの目も眩むばかりの光である。われわれが張り合うことのできない人々、その急務がわれわれを剝き出しにしてしまう人々に、われわれは憎悪と自己憎悪から刃向かうものである。反ユダヤ主義の根本にあるのは、まさにこの嫌悪という心理的原動力である。日常的人間性を、それが届かないほど高い犠牲、友愛、禁欲の理想に三度――モーセの一神教、イエス、マルクスのメシア的共産主義――向かい合わせた民族に浴びせかけられた憎悪の根底にあるのもそれである。人間的な、あまりに人間的な凡庸さが、ソクラテスとイエスを、「無防備《アンファーニッシュト》な」死へと駆り立てた。

このようにふんだんにある相互参照から、私は二つの晩餐――悲劇作者アガトンの家における『饗宴』と「ヨハネによる福音書」に伝えられているイエスの弟子との「最後の晩餐」――を選ぶ。私にできるかぎりで、両テクストにおける構成と速度《ペース》運びの見事さ、両者の間に再認のアークをかけるものに、初歩的なやり方にならざるをえないが、注意を引きたいと思っている。

二

『饗宴』は、厳密な意味ではプラトン的対話篇ではない。ソクラテスとアガトンとの間のやりとりのような短い産婆術的問答が、組織全体を解体するおそれがある。『饗宴』が属しているジャンルはきわめて明瞭だが、ほとんど研究されていない。それは「宴会」（'banquet'）、「談話」（'*conversazione*'）、「夜会」（'*soirée*'）というジャンルである。この集団にはペトロニウスの『サテュリコン』、ボッカチオの『デカメロン』の中の幾場面、ジョルダーノ・ブルーノによって語られる「聖灰水曜日の晩餐会」、ド・メーストル（二）の「ペテルブルグ夜話」――プラトンの作品と多少張り合える作品――が含まれる。会食の談話という構造は、必然的に、演劇、場面描写と類似性をもつ。そのような構造は演劇と同じくらい、雄弁術《オラトリ》の演技的手段と伝統に依存している。これらのテクストは、その中で思考が直接的であると同時に祝祭的なものに変えられるテクストであり、この様式のもうひとつの例であるダンテの『宴会』(*Convivio*)の「精神の運動」(*moto spirituale*)がその中で「行動で表わされる《アクテド・アウト》」テクストである。その上、これらの技巧のひとつひとつにおいて、いわゆる報告の設定、枠組みが、活力にみち、錯綜したものになる。空間は地図化されなくてはならない。

学者は、『饗宴』の制作を紀元前三八四年から三七九年にかけてのこととしている。しかし、アガトンの、悲劇作者としての最初の成功――この宴会はそのお祝い――は紀元前四一六年という早い時期である。アポロドーロスがグラウコンに実際に語る話は、紀元前四〇〇年頃に設定されているように思われる。この複合的な距離化――『プロタゴラス』のそれのように織り込まれているが――は、意図された問いかけを提起する。われわれはアポロドーロスの驚くべき記憶力を信用すべきなのだろうか。彼自身は、彼の記憶の避けがたい空白と不完全さに言及している。彼の報告が、ソクラテスの裁判に先立って、たぶん直前になされているという事実を心に留めておくことは、どの程度重要なことなのか――アポロドーロスは熱心な弟子で、その報告をほかの者たちに、前もって朗唱したということなのか。これら複雑な序幕において、プラトンは、書かれた語を経た口誦的なものというやっかいな問題、つまりテクストの疑わしい固定性に対する回想の生き生きとした戯れという問題に戻る。歴史的事実と修辞学的虚構が相互浸透する。過去への精妙な転位は、証人の心に、よりいっそう生き生きとしたソクラテス像を刻むことになる。イエスの生涯と言説に関する証言との類似性は顕著である。ここでもまた、回想、記録、直接的証言から「聖典《スクリプチャー》」への転調(文書への衰退)の年代的順序は操作《インストルメンタル》的なものである。とりわけ、「第四福音書」では、作者の声の問題――誰が誰に話しかけているのか、最終章はどのようにして先行「福音書」の個人的な語りの常套的方法と関係づけることができるのか――は、一部未解決のままである。われわれの内的自覚とわれわれの文化全体にとって根本的なこれらのテクストは、ほとんどキルケゴール的な調子で、「間接的な伝達」の行為であると言える。

われわれのテクストにはいずれも、二つの軸がある。最初の軸は、昼と夜（あるいは光と闇）との間の断絶と相互作用である。この二元性は「ヨハネによる福音書」の「最後の晩餐」の構造にとってきわめて重要であるので、数多くの評釈者は、根底にある体系的な、グノーシス教の象徴群を挙げており、論争になっている。われわれ自身の昼間《ダイアーナル》の習慣的な感覚は、われわれの意識の中に刻まれると同時に拡散するので、状況の弁証法と劇を見落させる。これらのものは、地中海の陽光の輝きと、それに付随する日暮れの急激さによって研ぎ澄まされる。『饗宴』は、昼の時間と夜の時間の循環的現象（夜明けの回帰）とそれらの両極性を喚起する。「第四福音書」のように、それは、昼の光と、それに劣らず実質的な暗闇とからなる特殊な「土地の霊」で充満している。われわれは、ちょうど、ヘラクレイトスの、昼と夜、存在と否定の同一性という静かな逆説におけるそれのような、分断と有機的相互関係を、不安な同時性の中で意識させられる。陽光が夜の中に流れ込む。夜には光の不在が定住する（松明の光やランプへの言及によって、われわれのテクストの中で、よりいっそう豊かになった明暗法）。

アガトンは劇場の白い光の中で、悲劇の賞を獲得する。彼の客は日暮れに集まった。彼らは、眠りと沈黙を寄せつけず、自然に逆らい浮かれ騒ぎ、夜っぴて歓楽に耽る気になっている。ソクラテスは、登場する前にすでに、これらあからさまな二分法に異議を唱える。彼は思考に心を奪われ、遅れる。この図は正確に、アルキビアデスがのちに描くソクラテス像を予示している。そのソクラテス像は、彼が軍隊の戦闘の間、丸一昼夜、ある知的問題に没頭し、根を下ろしたように同じ地点に立っていたというものである。「彼は、夜が明け、日が昇るまで立っていた。そして太陽に祈りを捧げてから立ち去った」。昼と夜の自然のしきたりに対する敬虔な勝利は、『饗宴』の末尾におけるソクラテスの、朝への落ち着いた歩み出しを、正確に予示している。しかし、プラトンの作品の中には、日に照らされた存在の「精神性」、政治、世俗性——性愛的、体育的、軍事的なそれ——と、夜の間中行われることとの間の対照の現実性とアイロニーに直面しない瞬間がほとんどない。アルキビアデスの、ソクラテスとともに過ごした夜、明かりを消したことに関する技巧にみちた無関心を考えていただきたい。再び、ソクラテスの自己規律、彼の精神の真昼の澄明さが、まったくの暗闇から、その非理性の特権を取り出す。『饗宴』の話題であるエロスは、大祝宴のあとの甘露に濡れた暗闇から生まれる。これは、アガトンの家での宴会の話の中で喚起された二つの宴会のうちのひとつである（もうひとつはアルキビアデスによる宴会である）。プラトンが現出させるその夜には、性とワインのディオニュソス的力が文字通り浸透している。演説があるたびごとに、あるいは、逸話が語られるたびごとに、空気はますます重くなる（キーツは、自分自身の夜想曲を作っている時、彼がプラトンについてもっている知識の中にあるこの眠気を誘う重みを言いあてている）。「ヨハネによる福音書」の中でも、愛とワインはプラトンに劣らず中心的な位置を占めている。ディオニュソスとキリスト、バッコスの葡萄と聖体拝領のそれとの間の、新プラトン主義とロマン主義によって、そしてヘルダーリンによって比類ないかたちで推定された相似性は、アガトンの食卓の「会食者仲間」（*convivium*）の中にその尽きない源泉をもっている。それらは、舞踊（踊り子は同席している）、つまり、ロゴスをエロスと結びつけ、「愛の光」を魂の夜に結びつける調和と退却の運動を指し示している。その結びつきにおいては、眠り、あるいは眠りの拒絶が、プラトンが精妙な陰影とともにイメージ化しているように、その複雑な役割を果たしている。ソクラテスはまったく何も必要としていないように思われる。イエスはどうだったろうか。

第二の軸は、ちょうど空間が時間に関係しているように、第一の軸に関係している。それは外側と内側の軸である。この二項式の原理は、またもや、きわめて遍在的なものであるので、その豊かな含意に対してわれわれは不注意になる。扉、控えの間は、外からやってくる者に関しては、黄昏時と同じくらい、象徴的価値と曖昧さが濃厚に漂っている。外へ出ることは、夜の死と同じくらい身を脅かすものになりうるか、夜明けと同じくらい解放的なものになりうるかのいずれかである。二つの軸は、数えきれない点で交錯する。それに加え、時間の中に分があり、時間が日に包まれ、日が週と季節の変化する光と闇に取り囲まれているように、場所を分割し、特定化する外壁、内的領域、部屋の中の部屋がある。『饗宴』とイエスの最後の、あるいは過越の祝いの食事の雄弁さは、これらの境界と「越境」行為（文字通りの侵犯）を劇化している。これら二つの文書においては、外側とは、都市、つまりアテネとエルサレムの恐るべき外側である。この「二都物語」は、キリスト教初期の教父以来、西洋の精神状況を伝えるものである。アガトンは、「ポリス」の支点とも言うべき場で、およそ二万人の同胞市民の面前で、栄冠を獲得した。ソクラテスはアテネの開放された場で、尋問と無邪気さを皮肉に装う技術を実践する。宴が催されたと推定されている日に、アルキビアデスは、都市のイデオロギー的、党派的な事柄において、不穏な政治的カリスマ性と傷つきやすさの頂点近くにいる。多くの観客の前で演じられたアリストパネスの喜劇は、最も突飛でふざけているものでも、鋭い焦点をもつ「アテネもの」である。それらには地域色が色濃く出ている。食卓の座談の行われる夜の間中、客と話し手はすべて——「食卓の座談」が、哲学的文学的宴会もしくは「夜会《ソワレ》」の部類の中の副次的ジャンルとして認められる場合には——市民的地位と経験の特定の文脈を携えてくる。ナザレのイエスと食事を共にする人々の地方的地域的な出身地は、有益な対照を与えてくれる。アガトンの家のほうは、合成的な内部である。台所係、音楽家、召使いは、不在のソクラテスを捜しに、徘徊し、通りへ出る。そして客たちを歓迎し、宴会室へと案内する。この部屋では、食卓のまわりの寝椅子の配置、席順が、精神と身体の複雑な組み立て《イントリーグ》においてつねに役割を果たし、空間の中の空間、内側の核心部の内密性の輪郭を描く。この密室《サンクタム》への接近は、「最後の晩餐」の「奥の部屋《アパー・チェインバー》」におけるそれと同様、複雑な態度と関与を要求する。定式的な祈願によって――『饗宴』の演説者は一貫して神々に訴え、献酒をする――、あるいは「真の存在《プレゼンス》」によって、この位階の食事は、超自然的なものに触れる。犠牲はけっして祝宴と無縁ではない。

外側と内側が劇的に接触している。夜の間中、どの瞬間にも、都市、ジョイスの言う、「夜街」（‘night-town’）の生命が、家、室内の共有される秘密（つねにある程度は共謀的なもの）に侵入し、侵犯するおそれがある。文学における最も壮観な登場の仕方のひとつにおいて、アルキビアデスは、ディオニュソス的暴徒を引き連れて飛び込む。彼の宴会室への侵入は荒々しく、唐突だが、彼の酔った怒鳴り声は、前庭、つまり都市と私的住居との間の両義的領域ですでに聞かれていた。二回目の侵入も同じくらい意味深い。アガトンの家の扉は、疲れた客が立ち去れるように開かれている。その扉を通って、いかにも都市の群衆らしく騒々しく名もない酔払いの一団が乱入する。晩餐に乱雑な終わりをもたらすのは彼らである。われわれは「ヨハネによる福音書」の第十三章から十七章にかけての退出がきわめて重要であることがわかるだろう。しかし、圧倒的な相似性をもつのは、都市の果たす悲劇的な役割である。アテネとエルサレムは家の聖域を取り囲む。時間的な隔たりがあるが、ソクラテスは彼の裁判と処刑という運命に向かっている。イエスはほとんど即時に死に向かう。外側が支配する。痛烈な逆説により、夜が避難所を提供する。結果的に死をもたらすのは都市の上の日の光である。キリストの「受難」の時、この日の光自体が覆い隠される。二つの軸は、西洋の時間が前《ビフォー》から後《アフター》へ変化する時、十字架になる。

愛をめぐる二つの論文がある。聖なる愛と俗なる愛。超越的な愛と内在的な愛、昇華された愛と性的な愛。聖なる愛と人間的な愛。「エロス」と「フィリア」(*philia*)、「アモール」と「アガペ」。なぜ愛があるのか。その本質は何か。それは生命の最前線にして形成的な力なのか、それとも、理性の破壊的で無秩序な苦悩なのか、それとも、悪魔的な侵入者なのか。「ロゴス」、窮極的な「ひとつの真理」(プラトンに従うプロティノス)、「言《ことば》」、「ヨハネによる福音書」に出てくる初めにあった「言」、神と共にあった「言」は愛と同一視できるのか。ルネサンスの新プラトン主義者にとっては、類似はまぎれもない。『饗宴』は、明白な同性愛を、いわば超越しているが(ヨハネの物語記述の重要な箇所に、同性愛の雰囲気がまったくないと言えるだろうか)、「愛の福音書」(*vangelo erotico*)として読むことができる。西洋の宗教的感情、形而上学的議論、文学、音楽、美術に、神聖な愛と人間的な愛のきわめて形成的で多様な神秘主義を創出したのは、これら二つのテクストの作る網状構造、網目組織である。ともに春の出来事であるこれら二つの夜は、それぞれ、われわれ西洋の同一性の二つの胚子状態の都市、つまり、アテネとエルサレムにおいて、その後の無数の愛の夜における欲望の輪郭、肉体と魂、肉と霊の対話の輪郭を産む。シェイクスピアの言うように「このような夜には」である。いずれの晩餐でも、会食者は寝椅子に寄りかかっている。彼らの姿勢は、プラトンにおいてははっきりと、「エロス」の予示である。しかしまた、死の予示でもある。まるで夜の中の夜のように、前兆が二つの会食の上に漂っている。

『饗宴』のどの部分についても、それに関する文献は、山をなすほどある。それらは、パエドロスの誇張的で引喩の多い冗長さ、彼のロマン派的な大げさな言葉遣いを明らかにする(それとともに、無意識の皮肉が混じったアルキビアデスへの期待も)。パウサニアスは分析家である。彼の「パイデラスティア」(*paiderastia*)の断定的な唱道は、それらが引き起こす道徳的市民的価値によって、ほとんど玄人のような性愛的成就の弁護へと転調する。アリストパネスの話を先へ延ばす短い幕合い劇は、作品構成における律動的な緊張と解放の驚異のひとつである。音楽の場合と同様に、告知された解決《レゾルーション》〔不協和音から協和音へ進むこと〕は一瞬、引き止められる（学者たちは、アリストパネスのしゃっくりについていくつもの論文を書いている）。エリュクシマコスは医者である。パウサニアスの弁明に基づいて、彼は同性愛の治療上の利点、それが肉体と魂にもたらす美点を綿密に分析する。これらの科白のひとつひとつが（皮肉に扱われているが）一本立ちできる劇的な半身像《ヴィネット》を提供する。それらが一緒になって、序幕に生き生きとした脈動を与える。ナザレやガリラヤ出身の人々にも知られていた事柄を提起するのは、アリストパネスの名人芸である。

プラトンによる、アリストパネスの悲喜劇的物語制作《ファビュレーション》の天分のパスティーシュは、それ自体が天分である。（彼の登場人物の言語使用域と態度をどの程度模倣できたか、その力については、証拠がないので、推測するしかない。）アリストパネス特有の大脳的どたばた喜劇は、「曲芸師のように足が速く、脚を真っ直ぐに伸ばして、何度も回る」両性具有の丸い生き物や、切り裂かれた人間に、新しい裏地をつけたり、縫い繕っているアポロという着想に見てとれる。しかし、核心は、創造と堕罪という、ユダヤ教的キリスト教的遺産とギリシャ的ラテン的遺産のいずれにおいても、愛の問題とは切り離せない二つの瞬間にほかならない。いわゆる「オルペウス讃歌」（月の両性性）と同じくらい古い要素にまでさかのぼり、ホメロスに依拠し、ルクレティウスを予期させつつ、この偉大な喜劇作者は、われわれの起源における三つに分かれている本性、「エロス」の全体性が具現されている球状の生き物について語る。これら両性具有的「霊長類」は、きわめて高慢かつ尊大であったので、神々へ反乱を企てた。原罪の主題は、現世の意味のユダヤ教的キリスト教的読解の絶対的中心である。ギリシャ的文脈では、はるかに稀なことである。しかしそれは、エンペドクレスには存在しているし、間接的にではあるが、ヘラクレイトスの、事物の性質における衝突、不正《ミスプリジョン》の示唆に存在している。人類は、神罰の結果として生じた引き裂かれた性によって、アリストパネスに明言された言葉を使うと「堕落」した。これ以後、愛の追求と成就には、永続的な痛みばかりでなく、不可避的な挫折感がある。われわれのひとりひとりは、真の対を必死に捜している「記号」(*symbolon*)、引き裂かれた標識、壊れた割り符もしくは鋳型《ダイ》の片割れでしかない。性行為がいかに激しいものであろうと、完全な融合、失われた一体性への還帰の衝動は、依然として静められることはないだろう。不気味だが、アリストパネスは、いわばついでに、マンティネア(その予言者的存在がやがて『饗宴』を支配することになるディオティマのまさに故郷)において、アルカディア人(!)がスパルタ人に蹴散らされたことに言及することによって、散乱、裂開の印象を強めている。何の救済策もないのか。死によってぼんやりと表わされる魔法にのみある。ヘパエストスは、われわれをひとつの生き物に溶接するかもしれない。「あなたが死ぬ時、あなたはまた、冥府において、ひとつの死を共有することによって、二つではなく、ひとつになるかもしれない」(「エロス」と「タナトス」)。しかし、現状では、「われわれの罪ゆえに」(*dia ten adikian*)片割れである。異性的なものであろうと、サッフォー的女性同性愛であろうと、男性同性愛であろうと、死すべき人間の男女の欲望と愛は、侵犯と、喪失の太古の(無意識の)記憶によって形成される。アリストパネスは、笑いに潜む孤独の老練な大家である。

アルキビアデスの演説は、文学——聖なるものであれ、俗なるものであれ——において最も多義的で、無数の相をもった「発話行為」のひとつである。私は「第四福音書」と対照させて、一、二の節にだけふれる。構造は、親密な、それと同時に弁論的な告白とイメージからなるものである。弁証法は、それが存在しているかぎりでは、個人的なものであり、ある意味では私的なものでさえある。アルキビアデスは自らに問い、自らと討論する。ディオティマによるエロスの外見上の醜悪さの証明によって準備されたアルキビアデスの、シレノス、サテュロスのマルシュアスとしてのソクラテスの描写が、愛の秘密性、愛が隠し変質させる意味の中に乱入する。アルキビアデスは、どの言動においても、この両義性を例証する、あるいは実践する。アリストパネスの面前でのソクラテス頌徳において、彼は『雲』――アリストパネスがその中で、師とその教えを、文字通りに、そして危険なまでに「からかった〔上げた〕《セント・アップ》」劇――から三六二行目を引用している。『フィガロの結婚』の、運のつきたドン・ジョヴァンニの晩餐の場面から採ったかのような、窮極の哀感とアイロニーの「反引用《カウンター・クオート》」である。マルシュアスの笛の妙技は、ソクラテスの思考の音楽の演奏とそれとの戯れによって凌駕される（シェイクスピアがハムレットに、管楽器のように「演奏される〔だまされる〕」ことを拒ませた時、この霊感溢れる比喩について何も知らなかったなどということがありうるだろうか）。ソクラテスは、聴衆の魂を摑むようになる。サチュロスの運命は名状しがたい苦悶である。生きたまま皮を剝がれる。ソクラテスの運命もまた死に至る運命である。アルキビアデスは、狂喜、ソクラテスの魔力、彼のアポロ的な、精神の音楽から逃げる努力について語っている。魔術師の死のみが、彼が魔法をかけた人々を自由にするだろう。「彼がこの世から消えてくれればよいと思うほどだ」（二一六c）。その上、アルキビアデスは、限りない愛をいだかせながら、けっして親密で対等なやり取りのない人には何か非人間的なところがあると気づいた。

実際、ソクラテスはどのような種類に属しているのか。われわれは、イエスの、弟子に対する、判断を麻痺させるような問いかけ――「あなたたちはわたしを誰／何者だと思っているのか」――を思い出す。ヘブライ的感情は、「創世記」六の「人の娘」を訪ねる「神の息子」への謎めいた言及を除けば、半神半人の生物という概念とは異質である――ケンタウロスのような、人と獣の混血という概念とも異質であることは言うまでもない。ギリシャ人の、世界をめぐる想像は、そのような混成にみちみちている。シレノス、サチュロスは、一部人間、一部獣である。多くの英雄は、人間と不死なる者との交わりから生まれた半神である。哲学的寓意の現われるずっと前に、ギリシャの神話は、獣的なものと神的なもの、獣性と超越性との間の不安定な階梯に人間は位置づけられるという見解をそのままに表わしている。このような描写は、人間は神の似姿に造られたとするユダヤ教的キリスト教的公準によって冒瀆的なこと、ありえないこととされる。ソクラテスの真の本質を位置づけようとするアルキビアデスの試みには誇張がある。しかし、それは、歓喜という文脈の中で、畏怖の混じった真剣さと説得力をもっている。ソクラテスは特異な存在である。彼はこの世の誰とも似ていない。彼は「完全な驚異」(*pantōs thaumatos*)であることを要求する。アキレスのような半神的存在、ペリクレスのような雄弁家と政治家の鑑といえども、彼と比較することはできない。彼には本質的な異質性、特徴的他者性がある。外見的にはシレノスのようなソクラテスが、その徳の教示と例示において神々(*theiotatous*)にもなぞらえられる言葉(思想)を口にする。彼にごく親しい者でさえも、この男の独立不羈の霊気を結局は解明することはできない。卑しい肉の中に、神のような魂が寛いでいる。

　招かれない客の起こした騒乱が、アルキビアデスの取り憑かれたかのような言葉遣いが、さらなる哲学的修辞を見当違いのものに変えてしまったという事態を強める。アガトン、アリストパネス、ソクラテスだけが、談話を続けられる状態にある。彼らの談話は、悲劇、喜劇、哲学をめぐるものである。これらは象徴的な三部作であり、アルキビアデスの台詞と行動は、それに対して、サチュロス劇の納め口上《エピローグ》を提供している。三人の男が隣り合わせに横たわっている順序は、沈んだ調子《マイナー・キー》の認識論である。それは、精神の終わりの運動を産み出す。ソクラテスは、「テクネー」(*technē*)、悲劇作者(アガトン)の技術は、喜劇

（アリストパネス）をも産み出す能力を必然的に伴うことを証明する（彼の二人の聴衆のワインに泥酔した眠りによって、われわれには形式の上では見失われた証明である）。ここでは「エピスタスタイポイエン」（*epistasthaipoiein*）とは、哲学と同盟関係にあり、プラトンの「ポリス」であれば認められたであろうような性《ジェンダー》に属している、真理に動機づけられた学識ある文学作品を意味する。ソクラテスは、彼自身の中に、真理を「上演する」ための方法を体現している。彼の風采、戯れのアイロニーと自己卑下は喜劇的なものの領域に関わる（チェーホフにはそれがわかるようになった）。彼の、人間精神に対する要求、彼個人の運命は、悲劇にみちあふれている。彼の哲学的な知識の範囲は二人に優る。アルキビアデスがアガトンから栄冠を取り、ソクラテスに与えた時、彼は正しかった。『饗宴』の演劇的ゲームにおける勝利者は彼だからだ。

このディオニュソス的な祝祭の夜に漂っているほとんど定義不可能な憂愁（*tristitia*）には、私はすでに言及した。たとえば『女はみんなこうしたもの』（*Cosi fan tutte*）の終わりか、『フィガロの結婚』の夜想曲のように、哀切なほどに多様な気分に直面すると、言い換えるのがためらわれる。モーツァルトはまさに、ソクラテスの予見した悲劇的喜劇の大家である（あるいは、フェステが「祝祭」であると同時に名状しがたい悲しみでもあるシェイクスピアの『十二夜』のフィナーレにおける物寂しい陽気さを考えていただきたい）。これら未解決の方程式は、美的なものの中の至高の瞬間と効果に数えられる。プラトンの使用例は窮極の名人芸である。アルキビアデスは、政治的個人的大破局までわずか一年である。宴会の席での彼の霊感にみちた荒々しさは、ヘルメス柱像を傷つけたと考えられている夜と、シチリア遠征隊での悲惨な結果に終わった彼の指揮を直接的に予示している。ソクラテスは、もとのままの自分を堅持して、彼の二人の友人にして聴衆を、おだやかな眠り（*katakoimisant' ekeinous*）へ落し入れた。それゆえ彼は、まったくひとりだけ目が覚めた状態であとに残される。アガトンの宴会室はゲッセマネではない。しかし、最後の疎隔、孤独のモチーフは存在している。そして、朝の光の中へ出て行き、会館で体をきれいに洗う男は、死を運命づけられたソクラテスでもある。愛は危険な話題である。

『饗宴』は、『ティマエオス』とともに、プラトンの最も影響力のある作品であることが判明した。新プラトン主義とアウグスティヌスに吸収されるディオティマの、肉体的なものの、精神的なものへの全質変化、欲望の、啓発への全質変化をめぐる譬え話は、西洋における愛の理論と記号論の試金石である。プラトンのテクストの堂々たる余生は、つねに二つの主要な衝動を経験した。プロティノスとプロクロスからマイスター・エックハルトとクーザのニコラスまで、推進力は、語源的意味での「神秘化」、ディオティマの寓意から神秘主義への「転移」(*translatio*)のそれであった。性愛的なものの上昇は、魂をベアトリーチェへ、そして直接的な神秘的放棄において経験される神聖な愛の炎の薔薇へと導く(ベルニーニは、この運動を刻んだ傑出した彫刻家である)。もうひとつの方向は、肉体的情熱の神聖視、美と窮極的な活力という名のもとでの肉体的情熱の擁護という方向である。全般的に含意されているのは異性愛である。しかし、フィレンツェとローマのルネサンスの新プラトン主義者から、ヴィクトリア朝のギリシャ文化心酔者に至るまで、そしてそれ以後も、『饗宴』は同性愛の護符である(一八九二年から三年にかけての若きマルセル・プルーストと彼の優秀な仲間たちは、彼らが編集する美術評論誌のタイトルとして『饗宴』*Le Banquet* を選んだ)。根底にあるのは、総合、変成というプラトン的理想の再生産と再実践の努力である。十七世紀のケンブリッジ・プラトン学派は、アガトンの家における愛の行為の寓意的象徴的価値を深く考察した。これらは、魂の「エロス」の形象でしかない。シェリー、そしてとりわけヘルダーリンは、自らの「ディオティマ」によって、魂が愛に占有される時の官能性に酔っている。この弁証法の火のような輝きは、マンの『ヴェニスに死す』に光を投じる。唯物論は、この愛の原型的修辞学に侵入することは驚くほど少なかった。フロイトの、性的なもの、リビドーの、芸術、美の抽象的な外形、時には圧迫感のある熱い思想への昇華という仮説は、きわめてプラトン的である。フロイトの仮説が、そのような昇華の役割――いわゆる神的なものの体験における役割であれ――を論じる時、それは依然として倒立したプラトン主義である。

この物語において、決定的な瞬間は、『饗宴』に関するマルシーリオ・フィチーノの注釈(二)――今日失われたラテン語の第一草稿は一四六八―九年にさかのぼるかもしれない――である。フィレンツェのアカデミーにおける祝宴の食事は、プラトンの宴会をもとに作られたのであった。一四七四年のヴィッラ・カレッギにおける祝いの会食(*convivium*)においては『饗宴』が再演された。ピコ・デッラ・ミランドラ(三)の評釈は、フィッチーノの読解を、ヨーロッパ文化全体に伝えた。ミケランジェロの詩は、これらのテクストの、いわば例解である。フィチーノの解釈学は、キリスト教化的傾向をもつ。彼は、プラトン的超越とヨハネ的啓示の共生を意図している。そして、彼がわれわれに、ソクラテスとナザレのイエスの類似性について考えるように命じる時、彼はすでに明白になっていたことを言っていたのではないだろうか。

三

作者、日付け、意図に関して――誰のために、何のために書かれたか――「ヨハネによる福音書」は鉱石埋蔵地のようなものである。資格のある者のみが、責任ある意見を提出することができる。「第四福音書」のギリシャ語は重要なアラム語〔古代シリア、パレスチナなどのセム語〕的背景を露出させていると考えられている。著名な学者たちは、このテクストは、小アジア、たぶんアンチオケで書き留められたとみなしている。けっして異議なしというわけではないが、現在の英知の主張するところによると、われわれが今日知るかたちでのこの作品は、紀元四〇年から一四〇年にその起源をもつ。一部の解釈学者、有名なところではブルトマンが、形成期のグノーシス教の存在を主張している。長い間、ヨハネは、ギリシャ化されたユダヤ人、あるいは、少なくともギリシャ化されたユダヤ人の目撃者とみなされた。もっと最近の読解は、とくに「死海文書」の結果、旧約聖書のユダヤ教とユダヤの知恵文学にしっかりと根を下ろした世界観と終末論を見出している。アレキサンドリアが起源の場所である可能性が高く、ヨハネの「ロゴス」の教えに最も近いのはピロンであると論じられている。作者本人は、イエスの責務にまつわる出来事と「受難」に巻き込まれたのだろうか。彼はそれ以後、「共観福音書」、とくに、「マルコによる福音書」に依拠しつつ、選択的な、きわめて個人的で創意の見られる報告書に到達したのだろうか。彼は、忘れがたい役割を果たしているまさしくその要《かなめ》となる人物、謎めいた「最愛の弟子」だったのだろうか。第二十一章は、その聖別化的回想において、主要部分の記述と同一人物の手になるものではありえない。次々と改訂がなされたのだろうか。もしそうならば、何度、そして現在のテクストに仕上げられるどの段階でなされたのだろうか。

いくつかの点は否定しがたいように思われる。周囲に拡散していた「大衆的な」プラトン主義、ギリシャ文化を採り入れた地中海の共同体社会に広まっていたプラトン的超絶主義《トランセンデンタリズム》がそこに含意されている。ストア派の道徳的様式を直接的に示す特徴がある。当時のすべての思想家と同様に、「第四福音書」の作者も、グノーシス教的思索の要素と、いわゆる「神秘的祭儀《ミステリー・カルト》」の終末論的用語を自覚している。「第四福音書作者」は伝統的なユダヤ教に対抗して書いている。彼は伝統的ユダヤ教を腐敗した世俗性と同一視し、新しいキリスト教徒、世俗化された融合的風潮のもとでのユダヤ教的キリスト教徒にとっての脅威とみなしている。しかし彼はまた、ある意味では彼の教えと直接的につながる共同体に話しかけてもいる。この共同体はキリスト再臨までヨハネが生き延びることを期待しているように見えるだろう。敬虔と諦念が本書――その組織が神学的である書――の末尾を彩っている。すでに初期教会は、ヨハネを、他の福音書作者と区別して、「神学者」と呼んでいる。さらに先へ進めて、これは哲学的神学の書であると言うこともできるだろう。そのとらえどころのない口調、暗い核の周りの光環《コロナ》のような、しばしばヴェールで覆われる輝きは、今でもなお問題を孕んでいる。「第四福音書」は、「原理主義者」、「逐語主義者」、あるいはキリスト教の伝統ではピューリタンからは断続的にしか同意を得ていない。これは、イエスの本質的な人間性を強く主張するすべての人々を不安にさせる。神秘主義は「霧」に始まり「分裂」で終わるというニューマンの警告を誘い出すように思われるだろう。バッハがヨハネの作曲を時々手に負えないと思ったことは、内情を雄弁に物語っている。彼の「キリストの受難の曲」の中で、これは自信にみちた中心部を欠いた曲である。

この「福音書」の生成にまつわる解決不可能な問題が何であれ（「最後の晩餐」の物語の章の適切な順序でさえも、大きな論争になっている）、改訂と上張りの可能性がどうであれ、声という事実は残っている。それは、まったくまぎれもない声である。根本的に独自な、論争的洞察の文体である。われわれは、第一級の神学的哲学的精神と感受性の存在、あえて言えば直接性の圧力を体験している。プロティノスとともに、ここにいるのは、後期古典世界の偉大な思想家にして「想像者《イマジナー》」のひとりである。そしてわれわれは、修辞学、哲学的な詩（旧約聖書の韻文のセム語の技巧にまつわる精妙な遊びのある冒頭の「ロゴス」讃歌）、寓意と象徴の力動的な形式に精通している作家を相手にしている。実際、西洋の文学的遺産が、多形態的で間接的な描写の技術を得ているのは、相当部分は、「第四福音書」からである。かくして、第十三章から十七章までは、数多くある章の中でもとりわけ、『饗宴』の哲学的脚本作者にどうしてもなぞらえられることのある神学的形而上学的劇作家に対する記念碑である。

アガトンの家の部屋では、「ヨハネによる福音書」の「最後の晩餐」の（特定されていない）部屋（今日エルサレムで案内される「奥の部屋《アパー・チェインバー》」は旅行客用の虚構である）と同様に、席の配置が本質をなしている。プルーストにおいても、席次をめぐり論争を誘うエチケットから生じうる愛と憎しみの嵐を観察することができる。「第四福音書」の会食者は寄りかかっている。この姿勢は、たぶんギリシャ化されたローマの習慣から借用されたものだが、過越しの祝い（しかしヨハネは、この特別な食事はその前夜に起こっていると確言しているが）にも当てはまる。師と弟子たちは左側に寄りかかり、右腕と右手を使えるようにしてある。かくして、イエスのすぐ右側に連なる者は、主のすぐ前に頭を寄せる格好になるだろう。視覚的には、しかしまた、近さの点でも、「イエスの胸に寄りかかっている」と実際に言えるであろう。このことは、他の会食者には聴こえない密かな（*sotto voce*）やり取りを可能にするだろう。形式的には、栄誉となる位置は主人の左側であった。この微妙な差が、鍵となるかもしれない。一方では外面的な年功あるいは地位、他方では特殊な親密さと閉鎖性、両者間の微妙な差異ということである。注釈者がすでに指摘したことだが、イエスとの関係で最愛の弟子をこのように配置することは、「ヨハネによる福音書」一・一八にある「父のふところにいる独り子である」キリストの、「父」との関係でもつ配置を表わしている。最も錯綜し圧縮された物語構造と舞台（*mise en scène*）のひとつにおいて重要であることが判明するのは、食卓のまわりでの相互の注視、可能な、あるいは失敗した意志伝達、聞くことと盗み聞きすることに関わる事実と問題である。

「ヨハネによる福音書」一三：二一―三〇には、一見徹底的な、論争的研究と文献学的文化的神学的解明の対象とならなかったような箇所は、ほとんど一音節とてない。これは、西洋「文学」において、最も示唆的で悲劇的な重要性をもつ一節かもしれない。ほとんどすべてのことが不確定なままであるが、自己露出の不確かさ、持続的想像行為への圧力と直観力に対する要求は、最も偉大な芸術に特有のものである。ここにおける灯で照らされた暗闇、啓示と隠蔽の脈動は、後期レンブラントと同じ種類に属していると言うのは、ほとんど避けがたい常套句である（レオナルドの、彼の「最後の晩餐」の作り替えに見られる清澄さの命令はある意味で、ひとつの批判である）。イエスは、隷従の秘蹟、足を洗うことによって象徴される献身的な犠牲という秘蹟を中断して、急迫した裏切り行為をほのめかす。彼は、この瞬間にとって重要な副次テキストを引用する。「詩篇」四一：九〔一〇〕「わたしの信頼をしていた仲間／わたしのパンを食べる者が／威張ってわたしを足げにします」。このダビデのような苦々しさは、それ自体が、極度のテクストの密度をもち、その指示作用において問題を孕んでいる。イエスが口にした時の含意は多様である。足を洗うことが精神を「足げ」にすることになる「自然主義的な」心理をちょっと考えてみていただきたい。「わたしのパンを食べる」者の喚起には意味が圧縮されている。誰でもが知っていることだが、「ヨハネによる福音書」の「最後の晩餐」には、「聖餐式《ユーカリスト》」の宣言と制定はない。この根本をなす創設的行為の食人的なかすかな響きと倍音の中のあるものは、彼が第六章でそれらを強調したという理由で、「ロゴス」の形而上学者にして歌い手を悩ませたかもしれない。しかし、この点においては、聖餐式のパン、聖餐におけるある者の虚偽と裏切りの暗示は、見落すのはほとんど不可能である。それは、パンの共有と忠誠心、ダビデ王によって言及される現世の信頼の規則《コード》と、現世のそれに基づいた実体変化《トランサブスタンシエーション》のパンへの窮極的信頼との間の根源的つながりを語っている。ダビデの幕舎は、すでに神のそれであった。そしてイエスはダビデの家から出た者とされている。

比類ない劇的精妙さで、「ヨハネによる福音書」の作者は、いわば精神的不透明さと物質的不透明さを織り合わせている。イエスは「心を騒がせ《トラブルド・イン・スピリット》」る。響きは鮮烈に人間的である（*etarakh the to pneúmati*）。弟子たちは、イエスの言葉の正確な意味と人称指示に関して困惑し、お互いの顔を見る。どのような裏切りなのか。誰によるものなのか。無数の画家や作曲家が表現しようと苦闘した状況劇は、席次と、話し手からのそれぞれの距離に依存するものである（われわれはプラトンの物語構造における類似性を思い出す）。ペトロは、明らかにいつもは代弁者《スポークスマン》で質問者なのだが（ユダヤ教の過越しの祝いにおける「子供っぽい質問者」が、少なからず、その前にあった足を洗う行為の真の意味を把えそこねた彼につきまとっている）、食卓では、あまりにも離れたところにいるので、イエスに直接尋ねることを困難にしている（さまざまな、興奮し、困惑した声が、そのようなやり取りを困難なものにしているのか）。彼は、「イエスが愛した」（*'on' egapa*）弟子に、合図する、「手を振る《ベコン》」（どのような意味なのか）。

二つの語が、実質的に、図書館いくつか分の文書を産み出した。ここで初めて言及される「最愛の弟子」は同定を拒む。彼はペトロのすぐそばに二度、イエスの母のすぐそばに一度現われる。彼はエルサレムにはひとりで現われるが、彼がしばしば同一視されるゼベデの息子たちは、明らかにガリラヤ人である。この「第四福音書」では、最愛の弟子は才能に恵まれ、地位はペトロより上である。意図的な神秘的雰囲気が匿名の人物を包んでいる。伝統的には彼は、「ヨハネによる福音書」の著者、その回想と霊知にこの本が依拠しているおそらくは高齢の著名な目撃者であると言われている。ブルトマンにとっては、彼は合成的虚構、「観念的人物」（*eine Idealgestalt*）である。たぶん「秘義的神秘的人物」（*figura esoterico-misterica*）であり、その不可思議な叡知が、神だった「言」の真の主意を解説する。他の聖書解釈者たちは、彼を、この晩餐の実際の参加者であり、小アジアにおける教会の発展の実際の関与者であったと考えている。これらの注記の文脈では、重要なのは、この弟子の象徴的な、愛の実践《イナクトメント》である。最初の例は「アガペ」(*agape*)であり、二番目の例は「フィレイン」(*philein*)である。これらの語は、『饗宴』で重要なものとして現われ、「エロス」との網状組織の中で、ギリシャ語における愛の、複雑で、一部重複する地図を劃定する。この弟子をイエスは、パウロによって宣言された精神的、「慈愛的《カリタティヴ》」(*caritas*)意味と、もっと一般的な、日常的な、やさしい愛情、愛へ転調する友情と親密さという意味の、両方の意味で愛しているのである。逆説は避けがたい。どうして愛の化身、すべての人間に差し出される普遍的な愛、「子」として「父」を体現し、布告する愛が、どうして依怙贔屓を許せようか。どの程度、その語(群)のどのような意味において、イエスはこの弟子を、他の弟子よりも愛しているのか、あるいは何か異なる言語使用域において愛していると言えるのだろうか。彼はその弟子を、若さゆえ、美しさゆえ、弟子としての特別のかよわさゆえに好むのだろうか。おびただしい数の巨匠たちが、このありうべきモチーフを、その場面の描写において生き生きと描いた。われわれは、アガトンとアルキビアデスの宴会の夜における、たとえ昇華されたものであれ、「フィリア」、「エロス」の脈動から何と遠く離れたところにいることか。弟子たちの、つまり、教師、カリスマ的師匠(*magister*)のまわりに集まり、意識的にか無意識的にか、師の特別な配慮もしくは師の後継を熱望する人々の緊張を孕んだ警戒的な配置——大学のセミナー、会議室の食事——において、嫉妬はまったく避けがたいものである。ソクラテスの腕の中、あるいはすぐそのそばに、選ばれた場所を確保しようとするアルキビアデスにそれは露骨に現われている。「ヨハネによる福音書」一三においては、それは演劇的な表層近くに現われている。ペトロが驚き困惑した弟子たちの問いを、小声で尋ねられるように、「イエスの胸」に寄りそっている「最愛の人」を通して提起しなくてはならないということに、潜在的な競合関係のどのような感情の微妙な差異があるのだろうか。イエスの食卓の会食者の中には、この親密さ、この愛の特権と贔屓が耐えがたい者がいるのだろうか。

自然主義的な次元においては、続く行動は、イエスと最愛の弟子とのやり取りが、あとの者には聞こえない場合にのみ、理解可能なものとなる。さもなければ、なぜユダは、彼の破門の識別の合図である「わたし〔イエス〕が浸したパン切れ」を受け取るのだろうか。もしイエスの、弟子の「主よ、それは誰ですか」に対する答えが盗み聞きされたのなら、他の弟子たちが、ユダが突然立ち去った動機に関して困惑することはなかっただろう。しかしながら、象徴的な、そして心理的には異端的なレヴェルにおいて、他の二つの読解が手近にある。ユダは、わかっていながら、差し出された、自分には命取りとなるものを受け取ったということもありうるだろう。聖書と神の意志を実現するために。師の「受難」と「復活」を強要するために。師は、さもなければ、いよいよという間際になって、耐えがたい苦悶からたじろぎ、「運命の杯が彼から離れる」ようにガリラヤへ逃亡したかもしれなかったからだ（ソクラテスもアテネの牢獄から逃げることもできただろう）。キリスト教世界では、少なくとも、五世紀末から六世紀にかけてまでは、ユダは、ある種の宗教的共同体においては、その自己犠牲、彼の行為の敬虔さゆえに尊敬されていた。「十字架」の奇蹟、それゆえに罪深い人類の救済の奇蹟のきっかけとなったのは彼だった。彼の自殺は、絶望的な性急さゆえに起こったことであった。ユダは「人の子」が「十字架」から降りて、宇宙的栄光に包まれた自らの姿を開示することを期待した。彼がイエスのおぞましい、取り返しのつかない死とみなしたものは、ユダのくらんだ目には、彼の裏切りの意図ばかりでなく、創造そのものの意図を運命づけた。メシアの約束は空虚な過誤であった。ユダが復活の日まで生きていたなら、彼の終わりは、悔悟の論理と償いをもったことだろう。しかし、二つ目の、もっと世俗的な発見がありうる。十二人の中で、ナザレ人を最も熱烈に、たぶんその過剰さゆえに瑕疵のある愛で愛したのはユダであった。最愛の弟子がかくも明らさまに（醜悪に？）贔屓されているのを見て、彼は殺人的嫉妬に屈したのだ。われわれは「別の人の腕の中にいる」ソクラテスに対するアルキビアデスを思い出す。ユダは、心の黒い怒りから「パン切れ」を取った。使い古されてはいるが洞察力をもったきまり文句にあるように、われわれは「愛する者を殺す」、共有したり、はねつけられるよりは。

しかし、正典は他の規則を定めた。イエスはパン切れを浸し、それをシモン・イスカリオテの息子に渡す。その動作の残酷さを、キリスト教の聖書解釈者たちは回避したり、言い抜けようとしたりした。過越しの祝いの食事で苦い薬草を浸す行為の、ヴェールに包まれてはいるが、不吉な反響音は、まぎれもなく聞こえる。中心部にわれわれは、「反秘蹟」、道徳律廃棄論的《アンティノミアン》な処罰の聖餐式を見出す。ユダを先行の挿話（高価な軟膏を無駄遣いすることに対する一見さもしい心に発する反対意見）によって汚された者として定義しようとする弁明の試みは弱々しい。ヨハネは、はっきりと言っている。「サタンが彼の中に入った」のは、必ずやパン切れとともにである、と。六：七〇とまさに矛盾する点である。そこでイエスは、彼の弟子の中から「悪魔である者」を選ぶと言い、一部注釈者が正直に「サタン的聖餐式」と呼んだものの中の緊張感、未解決の畏怖をあらわにする。イエスの直弟子の名前の中で、ユダの名前だけがとりわけユダヤ的である。彼らの中にはもうひとりユダがいるが、イスカリオテではないとして、入念に区別されている。そして教会は、その暦の中に聖ユダ（St Jude）を入れることになる。しかし、ユダ・イスカリオテのユダヤ性は、即座にそれとわかるものとして描かれている。彼は会計係である。「神の子」は、サタンに取り憑かれた男に、「あなたがしようとしていることを速やかにしなさい」と教える。これ以上に簡潔にして無限大の文もしくは発話行為が記録に残されているだろうか。文法家はこの言い回しを、「あなたがしようとしていることをしなさい」を意味する起動的《インコーアティヴ》現在か、「あなたがしようと決心していることをしなさい、そしてそれを速やかに——あるいは、できるだけ速やかに——しなさい」を意味する形式として説明している。他の文法家は、「あなたが今しているよりも速やかに行動しなさい」という単純な命令形を好む。恐ろしい人間性が表に現われる。自分の上にふりかかることになる恐ろしい事柄を黙認することはまずできそうもないのに、「それらと手を切り」たがっている男の人間性が、である。思うに、この引用の真理の深淵は、文学的創作を、たとえドストエフスキーのそれであろうと排除する。これら四つの語〔「悪魔である者」〕は口に出して言われたという信念を私は避けることはできない。この時は、これらの言葉は会食者全員に聞かれている。ただ、最愛の弟子とユダ本人だけが、その意味を把握できたのだろう。貯金箱をもった男は翌日の過越しの祝いに必要なものを買いに急派されたのだろうか。あるいは貧しい者に施しをするために送られたのだろうか。いずれの動機も彼には不名誉にはならないだろう。しかしながら事件の連鎖は破局的である。それは、ユダヤ人の身柄と運命を金銭と絡ませてしまうことになる。もしユダが、ある意味で、イアーゴを産んだと言えるなら、彼がシャイロックを産んだのはきわめてたしかなことである。

「第四福音書」の文体は錯雑とし、冗長でさえある時もある。今、著者の文体は端正である。しかし、包括的な簡潔さをもっている。「共観福音書」の伝統からの「干渉」がある。イエスのパレスチナでは、この種の食事は午後遅くとられたことであろう。夜にのみとることができるのは過越しの祝いである。ヨハネは「最後の晩餐」を前日の夜に設定した。大したことではない。本質（*en dè núx*）は、言うまでもなく暗闇である。「そしてそれは夜のことだった」。ユダが「すぐに」消えていく夜である。ユダヤ民族がけっして逃れることのなかった全面的な追放と呪いの夜だった。これは、キリスト教の絶対的核心部でうずくユダヤ人憎悪が根差している瞬間、要《クラックス》（「十字形」という意味がある）（この文脈では不吉な語）である。イエスがユダを、けっして終わらない処罰の対象に選んだ動機についてわれわれは何も知らない。アブラハムとモーセの神が自分の従者として選んだ者を、彼は今、恥辱と懲罰のための排除の聖餐式という反選択によって選ぶのである。中世の殺戮、組織的虐殺《ポグロム》においてキリスト教徒の群衆によって叫ばれるのは、ユダの名前であり、金銭ずくの裏切りと神殺しの汚名である。ユダヤ人に対する千年の流血の中傷の先ぶれとなったのは、イスカリオテの息子の推定上の特徴——赤い髪、「ユダヤ人」鼻、二またに分かれた顎髭——である。「ユダは袋（財布）を持っていた」。これ以後、ユダヤ人に癩病のように付いて離れなくなるのは、たんに銀貨三十枚だけではなく、金銭それ自体の悪魔的な両義性である。アルキビアデスは、よろめきながらアテネの夜へ出ていく。その夜は、その後、軽薄な失態へと変わる夜である。しかし、それは個人的政治的な種類のものである。ユダは、けっして終わることのない集団的罪の夜へと入っていく。彼の出口は「大虐殺《ショア》」に通じる扉であると言っても、それは穏当な真理である。二十世紀に国家社会主義によって提案され実行された「最終的解決」は、ユダヤ人とユダとの同一視の完璧に論理的で公理的な結論である。「福音書」や「使徒行伝」の中の恐ろしいユダヤ人嫌悪を一度も適切に排撃しなかった西洋のキリスト教は、それ以外どのようにして、悪魔的で、裏切りの原型であり、暴利をむさぼるイスカリオテの部族を扱うことができただろうか。ユダがそこへと派遣され、「速やかに」実行するよう命じられた漆黒の闇、夜の中の夜は、すでにガス室の暗闇である。厳密に言って、誰が誰を裏切ったのか。

非キリスト教徒の読者にとっては、イエスの「今、人の子に栄光が与えられる」というその場での勝利の言葉は寒々とした響きを奏でる。この栄光は、歴史の地獄へのユダの出立と継ぎ目なく一致するように与えられる。贖罪の山羊は指名され、追放人は外の暗闇へと突進する。愛をめぐる話、ディオティマとプロティノスのそれをも超越する愛をめぐる話に、奇妙な前置きがある。「アガパタ」、「エガペサ」、愛の特殊用語がイエスの話に頻出する。イエスの教えへの恭順を保証し、それのみが人間を「父」の無限の愛と「神性放棄《ケノシス》」と結びつけるのは愛である。互いを愛する時、弟子は、イエスという人間の姿をした愛、彼を神に結びつける愛を直接的に例証している。注釈者は、イエスの言明——神学的終末論的文脈を考えるといくつかの点で変則的なもの——のありうべきストア派の典拠を挙げている。「友のために自分の命を捨てること、これ以上に大きな愛はない」(一五:一三)。実際、この格言は、『饗宴』(一七九b)のほとんど言い換えに近い。男の友情と絆へのプラトン的歓喜の風が吹いている。この福音書作者は、「アガパン」(*agapan*)と「フィレイン」(*philein*)の微妙な区別をしながら、愛の命令と救済の恩寵とを関係づけている。「人を愛すること」(*philos*)が、「『キリスト教徒』にとっての専門用語」になったのかもしれない、とC・K・バーレットは示唆している。愛の定義の全面性、「父」、「子」、キリスト教徒仲間との関係における魂の「エロス」に直接付随しているのは、世界から発散される憎悪である。ユダ追放の上に、イエスの、宗教的不寛容と部族嫌悪をめぐる雄弁な診断が重ねられる構図には、出端をくじくアイロニーがある——まったく無意識によるものなどということがありうるだろうか。ちょうどパウロによってやがて脱構築される旧約聖書の神がイスラエルを「世界から」選んだように、ナザレのラビは、彼との晩餐の席に並ぶ十一人を今、選別する。日常性、世俗性は、その憎悪を愛の「共同体」(*communitas*)に注ぐだろう。彼らは愛の殉教者になるだろう(この概念は、中世とバロックの文学の恋愛抒情詩と精神化された性愛描写の中で世俗化され、果てしなく精巧に練り上げられる)。イエスが彼の多くの切り子面をもつ独白を結ぶのは、「アガペ」という語の二重の強調《ビート》によってである——「わたしに対するあなたの愛が彼らの内にあ[り、わたしも彼らの内にいるようにな]るためです」——(怒りから祈り、懇願から「布告《ケリュグマ》」

あるいは啓示へと動く修辞的運動の豊かさと多様性は、技法的に恐るべきものである）。今や、メシア的約束が特定化されると同時に普遍化される。それは、ユダ、祭司、パリサイ人、エルサレムのユダヤ人が苦しめ殉教させるひと握りのお伴の弟子たちに適合される。しかし、それと同時に、われわれには、来るべき教会（*ecclesia*）の鳴り響く暗示、復活した創始者の名によるキリスト教の勝利の力の鳴り響く暗示が聞こえる。イエスは晩餐の仲間たちを、苦悩の遺棄の中へ残して立ち去るだろう、ちょうど「父」が「十字架」上の彼を「遺棄」するように。しかしながら、そうすることによって、彼の愛が彼らの只中に残り、有効なものになることを確実ならしめる。ソクラテスも、その死に際して、弟子を遺棄し、かつ彼らのもとに留まる。

ヨハネの愛の「教義」（*doxa*）は、神秘的なものへの剝落、愛の行為における肉から霊への転移的剝落、性的なものの昇華への同意、ユダヤ教的かつプラトン的グノーシス的運動とともに、依然として根本をなしている。神学においてのみならず、芸術の哲学と詩においてもそうなのである。それはわれわれの言語の組成に刻まれている。ダンテの『神曲』の絶頂で「星を動かす」愛、ワーグナーの『トリスタンとイゾルデ』における「愛死」（*Liebestod*）の愛も同じ程度に、雰囲気《オーラ》と実質においてヨハネ的である。新プラトン主義と、十字架のヨハネ、ダン、シェリーのようなヨハネ的精神の持ち主によって言語化された魂の、愛の深淵への融合によって、『饗宴』に届く橋が架けられる。ドニ・ド・ルージュモン(四)の響きのよいタイトルを借りると、「西洋における愛」（*L'amour en occident*）はプラトン的ヨハネ的である。それは二つの晩餐の遺産である。

これら二つの晩餐に関してわれわれがもっている物語記述は、この詩的哲学的なものの最終的典拠という問題を鋭く提起する。『饗宴』と「第四福音書」の関連する章は、いずれも、言い換えや解釈では汲み尽くせない意味の複数性、場面の複雑さ、微小な細部と包括的な意匠との間の力動的相互作用を読者に体験させるかもしれない（そうに違いない）。素朴な言い方をすると、これらのテクストは、われわれが無力なほどに、創造的な力、「人間以上の」反復的生《ペレニティ》を宣言する。われわれが『饗宴』と「ヨハネによる福音書」とともに生き、それらを生きようとする時、それらは、本当に霊感にみちたもの、啓示されたものの解決できない可能性をわれわれに押しつける。

これら二つの晩餐のうち最初のそれは、ソクラテスの平静な日の日常的な光の中、清めの水の上、彼の叡知の真昼の中で終わる。二つ目の晩餐は、二重の暗闇で終わる——ゴルゴタの丘の上の日食とユダヤ人の苦難の終わりのない夜との。人間——とりわけヤコブの家から出た人間——が長いスプーンを持参しなくてはならないのは、悪魔と会食する時だけだろうかという疑問を私がもっても、たぶん許されるだろう。

訳注

普通でない読者

（一）［ジェラード・マンリー・］ホプキンズ――イギリスの詩人、聖職者（一八四四―一八八九）。六六年、国教会の信者だった両親の反対を押し切って、ジョン・ヘンリー・ニューマンによってカトリック教会に入信を認められ、翌年、イエズス会の会員となった。八四年ダブリンのユニヴァーシティ・カレッジの古典の教授となったが、八九年腸チフスで同地で亡くなった。作品には死後出版となった『ジェラード・マンリー・ホプキンズ詩集』（一九一八）がある。「トムの栄光」とか「農夫ハリー」という詩にはホプキンズのアイルランド民衆に寄せる気持ちがにじみ出ている。長詩「ドイッチュラント号の難破」、ソネット「腐肉の慰め」には、神の怒りの背後には神の慈悲があり、神の横暴と見えたものも実は人間の素直な魂を選り出すための試練であったと語られている。

（二）［ステファヌ・］マラルメ――フランスの詩人（一八四二―九八）。詩作品を精選集大成した『詩集』（九九）、『ディヴァガシヨン』（九七）、『骰子一擲』（九七）のほか、『イジチュール』、『書物』など未完の断片がある。マラルメは「世界は一冊の書物に到達するために存在する」というテーゼを呈示した。世界にではなく書物のほうに意味の充実があるとするならば、それこそが人生の究極の目標なのである。なぜなら、そこにこそ時間を超えて持続する生命の息吹が存在しているからである。マラルメのテーゼはそのことの主張であった。

（三）ポール・エリュアール――フランスの詩人（一八九五―一九五二）。第一次大戦後、ブルトン、アラゴン、スーポーの主宰する『文学』誌に加わり、ダダ運動を経てシュルレアリスム運動の創始者のひとりとなる。スペイン内戦、ミュンヘン会談を機に、ブルトンと訣別した。第二次大戦中は、レジスタンスに参加すると共に共産党に入党した。『詩と真実一九四二年』（四二）、『戦時の愛の詩七篇』（四三）、『ドイツとの待合せに』（四四）などが彼の代表作である。

（四）［パオロ・］サルピ――イタリアのカトリック神学者（一五五二―一六二三）。ヴェネチアの生まれで、「聖母マリアの下僕会」に入り、のちその総代理となる。教皇の世俗権およびイエズス会に強く反対したため破門された。プロテスタントに好意的で、また当時の科学の新しい動きに関心を持っていた。

（五）ニコライ・ハルトマン――ドイツの哲学者（一八八二―一九五〇）。認識論から存在論へという二十世紀初めの哲学界における潮流形成者のひとりであり、「批判的存在論」を中心に据えて、認識論から、倫理学・精神哲学・自然哲学・美学にいたる独自な哲学体系を樹立した。主著に『カテゴリーの法則』（二六）、『実在的世界の構造――普遍的カテゴリー論綱要』（四〇）、『自然の哲学――特殊的カテゴリー論綱要』（五〇）がある。

（六）［アンリ＝フレデリック・］アミエル――スイスの文学者、哲学者（一八二一―一八八一）。膨大な量の日記の筆者として知られており、フランス語圏の文学において十九世紀後半に隆盛をみたいわゆる「私的日記」の代表者のひとりと目されている。そこには、日常の瑣事、他人との会話、読書の内容、自然の光景、前夜見た夢など、彼の物質的精神的生活を横切るあらゆるものが事細かに記録されている。しかしそれは単なる描写や分析であるだけではなく、意見の表明や感情の吐露であり、反省や夢想、ときには祈りですらある。日記は最上の対話者、不可欠の避難所であって、彼は日記を通じて、自らの決断力のなさ、臆病さからくる社会生活への不適応を克服しようと努めたが、実際にはこうした自己省察の過剰がかえって彼をますます行動から遠ざけていった。

（七）ジェフリー・ヒル――イギリスの詩人（一九三二―）。緊密・晦渋な文体で歴史の諸相を描き、悲劇的で宗教的な人生観を提示する。詩集に『まだ墜ちぬ者たちに、詩篇一九五二―一九五八』（五九）、『祈禱』（六四）、『丸太の王様』（六八）、『マーシア王国讃歌』（七一）、『どこかにこのような王国が存在する、詩篇一九五二―一九七一』（七五）、『テネブレ』（七八）、『シャルル・ペギーの愛の神秘』（八三）、評論集に『制限の王者たち』（八四）がある。『マーシア王国讃歌』は自分の郷里あたりに広がっていたアングル人の古王国マーシアの王で、ウェールズとの国境に城壁を築いたオファに自分を仮託したダブルヴィジョンを展開しながら、自己探究を試みる。

（八）［アルベール・］ソレル――フランスの歴史家（一八四二―一九〇六）。外務省勤務ののちパリ大学教授。テーヌの業績を継承して、フランス革命時代の外交史を専攻した。主著に『十八世紀におけるオリエント』（七八）、『ヨーロッパとフランス革命』（八五―一九〇四）がある。

（九）　アヴィ・ヴァールブルク――ドイツの美術史・文化史家（一八六六―一九二九）。ハンブルクのユダヤ人銀行家の長男として生まれた。彼は、十五世紀のイタリア、特にフィレンツェの美術を中心に、マニエリスム期の祝祭、宗教改革時代のドイツ版画、現代の切手など多岐にわたる領域において、古典古代の文化的遺産が東洋文明の影響や北ヨーロッパ固有の文明などの要素とどのように融合し、また反発し合っているかを測定しようとした。彼があみだしたイコノロジー（図像解釈学、図像学）の方法はのちにパノフスキーによって体系化され、古代から現代、西ヨーロッパからインドまでを視野に含む視覚芸術の研究のための総合的な方法として、二十世紀の美術史学の重要な側面を形づくっている。ハンブルクの私邸に一九〇五年に創設されたヴァールブルク文庫は、彼の関心と対象と方法とに則した独自の配列によって整理された図書と写真を含むものであった。文庫はナチスの支配を逃れて一九三三年にロンドンに移転し、四四年、ウォーバーグ（ヴァールブルク）研究所としてロンドン大学に統合された。ザクスル、パノフスキー、ヴィント、F・A・イェイツ、ゴンブリッチらはヴァールブルク学派に属する美術史家、文化史家である。

（一〇）　A・E・ハウスマン――イギリスの詩人（一八五九―一九三六）。ケンブリッジ大学の古典学者として専門の業績も多い。独自の人生観をうたった『シュロップシャーの若者』（九六）は古典的な簡潔な表現で高く評価された。『最後の詩集』（二二）、死後出版の『拾遺集』（三六）のほか、詩論『詩の名称と本質』（三三）がある。

（一一）　［ルイス・］シオボールド――イギリスの、古いテキストに関する最初の権威ある批評家・校訂者（一六八八―一七四四）。主著に『シェイクスピア復元』（一七二六）がある。シェイクスピアの編集者としてのアレグサンダー・ポープの仕事（一七二五）には、詩人的本能とすぐれた韻律感覚がうかがわれるが、編集という地道で骨の折れる作業には不向きであった。彼は新たにクォートーからの箇所をつけ加え、またこれまで散文として印刷されていた部分に韻文のあることを指摘したが、一方、数多くの失敗を犯している。その失敗を手厳しく批判したのがシオボールドであった。ポープはシオボールドを『愚者列伝』の主人公にすることによってその批判に仕返しをした。シオボールド自身によるシェイクスピア全集は一七三三年に刊行された。

（一二）　［マッテーオ・マリーア・］ボイアルド――イタリアの詩人（一四四〇ないし一四四一―九四）。主著『恋するオルランド』(三巻)は、八行韻詩で六十九歌に及ぶ長編譚詩。七六年頃起筆、九四年、シャルル八世のイタリア侵入とそれに続く詩人の死によって未完に終る。アリオストの『狂乱のオルランド』はその続篇というべきもの。従来イタリア人に人気のあった物語詩は、『ロランの歌』の英雄を主人公とするシャルルマーニュ系統に属し、武勇と敬神の徳を讃えていたが、彼はこれに、恋愛とそれから起こる献身的行為をうたったアーサー王伝説系統の伝説を融合して、渾然たる騎士道物語詩の傑作を生んだ。騎士の勇、淑女の美を心から愛し、かつユーモアを解する詩人によって作中人物は活写された。ほかにオウィディウスの『恋愛術』に倣い、六九―七六年に執筆・推敲した『愛の三書』がある。

(一三)〔オシップ・エミリエヴィチ・〕マンデリシュターム――ロシア・旧ソ連の詩人(一八九一―一九三八)。ワルシャワ生まれだが、生後間もなく一家がペテルブルグへ移ったので、詩人はペテルブルグを故里とみなしていた。父親はロシア語もドイツ語もあまり流暢に話せないユダヤ系の皮革商だったが、母親はヴィルノ生まれの、ユダヤ系インテリ家庭の出で、音楽の教師だった。一四歳の時、ベルリンの律法学校へ送られたが、ユダヤ律法を読むかわりにシラーや十八世紀の哲学書を耽読した。作品に詩集『トリスチア』(二二)、自伝的短篇集『時のざわめき』(二五)、革命前のインテリゲンチアの精神的危機を描いた『エジプトのスタンプ』(二八)、旅行記『アルメニアへの旅』(三三)がある。三三年に書いたスターリン批判の詩が翌年の家宅捜索で発見され、ヴォロネジへ一時流刑されたが、いったん釈放され、モスクワへ戻って間もなく再逮捕、ついに収容所で獄死した。

真の存在

(一)ソール・クリプキ――アメリカの哲学者(一九四〇―)。ニューヨーク郊外にユダヤ教のラビの息子として生まれる。十八歳の時、後に「クリプキ・モデル」と呼ばれる様相論理のモデルを考案した。以後モデル理論で多くの業績を残している。論文「真理論概説」(七五)では、「この文は真である」に例示される「基盤のない真理」という概念を厳密に定義して、嘘つきのパラドックスの論議に貢献した。主著に『名指しと必然性』(七二)、『ウィトゲンシュタインのパラドックス』(八二)がある。

(二)〔フリッツ・〕マウトナー――オーストリアの著作家(一八四九―一九二三)。諷刺小説や歴史小説のほか、とくに言語についての哲学的著作がある。ウィトゲンシュタインの「言語ゲーム」という概念に対する「言語はゲームの規則と同様に、規約にすぎない」とするマウトナーの唯名論的言語観からの影響も指摘されている。

(三) [フランシス・] ジェフリー——スコットランドの弁護士で、『エディンバラ評論』の創刊者(一七七三—一八五〇)。シドニー・スミス、ヘンリー・ブルームと一八〇二年十月に『エディンバラ』を創刊した。当初から『エディンバラ』は自由主義の側に立ち、フランス革命に関しても冷静な意見を持した。しかし文学の世界に関しては、古くからの道を逸脱するのを大目に見ることは拒んだ。サウジーの『剛力のサラバー』は創刊号でそんなジェフリーの鞭を喰らった。ジェフリーは徹頭徹尾反ワーズワス派だった。スコットは数篇の文学的記事を寄せたが、彼のロマン派的トーリー主義は『エディンバラ』の精神に抵触するものであった。

(四) [エドゥアート・] ハンスリック——オーストリア(チェコ系)の音楽評論家(一八二五—一九〇四)。ワーグナーの音楽を非として『音楽美について』(五四)を著し、形式的音楽美論の基礎を築いた。ブラームスの友人で、その支持者だった。

(五) [イサーク・ベン・ソロモン・] ルーリア——ユダヤ人の神秘主義者(一五三四—七二)。彼自身は著作を残さなかったが、弟子ハイム・ヴィタールの編集による六巻の大作『生命の樹』によって知られる。その思想は、著しく新プラトン主義的で、創造以前の無限者と神の自己自身への「撤退」、光の流出としての創造、アダム(魂)の閃光としての人間存在などを説く。

(六) [ジャーコモ・] レオパルディ——イタリアの詩人(一七九八—一八三七)。アドリア海を遠望する丘の上の町レカナーティに、伯爵家の長男として生まれた。まだ十代の半ばで、「天文学史」(一三)や「古代人に流布した誤謬について」(一五)など、啓蒙主義的な論文を発表した。しかし、一六年、言語の美にめざめ、啓示を受けたごとくに詩の世界へ踏みこんだ。彼の詩は、大別して、思想心情を述べた叙事詩的なもの(『イタリアに』、『ダンテの碑の上で』、『アンジェロ・マーイに』)と、底深い悲哀をたたえた抒情的なもの(『無限』、『祭りの日の夕べ』、『サッフォーの最後の歌』、『シルヴィアによせて』)に分かれる。「流行とは死の母である」という一文は散文集『大自然と霊魂の対話』の中の「流行と死との対話」に出てくる。

ヘブライ聖書［旧約聖書］への序文

（一）「タルムード」――「教訓」、「教義」の意。ヘブライ語の音訳。ユダヤ人の律法学者（ラビ）の口伝・解説を集めたもの。「タルムード」は本文の「ミシュナー（反復）」と注解の「ゲマラ（補遺、完成の意）」とから成る。「ミシュナー」はモーセの律法（「トーラー」）を中心として、歴代のラビがそれから演繹した社会百般の事項に対する口伝的解答を収録したもので、ヘブライ語で書かれている。「ゲマラ」は口伝律法の大集成である「ミシュナー」を注解・解説し、それに付加された伝説を集め、さらにその教義を拡大強化したもので、当時の日常語であるアラム語で書かれている。「タルムード」は四世紀末頃に編集された「パレスチナ（あるいはエルサレム）・タルムード」と六世紀頃までに編集された「バビロニア・タルムード」とがある。両者とも「ミシュナー」の部分は同じであるが、「ゲマラ」の部分は異なり、「バビロニア・タルムード」は非常に拡大されている。一般に「タルムード」と言えば、「バビロニア・タルムード」を指す。「タルムード」はその完成後、中世紀を経て現代に至るまで、聖書に次いでユダヤ人の精神文化の源泉ともいうべきものである。

（二）［フランシスコ・］ヒメネス――スペインの教会改革者、枢機卿、政治家（一四三六―一五一七）。自費で北アフリカ回教徒の根拠地オランに対する十字軍を組織し（〇九）、みずから遠征を指揮してオランを陥落させた。教会への奉仕の他に、アンカラ大学を自費で創立し（一五〇〇）、パリ、ボローニャ、サラマンカからすぐれた教授を招聘した。彼は熱烈な信仰をもってスペイン教会の基礎を築いた。これが十六世紀カトリシズム復興の原動力となった。

（三）原文は次の通り。

Lord, when thou wentest out of Seir, when thou marchedst out of the field of Edom, the earth trembled, and the heavens dropped, the clouds also dropped water.

The mountains melted [where the Hebrew has *flowed*] from before the Lord, even that Sinai from before the Lord God of Israel.

（四）原文は次の通り。

Though some of the branches be broken off, and thou being a wild olive tree, are graft in among them, and made partaker of the root and fatness of the olive tree, boast not thyself against the branches. For if thou boast thyself, remember that thou bearest not the root, but the root beareth thee. Thou wilt say then : because of unbelief they are broken off, and thou standest steadfast in faith. Be not high-minded, but fear seeing that God spared not the natural branches, lest haply he also spare not thee.

And he said unto them, be not afraid : ye seek Jesus of Nazarethe which was crucified. He is risen, but he is not here. Behold the place where they put him. But go your way, and tell the disciples, and namely Peter : he will go before you into Galilee : there shall ye see him, as he said unto you. And they went out quickly and fled from the sepulchre. For they trembled and were amazed. Neither said they any thing to any man, for they were afraid.

（五）「ミドラシュ」――ヘブライ語で「研究・調査」の意。文書の字義的な意味よりももっと深い意味を見いだすためにとられるユダヤ教の正典解釈。この解釈方法の成立の背景をなすものは、正典はその細部に至るまで神的起源を有するから特別に深い意味をもっているという確信である。その解釈は大別して二種に分けられる。①「ミドラシュ・ハラカー」。「ハラカー」（モーセの律法に含まれない日常生活の準則）に用いられたもので、聖書との関連を明らかにしてゆくもの。②「ミドラシュ・ハッガダー」（物語ないし教訓物語の意）。聖書の律法以外の部分の解釈で、教化を目的としてなされるもの。「ミドラシュ」の起源は、ユダヤ教の伝承によれば、エズラをもって初めとする「学者たち」の時代に始まる。しかし、その集成されたものは紀元後二世紀のものが最古である。

（六）マイスター・エックハルト――ドイツの神秘主義者、ドミニコ会修道士（一二六〇頃―一三二七ないし二八）。一三〇二年、マギスターの称号を取ったゆえにマイスター・エックハルトと呼ばれる。ドミニコ修道会のザクセン管区長、パリ大学教授を歴任、ケルンなどで説教活動に従事した。晩年に正統信仰を疑われ異端審問を受けたが、没後、一連の教理により異端と宣告された。彼にはラテン語とドイツ語による著作があるが、その中で新プラトン主義的傾向をもつ思弁的な神秘思想の体系を打ち立てている。とりわけ新たに創造されたドイツ語の表現を駆使した「説教」という形式による神秘的体験の伝達は、聴衆に大きな感動を与えた（『説教集』）。彼は神を、存在すると同時に非存在であり、万物の中における一でありすべてであると、二律背反のあり方でとらえている。すべての被造物を拒否し神のみを欲する魂の「火花」という神秘的概念を用いて、このような神の認識に達すると説いた。彼はドイツ語の自由な比喩によって新しい情念と精神の世界を開いた。「深淵」、「闇」、「砂漠」、「魂の火花」など、ドイツ語の説教に見出される大胆なこれらの表現こそ、彼の神秘思想の核心となった。魂の底にひそむ「火花」は被造のものではなく、神とひとつであり、神とともに創造する。それは、この「火花」が神の「深淵」へとつながるからである。「闇」、「砂漠」、「無」は、啓示の神の背後にひそむ概念をもってしては把えるすべもない神性を象徴的に指し示している。魂はキリストとの合一をたのしむばかりでなく、神性とひとつになる。キリストは歴史的な存在というよりも、むしろ神のロゴスである。この「砂漠」であり「無」である神性との合一をめざす神秘思想は、キリスト教的というより、新プラトン的である。

（七）ヤムニア会議——ヤムニアはエルサレムの西方、地中海沿岸の小村。ユダヤ戦争（六六—七〇）の時に、パリサイ派の指導者中で最も著名なヨハナンは、ローマ軍のエルサレム包囲中、棺に入ってそこを逃れ、この村に至り、律法を教えた。以後この地は律法研究の中心地となり、集まった学者たちはヨハナンを戴いて新団体を作った。これはのちにサンヒドリン同様に認められ、ユダヤ人の宗教的・社会的指導に重要な役割を演ずることとなった。ヨハナンは約十年間この職にあって死に、ガマリエル二世、エレアザルらが後を継いだ。エレアザル主宰の下にこの地に開かれた二度の正典結集会議（九〇頃と一一八頃）において、問題の書であった雅歌や伝道の書も正典的であると認められ、ユダヤ教の正典第三部は確定し、正典結集は完結した。この会議において激しくその正典性を論じられた雅歌については、キリスト教会においても、モプスエスティアのテオドロスがこの書を恋歌集としたのに対して、第五教会会議はこれを否定し、雅歌はキリストと教会との神秘的交通を歌った書物であると決議した。

（八）ハシッド——前二世紀に活動した一群のユダヤ人（複数はハシディーム）。語義は「敬虔な人」。アンティオコス四世エピファネスのヘレニズム化政策とこれに同調するユダヤ人に反対して、律法への全き献身と厳格な宗教生活を追及した。ユダス・マッカバイオスの反乱に際して最初は協力して戦ったが、彼らの本来の意図が宗教上の自由にあったため、後に至ってハスモネ家と訣別した。終末的期待と反俗的生活がその特色である。後代のパリサイ派およびエッセネ派はおそらくハシディームから生まれたと考えられている。

（一）デレック・ウォルコット――セント・ルシアの詩人、劇作家（一九三〇―）。西インド大学卒業後、五七年から二年間、ニューヨークで演劇を研究し、帰国後はトリニダード演劇ワークショップを設立し、西インド諸島の演劇の発展に尽くした。初期の詩集『詩二十五』（四八）、『緑の夜に』（六二）には、ジョン・ダン、マーヴェルらの影響が強い。のち奴隷の刻印、貧困、人種問題など固有の風土と歴史を詩にうたい、白い痕跡からの脱皮と、カリブ海域文化の根無し草的な「無」の混沌の状態から、人類の祖アダムのような「新世界」を構築することを目ざす。そのような詩集に『漂流者』（六五）、『もう一つの生』（七三）、『幸福な旅人』（八二）、詩劇に『ヘンリー・クリストフ』（五〇）がある。九二年には「歴史的な鋭く深い洞察に裏打ちされた、複合文化の結実といえる、きらめくような一連の詩作」が評価され、カリブ海域で初めてノーベル文学賞を受賞した。

（二）ロバート・グレイヴズ――イギリスの詩人、小説家（一八九五―一九八五）。きわめて繊細かつ戦闘的な詩人であり、概して伝統的な手法を用いながら、病める現代の苦悩を女性（女神）との秘儀的な愛の体験のうちに昇華するという主題を執拗に追求した。詩論『白い女神』（四八、増補五二、六一）、『無上の特権』（五五）で、詩に原初的な畏怖と憧憬の感情を回復することを主張し、現代詩に独創的な展望を与えた。歴史小説としての傑作『朕、クラウディウス』、『神クラウディウス』の頽唐期ローマの二部作がある。

（三）クリストファー・ローグ――イギリスの詩人、劇作家、俳優、ジャーナリスト（一九二六―）。初期のイングリッシュ・ステージ・カンパニーによって、ミュージカル『汚れなき少年たち』（六〇）を発表する。音楽に言葉を投げかけるジャズ・ポエトリーのイギリスにおける提唱者。ブレヒトの影響を劇にも詩にも受けながら、多彩な活動を展開している。詩集に『指揮棒と四重奏』（五三）、『歌』（五九）、『ニュー・ナンバーズ』（六九）、『ドードーによせるオード、詩集一九五三―一九七八』（八一）がある。

（四）［ジョアシャン・］デュ・ベレー――フランスのプレイヤッド派の詩人（一五二二頃―六〇）。理想の女性オリーヴへのプラトニックな愛をペトラルカ、アリオストらに範をとりつつ五十篇のソネに託した処女詩集『オリーブ』（四九）を発表して、ソネ形式をフランスに移植した。代表作に『フランス語の擁護と顕揚』（四九）、『ローマの古跡』（五八）、『哀惜詩集』（五八）がある。百九十一篇のソネからなる最高傑作である『哀惜詩集』には「幸いなるかな、ユリシーズのように良き旅をなした者」（第三一番）などの望郷詩がある。

（五）チャップマンの英訳は次の通り。日本語訳は松平千秋訳を詩行に一致するように直した。引用のあとのスタイナーの説明に出てくる「拍車状の」はチャップマンの‘spurry’の訳であるが、原文の松平訳にはない。

such a fire from his bright shield extends
His ominous radiance, and in heav'n impressed his fervent blaze.
His crested helmet, grave and high, had next triumphant place
On his curl'd head, and like a star it cast a spurry ray,
About which a bright thicken'd bush of hair did play,
Which Vulcan forg'd him for his plume…

Tha fair scourge then Automedon takes up, and up doth get
To guide the horse. The fight's seat last, Achilles took behind;
Who look'd so arm'd as if the sun, there fall'n from heaven had shined,
And terribly thus charg'd his steeds: 'Xanthus and Bailius,
Seed of the Harpy, in the charge ye undertake of us,
Discharge it not as when Patroclus ye left dead in field…'

（六）ポープの英訳は次の通り。

Next, his hige Head the Helmet grac'd; behind
The sweepy Crest hung floating in the Wind:
Like the red Star, that from his flaming Hair
Shakes down Diseases, Pestilence and War;
So stream'd the golden Honours from his Head,

Trembled the sparkling Plumes, and the loose Glories shed…

Xanthus and Balius! of *Podarges'* Strain,
(Unless ye boast that heav'nly Race in vain)
Be swift, be mindful of the Load ye bear,
And learn to make your Master more your Care:
Thro' falling Squadrons bear my slaught'ring Sword
Nor, as ye left *Patroclus,* leave your Lord.

（七）ラング、リーフ、マイヤーズの英訳は次の通り。日本語訳は呉茂一訳。

And he lifted the stout helmet and set it on his head, and like a star it shone, the horse-hair crested helmet, and around it waved plumes of gold that Hephaistos had set thick about the crest…And terribly he called upon the horses of his sire: 'Xanthos and Bailos, famed children of Podarge, in other sort take heed to bring your charioteer safe back to the Danaan host, when we have done with battle, and leave him not as ye left Patroklos to lie there dead.'

シェイクスピアに抗して読む

（一）パルメニデス——ギリシャの哲学者（前五一〇—四五〇以後）。存在は不生不滅、不変不動、不可分、等質、有限であると説き、ヘラクレイトス流の思想、すなわち存在の流動、多性、対立などを虚妄として斥ける。「存在」という言葉の論理的分析から導き出される結論が「真理の道」で、感覚的経験による存在の多様性の肯定は「臆見の道」とした。

（二）［アレッサンドロ・］マンゾーニ——イタリアの作家（一七八五—一八七三）。二一年、ナポレオンの死に際し、詩「五月五日」を発表したが、ゲーテ自身の手で独訳されるなど、国外でも反響を呼んだ。しかしマンゾーニの名をイタリア文学史上のみか、世界文学史に不朽のものとした作品は、二一年に着手し二七年に書きあげた『いいなずけ』である。マンゾーニはロンバルディアの人なので、その地方の歴史を扱ったこの作品を当初その地方の言葉で書いたが、四〇年にトスカーナ語に改め、決定版を出した。『いいなずけ』は近代イタリア語の成立にも深い影響を与えたイタリア言語史上でも特筆すべき作品である。

（三）［フリードリヒ・］グンドルフ――ドイツの文学史家（一八八〇―一九三一）。ハイデルベルク大学教授で、ゲオルゲ派に属す。文学史の課題を、従来の専門枠を破って、それぞれの時代を規定する精神的潮流の認識に求め、天才的個性を時代の象徴としてとらえるモノグラフィ的な文学批評によって、行為と知識の再統合を目ざした。主著『シェイクスピアとドイツ精神』（一一）は、ドイツにおけるシェイクスピア受容とドイツ的な文学概念や深い内面性・宗教性との関連をロマン主義に至るまで論じたもの。

（四）［エリアス・］カネッティ――ブルガリア出身の思想家、文学者（一九〇五―九四）。父母ともにスペイン系ユダヤ人。少年時代をイギリス、オーストリア、スイス、ドイツで過ごす。一九二四―二九年までウィーンで化学を学び、理学博士号を取得後、同地で文筆生活に入る。三八年パリへ行き、翌年イギリスへ亡命、市民権を得てロンドンに定住し、七一年以降チューリッヒにも居を構えた。八一年ノーベル文学賞受賞。第一次大戦後の激動期における体験から計画され、三十五年の歳月をかけて完成されたライフワーク『群衆と権力』（六〇）は、人類の歴史の源にまでさかのぼって、あらゆる人間存在の可能性を、「群衆」と「権力」という基本構造によって記述し、「死」という力の場において暴力を行使し権力の諸形態を作りあげていく人間の、社会的身体としての群衆的存在の必然性を解明し、従来の理念型的な群衆論・権力論にコペルニクス的転回を与えた。小説『眩暈』、自伝三部作『救われた舌』（七七）、『耳の中の炬火』（八〇）、『眼の戯れ』（八五）などがある。

（五）オットー・ヴァイニンガー――ユダヤ人として世紀転換期にウィーンに生まれた思想家（一八八〇―一九〇三）。二十三歳でピストル自殺した。死の直前に『性と性格』を著わし、性の哲学を展開した。この考察は「女は衝動に、男は精神に支配される」とする従来の男女の対立パターンに一応沿ったものだが、個々の性の価値判断から切り離され、性が人性全体から形而上学的に眺められている点に特徴がある。そして女性的性格が酷評され、それと共通すると彼が考えたユダヤ人的性格の否定に至り、さらにそれを原理的世界観として、人性の万般が（そしてヴァイニンガー自身も）処断された。

(六)［ポール・］クローデル――フランスの詩人、劇作家（一八六八―一九五五）。外交官として南北アメリカ、中国、日本など、世界各地に在勤。代表作に長篇抒情詩『五大讃歌』（一〇）、『三声による頌歌』（一三）、宗教詩篇『神の年の御恵みの冠』（一五）、初期戯曲集『樹木』（〇一）、中期の傑作『真昼に分かつ』（〇六）、十九世紀フランス・ブルジョワジーの系譜学を問う戯曲『人質』（一一）、奇跡劇『マリヤへのお告げ』（一二）、滞日中に完成した技法上最も前衛的かつ集大成的な長篇戯曲『繻子の靴』（二九）などがある。任地に戻る船上、ポーランド生まれの人妻ヴェッチ夫人に出会い、情念の炎に身を焼き尽くした。『真昼に分かつ』はこの禁じられた愛の体験から生まれたものである。そこでは、禁忌のものを所有せんとした男が自らの侵犯行為によって破滅に達し、それを受難に昇華させることによって蘇生に至る内的変容が見事に描かれている。

絶対的悲劇

（一）［エミール・］シオラン――ルーマニア出身のフランスの思想家（一九一一―一九九五）。主著に『実存の誘惑』（五六）、『歴史とユートピア』（六〇）、『悪しき造物主』（六九）、『生誕の災厄』（七三）、『四つ裂きの刑』（七九）がある。現代西欧文明を長期にわたる不可避の衰退現象と見、既存の思想・信仰体系を批判し、「神なき絶対」の探究をめざすモラリスト。

（二）［ゲオルク・］ビューヒナー――ドイツの劇作家、自然科学者（一八一三―三七）。二十三歳の若さで病死したため、『ダントンの死』（三六）が生前に発表された唯一の作品である。その他には喜劇『レオンスとレーナ』（五〇）、ドイツ文学史上最初のプロレタリアを登場させたといわれる未完の悲劇『ヴォイツェック』などがある。

（三）アルバン・ベルク――オーストリアの作曲家（一八八五―一九三五）。独学でピアノと作曲を始めたがシェーンベルクに出会い決定的な影響を受けた。一九二四年、オペラ「ヴォツェック」断章の公演で一躍名をなした。その劇的かつ濃密な官能性の故に、シェーンベルク一派中の「ロマン主義者」とも称せられる。

（四）［フセヴォロド・ヴィタリエヴィチ・］ヴィシネフスキー――旧ソ連の劇作家（一九〇〇―五一）。第一次大戦と革命と国内戦に参加した。集会用の宣伝劇に筆を染めるが、その後、革命の偉業をなし遂げる国民の姿を叙事詩的に舞台化すべく数々の戯曲を書いた。代表作に『楽天的悲劇』（三三）がある。

（一）「星の言語」——ロシア未来派のなかで、ザーウミと呼ばれる言語解体の実験を最も強力に押し進めたのは、アレクセイ・クルチョーヌィフ（一八八六—一九六八）である。ザーウミとはロシア語で、「知（ウム）」の「彼方へ（ザ）」を意味し、一般に「超意味言語」と訳される。簡単に言うなら、アルファベットを恣意的に組み合わせた一種のナンセンス語である。一九一三年、彼はヴェリミール・フレーブニコフ（一八八五—一九二二）と共同で『言葉そのもの』と『文字そのもの』の二つの論文を書き上げた。とくに前者は、「芸術作品とは言葉の芸術である」との前提のもとに、「芸術作品からのありとあらゆる種類の傾向性、文学臭の追放」をもくろむギレヤ派の言語観を代弁するマニフェストとなった。ギレヤ派における実験は、同時代の絵画と緊密な関わりのなかで展開されていくが、対象指示性の喪失ないし非対象性の実験という視点で見るかぎり、詩のジャンルが絵画に一歩先んじていた。ザーウミの理念には明らかに異なる二つの立場があった。一切の動機づけを欠いた恣意と偶然の言語の創造に没頭するクルチョーヌィフとはうらはらに、フレーブニコフは、擬声語、擬態語をはじめ、ありとあらゆる角度からザーウミの動機づけを探ろうと腐心していた。彼が用いたザーウミは、鳥の言語（ツバメ「ピウー！ピウー！ピャク、ピャク、ピャク！」）神の言語（エーロス「マラ・ローマ／ビバ・ブーリー！」）、星の言語（「労働者のラー、戯れと歌声のペー」）、音と色の共感覚の世界をなぞる「音写」（「ヴェーオ・ヴェーアー樹々の緑」）という四種類だが、ここで注意しておきたいのは、彼が、アルファベットの文字＝音がそれぞれに固有のミクロ的な「意味」を有するという観点に立ち、音楽でいう微分音の組み合わせによって生じる「意味」の偏差をコミュニケーションのレベルに置こうとしていたことである。フレーブニコフの試みは、まさにソシュールによって確立された「意味するもの」と「意味されるもの」との恣意性という言語記号の特性を克服し、音と一定の感覚との間に直接的な関係を創造しようとするものであった（亀山郁夫『ロシア・アヴァンギャルド』に拠る）。

（二）モーリス・バウラー——イギリスの学者、文学者（一八九八—一九七一）。著書に『シンボリズムの遺産』（四三）、『ロマン主義の想像力』（四九）、『ギリシャ詩の諸問題』（五三）、『ギリシャ人の経験』（五七）などがある。

（三）トーマス・オトウェイ——イギリスの劇作家（一六五二—八五）。アフラ・ベインをたよって劇壇に入った。最初は喜劇を書いたが、二篇の韻文悲劇『孤児』（八〇）と『守られたヴェニス』（八二）によって全ヨーロッパ的な盛名を得た。

（四）　チャールズ・モーガン――イギリスの作家（一八九四―一九五八）。第一次大戦に従軍し、その体験をもとにした『泉』（三二）によって認められ、『スパーケンブルック』（三六）、『航海』（四〇）、『脱出路』（四九）、『朝の微風』（五一）などを発表した。神秘主義の香気をもった教養小説の代表的作家として、イギリスよりもむしろフランスで高い評価を受け、三六年レジヨン・ドヌール勲章を授けられた。

（五）　［トマス・］アーカート――スコットランド生まれの著述家（一六一一―六〇？）。アバディーンのキングズ・コレッジに学び、大陸諸国に遊んだのちチャールズ一世に仕え、ナイト爵を授与され、王党派として一六四九年チャールズ二世と共にウスターで捕虜となった。釈放後、普遍言語提唱を装ってスコットランドを讃えた『至宝の発見』（五二）、内戦の直接的原因のひとつを流通言語の無力化、インフレ化にあるとみて、夢の言語を構想した『普遍言語案内』（五三）などを出したが、彼の最も有名な仕事は、自由奔放な、しかも名訳の誉れの高いラブレーの翻訳である。

（六）　［ルイース・ヴァズ・デ・］カモンイス――ポルトガルの詩人（一五二五？―八〇）。ドン・ジョアン三世の宮廷に仕えたが、彼の作った諷刺劇『セレウコ王』（四五）が王の忌諱に触れ、追放された。七二年、有名な叙事詩『ウス・ルジーアダス』を出版し、国王ドン・セバスティアンから一万五千レアルの年金を給せられたが、極度の貧困と病気のうちにリスボンで数奇な生涯を閉じた。『ウス・ルジーアダス』の題名は、イベリア半島の西端に住んだ酒神バッカスの子と言われる伝説的人物ルーゾの子孫であるルジタニア人、つまりポルトガル人という意味である。インド航路発見とヴァスコ・ダ・ガマの第一回遠征を軸とし、劇的なエピソードを浮彫りにしてポルトガルの歴史を織り込み、その国民の英雄的偉業をたたえた愛国的大叙事詩である。

（七）　ルネ・エチアンブル――フランスのジャーナリスト、元パリ大学教授（一九〇九―）。博士論文『ランボーの神話』（三巻五冊、一九五二―六七）によって、詩人の実像とかけ離れた虚像と神話を鋭く論駁した。『英語式フランス語』（六四）などでアクチュアルな問題を提示する才を披瀝すると同時に、東洋学やアラブ文学、特に中国文学への造詣および優れた目のつけ方によって、フランスの読者にそれらの文化や文学への関心を喚起することに貢献した。共産圏やアジア・アフリカ諸国との関係・交流を説き、活発な言論活動を行なった。それらの評論の代表作は、『文学の衛生学』（五巻、五二―六七）、『比較は理ならず、比較文学の危機』（六三）、『一般的な（真に）文学についての試論』（七四）、『世界文学試論集』（八二）。小説には『聖歌隊の少年』（三七）、『肉体の紋章』（六一）、未完の大長篇『蛇の皮』（四八）がある。

（八）　ジョゼフ・ニーダム――イギリスの生化学者、科学史家（一九〇〇―九五）。『化学的発生学』三巻（三一）を著して発生学の生化学的体系を立てるとともに、『発生学の歴史』（三四）を書いた。四二年、英国の科学顧問として中国へ渡り、重慶を中心に戦火を逃れて疎開していた中国人学者と親交を深め、戦後の五四年から出版が開始された『中国の科学と文明』の基礎を固めた。自らを名誉道士と称し、生化学研究のなかで得られた理論にもとづいて有機体的世界観を論じ、後進的であるとされてきた中国にも科学革命期以前には優れた科学思想や技術が存在していたことを西欧世界に示すことに後半生をかけた。

（九）　ミッキー・スピレーン――アメリカのスリラー作家（一九一八―）。十七歳からコミック雑誌に執筆していたが、『おれが陪審員』（四七）以後、私立探偵マイク・ハマーに代表されるタフ・ガイ型主人公の超人的活躍をアクションとエロティシズムをふんだんに盛り込んで描くハードボイルド・スリラーを次々に発表し、大ベストセラー作家となった。『復讐はおれのもの』（五〇）、『おれの拳銃は素早い』（五〇）等々、三日から二週間で一作を仕上げるスピード執筆だったが、「エホバの証人」の信者となった五二年からしばらく筆を休め、『深い所』（六一）でカムバック、一九七〇年代に至るまで書き続けた。

（一〇）　［ゲオルク・クリストフ・］リヒテンベルク――ドイツの思想家（一七四二―九九）。レッシングとならんで、ドイツ啓蒙思潮を代表するすぐれた思想家であり、また卓絶した散文家でもある。主要著作には、イギリスのシェイクスピア役者ギャリックの演技を分析記述することによって、ドイツに俳優批評の基礎をすえた『イギリス便り』（七四―七八）、当時の市民生活を痛烈に諷刺したイギリスの画家ホガースの銅版画を解説することによって、ドイツの市民社会の患部にメスをあてた『ホガースの銅版画の詳細な説明』（九四―九九）、さらに大学生時代から書き続けた『箴言』（五巻、没後一九〇二―〇八刊行）がある。リヒテンベルク自身の手によってAからLまでの表記を受けて残されていたが、一部散逸していることがのちに判明した。死の翌年、弟らによる抜粋に始まり、その後のさまざまな版を経て、一九〇二年よりアルベルト・ライツマンが完全な形で世に出した。記述は大きく二つに分かれる。ひとつは外的な世界、事件、人間の観察と印象であり、もうひとつは、自己分析をはじめとする内的な省察の記録である。フランスのラ・ブリュイエールやラ・ロシュフコーといったモラリストに比肩され、ドイツではショーペンハウアーやニーチェのアフォリズムの源流となった。カール・クラウスやクルト・トゥホルスキーら、二十世紀の批評家に大きな影響を与えた。

扉を連打する――ペギー

(一) [カール・] クラウス――オーストリアの批評家、詩人、劇作家(一八七四―一九三六)。富裕なユダヤ商人の息子として、当時オーストリア＝ハンガリー帝国領であったボヘミアの小都市イッチンに生まれ、幼い頃に一家をあげてウィーンへ移り、当地で成長した。ウィーン大学在学中に諷刺的散文で頭角を現わし、九九年、批評誌『炬火』を創刊。当初は寄稿を仰いだが、一一年以後はまったく個人誌として、死の年まで継続し、三十七年余りにわたって全九百二十二号を刊行し、同時代人に鮮烈な影響を与え続けた。第一次大戦に際しては『炬火』別冊としての巨大ドラマ『人類最期の日々』の執筆に没頭(一五―一九発表、二二出版)、戦時下における報道文、公文書、政府声明、パンフレット、ビラ、宣伝文その他、言葉に関わるありとあらゆる「証拠物件」を通じて、戦争という悪の欺瞞を衝くという独特の方法により、上演すると「七日七晩を要する」諷刺劇の大作を完成した。三〇年代に入りナチスの台頭に対して、いち早くその用語、表現、宣伝術をことこまかにとりあげて辛辣な注釈を加え、皮肉り、嘲罵し、糾弾して、来るべき危険を説いた。さらに全体的なナチズム断罪の書『第三のワルプルギスの夜』(三三完成、五二) を書き上げ、印刷に付したが、生前は刊行をみなかった。

(二) [ジャン・] ジョレス――フランスの政治家(一八五九―一九一四)。ドレフュス事件に再審派として活躍した後、社会主義諸政党の統一に努め、〇五年以後、統一社会党の党首となったが、第一次大戦に反対して暗殺された。その雄弁と論説は若い知識人に大きな影響を与え、『ユマニテ』紙の創刊(〇四)、『フランス大革命史』(〇一―〇八)の編纂により、フランスにおける社会主義、共産主義運動の創始者として功績があった。

(三) ジュリヤン・バンダ――フランスの思想家、小説家(一八六七―一九五六)。一八九八年のドレフュス事件に際し、ドレフュス派の論客としてデビュー。その後ペギーの『半月手帖』誌に協力し、小説『叙任式』(一九一一)

を同誌に発表、他方ベルクソン哲学を批判した『ベルクソニスム』（一二）を著す。しかし彼を有名にしたのは二七年の『聖職者の背任』であり、そこで社会問題に口出しを始めた知識人のあり方を厳しく弾劾した。もっともバンダ自身、一九三〇年代の現実のなかで、社会参画の道を歩みはじめる。作品にはほかに自伝『聖職者の青春』（三六）、『世紀の修道士』（三八）などがある。

聖シモーヌ——シモーヌ・ヴェーユ

（一）　スーフィズム——スーフィズムはしばしば「イスラーム神秘主義」と訳されることがある。たしかにスーフィズムは神秘主義的要素も含むが、神秘主義よりは幅の広い敬虔主義、あるいはイスラームの霊性と考えた方がより適切である。しかし、その内容は時代により変わっているので、正確に定義することは難しい。英語のスーフィズムもアラビア語のタサウウフもその語源は、一説に、羊毛（スーフ）の粗衣をまとった禁欲的修行者を意味する「スーフィー」に由来するという。イスラーム世界におけるスーフィズムの意義は、以下の四点に要約される。第一は、『コーラン』と聖法の文字どおりの解釈に縛られ、法律中心主義に陥りやすいスンナ派に、神の直接的体験の可能性を与えたことである。スーフィズムは聖典の外面的解釈に対して内面的解釈を重んじるが、この傾向はシーア派と共通している。シーア派とスーフィズムは共通するところが多いが、にもかかわらず、シーア派世界ではスンナ派世界に比べてスーフィズムは広まらなかったのは、シーア派とスーフィズムは同じ方向を目指しながら競合関係にあるからだと考えられる。第二に、スーフィズムはその寛容性のゆえに、イスラームが他宗教の要素を取り入れるチャンネルとなると同時に、スーフィーの活動はイスラームの異文化への拡大に貢献した。第三に、スーフィズムは、非アラブのイスラーム世界で各民俗がアラビア語とは違う自らの言葉による文学作品を生み出すのに貢献した。他のイスラーム文化がアラビア語と強く結びついていたのに対し、各個人の宗教体験に深く根ざしたスーフィズムは、その宗教感情を民衆の国語を用いた詩で表現することが多かった。第四に、スーフィズムは、十三世紀から十九世紀の間、イスラーム世界で神学・哲学・法学などの従来の学問が衰え、ウラマー（学者）が単に伝統の模倣者でしかなくなった時期に、イスラームを生きた宗教として維持してきた。この時期にあらわれた思想家は、大部分スーフィーであったといっても過言ではない。井筒俊彦『イスラーム哲学の原像』によると、スーフィズムにおける意識の深層の開顕の過程は、イマージュにみたされたものであり、ある一定のイマージュ（群）が、意識のある一定の層に相関的に結びつき、それを指示する。これは、修行道としてのスーフィズムをスーフィズムたらしめる大きな特徴である。観想状態が深くなり意識がある深みまでくると、それに伴っておのずからある種のイマージュが湧き上がってくる。弟子を指導する師匠は、それによって弟子が今どの段階にいるかがわかる。これが禅宗の座禅などでは、妄想として排除されるが、スーフィズムでは湧き起こってくるイマージュを全部利用する。ナジュム・クブラーの分析的叙述によると、修行の第一歩は魂の表層、ナフス・アンマーラ、つまり欲情の領域に成立している自我意識の処理から始まる。あらゆる欲望と情念が群がりうごめくこの領域の有様を、スーフィー的見地から見て、クブラーはいろいろな動物の雑居する小屋に譬えている。スーフィズムで悪魔と言うと、それは激しい欲情、肉体的快楽を執拗に求めてやまぬ人間の心の衝動の形象化であり、それはさらに具体的に形象化されて、熱病にかかった狂暴な、体中汚物にまみれた犬の姿となって現われる。

（二）アラン――フランスの哲学者、モラリスト（一八六八―一九五一）。〇八年以後、六十五歳で辞めるまでアンリ四世高等中学校で教壇に立ち、独特の人間教育を行なった。第一次大戦に従軍し、その時の思い出や記録が、『マルス』（一一）、『大戦の思い出』（三七）となった。文学関係の著作には『精神と情熱とに関する八十一章』（一七）、『諸芸術の体系』（二〇）など多数ある。アランは人間のかかわるあらゆることに関心をもつモラリストであり、進歩の観念を信ぜず、変わることのない人間性を見つめる古典主義者だった。

理性への信頼――フッサール

（一）ヤン・パトチカ――旧チェコスロバキアの哲学者（一九〇七―七七）。中央ヨーロッパの小国を翻弄した戦争と革命の時代に、「人間の自由」の可能性と「ヨーロッパ的人間の運命」とを問い続けた。師フッサールの草稿をナチの手から救い、チェコ経由でオランダに運び出すのにも尽力した。著書に『歴史哲学異説』（七五）がある。

（二）マックス・シェーラー――ドイツの哲学者（一八七四―一九二八）。直観のもっている豊かさという発想を、初期フッサールの本質直観に確認したシェーラーは、本質直観に基づく現象学的方法を生の様々な領域に適用した。それらのうちで最大の功績は現象学的倫理学を構築したことである。『倫理学における形式主義と実質的価値倫理学』

（一三―一六）という書名に明らかなように、倫理学における形式主義を克服し、かつ実質的でアプリオリな倫理学がいかに可能か、これがシェーラーの課題であった。それまでは主観的なものとして否定的に見られていた「感情」「情動」に志向性を認め、それらによって感得される理念的対象としての価値の客観性をシェーラーは主張した。

（三）アドルフ・ライナッハ――ドイツの法哲学者（一八八三―一九一七）。フッサールの影響を受けて、現象学的方法を法哲学に適用した。第一次大戦で戦死した。論文に「否定判断論のために」、「民法のアプリオリな基礎」などがある。

（四）ローマン・インガルデン――ポーランドの芸術哲学者（一八九三―一九七〇）。六年間ドイツに留学、フッサールに師事した。『文学芸術作品論』（三一）と『文学作品認識活動論』（三七）で独創的な文芸論、享受美学を樹立し、大戦中は『世界の存在をめぐる論争』（一九四八／四九）で壮大な存在論を構築した。戦後、存在論を中核において価値論、人間論、認識基礎論、言語哲学を展開した。

（五）アルフレッド・シュッツ――ウィーン生まれで、一九三九年にアメリカに亡命した現象学的社会学の創始者（一八九九―一九五九）。一九三二年に、ウェーバー理解社会学の行為概念をフッサール現象学で基礎づけた『社会的世界の意味構成』を出版し、フッサールに絶讃された。行為・意味・動機や社会的世界の研究などでの主観性や日常性への視点、多元的現実・類型化・関連性・記号と象徴、さらに社会科学方法論などが注目され、間主観性や生活世界にも論及する彼の「自然的態度の構成的現象学」は、一九五〇年代にはフッサール批判にも向かうが、エスノメソドロジーなど社会学にも大きな影響を与えた。

厳密な技術

（一）W・V・O・クワイン――アメリカの哲学者、論理学者（一九〇八―）。論理実証主義の、アメリカへの移入に多大の貢献をなすとともに、五〇年代から七〇年代にかけて、分析哲学において最も影響力の強い哲学者であった。分析／総合の区別と還元主義という経験主義の二つのドグマに対する批判は、哲学の古典的発想の再検討と、全体主義的科学観（ホーリズム）の意義の見直しを促すことになった。また『言葉と対象』（六〇）で提示された「根本的翻訳」に関する視点は、独自の「観察文」の概念による理論の観察内容的側面の明確化とともに、「翻訳の不確定性」、「指示の不可測性」、「理論の決定不全性」という諸テーゼを帰結するものであり、伝統的言語観の大幅な変更を迫るものとなった。

(二) ヴェレシュ・シャンドール——ハンガリーの詩人(一九一三—八九)。二十世紀ハンガリー抒情詩人の傑出した存在。二十一歳で最初の詩集『寒い』(三四)が刊行された。外界の出来事や行動よりも、汎神的な目に見えない力に、この世を突き動かす原動力を見る思想は一貫している。『冠毛』(五五)は、子供に向けた詩とはいえ、リズム、韻、創造性、音楽性に富み、芸術こそ大人の中に潜む子供を明確に表現するものだという芸術観が十全に現われた作品である。ほかに散文詩『狂ったイシュトーク』(四三)、『沈黙の塔』(五六)がある。

(三) カルロ・エミーリオ・ガッダ——イタリアの作家(一八九三—一九七三)。方言、俗語、術語、専門用語、外国語を混用して、小説の描写に新風を吹き込み、伝統的な小説作法をくつがえし、前衛作家の重鎮として世界的にも評価されている。代表作に『メルラーナ街の恐るべき混乱』(五七)、『苦悩の認識』(六三)がある。前者は、ローマ市街で起きた盗難と美女殺害に端を発して、ファシズム政権下のローマの民衆的、小市民的社会を物語る。しかし、結局、解決のない未完の物語として終わる。それは、事件の糸を追うにつれて無限の事実・細部が発見されるためであり、こうして、文字どおり万華鏡のようなガッダ好みのバロック的な世界が展開される。

(四) レオナルド・シャッシャ——イタリアの作家(一九二一—八九)。久しく生地シチリア島の小学校教師をしていたが、七〇年から著述に専念した。彼の声価を決定づけたのは、シチリアを象徴する最も内在的な現象としてのマフィアを真向からとりあげた『真昼のふくろう』(六一)と『各自のものは各自に』(六六)の二作であった。故郷の島とそこに生きる民への愛着、その宿痾を根絶しようという意志的な使命感に発した彼の創作は、島の歴史を背景に現在の問題を提起し、責任のありかを追求し、審判を迫るという方法をとる。物語は「事件」を巡って推理小説の形をとるが、事件は結局、闇に葬られ、真の「解決」は読者の手にゆだねられる。再構築された世界は、謎の解明、真実の獲得のたびに、さらに混沌とした様相を呈する。他の小説に『トード・モード』(七四)、『マヨラーナの殺害』(七五)、『モーロ事件』(七八)などがある。

(五) トーマス・ベルンハルト——オーストリアの小説家、劇作家(一九三一—八九)。一躍有名となったのはツックマイヤーに激賞された処女長篇小説『霜』（六三）による。『錯乱』（六七）、『石灰工場』（七〇）と長篇小説が続くが、ここに見られる無限のモノローグや完結しない論文の中で自己表出を試みる偏執狂的執念と挫折というテーマと、たたみかける独特の文体は、『アラムス』（六四）をはじめとする中篇や『破滅する者』（八三）『抹消』（八六）など後期の長篇小説にも通じる。短篇集『出来事』（六九）、『声帯模写』（七八）に見られる不安、病、狂気など作者特有のモチーフは、クライストやカフカの短篇を思わせる。戯曲も数多く発表したが、ベルンハルトにとって最後の戯曲作品となった『英雄広場』（八八）は、オーストリア社会に潜む反ユダヤ主義を告発し、政界、宗教界を巻き込んで話題となった。

（六）　トマス・フッド——イギリスの詩人、ユーモア作家（一七九九—一八四五）。初め挿絵画家を志したが、文学に向いていることを悟り、『ロンドン・マガジン』の編集部に入った。仕事を通じてラム、ハズリット、ド・クィンシーら当時の著名文士と知り合い、J・H・レノルズの妹と結婚した。レノルズと合作した風刺とパロディの詩文集『お歴々に寄せる賦と辞』（一八二五）は大評判を取った。次いで年刊の諷刺画入り詩文集『奇物変物』、『年刊コミック』などを創刊し、また当時すでに評判の雑誌『珠玉』の編集も引き継いで、そこに自作の物語詩『ユージン・エアラムの夢』を載せた。フッドの名を後世に伝えたのはこの物語詩であり、『シャツの歌』、『嘆きの橋』などである。いずれも社会の下積みにあって貧困や過労や冷遇のため殺人や自殺に追いこまれる人たちに同情を寄せたもので、作者自身の境遇の反映であると同時に、心の温かさを伝えている。

（七）　ルイーズ・ラベ——フランスの女流作家（一五二〇頃—六六?）。美貌の才女として早くから知られ、武術や乗馬にも秀でていた。散文『愛の神と痴愚女神の争い』（五五）は、エラスムスにより神々の列に加えられた「痴愚女神」と、中世以来しばしば世俗の愛の象徴として美術の主題にもなった「盲目のクピド」が、些細な理由で対立し、各々メルクリウスとアポロを弁護人にして、ユピテルの前で法廷闘争を展開するという筋立てになっている。詩には三篇のエレジーと二十四篇のソネットがあり、一説によると、これらは詩人ド・マニーとの間の熱烈な恋愛告白と言われて、彼女の名を不朽のものとした。詩はいずれも恋愛が主題で、繊細ながら情熱的、官能的で、ことにペトラルキスムの影響が強い。リルケが彼女の詩を愛誦し、ドイツ語訳を出版したことは知られている。

(一) [イワン・アレクサンドロヴィチ・] ゴンチャーロフ——ロシアの作家 (一八一二—九一)。四七年、ベリンスキー主幹の雑誌『現代人』に長篇『平凡物語』を掲載して注目されるに至った。五二年、プチャーチン提督の秘書として世界周航の途にのぼり、長崎における日本代表との談判に参加した。帰国後、紀行文『フリゲート鑑パルラダ』(邦訳『日本渡航記』) を出版した。帰国後は文部省のロシア文学検閲官を努め、五九年に代表作『オブローモフ』を『祖国雑記』誌に発表した。六五年からは検閲の最高機関である出版管理局参事官となった。最初の長篇『平凡物語』と、後の『断崖』(六九) を前後にして三部作の形をとる『オブローモフ』は、十九世紀ロシア文学の代表的作品のひとつである。貴族の生活に絶望しながら新しい生活を築きあげる気力のない青年オブローモフと、新時代の活動家シュトルツを対立させ、ロシア文学の中でも最も美しい女性像のひとつオリガを配したこの小説の社会的意義を、ドブロリューボフはその評論『オブローモフ主義とは何か』において詳細に分析批評し、ロシア文学における「余計者」の形象を明らかにした。それ以後、オブローモフの名は普通名詞に変じ、無為懶惰な徒食者を意味する代名詞となった。

(二) [ヴィルヘルム・] イェンゼン——ドイツの小説家 (一八三七—一九一一)。六三年ミュンヒェンに出て、ガイベルらミュンヒェン派の文人と近づき、またラーベ、シュトルムと親しむ。新聞の編集を経て、『ニルヴァーナ』(七七) など主に中世の歴史に材を取った百数十篇の小説を書いて流行作家となった。その中で『グラディヴァ』(〇三) は、フロイトの分析の対象となり、後世ブルトンら超現実主義者の称讃を得た。

(三) [シャルル・] ノディエ——フランスの作家 (一七八〇—一八四四)。革命後の動乱期に不安な少年時代を過し、ナポレオンを諷刺した詩の作者であることを自分から名乗り出て逮捕されたこともある。読書家で、早くからゲーテをはじめ外国文学に親しみ、シラーの『群盗』を思わせる『ジャン・スポガール』(一八)、悪夢の散文詩とでも呼ぶべき『スマラ、あるいは夜の悪魔たち』(二一)、妖精物語の傑作とされる『トリルビー』(二二) などを発表した。二四年、アルスナル図書館司書に任命されると、そこにユゴー、ミュッセら若い詩人たちの集う文芸サロン「セナークル」を開き、一時はロマン主義運動のリーダーとなるが、のち次第にその地位をユゴーに奪われ、晩年は失意のうちに孤独な生活を送った。作品もますます現実から遠ざかった幻想や狂気を扱うようになった。

(四)　ルイージ・マレルバ——イタリアの作家（一九二七—）。初め、ザヴァッティーニやモラーヴィアらに協力して映画のシナリオ作成の仕事に従事した。リアリズムが主流をなしてきた第二次大戦後のイタリア文学の中で、マレルバは特異な存在だった。『蛇』（六六）、『とんぼ返り』（六八）などで小説の革新を試み、意表をついた設定やブラック・ユーモアで読者の常識を揺さぶろうとした。『蛇』はその奔放な空想力を自由にはばたかせ、詩的幻想と諷刺を巧みに融合させた傑作とされる。ほかに『皇帝の薔薇』（七四）、『夢日記』（八一）、『青い惑星』（八六）などがある。

トーテムあるいはタブー

(一)　［モーリス・］バレス——フランスの作家（一八六二—一九二三）。『蛮族の眼の下』（八八）、『自由人』（八九）、『ベレニスの園』（九一）からなる三部作『自我礼拝』は、象徴主義の美学を倫理と化し、現実嫌厭からおのれのうちなる純粋自我の完成にすべてを賭けた青年が、恋愛と政治活動を通じて意識の支配しえぬ人間の本能に覚醒し、生のよろこびを見出すに至る物語である。それは閉ざされた人工的な象徴主義の風土に突破口を開けるものであって、やがてバレスに導かれてジッドはじめ当時の多くの青年が生の意識に目ざめていく。この主題はバレス自身によってそのまま生きられたものでもあり、彼は八九年の総選挙でブーランジェ（将軍）派の代議士に当選し、九三年以後、〇六年に返り咲くまで落選し続けたとはいえ、金に支配され精神を軽視する近代社会の腐敗を弾劾することをやめず、九八年にドレフュス事件が世論を二分するや、反ドレフュス派の指導者としてドレフュス派の背後のユダヤ人財閥の存在を糾明し、真実の相対性を説いた。三部作『国民的エネルギーの小説』（九七—〇二）で、パナマ疑獄事件を舞台に正義感から政治に関わっていく青年群像を描き出すことを通じて、歴史を動かすものとしての民衆の本能を浮き彫りにした。以後のバレスは、フランスの民衆の絶対化、神秘的ともいえる本能崇拝に赴き、ナショナリストとしての立場を明らかにしたが、その地点に安住したせいか、作品は名声と反比例して精彩を欠いていった。

カフカの『審判』をめぐるノート

（一）〔アルトゥール・〕シュニッツラー――オーストリアの作家（一八六二―一九三一）。交遊のあった心理学者フロイトと同じくユダヤ系の血をひき、元来は医者であった。ウィーンという都会独特の情緒ある典雅な雰囲気と世紀末的頽廃の時代の爛熟した風潮の中から、反語的で懐疑的なメランコリックな筆致で、死と性愛をいくつかの小説のうちに描き出す一方で、医者として精神分析学にも少なからぬ関心を示し、ユダヤ人であることからくる社会的不遇の事実も加わって、人間の生と死に冷厳な目を向け、魂や衝動の世界に鋭利なメスをあてる診断家としての真価を発揮し、「若きウィーン派」の代表として文学史にその名をとどめた。同年生まれの自然主義の大家G・ハウプトマンとは対蹠的であり、同じ「新ロマン派」の詩人ホフマンスタールと並び称せられた。作品は戯曲三十余篇、小説四十余篇の多数に及ぶ。代表作に『アナトール』（九三）、『輪舞』（一九〇〇）、『グストゥル少尉』（〇一）、『令嬢エルゼ』（二四）、『暗黒への逃走』（三一）などがある。

エデンの園の古文書館

（一）ウィリアム・クーパー――イギリスの詩人（一七三一―一八〇〇）。鬱病に襲われ、自殺を企てたこともある。病気療養のための転地先でモーリー・アンウィン牧師一家と知り合い、下宿人となった。モーリーの死後、未亡人メアリーに伴われてオールニーに移った。ここで副牧師ジョン・ニュートンとの親交に慰安を見い出し、『オールニー讃美歌集』（七九）を合作した。妻となったメアリーの勧めで、『詩集』（八二）を構成する作品を書いた。代表作『課題』（八五）は、「神が田園を造り、人が都会を造った」、「私は傷つき、群を離れた鹿」などの有名な句を含み、田園の素朴な隠遁生活の喜びに平安を求める心情、自然に対する共感などを六巻の無韻詩で歌い、ロマン派の先駆を成す作品となった。ポープの英雄対韻句訳ホーマーに対抗して、無韻訳ホーマーを発表した。辞世の絶唱「見捨てられし者」がある。

（二）〔レオ・〕シラード――ハンガリー生まれの物理学者（一八九八―一九六四）。三八年にアメリカに亡命（四三年帰化）。核分裂の連鎖反応の可能性を着想し、特許をとり、それが実際に起こることを実験で確認した。米大統領に原爆開発を勧告するアインシュタイン書簡を起草したが、原爆研究が始まると疎外された。原爆の使用に反対して奔走した。戦後はシカゴ大学生物物理学教授（四六―六四）のかたわら、核戦争の危険性をいろいろの場で強調した。

（三）［レオニド・］カントロヴィチ――旧ソ連邦の数学者、経済学者（一九一二―八六）。ソ連における経済学への数学的方法の適用の開拓者のひとりで、論文「生産の組織化と計画化の数学的方法」は線型計画法に関する先駆的労作であった。七五年にノーベル経済学賞を受けた。

（四）［ハンス・］ケルゼン――オーストリアの法律学者（一八八一―一九七三）。法律哲学および国法学を専攻し、規範概念による国家並びに法律の理論を形成してウィーン学派の指導者と目された。法律学は当為としての法を研究する規範科学であると主張して、心理学的社会学的方法を排撃し、国家の本質に関してはイェリネクの二元論を批判して、国家の本質はあくまで規範である点に存在することを力説した。主著に『国法学の主要問題』（一一）、『一般国家学』（二五）、『純粋法学』（三四）がある。

（五）［ソースタイン・］ヴェブレン――アメリカの社会学者、経済学者（一八五七―一九二九）。彼の思想は、進化論、本能心理学、行動心理学等を基礎とする進歩的思想であり、その立場から古典派経済学、限界利用理論、近代資本主義文明、価格制度等を鋭く批判すると共に「進化論的経済学」を主張して、「制度派経済学」の開拓者となった。主著に『有閑階級論』（一八九九）、『商企業理論』（一九〇二）がある。

（六）［アンナ・アンドレーヴナ・］アフマートワ――ロシア・旧ソ連の女流詩人（一八八九―一九六六）。一〇年代初め、ロシア象徴派の彼岸性と晦渋を克服して詩に現実性と明晰さを回復しようとするアクメイズムの詩人として出発した。革命と政治の激動の中でもロシア近代詩の最良の伝統を保ち続け開花させた詩人として、世界的に評価が高い。代表作に、イエス・キリスト受難の神話的原型をなぞりながら、息子を奪われた母の悲しみと怒りを歌いあげ、その嘆きがやがて粛清の嵐に身もだえる「一億の民」への哀歌へと変容する『レクイエム』（三十年代後半執筆、六三刊）、二つの大戦前夜と現在の、三つの異なる時間を立体的に重ね合わせながら、過去の亡霊たちの仮面舞踏会を描き出す、歴史、死、懺悔を主題とする『ヒーローのいない叙事詩』（四〇―六二執筆）がある。

（七）［マリーナ・イワノヴナ・］ツヴェターエワ――ロシア・旧ソ連の女流詩人（一八九二―一九四一）。十月革命に際しては、それを理解せず、また受け入れることをも拒否した。夫が白衛軍将校だったことも手伝い、白衛軍を讃美する一連の詩（『白鳥の陣営』）を書いたが、それと同時に『吹雪』、『僥倖』、『石の天使』『フェニックス』などロマンティックな戯曲も書いている。二二年、夫のあとを追って国外へ亡命、ベルリン、プラハを経てパリに落ち着いた。その後、亡命ロシア人社会との関係が悪化、ロシアへの郷愁にかられ、故国をうたった一連の詩『息子への詩』(三二)を書いた。帰国を決意、三九年の夏、ソヴィエト市民権を回復して一七年ぶりにモスクワへ戻った。だがその数カ月後、先に帰国していた夫は逮捕・銃殺され、娘もまたシベリアへ流刑された。生活の手段が見出せず、ついに四一年八月三一日自殺した。その悲劇的な死は、詩的自由を疎外する外部世界の否定という、詩人の生涯を貫く基本姿勢をまさに象徴的な形で浮彫りにするものとなった。

(八)［ヨシフ・アレクサンドロヴィチ・］ブロツキー——旧ソ連・ロシアの詩人、劇作家、評論家(一九四〇—九六)。詩や戯曲は主にロシア語で書いたが、評論の多くは自ら英語で執筆し、英語圏ではジョゼフ・ブロツキーとして知られている。ポーランド現代詩や、ジョン・ダン、オーデンなどの英米詩に傾倒し、五八年頃から詩を書き始めたが、六三年に社会的に有害な「徒食者」として逮捕され、強制労働五年の判決を受けた。彼を支持する作家たちの抗議や西側の世論の圧力のため、一年半後には釈放されたが、七二年には国外退去を強要され、アメリカ合衆国に亡命した。ユダヤ系だが、扱う主題は特にユダヤ的でもなければロシア的でもなく、むしろ古典古代に題材を取った作品が多い。彼の詩的思考は、卑俗な人間の生を超えて、空間や時間、さらには純粋な形での言語そのものへと向かう。詩人にとって究極の価値が言語そのものであるという信念は、ノーベル賞受賞講演(八七)でも鮮明に表明された。主な詩集に『荒野の停留所』(七〇)、『美しい時代の終焉』(七七)、『ウラニア』(八七)、『シダの注釈』(九〇)がある。

(九)［セルゲイ・ニコラエヴィチ・］ブルガーコフ——ロシア生まれの経済学者、哲学者、神学者(一八七一—一九四四)。ベルジャーエフやセミョーン・フランクと並んで、二十世紀初頭の宗教的哲学的ルネサンスの中心人物。「合法的マルクス主義」の立場に立つ経済学者として出発して、イデアリズム(理想主義)へと転向し、宗教哲学、神学の面で次々と優れた業績を発表した。聖職者でもあったため革命後大学を追われた。二三年、国外追放され、パリを中心に活躍した。主著は『マルクス主義からイデアリズムへ』(〇三)。

(一〇)［アンドレイ・ドナトヴィチ・］シニャフスキー——旧ソ連生まれの小説家、批評家(一九二五—)。モスクワ大学卒業後、世界文学研究所所員となり、『革命初期の詩』(六四)、『パステルナーク詩集』序文(六五)などにより文学史家として、モダニズム志向の批評家として名をなす。五四年頃から一連の幻想的な物語をひそかに執筆、五九年より西欧にてアブラム・テルツの筆名で発表。『審問』（五九）、『執筆狂』（六二）、『プヘンツ』（六三）、『リュービモフ』（六三）などいずれもザミャーチンら一九二〇年代モダニズムの伝統を思わせるグロテスクの手法が独特のユーモアに支えられ、ソヴィエト社会の奇形的諸現象に絶好の素材を見出したものである。六五年アブラム・テルツの正体を突き止めた官憲により、やはり原稿を国外へ送っていたユーリ・ダニエルと共に逮捕され、翌年反ソヴィエト活動の廉で重労働七年を宣告された。七三年、フランスに亡命、ソルボンヌのロシア文学講師となった。七八年以後はロシア語の季刊雑誌『シンタクス』を発刊、独自の評論活動を展開している。

（一一）［ファジリ・アブドゥロヴィチ・］イスカンデール――旧ソ連・ロシアの作家（一九二九―）。アブハズの出身だが、作品はすべてロシア語で発表されている。アブハズを舞台に少年チークを中心とし、そこに生きる風変わりな人物たちの生活を愛情をこめユーモラスに語った『チークの一日』（七一）や『チークの弁明』（七八）など、その作品は自伝的な要素が濃く、南国特有の屈託のないユーモアとみずみずしい抒情性、軽妙な語り口を特色としている。『牛山羊の星座』（六六）は、新種交配の家畜をめぐって繰り広げられる荒唐無稽なキャンペーンを描き、ルイセンコ学説に翻弄されるソ連の生物学界と農業を揶揄したもので、たくまざるユーモアと相まって初期を代表する作品となっている。『チェゲムのサンドロ』（七三）は、サンドロという伝説的な人物を主人公に、一八八〇年代から現代に至るアブハズの歴史を一種独特な「ほら話」に封じ込めたものだが、スターリンを諷刺的に扱った箇所があったため、国内では全文が公表できなかった経緯がある。

（一二）ナターリア・ギンツブルグ――イタリアの女流作家（一九一六―一九九一）。父はユダヤ人で解剖学者。三八年、反ファシズム指導者レオーネ・ギンツブルグと結婚。『チーズとうじ虫』で有名な歴史学者カルロ・ギンツブルグは子息。四四年、ローマの刑務所で夫は虐殺される。代表作に『ある家族の言葉』（六二）、『家族』（七七）、『マンゾーニ家の人々』（八三）がある。一貫して家族を世界の関係性の中心にすえてきた作家は、現代の家族はいまや復元不可能な壊れた鏡の破片となってしまったと言う。

（一）［ベン・ヨセフ・］アキバ――ユダヤ教のラビ（律法学者）（五〇頃―一三五）。ハドリアヌス帝に対してユダヤ人の大反乱（バル・コクバの乱）が起こった際に、それを積極的に支援し、ローマ軍に捕えられて殉教した。律法に対する深い造詣と高い人格とは、メイアなどののちのラビに大きな影響を与えた。また、アラビア、ガリアおよびアフリカに大旅行を試みたことがある。

（二）［テオドール・］ヘルツル――オーストリアのユダヤ人作家（一八六〇―一九〇四）。ユダヤ人の団結を志し、その著『ユダヤ人国家』（九六）を著してシオニズム運動の普及を図り、最初のシオニスト会議（九七）を開催するのに成功した。

鏡におぼろに映るもの

（一）［フラヴィウス・］ヨセフォス――ユダヤの歴史家（三七頃―一〇〇頃）。ヨセフォスの著作は『ユダヤ戦記』の初稿（おそらくアラム語）を除いて、全部ギリシャ語で書かれた。彼の著作活動の主要目的がグレコ・ローマ世界にユダヤ民族の歴史を語ることであったからである。序説には公平をうたっているが、まったくユダヤ人の立場で書いたもので、ローマの官民を刺激するような熱心党の活動やメシア期待の問題には筆をひかえている。二番目の大作『ユダヤ古代誌』の、有名な「賢人、もし彼を人と呼んでよいのなら」というキリストへの言及は、現在のかたちでは、ヨセフォス自身のものとは思われていない。なお、ヨセフォス自伝と『アピオン反駁論』が現存しているが、後者はユダヤ教の歴史観の独自な価値を述べたものである。ヨセフォスの著作は、ヒエロニムスのような教父たちに高く評価されている。

（二）アリウス主義――アリウスとその追随者などによって唱導された古代教会の、キリストの神性を否定する異端説。アリウス派は、早くからゲルマン人の間に伝道を開始した。帝国を追われた同派は、移動前のゲルマン諸部族間に定着し、東ゴート、西ゴート、ヴァンダル族などは約二世紀間アリウス派キリスト教を奉じ、フランクの正統派改宗（四九六）によって、はじめて全ゲルマン人の正統信仰に至る道が開かれた。テオドシウス大帝後、アリウス主義は組織的な原動力としては教会史上から没し去った。しかし、個的神学論としては反復出現している。近世のソッツィーニ主義、ユニテリアン主義などもこの系統のものである。

（三）［モーセス・］マイモニデス――ユダヤ人哲学者（一一三五―一二〇四）。スペインのコルドバに生まれたが、迫害によりスペインを追われ、モロッコ、パレスチナと遍転、結局エジプトに住み、サルタンの侍医となった。ユダヤ教団の長にも任命された（一一七二）。医学的論文を数多く発表し、また、「タルムード」研究の衰退を見て、ユダヤ教の再解釈と体系化に着手した。ラビとしての最大の業績は『ミシュナー・トーラー』（一一八〇）で、ラビ的伝承の全内容を体系化したいわばユダヤ教の神学大全とも言うべきものである。その前にアラビア語で「ミシュナー」全体に対する注解を著している。その哲学的著作の代表は『迷える者の手引き』（一一八五）である。これは新プラトン的アリストテレス哲学をもって聖書的・ラビ的ユダヤ神学に比喩的解釈を施したもので、後期スコラ学に大きな影響を及ぼした。論文の他、ユダヤ教の教団に多くの手紙を送った。またヘブライ語母音符号の体系を確立した。

（四）フランツ・ローゼンツヴァイク――ドイツの哲学者（一八八六―一九二九）。カッセルの富裕な同化ユダヤ人家庭に生まれた。マイネッケのもとでヘーゲル政治哲学の研究を行ない、一九一二年に『ヘーゲルと国家』で博士号を取得。だが、この書が刊行された一九二〇年には、ヘーゲル的立場を脱し、独自のユダヤ神学的境地に移行していた。彼の宗教的関心は、初めキリスト教に向かった。エーレンベルクやローゼンシュトックとの交流を通じて、洗礼を受ける一歩手前まで行ったが、一三年十月十一日、ベルリンの正統派シナゴーグで行なわれた大贖罪日（ヨム・キップール）の典礼に出席した時、突如として「ユダヤ教にとどまる」決意をする。翌年勃発した第一次世界大戦では、一六年から一八年まで、バルカン半島の最前線で悲惨な塹壕戦を体験。この体験と、戦争によるヨーロッパ文明の荒廃は、歴史から宗教へ、キリスト教からユダヤ教への転回を決定的なものにした。代表作『贖いの星』は、この塹壕の中で書き始められ、一九年に完成、二一年に出版された。ユダヤ神学の最も現代的な哲学的表現といえる記念碑的著作となった。『贖いの星』は、「イオニアからイエナまで」の全西洋哲学のロゴス中心主義への批判から出発する。人間と世界の関係は、この哲学が規定するようなロゴスを介した調和的全体性をなすものではなく、人間、世界、神という三つの「要素」間の超越の運動である「創造」「啓示」「贖い」のダイナミックな宗教的経験を通してのみ据えられる。死の不安のゆえに全体性に還元不能な人間存在、他者経験の本質的媒体としての言語活動、起源としての時間性といったモチーフには、実存哲学や現象学との親近性も見られるが、この書の

「新思考」がめざすのは、ユダヤ教とキリスト教の具体的諸相（典礼、暦、制度など社会的な形態）を分析することによって、両者を「贖い」の二つの社会的表現、「真理」の二つの途として示すことであった。実践面でも、当時のユダヤ学の没主体性と宗教教育の形骸化を批判して改革を提唱した。一九二〇年、フランクフルトに自由ユダヤ学院を創設し、聖書学習の現代的なあり方を模索した。

（五）［ジャック・］マリタン――フランスの新スコラ哲学の指導者（一八八二―一九七三）。はじめソルボンヌ大学においてル・ダンテクの下に生物学を学び、実証主義の立場に立ったが、プシカリ、ペギーなどの精神運動に触れ、ベルクソン、さらにドリーシュなどの影響下に実証主義を脱し、ブロアによってローマ教会に入り、トマス・アクウィナスの哲学において永遠の真理を発見した。パリ・カトリック大学、ヴァチカン駐在フランス大使を経て、プリンストン高等学術研究所員となる。彼は、近代の欠陥を人間が神の地位を僭することに見出し、それからの救済をトマス・アクウィナスの哲学の立場から指示している。主著は『認識の諸段階』（三二）で、そこでは経験科学、自然哲学、形而上学、神秘神学にわたる知の体系が示されている。その統合的知は、芸術論や政治理論にまで及んだ。晩年は修道士となってトゥールーズで没した。

（六）マルキオン――初期キリスト教時代の思想家で当時最大の異端者のひとり（八五―一六〇頃）。彼は当時流布していた原始キリスト教文書の中からルカ福音書（第一・二章を除く）とパウロの十書簡（牧会書簡とヘブライ人への手紙を除く）だけを選んでそれぞれに改訂を加えた文書（マルキオンの『福音書』および『使徒書』）を自分の組織した教会の正典とした。また、これを解釈する手引きとして『対立論』と呼ばれる書物を著した。しかし、これら彼自身の著作は伝わっておらず、正統教会側の異端反駁文書を根拠にして、ある程度までの再構成が可能であるにすぎない。正統教会はナザレのイエスが旧約聖書で預言されているメシアであるという信仰を出発点とするが、マルキオンはこれを「福音のユダヤ教化」であると否定し、イエスを旧約聖書やユダヤ教から切り離して理解すべきことを主張した。ただし、その手掛かりとなるべき原始キリスト教文書そのものが、彼によれば、すでに伝承段階で（あるいは成立当初から）「ユダヤ教化」されているため、誤謬を排除して純粋にイエスの福音を伝える文書を再現する必要があった。その成果が前述のマルキオン教会独自の正典である。これに基づいて彼は、イエスの父である「善なる神」は自身とは無関係なはずの人間を愛し、自分の子イエスの命と引き換えに、人間を頑迷な創造神の圧政から解放したのだと説いた。彼によれば、不可解な、しかしだからこそ窮極的なこの「善」に応えてその福音を信じることが人間の救いなのである。創造神を否定的に評価する点において、彼はグノーシス主義と軌を一にしている。

（七）シドニー・フック――アメリカの哲学者（一九〇二―八九）。デューイの弟子として出発し、やがてマルクス主義に傾いたが、三〇年代の半ば頃から再びこれを捨て、反共産主義の有力な代表者となった。

大いなる同語反復

（一）アルビ派――東方的二元論に立つ西欧中世最大の異端的分派。十一―三世紀頃にかけて南仏トゥルーズを中心としたアルビ地方に深く滲透し、また政治勢力ともなった。キリストの人生、所有権、化体説、婚姻を否認するこの派は、ローマ教会側より異端として三次にわたる軍事的弾圧と異端審問を受け、漸次公的勢力を失い、十四世紀にこの地方より消滅した。そもそもこの派は、十二世紀頃一般にカタリ派と呼称された広汎な範囲に普及した分派の南仏的分流に属する。十世紀初頭、修道院的禁欲と使徒的生活を説くボゴミールがブルガリアに現われ、十一世紀以来この派はマニ教を思わせる徹底的な二元論を展開し、バルカン半島に普及したが、十一世紀初頭のイタリア、フランスの西欧的異端に刺激を与えたものと思われる。このボゴミール派と十一世紀末期から十二世紀初頭に教会内部の改革運動より発生した異端的遍歴説教者の清貧運動が一一四〇年頃に結合してカタリ派が生まれた。一一四三年以後ラインランドに、さらに第二回十字軍以後は南北フランスと上部イタリアに急速に普及した。この二元論的教義と厳格な禁欲主義は、西欧ないし南欧のあらゆる社会層に広まったため、それに脅威を感じた教会は、自己防衛の目的をもって、数度の教会会議で彼らを異端と宣告し、また司教や伝道者の派遣による改宗計画を遂行した。しかし所期の効果をあげられなかったため、残酷な武力弾圧に訴えた。第一次アルビジョア十字軍は一一八一年に、第二次は一二〇九―一四年に、第三次は一二二六―二九年に企てられた。結局南仏地域はフランス王ルイ八世の手に帰し異端審問に多大の便をえた。しかし教会をより効果的に防衛したのはドミニコ会とフランシスコ会の熱心な信仰と厳格な生活であった。また異端審問が彼らをやむなく漸次カトリック信仰に接近せしめたため、この派は、一二五〇年頃より勢力を失い、南仏においては、一三三〇年に消滅した。

（二） アンゲルス・ジレージウス——ドイツの神秘的宗教詩人（一六二四—七七）。十四歳にして両親を失い、医学を学び、宮廷付侍医となる。ベーメに親しみ、固牢なルター派の一派から斥けられカトリックに改宗（五三）。信仰的苦悶を詩に歌った。代表作に六七年に発表された二つの詩集があるが、特に七五年に『さすらいの智天使』と改題増補して再刊されたアレクサンドラン詩脚の二行詩を中心とするエピグラム集が名高い。ベーメの影響や一種の汎神論的傾向もうかがえる約千六百のエピグラムの少なからぬ部分は、改宗以前に書かれたものと推測されるが、無作為ないし偶然に配列された詩集全体として、「神との神秘的合一」を願う情感が、逆説をはらむ高度に技巧的な言語表現に盛り込まれている。もうひとつの詩集『浄らかなる魂の喜び』も、その副題「イエスに恋するプシュケの聖なる牧歌」が暗示するように、当時流行の牧歌スタイルとマニエリスム的官能表現と熱い宗教感情が渾然一体化したものであり、啓蒙の世紀になっても一部に熱烈な愛読者をもっていたと言われている。その詩の幾篇かは、教派の違いを超えて、なお今日でも教会歌として歌われている。

二羽の雄鶏

（一） レオ・シュトラウス——ドイツの神学者（一八〇八—七四）。ヘーゲル学派の分裂を導いたとされる『イエスの生涯』（三五—三六）の著者。本書の特徴は、聖書の神話的解釈と人類としての神人キリスト論に集約される。シュトラウスはここで、新約聖書の中のイエスの生涯を記した部分を、超自然主義的、自然主義的・合理主義的、神話的の三つの解釈法に分け、前二者を批判した。彼によれば、いまや時代遅れとなっているのは、自然的・合理主義的な解釈法だという。自然主義はケルソスやポルピュリオス、ライマールスなどの、合理主義はアイヒホルンやパウルスなどの解釈法である。これらは悟性的思考による不信仰にすぎない。当時、後期敬虔主義と結びついて流行していた伝統的・超自然主義的な解釈法については、それが単純な表象信仰に基づくものとし、ヘーゲルの「概念」重視の立場から批判した。シュトラウス自身の立場である神話的解釈法は、聖書物語は口承によって伝えられたのだから、それは共同体的民衆の精神、その想像力の所産だとするものである。キリスト論をヘーゲル的に論じ、神人キリストは、神的性質と人間的性質との統一としての理念の実現であり、それはイエスという個人ではなく多数の個人、すなわち類であるとした。ドイツ神学界に強い衝撃を与えたが、そのためにテュービンゲン大学を失職、チューリヒ大学への就職も教会関係の反対で叶わず、四〇—四一年、『キリスト教教義論』執筆後、神学を離れ、文筆活動に専念した。六四年、ルナンの著書に刺激され、『ドイツの国民のためのイエスの生涯』を出版した。晩年は文化人として高名を馳せた。

（二）［シャルル・モリス・ド・］タレーラン［＝ペリゴール］——フランスのカトリックの司教、政治家（一七五四—一八三八）。聖職に任ぜられ、オータンの司教となる。のちにフランス革命に参加し、立憲議会の議員となった。司教の辞任を求められ、ついで破門されて、政府の信頼も失い、アメリカへ逃れた。のち外務大臣に帰り咲き、ピウス七世により教会復帰も許された。死の床では、デュアンルー修道院長の面前で、教会に対して犯してきた数々の罪を厳粛に取り消す署名をした。政治家としては革命期の自由主義貴族の系列に属し、外交官としては現実政策をとる策略家であったが、節操を欠いていた。

（三）［カエキリウス・フィルミアーヌス・］ラクタンティウス——アフリカ出身のローマの護教家（二四〇頃—三二〇［三三〇］頃）。哲学や神学よりも修辞学に優れ、その著作には聖書の引用は少なく、キケロ、ルクレティウス、ウィルギリウスなどを多用し、ヒエロニュムスが彼をキケロに比したことから、ルネサンス期には「キリスト教のキケロ」とまで言われた。主著『神的教理』（三〇四—一三）では、異教徒や異教の哲学を論駁し、キリスト教を弁護した。『神の業について』では、霊魂が神の直接的創造であることを論じ、また、神の作品としての人間身体の組織から、それを創造した神の存在と摂理について論証を試みた。キリスト論では、キリストが法と徳との受肉化であるとする倫理的受肉論を展開した。その終末論は、千年の終わりに審判が行なわれ、天国と地獄が分離されるといういわゆる「千年至福説」を説いた。

（四）［クゥイントゥス・セプティミウス・フロレンス・］テルトゥッリアヌス——ローマの護教家（一五〇［一六〇］—二二〇以後）。異教徒の両親より北アフリカのカルタゴに生まれた。一六六年頃ローマに渡り法律家として活躍した。一九四年頃キリスト教徒となりカルタゴへ帰還した。「不合理なるがゆえに私は信じる」という命題は、知と信、ギリシャ哲学とキリスト教、アテナイとエルサレム、これら両者についての彼の態度を示す。知（理性）と信（信仰）の区別を無視して信を知に解消しようとするグノーシス主義に対して、信と知を峻別し、信の自立性を擁護した。

（五）　ピエール・ベール――フランスの哲学者（一六四七―一七〇六）。プロテスタントの牧師の子に生まれたが、六九年、カトリックに改宗、翌年プロテスタントに再改宗した。これにより、いわゆる「再転落者」となり、法の保護を奪われた（一六六五年の再転落禁止令により、違反者は永久追放）。ジュネーヴへ逃亡し、家庭教師をしつつカルヴァンの大学で神学を学んだ。七五年、セダンのプロテスタント大学の哲学の教授となった。八一年、同大学が強制閉鎖され、オランダのロッテルダムへ移り、そこの市立大学の歴史・哲学の教授となった。八五年、ベールの文筆活動のため、故郷で兄ジャコブが逮捕され、ボルドーで獄死。フランス全土でドラゴナード（軍隊によるプロテスタントの強制改宗）。ナント勅令が廃止され、フランスでプロテスタンティズムが非合法化され、数十万のプロテスタントが国外へ亡命した。九三年、プロテスタント正統派の圧迫により、ロッテルダム市立大学を免職された。一七〇六年、ロッテルダムで看取る者なく死を迎えた。主著には『彗星雑考』（八二）、『歴史批評辞典』（九六）がある。神学的形而上学の解体作業によって、やがて現われる「啓蒙」の思想家たちに影響を与えた。十七世紀後半の凄惨なプロテスタント弾圧により、肉親を失い、自らもオランダへ亡命して、その「自由の国」でも同信徒による数々の迫害にさらされたベールは、「権力」と「反権力」のこの二重の圧迫の中で、あらゆるドグマティズムへの尖鋭な批判の刃を磨きあげ、理性と信仰、批判と連帯の相克を誠実に、また徹底的に生き抜いた末、ついには理性の自己破壊にまで至った。底に流れるのは、十八世紀思想に色濃い理神論的オプティミズムの対極に位する苦渋にみちたペシミズムである。地上における悪と不幸の充満をめぐる神への執拗な異議申し立てを死の床までやめなかった彼は、同時にまた、歴史批判の開拓者として、独断と偏見の集積の中で事実の価値を教え、さらには、イギリスのロックと並ぶ宗教的寛容の旗手として、「思想の自由」の歴史上に不滅の足跡を残している。

（六）　［アレクサンドル・］コジェーヴ――フランスの哲学者（一九〇二―六八）。三三―三八年までパリの高等学術研究院でヘーゲルの『精神現象学』を翻訳しつつ、注解する講義を行なった。のちに『ヘーゲル読解序説』（四七）として出版された。バタイユ、ラカン、クノー、カイヨワ、クロソウスキーらが出席しており、サルトル、ブランショも含めて大きな影響を与えた。他に古代ギリシャ哲学、インド思想、法哲学に関する論考がある。

（七）　アンセルム［・ド・ラン］――フランスの神学者（一〇五〇頃―一一一七）。カンタベリーのアンセルムスの弟子で、北フランスのランに学校を開設し、多くの弟子を育て、その中には、のちに反目することになるアベラールもいた。特に聖書注解の分野に優れ、本文行間に注釈を記入する形式は彼の創始にかかる。また、そうした聖書注釈に散在する神学論題を組織的に整理・集成し、古代教父からの引用を多く導入して、命題集の編纂を手がけた。これはのちにペトルス・ロンバルドゥスの『命題集』を経て、トマス・アクウィナスの『神学大全』に至る。彼はこの面でスコラ学の創始者のひとりと考えられる。

（八）　エルンスト・ヴィーヒェルト――ドイツの作家（一八八七―一九五〇）。出身地東プロイセン辺境の森林を支配する大自然の単純で偉大な秩序への熱狂的思慕が彼の生活と文学の基調をなし、この「魔力的な東方の世界」に由来する沈鬱で瞑想的な独自の雰囲気が全作品にみなぎっている。ケーニヒスベルクに学び、同地およびベルリンで教職につき、三三年以後はもっぱら文筆生活に入る。ナチス政権との不和が高じ、三八年、ついに強制収容所に投ぜられ、出所後も国家秘密警察の監視を受けた。第二次大戦中は執筆が禁じられた。四八年から没年までスイスに移住し、旺盛な創作活動を続けた。作品には小説『森』（二二）、『牧童物語』（三五）、回想記『森と人々』（三六）、『死者の森』（四六）、『イェローミンの子ら』（四五―七）などがある。

二つの晩餐

（一）　［ジョゼフ・ド・］メーストル――フランスの政治家、作家（一七五三―一八二一）。軍人、作家の弟グザヴィエ・ド・メーストルと共に厳しいカトリックの家庭に育ち、サヴォワ王国の元老院議員となったが、フランス大革命がサヴォワに波及すると、これを嫌ってローザンヌに亡命し、ここで『フランスの考察』（九六）を著して革命を激しく非難した。さらに逐われてトリーノに行き、のちサルデーニャの大使としてペテルブルクで暮し、その間に多くの著作を書いた。『教皇論』（一九）、『ペテルブルク夜話』（二一）が有名である。後者は「摂理の世俗支配についての対話」という副題をもち、ネヴァ河畔での、メーストル自身を代弁するロシア元老院議員とフランスの騎士の議論という形式をとっているが、この世の悪と悲劇についての強烈な描写がある。彼はこれらの著作を通じて、神の絶対性と、その地上的代理者である教皇と国王の絶対性を主張したが、この見地からすれば、革命もガルカニスム（教皇からのフランス教会の相対的独立）もその重大な侵犯にほかならず、その源流である十八世紀哲学者もその「理性」も同罪である。だが、一方では、このような歴史は摂理の自己実現の過程とみなされていた。

(二二) マルシーリオ・フィチーノ――イタリアの代表的ルネサンス・プラトン主義者(一四三三―一四九九)。一四三九年、フィレンツェ公会議の折、ゲミストス・プレトンに感化されたコージモ・デ・メーディチは、プラトンのアカデメイアの復興を夢見た。その夢を若きフィチーノに託して、六二年、カレッジの別荘を与え、ギリシャ語写本を貸して、プラトンと新プラトン主義者の著作の研究と翻訳に携わらせた。こうしてアッカデーミア・プラトーニカが創設された。六三年、フィチーノは『ヘルメス文書』の翻訳を完成し、六八年頃、プラトンの全対話篇の翻訳を完了した。六九年、『プラトンの饗宴』を書いた。フィチーノによれば、愛は美を享受しようとする欲求であり、美は神的善の輝きであるゆえ、人は愛を通じて神と一致しうる。彼のプラトン的愛の説はペトラルカ風の詩の流れと結びついて、ルネサンスの文学と美術に大きな影響を与えた。六九年以後、フィチーノは哲学的主著『プラトン的神学――霊魂の不滅について』を書く。彼は宇宙を物体、質、霊魂、天使、神の五つの階層に分け、霊魂を宇宙の中心にして、世界の絆とみなし、人間の尊厳を哲学的に基礎づけた。観想による神との一致を人間の窮極目的とみなし、生前にその目的に到達しえない者は、死後に到達しうるはずであるとして、霊魂不滅を論証しようとした。七三年、司祭となり、翌年護教的著作『キリスト教について』を書いた。彼はプラトン哲学とキリスト教とを結びつけて、「敬虔な哲学」、「学識ある信仰」を打ち立てようとした。

(二三) [ジョヴァンニ・]ピーコ・デッラ・ミランドラ――イタリアの哲学者、人文主義者(一四六三―一四九四)。伯爵、教皇庁書記長。八六年にローマに赴いて哲学的・宗教的討論会を企て、そのための『九百の論題』を出版したが、論題の中に異端的なものが含まれていたため、教皇イノケンティウス八世によって討論会は中止させられた。ピーコはフランスに逃れたがすぐに捕えられた。釈放された後はフィレンツェでロレンツォ・デ・メーディチの庇護の下、短い余生を送った。最も有名な著作は、討論会の演説となるはずだった『人間の尊厳についての演説』である。人間は全被造物の中で最も特権的なものである。なぜなら、その自由意思によって獣にも植物にも堕落しうるし、また学芸を修めることにより天使や神とも一致しうる。そしてすべての学問は、唯一の真理をそれぞれの仕方で表わしている限り、互いに調和的に一致しうる。ピーコは『存在者と一者について』(九二)においてプラトンとアリストテレスの根本的一致を説いているが、さらにヘルメス、ゾロアスター、オルフェウスなどの「古代神学」、アラビアの哲学、中世のスコラ哲学をも含めた哲学的総合を企てた。

（四）ドニ・ド・ルージュモン――スイスの批評家（一九〇六―八五）。ムーニエに協力して『エスプリ』誌の創刊に加わった。主著に、ヨーロッパ文化の成立と歴史を、キリスト教的な愛＝アガペと、西アジア的な愛＝エロスとの融合と相剋として説いた『愛と西欧』（三九）、西欧的価値理念への信頼を説いた『人間の西欧的冒険』（五七）がある。

＊訳注作成にあたって、次の事（辞）典を利用させていただいた。ここに記して御礼申し上げたい。

『集英社世界文学大事典』（全六巻、一九九六―九八）、『ケンブリッジ版イギリス文学史』（全四巻、研究社、一九七六―七八）、『岩波哲学・思想事典』（一九九八）、『岩波西洋人名辞典（増補版）』（一九八一）、『新潮世界文学辞典（改訂増補）』（一九九〇）、『キリスト教大事典（改訂新版）』（教文館、一九七七）。

訳者あとがき

本書は George Steiner, *No Passion Spent : Essays 1978–1995* (Yale University Press, 1996) の全訳である。著者ジョージ・スタイナーは、一九二九年、オーストリア系ユダヤ人の子としてパリに生まれた。父親はオーストリア中央銀行の法律顧問を務める法律・経済の専門家だった。一九四〇年、父親の機転により、ゲシュタポの追求を逃れてニューヨークへ脱出した。優れた亡命者が教鞭をとっていたリセで古典教育を受け、シカゴ大学に進学して一年で学士号を取得し、ハーヴァード大学で修士号、ローズ奨学生として留学したオックスフォード大学で博士号を取得した。『エコノミスト』誌編集員、プリンストン高等学術研究所研究員、ケンブリッジ大学特別研究員、ジュネーヴ大学英文学・比較文学教授、オックスフォード大学客員教授を務めた。精悍なイメージの強い彼も、今年古稀を迎えた。一昨年には自伝を出している。安住の地を得られなかった自分の人生を、ユダヤ人の宿命と重ね合わせることによって肯んずるといった口吻がそれにはある。

刊行される度ごとに話題となり、その多くが邦訳された彼の評論(集)も、次の一覧に見る通り、これで十一冊目になる。

1 *Tolstoy or Dostoevsky : An Essay in the Old Criticism*, 1959 (『トルストイかドストエフスキーか』、中川

敏訳、白水社）

2 *The Death of Tragedy*, 1961（『悲劇の死』、喜志哲雄・蜂谷昭雄訳、筑摩書房）

3 *Language and Silence : Essays on Language, Literature and the Inhuman*, 1967（『言語と沈黙』、由良君美他訳、せりか書房）

4 *In Bluebeard's Castle : Some Notes Towards the Re-definition of Culture*, 1971（『青鬚の城にて』、桂田重利訳、みすず書房）

5 *Extraterritorial : Papers on Literature and Language Revolution*, 1971（『脱領域の知性』、由良君美他訳、河出書房新社）

6 *After Babel : Aspects of Language and Translation*, 1975（『バベルの後に』、亀山健吉訳、法政大学出版局。今のところ三章までの上巻のみ刊行）

7 *On Difficulties and Other Essays*, 1978.

8 *Heidegger*, 1978（『ハイデガー』、生松敬三訳、岩波書店）

9 *Antigones : How the Antigone Legend Has Endured in Western Literature, Art, and Thought*, 1984（『アンティゴネーの変貌』、海老根宏・山本史郎訳、みすず書房）

10 *Real Presences*, 1989（『真の存在』、工藤政司訳、法政大学出版局）

11 *No Passion Spent*, 1996（本書）

その他に『主の年』（一九六四年）、『スポーティング・シーン――レイキャヴィックの白い騎士』（一九七三年）、『ヒトラーの弁明』（一九七九年。佐川愛子・大西哲訳、三交社。原題『サンクリストバルへのA・Hの移送』)、『証拠と三つの寓話』(一九九二年)などの中篇集、チェス論、小説があり、先に言及した『G・スタイナー自伝』(一九九七年。工藤政司訳、みすず書房。原題『正誤表』)がある。また一九七四年に慶応大学が招聘した折の滞日記録集『文学と人間の言語――日本におけるG・スタイナー』(三田文学ライブラリー)がある。

以下、本書に収められた各エッセイについて、これまでの著作にも簡単にふれながら纏めてみたい。

最初の二篇「普通でない読者」(一九七八年。ニューヨーク州スキッドモア・カレッジ講演)、「真の存在」(一九八五年。ケンブリッジ大学レズリー・スティーヴン記念講演)は、読書行為の神学的形而上学的諸前提をめぐるものである。スタイナーはシャルダンの絵画「読書する哲学者」(一七三四年)に読者のあるべき姿を見る。「完璧な読書行為」に潜在しているのは「応答の書を書きたいという衝動」であると言う。「知的な人とは、きわめて簡単に言うと、本を読む時に、彼もしくは彼女の手に鉛筆をもっている人間のことである」。シャルダンの「哲学者」に比して、われわれは「パートタイムの読者、半読者」であると言う。著者は現代の手軽なペーパーバック文化を嘆く。なぜなら、「読書行為が真正のものとなるのは、ひとりの作家を総体として知る時、つまり、われわれが、彼の『失敗作』に、たとえ不満気味にであれ特別の憂慮をもって向かい、われわれ各自に現前する作家像を解釈する時に限られる」からである。「真の存在」では、「テクスト理解への累積的前進の合理的真実性と実践」に疑問を投げかける現代批評に著者はふれ、自らの批評的立場を再確認している。われわれが真の意味で読書する場合、つまり「体験が意味の体験となる」場合、テクスト(音楽作品、芸術作品)が有意味な存在の真の現前を具体化すると言う。そのような「真の存在」は、「いかなる形式的分節化にも、分析的脱構築や言い換えにも還元できない」と断言する。音楽、美術、文学によって「住まわれる」こと、主人としてそのような居住に対して夜に訪れる客に対してそうするように応答させられ、責任をとらされることが、「真の存在」の体験であると言う。「真の存在」のこの体験、「真の存在」による保証が、「解釈学と批評、西洋が受け継いできた解釈と価値判断の歴史、方法、実践の源泉である」と言う。スタイナーは「新批評」が盛んな五〇年代にすでに、自ら「旧批評」の立場を任じ（『トルストイかドストエフスキーか』）、芸術作品の中には「思想の神話体系」、「混沌とした体験に秩序を与え、解釈を行おうとする果敢な精神的努力」が集約されていると考え、そのような意味で秀れた作品を「称讃」し、作品について深い思索をめぐらすことで「再創造の仕事」にたずさわり、読者との間に「仲介の労」をとるのを批評家の責務とすることから出発した。それを『自伝』のスタイナーは、「解放された中央ヨーロッパのユダヤ人社会の特徴である、古典への肥大した崇敬の念と、思想、音楽、美術などの巨匠に崇拝に近い心情を抱かせる教育を受けた私は、正典として確立したもの、不滅の名作以外は目もくれなかった。一時的、断片的、嘲笑的、自嘲的、自明的なものが現代性の基調をなしている、ということを理解するのに時間がかかりすぎた」と「反省」しているが、これは時代風潮の軽佻さに対する皮肉でもなければ、時代に乗り遅れた自分に対する自嘲でもないだろう。やむをえざる事情があった、大袈裟な言い方をすれば、それが宿命だったと著者は言いたいのだろう。「私の理解が遅すぎた問題は余りにも多い。作家、教師、批評家、および学者としての私の活動は、意識するしないにかかわらず、えてして追悼文や追憶の管理でありすぎた。それはそうだが、なにしろユダヤ人の大虐殺が起こったあとである、そうならざるをえなかったということもある」。

続く二篇「ヘブライ聖書（旧約聖書）への序文」（一九九六年。エヴリマンズ・ライブラリー版序文）、「英訳ホメロス」（一九九六年。ペンギン・ブックス『英訳ホメロス』序文）はいずれも、言うなれば「英語讃歌」である。著者によれば、十六世紀から十七世紀にかけて、英語は、新語、「語彙的文法的構成の多様性」、

「意味の音楽」の点で、以後並ぶもののない最盛期にあった。そして、ティンダルから欽定英訳聖書までの、聖書の翻訳と英語自体の成熟化との間の共生関係を著者は指摘する。「英語における二つの最も重要な構築物」として、シェイクスピアと欽定英訳聖書を挙げ、その他に、ギリシャ語、ラテン語、イタリア語、フランス語の原典を「国家的な宝物収集品」に収めた「翻訳という極限的魔力」（チャップマンのホメロス、ゴールディングのオウィディウス、フローリオのモンテーニュ、ノースのプルタルコス、アーカートのラブレー）にふれている。スタイナーは、「言語が顕著に自覚的なものに変えられるのは、翻訳の過程の中でのことであり、その過程を通じてのことである」と言う。なぜなら、「翻訳は、言語に、形式的通時的内省を強制し、歴史的、口語的、隠喩的諸道具の投資と拡大へと向かわせる」からである。さらに著者は、『イリアス』と『オデュッセイア』の、英米の生活における相対的位置の振子運動をたどる。ポープと彼の先行者にとっては、『イリアス』が至高の位置を占めていた。それは、「西洋の詩的想像力の比類ない源泉にして崇高さの永続的な原型」であったばかりでなく、「政治的手腕、説得術と戦争の技術の永続的な指南書」でもあった。それに対し、『オデュッセイア』は、霊感にみちたその分肢、のちの時代の改訂版であると感じられていた。時代が下って、文学様式がより内省的になり、知覚が心理的動機づけやプライヴァシーの劇を強調するようになるにつれ、中心となったのは『オデュッセイア』の方だった。しかし、第二次世界大戦の体験は「逆流」を産んだ。炎に包まれる大都市と戦闘機のパイロットや特別奇襲隊員の勇敢な英雄的行為は、ヘクトールやトロヤを直接的に実感させ、占領者の残忍な手により苦しめられる民間人は、ヘクバやアンドロマケを、あまりにも身近な象徴に変えた。今日、これら二つの叙事詩は、評価の上では活発な均衡状態にあると著者は言う。『自伝』によると、スタイナーはこれまで、ホメロスの叙事詩と聖歌の英語を折りにふれて集めてきたそうである。今ではその数も数百にのぼると言う。このエッセイが序文として書かれた選集『英訳ホメロス』は、『自伝』の著者によれば、「ホメロスの世界の放射性トレーサーが世代から世代へと、その構造に照明を当てる際の、英米人の意識と自意識の年代記である」。「シェイクスピアに抗して読む」（一九八六年。グラスゴー大学W・P・ケア講演）は、一八三〇年以降はきわめてまれになったと言う「シェイクスピアに対する真剣かつ持続的な異議申し立て」を、トルストイとウィトゲンシュタインを例に考察している。シェイクスピアは比類ない「言葉の創造者」、「気前のよい造語屋」であり、その言語の境界は、『論考』に特有の表現を使うと、世界の境界であるが、このことは彼を「ディッヒター」（真理－言明者、道徳的な行為者、人類の教師にして守護者）にはしないと言う。「ディッヒターは」、とウィトゲンシュタインは言う、「自分自身について『私は鳥が歌うように歌う』とは実は言えない――しかし、たぶんシェイクスピアなら自分自身についてそう言えたことだろう」。禁欲的なピューリタニズム、文学を前にしての自制的教訓主義が、晩年のトルストイと、多くの点で彼の弟子であったウィトゲンシュタインに内在していると著者は指摘するが、「分析できないほどの高度の美、音楽性、暗示的隠喩的独創性があろうと、本当にそれだけで十分なのだろうか」、つまり「たんに、言語で十分か」という疑問を、著者はウィトゲンシュタインと共有しているように思われてならない。

スタイナーはかつて『悲劇の死』で、悲劇は、自然と人間の魂の中には、人間精神を狂わせたり破壊したりしようとしている神秘的で制御できない力がこもっているという前提に立っていると述べた。また悲劇は、この世には理性で捉えられるような窮極の正義は存在しないとする世界観に支えられているとも言っている。同書の「ギャラクシー版序文」（一九七九年）では、「人間はこの世では歓迎されざる客なのだとする現実観」の劇的表現かつ劇的検証が悲劇であり、「人間をこの生において望まれぬ者、人間を『神々にとって、われわれは気まぐれな少年にとっての蝿同様。なぐさみに殺してしまうのだ』といった言葉で捉えられる者とする見方は、人間の理性や感覚にとってはほとんど耐えられない」、それが容赦なく述べられた作品が「絶対的悲劇」だと言っている。本書に収められた「絶対的悲劇」（一九九〇年。ロンドン大学における古典悲劇をめぐる討論会での発表）では、生まれないのが最もよい、人間が存在していることが人間の罪であることを公理として宣言する「絶対的悲劇」の、数少ない例について論じている。「絶対的悲劇」は、メシアの来臨によっても償いはありえないという直観の表現である。神学と形而上学は、最近の歴史を形成している「非人間的なものときわめておぞましいもの」という不快な事実と挑発に直面しながら成熟したものとなり、「絶望の仮説」に近づけるようにならなくてはならないと言う。「もし具象的な悲劇的形式が生まれるとするならば、それは、神学そのものの内部の何らかの厳しい恥辱、何らかのあからさまな敗北の黙従から生まれるだろう」。

「比較文学とは何か」（一九九四年。オックスフォード大学就任講演）で著者は、「境界人」たることを強いられたために諸言語に通じる異例の才能に恵まれた二十世紀のユダヤ人は、愛読してはいても自国民として、「国民的遺産」として少しもくつろぎを感じられない文学に対して、そもそもの初めから比較対照的な見方をしていたと言う。アウエルバッハの『ミメーシス』は、一夜にして生計の手段である第一言語と書斎を奪われた亡命者によってトルコで書かれたこと、幸運にも北アメリカに渡ったユダヤ人たち（スタイナーの旧師たち）は、伝統的な文学部、とりわけ英文学科が、自分たちには閉ざされていることに気づいたこと、かくして、アメリカの大学生活においてのちに比較文学課程もしくは学科となったもののうちその多くが、周辺化、つまり不公平な社会的民族的排除から生じたことを指摘している。「それゆえ比較文学は、ある種の亡命、内的離散の技術と悲しみをともに抱えている」。

続く三篇はいずれも書評である。「扉を連打する——ペギー」（『タイムズ文芸附録』一九九二年十二月二十五日号。ロベルト・ビュラック編シャルル・ペギー『散文全集』第三巻［ガリマール社、一九九二年］の書評）は、「リヴァイアサン的な、詩と劇の集成」である『カイエ』最終巻をめぐって、ペギーの「執念深い廉直さ」を説いている。「聖シモーヌ――シモーヌ・ヴェーユ」（『タイムズ文芸附録』一九九三年六月四日号。リチャード・H・ベル編『シモーヌ・ヴェーユの文化哲学』［ケンブリッジ大学出版局、一九九三年］の書評）では、ヴェーユにおいて、古典的なユダヤ人の自己憎悪の特徴が異常な興奮状態に達していると著者は指摘している。「最悪なのは、苦悩と不正に対して哀切な雄弁をふるっているさなかに、自らの民族に起きている戦慄すべき出来事と呪われた追放を想像するのを拒んだことである」。「理性への信頼――フッサール」（『タイムズ文芸附録』一九九四年六月二十四日号。カール・シューマン／エリーザベト・シューマン編、エドムント・フッサール『往復書簡集』［ルーヴァン・フッサール文庫／ドールドレヒト、クルーヴニーア・アカデミック、一九九四年］の書評）で著者は、『書簡集』を束ねる固定観念があるとするなら、それは「使命、聖なる召命」というものであると指摘している。この『書簡集』が、現象学とフッサールの知的道徳的生活の、はかりしれない価値をもつ歴史であるばかりでなく、世紀の変わり目から野蛮行為への陥落までの間の、ヨーロッパの意識の年代記でもあると、その意義を説いている。一九一四年から一九一八年にかけての破局と戦後の破局が訪れる前にすでにフッサールは「危機」という生々しい脅威に取り憑かれていたと指摘する。フッサールは「西洋の合理性の実践の全面的変革のみが、根本的に革新的な『心理‐学』……『心理‐論理学』のみが……ヨーロッパ文明の瓦解を食いとめるだろう」と考えていたと著者は説く。

「厳密な技術」（一九八二年。『ケニヨン・レヴュー』に発表）は著者の長年のテーマである「翻訳」をめぐる考察であるが、「至高の翻訳」とはいかなるものであるかに言及している。「至高の翻訳」は、原文に「空間的時間的共鳴の新しい広がり」を与え、原文を照らし出し、原文をいわばさらなる明晰さ、より大きな衝撃へと駆り出す「原文への生きた返還」を行うと言う。原文との相互作用の過程はさらに深みに達する。「偉大な翻訳は原文に、すでにそこにあったものを与える。内包的意味、倍音的と背景音的要素、意味作用の潜在性、他のテクストと文化との類似性、それらとの劃定的対照……を外在化し、目に見えるように配備することによって原文を増大する」。言い換えると、創造されたものを、その原初性、つまりその本質と存在の先行性を確認し表明するために再創造すること、存在に存在性を与え、すでに完全であるものを十分に実現するような仕方で創造されたものを再創造すること、これが責任ある翻訳の目的であると説く。著者の代表作『バベルの後に』は、「翻訳」を人間のコミュニケーションの核心として位置づける試みである。意味の送達と受容が行われる時には必ず「翻訳」が含まれる。理解するとは暗号の解読であり、意味を聴き取るとは翻訳することであるからだ。異言語間における翻訳も、たったひとつの言葉しか知られていないところでの人間の発話の形態やモデルを、特殊な場合に適応しただけのことであると言う。スタイナーにとって言語の問題は文字通り生死に関わる問題である。人間が生物として免れることのできない制約である死に直面しても生き延びることができるのは、世界を観念と化しうるだけの言語の構成的な生産力によるものである。文法という神秘的な力が、反事実を作り出し、「もしも」という仮定の命題を生み、未来時制なるものを産み出した。この未来時制こそ、人間という種に希望という能力を付与し、個人がやがて死滅してゆくのを超えて、はるか遠くまで思いを馳せる能力を与えたとスタイナーは考える。「われわれは耐えて生き続け、しかもたんに受身にではなく創造的に耐え忍んで生きてゆくが、それもわれわれの内にはやむにやまれぬ力があるからであり、その力により、われわれは今あるがままの現実に『否』と言うことができ、自分が自分以外のものになるという虚構を築き、その『他者性』を自己意識の住処として夢見たり、意欲したり、待ち続けたりするのである」。『自伝』では、人間存在の二つの驚異は、愛と未来時制の案出だったとまで言っている。

「夢の歴史性（フロイトに対する二つの疑問）」（一九八三年。ヴェネチアにおけるチニ財団での講演）は、西洋の文化において文書で裏づけられる範囲での「夢および夢を見る行為の標準的機能におけるたったひとつの、しかし根本的な変質」を跡づける。地中海の古代では、夢は「未来が眠れる魂に刻む瞬間的なルーン文字」であったのに対し、精神分析学では、夢は予言ではなく回想を糧としているが、いつこの重大な方向転換が起こったのか、と著者は問う。十七世紀の中頃から終わりにかけてのことであったというのが著者の推測である。知識の光は日の光に同一化され、夜とその産物は、幻想、幼年時代、病理学の領域に割り当てられるようになった。スタイナーは、夢の報告も、他のどのような発話行為ともまったく同様に、歴史的決定要素に支配されることを力説する。タチヤーナの夢（『エヴゲニー・オネーギン』）は、「世紀の変わり目のウィーンの、中産階級の、大部分は女性の、そして圧倒的にユダヤ人の情報提供者によってフロイトに報告された夢」とは根本的に異なると言う。テクストの豊かさと歴史的詩的具体性を、精神分析学による「決定論的貧困化」に還元してはならないと警告する。

「トーテムあるいはタブー」（一九八八年。ニューヨーク州、サラトガ・スプリングス、スキッドモア・カレッジにおける討論会での発表）は、ユダヤ人の体験が、人種的民族的同一性、国家的独立、宗教的正当化を、決定不可能な（ドレフュス事件と一九三三年以降は確実に）網状の相互関係に置くことによって、概念的かつ実際的問題と挑発に化したと説く。そして、われわれは皆、この惑星、その生態系の客人であること、われわれが世界を作ったのではなく、その中へ投げ入れられたのだということ、われわれは小さくなっていく空間を、生き残るために預った保管人であること、それを忘れるなと訴える。

続く二篇は普及版の序文である。「カフカの『審判』をめぐるノート」（一九九二年。エヴリマンズ・ライブラリー版序文）は、カフカの中における「社会的諷刺家、グロテスクなものを扱う職人、笑劇やドタバタをねらう滑稽家」の存在、カフカの禁欲主義と病気についての知識がその認識を禁圧していた彼の小説と寓話にある「性愛的衝動」の存在を指摘する。「キルケゴールについて」（一九九四年。エヴリマンズ・ライブラリー版序文）は、キリストの直接的な現れと啓示の体験を出版したアドラー（キルケゴールは彼の大学口述試験に出たこともあった）をめぐる研究が、『悪霊』、『道徳の系譜』に、その魂の奥底への下降、非理性あるいは恍惚的神秘的ひらめき、狂気への洞察において、並ぶものであると言う。現代の精神分析と心理療法の知識は、ここに探究された意識の系譜をむしろ平板化してしまうと著者は言う。

「エデンの園の古文書館」（一九八一年。ニューヨークにおけるアメリカ文化をめぐる討論会での発表）は辛口のアメリカ文化・文明批判である。人間の九十九パーセントが容赦のない剥奪の生活を送っているか、あるいは、洞察、美、市民生活における道徳的試練の総計に何の貢献もしていない。そんな人間の償いをある程度してくれるのが、ソクラテス、モーツァルト、ガウス、ガリレオのような人々なのであると言う。「われわれが歴史という名前によってもったいをつけている残酷で愚鈍な塵芥を、不十分とはいえ、埋め合わせてくれるのは彼らなのである。……真理の探究者の『おーい』という叫びを聞くことは、人生にいささかの弁解をするということである」。これがスタイナーの絶対的確信である。しかし、このような確信は、教育のあるアメリカ人の圧倒的大多数には、退廃的である、あるいは政治的社会的に危険な戯言でさえあるという印象を与えるだろうと言う。アメリカの高級文化の支配的な装置は保管の装置であり、学問と芸術の施設は、西洋文明の雑多なアレキサンドリア図書館、大きな記録保管所、商品目録、カタログ、倉庫、がらくた部屋であると断じる。エリオット、パウンド、ローウェルは、ヨーロッパの過去の総体を、再び集めて美しい秩序に変え、霊感あふれる引用によって財産目録に記入し、詩文選を編もうと苦闘したと総括する。偉大な芸術による教育のための準備と、隠れひそむ芸術の鬼は、孤独と無視という神秘に依存しているにもかかわらず、孤独、無視という神秘に反対するアメリカのエネルギーには有無を言わさぬものがある。「並ぶもののない渇望と気前のよさの競争が日々、新しい成果を待っている。芸術家や思想家への投資は、まったく文字通り、『先物』取引なのである」。いくら民主化を進めても、創造的天才をふやすことにはならないし、真に偉大な思想の出現率を高めることにはならない。民主化は、せいぜい「支援階級」の増加になるだけだと言う。芸術と知性の源泉と少数者の概念を分離することは、自己欺瞞か不毛な虚偽であるにもかかわらず、二十世紀のアメリカの中等教育の理論と実践は、この分離に基づいているると断じる。

続く三篇は、ユダヤ人とは何かをめぐる考察である。「テクスト、われらが母国」(一九八五年)で著者は、ユダヤ人にとってテクストは、流浪しながらも生き残るための道具であったと言う。ユダヤ教は、離散によって課される適応の要請から不気味な活力を抽き出したと言う。スタイナーは章題にあるように、テクストこそが母国であると考える。物質的な母国に物質的に秘蔵されていると、テクストは本当に生命力を失うが、テクストが母国であり、言葉の遊牧民の正確な想起と探究に根を下ろしていれば、テクストを消滅させることはできない。時間は真理のパスポートであり生誕の地である。ユダヤ人にとって、これ以上よい宿所があるだろうか、とスタイナーは問う。文書という住まいの場と本国という領土的神秘との間の緊張が、ユダヤ人の意識を分断していると考える。「現在のイスラエル国は、モーセと預言者の、帰還の契約を実現してもいないし、無効にしてもいない。時はまだ訪れていないのである」。「鏡におぼろに映るもの」(一九九一年四月。ヴァーモント州バーリントンにおけるラウル・ヒルバーグ・シンポジウムでの講演)でスタイナーは、ユダヤ人がイエスのメシア的地位を否定し、終末論的状況が近いと説く初期キリスト教徒の信仰を覆した時、ユダヤ人は、彼の魂の核心にある「天才的な落ち着きのなさ」に表現を与えたのだと言う。「われわれは時間を旅する遊牧民であったし、今もなおそうなのである」。キリスト教は、ユダヤ人の自己憎悪の産物であり外在化であると断言する。磔にされたメシアに対するユダヤ人の「否」によって残されたキリスト教の癒えぬ傷を認められなければ、ユダヤ人憎悪というキリスト教の「永続的な精神異常」に対する洞察は得られないであろうと言う。ユダヤ人がユダヤ人にとどまるその度合にぴったり応じて、この否認は変更されてはならないのであり、ユダヤ人の生活と歴史の持続により絶えず確証されなくてはならないと、ユダヤ人としての著者の立場を明言する。また、ユダヤ人自身も、ユダヤ教の核心からのキリスト教の発生の問題（発生の論理、心理的歴史的妥当性）に取り組まなければ、ユダヤ教の目的意識、存続の神秘と義務の把握において、いかなる内的進歩もありえないと著者は言う。「大いなる同語反復」（一九九二年五月。ケンブリッジ大学における討論会の開会の辞）でスタイナーは、「私はあるという者だ」（「出エジプト記」三：一四）の神の同語反復に明示されている完全性と全体性の陳述に、「無限の孤独の消音された反響」を聞くべきではないのか、人間という被造物が排除されている孤独の比喩的表現ではないのか、と問う。これは著者に取り憑いて離れない「予感」のようである。『主の年』という中篇集は、一九四〇年から一九四四年に舞台をとった三つのエピソードからなり、スタイナー自身の言葉によれば、「神が一時そこから不在になった世界、ある神秘的な賭から、神が一時的に背を向けてしまった世界のことを想像して」書いた作品であるし、『言語と沈黙』の「ある意味での生き残り」では、「神が人間を見ないで、反対の方向を向いていている数分間、あるいは数千年の時間があるかもしれない。……神の背が人間の方に向けられると、歴史はあのベルゼンになる」と言っているからである。

最後の二篇「二羽の雄鶏」（一九九三年六月。ワシントンの米国国会図書館における「理解、信仰、物語」をめぐる会議で読まれた草稿に加筆したもの)、「二つの晩餐」(一九九五年四月。トロント大学プリーストリー講演)は、かつて『アンティゴネーの変貌』で、ソポクレスの『アンティゴネー』のモチーフ、たとえば「原初的な人間性と現実の法との間の争い」(ジョージ・エリオット)が、なぜ西洋人の自己と世界についての意識を支配し、それに生きた形を与え続けているのか、と問い、西洋の哲学的、文学的、政治的意識の歴史における現われを系統的に叙述したように、西洋の感受性の基盤を決定したと著者の考えるソクラテスの死とイエスの死の宗教的、哲学的、政治的現われを考察している。ソクラテスという原型的な思想家を殺したという根絶できない罪の烙印のもたらす二律背反(国家と知的自由、大衆的民主主義と知的卓越性、社会秩序のための諸慣習と自由精神の無政府主義)が、今日ほど鮮烈だったことはないと著者は言う。二十世紀に国家社会主義によって提案され実行された「最終的解決」は、ユダヤ人とユダとの同一視の完璧に論理的で公理的な結論であり、ユダがそこへと送られた漆黒の闇は、すでにガス室の暗闇であったと言う。

翻訳について。言い換えのための名詞(句、節)を羅列する文体を日本語に直すのは難儀だった。「つまり」で繋ぐのも大仰なので、日本語も英語の文体に倣った。ほとんどが講演、書評、普及版序文からなるこの評論集は、予想に反して(?)密度が高く難解だった。スタイナーによれば、翻訳とは「愛しつつ抽き出す荒業」だそうだが、それは文学作品の翻訳のことであり、評論の場合は、俗に言う「持って回った言い方」にも付き合うのが「愛」だと思っている。しかし、立論はしっかりしているので、晦渋さに翻弄されたということはなかったと思う。一流の文学者や思想家がそうであるように、「デビュー」以来、基本的には同じことしか言っていないからだ。スタイナーの、ヨーロッパ文化に対して愛憎なかばするスタンスが浮かび上がらせるヨーロッパ像は、とりわけ極東の人間には新鮮で啓発的である。「訳注」については、これだけの「登場人物」であるから、すべてにつけるわけにはいかず、また生没年と代表作を記しただけではあまり意味がないので、比較的なじみの薄い（と思われる）固有名についてだけ少し詳しく記した。訳者の「勉強」のためのメモもあるので、適当に読みとばしていただきたい。ちなみに原題は、ジョン・ミルトン『闘技士サムソン』の末尾「激情はすべて鎮《しず》めて（'all passion spent'）」（新井明訳）をふまえたものであろうが、本書のメッセージを勘案してこのような邦題を考えた。本書の翻訳を勧めて下さった法政大学出版局編集部の稲義人氏（今は退職されたが）の御配慮に御礼を申し上げたい。コンビを組んで（？）十年になる松永辰郎氏のいつもながらの丁寧なお仕事ぶりにも改めて御礼を申し上げたい。

平成十一年　夏　　　　訳　者

索　引

ア行

アイヴズ，チャールズ　Ives, Charles　343
アイスキュロス　Aeschylus　41, 92, 142, 168, 185-6, 219, 274
アイヒェンドルフ，ヨセフ・フォン　Eichendorff, Joseph von　199
アインシュタイン，アルベルト　Einstein, Albert　108, 357, 400
アヴィセンナ　Avicenna　436-7
アヴェド，ジャック　Aved, Jacques　1
アウエルバッハ，エーリヒ　Auerbach, Erich　189, 358
アヴェロエス　Averroës　436
アウグスティヌス，聖　Augustine, St　10, 63, 200, 225, 307, 419, 429, 443, 462, 477, 494, 511
アウソニウス　Ausonius　278
アエネーアース　Aeneas　114, 258-60
アーカート，サー・トマス　Urquhart, Sir Tomas　65, 195
アガトン　Agathon　463, 499, 501-2, 504, 509-11, 515, 518
アガメムノン　Agamemnon　130, 133, 168, 276-7, 279, 281
アキヴァ，ラビ　Akiva, Rabbi　94
アキレス　Achilles　112, 114, 116-7, 120, 127, 135, 277
アクウィナス，聖トマス　Aquinas, St Thomas　38-9, 139, 162, 199, 216, 343, 346, 419, 429, 436-8
アーサー王伝説　Arthurian Legend　104, 114
アダム　Adam　56, 73, 77, 102-4, 156, 336-9, 372, 385, 439-40
アドラー，アドルフ・ペーター　Adler, Adolph Peter　328-9
アドルノ，テオドール　Adorno, Theodor　30, 200, 230, 359
アナクシマンドロス　Anaximander　108, 453, 485
アーノルド，マシュー　Arnold, Matthew　14, 37, 116, 121, 136, 156, 294
アハブ　Ahab　87, 102
アブサロム　Absalom　87, 102
アフマートワ，アンナ　Akhmatova, Anna　373
アブラハム　Abraham　53, 56, 73, 78, 82, 289, 291, 313, 324-7, 340, 382-3, 423, 425, 469, 487
アベラール，ピエール　Abelard, Peter　211
アベル　Abel　73, 81, 103, 312
アミエル，アンリ＝フレデリック　Amiel, Henri-Fréderic　5
アモス　Amos　66, 70, 99, 100, 292, 388, 390, 397, 404, 411, 413, 426, 480
アラファト，ヤセル　Arafat, Yasser　294

アリオスト　Ariosto　21
アリストテレス　Aristotle　25, 31, 33, 38, 107, 138-9, 271, 338, 436, 440-2, 477
アリストパネス　Aristophanes　163, 453, 463, 496, 506-9
アルキビアデス　Alcibiades　476, 501-4, 508-10, 518, 522
アルキメデス　Archimedes　298, 345, 376, 379
アルトー，アントナン　Artaud, Antonin　167
アルファラビ　Alfarabi　436
アルフレッド大王　Alfred the Great　59
アルブレヒト，ギュスタフ　Albrecht, Gustav　236, 238
アレクサンドロス大王　Alexander the Great　476
アレント，ハンナ　Arendt, Hannah　220, 229
アロン，レイモン　Aron, Raymond　361
アングル，ジャン・オーギュスト・ドミニク　Ingres, Jean Auguste Dominique 365
アンゲルス　ジレージウス　Angelus Silesius　445
アンセルム，聖　Anselm, St　429, 477
アンダーソン，クウェンティン　Anderson, Quentin　368
アンティゴネー　Antigone　174-5, 196, 198, 225-6, 325, 382, 492
アンディック，マーティン　Andic, Martin　234
アンデルセン，ハンス・クリスチャン　Andersen, Hans Christian　323
アンブロシウス，聖　Ambrose, St　10

イヴ　Eve　73, 77, 417
イーヴリン，ジョン　Evelyn, John　16
イェイツ，W. B.　Yeats, W. B.　12, 152, 174
イエス　Jesus　52, 78, 410-23, 426-7, 433, 452, 454, 460, 464-71, 490, 493-9, 500, 502-3, 508, 512-24
イエンゼン，ヴィルヘルム　Jensen, Wilhelm　274
イサク　Isaac　82, 313, 324-6, 425
イザヤ　Isaiah　50, 53, 66, 77, 95, 108, 411, 479
イスカンデール，V.　Iskander, V.　374
イゼベル　Jezebel　87
イプセン，ヘンリック　Ibsen, Henrik　364, 453
インガルデン，ローマン　Ingarden Roman　232, 235

ヴァイニンガー，オットー　Weininger, Otto　159, 227
ヴァイヒンガー，ハンス　Vaihinger, Hans　235
ヴァイル，ヘルマン　Weyl, Hermann　344
ヴァリオ，ジャン　Variot, Jean　217
ヴァールブルク，アビイ　Warburg, Aby　8, 200
ヴァレーズ，エドガール　Varèse, Edgar　343

ヴァレリー，ポール　Valéry, Paul　114, 196, 199, 273
ヴァン・ゴッホ，ヴィンセント　Van Gogh, Vincent　43, 157, 372
ウィクリフ，ジョン　Wycliffe, John　59, 104, 118
ヴィーコ，ジョヴァンニ・バッティスタ　Vico, Giovanni Battista　264, 484
ヴィシネフスキー，フセヴォロド　Vishnievsky, Vsevold　178
ウィトゲンシュタイン，ルートヴィヒ　Wittgenstein, Ludwig　28-9, 40, 146-64, 201, 221, 234, 246, 275-6, 322-3, 342, 354, 372, 399, 431, 442, 457-8, 473, 475, 485, 495, 497
ヴィニー，アルフレッド・ド　Vigny, Alfred de　103
ヴィーヒェルト，エルンスト　Wiechert, Ernst　478
ヴィヨン，フランソワ　Villon, François　256
ウィリアムズ，ローワン　Williams, Rowan　223
ウイリアム二世「ルーファス」，王　William II 'Rufus', King　86
ウィルキンズ，ジョン　Wilkins, John　245
ウィルソン，ウッドロー　Wilson, Woodrow　340
ウィンケルマン，ヨハン・ヨアヒム　Winckelman, Johann Joachim　468
ウィンスロップ，ジョン　Winthrop, John　336
ウィンチ，ピーター　Winch, Peter　146
ウェーバー，カール・マリア・フォン　Weber, Carl Maria von　132
ヴェブレン，ソースタイン　Veblen, Thorstein　358-9
ウェーベルン，アントン・フォン　Webern, Anton von　343
ヴェーユ，アンドレ　Weil, André　219
ヴェーユ，シモーヌ　Weil, Simone　113, 219-29, 474
ウェルギリウス　Virgil　18-9, 114, 118, 126, 146, 155, 185, 193, 259-60, 274
ヴェルディ，ジュゼッペ　Verdi, Giuseppe　146, 200
ウォーホール，アンディ　Warhol, Andy　346
ウォルコット，デレク　Walcott, Derek　111, 114, 126, 128, 132, 193
ヴォルテール，フランソワ・マリ・アルエ・ド　Voltaire, François Marie Aroue de　21, 186, 234, 294
ウォルトン，ウィリアム　Walton, William　111
ヴラジーミロフ，G.　Vladimirov, G.　374
ウルフ，ヴァージニア　Woolf, Virginia　37
ウルフ，ヒューゴ　Wolf, Hugo　200
ヴレイストス，グレゴリー　Vlastos, Gregory　476-7

エウクレイデス　Euclid　201
エウリピデス　Euripides　8, 142, 164, 167, 173, 175, 179, 185, 323, 453
エーコ，ウンベルト　Eco, Umberto　324
エステル　Esther　88
エズラ　Ezra　85
エゼキエル　Ezekiel　66, 88, 97, 99, 388, 413

エチアンブル，ルネ　Etiemble, René　196
エックハルト，マイスター　Eckhart, Meister　74, 85, 221, 443-4, 484, 510
エフタ　Jephthah　86, 104, 324
エマソン，ラルフ・ウォルドー　Emerson, Ralph Waldo　340, 348
エラスムス，デシデリウス　Erasmus, Desiderius　1, 17, 53, 58
エリオット，ジョージ　Eliot, George　9, 195
エリオット，T. S.　Eliot, T. S.　21, 31, 45, 105, 112, 146, 162, 173, 313, 329, 354
エリザベス一世，女王　Elizabeth I, Queen　65
エリヤ　Elijah　88, 101, 105, 108, 416
エリュアール，ポール　Éluard, Paul　4
エルフリック，大修道院長　Aelfric, Abbot　59
エレミヤ　Jeremiah　68, 96, 340, 393, 404, 413
エンゲルス，フリードリヒ　Engels, Friedrich　228
エンゲルマン，ポール　Engelmann, Paul　148
エンペドクレス　Empedocles　507

オウィディウス　Ovid　6, 12, 18, 65
オーウェル，ジョージ　Orwell, George　29, 145, 224
オギルビー，ジョン　Ogilby, John　112
オグデン，C. K.　Ogden, C. K.　250
オシアン　Ossian　132
オッペンハイマー，ロバート　Oppenheimer, Robert　358
オデュッセウス　Odysseus　111-4, 116, 126-33, 135-6, 196
オーデン，W. H.　Auden, W. H.　12, 93, 112, 136, 302, 375
オトウェイ，トマス　Otway, Thomas　195
オニール，ユージーン　O'Neill, Eugene　173, 348
オバダイア　Obadiah　97
オリヴィエ，ローレンス　Olivier, Laurence　169
オリゲネス　Origen　58
オルセン，レギーネ　Olsen, Regine　321
オルテガ・イ・ガセット，ホセ　Ortega y Gasset, José　249

カ行
懐疑派　Sceptics　92
カイン　Cain　73, 81, 104, 312
カヴァデイル，マイルズ　Coverdale, Miles　62, 64
ガウス，カール・フリードリヒ　Gauss, Carl Friedrich　345, 365
「雅歌」　Song of Solomon　67, 93
カーター，エリオット　Carter, Elliott　343
ガッダ，カルロ・エミーリオ　Gadda, Carlo Emilio　253
カドモン　Caedmon　59

カニンガム，マーシ　Cunningham, Merce　347
カネッティ，エリアス　Canetti, Elias　29, 156, 391
カフカ，フランツ　Kafka, Franz　12, 28-9, 44-5, 47, 75, 103, 135, 156, 164, 166, 172, 179-80, 200, 254, 302-18, 348, 393-4, 397, 399, 403, 433
カメネフ，レフ・ボリソヴィチ　Kamenev, Lev Borisovich　281
カモンイス，ルイース・デ　Camoëns, Luis de　195
カーライル，トマス　Carlyle, Thomas　9, 186, 323
カラヴァッジョ，ミケランジェロ・メリシ・デ　Caravaggio, Michelangelo Merisi de　465, 481
ガリレオ　Galileo　68, 272, 296, 340, 345, 363, 473
カルヴァン，ジョン　Calvin, John　304, 429
カロ，アントニー　Caro, Anthony　111
ガロア，エヴァリスト　Galois, Évariste　372
カンディンスキー，ヴァシリー　Kandinsky, Vasily　347, 378
カント，イマヌエル　Kant, Immanuel　26, 38, 42, 82, 140, 155, 220, 229, 232, 239, 295, 299, 324, 326, 342, 365, 378, 402, 477
カントール，ゲオルグ　Cantor, Georg　443
カントロヴィチ，レオニド　Kantrovich, Leonid　358

キケロ　Cicero　185, 274
キーツ，ジョン　Keats, John　14-5, 22, 111, 115, 144, 502
キテル，ゲアハルト　Kittel, Gerhard　287
キートン，バスター　Keaton, Buster　311
キニク派　Cynics　92
キプリング，ラドヤード　Kipling, Rudyard　256
キルケ　Circe　111, 126
キルケゴール，セーレン　Kierkegaard, Søren　38, 76, 83, 140, 162, 180, 192, 226, 229, 287, 307-8, 312, 319-34, 343, 357, 371, 377, 402, 420, 425, 441, 469-70, 473, 486, 494-5, 501
キャクストン，ウィリアム　Caxton, William　18, 110-12, 193
キャンベル，トマス　Campbell, Thomas　143
キャンベル，ロイ　Campbell, Roy　195
キング，マーティン・ルーサー　King, Martin Luther　95
ギンツブルク，ナターリア　Ginzbourg, Natalie　374

グイエ，アンリ　Gouhier, Henri　236
クセノポン　Xenophon　453, 457, 461, 492, 496
グッドスピード，エドガー・Jr.　Goodspeed, Edgar Jr.　71
グーテンベルク，ヨハネス・ゲンズフライシュ　Gutenberg, Johannes Gensfleisch　9, 50, 58
クーパー，ウイリアム　Cowper, William　112, 125, 340

クラウス，カール　Kraus, Karl　29, 206, 227, 310, 474
グラス，ギュンター　Grass, Günter　253
グラッドストーン，ウィリアム・ユーアト　Gladstone, William Ewart　91, 112
グラムシ，アントーニオ　Gramci, Antonio　343
クリトン　Crito　446-7, 461, 463
クリプキ，サール　Kripke, Saul　28, 40, 341
グリム，アドルフ　Grimme, Adolf　238
グリム兄弟　Grimm brothers　322-3
グリューネヴァルト，マーティーアース　Grünewalt, Matthias　466
グルウィッチ，アロン　Gurwitsch, Aron　234
クルツィウス，E. R.　Curtius, E. R.　188
クールベ，グスタヴ　Courbet, Gustave　1
クレー，パウル　Klee, Paul　43
グレイ，トマス　Gray, Thomas　185
グレイヴズ，ロバート　Graves, Robert　110-2, 131, 136, 196
クレオン　Creon　325
クローチェ，ベネデット　Croce, Benedetto　31
クローデル，ポール　Claudel, Paul　163, 177
クロムウェル，オリヴァー　Cromwell, Oliver　63, 95
クワイン，ウィリアム・ヴァン・オーマン　Quine, William Van Orman　31, 244, 341
クーン，ヘルムート　Kuhn, Helmut　238
グンドルフ，フリードリヒ　Gundolf, Friedrich　153

ケアンズ，ドリオン　Cairns, Dorion　235
ゲーテ，ヨハン・ヴォルフガング・フォン　Goethe, Johann Wolfgang von　23, 93, 103, 140, 158, 173, 186-8, 191, 197, 199, 255, 258, 274, 323, 340, 458, 492
ゲーデル，クルト　Gödel, Kurt　25, 344, 357
ケプラー，ヨハン　Kepler, Johann　199, 272
ケルゼン，ハンス　Kelsen, Hans　358

コイレ，アレクサンドル　Koyré, Alexandre　443
コウルリッジ，サミュエル・テイラー　Coleridge, Samuel Taylor　2, 8, 17, 31, 104, 116, 141, 144, 184, 194, 200, 213, 442, 445-6
コクトー，ジャン　Cocteau, Jean　174
ゴーゴリ，ニコライ　Gogol, Nikolai　309, 333
コジェーヴ，アレクサンドル　Kojève, Alexandre　475
ゴス，エドマンド　Gosse, Edmund　133, 145
コペルニクス，ニコラス　Copernicus, Nicolas　199, 272
コメニウス　Comenius　245
ゴヤ，フランシスコ・デ　Goya, Francisco de　167, 272, 475

コーラン　Koran　77, 298
ゴールディング，アーサー　Golding, Arthur　65
コルネイユ，ピエール　Corneille, Pierre　185, 199, 209, 213, 216
コンスタンティヌス，帝　Constantine, Emperor　405, 422
ゴンチャーロフ，イワン　Goncharov, Ivan　269
コンドルセ，侯爵　Condorcet, marquis de　474
コンラッド，ジョゼフ　Conrad, Joseph　103, 116, 253

サ行
サヴォナローラ，ジロラモ　Savonarola, Girolamo　425
サウル　Saul　55, 68
ザカリア　Zechariah　57, 102
サバタイ・セヴィ　Sabbatai Sevi　416
サムエル　Samuel　68, 94
「サムエル記」 Samuel, Book of　67-8, 86-7
サムソン　Samson　86, 104
サルトル，ジャン＝ポール　Sartre, Jean-Paul　12, 127, 173, 232, 342, 354, 361, 378, 475-6, 493
サルピ，パオロ　Sarpi, Paolo　4
サント＝ブーヴ，シャルル・オーギュスタン　Sainte-Beuve, Charles Augustin　31
サン＝モール，ベノワ・ド　Sainte-Maure, Benoît de　118

ジイド，アンドレ　Gide, André　174, 211
シェイクスピア，ウィリアム　Shakespeare, William　3, 14-5, 21, 31-2, 37, 60, 63, 65, 68, 87, 105, 108, 111, 116, 133-4, 140-64, 166-7, 169-71, 174-7, 185-6, 194, 200, 269, 274, 302-4, 323-4, 340, 353, 377, 455, 459, 468, 486, 489, 505, 508, 510
ジェイムズ，ウィリアム　James, William　341
ジェイムズ，ヘンリー　James, Henry　103, 251, 348-9, 372
シェストフ，レフ　Shestov, Lev　236, 457
ジェファーソン，トマス　Jefferson, Thomas　16, 294, 340, 352
ジェフリー，デイヴィッド・ライル　Jeffrey, David Lyle　103
ジェフリー，フランシス　Jeffrey, Francis　32
シェーラー，マックス　Scheler, Max　232
シェリー，パーシー・ビッシュ　Shelley, Percy Bysshe　13, 112, 135, 167, 171, 511, 524
シェリー，パトリック　Sherry, Patrick　225
シェリダン，リチャード・ブリンズレー　Sheridan, Richard Brinsley　169
シェリング，フリードリヒ・ヴィルヘルム・ヨセフ・フォン　Schelling, Friedrich Wilhelm Joseph von　445-6
シェーンベルク，アルノルト　Schoenberg, Arnold　29, 183, 343, 353-4, 447

シオボールド，ルイス　Theobald, Lewis　9
「士師記」 Judges　55, 85
「使徒言行録」 Acts of the Apostles　51, 66, 410, 420, 496
「使徒書簡」 Epistles　51, 64, 66, 411, 421, 433, 477, 496
シドニー，サー・フィリップ　Sidney, Sir Philip　65
シニャフスキー，アンドレイ　Siniavsky, Andrei　374
「詩篇」 Psalms　50, 59, 66, 70, 90-1, 108, 411, 426, 477, 487
シラー，ヨハン・クリストフ・フリードリヒ・フォン　Schiller, Johann Christoph Friedrich von　155, 186, 323, 350
ジルー，ルイ　Gilloux, Louis　253
ジルソン，エティエンヌ　Gilson, Étienne　436-8
シーレ，エゴン　Schiele, Egon　217
ジャクソン，アンドルー　Jackson, Andrew　340
シャッシャ，レオナルド　Sciascia, Leonardo　253
シャトーブリアン，フランソワ・ルネ・ド　Chateaubriand, François René de　346
ジャリ，アルフレッド　Jarry, Alfred　180
シャルダン，ジャン・バプティスト・シメオン　Chardin, Jean Baptiste Simeón 1-12, 15-22, 24
シャンドール，ヴェレシュ　Sandor, Weöres　253
ジャンヌ・ダルク　Joan of Arc　284
シュヴァイツァー，アルベルト　Schweitzer, Albert　236
十字架のヨハネ，聖　John of the Cross, St　46, 222, 524
ジュダーノフ，アンドレイ　Zhdanov, Andrei　377
「出エジプト記」 Exodus　59, 75, 82-5, 99, 386, 437-9, 444, 446
シュッツ，アルフレッド　Schütz, Alfred　232, 235
シュトラウス，ダヴィット・フリードリヒ　Strauss, David Friedrich　471
シュトラウス，レオ　Strauss, Leo　454
シュニッツラー，アルトゥール　Schnitzler, Arthur　310
シュネシオス，キュレネの　Synesios of Cyrene　271
シュピッツァー，レオ　Spitzer, Leo　188
シューベルト，フランツ　Schubert, Franz　108, 200
シューマン，エリーザベト　Schuhmann, Elisabeth　234
シューマン，カール　Schuhmann, Karl　234
シューマン，ロベルト　Schumann, Robert　200
シュリーマン，ハインリヒ　Schliemann, Heinrich　125
シュレーゲル，アウグスト・ヴイルヘルム・フォン　Schlegel, August Wilhelm von　144, 150
ショー，ジョージ・バーナード　Shaw, George Bernard　103, 145
ジョイス，ジェイムズ　Joyce, James　103, 111, 112, 117, 127, 129, 155, 184, 195, 200, 254, 348, 373, 504
ショーペンハウアー，アルテュール　Schopenhauer, Artur　228

ショスタコーヴィチ，ドミトリ　Shostakovich, Dmitri　343
シオラン，エミール・M.　Cioran, Emile M.　167
ジョレス，ジャン　Jaurès, Jean　208,216
ショーレム，ゲルショム　Scholem, Gershom　314,393,416
ジョンズ，ジャスパー　Johns, Jasper　346
ジョンソン，サミュエル　Johnson, Samuel　142,169,185
ジョンソン，ベン　Jonson, Ben　65,97,142
シラード，レオ　Szilard, Leo　358
シンガー，アイザック・バシヴィス　Singer, Isaac Bashevis　253,294
「箴言」 Proverbs　67,76,91-2,396
ジンメル，ゲオルク　Simmel, Georg　236
「申命記」 Deuteronomy　67,83

スウィフト，ジョナサン　Swift, Jonathan　96,103,122,167,199,439-40
スキピオ　Scipio　266,270
スコット，サー・ウォルター　Scott, Sir Walter　195
スタイン，イディス　Stein, Edith　235
スタイン，ガートルード　Stein, Gertrude　439
スターリン，ヨセフ　Stalin, Joseph　373,475-6,493
スタンダール　Stendhal　185,253
スタンプフ，カール　Stumpf, Carl　240
スティーヴンズ，ウォレス　Stevens, Wallace　349
ストア派　Stoics　25
ストラヴィンスキー，イゴール　Stravinsky, Igor　102,343,354
ストーン，I. F.　Stone, I. F.　472
スノー，C. P.　Snow, C. P.　361
スピノザ，バルーク　Spinoza, Baruch　44,79,201,223,240,300,346,402-3,406,431,474,482,491
スピレーン，ミッキー　Spillane, Micky　196
スペンサー，エドマンド　Spencer, Edmund　19,21,65,104
スペンサー，ハーバート　Spencer, Herbert　216

聖書　Bible　14,49-108,265,271,386-8,410-7,419-21
セザンヌ，ポール　Cézanne, Paul　47,303
セッションズ，ロウジャー　Sessions, Roger　343
ゼップ，ハンス・ライナー　Sepp, Hans Rainer　233
セネカ　Seneca　185
ゼファニヤ　Zephaniah　101
セルバンテス，ミゲル・デ　Cervantes, Miguel de　324
洗礼者ヨハネ　John the Baptist　414

「創世記」 Genesis 50, 55, 59, 79-82, 106, 386, 439
ソクラテス Socrates 96, 204, 220, 300, 326, 345, 361, 366, 400, 402, 452-63, 467-77, 490-512, 518, 525
ソポクレス Sophocles 24, 33, 44, 139, 142, 157, 164, 167, 175, 185, 215, 219, 223, 224, 274
ゾラ，エミール Zola, Émile 207
ソルジェニーツィン，アレクサンドル Solzhenitsyn, Alexander 374, 429
ソレル，アルベール Sorel, Albert 7
ソレル，ジョルジュ Sorel, Georges 472
ソロー，ヘンリー・デイヴィッド Thoreau, Henry David 103, 369, 371

タ行
ダヴィッド，ジャック＝ルイ・David, Jacques-Louis 467
ダーウィン，チャールズ Darwin, Charles 106, 179, 272
タキトゥス Tacitus 410, 414
ダグラス，ガヴィン Douglas, Gavin 259-61
ダダ Dada 184
タッソー，トルクワート Tasso, Torquato 21
ターナー，ジョゼフ・マラド・ウイリアム Turner, Joseph Mallard William 47, 114
「ダニエル書」 Daniel, Book of 57, 101-2
ダービー，十四代伯 Derby, 14th Earl of 112
ダビデ，王 David, King 55, 78, 86-7, 90, 104, 516
タルムード Talmud 27, 51, 304, 312-3, 317, 380, 384, 411, 417, 419
タレーラン，シャルル・モーリス・ド Talleyrand, Charles Maurice de 458
ダレル，ロレンス Durrell, Lawrence 113
ダン，ジョン Donne, John 65, 105, 135, 465, 524
ダンテ，アリギエリ Dante, Alighieri 21, 24, 38, 102, 112, 126, 135, 139, 146, 154, 158, 162, 164, 168-9, 255, 302, 352, 365, 393, 500, 524

チェーホフ，アントン Chekhov, Anton 163, 176, 510
チェリーニ，ベンヴェヌート Cellini, Benvenuto 186
チノーフィエフ，アレクサンドル Zinoviev, Alexander 374
チャップマン，ジョージ Chapman, George 65, 111, 117-23, 125, 134-5, 193-4
チョーサー，ジェフリー Chaucer, Geoffrey 23, 105, 111, 118, 196, 458
チョムスキー，ノーム Chomsky, Noam 245

ツヴェターエワ，マリーナ Tsvetayeva, Marina 373
ツェラン，パウル Celan, Paul 29, 45, 157, 179, 253, 396, 398, 449-51
ツキュディデス Thucydides 298

ディオゲネス，犬儒派　Diogenes the Cynic　219, 371, 476
ディオニュシオス，シラクサの専制君主　Dionysius, tyrant of Syracuse　493
ティーク，ヨハン・ルートヴィヒ　Tieck, Johan Ludwig　150
ディケンズ，チャールズ　Dickens, Charles　104, 194, 308-9
ディドロ，ドニ　Diderot, Denis　186, 346
ティペット，マイケル　Tippett, Michael　111
ディルタイ，ウィルヘルム　Dilthey, Wilhelm　231, 235
ティンダル，ウィリアム　Tyndale, William　60-2, 64, 73, 103-5, 118
ティンパナロ，セバスティアーノ　Timpanaro, Sebastiano　276
テオクリトス　Theocritus　185
デカルト，ルネ　Descartes, René　41-2, 215, 221, 224, 247, 272, 275, 277-81, 338, 343, 371, 457
デ・クーニン，ヴィラム　de Kooning, Willem　346
テニソン，アルフレッド，卿　Tennyon, Alfred, Lord　19, 21, 103, 111, 114, 126, 136, 199
デボラ　Deborah　55-6, 104
デモクリトス　Democritus　139
デモステネス　Demosthenes　185
テラー，エドワード　Teller, Edward　357
デリダ，ジャック　Derrida, Jacques　28, 36-7, 231, 304
テルトゥッリアーヌス　Tertullian　460
デュシャン，マルセル　Duchamp, Marcel　347
デュ・ベレー，ジョアシャン　Du Bellay, Joachim　117
デューラー，アルブレヒト　Dürer, Albrecht　264
デュルケーム，エミール　Durkheim, Émile 228
「伝道の書（コヘレトの言葉）」　Ecclesiastes　53, 66, 92-3, 103, 108, 396, 487

ドヴォルザーク，アーントーニーン　Dvořák, Antonin　343
ド・ゴール，シャルル　de Gaulle, Charles　219
ドストエフスキー，フョードル　Dostoevsky, Fyodor　47, 98, 164, 167, 194, 221, 274, 309, 312, 331, 334, 374, 396, 473, 521
ドス・パソス，ジョン　Doss Passos, John　348
トックヴィル，アレクシス・ド　Tocqueville, Alexis de　356
ド・ボーヴォワール，シモーヌ　de Beauvoir, Simone　220, 229
ドーミエ，オノレ　Daumier, Honoré　1, 200, 301
「トーラ（律法，モーセ五書）」　Torah　11, 51, 53, 77, 80, 84, 105, 380-2, 397, 400, 411, 416, 438, 479
ドライデン，ジョン　Dryden, John　111, 114, 121-2, 125, 135, 185, 193, 199
トラークル，ゲオルク　Trakl, Georg　44
ドリーシュ，ハンス　Driesch, Hans　239
トリリング，ライオネル　Trilling, Lionel　369

トルストイ，レフ　Tolstoy, Lev　31-2, 145, 153-4, 156, 158-9, 162, 374
ドレ，ギュスターヴ　Doré, Gustave　200
ドレフュス，アルフレッド　Dreyfus, Alfred　189, 204, 207-8, 210-2, 283-84, 289-90, 400-2, 472, 493

ナ行
ナイト，G・ウィルソン　Knight, G. Wilson　141
ナッシュ，トマス　Nashe, Thomas　9
ナトルプ，パウル　Natorp, Paul　235
ナボコフ，ウラジミール　Nabokov, Vladimir　122, 194, 255, 281
ナホム　Nahum　100
ナポレオン・ボナパルト　Napoleon Bonaparte　475

ニコラス・オブ・クーザ　Nicholas of Cusa　511
ニコラス・オブ・ヘレフォード　Nicholas of Hereford　59
ニーダム，ジョゼフ　Needham, Joseph　196
ニーチェ，フリードリヒ・ヴィルヘルム　Nietzsche, Friedrich Wilhelm　90, 139, 160, 167, 176, 179, 201, 228-9, 256, 265, 322-3, 333, 342-3, 371, 461, 470-1, 493, 495, 498
ニュートン，アイザク　Newton, Isaac　199, 272, 340
ニューマン，ジョン・ヘンリー　Newman, John Henry　9, 107

ネストール　Nestor　126, 277
ネヘミヤ　Nehemiah　86
ネルヴァル，ジェラール・ド　Nerval, Gérard de　396

ノア　Noah　56, 386
ノイマン，ジョン・フォン　Neumann, John von　344, 358
ノヴァーリス　Novalis　323
ノース，サー・トマス　North, Sir Thomas　65
ノストラダムス　Nostradamus　68
ノックス，ロナルド　Knox, Ronald　71
ノディエ，シャルル　Nodier, Charles　281

ハ行
ハイデガー，エルフリーデ　Heidegger, Elfride　235
ハイデガー，マルティン　Heidegger, Martin　24, 27, 29, 44, 107, 138-9, 157, 172, 201, 215, 226, 228, 232-3, 235, 238-9, 343, 354, 357, 370, 442, 444, 446, 454, 475-6, 484, 493, 495
ハイドン，ヨセフ　Haydn, Joseph　355
ハイネ，ハインリッヒ　Heine, Heinrich　303, 304, 381, 398

バイロン，ジョージ・ゴードン，卿　Byron, George Gordon, Lord　104, 114, 194
バウアー，フェリス　Bauer, Felice　305, 310
パーヴェイ，ジョン　Purvey, John　59
ハウスマン，A. E.　Housman, A. E.　9
ハウプトマン，ゲルハルト　Hauptmann, Gerhart　127, 173
バウラ，モーリス　Bowra, Maurice　190
パウロ，聖　Paul, St　51, 95, 405, 419-22, 427, 433, 462, 472, 479, 496, 518, 523
パウンド，エズラ　Pound, Ezra　112, 145, 183, 193, 256, 313, 354, 359
ハガイ　Haggai　101
ハーシュ，イマヌエル　Hirsch, Immanuel　287-8
パース，C. S.　Peirce, C. S.　342
パスカル，ブレーズ　Pascal, Blaise　76, 166, 191, 201, 273, 289, 307, 325, 346, 372, 420, 425, 462, 465, 473, 478, 480
パステルナーク，ボリス　Pasternak, Boris　45, 373, 377, 396
ハズリット，ウィリアム　Hazlitt, William　144
パーセル，ヘンリー　Purcell, Henry　114
バッハ，ヨハン・セバスチャン　Bach, Johann Sebastian　101, 346, 365, 378, 514
ハーディ，トマス　Hardy, Thomas　104, 210
パトチカ，ヤン　Patočka, Jan　231, 235
バトラー，サミュエル　Butler, Samuel　104, 112, 130
バニヤン，ジョン　Bunyan, John　63, 95
パノフスキー，アーウィン　Panofsky, Erwin　200, 358
バーバー，ジョン　Barbour, John　109
ハバクク　Habakkuk　101
バフチン，ミハイル　Bakhtin, Mikhail　246
パーマー，ジョージ・ハーバート　Palmer, George Herbert　125
ハミルカー　Hamilcar　266
バランチン，ジョージ　Balanchine, George　347
パリ，ミルマン　Parry, Milman　125
バルクリー，ピーター　Bulkeley, Peter　336
バルザック，オノレ・ド　Balzac, Honoré de　169, 194, 308
バルダンスペルジェ，フェルナン　Baldensperger, Fernand　188
バルト，カール　Barth, Karl　76, 180, 288-9, 342, 422, 425, 429
バルト，マルクス　Barth, Markus　417, 424, 429
バルト，ロラン　Barthe, Roland　36
バルトーク，ベイロ　Bartók, Béla　343, 354-5
ハルトマン，ニコライ　Hartmann, Nikolai　5
パルメニデス　Parmenides　107, 139, 442
バレ，モーリス　Barrés, Maurice　210, 296
バーレット，C. K.　Barrett, C. K.　523
パンウィッツ，ルドルフ　Pannwitz, Rudolf　237

バーンズ，ロバート　Burns, Robert　103
ハンスリック，エドゥアート　Hanslick, Eduard　32
バンダ，ジュリヤン　Benda, Julien　208, 286, 370, 401-2

ヒエロニムス，聖　Jerome, St　1, 11, 58, 60, 249
ピカソ，パブロ　Picasso, Pablo　46, 173, 264, 347, 354, 376
ピコ・デッラ・ミランドラ，ジョヴァンニ　Pico della Mirandola, Giovanni　512
ビスマルク，オットー・フォン　Bismarck, Otto von　405
ビード，尊師　Bede, Venerable　59
ヒトラー，アドルフ　Hitler, Adolf　95, 283, 287-8, 397, 431
ヒメネス　Ximenes　58
ピュタゴラス　Pythagoras　344
ビューヒナー，ゲオルグ　Büchner, Georg　167, 171
ヒューム，デイヴィッド　Hume, David　271, 342
ビュラク，ロベール　Burac, Robert　216
ヒル，ジェフリー　Hill, Geoffrey　6, 7, 218
ピロン　Philo　228, 513
ビンスワンガー，ルートヴィヒ　Binswanger, Ludwig　232
ピンター，ハロルド　Pinter, Harold　180
ピンダロス　Pindar　3, 11-2, 45, 223

フィチーノ，マルシーリオ　Ficino, Marsilio　512
フィッシャー，クレア　Fischer, Clare　225
フィッツジェラルド，ロバート　Fitzgerald, Robert　112-3, 117, 125, 132
フィヒテ，ヨハン・ゴットリーブ　Fichte, Johann Gottlieb　238, 288, 445-6, 476
フィリップス，J. B.　Phillips, J. B.　71
フィリップス，D. Z.　Phillips, D. Z.　223
フィンク，オイゲン　Fink, Eugen　235
フィンチ，H. L.　Finch, H. L.　223, 226, 228
フインレー，モーゼス　Finley, Moses　126
フェイグルズ，ロバート　Fagles, Robert　113, 124-5
フェリーニ，フェデリコ　Fellini, Federico　490
フェルマ，ピエール・ド　Fermat, Pierre de　346
フェルミ，エンリコ　Fermi, Enrico　357
フェルメール，ヤーン　Vermeer, Jan　43
フェントン，リチャード　Fenton, Richard　122
フォイエルバッハ，ルートヴィヒ・アンドレアス　Feuerbach, Ludwig Andreas　470
フォークナー，ウィリアム　Faukner, William　102, 104, 313, 348
フォイリング，D. M.　Feuling, D. M.　238
福音書　Gospels　51, 59, 95, 410, 412, 420, 487, 499　ヨハネ，ルカ，マルコ，マタ

イの項も参照。
フーコー，ミシェル　Foucault, Michel　27,35
プーシキン，アレクサンドル　Pushkin, Alexander　6,144,279-81,373,374,396
フッカー，トマス　Hooker, Thomas　335
フック，シドニー　Hook, Sidney　432
フッサール，ヴォルフガング　Husser, Wolfgang　235
フッサール，エドムント　Husserl, Edmund　192,230-1,342
フッサール，ゲルハルト　Husserl, Gerhard　235,238
フッサール，マルヴィン　Husserl, Malvine　234,238
フッド，トマス　Hood, Thomas　255
プトレマイオス二世　Ptolemy II　58
ブニュエル，ルイス　Buñuel, Luis　392
ブーバー，マルティン　Buber, Martin　424
プフェンダー，アレクサンダー　Pfänder, Alexander　235
ブラウン，クラレンス　Brown, Clarence　396
ブラウン，サー・トマス　Browne, Sir Thomas　103
ブラウニング，ロバート　Browning, Robert　103
ブラック，ジョルジュ　Braque, Georges　347
フラックスマン，ジョン　Flaxman, John　136
プラトン　Plato　13,20,25,38,45,54,107,138-40,156,162,164,182,200,219,231,237,298,304,323-4,343-4,346,361,366,385,403,439,442-3,448,452-5,457,461-2,467,473-7,481-3,491-3,496-7,499,502,505-6,511-2,517
ブラームス，ヨハンネス　Brahms, Johannes　183
プリアム　Priam　116,133
ブリテン，ベンジャミン　Britten, Benjamin　102,111,343
ブリュックナー，アントン　Bruckner, Anton　160
ブリュム，レオン　Blum, Léon　217
ブルガーコフ，ミハイル　Bulgakov, Mikhail　114,374
プルースト，マルセル　Proust, Marcel　43,103,139,206,211,214,254,269,285,348,511,515
プルタルコス　Plutarch　65,104,185,213,210
ブルトマン，ルドルフ・カール　Bultman, Rudolf Karl　342,513,517
フルトヴェングラー，ヴィルヘルム　Furtwängler. Wilhelm　370
ブルートゥス，ルキウス・ユニウス　Brutus, Lucius Junius　325
ブルーノー，ジョルダーノ　Bruno, Giordano　474,499
ブレイク，ウィリアム　Blake, William　104-5,264,356
フレイザー，J. G.　Frazer, J. G.　196
フレーゲ，フリードリヒ・ルートヴィヒ・ゴットローブ　Frege, Friedrich Ludwig Gottlob　25,28,235,242,442
ブレーダー，H. L.・フォン　Breda, H. L. von　233
フレッチャー，ジョン　Fletcher, John　141

ブレトン，スタニスラス　Breton, Stanislas　444
ブレヒト，ベルトルト　Brecht, Bertolt　177, 256
ブレンターノ，フランツ　Brentano, Franz　234, 237
フロイト，アンナ　Freud, Anna　227
フロイト，シグマンド　Freud, Sigmund　27-8, 33, 35, 83, 106, 150, 179, 237, 271, 274-6, 280-1, 304, 333, 354, 399, 426, 474, 498, 512
プロクロス　Proclus　443, 445, 462, 477, 511
プロコフィエフ，セルゲイ　Prokofiev, Sergei　343
フロスト，ロバート　Frost, Robert　349
ブロツキー，ジョゼフ　Brodsky, Joseph　373
ブロッホ，エルンスト　Broch, Ernst　266, 372
ブロッホ，ヘルマン　Brock. Hermann　155, 253, 313
プロティノス　Plotinus　228, 443, 462, 505, 511, 514, 522
ブロート，マックス　Brod, Max　306-7, 314
フローベール，ギュスタヴ　Flaubert, Gustave　3, 12, 47, 309, 456
プロメテウス　Prometheus　165, 197
フロリオ，ジョン　Florio, John　65
ブロンテ家　Brontë family　353
フンボルト，カール・ヴィルヘルム・フォン　Humboldt, Karl Wilhelm von　186, 246

ペイ，ヨウ・ミン　Pei, Ieoh Ming　347
ベイエ，アドリアン　Baillet, Adrian　277-8, 280
ベイク，レオ　Baeck, Leo　424
ベーオウルフ　beowulf　104
ペギー，シャルル　Péguy, Charles　22, 24, 45, 204-18, 284, 290, 292, 430
ヘクトール　Hector　110, 114-5, 126, 132
ヘクバ　Hecuba　115, 126
ベケット，サミュエル　Beckett, Samuel　103, 104, 166-7, 173, 180, 312
ヘーゲル，ゲオルク・ヴィルヘルム・フリードリヒ　Hegel, Georg Wilhelm Friedrich　139, 226, 273, 324, 327, 329, 331, 342, 382-4, 391, 417, 470, 475, 492-3, 495
ベーコン，フランシス　Bacon, Francis　65
ベーコン，ロウジャー　Bacon, Roger　199
ヘシオドス　Hesiod　271
ベーテ，ハンス・アルブレヒト　Bethe, Hans Albrecht　357
ペテロ，聖　Peter, St　464-6, 481-2, 486, 498, 517
ベートーヴェン，ルートヴィヒ・ファン　Beethoven, Ludwig van　43, 160-2, 355
ペトラルカ　Petrarch　200
ペトロニウス　Petronius　459, 499
ペネロペイア　Penelope　111, 117, 126
ヘミングウェイ，アーネスト　Hemingway Ernest　93, 124, 348

ベーメ，ヤーコブ　Boehme, Jakob　446
ヘラー，アグネス　Heller, Agnes　225
ヘラー，ジョゼフ　Heller, Joseph　104, 348
ヘラクレイトス　Heraclites　107, 194, 342, 444, 453, 501, 507
ベラト，シャーロタ　Beradt, Charlotte　281
ペリクレス　Pericles　361-2, 363, 366, 452, 509
ベリット，ベン　Belitt, Ben　13-4
ベル，ウィンスロップ・ピカード　Bell, Winthrop Pickard　235
ベール，ピエール　Bayle, Pierre　271, 468
ベル，リチャード・H.　Bell, Richard H.　221
ベルク，アルバン　Berg, Alban　167, 343
ベルクリン，アンリ　Bergson, Henri　139, 211, 215, 217
ヘルダー，ヨハン・ゴットフリート　Herder, Johan Gottfried　186
ヘルダーリン，ヨハン・クリスティアン・フリードリヒ　Hölderlin, Johann Christian Friedrich　2, 33, 139, 157, 502, 511
ヘルツル，テオドール　Herzl, Theodor　283, 405
ベルニーニ，ジャン・ロレンゾ　Bernini, Gian Lorenzo　511
ヘルモゲネス　Hermogenes　461
ベルリオーズ，エクトル　Berlioz, Hector　132
ベルンハルト，トーマス　Bernhard, Thomas　253
ヘレナ　Helen　111, 119, 133, 135, 197
ベロー，ソール　Bellaw Saul　348
ヘロデ王　Herod the Great　414
ヘロドトス　Herodotus　185, 297-8
ヘンデル，ゲオルゲ・フリデリック　Handel, George Frideric　102
ベンヤミン，ワルター　Benjamin, Walter　28-9, 44, 136, 238, 257, 314-6, 393, 467, 484
ヘンリー八世，王　Henry VIII, King　62

ポー，エドガー・アラン　Poe, Edgar Allan　116, 195, 255, 333
ボーア，ニールス　Bohr, Niels　358
ボイアルド，マッテオ・マリア　Boiardo, Matteo Maria　21
ボイス，ジョン　Bois, John　64
ポーイス，ジョン・クーパー　Powys, John Cowper　254
ホイッティンガム，ウィリアム　Whittingham, William　62
ホイットマン，ウォルト　Whitman, Walt　145, 369
ボーイト，アリーゴ　Boito, Arrigo　146
ボクナー，サロモン　Bochner, Salomon　344
ホセア　Hosea　98
ホーソン，ナサニエル　Hawthorne, Nathaniel　348
ボッカチオ，ジョヴァンニ　Boccaccio, Giovanni　19, 118, 499

ホッキング，アーネスト　Hocking, Ernest　235
ボッシュ，ヒエロニムス　Bosch, Hieronymus　280
ポッパー，カール　Popper, Karl　476
ホッブズ，トマス　Hobbes, Thomas　112, 386
ボードレール，シャルル　Baudelaire, Charles　1, 195, 199, 255, 396, 465, 488
ポープ，アレグザンダー　Pope, Alexander　18, 31, 121-2, 125-6, 134-5, 142-3, 185, 193
ホプキンズ，ジェラルド・マンリー　Hopkins, Gerald Manley　3, 45, 195, 199
ホフマン，E. T. A.　Hoffman, E. T. A.　333
ホフマンスタール，ヒューゴ・フォン　Hofmannsthal, Hugo von　29, 234
ホームズ，オリヴァー・ウェンデル・Jr　Holmes, Oliver Wendell Jr　292
ホメロス　Homer　14, 18, 37, 45, 54, 65, 67, 104, 110-37, 171, 185, 193, 204, 215, 270, 274, 276-81, 462, 482, 504
ボーモント，フランシス　Beaumont, Francis　141
ホラティウス　Horace　3, 6, 12, 18-9
ボルヘス，ホルヘ・ルイス　Borges, Jorge Luis　4, 127, 186, 197, 247, 313
ホワイト，T. H.　White, T. H.　114
ボワロー，ニコラス　Boileau, Nicolas　185
ボーンヘッファー，ディートリヒ　Bonhoeffer, Dietrich　343

マ行

マイノンク，アレクシウス・フォン　Meinong, Alexius von　234
マイモニデス　Maimonides　82, 418, 436-7, 444
マイヤーズ，アーネスト　Myers, Ernest　123
マーウィン，W. S.　Merwin, W. S.　396
マウトナー，枢機卿　Mauthner, Cardinal　29
マグリット，ルネ　Magritte, René　200, 312
マクルーハン，マーシャル　McLuhan, Marshall　295, 331
マクロビウス　Macrobius　270
マコーレー，トマス・バビントン　Macaulay, Thomas Babington　18
マザー，コットン　Mother, Cotton　335
マサリク，ヤン　Masaryk, Jan　235, 238
マショー，ギョーム・ド　Machaut, Guillaume de　353
マタイ，聖　Matthew, St　464, 496
マッハ，エルンスト　Mach, Ernst　236
マティス，アンリ　Matisse, Henri　46
マニング，ヒューゴ　Manning, Hugo　136
マネ，エドゥアール　Manet, Eduard　183
マーラー，グスターフ　Mahler, Gustav　160, 354
マラキ　Malachi　94, 101
マラマッド，バーナード　Malamud, Bernard　348

マラルメ，ステファヌ　Mallarmé, Stéphane　3, 5, 11, 26, 28, 195, 440
マリタン，ジャック　Maritain, Jacques　278, 280, 422
マルキオン　Marcion　78, 422
マルクス，カール　Marx, Karl　95, 216, 220, 222, 227, 298, 343, 354, 399, 426, 480, 485, 499
マルクーゼ，ヘルベルト　Marcuse, Herbert　235
マルコ，聖　Mark, St　415, 420, 464, 466, 479-80, 496, 513
マルコム，ノーマン　Malcom, Norman　160, 276
マレルバ，ルイージ　Malerba, Luigi　282
マーロウ，クリストファー　Marlowe, Christopher　114, 158, 167, 178, 256
マロリー，サー・トマス　Malory, Sir Thomas　114
マン，トーマス　Mann Thomas　44, 102, 114, 161, 253, 348, 512
マーンケ，ディートリヒ　Mahnke, Dietrich　235, 238
マンゾーニ，アレッサンドロ　Manzoni, Alessandro　144, 186
マンテーニャ，アンドレア　Mantegna, Andrea　47
マンデリシュターム，オシップ　Mandelstam, Osip　23, 29, 374-5, 393, 396-7
マンデリシュターム，ナジェジュダ　Mandelstam, Nadezhda　374
マンデルボーム，アレン　Mandelbaum, Allen　113

ミカ　Micah　100
ミケランジェロ　Michelangelo　84, 514
ミラー，ペリー　Miller, Perry　336
ミル，ジョン・ステュワート　Mill, John Stuart　237
ミルトン，ジョン　Milton, John　18, 21, 23, 65, 104-5, 112, 114, 135, 142, 148, 158, 199, 209, 340, 406
ミルナー，J.　Milner, J.　344
ミュア，エドウィンとウィラ　Muir, Edwin and Willa　307
「民数記」　Numbers　51, 74, 83, 99

ムーア，ヘンリー　Moore, Henry　354
ムジル，ロベルト　Musil, Robert　253, 309

メアリー一世，女王　Mary I, Queen　62
メイラー，ノーマン　Mailer, Norman　348
メーストル，ジョゼフ・マリ・ド　Maistre, Joseph Marie de　499
メツガー，アルノルト　Metzger, Arnold　236, 240
メルヴィル，ハーマン　Melville, Herman　100, 102, 105, 116, 340, 348
メルロ＝ポンティ，モリス　Merleau-Ponty, Maurice　232, 342
メンケン，H. L.　Mencken, H. L.　11

毛沢東　Mao Tse-tung　473, 493

「黙示録」 Revelation, Book of 50, 64
モーガン，チャールズ Morgan, Charles 195
モーガン，モーリス Morgann, Maurice 143
モーセ Moses 53, 75, 78, 79-81, 83-4, 103, 289, 391, 416, 423, 447-51, 469, 484, 489
モーツァルト，ヴォルフガング・アマデウス Mozart, Wolfgang Amadeus 31-2, 37, 128, 176, 319, 323, 345, 355, 365-6, 371, 508, 510
モファット，ジェイムズ Moffatt, James 70
モラヴィア，アルベルト Moravia, Alberto 253
モリエール Molière 163, 191
モリス，ウィリアム Morris, William 112
モルトマン，ユルゲン Moltmann, Jürgen 423
モンテスキュー，シャルル・ド Montésquieu, Charles de 16
モンテーニュ，ミシェル・ド Montaigne, Michel de 9, 16, 65, 211, 273, 371, 461, 469

ヤ行
ヤコブ Jacob 46, 56, 80, 82, 161, 330, 421, 425, 431
ヤコブソン，ローマン Jakobson, Roman 23, 28, 196, 199
ヤスパース，カール・テオドール Jaspers, Karl Theodor 232, 236
ヤロブアム二世 Jereboam II 100

ユウェナリウス Juvenal 96, 340
ユゴー，ヴィクトル Hugo, Victor 18, 103, 144, 186, 213, 215
ユダ Judas 463, 481, 518-23
ユング，カール・グスタフ Jung, Carl Gustav 187

ヨエル Joel 98
「ヨシュア記」 Joshua, Book of 85, 291, 381, 427
ヨセフ Joseph 81, 102
ヨセフォス，フラヴィウス Josephus, Flavius 410
ヨナ Jonah 72, 94, 100, 102, 393
ヨナタン Jonathan 86
ヨハネ，聖 John, St 443-4, 455, 465, 482, 487, 496, 499, 501-2, 504, 512-25
ヨハネ・ダマスケネ，聖 John Damascene, St 463
ヨブ Job 51-3, 66, 76, 88-90, 92, 108, 186, 313, 316, 386-8, 425, 487

ラ行
ライ，ロベルト Ley, Robert 267
ライナッハ，アドルフ Reinach, Adolf 232
ライプニッツ，ゴットフリート・ヴィルヘルム Leibniz, Gottfried Wilhelm 199, 245, 384

ラカン，ジャック　Lacan, Jacques　35-6
ラクタンティウス　Lactantius　460
ラザール，アンリ・ベルナール　Lazare, Henri Bernard　211
ラシーヌ，ジャン　Racine, Jean　8, 18, 21, 47, 103, 158, 163, 167, 170, 177, 179, 185, 195, 213, 375
ラスキン，ジョン　Ruskin, John　84
ラツィンジャー，枢機卿　Ratzinger, Cardinal　296
ラッセル，バートランド　Russell, Bertrand　25, 233, 242, 475
ラティモア，リッチモンド　Lattimore, Richmond　113, 125
ラ・トゥール、ジョルジュ・ド　La Tour, George de　465
ラファエル　Raphael　376
ラファエル，ブランシュ　Raphaël, Blanche　217
ラブレー，フランソワ　Rabelais, François　65
ラ・フォンテーヌ，ジャン・ド　La Fontaine, Jean de　18
ラベ，ルイーズ　Labé, Louise　255
ラム，チャールズ　Lamb, Charles　136, 144
ラムス，ペトルス　Rames, Petrus　338
ラムセス二世　Rameses II　83
ラング，アンドルー　Lang, Andrew　123
ランソン，ギュスタヴ　Lanson, Gustave　36
ラントグレーベ，ルートヴィヒ　Landgrebe, Ludwig　235
ランボー，アルチュール　Rimbaud, Arthur　26-7, 35
リヴィウス　Livy　122
リーヴィス，F. R.　Leavis, F. R.　37, 148, 153, 200, 206, 211, 341, 361, 364, 368
リクール，ポール　Ricoeur, Paul　232
リース，エニス　Rees, Ennis　113
リスト，フランツ　Liszt, Franz　200
リチャーズ，I. A.　Richards, I. A.　112, 117, 250
リッケルト，ハインリッヒ　Rickert, Heinrich　235
リッドゲイト，ジョン　Lydgate, John　110-1
リトル，J. P.　Little, J. P.　222
リヒテンシュタイン，ロイ　Lichtenstein, Roy　347
リヒテンベルク，ゲオルク・クリストフ　Lichtenberg, Georg Christoph　201, 323
リーフ，ウォーター　Leaf, Water　123
リプシウス，ユストゥス　Lipsius, Justus　86
リルケ，ライナー・マリア　Rilke, Rainer Maria　135, 157, 213, 253, 255, 264, 483
リュー，E. V.　Rieu, E. V.　111, 113, 123, 125
リンカーン，エイブラハム　Lincoln, Abraham　9

ルイ九世，王（聖ルイ）　Louis IX, King (St Louis)　284
ルイ十四世，王　Louis XIV, King　370

ルイス，C. S.　Lewis, C. S.　19
ルカ，聖　Luke, St　464-5, 472, 496
ルカーチ，ジェルジ　Lukács, Georg　154, 475
ルクレティウス　Lucretius　139, 506
ルージュモン，ドニ・ド　Rougemont, Denis de　524
ルーズベルト，フランクリン・デラノ　Roosevelt, Franklin Delano　340
ルソー，ジャン＝ジャック　Rousseau, Jean-Jacques　36, 140, 201, 272-3, 323, 382, 386, 403, 406, 473
ルター，マルティン　Luther, Martin　15, 53, 59, 61, 73-4, 288, 427, 479
ルーリア，イサーク　Luria, Isaac　36, 223

レヴィ＝ストロース，クロード　Lévi-Strauss, Claude　28, 344, 354, 383, 399
レーヴィット，カール　Löwith, Karl　235
レヴィナス，エマヌエル　Levinas, Emmanuel　232, 241
レオナルド・ダ・ヴィンチ　Leonardo da Vinci　516
レオパルディ，ジャーコモ　Leopardi, Giacomo　37
「歴代誌」　Chronicles, Books of　86
「列王記」　Kings, Book of　86, 87, 99
レーニン，ウラジミール，イリーチ　Lenin, Vladimir Ilich　472, 475, 485
「レビ記」　Leviticus　50, 84
レリス，ピエール　Leyris, Pierre　195
レンブラント　Rembrandt　2, 3, 376, 516

ローウェル，ロバート　Lowell, Robert　18, 112, 126, 174, 256, 349, 354
ローグ，クリストファー　Logue, Christopher　112, 117, 124, 134-5, 193
ロジャーズ，ジョン　Rogers, John　62
ローズ，アン　Loades, Ann　227
ロス，フィリップ　Roth, Phlip　348
ロスコ，マーク　Rothko, Mark　183, 347
ローゼンツヴァイク，フランツ　Rosenzweig, Franz　418, 424
ロック，ジョン　Locke, John　234
ロッシーニ，ジョアッキーノ　Rossini, Gioacchino　346
ローデ，フェルナン　Laudet, Fernand　204
ロベスピエール，マキシミリアン・ド　Robespierre, Maximilien de　361
ロラン，ロマン　Rolland, Romain　210
ロール，リチャード　Rolle, Richard　60
ロレンス，D. H.　Lawrence, D. H.　103-4, 113, 254, 340, 349, 466-7, 471
ロレンス，T. E.　Lawrence, T. E.　112, 117, 125, 131-2

ワ行

ワイデンフェルト，ジョージ，卿　Weidenfeld, George, Lord　88

ワーグナー，リヒャルト　Wagner, Richard　32, 365, 524
ワーズワス，ウィリアム　Wordsworth, William　15, 32, 186, 273

《叢書・ウニベルシタス　673》
言葉への情熱

2000年６月15日　初版第１刷発行
2000年11月10日　　　第３刷発行
ジョージ・スタイナー
伊藤　誓 訳
発行所　財団法人　法政大学出版局
〒102-0073 東京都千代田区九段北3-2-7
電話03(5214)5540／振替00160-6-95814
製版，印刷　三和印刷／鈴木製本所

Printed in Japan

ISBN4-588-00673-8

著者

ジョージ・スタイナー

1929年，オーストリア系ユダヤ人の子としてパリに生まれる．1940年，ゲシュタポの追及を逃れてニューヨークへ脱出．優れた亡命者が教鞭をとっていたリセで古典教育を受け，シカゴ大学に進学して１年で学士号を取得し，ハーヴァード大学で修士号，ローズ奨学生として留学したオックスフォード大学で博士号を取得．『エコノミスト』誌編集員，プリンストン高等学術研究所研究員，ケンブリッジ大学特別研究員，ジュネーヴ大学英文学・比較文学教授，オックスフォード大学客員教授を歴任．主著に『トルストイかドストエフスキーか』，『悲劇の死』，『言語と沈黙』，『青鬚の城にて』，『脱領域の知性』，『バベルの後に』，『アンティゴネーの変貌』，『真の存在』，『言葉への情熱』（本書）がある．数か国語を自由に解し，諸学に通じ，一般読者との懸橋を自任する〈ジェネラリスト〉．古典古代から現代までの文学・哲学・芸術・科学にわたる該博な知識を基盤に，ユダヤ人の眼という異化作用により斬新なヨーロッパ像を浮かび上らせる．

訳者

伊藤　誓（いとう・ちかい）

1951年生まれ．東京教育大学大学院修士課程修了．現在，東京都立大学人文学部教授．イギリス小説専攻．著書：『ロレンス文学のコンテクスト』（金星堂），『スターン文学のコンテクスト』（法政大学出版局）．訳書：P. ロジャーズ編『図説イギリス文学史』（共訳，大修館），D. ロッジ『バフチン以後』，F. イングリス『メディアの理論』（共訳），E. リード『旅の思想史』，M. ホルクウィスト『ダイアローグの思想』，N. フライ『大いなる体系』，A. フレッチャー『思考の図像学』，B. アダム『時間と社会理論』（共訳）（以上，法政大学出版局）．

叢書・ウニベルシタス

				(頁)
1	芸術はなぜ必要か	E.フィッシャー／河野徹訳	品切	302
2	空と夢〈運動の想像力にかんする試論〉	G.バシュラール／宇佐見英治訳		442
3	グロテスクなもの	W.カイザー／竹内豊治訳		312
4	塹壕の思想	T.E.ヒューム／長谷川鉱平訳		316
5	言葉の秘密	E.ユンガー／菅谷規矩雄訳		176
6	論理哲学論考	L.ヴィトゲンシュタイン／藤本，坂井訳		350
7	アナキズムの哲学	H.リード／大沢正道訳		318
8	ソクラテスの死	R.グアルディーニ／山村直資訳		366
9	詩学の根本概念	E.シュタイガー／高橋英夫訳		334
10	科学の科学〈科学技術時代の社会〉	M.ゴールドスミス，A.マカイ編／是永純弘訳		346
11	科学の射程	C.F.ヴァイツゼカー／野田，金子訳		274
12	ガリレオをめぐって	オルテガ・イ・ガセット／マタイス，佐々木訳		290
13	幻影と現実〈詩の源泉の研究〉	C.コードウェル／長谷川鉱平訳		410
14	聖と俗〈宗教的なるものの本質について〉	M.エリアーデ／風間敏夫訳		286
15	美と弁証法	G.ルカッチ／良知，池田，小箕訳		372
16	モラルと犯罪	K.クラウス／小松太郎訳		218
17	ハーバート・リード自伝	北條文緒訳		468
18	マルクスとヘーゲル	J.イッポリット／宇津木，田口訳	品切	258
19	プリズム〈文化批判と社会〉	Th.W.アドルノ／竹内，山村，板倉訳		246
20	メランコリア	R.カスナー／塚越敏訳		388
21	キリスト教の苦悶	M.de ウナムーノ／神吉，佐々木訳		202
22	アインシュタイン ゾンマーフェルト往復書簡	A.ヘルマン編／小林，坂口訳	品切	194
23 24	群衆と権力（上・下）	E.カネッティ／岩田行一訳		440 356
25	問いと反問〈芸術論集〉	W.ヴォリンガー／土肥美夫訳		272
26	感覚の分析	E.マッハ／須藤，廣松訳		386
27 28	批判的モデル集（I・II）	Th.W.アドルノ／大久保健治訳	〈品切 品切〉	I 232 II 272
29	欲望の現象学	R.ジラール／古田幸男訳		370
30	芸術の内面への旅	E.ヘラー／河原，杉浦，渡辺訳	品切	284
31	言語起源論	ヘルダー／大阪大学ドイツ近代文学研究会訳		270
32	宗教の自然史	D.ヒューム／福鎌，斎藤訳		144
33	プロメテウス〈ギリシア人の解した人間存在〉	K.ケレーニイ／辻村誠三訳	品切	268
34	人格とアナーキー	E.ムーニエ／山崎，佐藤訳		292
35	哲学の根本問題	E.ブロッホ／竹内豊治訳		194
36	自然と美学〈形体・美・芸術〉	R.カイヨワ／山口三夫訳		112
37 38	歴史論（I・II）	G.マン／加藤，宮野訳	I・品切 II・品切	274 202
39	マルクスの自然概念	A.シュミット／元浜清海訳		316
40	書物の本〈西欧の書物と文化の歴史，書物の美学〉	H.プレッサー／轡田収訳		448
41 42	現代への序説（上・下）	H.ルフェーヴル／宗，古田監訳		220 296
43	約束の地を見つめて	E.フォール／古田幸男訳		320
44	スペクタクルと社会	J.デュビニョー／渡辺淳訳	品切	188
45	芸術と神話	E.グラッシ／榎本久彦訳		266
46	古きものと新しきもの	M.ロベール／城山，島，円子訳		318
47	国家の起源	R.H.ローウィ／古賀英三郎訳		204
48	人間と死	E.モラン／古田幸男訳		448
49	プルーストとシーニュ（増補版）	G.ドゥルーズ／宇波彰訳		252
50	文明の滴定〈科学技術と中国の社会〉	J.ニーダム／橋本敬造訳	品切	452
51	プスタの民	I.ジュラ／加藤二郎訳		382

				(頁)
52 53	社会学的思考の流れ（I・II）	R.アロン／北川, 平野, 他訳		350 392
54	ベルクソンの哲学	G.ドゥルーズ／宇波彰訳		142
55	第三帝国の言語LTI〈ある言語学者のノート〉	V.クレムペラー／羽田, 藤平, 赤井, 中村訳	品切	442
56	古代の芸術と祭祀	J.E.ハリスン／星野徹訳		222
57	ブルジョワ精神の起源	B.グレトゥイゼン／野沢協訳		394
58	カントと物自体	E.アディッケス／赤松常弘訳		300
59	哲学的素描	S.K.ランガー／塚本, 星野訳		250
60	レーモン・ルーセル	M.フーコー／豊崎光一訳		268
61	宗教とエロス	W.シューバルト／石川, 平田, 山本訳	品切	398
62	ドイツ悲劇の根源	W.ベンヤミン／川村, 三城訳		316
63	鍛えられた心〈強制収容所における心理と行動〉	B.ベテルハイム／丸山修吉訳		340
64	失われた範列〈人間の自然性〉	E.モラン／古田幸男訳		308
65	キリスト教の起源	K.カウツキー／栗原佑訳		534
66	ブーバーとの対話	W.クラフト／板倉敏之訳		206
67	プロデメの変貌〈フランスのコミューン〉	E.モラン／宇波彰訳		450
68	モンテスキューとルソー	E.デュルケーム／小関, 川喜多訳	品切	312
69	芸術と文明	K.クラーク／河野徹訳		680
70	自然宗教に関する対話	D.ヒューム／福鎌, 斎藤訳		196
71 72	キリスト教の中の無神論（上・下）	E.ブロッホ／竹内, 高尾訳		234 304
73	ルカーチとハイデガー	L.ゴルドマン／川俣晃自訳		308
74	断　想　1942—1948	E.カネッティ／岩田行一訳		286
75 76	文明化の過程（上・下）	N.エリアス／吉田, 中村, 波田, 他訳		466 504
77	ロマンスとリアリズム	C.コードウェル／玉井, 深井, 山本訳		238
78	歴史と構造	A.シュミット／花崎皋平訳		192
79 80	エクリチュールと差異（上・下）	J.デリダ／若桑, 野村, 阪上, 三好, 他訳		378 296
81	時間と空間	E.マッハ／野家啓一編訳		258
82	マルクス主義と人格の理論	L.セーヴ／大津真作訳		708
83	ジャン＝ジャック・ルソー	B.グレトゥイゼン／小池健男訳		394
84	ヨーロッパ精神の危機	P.アザール／野沢協訳		772
85	カフカ〈マイナー文学のために〉	G.ドゥルーズ, F.ガタリ／宇波, 岩田訳		210
86	群衆の心理	H.ブロッホ／入野田, 小崎, 小岸訳	品切	580
87	ミニマ・モラリア	Th.W.アドルノ／三光長治訳		430
88 89	夢と人間社会（上・下）	R.カイヨワ, 他／三好郁郎, 他訳		374 340
90	自由の構造	C.ベイ／横越英一訳		744
91	1848年〈二月革命の精神史〉	J.カスー／野沢協, 他訳		326
92	自然の統一	C.F.ヴァイツゼカー／斎藤, 河井訳	品切	560
93	現代戯曲の理論	P.ションディ／市村, 丸山訳	品切	250
94	百科全書の起源	F.ヴェントゥーリ／大津真作訳	品切	324
95	推測と反駁〈科学的知識の発展〉	K.R.ポパー／藤本, 石垣, 森訳		816
96	中世の共産主義	K.カウツキー／栗原佑訳		400
97	批評の解剖	N.フライ／海老根, 中村, 出淵, 山内訳		580
98	あるユダヤ人の肖像	A.メンミ／菊地, 白井訳		396
99	分類の未開形態	E.デュルケーム／小関藤一郎訳	品切	232
100	永遠に女性的なるもの	H.ド・リュバック／山崎庸一郎訳		360
101	ギリシア神話の本質	G.S.カーク／吉田, 辻村, 松田訳	品切	390
102	精神分析における象徴界	G.ロゾラート／佐々木孝次訳		508
103	物の体系〈記号の消費〉	J.ボードリヤール／宇波彰訳		280

				(頁)
104	言語芸術作品〔第2版〕	W.カイザー／柴田斎訳	品切	688
105	同時代人の肖像	F.ブライ／池内紀訳		212
106	レオナルド・ダ・ヴィンチ〔第2版〕	K.クラーク／丸山, 大河内訳		344
107	宮廷社会	N.エリアス／波田, 中埜, 吉田訳		480
108	生産の鏡	J.ボードリヤール／宇波, 今村訳		184
109	祭祀からロマンスへ	J.L.ウェストン／丸小哲雄訳		290
110	マルクスの欲求理論	A.ヘラー／良知, 小箕訳		198
111	大革命前夜のフランス	A.ソブール／山崎耕一訳	品切	422
112	知覚の現象学	メルロ=ポンティ／中島盛夫訳		904
113	旅路の果てに〈アルペイオスの流れ〉	R.カイヨワ／金井裕訳		222
114	孤独の迷宮〈メキシコの文化と歴史〉	O.パス／高山, 熊谷訳		320
115	暴力と聖なるもの	R.ジラール／古田幸男訳		618
116	歴史をどう書くか	P.ヴェーヌ／大津真作訳		604
117	記号の経済学批判	J.ボードリヤール／今村, 宇波, 桜井訳	品切	304
118	フランス紀行〈1787, 1788&1789〉	A.ヤング／宮崎洋訳		432
119	供　犠	M.モース, H.ユベール／小関藤一郎訳		296
120	差異の目録〈歴史を変えるフーコー〉	P.ヴェーヌ／大津真作訳	品切	198
121	宗教とは何か	G.メンシング／田中, 下宮訳		442
122	ドストエフスキー	R.ジラール／鈴木晶訳		200
123	さまざまな場所〈死の影の都市をめぐる〉	J.アメリー／池内紀訳		210
124	生　成〈概念をこえる試み〉	M.セール／及川馥訳		272
125	アルバン・ベルク	Th.W.アドルノ／平野嘉彦訳		320
126	映画　あるいは想像上の人間	E.モラン／渡辺淳訳		320
127	人間論〈時間・責任・価値〉	R.インガルデン／武井, 赤松訳		294
128	カント〈その生涯と思想〉	A.グリガ／西牟田, 浜田訳		464
129	同一性の寓話〈詩的神話学の研究〉	N.フライ／駒沢大学フライ研究会訳		496
130	空間の心理学	A.モル, E.ロメル／渡辺淳訳		326
131	飼いならされた人間と野性的人間	S.モスコヴィッシ／古田幸男訳		336
132	方　法　1. 自然の自然	E.モラン／大津真作訳	品切	658
133	石器時代の経済学	M.サーリンズ／山内昶訳		464
134	世の初めから隠されていること	R.ジラール／小池健男訳		760
135	群衆の時代	S.モスコヴィッシ／古田幸男訳	品切	664
136	シミュラークルとシミュレーション	J.ボードリヤール／竹原あき子訳		234
137	恐怖の権力〈アブジェクシオン〉試論	J.クリステヴァ／枝川昌雄訳		420
138	ボードレールとフロイト	L.ベルサーニ／山縣直子訳		240
139	悪しき造物主	E.M.シオラン／金井裕訳		228
140	終末論と弁証法〈マルクスの社会・政治思想〉	S.アヴィネリ／中村恒矩訳	品切	392
141	経済人類学の現在	F.プイヨン編／山内昶訳		236
142	視覚の瞬間	K.クラーク／北條文緒訳		304
143	罪と罰の彼岸	J.アメリー／池内紀訳		210
144	時間・空間・物質	B.K.ライドレー／中島龍三訳	品切	226
145	離脱の試み〈日常生活への抵抗〉	S.コーエン, N.ティラー／石黒毅訳		321
146	人間怪物論〈人間脱走の哲学の素描〉	U.ホルストマン／加藤二郎訳		206
147	カントの批判哲学	G.ドゥルーズ／中島盛夫訳		160
148	自然と社会のエコロジー	S.モスコヴィッシ／久米, 原訳		440
149	壮大への渇仰	L.クローネンバーガー／岸, 倉田訳		368
150	奇蹟論・迷信論・自殺論	D.ヒューム／福鎌, 斎藤訳		200
151	クルティウスージッド往復書簡	ディークマン編／円子千代訳		376
152	離脱の寓話	M.セール／及川馥訳		178

				（頁）
153	エクスタシーの人類学	I.M.ルイス／平沼孝之訳		352
154	ヘンリー・ムア	J.ラッセル／福田真一訳		340
155	誘惑の戦略	J.ボードリヤール／宇波彰訳		260
156	ユダヤ神秘主義	G.ショーレム／山下, 石丸, 他訳		644
157	蜂の寓話〈私悪すなわち公益〉	B.マンデヴィル／泉谷治訳		412
158	アーリア神話	L.ポリアコフ／アーリア主義研究会訳		544
159	ロベスピエールの影	P.ガスカール／佐藤和生訳		440
160	元型の空間	E.ゾラ／丸小哲雄訳		336
161	神秘主義の探究〈方法論的考察〉	E.スタール／宮元啓一, 他訳		362
162	放浪のユダヤ人〈ロート・エッセイ集〉	J.ロート／平田, 吉田訳		344
163	ルフー，あるいは取壊し	J.アメリー／神崎巌訳		250
164	大世界劇場〈宮廷祝宴の時代〉	R.アレヴィン, K.ゼルツレ／円子修平訳	品切	200
165	情念の政治経済学	A.ハーシュマン／佐々木, 旦訳		192
166	メモワール〈1940-44〉	レミ／築島謙三訳		520
167	ギリシア人は神話を信じたか	P.ヴェーヌ／大津真作訳	品切	340
168	ミメーシスの文学と人類学	R.ジラール／浅野敏夫訳		410
169	カバラとその象徴的表現	G.ショーレム／岡部, 小岸訳		340
170	身代りの山羊	R.ジラール／織田, 富永訳	品切	384
171	人間〈その本性および世界における位置〉	A.ゲーレン／平野具男訳	品切	608
172	コミュニケーション〈ヘルメスI〉	M.セール／豊田, 青木訳		358
173	道　化〈つまずきの現象学〉	G.v.バルレーヴェン／片岡啓治訳	品切	260
174	いま, ここで〈アウシュヴィッツとヒロシマ以後の哲学的考察〉	G.ピヒト／斎藤, 浅野, 大野, 河井訳		600
175 176 177	真理と方法〔全三冊〕	H.-G.ガダマー／轡田, 麻生, 三島, 他訳	I・ II・ III・	350
178	時間と他者	E.レヴィナス／原田佳彦訳		140
179	構成の詩学	B.ウスペンスキイ／川崎, 大石訳	品切	282
180	サン＝シモン主義の歴史	S.シャルレティ／沢崎, 小杉訳		528
181	歴史と文芸批評	G.デルフォ, A.ロッシュ／川中子弘訳		472
182	ミケランジェロ	H.ヒバード／中山, 小野訳	品切	578
183	観念と物質〈思考・経済・社会〉	M.ゴドリエ／山内昶訳		340
184	四つ裂きの刑	E.M.シオラン／金井裕訳		234
185	キッチュの心理学	A.モル／万沢正美訳		344
186	領野の漂流	J.ヴィヤール／山下俊一訳		226
187	イデオロギーと想像力	G.C.カバト／小箕俊介訳		300
188	国家の起源と伝承〈古代インド社会史論〉	R.＝ターパル／山崎, 成澤訳		322
189	ベルナール師匠の秘密	P.ガスカール／佐藤和生訳		374
190	神の存在論的証明	D.ヘンリッヒ／本間, 須田, 座小田, 他訳		456
191	アンチ・エコノミクス	J.アタリ, M.ギヨーム／斎藤, 安孫子訳		322
192	クローチェ政治哲学論集	B.クローチェ／上村忠男編訳		188
193	フィヒテの根源的洞察	D.ヘンリッヒ／座小田, 小松訳		184
194	哲学の起源	オルテガ・イ・ガセット／佐々木孝訳	品切	224
195	ニュートン力学の形成	ベー・エム・ゲッセン／秋間実, 他訳		312
196	遊びの遊び	J.デュビニョー／渡辺淳訳	品切	160
197	技術時代の魂の危機	A.ゲーレン／平野具男訳	品切	222
198	儀礼としての相互行為	E.ゴッフマン／広瀬, 安江訳	品切	376
199	他者の記号学〈アメリカ大陸の征服〉	T.トドロフ／及川, 大谷, 菊地訳		370
200	カント政治哲学の講義	H.アーレント著, R.ベイナー編／浜田監訳		302
201	人類学と文化記号論	M.サーリンズ／山内昶訳		354
202	ロンドン散策	F.トリスタン／小杉, 浜本訳		484

				(頁)
203	秩序と無秩序	J.-P.デュピュイ／古田幸男訳		324
204	象徴の理論	T.トドロフ／及川馥, 他訳		536
205	資本とその分身	M.ギヨーム／斉藤日出治訳		240
206	干　渉〈ヘルメスII〉	M.セール／豊田彰訳		276
207	自らに手をくだし〈自死について〉	J.アメリー／大河内了義訳		222
208	フランス人とイギリス人	R.フェイバー／北條, 大島訳	品切	304
209	カーニバル〈その歴史的・文化的考察〉	J.カロ・バロッハ／佐々木孝訳	品切	622
210	フッサール現象学	A.F.アグィーレ／川島, 工藤, 林訳		232
211	文明の試練	J.M.カディヒィ／塚本, 秋山, 寺西, 島訳		538
212	内なる光景	J.ポミエ／角山, 池部訳		526
213	人間の原型と現代の文化	A.ゲーレン／池井望訳		422
214	ギリシアの光と神々	K.ケレーニイ／円子修平訳		178
215	初めに愛があった〈精神分析と信仰〉	J.クリステヴァ／枝川昌雄訳		146
216	バロックとロココ	W.v.ニーベルシュッツ／竹内章訳		164
217	誰がモーセを殺したか	S.A.ハンデルマン／山形和美訳		514
218	メランコリーと社会	W.レペニース／岩田, 小竹訳		380
219	意味の論理学	G.ドゥルーズ／岡田, 宇波訳		460
220	新しい文化のために	P.ニザン／木内孝訳		352
221	現代心理論集	P.ブールジェ／平岡, 伊藤訳		362
222	パラジット〈寄食者の論理〉	M.セール／及川, 米山訳		466
223	虐殺された鳩〈暴力と国家〉	H.ラボリ／川中子弘訳		240
224	具象空間の認識論〈反・解釈学〉	F.ダゴニェ／金森修訳		300
225	正常と病理	G.カンギレム／滝沢武久訳		320
226	フランス革命論	J.G.フィヒテ／桝田啓三郎訳		396
227	クロード・レヴィ=ストロース	O.パス／鼓, 木村訳		160
228	バロックの生活	P.ラーンシュタイン／波田節夫訳		520
229	うわさ〈もっとも古いメディア〉増補版	J.-N.カプフェレ／古田幸男訳		394
230	後期資本制社会システム	C.オッフェ／寿福真美編訳		358
231	ガリレオ研究	A.コイレ／菅谷暁訳	品切	482
232	アメリカ	J.ボードリヤール／田中正人訳		220
233	意識ある科学	E.モラン／村上光彦訳		400
234	分子革命〈欲望社会のミクロ分析〉	F.ガタリ／杉村昌昭訳		340
235	火, そして霧の中の信号—ゾラ	M.セール／寺田光徳訳		568
236	煉獄の誕生	J.ル・ゴッフ／渡辺, 内田訳		698
237	サハラの夏	E.フロマンタン／川端康夫訳		336
238	パリの悪魔	P.ガスカール／佐藤和夫訳		256
239 240	自然の人間的歴史（上・下）	S.モスコヴィッシ／大津真作訳		上・494 下・390
241	ドン・キホーテ頌	P.アザール／円子千代訳	品切	348
242	ユートピアへの勇気	G.ピヒト／河井徳治訳		202
243	現代社会とストレス〔原書改訂版〕	H.セリエ／杉, 田多井, 藤井, 竹宮訳		482
244	知識人の終焉	J.-F.リオタール／原田佳彦, 他訳		140
245	オマージュの試み	E.M.シオラン／金井裕訳		154
246	科学の時代における理性	H.-G.ガダマー／本間, 座小田訳		158
247	イタリア人の太古の知恵	G.ヴィーコ／上村忠男訳		190
248	ヨーロッパを考える	E.モラン／林　勝一訳		238
249	労働の現象学	J.-L.プチ／今村, 松島訳		388
250	ポール・ニザン	Y.イシャグプール／川俣晃自訳		356
251	政治的判断力	R.ベイナー／浜田義文監訳		310
252	知覚の本性〈初期論文集〉	メルロ=ポンティ／加賀野井秀一訳		158

				(頁)
303	平等原理と社会主義	L.シュタイン／石川，石塚，柴田訳		676
304	死にゆく者の孤独	N.エリアス／中居実訳		150
305	知識人の黄昏	W.シヴェルブシュ／初見基訳		240
306	トマス・ペイン〈社会思想家の生涯〉	A.J.エイヤー／大熊昭信訳		378
307	われらのヨーロッパ	F.ヘール／杉浦健之訳		614
308	機械状無意識〈スキゾ-分析〉	F.ガタリ／高岡幸一訳		426
309	聖なる真理の破壊	H.ブルーム／山形和美訳		400
310	諸科学の機能と人間の意義	E.パーチ／上村忠男監訳		552
311	翻　訳〈ヘルメスIII〉	M.セール／豊田，輪田訳		404
312	分　布〈ヘルメスIV〉	M.セール／豊田彰訳		440
313	外国人	J.クリステヴァ／池田和子訳		284
314	マルクス	M.アンリ／杉山，水野訳	品切	612
315	過去からの警告	E.シャルガフ／山本，内藤訳		308
316	面・表面・界面〈一般表層論〉	F.ダゴニェ／金森，今野訳		338
317	アメリカのサムライ	F.G.ノートヘルファー／飛鳥井雅道訳		512
318	社会主義か野蛮か	C.カストリアディス／江口幹訳		490
319	遍　歴〈法，形式，出来事〉	J.-F.リオタール／小野康男訳		200
320	世界としての夢	D.ウスラー／谷　徹訳		566
321	スピノザと表現の問題	G.ドゥルーズ／工藤，小柴，小谷訳		460
322	裸体とはじらいの文化史	H.P.デュル／藤代，三谷訳		572
323	五　感〈混合体の哲学〉	M.セール／米山親能訳		582
324	惑星軌道論	G.W.F.ヘーゲル／村上恭一訳		250
325	ナチズムと私の生活〈仙台からの告発〉	K.レーヴィット／秋間実訳		334
326	ベンヤミン-ショーレム往復書簡	G.ショーレム編／山本尤訳		440
327	イマヌエル・カント	O.ヘッフェ／薮木栄夫訳		374
328	北西航路〈ヘルメスV〉	M.セール／青木研二訳		260
329	聖杯と剣	R.アイスラー／野島秀勝訳		486
330	ユダヤ人国家	Th.ヘルツル／佐藤康彦訳		206
331	十七世紀イギリスの宗教と政治	C.ヒル／小野功生訳		586
332	方　法　2．生命の生命	E.モラン／大津真作訳		838
333	ヴォルテール	A.J.エイヤー／中川，吉岡訳		268
334	哲学の自食症候群	J.ブーヴレス／大平具彦訳		266
335	人間学批判	レペニース，ノルテ／小竹澄栄訳		214
336	自伝のかたち	W.C.スペンジマン／船倉正憲訳		384
337	ポストモダニズムの政治学	L.ハッチオン／川口喬一訳		332
338	アインシュタインと科学革命	L.S.フォイヤー／村上，成定，大谷訳		474
339	ニーチェ	G.ピヒト／青木隆嘉訳		562
340	科学史・科学哲学研究	G.カンギレム／金森修監訳		674
341	貨幣の暴力	アグリエッタ，オルレアン／井上，斉藤訳		506
342	象徴としての円	M.ルルカー／竹内章訳		186
343	ベルリンからエルサレムへ	G.ショーレム／岡部仁訳		226
344	批評の批評	T.トドロフ／及川，小林訳		298
345	ソシュール講義録注解	F.de　ソシュール／前田英樹・訳注		204
346	歴史とデカダンス	P.ショーニュー／大谷尚文訳		552
347	続・いま，ここで	G.ピヒト／斎藤，大野，福島，浅野訳		580
348	バフチン以後	D.ロッジ／伊藤誓訳		410
349	再生の女神セドナ	H.P.デュル／原研二訳		622
350	宗教と魔術の衰退	K.トマス／荒木正純訳		1412
351	神の思想と人間の自由	W.パネンベルク／座小田，諸岡訳		186

				（頁）
352	倫理・政治的ディスクール	O.ヘッフェ／青木隆嘉訳		312
353	モーツァルト	N.エリアス／青木隆嘉訳		198
354	参加と距離化	N.エリアス／波田, 道籏訳		276
355	二十世紀からの脱出	E.モラン／秋枝茂夫訳		384
356	無限の二重化	W.メニングハウス／伊藤秀一訳		350
357	フッサール現象学の直観理論	E.レヴィナス／佐藤, 桑野訳		506
358	始まりの現象	E.W.サイード／山形, 小林訳		684
359	サテュリコン	H.P.デュル／原研二訳		258
360	芸術と疎外	H.リード／増渕正史訳	品切	262
361	科学的理性批判	K.ヒュプナー／神野, 中才, 熊谷訳		476
362	科学と懐疑論	J.ワトキンス／中才敏郎訳		354
363	生きものの迷路	A.モール, E.ロメル／古田幸男訳		240
364	意味と力	G.バランディエ／小関藤一郎訳		406
365	十八世紀の文人科学者たち	W.レペニース／小川さくえ訳		182
366	結晶と煙のあいだ	H.アトラン／阪上脩訳		376
367	生への闘争〈闘争本能・性・意識〉	W.J.オング／高柳, 橋爪訳		326
368	レンブラントとイタリア・ルネサンス	K.クラーク／尾崎, 芳野訳		334
369	権力の批判	A.ホネット／河上倫逸監訳		476
370	失われた美学〈マルクスとアヴァンギャルド〉	M.A.ローズ／長田, 池田, 長野, 長田訳		332
371	ディオニュソス	M.ドゥティエンヌ／及川, 吉岡訳		164
372	メディアの理論	F.イングリス／伊藤, 磯山訳		380
373	生き残ること	B.ベテルハイム／高尾利数訳		646
374	バイオエシックス	F.ダゴニェ／金森, 松浦訳		316
375 376	エディプスの謎（上・下）	N.ビショッフ／藤代, 井本, 他訳		上・450 下・464
377	重大な疑問〈懐疑的省察録〉	E.シャルガフ／山形, 小野, 他訳		404
378	中世の食生活〈断食と宴〉	B.A.ヘニッシュ／藤原保明訳	品切	538
379	ポストモダン・シーン	A.クローカー, D.クック／大熊昭信訳		534
380	夢の時〈野生と文明の境界〉	H.P.デュル／岡部, 原, 須永, 荻野訳		674
381	理性よ，さらば	P.ファイヤアーベント／植木哲也訳	品切	454
382	極限に面して	T.トドロフ／宇京頼三訳		376
383	自然の社会化	K.エーダー／寿福真美監訳		474
384	ある反時代的考察	K.レーヴィット／中村啓, 永沼更始郎訳		526
385	図書館炎上	W.シヴェルブシュ／福本義憲訳		274
386	騎士の時代	F.v.ラウマー／柳井尚子訳		506
387	モンテスキュー〈その生涯と思想〉	J.スタロバンスキー／古賀英三郎, 高橋誠訳		312
388	理解の鋳型〈東西の思想経験〉	J.ニーダム／井上英明訳		510
389	風景画家レンブラント	E.ラルセン／大谷, 尾崎訳		208
390	精神分析の系譜	M.アンリ／山形頼洋, 他訳		546
391	金《かね》と魔術	H.C.ビンスヴァンガー／清水健次訳		218
392	自然誌の終焉	W.レペニース／山村直資訳		346
393	批判的解釈学	J.B.トンプソン／山本, 小川訳		376
394	人間にはいくつの真理が必要か	R.ザフランスキー／山本, 藤井訳		232
395	現代芸術の出発	Y.イシャグプール／川俣晃自訳		170
396	青春　ジュール・ヴェルヌ論	M.セール／豊田彰訳		398
397	偉大な世紀のモラル	P.ベニシュー／朝倉, 羽賀訳		428
398	諸国民の時に	E.レヴィナス／合田正人訳		348
399 400	バベルの後に（上・下）	G.スタイナー／亀山健吉訳		上・482 下・
401	チュービンゲン哲学入門	E.ブロッホ／花田監修・菅谷, 今井, 三国訳		422

				（頁）
402	歴史のモラル	T.トドロフ／大谷尚文訳		386
403	不可解な秘密	E.シャルガフ／山本,内藤訳		260
404	ルソーの世界〈あるいは近代の誕生〉	J.-L.ルセルクル／小林浩訳	品切	378
405	死者の贈り物	D.サルナーヴ／菊地,白井訳		186
406	神もなく韻律もなく	H.P.デュル／青木隆嘉訳		292
407	外部の消失	A.コドレスク／利沢行夫訳		276
408	狂気の社会史〈狂人たちの物語〉	R.ポーター／目羅公和訳		428
409	続・蜂の寓話	B.マンデヴィル／泉谷治訳		436
410	悪口を習う〈近代初期の文化論集〉	S.グリーンブラット／磯山甚一訳		354
411	危険を冒して書く〈異色作家たちのパリ・インタヴュー〉	J.ワイス／浅野敏夫訳		300
412	理論を讃えて	H.-G.ガダマー／本間,須田訳		194
413	歴史の島々	M.サーリンズ／山本真鳥訳		306
414	ディルタイ〈精神科学の哲学者〉	R.A.マックリール／大野,田中,他訳		578
415	われわれのあいだで	E.レヴィナス／合田,谷口訳		368
416	ヨーロッパ人とアメリカ人	S.ミラー／池田栄一訳		358
417	シンボルとしての樹木	M.ルルカー／林 捷 訳		276
418	秘めごとの文化史	H.P.デュル／藤代,津山訳		662
419	眼の中の死〈古代ギリシアにおける他者の像〉	J.-P.ヴェルナン／及川,吉岡訳		144
420	旅の思想史	E.リード／伊藤誓訳		490
421	病のうちなる治療薬	J.スタロバンスキー／小池,川那部訳		356
422	祖国地球	E.モラン／菊地昌実訳		234
423	寓意と表象・再現	S.J.グリーンブラット編／船倉正憲訳		384
424	イギリスの大学	V.H.H.グリーン／安原,成定訳		516
425	未来批判 あるいは世界史に対する嫌悪	E.シャルガフ／山本,伊藤訳		276
426	見えるものと見えざるもの	メルロ=ポンティ／中島盛夫監訳		618
427	女性と戦争	J.B.エルシュテイン／小林,廣川訳		486
428	カント入門講義	H.バウムガルトナー／有福孝岳監訳		204
429	ソクラテス裁判	I.F.ストーン／永田康昭訳		470
430	忘我の告白	M.ブーバー／田口義弘訳		348
431 432	時代おくれの人間（上・下）	G.アンダース／青木隆嘉訳		上・432 下・546
433	現象学と形而上学	J.-L.マリオン他編／三上,重永,檜垣訳		388
434	祝福から暴力へ	M.ブロック／田辺,秋津訳		426
435	精神分析と横断性	F.ガタリ／杉村,毬藻訳		462
436	競争社会をこえて	A.コーン／山本,真水訳		530
437	ダイアローグの思想	M.ホルクウィスト／伊藤誓訳		370
438	社会学とは何か	N.エリアス／徳安彰訳		250
439	E.T.A.ホフマン	R.ザフランスキー／識名章喜訳		636
440	所有の歴史	J.アタリ／山内昶訳		580
441	男性同盟と母権制神話	N.ゾンバルト／田村和彦訳		516
442	ヘーゲル以後の歴史哲学	H.シュネーデルバッハ／古東哲明訳		282
443	同時代人ベンヤミン	H.マイヤー／岡部仁訳		140
444	アステカ帝国滅亡記	G.ボド,T.トドロフ編／大谷,菊地訳		662
445	迷宮の岐路	C.カストリアディス／宇京頼三訳		404
446	意識と自然	K.K.チョウ／志水,山本監訳		422
447	政治的正義	O.ヘッフェ／北尾,平石,望月訳		598
448	象徴と社会	K.バーク著,ガスフィールド編／森常治訳		580
449	神・死・時間	E.レヴィナス／合田正人訳		360
450	ローマの祭	G.デュメジル／大橋寿美子訳		446

			(頁)
451	エコロジーの新秩序	L.フェリ／加藤宏幸訳	274
452	想念が社会を創る	C.カストリアディス／江口幹訳	392
453	ウィトゲンシュタイン評伝	B.マクギネス／藤本,今井,宇都宮,髙橋訳	612
454	読みの快楽	R.オールター／山形,中田,田中訳	346
455	理性・真理・歴史〈内在的実在論の展開〉	H.パトナム／野本和幸,他訳	360
456	自然の諸時期	ビュフォン／菅谷暁訳	440
457	クロポトキン伝	ピルーモヴァ／左近毅訳	384
458	征服の修辞学	P.ヒューム／岩尾,正木,本橋訳	492
459	初期ギリシア科学	G.E.R.ロイド／山野,山口訳	246
460	政治と精神分析	G.ドゥルーズ,F.ガタリ／杉村昌昭訳	124
461	自然契約	M.セール／及川,米山訳	230
462	細分化された世界〈迷宮の岐路III〉	C.カストリアディス／宇京頼三訳	332
463	ユートピア的なもの	L.マラン／梶野吉郎訳	420
464	恋愛礼讃	M.ヴァレンシー／沓掛,川端訳	496
465	転換期〈ドイツ人とドイツ〉	H.マイヤー／宇京早苗訳	466
466	テクストのぶどう畑で	I.イリイチ／岡部佳世訳	258
467	フロイトを読む	P.ゲイ／坂口,大島訳	304
468	神々を作る機械	S.モスコヴィッシ／古田幸男訳	750
469	ロマン主義と表現主義	A.K.ウィードマン／大森淳史訳	378
470	宗教論	N.ルーマン／土方昭,土方透訳	138
471	人格の成層論	E.ロータッカー／北村監訳・大久保,他訳	278
472	神　罰	C.v.リンネ／小川さくえ訳	432
473	エデンの園の言語	M.オランデール／浜崎設夫訳	338
474	フランスの自伝〈自伝文学の主題と構造〉	P.ルジュンヌ／小倉孝誠訳	342
475	ハイデガーとヘブライの遺産	M.ザラデル／合田正人訳	390
476	真の存在	G.スタイナー／工藤政司訳	266
477	言語芸術・言語記号・言語の時間	R.ヤコブソン／浅川順子訳	388
478	エクリール	C.ルフォール／宇京頼三訳	420
479	シェイクスピアにおける交渉	S.J.グリーンブラット／酒井正志訳	334
480	世界・テキスト・批評家	E.W.サイード／山形和美訳	584
481	絵画を見るディドロ	J.スタロバンスキー／小西嘉幸訳	148
482	ギボン〈歴史を創る〉	R.ポーター／中野,海保,松原訳	272
483	欺瞞の書	E.M.シオラン／金井裕訳	252
484	マルティン・ハイデガー	H.エーベリング／青木隆嘉訳	252
485	カフカとカバラ	K.E.グレーツィンガー／清水健次訳	390
486	近代哲学の精神	H.ハイムゼート／座小田豊,他訳	448
487	ベアトリーチェの身体	R.P.ハリスン／船倉正憲訳	304
488	技術〈クリティカル・セオリー〉	A.フィーンバーグ／藤本正文訳	510
489	認識論のメタクリティーク	Th.W.アドルノ／古賀,細見訳	370
490	地獄の歴史	A.K.ターナー／野﨑嘉信訳	456
491	昔話と伝説〈物語文学の二つの基本形式〉	M.リューティ／高木昌史,万里子訳	品切 362
492	スポーツと文明化〈興奮の探究〉	N.エリアス,E.ダニング／大平章訳	490
493 494	地獄のマキアヴェッリ（I・II）	S.de.グラツィア／田中治男訳	I・352 II・306
495	古代ローマの恋愛詩	P.ヴェーヌ／鎌田博夫訳	352
496	証人〈言葉と科学についての省察〉	E.シャルガフ／山本,内藤訳	252
497	自由とはなにか	P.ショーニュ／西川,小田桐訳	472
498	現代世界を読む	M.マフェゾリ／菊地昌実訳	186
499	時間を読む	M.ピカール／寺田光徳訳	266
500	大いなる体系	N.フライ／伊藤誓訳	478

			(頁)
501	音楽のはじめ	C.シュトゥンプ／結城錦一訳	208
502	反ニーチェ	L.フェリー他／遠藤文彦訳	348
503	マルクスの哲学	E.バリバール／杉山吉弘訳	222
504	サルトル，最後の哲学者	A.ルノー／水野浩二訳	296
505	新不平等起源論	A.テスタール／山内昶訳	298
506	敗者の祈禱書	シオラン／金井裕訳	184
507	エリアス・カネッティ	Y.イシャグプール／川俣晃自訳	318
508	第三帝国下の科学	J.オルフ＝ナータン／宇京頼三訳	424
509	正も否も縦横に	H.アトラン／寺田光徳訳	644
510	ユダヤ人とドイツ	E.トラヴェルソ／宇京頼三訳	322
511	政治的風景	M.ヴァルンケ／福本義憲訳	202
512	聖句の彼方	E.レヴィナス／合田正人訳	350
513	古代憧憬と機械信仰	H.ブレーデカンプ／藤代，津山訳	230
514	旅のはじめに	D.トリリング／野島秀勝訳	602
515	ドゥルーズの哲学	M.ハート／田代，井上，浅野，暮沢訳	294
516	民族主義・植民地主義と文学	T.イーグルトン他／増渕，安藤，大友訳	198
517	個人について	P.ヴェーヌ他／大谷尚文訳	194
518	大衆の装飾	S.クラカウアー／船戸，野村訳	350
519 520	シベリアと流刑制度（I・II）	G.ケナン／左近毅訳	I・632 II・642
521	中国とキリスト教	J.ジェルネ／鎌田博夫訳	396
522	実存の発見	E.レヴィナス／佐藤真理人，他訳	480
523	哲学的認識のために	G.-G.グランジェ／植木哲也訳	342
524	ゲーテ時代の生活と日常	P.ラーンシュタイン／上西川原章訳	832
525	ノッツ nOts	M.C.テイラー／浅野敏夫訳	480
526	法の現象学	A.コジェーヴ／今村，堅田訳	768
527	始まりの喪失	B.シュトラウス／青木隆嘉訳	196
528	重　合	ベーネ，ドゥルーズ／江口修訳	170
529	イングランド18世紀の社会	R.ポーター／目羅公和訳	630
530	他者のような自己自身	P.リクール／久米博訳	558
531	鷲と蛇〈シンボルとしての動物〉	M.ルルカー／林捷訳	270
532	マルクス主義と人類学	M.ブロック／山内昶，山内彰訳	256
533	両性具有	M.セール／及川馥訳	218
534	ハイデガー〈ドイツの生んだ巨匠とその時代〉	R.ザフランスキー／山本尤訳	696
535	啓蒙思想の背任	J.-C.ギユボー／菊地，白井訳	218
536	解明　M.セールの世界	M.セール／梶野，竹中訳	334
537	語りは罠	L.マラン／鎌田博夫訳	176
538	歴史のエクリチュール	M.セルトー／佐藤和生訳	542
539	大学とは何か	J.ペリカン／田口孝夫訳	374
540	ローマ　定礎の書	M.セール／高尾謙史訳	472
541	啓示とは何か〈あらゆる啓示批判の試み〉	J.G.フィヒテ／北岡武司訳	252
542	力の場〈思想史と文化批判のあいだ〉	M.ジェイ／今井道夫，他訳	382
543	イメージの哲学	F.ダゴニェ／水野浩二訳	410
544	精神と記号	F.ガタリ／杉村昌昭訳	180
545	時間について	N.エリアス／井本，青木訳	238
546	ルクレティウスのテキストにおける物理学の誕生	M.セール／豊田彰訳	320
547	異端カタリ派の哲学	R.ネッリ／柴田和雄訳	290
548	ドイツ人論	N.エリアス／青木隆嘉訳	576
549	俳　優	J.デュヴィニョー／渡辺淳訳	346

			(頁)
550	ハイデガーと実践哲学	O.ペゲラー他,編／竹市,下村監訳	584
551	彫　像	M.セール／米山親能訳	366
552	人間的なるものの庭	C.F.v.ヴァイツゼカー／山辺建訳	
553	思考の図像学	A.フレッチャー／伊藤誓訳	472
554	反動のレトリック	A.O.ハーシュマン／岩崎稔訳	250
555	暴力と差異	A.J.マッケナ／夏目博明訳	354
556	ルイス・キャロル	J.ガッテニョ／鈴木晶訳	462
557	タオスのロレンゾー〈D.H.ロレンス回想〉	M.D.ルーハン／野島秀勝訳	490
558	エル・シッド〈中世スペインの英雄〉	R.フレッチャー／林邦夫訳	414
559	ロゴスとことば	S.プリケット／小野功生訳	486
560 561	盗まれた稲妻〈呪術の社会学〉(上・下)	D.L.オキーフ／谷林眞理子,他訳	上・490 下・656
562	リビドー経済	J.-F.リオタール／杉山,吉谷訳	458
563	ポスト・モダニティの社会学	S.ラッシュ／田中義久監訳	462
564	狂暴なる霊長類	J.A.リヴィングストン／大平章訳	310
565	世紀末社会主義	M.ジェイ／今村,大谷訳	334
566	両性平等論	F.P.de ラ・バール／佐藤和夫,他訳	330
567	暴虐と忘却	R.ボイヤーズ／田部井孝次・世志子訳	524
568	異端の思想	G.アンダース／青木隆嘉訳	518
569	秘密と公開	S.ボク／大沢正道訳	470
570 571	大航海時代の東南アジア (I・II)	A.リード／平野, 田中訳	I・430 II・
572	批判理論の系譜学	N.ボルツ／山本,大貫訳	332
573	メルヘンへの誘い	M.リューティ／高木昌史訳	200
574	性と暴力の文化史	H.P.デュル／藤代,津山訳	768
575	歴史の不測	E.レヴィナス／合田,谷口訳	316
576	理論の意味作用	T.イーグルトン／山形和美訳	196
577	小集団の時代〈大衆社会における個人主義の衰退〉	M.マフェゾリ／古田幸男訳	334
578 579	愛の文化史 (上・下)	S.カーン／青木, 斎藤訳	上・334 下・384
580	文化の擁護〈1935年パリ国際作家大会〉	ジッド他／相磯,五十嵐,石黒,高橋編訳	752
581	生きられる哲学〈生活世界の現象学と批判理論の思考形式〉	F.フェルマン／堀栄造訳	282
582	十七世紀イギリスの急進主義と文学	C.ヒル／小野, 圓月訳	444
583	このようなことが起こり始めたら…	R.ジラール／小池,住谷訳	226
584	記号学の基礎理論	J.ディーリー／大熊昭信訳	286
585	真理と美	S.チャンドラセカール／豊田彰訳	328
586	シオラン対談集	E.M.シオラン／金井裕訳	336
587	時間と社会理論	B.アダム／伊藤,磯山訳	338
588	懐疑的省察 ABC〈続・重大な疑問〉	E.シャルガフ／山本,伊藤訳	244
589	第三の知恵	M.セール／及川馥訳	250
590 591	絵画における真理 (上・下)	J.デリダ／高橋,阿部訳	上・322 下・390
592	ウィトゲンシュタインと宗教	N.マルカム／黒崎宏訳	256
593	シオラン〈あるいは最後の人間〉	S.ジョドー／金井裕訳	212
594	フランスの悲劇	T.トドロフ／大谷尚文訳	304
595	人間の生の遺産	E.シャルガフ／清水健次,他訳	392
596	聖なる快楽〈性, 神話, 身体の政治〉	R.アイスラー／浅野敏夫訳	876
597	原子と爆弾とエスキモーキス	C.G.セグレー／野島秀勝訳	408
598	海からの花嫁〈ギリシア神話研究の手引き〉	J.シャーウッドスミス／吉田,佐藤訳	234
599	神に代わる人間	L.フェリー／菊地,白井訳	220
600	パンと競技場〈ギリシア・ローマ時代の政治と都市の社会学的歴史〉	P.ヴェーヌ／鎌田博夫訳	1032

			(頁)
601	ギリシア文学概説	J.ド・ロミイ／細井, 秋山訳	486
602	パロールの奪取	M.セルトー／佐藤和生訳	200
603	68年の思想	L.フェリー他／小野潮訳	348
604	ロマン主義のレトリック	P.ド・マン／山形, 岩坪訳	470
605	探偵小説あるいはモデルニテ	J.デュボア／鈴木智之訳	380
606 607 608	近代の正統性〔全三冊〕	H.ブルーメンベルク／斎藤, 忽那 佐藤, 村井訳	I・328 II・ III・
609	危険社会〈新しい近代への道〉	U.ベック／東, 伊藤訳	502
610	エコロジーの道	E.ゴールドスミス／大熊昭信訳	654
611	人間の領域〈迷宮の岐路II〉	C.カストリアディス／米山親能訳	626
612	戸外で朝食を	H.P.デュル／藤代幸一訳	190
613	世界なき人間	G.アンダース／青木隆嘉訳	366
614	唯物論シェイクスピア	F.ジェイムソン／川口喬一訳	402
615	核時代のヘーゲル哲学	H.クロンバッハ／植木哲也訳	380
616	詩におけるルネ・シャール	P.ヴェーヌ／西永良成訳	832
617	近世の形而上学	H.ハイムゼート／北岡武司訳	506
618	フロベールのエジプト	G.フロベール／斎藤昌三訳	344
619	シンボル・技術・言語	E.カッシーラー／篠木, 高野訳	352
620	十七世紀イギリスの民衆と思想	C.ヒル／小野, 圓月, 箭川訳	520
621	ドイツ政治哲学史	H.リュッベ／今井道夫訳	312
622	最終解決〈民族移動とヨーロッパのユダヤ人殺害〉	G.アリー／山本, 三島訳	470
623	中世の人間	J.ル・ゴフ他／鎌田博夫訳	478
624	食べられる言葉	L.マラン／梶野吉郎訳	284
625	ヘーゲル伝〈哲学の英雄時代〉	H.アルトハウス／山本尤訳	690
626	E.モラン自伝	E.モラン／菊地, 高砂訳	368
627	見えないものを見る	M.アンリ／青木研二訳	248
628	マーラー〈音楽観相学〉	Th.W.アドルノ／龍村あや子訳	286
629	共同生活	T.トドロフ／大谷尚文訳	236
630	エロイーズとアベラール	M.F.B.ブロッチェリ／白崎容子訳	
631	意味を見失った時代〈迷宮の岐路IV〉	C.カストリアディス／江口幹訳	338
632	火と文明化	J.ハウツブロム／大平章訳	356
633	ダーウィン, マルクス, ヴァーグナー	J.バーザン／野島秀勝訳	526
634	地位と羞恥	S.ネッケル／岡原正幸訳	434
635	無垢の誘惑	P.ブリュックネール／小倉, 下澤訳	350
636	ラカンの思想	M.ボルク=ヤコブセン／池田清訳	500
637	羨望の炎〈シェイクスピアと欲望の劇場〉	R.ジラール／小林, 田口訳	698
638	暁のフクロウ〈続・精神の現象学〉	A.カトロッフェロ／寿福真美訳	354
639	アーレント=マッカーシー往復書簡	C.ブライトマン編／佐藤佐智子訳	710
640	崇高とは何か	M.ドゥギー他／梅木達郎訳	416
641	世界という実験〈問い, 取り出しの諸カテゴリー, 実践〉	E.ブロッホ／小田智敏訳	400
642	悪　あるいは自由のドラマ	R.ザフランスキー／山本尤訳	322
643	世俗の聖典〈ロマンスの構造〉	N.フライ／中村, 真野訳	252
644	歴史と記憶	J.ル・ゴフ／立川孝一訳	400
645	自我の記号論	N.ワイリー／船倉正憲訳	468
646	ニュー・ミメーシス〈シェイクスピアと現実描写〉	A.D.ナトール／山形, 山下訳	430
647	歴史家の歩み〈アリエス　1943-1983〉	Ph.アリエス／成瀬, 伊藤訳	428
648	啓蒙の民主制理論〈カントとのつながりで〉	I.マウス／浜田, 牧野監訳	400
649	仮象小史〈古代からコンピューター時代まで〉	N.ボルツ／山本尤訳	200

叢書・ウニベルシタス

			(頁)
650	知の全体史	C.V.ドーレン／石塚浩司訳	766
651	法の力	J.デリダ／堅田研一訳	220
652 653	男たちの妄想（I・II）	K.テーヴェライト／田村和彦訳	I・816 II
654	十七世紀イギリスの文書と革命	C.ヒル／小野, 圓月, 箭川訳	592
655	パウル・ツェラーンの場所	H.ベッティガー／鈴木美紀訳	176
656	絵画を破壊する	L.マラン／尾形, 梶野訳	272
657	グーテンベルク銀河系の終焉	N.ボルツ／識名, 足立訳	330
658	批評の地勢図	J.ヒリス・ミラー／森田孟訳	550
659	政治的なものの変貌	M.マフェゾリ／古田幸男訳	290
660	神話の真理	K.ヒュプナー／神野, 中才, 他訳	736
661	廃墟のなかの大学	B.リーディングズ／青木, 斎藤訳	354
662	後期ギリシア科学	G.E.R.ロイド／山野, 山口, 金山訳	320
663	ベンヤミンの現在	N.ボルツ, W.レイイェン／岡部仁訳	180
664	異教入門〈中心なき周辺を求めて〉	J.-F.リオタール／山縣, 小野, 他訳	242
665	ル・ゴフ自伝〈歴史家の生活〉	J.ル・ゴフ／鎌田博夫訳	290
666	方　法　3. 認識の認識	E.モラン／大津真作訳	398
667	遊びとしての読書	M.ピカール／及川, 内藤訳	478
668	身体の哲学と現象学	M.アンリ／中敬夫訳	404
669	ホモ・エステティクス	L.フェリー／小野康男, 他訳	
670	イスラームにおける女性とジェンダー	L.アハメド／林正雄, 他訳	422
671	ロマン派の手紙	K.H.ボーラー／高木葉子訳	382
672	精霊と芸術	M.マール／津山拓也訳	474
673	言葉への情熱	G.スタイナー／伊藤誓訳	612
674	贈与の謎	M.ゴドリエ／山内昶訳	362
675	諸個人の社会	N.エリアス／宇京早苗訳	
676	労働社会の終焉	D.メーダ／若森章孝, 他訳	394
677	概念・時間・言説	A.コジェーヴ／三宅, 根田, 安川訳	
678	史的唯物論の再構成	U.ハーバーマス／清水多吉訳	
679	カオスとシミュレーション	N.ボルツ／山本尤訳	218
680	実質的現象学	M.アンリ／中, 野村, 吉永訳	268
681	生殖と世代継承	R.フォックス／平野秀秋訳	408
682	反抗する文学	M.エドマンドソン／浅野敏夫訳	406
683	哲学を讃えて	M.セール／米山親能, 他訳	312
684	人間・文化・社会	H.シャピロ編／塚本利明, 他訳	
685	遍歴時代〈精神の自伝〉	J.アメリー／富重純子訳	206
686	ノーを言う難しさ〈宗教哲学的エッセイ〉	K.ハインリッヒ／小林敏明訳	200
687	シンボルのメッセージ	M.ルルカー／林捷, 林田鶴子訳	
688	神は狂信的か？	J.ダニエル／菊地昌実訳	
689	セルバンテス	J.カナヴァジオ／円子千代訳	
690	マイスター・エックハルト	B.ヴェルテ／下津留直訳	
691	ドイツ物理学のディレンマ	J.L.ハイルブロン／村岡晋一訳	